O TEMPLO DOS MEUS FAMILIARES

ALICE WALKER

O TEMPLO DOS MEUS FAMILIARES

Tradução
nina rizzi

1ª edição

Rio de Janeiro, 2024

THE TEMPLE OF MY FAMILIAR by Alice Walker Copyright © 1989 by Alice Walker.
Mediante acordo com a autora. Todos os direitos reservados.

Copyright da tradução © José Olympio, 2024

Título original: *The Temple of My Familiar*

Texto revisado segundo o Acordo Ortográfico da Língua Portuguesa de 1990.

Todos os direitos reservados. É proibido reproduzir, armazenar ou transmitir partes deste livro, através de quaisquer meios, sem prévia autorização por escrito.

Direitos desta tradução adquiridos pela
EDITORA JOSÉ OLYMPIO LTDA.
Rua Argentina, 171 — 3º andar — São Cristóvão
20921-380 — Rio de Janeiro, RJ
Tel.: (21) 2585-2000.

Seja um leitor preferencial Record.
Cadastre-se em www.record.com.br
e receba informações sobre
nossos lançamentos e nossas promoções.

Atendimento e venda direta ao leitor:
sac@record.com.br

ISBN 978-65-5847-156-1

Impresso no Brasil
2024

CIP-BRASIL. CATALOGAÇÃO NA PUBLICAÇÃO
SINDICATO NACIONAL DOS EDITORES DE LIVROS, RJ

W178t

Walker, Alice, 1944-
O templo dos meus familiares / Alice Walker ; tradução nina rizzi. - 1. ed. - Rio de Janeiro : José Olympio, 2024.

Tradução de: The temple of my familiar
ISBN 978-65-5847-156-1

1. Romance americano. I. Rizzi, Nina. II. Título.

24-87753

CDD: 813
CDU: 82-31(73)

Meri Gleice Rodrigues de Souza – Bibliotecária – CRB-7/6439

*Para Robert,
em quem a Deusa brilha*

> "Se mentiram sobre Mim,
> mentiram sobre todas as coisas."
>
> — Lissie Lyles

NOTA DA EDIÇÃO BRASILEIRA

Em respeito às escolhas lexicais da autora Alice Walker – e considerando as idiossincrasias étnico-raciais e culturais dos Estados Unidos e do Brasil –, ao traduzir termos em inglês referentes à cor da pele dos personagens, optou-se por privilegiar soluções o mais próximo possível do original. Teve-se em vista também seu estilo literário, que se diferencia do de vários autores e autoras ao indicar a tonalidade da pele das personagens, relacionando-a não só a cores, mas também a outros referentes (café e chocolate, por exemplo). Essa característica traz para o texto diversidade étnico-racial e a reflexão de que *black*, *brown* e *people of color* não são categorias suficientes para abarcar todas as pessoas não brancas. Dessa forma, *brownskin* e *brown skin* foram vertidos para "pele marrom"; *brown*, para "marrom"; *people of color*, ou *colored people*, para "pessoas de cor"; *black*, para "preto" ou "negro"; *high-yellow*, para "negra de pele clara"; entre outros exemplos. Não obstante, não se ignora o debate em curso no Brasil acerca do uso dessas palavras e expressões, no qual o leitor e a leitora são convidados a se aprofundar.

Parte I

No velho país da América do Sul, a avó de Carlotta, Zedé, era costureira; na verdade, ela estava mais para uma fada da costura. Ela criava roupas, principalmente capas, feitas de penas. Essas capas eram usadas por dançarinos, por músicos e por sacerdotes em festivais tradicionais de povoados e passavam por inúmeras gerações. Quando bem criança, a mãe de Carlotta, que também se chamava Zedé, era incumbida de coletar as penas de pavão usadas nas capas. A pequena Zedé ficava esperando enquanto a dona dos pavões, gorda e suada, os segurava com o rosto pálido, as mãos arranhadas, e arrancava as belas penas uma a uma. Foi então que Zedé começou a entender o choro melancólico do pavão. A princípio, a menina ficou intrigada com o fato de uma criatura tão bonita (embora reconhecidamente com pés horríveis) emitir um som tão parecido com o de uma alma atormentada. Em seguida, ela visitava o homem que cuidava dos papagaios e das cacatuas, e assistia mais uma vez ao doloroso arrancar das penas. E, então, visitava a senhora que era especializada em "penas encontradas" e que era mais pobre que os outros, mas tinha um semblante mais sereno. Esta senhora achava que cada pena que encontrava era um presente dos Deuses, e suas penas incomparáveis – adornadas nos espetaculares cocares dos sacerdotes – sempre davam um toque especial de graça, coisa que a cerimônia exigia.

A pequena Zedé ia para a escola todo dia de manhã com um uniforme azul e branco impecável, e suas duas longas tranças, quase na altura da cintura, aquecendo suas costas. No ensino médio, passou a usar o cabelo curtinho, logo abaixo das orelhas, e o jogava para trás com impaciência enquanto a mãe reclamava da má qualidade das penas modernas. Hoje em dia, ela explicava, eles não deixam mais as penas amadurecerem. Eram arrancadas enquanto ainda estavam relativamente verdes. Portanto, toda a riqueza que ela fora capaz de expressar em suas criações estava agora perdida.

O *compound* em que viviam consistia em duas casinhas, uma para dormir, outra para cozinhar – a cozinha nunca era acessada pelo pai nem pelos irmãos de Zedé –, e havia abacateiros, mangueiras e coqueiros por toda parte. No quintal da frente dava para ver o rio, onde deslizavam os barquinhos *prahus* dos pescadores que pareciam cardumes flutuantes de favas de baunilha secas, sua mãe sempre dizia.

A vida era tão tranquila que Zedé não percebia que eram pobres. Ela só descobriu isso quando seu pai, que trabalhava na plantação de banana que também conseguia ver de sua casa, ficou doente. Na mesma época, por coincidência, as festas tradicionais do povoado foram proibidas. Por quem foram proibidas, ou "proscritas", como seu pai disse, Zedé não tinha certeza. Os sacerdotes, especialmente, ficaram sem nada para fazer. Os dançarinos e os músicos dançavam, faziam música e se embebedavam nos bares, mas os sacerdotes apenas perambulavam pelas ruas cabisbaixos e perdidos, revelando subitamente os velhos fracos que eram.

Seu pai, um homem pequeno, cansado, de pele marrom com cabelos pretos grisalhos, morreu enquanto ela dedicava-se como bolsista na universidade, bem longe, na capital barulhenta. Sua mãe agora ganhava a vida vendendo seus incríveis artigos de penas para a loirinha gringa insensível que tinha uma butique no térreo de um hotel novo, gigantesco, que apareceu perto de seu povoado, aparentemente da noite para o dia. Às vezes, sua mãe ficava na rua perto do hotel e observava as gringas que compravam seus brincos de penas, pingentes e xales – e até os cocares de sacerdotes – e os colocavam enquanto andavam para cima e para baixo pela rua estreita e poeirenta. Nunca olhavam para ela; nunca nem sequer a viam, ela sentia. Seu trabalho continuava magnífico nas pessoas, mas quem os usava ficava muito estranho.

Houve protestos durante quase todo o último ano em que Zedé estava na universidade, onde se formou professora. Vez ou outra, a caminho da aula, ela tinha de desviar de pedras, tijolos, garrafas e todos os tipos de veículos furiosos. Ela mal notava as pessoas envolvidas. Algumas eram agricultores; algumas, estudantes como ela. Outras, policiais. Como sua mãe, tinha uma mente fabulosamente focada. Assim como Zedé, a Velha, nunca desviou sua atenção dos detalhes de seu ofício, mesmo que o mercado tivesse mudado e outras pessoas estivessem produzindo vasos rachados e tecidos de má qualidade para os dólares de turistas ignorantes, Zedé marchava para a escola ignorando qualquer coisa que pudesse atrasá-la.

Ela nem se deu conta da ameaça, que veio do nada, pensou ela, de fechar a escola. E mesmo assim, incrivelmente, um dia fecharam a escola. Não deram nem um aviso. As portas estavam simplesmente trancadas. Sentou-se nos degraus que levavam às salas de aula por dois dias. Soube depois que alguns de seus colegas de classe foram encarcerados; outros, fuzilados.

Mas ela já havia cumprido quase todos os requisitos para se tornar professora e, quando lhe pediram que subisse as ladeiras para dar aula numa sala sem paredes e com estudantes sem uniforme, ela aceitou. Ensinou o básico (higiene, leitura, escrita e números) durante seis meses antes de ser presa por ser comunista.

Nunca conversou com Carlotta sobre os anos que passou na prisão, embora tenha sido lá que Carlotta nasceu. Era uma prisão que não parecia uma prisão. Parecia o povoado indígena confiscado na floresta do país. Os indígenas haviam sido "removidos", e todas as suas terras ricas, embora subutilizadas, viraram plantações de mamão. Pessoas encarceradas foram trazidas para o povoado justamente para plantar, cultivar e explorar essas árvores para o mercado de exportação.

Como sua mãe fugiu com ela, Carlotta não sabia. Talvez o pai dela fosse um desses guardas – homens sem instrução, fascinados, embora ressentidos, por uma mulher jovem e bonita como Zedé saber ler e escrever. Mais tarde, quando a mãe de Carlotta descreveu os barquinhos prateados que deslizavam rio abaixo como cardumes flutuantes de favas de baunilha secas, ela pensou que talvez tivessem fugido em um deles. Talvez tenham flutuado pelo Canal do Panamá, confundidas pela Guarda Costeira dos Estados Unidos com um pedaço de alga marinha, depois flutuado até a costa da América do Norte e, enfim, para a Baía de São Francisco.

Foi em São Francisco que as memórias de Carlotta começaram. Ela era uma criança preta e séria, com olhos amendoados e cabelos pretos brilhantes. Em poucos anos falava inglês sem sotaque, idioma que a mãe inicialmente teve dificuldade de entender, mesmo quando Carlotta falava com ela. Anos mais tarde, ela já falava muito bem, mas o sotaque era tão forte que parecia ainda falar espanhol. Zedé não pôde, portanto, lecionar nas escolas públicas da Califórnia. E, por sua timidez, teria tido medo de tentar.

As duas moravam numa espelunca de apartamento mal iluminado em cima de uma mercearia tailandesa, numa área da cidade habitada pela escória da sociedade. Embora chovesse muito, algumas pessoas não moravam propriamente em casas, mas dormiam nas portas dos estabelecimentos ou em carros abandonados. Sua mãe conseguiu serviço em uma fábrica clandestina na esquina. Não havia nenhum homem na vida de Zedé. Eram apenas as duas. À mãe cabia suprir alimento e roupas, e a Carlotta, cozinhar, limpar e, obviamente, ir à escola.

A escola era um sofrimento para ela, mas, como tantas outras coisas ruins que lhe aconteceram, nunca disse isso à mãe. Zedé, encurvada, com uma expressão de ansiedade no rosto aos trinta e cinco anos, era uma mulher pequena e fúnebre, tinha medo de barulho, de outras pessoas e até mesmo de desfiles. Quando os gays desfilaram fantasiados no Halloween, ela tirou Carlotta do banquinho ao lado da janela e fechou as cortinas. Mas não antes de Carlotta ter avistado um dos enormes cocares de penas que sua mãe fazia, um tanto furtivamente, em casa, cocares de penas de pavão, faisão, papagaio e cacatua, quase resplandecentes demais para a cidade cinzenta e cheia de névoa. Quem usava o cocar era um homem pequeno e branco, que carregava um cetro de cristal e não usava muitas peças de roupa. Ele estava tomando uma cerveja.

A partir desse vislumbre do desfile de Halloween, Carlotta marcou o início da nova carreira de sua mãe. Durante o dia ela costurava jeans, camisas e gravatas em estilo country e western na fábrica onde trabalhava. Em casa, comiam principalmente arroz e feijão. Com o dinheiro que a mãe conseguia economizar, compravam penas em uma das grandes lojas de importação. Carlotta chegou a trabalhar em uma dessas lojas, chamada World Import, primeiro como faxineira no depósito, entre as caixas de mercadoria tão baratas, tão coloridas e bonitas, de países como o de sua mãe (ela não via a América do Sul como *seu* continente), depois como repositora de mercadorias e, então, como caixa.

Estava entrando na faculdade e só podia trabalhar depois das aulas e nas férias de verão. Muito mais tarde na sua vida, ouviu a história de um homem que trabalhava numa fábrica de equipamentos agrícolas e que todos os dias passava pelos guardas nos portões empurrando um carrinho de mão. Todos os dias, os guardas desconfiados iam ver se o carrinho de mão estava vazio. Sempre estava. Vinte anos depois, quando o homem já estava rico, ele contou o que roubou por tanto tempo: carrinhos de mão. O mesmo aconteceu com Carlotta; só que ela roubava penas, que sempre levava nas mãos, como se fosse tirar o pó de alguma coisa. Penas de pavão principalmente. Ao longo dos anos, montes e mais montes delas, porque sua mãe havia descoberto que as estrelas do rock dos anos 1960 gostavam de penas e que com uma capa de pavão espetacular ela conseguia alimentar e vestir a si mesma e a Carlotta por um ano.

Em seu último ano da faculdade, Carlotta entregou uma dessas capas a um astro do rock tão famoso que até ela já tinha ouvido falar dele – um homem franzino, de pele retinta, que usava uma faixa na cabeça e era, pensou, um tanto parecido com ela mesma. Foi a sua indigeneidade que ela viu, não a sua negritude. Viu na maneira como ele olhou de verdade para ela, a enxergou de verdade. Com uma concentração calma e desapegada de um xamã. Ele estava chapado, mas mesmo assim... Ela já havia entregado muitas capas, xales, cocares, vestidos, tiaras de contas e penas, sandálias e jeans para estrelas do rock e suas comitivas, e, na empolgação de experimentar o que ela trazia, eles nunca prestavam atenção em Carlotta. Nunca questionaram como era feita a magia das roupas e dos adornos de penas. Nunca se perguntaram sobre os dedos espetados, o rosto e os olhos inquietos de sua mãe. Ela não esperava que fizessem isso. Ela os achava demoníacos. Odiava a aparência deles, tão pálidos, brutos e suados; não gostava das drogas, sempre expostas de qualquer jeito. Cachimbos e tigelas com penas eram vendas fixas – não tinha certeza se sua mãe sequer sabia ou se importava com o que era feito desses artefatos. Carlotta aprendeu a esperar silenciosamente, discretamente, "como uma índia", até os compradores – a única palavra que sua mãe usava para se referir a eles – pararem de admirar o próprio reflexo e começarem a procurar, atrapalhados, o talão de cheques, que sempre demoravam para encontrar. Quase sempre pediam desconto. Às vezes, ela falava com eles no espanhol incompreensível da mãe e fingia não conseguir entender sua língua. E, às vezes, um comprador especialmente feliz, indo a algum baile ou desfile, lhe dava uma gorjeta ou notava que ela era atraente.

Ela não era "atraente". Bonita, talvez. Os olhos eram preocupados e atentos – poderia muito bem ainda estar flutuando, apreensiva, no barco de fava de baunilha –, o rosto cansado, a boca difícil de imaginar com um sorriso, até ela sorrir. No entanto, ela exalava um ar quase tropical que parecia um perfume. Quando os homens olhavam para ela, pensavam em comerciais de TV de lugares distantes do Pacífico, mas, quando de fato a enxergavam, o que era raro, pensavam naqueles lugares secos e áridos mais perto de casa. Ela os fazia pensar na chuva.

Talvez fossem seus cabelos que de tão pretos pareciam estar molhados. Ou os cílios que pareciam varrer e refletir a luz. Até mesmo o cabelo que crescia além da linha da raiz e caía no rosto, nas têmporas e na testa, formava cachos finos, como aqueles nos cabelos lisos depois do banho.

O astro do rock Arveyda viu tudo isso. Viu também a capa. Ele a vestiu. Resplandecente dentro da chuva iridescente dos olhos cegos de pavão, ele se empertigou diante do olhar atento de Carlotta. Foi ele quem disse o que ninguém mais sequer havia pensado.

Tirou a capa, colocou-a nos ombros dela e a virou para o espelho.

— Mas é lógico – disse ele –, isso foi feito somente para você.

Ela olhou a imagem dos dois no espelho. A suntuosa pele marrom dele; o nariz parecido com o dela, os olhos também (mas brincalhões e astutos); o cabelo crespo e encaracolado. Os lábios desenhados. As mãos pequenas. Os quadris sensuais, baixos e marcados, com jeans justos e um pouco surrados. Até suas botas tinham penas. E ela olhou para si mesma – praticamente uma irmã gêmea dele. Pele mais clara, cabelo mais liso, olhos como os barcos de fava de baunilha –, mas...

— Você quer dizer que foi feito para o meu tipo – respondeu ela, soando como se tivesse sotaque, embora não tivesse. Foi apenas por causa de sua aparência.

Ele riu. Abraçou-a.

— Nosso tipo.

Pela capa, pagou a Zedé cinco mil dólares, que Carlotta, feliz da vida, levou para a mãe. Foi o máximo que Zedé tinha recebido até então. Com o dinheiro, Carlotta sabia que comprariam um carro.

A segunda capa que ela entregou a Arveyda, presumindo que fosse para a irmã, como ele dissera, na verdade era para ela. Embora às vezes ele usasse sua capa no palco – porque quando ele tirava ficava ótimo e as fãs enlouqueciam –, a única ocasião que podiam usar suas capas juntos em público era em desfiles.

Com as capas mágicas que sua mãe havia feito, eles eram de fato pena do mesmo pássaro.

— O alimento que você come faz a diferença – aconselhou ele. Por ela, só comia doce, bombinhas de chocolate ou os bolinhos recheados *Twinkies*, e o inevitável arroz com feijão. Não conhecia nada de saladas e achava que odiava frutas. – Agora você é jovem – comentou ele –, e a natureza colabora com sua beleza. Mas um dia ela cansa dos péssimos hábitos alimentares e não colabora mais. E aí, como você vai ficar?

Carlotta pensou na mãe. Na idade que ela parecia ter. Como sua pele estava cansada; como seu cabelo era sem brilho. Os dentes de trás estavam caindo.

Arveyda estava deitado de lado numa cama repleta de travesseiros de seda. O quarto fedia a incenso, e havia um leve aroma de comida indiana. Apenas uma persiana deixava entrar a luz do parque, e uma bruma tomava conta do lugar.

— Você é rico. Pode comer o que quiser. – Depois, se contradizendo, ela emendou: – Dieta... não acho que o que a pessoa come tem a ver com a aparência dela. Está tudo nos genes. Algumas pessoas que são muito pobres – e ela já não se considerava pobre – continuam muito bonitas mesmo na velhice.

— Os pobres têm uma aparência melhor quando envelhecem – respondeu Arveyda – porque conseguiram chegar até lá. Seja como for, é um risco – continuou ele, acariciando o rosto dela, os cabelos finos que grudavam na frente da orelha. – Ah, os genes com certeza ajudam. – Ele admirou o próprio corpo esbelto no espelho que corria ao longo da parede ao lado da cama. Tentou imaginar o corpo do pai, um corpo que nunca tinha visto. – Mas se alimentar bem conta muito mais que o restante.

Quando ela ia visitá-lo, ele lhe oferecia sucos naturais, travessas cheias de frutas-do-conde, goiaba, mamão. Ele era louco por mangas. Somente, porém, aquelas do México. Não gostava das do Haiti.

— Uma tristeza, sabe.

Ficou ainda mais magra, comendo o que ele comia e como ele comia. Nada pesado pela manhã, nunca. Frutas e mais frutas, até no meio da noite.

Ele dizia que comer profiterole e carne transformava as pessoas em assassinos.

Ele corria.

Correndo com ele pelo Golden Gate Park, viu rostos como o dela que a fizeram se perguntar se porventura teria parentes na Baía de São Francisco. Ela passou a reconhecer uns outros grupos étnicos "exóticos". Por algum motivo, tinha um carinho especial pelo povo Hmong, que lhe parecia particularmente intenso e antigo; carregavam seus bebezinhos nas costas, vestiam roupas coloridas e vibrantes, carregadas de espelhos, sinos, conchas e contas. A bola felpuda (como era feita?) no topo de seus chapéus provocava nela o desejo de estender a mão e tocá-la. Os bebês e suas mães, trancafiados numa língua ainda mais estrangeira que a de Zedé, faziam compras, tranquilos, no comércio local. Apontando para esta ou aquela coisa norte-americana. Murmurando com perplexidade. Dando o dinheiro com confiança aos caixas das lojas, que eram sempre pacientes, respeitosos e curiosos. Era uma cultura palpável que estava presente na confecção das roupas dos bebês. Ninguém nas Américas, exceto os indígenas (chamados de "índios", descobriu ela, porque um explorador italiano os considerou, à primeira vista, como estando *in dios*, em Deus), tinha vivido tempo o suficiente como cultura para criar uma estética cotidiana tão poderosa. Olhando para um bebê hmong, era de se lamentar que desembocasse no Tenderloin, em algumas das ruas menos coloridas ou cultas da cidade. Carlotta também amava as mulheres samoanas. Amava o peso característico de seus corpos e os maxilares quadrados. A aparente bondade e equanimidade. Rainhas naturais. E os homens balineses; ela sempre conseguia reconhecê-los por causa da expressão de horror em seus rostos enquanto olhavam os vidros e o concreto da cidade. Nada naquilo os atraía, de forma alguma.

— Os exercícios são para o corpo o que o pensamento é para a mente – disse Arveyda, ofegante.

Ela, que nunca se exercitava, mas estava sempre para lá e para cá, fazendo coisas para a mãe, corria com facilidade. Respirar, correr e nunca pensar nisso como eventos separados. Saía na frente dele sem esforço, as pernas torneadas em disparada. Depois, na casa dele, tomavam banho e se deitavam na cama sob o sol.

Ele era de Terre Haute, Indiana, onde a mãe foi uma das três mulheres negras que organizaram e fundaram a própria igreja: a Igreja do Envolvimento Perpétuo. A mãe, que se chamava Katherine Degos, era uma das pessoas mais intrometidas que ele conhecia; não via limites, fossem do corpo ou da mente. Ela não conseguia não se meter na vida das outras pessoas; opinava em tudo. A igreja era como uma fachada para essa tendência de interferência, que, talvez, em outras circunstâncias, a teria envolvido em confusão. Era uma mulher com muita energia, estava sempre rodopiando, e a primeira vez que Arveyda ouviu a expressão "dervixe rodopiante" pensou nela como uma descrição de sua mãe.

Mas então, um dia, no meio de um rodopio, quando ele tinha dez anos, depois de ter separado inúmeras brigas, trazido ao mundo inúmeros bebês, assado e distribuído inúmeros bolos e refeições de peru – porque "fazer algo" para os outros era a maneira dela de fazer parte da vida deles –, ela simplesmente parou, se sentou e ficou olhando pela janela dos fundos da casa por três anos. Sua igreja foi dissolvida. As mulheres, cujos bebês ela havia trazido ao mundo, esqueceram como ela era. Os famélicos olhavam com desprezo para seu corpo bem alimentado. Ela não se importava; começou a brincar com maquiagem, pintando o rosto, tingindo os cabelos, fazendo as unhas como se estivesse criando uma obra de arte com o corpo e, com a mente, percorreu grandes distâncias desertas.

Ela desistiu de tentar melhorar o mundo e, em vez disso, se recusou a reparar nele. Quando adolescente, Arveyda não sentia nenhuma ligação forte com a mãe. Ele era bom com a banda, péssimo em todo o restante. Ela parecia não se importar. Todas as pessoas do bairro o elogiavam por sua música; ele cantava e tocava violão e flauta. Ela não o elogiava. Ela olhava através dele. Um dia, a foto de seu pai – que esteve durante toda sua vida num porta-retratos de moldura prateada na mesinha de cabeceira ao lado de sua cama – desapareceu.

"Nada, absolutamente nada, pode substituir o amor." Era isso que ela queria em sua lápide, mas uma das suas irmãs, a tia Frudier, a quem ela deixou esta diretiva, considerou arriscado demais. Então, sua mãe foi enterrada sob uma pedra cinza-claro que continha apenas seu nome, não tinha nem o ano de nascimento. Ele, no entanto, pensava nisso como uma chave que poderia usar mais tarde para entendê-la, quando soubesse mais a seu respeito. Quem era ela, essa mulher que era sua mãe? Ele não sabia.

Deitado com Carlotta em sua cama espaçosa, o edredom macio e gelado de cetim azul sob suas pernas, Arveyda lhe contou curiosidades e partes de sua vida. Da figura paterna que ele de alguma forma encontrou na adolescência, enquanto sua mãe olhava, apática, pela janela. Simon Isaac. Ou tio Isaac. Não que ele ousasse chamar o sr. Isaac de "tio" na cara dele, apenas no coração; sabia que nunca deveria chamar ninguém de "tio", exceto outra pessoa negra.

O sr. Isaac era verdureiro no bairro onde Arveyda morava com a mãe. Alto e de ossatura grande, com olhos castanhos taciturnos e uma juba de cabelo ruivo e crespo, ficava sentado na porta da loja tocando violino.

Todas as crianças da vizinhança se amontoavam ao redor dele, as moedinhas espremidas na palma da mão para comprar os doces que ficavam temporariamente esquecidos. Ele as hipnotizava com aquela música perfeitamente linda e improvável – nenhuma das crianças tinha visto um violino antes. E nenhuma ficava mais encantada do que Arveyda, cujos dedos iam furtivos e instintivos parar na caixa do violino. "Rabeca" era a palavra para violino que Arveyda ouvira certa vez em casa. Ele se aproximava cada vez mais para poder sentir a doçura das vibrações no centro de seu corpo; a abertura quase orgástica na base de sua virilha. Foi natural, quando ele finalmente teve um violão barato e uma flauta, se sentar em um engradado de Coca--Cola perto da cadeira reta do sr. Isaac e tocar. Natural, também, que o sr. Isaac incentivasse seus esforços com lampejos rápidos de alegria em seus olhos repentinamente amigáveis; e que, com frequência, à medida que tocavam juntos com cada vez mais facilidade, ele parecia esquecer a presença de Arveyda e só no fim de uma música olhava para ele – marrom, magricelo, empoleirado no engradado de Coca-Cola – e, com um sorriso torto, bagunçasse seus cachos crespos.

— E o que aconteceu? – perguntou Carlotta, imaginando Isaac, o Verdureiro, tocando violino e sem nunca trabalhar.

— Ele era da Palestina. As pessoas do seu povoado que não estavam mortas ou doentes demais para se mudar vieram para cá, para os Estados Unidos. Ele costumava me contar como foi a viagem de barco para cá. Como estava lotado. Como todos estavam com medo de ficar doentes. Tinha tido uma epidemia, algum tipo de praga. E as pessoas estavam todas juntas e realmente fediam, ele disse, de medo. E, quando chegaram à Ilha Ellis, no dia em que chegaram mesmo, ele descobriu um furúnculo na orelha esquerda, um furúnculo grande e purulento, como uma bola de beisebol saindo da orelha, que foi como ele descreveu. Ou como um saco de ovos de aranha, quando se sentia mais modesto. Ele tinha certeza de que tinha pegado a doença. E imediatamente a equipe médica "de jaleco branco", ele sempre dizia assim, subiu a bordo e furou o furúnculo enquanto estavam muito nervosos com um possível contágio. Ele não foi autorizado a sair do navio durante duas semanas, enquanto "aqueles que estavam em posição de autoridade" debatiam se ele deveria ser mandado de volta para a Palestina. Depois disso, levaram-no para um quartel em quarentena, e lá, dia após dia, ele "apodreceu educadamente", como gostava de dizer. Sua orelha começou a sarar, mas o restante começou a se sentir "não tão fantástico".

— Ilha Ellis? – perguntou Carlotta.

Arveyda explicou que a Ellis era como a Ilha Angel, só que na Costa Leste.

Zedé e Carlotta conseguiram não ir para a Ilha Angel, onde a maioria dos imigrantes asiáticos ficava detida, às vezes por anos, antes de ser autorizada a entrar no país, graças à ajuda de amigos norte-americanos ricos, como Zedé mencionou misteriosamente uma vez.

— Foi lá, na Ilha Ellis – continuou Arveyda –, que o tio Isaac viu pela primeira vez um homem nativo de cor. Ele estava limpando o chão com uma vassoura. Não era que ele nunca tivesse visto pessoas de pele marrom, ele me falou uma vez; os árabes na Palestina eram marrons, mas a cor parecia apenas superficial, enquanto aquele homem que ele observava limpando, levemente manco enquanto murmurava letras de músicas e cantarolava baixinho, era completamente de cor, não só a pele e a carne, mas os ossos também. Foi a primeira coisa que ele compreendeu as pessoas de cor: que provavelmente era a maneira gingada como aquele homem limpava, parecendo estar cantando em sua cabeça, que irritava as pessoas brancas, não apenas a cor de sua pele. Na verdade, ele não entendia como alguém poderia se opor a isso. Era difícil de imaginar algo mais claro, como um marrom. "Mesmo que você só gostasse de luvas de couro de bezerro", tio Isaac disse, "mesmo que só achasse lindo um belo par de mocassins cor de sangue! Mesmo que só comesse chocolates Hershey!" E ele ria.

"Acontece que este homem – continuou Arveyda – era um músico que trabalhava na Ilha Ellis como zelador para poder sustentar a si mesmo e à sua família.

"Não demorou muito, e todas as outras pessoas no quartel foram declaradas livres de doenças e foram embora, restaram apenas os dois. Eles conversavam sobre música, usando as mãos, os olhos, sons estranhos e até pulando de um pé só e saltitando. O nome do homem de cor era Ulysses, e, depois que Isaac deixou a ilha Ellis, nunca mais viu nem ouviu falar do homem. Mas ele sempre se lembrava de que em seu último dia naquele lugar, justo quando pensava que ia enlouquecer com o isolamento e o tédio, Ulysses veio com a notícia, muito antes de qualquer anúncio oficial, de sua iminente libertação, e trouxe-lhe também uma revista cheia de imagens do mundo em que estava prestes a entrar, onde nem um único rosto se parecia com o de Ulysses. Tio Isaac disse que ficou olhando as fotos com toda a atenção, com um pavor gelado se instalando em seu peito; que tipo de mundo era aquele, no qual seu amigo sempre presente não aparecia? E então, do bolso de seu casaco marrom folgado, com buracos puídos nos cotovelos, Ulysses tirou uma maçã vermelha brilhosa e ofereceu-lhe. Este presente foi o aperto de mão e o abraço de Ulysses. E isso deixou o sr. Isaac com fome. Pois, incapaz de abraçar uma pessoa de cor, já que Ulysses avisou que era praticamente ilegal fazê-lo, o que ele poderia oferecer? Nada era dele ainda."

Carlotta passou a mão no cabelo acima da orelha de Arveyda. Depois, beijou seus olhos. Ela não tinha de passar por nada do tipo, pensou, feliz. Nunca. Nunca. Nada. Nada. Isso a fez se sentir terrivelmente livre, e ela se deitou no calor reconfortante dele, o brilho da pele complementando o brilho da sua. Ela se aninhou em toda essa *bondade*, que lhe parecia ser a própria carne da terra. Uma pena como as pessoas são tão tolas, pensou ela, por não saberem o bastante para tentar chegar perto daquilo que só poderia lhes fazer bem.

— Era uma maçã mágica – disse Arveyda, sorrindo nos cabelos dela. – Isso aconteceu antes da época das maçãs envenenadas e cheias de drogas. Músicos costumavam carregar apenas coisas saudáveis. É sério. – Ele riu. – Houve até um tempo em que o pessoal da música não fumava baseado. Mas provavelmente nunca um em que não tomavam vinho.

Carlotta sorriu com ele.

— Houve até um tempo – Arveyda olhou com malícia para o rosto dela –, e eu sei que você não vai acreditar nisso, em que a música era tocada suavemente, para ser ouvida. Só os mortos precisam de música alta, sabe. Eu chamo esse rock alto de "música do Drácula", porque você olha em volta e todo mundo está igual a um zumbi, surdos e sem alma, mortos, pulando no chão pesados e sem jeito. Até as pessoas de cor são zumbis hoje em dia. É o suficiente para murchar seus cabelos curtos.

— Você estava falando sobre frutas – disse Carlotta, com uma risadinha.

— Pois eu estava. Então, o tio Isaac mordeu a maçã e pensou no seu futuro. Na Palestina, ele vendia frutas e legumes do pomar com o pai, um homem peludo e virtuoso. Ele tentou fazer a mesma coisa nos Estados Unidos. Sua cesta se transformou num carrinho, o carrinho numa barraca, a barraca numa mercearia. Ele se tornou um sucesso. Mas isso não o deixou feliz, mesmo depois de realizar sua jovem ambição de estudar "na universidade" e aprender a tocar violino. Sentia falta do calor, dos pêssegos e dos árabes. Porque os árabes viviam perto dele na Palestina, assim como as pessoas de cor viviam perto dele em Terre Haute. Muitos dos mortos que ele deixou para trás, seus amigos, eram árabes.

"Quando ficou sabendo que haveria um Estado judeu, recebeu isso como uma desculpa para voltar. Mas ele estava voltando mesmo era para o sol, para as tâmaras, para as amêndoas, para as laranjas, para as uvas, para o som da língua árabe que enchia sua cabeça quando menino, ainda que tivesse falado apenas frases aprendidas na rua. Voltaria para ajudar todos a construir, ele falou. E um belo dia fechou sua mercearia e foi embora."

Foi na mãe que Arveyda pensou na primeira vez em que se encontrou com Zedé. Aquela mulher pequena, triste, de aparência indígena e tão orgulhosa, dissera-lhe Carlotta, de ser espanhola.

Zedé sentava-se no meio de uma sala decorada espalhafatosamente com sofás azul-celeste com franjas na parte de baixo e luminárias com damas coloniais espanholas passeando interminavelmente em torno das bases. Ela estava juntando penas de pavão para fazer capas, usando as penas quebradas e meio danificadas como peças inseridas em bolsas de ombro. Ela o observou com desconfiança, os olhos baixos e rigidamente controlados, como os de um pássaro. Ele conseguia ver que a confundia. Pele marrom, cabelos crespos, corpo lindo, sorriso a postos. Ela o olhou com tristeza, como se se lembrasse dele, e ele achou que ela fungava, como se estivesse resfriada ou prestes a chorar.

Quando Arveyda foi conhecer a mãe de Carlotta, não sabia o que esperar. Zedé tinha a pele mais amarelada* que a de Carlotta, e seu cabelo tinha um tom ruivo descolorido, crespo, em um estilo matronal. Ficou surpreso em ver como ela era mesmo jovem. Essa mulher que, em vida, conheceu magia e sacerdotes, num país onde, por exemplo, a televisão e a caminhonete – até muito recentemente, imaginou ele – eram desconhecidas. Uma mulher que foi presa como comunista,

---

* *Yellower skin* no original. [*N. E.*]

passou anos na prisão – pelo menos três, era o que Carlotta achava – e depois, de algum jeito, conseguiu chegar à América do Norte. Ele se inclinou sobre a mão de Zedé e a teria beijado, mas ela puxou a mão com timidez e enfiou-a no bolso do avental.

Ela estava com uma roupa do mais opaco verde-escuro e, por baixo do ninho que era seu cabelo castanho crespo, queimado e sem vida, seus olhos oblíquos brilhavam.

— Como vai? – perguntou ela no estilo retraído das aulas noturnas na Universidade Estadual de São Francisco.

— Vou bem. E você? – devolveu ele na mesma moeda. Então, porque a pequenez e o acanhamento dela o comoveram, ele acrescentou: – Nada mal.

Carlotta e ela, em sua nova prosperidade, moravam agora em um apartamento espaçoso e bem iluminado na rua Clement, cheia de restaurantes. De um deles, Zedé encomendou o jantar, que serviu com timidez, enquanto Carlotta mostrava o apartamento para Arveyda.

Sozinho como enquanto crescia e como estava agora, Arveyda ficou chateado pelo intenso isolamento das duas. Havia fotos sentimentais de pores do sol e árvores, crianças brancas felizes correndo atrás de balões, mas nenhuma de parentes ou de pessoas que se parecessem com Zedé e Carlotta. No quarto de Zedé, na mesinha de cabeceira, havia uma foto antiga dela e de Carlotta, tirada logo que chegaram a São Francisco. O rosto tenso de Zedé, aparentemente assustado até com o fotógrafo, estava parte na sombra. Carlotta, com o rosto lunar e uma pulseira de contas no pulso minúsculo, se inclinava para fora dos braços da mãe, como se estivesse ansiosa para abraçar a nova terra. No rosto de ambas ele reconheceu a tensão da opressão, da desapropriação, da fuga.

Ele as teria em sua vida por bastante tempo, pensou, se acomodando para uma saborosa refeição vietnamita e sorrindo de uma para a outra, como um homem de escolha insólita.

— É como se você tivesse saído – disse a mãe de Carlotta, chorando após aquele primeiro encontro – e trazido seu pai para casa. Ai, ai! – gritava ela, batendo na cabeça com a palma da mão, um gesto de dor que Carlotta nunca tinha visto, mas que ficou tentada a imitar na mesma hora.

— Ele era índio,* seu pai, e tinha o cabelo crespo.

Mas agora Carlotta e Arveyda estavam casados há três anos. E tiveram dois filhos que sua mãe adorava.

— Arveyda te ama – disse Zedé. – Você pode ter certeza disso. Mas ele e eu também nos amamos desde o início.

---

* *Indio* no original. [N. E.]

Arveyda era rico. Ele tinha mais dinheiro, Carlotta pensava às vezes, do que o governo do país da sua mãe. Certa vez, para provar que ela nunca mais passaria necessidade, ele pegou milhares e milhares de dólares no banco e espalhou-os por todo o quarto com um ventilador. Depois se deitaram nas notas, como se estivessem nas folhas de uma floresta, e fizeram amor.

Carlotta não precisava de nenhum dinheiro dele agora. Ela havia cursado literatura feminina na faculdade. Era isso que ensinaria. Tirar os filhos de Arveyda e Zedé era a única maneira de fazê-los sofrer como ela sofria. Ela não sabia na época quanto estava se machucando.

Resistiu por meses a abrir as cartas deles enquanto viajavam pelo México e pela América Central e do Sul, preferindo pensar neles como mortos. Mas, ainda assim, eram sua única família no fim das contas.

Na verdade, só sua mãe escreveu. Cartas curtas, aflitas, e com perfume forte, que lembravam Zedé vividamente.

"Mija, mi corazón", assim todas começavam. (Minha filha, meu coração.) E era possível ouvir o choro de Zedé. Mas, à medida que as cartas continuavam a chegar, Carlotta, lendo as páginas com círculos enrugados das lágrimas evaporadas, sentiu uma animação no astral da mãe que nunca sentira.

Arveyda e Zedé viajaram por países de incrível exuberância natural. Zedé nunca tinha visto rios como os de lá, os peixes... conheceu um peixe monogâmico, escreveu ela; quando pescaram um no barco e o fizeram para o jantar, seu companheiro nadou furiosamente ao redor do barco e os seguiu por quilômetros... Cada árvore, fruta, pássaro e céu.

Carlotta imaginou a mãe na amurada de um navio, relaxada no corpo de Arveyda, o sol encontrando reflexos brancos em seu cabelo preto, novamente liso.

"A comida, tudo é bom. Muy *delicioso*!", escreveu ela. E Carlotta se lembrou do caranguejo refogado com cebola e pimentão de que sua mãe gostava, e essa era a guloseima que faziam uma vez por mês depois que sua mãe começou a vender os artefatos com penas. Agora ela pensava na mãe comendo o que gostava o tempo todo, se tornando elegante e talvez um pouco rechonchuda, as rugas ao redor dos olhos e na testa se preenchendo. Sua pele perdendo a palidez e ficando bronzeada e vibrante. Ela se deu conta de que nunca conheceu Zedé em paz. Sempre fora ansiosa, preocupada, frenética com as exigências da vida para as duas.

Eles tinham dormido juntos apenas uma vez, Arveyda e Zedé, antes de contarem a Carlotta.

Arveyda trouxera as crianças para Zedé cuidar no fim de semana, como de costume. Seus corpinhos marrons e quentes faziam coisas mágicas com ela. Ela os segurava, se contorcendo e espernando, ou sonolentos e contentes, em seus braços, e suas preocupações pareciam distantes. Naquele dia, estavam brincando na cama grande de Zedé, as crianças no meio, Arveyda e ela nas beiradas. Era um dia cinzento e chuvoso, e o quarto dela era todo rosa. Tocava uma música suave, de um homem, Sidney Bechet, de quem ela gostava. As crianças adormeceram. Enquanto Arveyda levantava seus corpos inertes para levá-los para o outro quarto, ele próprio quase dormindo também, ela sentiu, como já tantas vezes e tantas vezes tentou esconder, um profundo desejo por ele. Mas ele é tão jovem, pensou. El padre de mis nietos. El esposo de mi niñita. Meu genro. Nesse instante, deu uma risadinha, porque sempre confundia a palavra "genro" com "tenro".

Arveyda olhou para ela, o bebê adormecido nos braços, um bracinho rechonchudo aberto em paz. O desejo para ele era como uma nota musical, facilmente lida. Ele sabia.

Quando voltou, se sentou no chão ao lado da cama. Sua voz falhava.

— Não podemos fazer nada sobre isso, né?

— Não – respondeu ela com a voz trêmula também. Tentou rir. – Eu sou avó. É isso. – Ela quis dizer: "Isso é tudo."

— Mas eu te amo – disse ele. – Não como uma avó... talvez um pouco como uma mãe. – Ele se desculpou com o sorriso que estava em sua voz. Seu rosto ainda virado para ela. – Não – completou ele –, como uma mulher. Zedé. Eu amo a Carlotta; não se preocupe. Eu também te amo.

Há quanto tempo isso estava crescendo entre eles?, ela se perguntou. Desde o primeiro dia, desde o primeiro encontro. Ela sentiu o cheiro do seu cabelo quando ele se inclinou em direção a sua mão. A picância, o cheiro das flores do povoado. Ela retirou a mão e a escondeu, em chamas. Afinal, ele era de Carlotta. Carlotta o havia encontrado.

— Não podemos fazer nada, exato – disse ela com firmeza. Mas com um ponto de luz brilhante, quente, crescendo em seu coração e entre as pernas, ela de repente ficou molhada.

Sua mão tremia quando tocou o cabelo dele, e o cheiro dele – o cheiro de bebês bem alimentados e que dormem em segurança – chegou às suas narinas. O cabelo dele. Havia mechas grisalhas. Brilhos em vermelho e castanho.

Armado, firme, um pouco crespo. Exatamente a sensação da seda crua. O único cabelo assim – *pelo negro* – do mundo. Passou os dedos por ele, puxando. Testando o toque leve e resignado. Tentando ser *la madre*. Tentando ser *amigos*. Seu útero se contraiu tão forte que quase gritou.

Rezou para que Arveyda não se virasse e olhasse para ela. Ele olhou. A centímetros de distância. Seus dentes brancos, seu bigode e barba. Os olhos castanhos tão cheios de dor. Seu hálito doce. Como coco. Sorriu ao pensar em coco; ela era uma campesina! Ele se inclinou para beijar o sorriso. Ela recuou.

— E você, Zedé? – perguntou ele. – Sou apenas um genro para você? Eu sei que nunca poderemos fazer nada... mas quero saber.

— Ah, eu – ela começou a dizer, tentando soltar uma risadinha que negasse seu coração quente e a luz em seu ventre, a umidade quase chegando a suas coxas. O sorriso, tão falso, tão incapaz de todo o engano que lhe era exigido, se transformou em lágrimas. Arveyda segurou o rosto dela nas mãos. Que se tornou mais jovem desde que ele a conheceu. Os olhos de pássaro não se moveram tanto, a contração desapareceu. Restava apenas a tristeza dos despossuídos do amor. Ele a beijaria para que tudo fosse embora.

Zedé só fizera amor duas vezes na vida. Até conhecer Arveyda não tinha sequer pensado em sexo; estava sempre muito ocupada e suas lembranças eram muito dolorosas. Embora tivesse feito sexo, foi breve. Às vezes, a filha era a única prova de que um homem fizera amor com ela. Agora era como se tivesse um novo corpo. Arveyda beijava tudo, do jeito que ela gostaria que alguém que ela amasse a tivesse beijado quando estava *embarazada*. Sob seus lábios, ela sentiu o florescimento de seu útero murcho, e sob sua língua, seu sexo fechado ganhou vida. Os pelos de seu corpo eriçados feito árvores. Na verdade, a luz que sentia dentro de si, no ventre e no coração, agora a cobria completamente; ela se sentiu dissolver na luz.

Mais tarde, deitados na cama, exausta pelos orgasmos que abalaram seu centro, Zedé traçou voltas e mais voltas na verruga preta no mamilo direito de Arveyda. Ambos estavam relaxados e frenéticos.

— Isso não vai acontecer de novo – disse ela. – Não pode.

Seus lábios foram atraídos pela verruga. Ela o beijou sem pensar.

— Não – respondeu Arveyda. – Me desculpe. Foi tudo culpa minha. – Seu rosto estava perdido nos cabelos dela. Ele cresceu novamente entre suas coxas. Ela ficou molhada.

— Mamacita. Papai. – Era o filho mais velho, Cedrico, chamando, acordando.

Durante meses, eles se evitaram. Mas ela adorava sua música e colocava para tocar no aparelho de som o tempo todo, então ela trapaceava. Ele nunca saiu de perto dela, embora estivesse se apresentando em outras cidades e outros países. Ela ouvia a música e, às vezes, chorava. Algumas vezes, chorando, se deitava na cama rosa, com a mão entre as pernas. Havia uma música, em particular, de seu último álbum, que a deixava de joelhos. Ela sabia que ele compôs enquanto pensava nela. Ela poderia gozar apenas ouvindo tal música.

Arveyda vivia com as roupas que ela fazia para ele, ganhando finalmente o apelido de "Pássaro", ou, como ele adorava traduzir, "Charlie Parker, o Terceiro". Envolto em sua capa de penas, com suas botas aladas, ele enviava sua alma voando para Zedé enquanto mantinha seu corpo, pensamento e atenções em Carlotta, a quem não deixou de amar. Só que agora começou a achar que era Zedé o que ele amava em Carlotta. Olhando com toda a atenção para o rosto de Carlotta, ele procurava vestígios de Zedé. Quando encontrou, beijou-os com reverência.

Como se diz à pessoa amada que também está apaixonado pela mãe dela? Além disso, provavelmente era ilegal. Arveyda quebrou a cabeça pensando no problema; sua música, tão suave e oscilante, agora era torturada e estridente. Às vezes, nos ensaios, e até nas apresentações, ele tocava o violão em transe.

A música de Arveyda era tão linda que ninguém se importava com o tempo que ele ficava tocando. Lá estava ele, suas pernas finas em jeans leve, as botas de camurça marrom com penas brilhando nas luzes estroboscópicas, uma parte de seu peito afilado revelada; seu rosto, o rosto de uma pessoa profundamente espiritual, intenso, atrás do violão ou da flauta. Não era à toa que ele era rico e famoso: Arveyda e a sua música eram remédios, e, vendo-o ou ouvindo-o, as pessoas sabiam disso. Aglomeravam-se ao redor dele como faziam antes com os sacerdotes. Ele não as decepcionava. Sempre que tocava, era com o coração e a alma. Sempre, embora pudesse estar muito cansado, ele tocava com fervor e devoção. Mesmo que a música fosse sobre transar – e, porque ele adorava transar, muitas eram sobre isso –, era sobre a foda que o universo promove através de nós enquanto fode com ele mesmo. O público sentia tanto isso que havia uma piada sobre a quantidade de bebês Arveyda concebidos em noites de show na lua cheia.

Ele tocava para a mãe falecida e para o pai que mal conheceu; a saudade de ambos saía do violão em lamentos e lágrimas. Havia uma nota melancólica na música que ele tocava quando sentia falta deles. Carlotta tinha a pele negra clara amarelada.* A cor jovem e esperançosa da imigrante, a cor do equilíbrio, a cor das folhas de outono, metade das flores do planeta, a cor da resistência e do otimismo. Verde era a sua cor, um verde suave, a melhor cor para os olhos e para o coração.

---

* *Yellow* no original. [*N. E.*]

E Zedé... A cor de Zedé era pêssego, ou rosa, ou coral. As cores do útero, as cores da mulher. Quando tocava para ela, fechava os olhos, acariciava e entrava em seu corpo, que imaginava translúcido feito uma concha. Ele se lembrava de fazer amor com ela e se imaginava como a luz dentro da concha rosa, translúcida. Muitas vezes ele chorava enquanto tocava.

Carlotta não conseguia acreditar na beleza da nova música, por mais dissonante que às vezes fosse, e lamentosa. Ela ficava sentada na plateia vendo-o tocar e, embora morasse com ele, sentia como se fosse um estranho, distante dela, distante de qualquer pessoa. Se ela conseguisse arrastar Zedé para uma apresentação, recorreria a ela, emocionada com um novo riff. Mas Zedé inevitavelmente mantinha a cabeça baixa. Carlotta nunca se lembrou de como se deu conta pela primeira vez.

Durante meses, Arveyda e Zedé mal se viram. Isso, Carlotta sabia. Arveyda vivia viajando; na maioria das vezes Carlotta ia com ele. Zedé ficava na casa dela e cuidava das crianças. Toda noite, enquanto estavam fora, Carlotta ligava para saber como estavam. Cedrico estava comendo? Angelita estava fazendo xixi na cama? Sentiam saudades dela e de Arveyda? Zedé respondia às perguntas com energia e entusiasmo. Sim, Cedrico sentia saudades, mas era "un niño muy grande". Sim, Angelita fazia xixi na cama, mas isso era sinal de sorte (alguma superstição do velho país, Carlotta presumiu, e Zedé nunca explicou), e os dois estavam comendo como loucos. E assim por diante. Depois de um resumo das atividades na cidade onde estavam hospedados, e depois de Zedé mencionar qualquer pequena notícia que tivesse, um silêncio constrangedor se instaurou.

— Você não quer saber sobre Arveyda? – Carlotta tinha de perguntar.

— Ah, quero, muito – respondia a mãe. Mas então Carlotta tinha a nítida impressão de que a mãe não estava ouvindo. Ela não tinha como saber que cada palavra sobre Arveyda era uma facada.

Toda noite ela contava a Arveyda sobre as crianças. Ele nunca perguntava nada sobre Zedé.

— Você não quer saber sobre minha mãe? – perguntou uma vez com raiva, desprezando a indiferença dele ao sacrifício que sua mãe fazia para cuidar dos filhos.

— Óbvio que quero, quero, sim – murmurou ele, distraído, depois olhou abstraído e taciturno para a porta.

A princípio ela pensou que fosse ódio. Mas como eles poderiam se odiar? Eram os melhores amigos dela que, era o que achava, se gostaram logo de cara.

Quando iam buscar as crianças, depois de semanas de ausência, Arveyda nem se dava ao trabalho de agradecer a Zedé. Ele mal olhava para ela. Zedé, para uma pessoa tão retinta, ficava muito pálida.

Certa noite, jantando em um restaurante, Carlotta finalmente se manifestou. Eles ficaram sentados como paus durante toda a refeição.

— O que eu fiz para merecer a tortura requintada que vocês dois estão me infligindo? – perguntou ela no que esperava ser um tom de brincadeira.

— O que você quer dizer? – rebateu sua mãe rapidamente.

Carlotta olhou para Arveyda.

— Vocês nunca mais conversam, nem sequer olham um para o outro. Isso é um inferno para mim. Qual é o problema? Vamos, pelo menos olhem um para o outro.

Pensou ter visto pânico nos olhos da mãe. Mas Zedé levantou a cabeça e olhou para Arveyda. Arveyda, porém, pediu licença, se levantou da mesa de cara fechada e saiu.

Ela os observou naquele esforço até que também ficou exausta e um dia forçou sua mãe chocantemente jovem, vulnerável, inexperiente, aterrorizada e pálida como cinzas a pôr a história para fora.

Quando confrontou um cansado Arveyda, agora demasiado apático para pensar em criar trabalhos novos e, Carlotta suspeitou, procurar drogas, ele apenas disse:

— Os gregos saberiam como lidar com isso. Eu não. Zedé e eu somos culpados por nos apaixonarmos.

— Mas ela é minha mãe – esbravejou ela.

— Nem me fala.

— Ela é mais velha que você!

— *Jura?* – zombou ele.

— Mas ela é avó dos seus filhos – disse Carlotta.

— Ela é também artista – Arveyda retrucou.

— Como você pode amar a minha mãe? – Ela chorava.

— Você não a ama? – perguntou ele.

Eles conseguiriam sair dessa, pensou ela, se Arveyda e a mãe nunca tivessem transado. Mas, quando perguntou, ele foi direto:

— Fizemos amor uma vez. Não temos intenção de fazer isso de novo. – Ele fez uma pausa. – Pedir sua compreensão e perdão parece a personificação do sentimentalismo barato.

Mas e a dignidade dela?

Zedé veio vê-la, abraçando as pernas de Carlotta, o rosto pressionado nos joelhos, as lágrimas tão abundantes que encharcaram a saia da filha.

— Eu posso namorar agora. Em breve, prometo, vou me casar com alguém que amo. Nós iremos embora. Para o México, talvez. Vou tentar sair do seu caminho.

O coração de Carlotta estava partido. Ela o sentiu inchar com lágrimas e rachar. O que sabemos sobre qualquer coisa, afinal?, refletiu ela. A cena com a mãe esvaziou-a de qualquer conhecimento. Mais uma vez, como quando era criança, ela sentiu que não sabia de nada. Se a cadeira em que estava sentada de repente se transformasse numa canoa que flutuava pela janela no rio das lágrimas de Zedé, ela não ficaria surpresa.

Uma característica curiosa no rosto de Suwelo eram as sobrancelhas. Eram como crescentes exagerados sobre seus ousados olhos pretos e prematuramente grisalhas, o que às vezes lhe dava um olhar de coruja. Era assim que estava agora, sentado à janela de um trem a caminho de Baltimore, o corpo alto e um pouco acima do peso curvado para aproveitar o restante da luz da tarde que passava por cima de seu ombro. Mordia distraidamente o lábio inferior carnudo e bem delineado, enquanto tentava ler o novo romance de um velho conhecido seu:

"Forçando a cabeça de Jackie para trás, ele estocava... nela, esperando... Meia hora depois, estava em cima dela, fazendo-a gemer de prazer, enquanto galopava com seus cavalos até um final divino."

Sem paciência, folheou as páginas, procurando por mais notícias de Jackie, alguma palavra sobre o desenvolvimento desse relacionamento sem atrativo algum, mas não encontrou nada. Em outros momentos do romance ela foi vista se vestindo, fofocando com as amigas e saindo para fazer compras de mercado. Embora fosse o principal interesse amoroso do livro, ela nem transou outra vez, provavelmente para seu alívio, pensou Suwelo, enquanto espiava a cena horripilante de sedução do herói com uma estudante de um terço de sua idade, na qual as drogas tinham um papel de destaque.

Sua geração de homens havia decepcionado as mulheres – e a eles mesmos –, refletiu ele, tirando os óculos de armação de tartaruga e acariciando a ponta de seu nariz generoso e um tanto brilhante. Apesar de todo o seu ativismo e desenvolvimento político durante os anos 1960, de toda a sua compreensão da abrangência da opressão, para a maioria dos homens, o lugar preferido das mulheres continuava sendo o lar; a posição preferida das mulheres, onde quer que estivessem, de bruços.

Ele jogou o livro de lado; em seguida, pegou-o novamente pensando em se perguntar do que realmente se tratava. Tratava-se de um roubo, do julgamento do acusado, o herói, da sua condenação e execução (porque todas as testemunhas do crime tinham sido assassinadas), e da constatação, pela cidade, mais tarde, de que o homem executado era inocente.

Mas ele não era totalmente inocente, pensou Suwelo. Ele estuprara Jackie, ainda que, como Suwelo viu agora, na última página houvesse um bilhete do herói para a enlutada Jackie, lembrando-a de todos os bons momentos que passaram e de como ele estava feliz por tê-la como sua "sua mulher".

Suwelo bocejou. Então sorriu ironicamente ao pensar nas próprias tentativas fracassadas de fazer de Fanny ou Carlotta "sua mulher".

Seu tio-avô Rafe já havia sido cremado quando Suwelo chegou à casa. Foi uma cerimônia rápida e tranquila que homenageou Rafe como alguém discreto, ativo na comunidade, um homem de paz. Olhando ao redor da pequena sala, Suwelo ficou surpreso ao ver, em sua maioria, mulheres, idosas, corcundas, pálidas e empoadas, várias delas, e só dois homens, com ternos verde-musgo da cor de rapé característicos de senhores de cor, apoiados em bengalas e com cara de quem se perguntavam se seriam os próximos.

As cinzas de seu tio-avô lhe foram apresentadas em um frasco antigo e falso de boticário que lhe era familiar; achava que vira o original num museu. Depois que os amigos foram embora, Suwelo ficou sozinho na casa que tio Rafe havia deixado para ele. Era uma pequena casa geminada, típica da antiga Baltimore, numa rua que, ao longo dos últimos anos, fora implacavelmente gentrificada. A casa de seu tio foi reformada por fora, acompanhando a gentrificação, provavelmente para aplacar os novos vizinhos *yuppies*, mas por dentro era a mesma de quando Suwelo era menino. Pés-direitos altos, madeira escura, cômodos cheios de argueiros, móveis antigos e pesados, uma enorme mesa de jantar toda arranhada com base em forma de pata de leão. Ainda havia um elevador de alimentos em funcionamento, que durante anos seu tio usara para subir com o carvão do porão.

Enquanto andava pela casa, limpíssima e imaculada, com capas brancas nas poltronas e cadeiras e guardanapos engomados reluzindo intensamente a luz suave dos candelabros antigos, Suwelo percebeu que não era tão pequena assim no fim das contas. Começou a subir, para investigar os três andares. Haviam passado óleo no corrimão recentemente; estava brilhando sob sua mão. Existiam fotos por toda parte, os rostos tão vívidos que ele se viu parado, olhando, como se fossem os rostos cativantes de estranhos na rua. Reconheceu outros parentes: seu avô, seus outros tios-avôs, suas tias. Sua prima Rena. Seu marido, Mose. Sua mãe, sentada com um olhar assustado e desiludido em um balanço no gramado, e, ao lado, seu pai. O pai dele. Seu pai perdeu um braço na Segunda Guerra Mundial. Na foto, com a manga da blusa levantada e o chapéu na cabeça de um jeito todo convencido, ele ainda estava orgulhoso. Mas não por muito tempo. Suwelo suspirou profunda e cansadamente ao ler a inscrição: "Para Unk, amor, Louis e Marcia." E, suspirando, passou pelo olhar impetuoso do pai, pelo ar de cativa indefesa da mãe, e subiu a escada. Ele não podia, não ia pensar neles; ele queria ser feliz. Era estranho e bom ser proprietário de uma casa, embora pretendesse vendê-la o mais rápido possível. O dinheiro que tio Rafe também lhe deixara duraria cerca de um ano, tempo suficiente, ainda mais com o dinheiro da venda da casa e com o tempo que isso lhe dava, para colocar sua vida em ordem.

Com todo aquele espaço que, por ser tão silencioso e desprovido de vida, parecia realmente muito grande, Suwelo se divertiu ao descobrir que o tio Rafe escolhera o menor quarto da casa para ser seu. Era algo entre um quarto e um armário, de frente para o quarto principal, que era quatro vezes maior, e com a cama de solteiro do tio ocupando quase o quarto inteiro. Esse quarto também foi arrumado e limpo de forma impiedosa. Embora parecesse pobre e vazio, a arrumação era praticamente clínica. A cama barata de madeira tão polida que resplandecia. As janelas brilhavam e as persianas estavam arrumadas com precisão. O colchão de borracha havia sido lavado e dobrado ao pé da cama, como uma enfermeira – ou um soldado do exército – teria feito.

Ele supôs que a enfermeira tinha limpado tudo. Ficou se perguntando. Ao lado da cama do tio havia várias pilhas organizadas de revistas da *National Geographic*. E jornais, uma revista *Life*, uma *Ebony*, várias edições da *Jet*, que, Suwelo lembrou, seu tio amava. Havia também – ele parou, pegou e abriu – um livro velhinho, *Servidão humana*. Ele levou o livro consigo enquanto vagava pelo restante da casa.

Enfim, se instalou no quarto principal. Parado diante da janela lateral que dava para o quintal, avistou uma mulher negra – jovem, elegante, talvez na casa dos trinta, arrancando ervas daninhas do jardim. Enquanto observava, um homem asiático, muito bonito e com um sorriso estampado no rosto, saiu para abraçá-la. Segundos depois, duas crianças com idade de quem já devia frequentar a escola foram correndo até eles. Aparentemente, alguém disse alguma coisa engraçada, pois todos riram, e o menino, de seis ou sete anos, começou a empilhar e descartar os detritos que sua mãe indicou.

Do outro lado, um casal branco estava dando uma festa, e deviam estar em um dos grupos que ele viu, supôs. Havia cerca de uma dúzia de pessoas; estavam conversando, ouvindo música e bebendo com vontade. Eram muito barulhentos, mas não havia nada de assustador na ocasião.

Em ambos os lados da casa do tio – ele ainda não pensava nela como sua –, os quintais tinham um aspecto de reestruturação cuidadosa, canteiros elevados para legumes e flores, por exemplo, que combinavam com as casas recentemente modificadas. O quintal de seu tio era diferente. Era apenas o quintal, muito simples, plano, com uma fina camada de grama bem aparada e um carvalho que se espraiava pelos fundos de três quintais. Debaixo desta árvore tinha um "celeiro" feioso, falso e de metal que seu tio deve ter usado como depósito de ferramentas.

O quarto em que ele estava tinha pé-direito alto, três janelas grandes que davam para a rua, uma lareira, móveis maciços de carvalho que tinham uma presença (como se várias pessoas enormes e pretas habitassem o quarto) e uma cama gigante que era a coisa mais convidativa que ele havia visto até então em sua viagem. Cansado, sentou-se na cama, maravilhado com o trabalho na madeira, o entalhe antigo e elegante, e com a altura que estava do chão.

Uma cama de rainha ou rei. A roupa de cama, o cobertor leve e o edredom eram imaculados, cor de marfim, e a colcha, uma manta extremamente antiga, rendada e feita à mão, tão delicada que ele hesitou por um instante antes de colocá-la de volta. As fronhas eram debruadas com renda.

Ele planejara ficar uma semana, apenas o tempo que levaria para colocar a casa à venda, resolver pendências do tio e receber o dinheiro que lhe fora deixado. Quando se deu conta, duas semanas se passaram. Toda noite ele ligava para Fanny. Toda noite a voz dela era a mesma: fria, distante, sem qualquer interesse por ele. Ele perguntava se ela estava dormindo bem, pois sabia que há muito tempo era atormentada por pesadelos. Algo a ver com o príncipe Charles sorrir para ela, mas com dentes de África. Também perguntava se ela estava comendo bem. A cada pergunta ela só murmurava com aquele tom ausente que tanto o irritava: "Tudo bem, tudo bem." Nas noites passadas em claro, ele se dedicava a mais uma faxina na casa do tio. Começou com todas as caixas de quinquilharia no porão. Havia muitas caixas com roupas velhas; em uma delas ele encontrou botões de pérolas e um vestido de noiva – velho, mofado, comido por traças. E mais caixas e caixas com revistas e livros. Centenas de romances, mas também livros ensinando a falar inglês, sobre botânica, sobre navegação. Na terceira semana, alugou um caminhão e foi até o lixão.

Aos poucos, ia esvaziando cada andar. Na cozinha, encontrou pouca coisa para jogar fora. O que não o surpreendeu; desde o primeiro dia na casa ele foi alimentado, como seu tio deve ter feito antes dele, pelas senhorinhas que estavam na cerimônia pós-cremação. Embora senis e lentas, não haviam perdido nenhuma de suas consideráveis habilidades culinárias. Suwelo nunca tinha comido tão bem na vida: três grandes refeições por dia, servidas à porta de forma tão pontual quanto o nascer do sol. Elas não paravam para conversar. A campainha tocava, ele ia atender, duas senhorinhas escoradas e guiando uma à outra iam em direção a um carro ou subiam a rua. Às vezes, se viravam e acenavam. De vez em quando, ele chegava à varanda a tempo de cumprimentá-las.

À noite, ele se sentava em frente à velha televisão, comendo o suculento jantar de frango ensopado ou peixe refogado, e sua vida, pela primeira vez desde que era criança, parecia protegida por anjos, materialmente sólida, espiritualmente segura. Ele estava quase feliz.

Na casa do tio Rafe, Suwelo sempre estava num estado de espírito bastante ocioso. Sua vida havia estagnado, pelo menos a vida que ele achava estar construindo com Fanny, e ele ficou no aguardo. Às vezes ele sentia como se seus pés literalmente não tocassem o chão. Era um alívio. E às vezes também, pensava ele; era algo que aquele dinheiro, suficiente para sustentá-lo por um tempo sem se preocupar, lhe permitia fazer. Mais um dos muitos privilégios dos ricos, mas apenas se fossem inteligentes o bastante para não estragar esse tempo ocioso pensando em dinheiro.

A essa altura, Suwelo já havia garantido o seu. Ele conferia sua caderneta com frequência para provar a existência: US$ 26.867,03. Era isso que ele tinha para se virar. Além de uma casa antiga e recentemente valiosa em perfeitas condições. Uma casa que o seduzia aos poucos. Não eram apenas os tetos, tão altos que os pássaros entravam pelas janelas abertas e ficavam alguns minutos antes de voar novamente, ou os móveis antigos e confortáveis nos quais ele afundava quase a perder de vista. Não eram os pratos de comida deliciosa que apareciam sem parar. Na verdade, era – ele refletiu sobre isso – o quarto principal. A cama.

Esparramado em sua maciez felpuda, a manta de babados nos ombros, as costas apoiadas nos travesseiros rendados e estaladiços, os olhos sonolentos por causa do fogo na lareira e da taça de vinho que se permitia à noite, Suwelo experimentou uma sensação de bem-estar que o surpreendeu. Na verdade, se alguém pudesse vê-lo, com os olhos de coruja fixos no fogo, a boca relaxada, o corpo mole, diria que ele *parecia* atordoado, como se alguém lhe tivesse batido uma vez, com força, na cabeça e ele tivesse deitado para se recuperar.

Foi na sua ociosidade que ele começou a ver quanto seu tio Rafe havia escrito. Nas capas dos livros e nas margens, nos blocos de notas e até em alguns rótulos de frascos de remédios. Suwelo fez uma imagem do tio – que não o via desde a época da faculdade, há quase vinte anos –, um velho gagá, trêmulo e resmungão, um solteirão lendo sobre o mundo, mas que aos poucos perdia seu lugar nele, falando sozinho enquanto escrevia pequenas anotações.

"Nada bom. Forçado. Banal. Eu poderia fazer melhor." Uma sinopse rabiscada em um livro de Ernest Hemingway: "Grande fanfarronice. He-Man", vinha em seguida na contracapa.

"Presidente biruta. As pessoas não enxergam? Elejam um louco. O que ganham? Loucura." Em um jornal velho, com uma foto de Eisenhower na primeira página, amarelada e rasgada ao meio.

"Entre a cruz e a espada. Eleitores de cor. Dois partidos, mas apenas uma raça por trás deles: a branca." Na capa da *Life*.

A princípio, essas anotaçõezinhas do tio divertiram Suwelo. Embora ele mesmo estivesse se aproximando da meia-idade, tinha a opinião comum entre os relativamente jovens de que os idosos chegam tão perto da realidade quanto uma caricatura.

"Lissie me ligou hoje. Chorando. Uns branquelos mexeram com ela. O ônibus estava lotado de brancos voltando de um jogo. Fizeram-na descer e seguir o caminho andando. Estava toda vestida com renda branca. Ficou enlameada." Isso estava escrito, por incrível que pareça, numa caixa de sapatos no armário do quarto principal. Uma caixa de sapatos que continha, na verdade, um par de sapatos femininos brancos e fora de moda. Tamanho 35. Muito sujos.

"Lissie vai me matar. Preciso ser forte. Maldição." Escrito, incrivelmente, em um guardanapo de linho usado e embolado no bolso de uma calça preta velha e elegante.

"Preciso dizer a Lissie que não se preocupe com..." Neste não tinha conclusão, como se seu tio tivesse sido interrompido enquanto escrevia o bilhete no verso de um envelope.

Mas quem era Lissie?

Ele começou, quase inconscientemente, a examinar de novo os quadros nas paredes. Havia fotos do tio Rafe de quando era muito jovem, logo depois de ter chegado da Ilha. Devia ser seu primeiro dia no emprego como carregador de vagão-leito no Baltimore Limited, o trem que "destruiu" os trilhos entre Baltimore e Nova York, sobre o qual tio Rafe falara como se fosse um parente. Ele estava com um sorriso enorme no rosto e ostentava seu quepe azul e vermelho de porteiro, todo feliz. Adorava falar sobre a quantidade de comida que "ela" recebia, como ela era quando sua "raiva aumentava". Como ela "seguia os trilhos". Como nenhum dos outros trens "chegaria aos pés dela". (O que significava, perguntou-se ele, "chegar ao pé" de alguma coisa, especialmente de um trem. Como essa expressão surgiu pela primeira vez na língua?) A mente de Suwelo costumava divagar, mesmo quando tio Rafe ficava mais animado com a vivacidade de suas lembranças. Seus olhos castanho-escuros e meio sombrios brilhavam, e uma vez ele disse algo sobre uma gorjeta miserável que um avarento milionário branco lhe dera e riu estrondosamente, as têmporas salientes, a cabeça caída para trás, a boca aberta, revelando dentes tortos, mas muito brancos e fortes.

Ele foi carregador durante cinquenta anos. Carregava, principalmente, bagagens de pessoas brancas. Às vezes, para tirar umas "feriazinhas no trabalho", ele se esgueirava atrás de uma linda mulher "de pele marrom" com "um corpo violão", a caminho do vagão fuliginoso da Jim Crow, e insistia em carregar a bolsa dela. Esses eram os momentos que tornavam seu trabalho suportável, e ele aprendeu a criar encontros tão breves, pequenos instantes de deleite para si mesmo, enquanto o trem corria pelos trilhos. Ele se dava bem com crianças (que quase imediatamente o tratavam como "tio") e seus animais de estimação. Jovens mães viajando sozinhas o adoravam. Era prestativo, modesto, ágil e sabia seu lugar – as pessoas viam isso facilmente em seu comportamento – porque ele, como tantos homens de cor, havia aperfeiçoado a arte de fazer as coisas mais íntimas por e para pessoas brancas, sem olhar para elas uma única vez. Era uma habilidade inestimável.

No fim da viagem, suas novas "amizades" vinham com moedinhas de cinco centavos, dez centavos e, às vezes, de vinte e cinco centavos num aperto de mão. De vez em quando, cinquenta centavos. Ele ria, conversando com Suwelo e os outros parentes reunidos ao seu redor (e em torno das montanhas de boa comida que sempre tinha na casa do tio Rafe) sobre como a comida sofisticada do trem, de que ele pouco gostava, era distribuída pela janela aos mendigos e como, num período da Depressão, ele desenvolveu uma "pança", na qual carregava presunto e rosbife suficientes para alimentar a família órfã no fim da rua.

— Os crioulos roubam. Pois é mesmo! – disse ele, rindo como um louco.

Suwelo imaginou seu tio pelo ponto de vista do seu posto como um homem branco. Uma presença alta, arredondada, embora nunca gorda, um tanto carrancudo; um ser cujos olhos eram tão inexpressivos como os olhos vítreos de um brinquedo. (Suwelo achava que os próprios olhos ousados, mas estranhamente nada reveladores, pareciam os do tio.) Um homem grande e preto, um urso, curvando-se para os brancos, servindo-os por cinquenta anos. O cheiro de seus cabelos sempre em seus rostos, seus pequenos desejos e necessidades na viagem de Baltimore a Nova York, o ímpeto para a maior parte de sua atividade, as palavras "Cabineiro!" ou *Ei, rapaz*", seu sinal para entrar em ação genuinamente encantada ou, pelo menos, interessada. Que pesadelo, pensou Suwelo, um pesadelo dos infernos. E como era estranhamente comovente o tio Rafe adorar comer, beber vinho e dançar (ele dançou de forma tão bela até a velhice) em sua casa – o alojamento espaçoso e organizado de um solteirão de pedra, ou assim pensava Suwelo –, com a família e amigos, e se sentava numa boa e contava sobre seus dias no trem, e não apenas gargalhar, mas fazer todo mundo gargalhar junto.

E a *intensidade* da gargalhada! A maneira como parecia vir de tão fundo que até arranhava a parte interna dos pés. Ninguém mais gargalhava daquele jeito. Parecia que nada mais era engraçado o bastante. Quando seu tio e seus convidados paravam de rir, ficavam mais leves, mais serenos; até suas atividades eram realizadas com mais graça. Era como se o riso os aliviasse e compartilhá-lo pusesse tudo que era risível e insuportável em sua devida perspectiva.

Como ele gostaria de poder rir daquele jeito agora, depois da bagunça que tinha feito com sua vida junto de Fanny. E depois da covardia que havia demonstrado em seu relacionamento com Carlotta. Fanny adorava gargalhar, exibindo o espaço irresistível entre os dentes da frente, como se ainda vivesse na África, onde o diastema é distintamente um sinal de beleza; uma lacuna que às vezes beliscava sua língua. Mas ele não conseguia se imaginar parte das risadas agora. Seu lugar seria o do branco avarento, aquele que explorava; ou das crianças e de suas mães agradecidas, que mesmo assim nunca *enxergavam*. Pensou em Fanny e Carlotta rindo juntas – dele.

Certa manhã, um senhor, que Suwelo reconheceu como um dos dois que compareceram à cerimônia pós-cremação de seu tio Rafe, tocou a campainha. Ele estava parado ali com a camisa de trabalho, calças velhas e botas, cambaleante. Depois de um mínimo de gentilezas – "Bom dia. Está quente depois de um tempo, hein. Como vai?" –, ele anunciou que veio "cortar a grama".

Sem dizer uma palavra, Suwelo o conduziu pela casa e saiu pela porta dos fundos. Uma vez no quintal, observou o velho destrancar o galpão e pegar um cortador de grama tão antigo quanto todo o restante da casa. Ele começou a empurrá-lo para a frente e para trás pelo minúsculo gramado, cortando as pontas das macias folhas de grama com grande maestria e serenidade. Suwelo ficou impressionado.

— Eu me chamo Suwelo – disse quando o velho terminou, guardou o cortador, passou o ancinho na grama e devolveu as ferramentas ao galpão. Suwelo ficou ao seu lado enquanto ele lavava as mãos na água da torneira externa e usava um grande lenço amarelado para secar o suor do rosto.

— Eu sei quem você é – disse o velho. – Conheci seu pai e sua mãe. E o conheci quando você era menino, antes de mudar seu nome. "Louis Jr.", a gente o chamava. Ou "Louizinho". – Ele suspirou. – Você não vai se lembrar de mim. Meu nome é Jenkins. Harold D., de Davenport. Mas pode me chamar de Hal. – Ele sorriu. – As crianças sempre me chamavam de "senhor Hal". Muito prazer. – Ele estendeu a mão úmida, que Suwelo pegou, surpreso com a suavidade e fragilidade, a mão de alguém que agora trabalhava duas ou três horas por mês, no máximo.

Suwelo ofereceu uma xícara de café ao senhor Hal, que aceitou. O senhor Hal se sentou confortavelmente à mesa da cozinha, como se estivesse acostumado a sentar ali. Quando ele se mexeu na cadeira e sentiu o ligeiro desnível das pernas, soltou o tipo de grunhido exasperado que alguém dá quando uma peça de mobília a irrita o tempo inteiro há vários anos.

— Se importa se eu trocar? – perguntou ele, já se levantando da cadeira irritante. – Aquela...

— Você conhece meu tio há muito tempo? – perguntou Suwelo.

— A vida inteira, praticamente. Éramos meninos na Ilha. Nós dois viemos de povos que fabricavam móveis. Fomos juntos para a Primeira Guerra Mundial, a Grande Guerra. Casamos... – Aí ele parou. Olhou para o seu sapato.

Ele era um homem bem pequeno. Sua cabeça era alongada; o cabelo, naquele tom de cinza estranho que parece ser cabelo branco ficando preto novamente, curto. O bigode era bem cuidado, escovado acima do lábio. A pele era queimada de sol e macia do jeito que a pele dos idosos e dos bebês são. Seus olhos eram extraordinariamente grandes e, pensou Suwelo, belos. Por belos, quis dizer que havia neles uma qualidade de paciência, de terem aprendido quando falar e quando permanecer em silêncio. Como os olhos de muitos idosos, tinham um tom azulado e as pupilas escuras eram bem grandes.

— Tenho mexido nas coisas do meu tio – disse Suwelo.

— Ele deixou muitas coisas, né. Nunca abria mão de nada. A menor coisa que ele conseguia guardava.

Isso foi dito com naturalidade e em tom de "não te invejo".

— Ah, estou gostando – disse Suwelo. – Sinto que estou conhecendo meu tio pela primeira vez. Queria que tivesse o nome das pessoas nas fotos que tem aqui. Os rostos são tão expressivos. Parece que todos estão tentando falar, mas sem os nomes não consigo ouvir.

— A maioria das mulheres é Lissie – contou o senhor Hal. – Os homens são vários. Seu pai. Primos. Tios. Avô. Talvez uma tia ou outra mulher, mas não me lembro de mais ninguém.

— Mas tem muitas mulheres – pontuou Suwelo.

— Lissie é muitas mulheres.

— Na verdade, estou feliz que você tenha mencionado Lissie – disse Suwelo. – Já vi muito o nome dela por aqui.

O senhor Hal estudou Suwelo. Seus grandes olhos passavam por ele da cabeça aos pés. Suwelo se sentiu lavado pelo olhar do homem, rigorosamente avaliado.

— Você a conheceu, né?

— Não, acho que não – respondeu Suwelo.

— Ela é uma das mulheres que traz sua comida às vezes.

— Ah – disse, decepcionado. Ele pensou nas senhorinhas magras se apoiando uma na outra ou se virando para acenar ao entrarem no carro. Ele adorava que cozinhassem para ele e ficou realmente surpreso que fizessem isso, mas as achava velhas demais para dirigir.

— Ela nem sempre foi velha – disse o senhor Hal. – Nenhum de nós.

Num sobressalto, Suwelo se deu conta de que em sua vida real, a vida na Califórnia, longe da aconchegante casa geminada do tio em Baltimore, ele nunca esteve perto de idosos. Não sabia que uma das habilidades que adquiriam com a idade era a capacidade de ler mentes. Pois enquanto estava sentado ali, encabulado, sabia que o senhor Hal o lia. Facilmente, casualmente, como ele mesmo leria um livro.

— Você é casado? – perguntou o senhor Hal.

— Eu fui – respondeu Suwelo.

O senhor Hal esperou.

— Eu estraguei tudo. Neste momento não sei o que está acontecendo com a gente. Estou sem saber o que fazer.

— Aposto que ela é muito bonita.

Isso soou falso para Suwelo. E indigno. O senhor Hal já estava velho demais para se preocupar com a mera beleza. Até *ele* estava. De qualquer forma, Fanny era bonita?

— A beleza já não é mais o que costumava ser – respondeu Suwelo. – Provavelmente nunca foi.

— Não leve isso tão a sério – disse o senhor Hal, rindo.

Suwelo riu também.

— Mulheres... – o senhor Hal completou, com bom humor. – Ruim com elas e pior... Você sabe o restante, eu *sei*! – Eles se entreolharam e riram de novo.

Suwelo acompanhou o senhor Hal até um caminhão em ruínas. O senhor Hal se apoiou no volante como se estivesse descansando o peito enquanto rezava para que o caminhão pegasse. Quando pegou, depois de muito tanger e grunhir, ele se virou para Suwelo.

— Quando Lissie vier da próxima vez, pergunte a ela sobre ela.

Todas essas pessoas muito velhas dirigindo por aí, pensou Suwelo, depois se perguntou sobre o índice de acidentes. Mesmo agora o senhor Hal acelerava o motor como um adolescente com deficiência auditiva.

— Ela era namorada dele? – perguntou Suwelo mais alto que o barulho.

— Melhor que isso – o senhor Hal respondeu acelerando. – Lissie era nossa esposa.

Suwelo voltou para casa e parou diante da primeira foto que viu. Uma mulher muito jovem, descalça, com cara de obstinada, usava um vestido longo e escuro, olhando para a frente com altivez. Estava diante de cinco cadeiras de madeira novas, lindas e vintage. O chão em que ela estava era arenoso, e ele notou que o vestido dela estava remendado perto da bainha. Em uma das cadeiras havia uma cesta inacabada, cujas pontas puídas nas laterais faziam com que parecesse uma grande aranha prestes a subir pelo encosto da cadeira.

As cadeiras eram maravilhosas: altas, de madeira clara e brilhosa, com assentos de junco e encostos cheios de detalhes esculpidos. Ele nunca tinha visto nada parecido.

Continuou observando as fotos de cima a baixo nas escadas e nos cômodos. A jovem com as cadeiras era a única mulher que não conhecia. Voltou várias vezes e sempre conseguia identificar as tias e primas, mas não aquela jovem. E então notou pontos clareados ovais e quadrados onde antes havia fotos penduradas nas paredes. Alguém as retirara.

— Lissie e eu namoramos desde que ela usava vestidos longos e eu bermudas – contou o senhor Hal a Suwelo alguns dias depois, enquanto estavam sentados à mesa da cozinha para tomar café. – Deve ter começado, a gente sentir algo um pelo outro, quando éramos praticamente bebês. Você sabe, ou talvez vocês, jovens, não saibam, mas naquela época existia certo tipo de vida no campo que tinha muitas vantagens. Nem tudo eram *night riders* e brancos sendo descabidos. É lógico que tinha disso também; acabei acreditando que eles não conseguem evitar, e a gente meio que gostaria que eles estudassem essa tendência. Mas não vão, pelo menos não nesta vida. Talvez na próxima. Mas eles batiam nas pessoas, e, se fosse uma criança, depois que te batiam e não te matavam, ou não roubavam ninguém da família, ou da família de amigos, eles desapareciam. Aleluia! A gente realmente não pensava neles até eles causarem mais sofrimento. Eles são as pessoas mais assustadoras de todas, e vou ser sincero: tenho medo deles. Eles pegam o que querem, não ligam para nada, e é isso que a gente sente quando os conhece. E então sempre tentei ter uma vida na qual não era necessário conhecê-los.

"Mas o campo é um lugar grande, e é lindo, e as ilhas do outro lado da baía de Charleston são muito especiais. E à noite, depois de trabalhar no campo, às vezes visitávamos uns aos outros, nossas famílias faziam isso, sabe, e nos sentávamos na varanda. Bem, os adultos. Ficavam sentados lá, comendo, fumando, e entretidos em longas conversas, com palavras pequenas, bem pequenas. Às vezes, uma hora se passava e eles não diziam quase nada, mas o mundo, o firmamento do céu e as muralhas do inferno tinham ficado cobertos.

"Mas então, antes de nos conhecermos bem, quando bebês, Lissie e eu brincávamos juntos. A casa do pai e da mãe dela era de frente para a praia, mas não pensávamos lá como "praia" naquela época; era só o quintal deles, e a gente podia se sentar naquela varandinha e ver o sol se pôr na baía. Era uma bela vista. Às vezes, todos nós ficávamos lá observando: as crianças, os adultos, os cães de caça, os gatos e até as cabras. Apenas sentados ou de pé, observando o pôr do sol em silêncio... Se bem que talvez não os gatos, pelo menos não perto da gente, porque eu tinha, e tenho, por alguma razão, um medo mortal de gatos, e isso entristecia Lissie, que tinha um carinho genuíno pelos bichinhos. E, mesmo que eu não consiga me lembrar de nós quando éramos bebês, quase consigo me lembrar disso, e a Lissie se lembra perfeitamente, ela conta, e gosto de pensar em nós, dois bebês marrons e gordinhos, com nossos patuás de assa-fétida pendurados no pescoço, olhando o pôr do sol juntos, com os animais, e babando um na cara do outro.

"Todo mundo ria ao ver a atração entre a gente. Assim que começamos a andar, cambaleávamos juntos, enfiávamos na boca tudo que aparecesse no caminho e mordíamos o nariz um do outro com nossos dentes de leite. Mas aí ela virou uma menininha, e eu, um garotinho, e por vários anos seguimos caminhos separados. Até que a dona Beaumont abriu uma escolinha nos fundos da casa dela para os filhos das pessoas, e Lissie e eu voltamos a ficar juntos. Não era nem amor, exatamente. Era mais parecido com o que estes jovens têm hoje quando saem para protestar juntos contra a guerra nuclear; mais como afinidade. Nós apenas gravitamos em torno um do outro, porque era onde a vida parecia mais segura e melhor. Lissie sentia isso, eu sentia isso. A dona Beaumont até reconheceu isso, e todo mundo naquela escolinha. Hal e Lissie, Lissie e Hal, diziam.

"Ela nunca foi santa. Na verdade, era malvada. As coisas sempre tinham de ser do jeito dela. Mas nem sempre comigo. Eu até conseguia fazer com que ela mostrasse seu lado bom, de vez em quando. Às vezes ela pegava o lanche das crianças menores e me dava um pedaço, e ficávamos ali comendo o que tinha e observando a criança de quem ela tinha tirado a comida chorar. Lissie apanhou mais do que qualquer outra pessoa na escola. Ela era uma líder nata. Mesmo quando era bem pequena, ela era boca dura. Outras meninas tiveram problemas com os meninos que as intimidavam. A Lissie, não. Ela mandava nos meninos, da mesma forma que mandava nas meninas e se metia em briga num piscar de olhos. Quer dizer, brigava como o próprio diabo. Ela tinha dentes grandes, brancos, e, quando brigava com alguém, mirava os dentes afiados na pessoa. Quase mordeu a orelha de um menino que tentou bater nela, depois disso se tornou uma rainha. Ela falava, e as águas se abriam.

"Eu tinha um pouco de medo da Lissie, para falar a verdade. Ela era implacável. E contava mentiras para as pessoas só para rir da confusão que causava. Conseguia ser malvada de verdade. Uma vez, o senhor Beaumont quase fechou a escola porque Lissie disse, alto o bastante para ele ouvir: 'Parece que o Henry Aiken' (que era um brutamontes grandalhão que parecia um cavalo sentado na carteira) 'perdeu alguma coisa debaixo da mesa da dona Beaumont.' É verdade que ele sempre ficava de olho nos tornozelos da dona Beaumont, mas era inofensivo, e o comportamento da dona Beaumont era irrepreensível. Foi uma grande confusão na escola. Dona Beaumont e Henry foram ridicularizados. O sr. Beaumont acabou saindo como idiota, principalmente porque a dona Beaumont se separou dele por um tempo, saiu da comunidade e quase perdeu o emprego de professora. O sr. Beaumont teve que ir até a casa da mãe dela e implorar para que voltasse. A Lissie, minha pequena Lissie, só riu.

"Nunca tinha coisa o suficiente acontecendo que a entretivesse, então ela costumava olhar para a vida das pessoas como se fossem peças de teatro. Sempre estava movimentando as pessoas. Mas era boa comigo. Ela me protegia. Uma coisa curiosa sobre mim era que, ao contrário dos outros colegas, eu não conseguia brigar. Simplesmente não conseguia. Era tão rude e grosseiro. Sempre preferia fugir de uma briga. E, você sabe, quando você foge das brigas acaba as atraindo. Eu costumava pensar que deveria ter outras maneiras de resolver as diferenças. Mas ninguém na nossa ilha tinha ouvido falar delas. Os adultos às vezes resolviam na conversa, mas então, nas noites de sábado, também começavam a se atacar. E Lissie assumia as coisas por mim. Ela ficava ali, firme, os pés descalços porque nenhum de nós tinha sapatos para ir à escola, só aqueles que usávamos aos domingos para ir à igreja, e ela estufava o peito ossudo, mostrava os dentões brancos e conseguia arrebentar como o melhor e o pior dos meninos, mesmo que fossem o dobro da altura dela. Isso não a assustava. Ela nunca demonstrava medo. Na verdade, quando começava a contar todos os membros que planejava cortar e todos os cortes nos quais planejava esfregar areia, a voz dela ficava um tanto fria e desinteressada e seus olhos focavam bem longe, bem além da cabeça de seus oponentes. Era bem assustador. E ela era tão pequena. Tão preta. Ela era, tipo, *concentrada*, se é que você me entende. Tipo, em qualquer lugar que a agarrassem, ela resistia e batia em você também, porque, bem, o olhar entediado dela dizia que já havia lidado com esses tipos antes e ela esperava mesmo algo mais interessante para fazer do que esfregar o chão com a bunda deles numa hora daquelas. De onde vinha isso? Essa forma particularmente concentrada de energia que era Lissie? Quando ela me contou, fiquei surpreso, mas ao mesmo tempo não fiquei."

Eles eram exatamente como Carlotta os imaginara. Parados juntos na amurada de um navio. Não era bem um navio; apenas o veleiro verde-oliva de Arveyda, com velas pretas e amarelas, que ele conduzia com a mesma maestria meditativa com que tocava flauta. Neste pequeno barco ele viajava pelas águas do mundo sempre que as coisas em terra ficavam demasiado intensas. A tranquilidade do barco era reconfortante, e, quando cansava de navegar, ligava o motor do barco, que zumbia energicamente, como uma mosca grande e persistente, ou só permitia que o balançasse como quisesse, com o vento.

Eles viajaram para o sul.

Sob o céu aberto, com os reflexos da água turquesa próxima da costa de seu país iluminando seus olhos tristes, Zedé se tornou uma mulher diferente. Disse adeus ao inglês hesitante que vinha da timidez, da excitação apaixonada ou do medo. Embora sua voz muitas vezes falhasse devido ao esforço para não chorar pela dor das experiências revividas, ela falava com uma eloquência que assustava Arveyda, que a abraçava não como amante, mas como a escuta que poderia, enfim, reconectá-la ao seu mundo enquanto ela falava.

— Você não consegue compreender os costumes do meu país, principalmente como eram quando eu era criança. Tudo estava mudando, é verdade, mas mesmo assim muitos dos velhos costumes podiam ser vistos por toda parte. Nossas mães nos ensinavam a fazer amor e a ter filhos quando nos tornávamos señoritas, é lógico, mas também nos ensinavam a história de nossa civilização o tempo todo.

"Sempre vou me lembrar da cachoeira gigantesca que tinha lá – continuou Zedé – igual à que vi nas fotos da Jamaica. Era um lugar mágico. Íamos lá tomar banho quando ficávamos menstruadas, grupos inteiros de meninas e suas mães. Era sempre na lua cheia. Era morno. Até a água; mas também era refrescante em nossa pele e em nossos cabelos compridos. Não havia ninguém, antigamente, que não tivesse cabelo comprido. A gente só tinha! Era isso! Ninguém pensava muito nisso também. Usávamos amarrado embaixo ou no topo da cabeça, ou puxado para trás com pedaços de barbante ou cabinhos de flores, de vários jeitos. É, e algumas mulheres faziam umas tiaras de miçanga que eram lindas e bem deslizantes, como pele de iguana. Isso!

"Enfim, todas nos reuníamos perto de Ixtaphtaphahex, a Deusa, pois era isso que seu nome significava, nossas mães faziam a comida e as meninas subiam e desciam pelas laterais das cachoeiras buscando nacos de madeira para fazer fogo. Depois de comer e tomar banho, formávamos um círculo perto do fogo e, se alguém estivesse fazendo uma tatuagem, sua mãe trabalhava nela, esfregando a tinta, enquanto a mãe de outra menina contava histórias de muito tempo atrás.

"Foi assim que eu ouvi falar sobre os sacerdotes pela primeira vez. Os sacerdotes do nosso povoado não tinham traços de alegria. Sempre pareciam, pelas suas expressões amargas, estar sofrendo, como se tivessem desistido de algo que agora os atormentava com ansiedade. É óbvio que eram temidos, se não respeitados, e é óbvio que o medo também parecia respeito, eu acho. Geralmente é, né? Porque, aonde quer que fossem, o povo se curvava diante deles e trabalhava para alimentá-los. O povo construía as casas deles. Mas também, as pessoas faziam todas essas coisas sem alegria. E foi só quando os sacerdotes lideraram os cortejos nas cerimônias, abençoando o povoado, as colheitas e os animais, que o povo recebeu uma satisfação deles. E a razão para isso foi: seus trajes! As roupas eram feitas por mulheres como minha mãe, que às vezes trabalhavam o ano inteiro nos trajes de penas, contas e conchas que os sacerdotes usavam. E todos os anos, quando os sacerdotes passavam pela multidão, os trajes eram ainda mais resplandecentes do que os do ano anterior. Olha, algumas vezes as roupas deslumbravam tanto os olhos que o coração inflava só de pensar que tal beleza podia ser feita e existir. As pessoas não conseguiam acreditar que algo tão lindo fosse feito por mãos humanas, especialmente por aquelas pobres mulheres corcundas como minha mãe, sentadas no chão de terra de sua cabana.

"Minha mãe tinha uma cabana especial, com paredes de taipa e o telhado de capim, onde trabalhava. Ela ficava lá por dias seguidos às vezes. Conseguíamos vê-la de nossa casa, mas aprendemos desde cedo a não a incomodar quando estava fazendo trabalhos sagrados, confeccionando trajes para os sacerdotes. Eu costumava me esconder nos arbustos de taioba que cresciam ao lado da grande mangueira do nosso quintal e ficava observando-a trabalhar. Tinha dias que ela não fazia absolutamente nada. Minha mãe, sabe, fumava cachimbo, um cachimbinho de barro com penas na piteira, e ela se sentava com as costas apoiadas nas paredes da cabana e fumava olhando para longe, como se estivesse abençoando os milhares de hectares de bananas. Às vezes, sim, ela falava sozinha, bem alto, e eu pensava que ela tinha me descoberto escondida, observando-a. Mas não, mesmo que eu andasse na frente dela nessas horas, duvido que me notaria.

"Então, batia o cachimbo vez ou outra – ela tinha um apanhador dos sonhos feito de sinos, bem baixos e muito agradáveis –, e aí batia o cachimbo nesses sinos que ficavam pendurados ao lado da porta e ouvia o som suave e leve. E, se ela gostasse do som na hora, assentia uma vez, e aí começava.

"Ela fazia capas e cocares de grande beleza e costurava como se fosse num passe de mágica, de verdade. Não havia pés de galinha ao redor dos olhos da minha mãe, como há ao redor dos meus, porque ela quase nunca olhava para o que estava fazendo. Seus dedos sabiam exatamente o que fazer e tinha um semblante sonhador. Apenas suas costas, de tanto tempo curvadas, estavam ligeiramente tortas.

"Às vezes, depois de uma longa jornada de trabalho, ela perdia esse estado precioso. Voltava para casa, cozinhava, limpava e ralhava a gente como qualquer mãe. E a gente sempre ficava muito feliz quando ela voltava, embora estivesse só a alguns passos de distância no quintal. Meu pai, mais que todos, ficava feliz de ter a mulher de volta. E ele ficava feliz em saber que o trabalho estava indo bem, porque aí minha mãe sorria para ele. Se as coisas não estivessem indo bem, ela o tolerava como se fosse um fardo e uma intrusão, e todas as palavras que dirigia a ele, sempre poucas, eram bem duras. Se ele tentasse conversar quando ela estava pensando em trabalho, ela respondia com uma expressão de quem está com dor de barriga.

"Ela era uma pessoa que não podia ser apressada. Parece uma coisa pequena. Mas na verdade é uma qualidade incrível, bem antiga. Fazia tudo no mesmo ritmo de antes, sabia a hora do dia ou da noite pela umidade da atmosfera e continuava seu trabalho como se fosse viver para sempre, e para sempre era muito, muito tempo. Esse é o tipo de mulher que minha mãe era. Quando você olha para mim, dá para ver um pouco dela, mas eu perdi esse 'para sempre'; e, por isso, me apresso às vezes.

"Agora, a história dos sacerdotes é triste, e não creio que os homens do meu povoado soubessem que as mulheres a conheciam nos mínimos detalhes. Infelizmente, mesmo no meu humilde povoado, as mulheres eram consideradas inferiores e os homens não lhes contavam os segredos que consideravam necessário ter. Mas nós sabíamos! De tudo! Sempre tivemos nossos segredos.

"Nossas mães nos ensinaram que antigamente, bem antigamente, quando elas eram suas avós e suas avós eram velhas – porque somos nossas avós, sabe, só que somadas de muitas coisas novas e diferentes –, naquela época só mulheres podiam ser sacerdotes. Sim! Foi isso que nos contaram. Mas, na verdade, no início elas não eram sacerdotisas para si mesmas; eram os homens que as tornavam sacerdotisas. Mas então os homens esqueceram o que haviam feito. Pois bem, o que aconteceu foi que no início, mais ou menos na mesma época em que o tucano foi criado, também existia a mulher, e no processo de vida e de transformação ela produziu um ser um pouco diferente de si mesma. Isso a assustou. Mesmo assim, ela manteve o pequeno hombre consigo por muito tempo, até que ele ficou ansioso para descobrir se existia, em algum outro lugar, mais da sua espécie. Ele foi embora, e, com certeza, havia outros como ele, entre os quais viveu. Esses primeiros homens eram tão novos um para o outro que tudo que fizeram foi se entreolharem por séculos! Eles ficaram muito felizes por serem encontrados. Mas isso significava que não tinham nenhuma autoconsciência sobre sua aparência, além da evidência pendente de masculinidade, o clitóris alongado. Eles não tinham nenhum conceito de vestimenta.

"A mulher estava inteiramente acostumada consigo mesma, enquanto o homem ainda estava entusiasmado com seu relativo ineditismo. A mulher já estava interessada em adornos. Na verdade, ela já fazia alta-costura! Sim! Pode rir, e eu sei que é curioso. Mas! A mulher nem sabia que se interessava por alta-costura. Ela brincava mais consigo mesma, sabe. Tornava o que já tinha interessante para si mesma e para as outras mulheres. Então ela tinha peitos de fora! Ela tinha uma barriga macia e marrom, e pernas fortes e marrons. E daí que ela tinha pelos na bunda que brilhavam como as asas de um pássaro? A mulher estava entediada. E então começou a brincar com sua aparência. Usou penas, conchas, pedras, flores. Usou folhas, cascas, areia colorida. Usou lama. As unhas dos pássaros! Durante dias, as irmãs e ela ficaram pairando na beira dos espelhos de água da selva, tentando uma coisa e outra. Passavam o restante do tempo coletando comida. De vez em quando, recebiam um homem com quem brincavam, brincadeiras sexuais principalmente, até que se cansavam dele; então o abandonavam.

"Mas foram esses homens abandonados que, com o tempo, se encontraram e corroboraram a experiência uns dos outros entre as mulheres, vestidas de forma tão estranha com suas cores e penas, e espalharam a notícia entre outros homens que não tinham tido essa experiência. Então um dos homens contou sobre um nascimento entre as mulheres. Isso foi decisivo. Eles logo imaginaram uma mujer muy grande, maior que o céu, produzindo, de alguma forma, a terra. Uma deusa. E assim, se a produtora da terra foi uma mulher grande, uma deusa, então as mulheres deveriam ser suas sacerdotisas e deveriam possuir poderes grandiosos e sobrenaturais.

"O que a mente não entende, ela adora ou teme. Estou falando aqui da mente do homem. Os homens tanto adoravam quanto temiam as mulheres. Eles ficavam longe delas, mas as espionavam sempre que possível. A elegância que as mulheres portavam provava seu caráter sobrenatural. Os homens, sem os séculos de experiência das mulheres em roupas e adornos, só conseguiam fazer imitações muito desmazeladas. As mulheres riam deles. Talvez o erro mais fatal em todo o domínio das respostas humanas ao esforço sincero! Então, a princípio, para mostrar sua intenção de adoração, os homens, que eram melhores caçadores do que as mulheres, mas apenas porque as mulheres haviam descoberto que conseguiriam viver muito bem com outros alimentos além da carne, reuniram aquelas coisas que sabiam que as mulheres gostavam ou que poderiam vir a gostar, como penas, ossos, cascas para tinturas, dentes e garras de animais, e levavam, de joelhos, para elas, que os recebiam como donas de casa em uma liquidação.

"Demorou muito até que as mulheres começassem a exigir esses presentes, assim como demorou muito até que os homens percebessem que algumas das crianças que as mulheres estavam fazendo tinham uma notável semelhança com eles. Estranhamente, os homens não gostavam das crianças; era como se as crias os deixassem nervosos, até os meninos, que eles sempre proviam, ou que quase sempre corriam para se juntar a eles, e que, digamos assim, eles criavam. Durante séculos, a comunidade masculina girou em torno da feminina, e as mulheres mal notaram isso, a não ser para fazer exigências sobre a quantidade e o número de coisas que recebiam.

"Muitas avós viveram e morreram nessa época. Época em que eram temidas, adoradas, mimadas, em que pessoas curvavam-se perante elas. E então, um dia, houve uma rebelião. Os homens ficaram fartos das mulheres que adoravam. E a essa altura já tinham feito uma descoberta importante sobre a capacidade da mulher de produzir vida. A descoberta, que foi muito bem escondida pelas mulheres por muito tempo, era que a vida que aquela mulher produzia saía de um buraco delas! Mas não do buraco que o homem também tinha, como se suspeitava (e é lógico que tentaram muitas coisas estranhas nesse buraco!), e sim de um diferente. Então pensavam que qualquer pessoa com tal buraco lá na parte de baixo do corpo poderia gerar vida.

"E é aqui que entra a tristeza. Porque as mulheres, embora facilmente entediadas, conseguiam se divertir muito com a vida. Vestindo-se bem, elas riam. Olhando para os espelhos imóveis dos lagos da selva, elas riam. A vida delas testemunhava pouquíssima dor, exceto pelo desconforto que sentiam no parto, mas logo se esqueciam disso. Elas também morriam relativamente jovens, ou por ataques de animais ou porque sua expectativa de vida era curta, de modo que não sentiam a dor lancinante da velhice. Em suma, foi durante esse período de rebelião que os homens decidiram que poderiam e seriam sacerdotes. Que poderia ser eles por quem a vida passava! Começaram a operar a si mesmos, eliminando e descartando sua masculinidade, e tentando abrir um buraco através do qual a vida pudesse surgir.

"Eles morreram que nem moscas. É por isso que, ainda hoje, as famílias ficam tristes quando um menino decide ser sacerdote. Aqui está a origem do celibato, da perda dos próprios filhos. Pois, antigamente, se tornar sacerdote significava que era preciso prescindir dos próprios órgãos genitais!

"Mas escuta, chico mio – disse Zedé, acariciando o rosto de Arveyda –, as coisas eram assim mesmo quando eu era criança. Não. Não a parte dos órgãos genitais, porque eles foram aprendendo alguma coisa com o número de homens que morreram, as mortes os tornaram cada vez mais sagrados! Mas eles cortavam as bolas. Esqueceram-se do buraco por onde passa a vida. Esqueceram que era isso que estavam tentando fazer. Doía muito pensar e falar sobre o assunto, também não adiantava de nada, na verdade. A futilidade quase os prostrou. O que eles lembravam era que deveriam ser como as mulheres, e caso se castrassem em uma certa idade, na época da puberdade quando escolheram ou foram escolhidas para o sacerdócio, poderiam soar como mulheres e falar ao universo na voz de uma mulher.

"Mas, ah, e a dor! Essas operações raramente eram bem-feitas. O calor, as moscas e o suor! O ódio pela mulher, cuja dor se limitava ao parto e talvez a algumas cólicas todos os meses. E que continuava gerando vida, se enfeitando e não dando a mínima para isso."

— Lissie significa "aquela que se lembra de tudo" – explicou dona Lissie a Suwelo, seus olhos pretos, sob as pálpebras enrugadas, tão brilhantes e fixos como os de um falcão –, mas agora estou velha e meus neurônios... Os neurônios são que nem bateria, né? Estão morrendo, milhões de uma vez. Das minhas vidas anteriores no Egito e na Atlântida, não me lembro de nada. Menciono esses lugares apenas porque todo mundo menciona, ainda mais as pessoas que têm necessidade de se sentir melhor consigo mesmas nesta vida, mas não conseguem. Para ser sincera, nunca tive nenhuma lembrança desses lugares, e, não fosse pela existência de pirâmides e pelas evidências de civilizações antigas submersas que agora estão vindo à luz, duvidaria da existência deles. Como sei que existiram, em minha mente racional, devo presumir que os neurônios de que precisaria para me lembrar delas, tendo tantos milhares de anos ou mais, atrofiaram. Mas, por outro lado, não lembro com o meu cérebro, de qualquer maneira, e sim com a minha memória, que está de alguma forma separada mas contida nele. Carregado, sinto que meu cérebro está com memória. É, como eu disse, que nem uma bateria.

Suwelo ficou encantado com aqueles quase cem dreads branco--prateados finos e modelados na cabeça da dona Lissie, que formavam uma auréola para seu rosto retinto e faziam com que parecesse, mesmo nas sombras da casa do tio Rafe, queimado pelo sol. Os dreads cresciam para todos os lados, mas tinham um caimento suave nos ombros e desciam por suas costas eretas, como um manto da mais brilhosa lã. Quando ele a viu pela primeira vez, entre as outras mulheres idosas na sala do tio Rafe, ela, como as demais, estava com a cabeça coberta. Ele nunca teria imaginado, em uma pessoa tão velha, um cabelo tão selvagem, abundante e glorioso. Dava-lhe a aparência curiosa de uma criatura antiga que, mesmo em repouso, está prestes a desabrochar.

Ele tinha a inexplicável sensação de que ela era sua avó verdadeira e que sua avó, que pintava o cabelo branco de loiro para realçar uma semelhança distante com Patricia Nixon, era uma impostora. Isso intrigou Suwelo, que, na abstração de seus pensamentos, olhava fixamente para as tranças da cantora de reggae de dona Lissie desde que ela começou a falar se perguntando quantas deveriam ser.

— Exatamente cento e treze – disse ela, como se ele tivesse perguntado, antes de continuar sua história.

"Não é, no entanto, o passado mais antigo que eu conhecia quando criança, mesmo quando era bebê, mas o passado recente de até alguns milhares de anos atrás. Sempre fui uma mulher negra. Digo isso, espero, sem qualquer arrogância ou orgulho indevido, pois sei que foi apenas sorte. E digo que foi sorte por causa do esforço que os outros precisam fazer para tentar descobrir quem são e o que deveriam estar fazendo, e acham difícil entender por causa de todas as vozes divergentes e discordantes que são obrigados a ouvir. Tenho uma amiga nesta vida que me lembra a mim mesma, alguém que sempre foi, em todas as vidas, uma mulher negra. Cada palavra que ela fala revela essa experiência e tem base na antiga lógica de sua existência como quem ela é, e, quando ela tenta fabricar as vozes de outras pessoas que não existiam em seu antigo ser, dá para ouvir isso imediatamente em sua voz. Torna-se a voz de uma pessoa quase desencarnada, embora suas palavras permaneçam incisivas, lúcidas e brilhantemente habilidosas. Mas então, sempre que está livre para falar como ela mesma, tudo fica irregular, e ouvi-la é como caminhar com pedrinhas nos sapatos. E sentimos que, se ela nos julgasse, seria bastante dura. Mas por debaixo da armadura de sua voz e de sua pele existe essa pessoa gentil. Mas quantos anos se passaram para essa gentileza aparecer!

"Eu nunca fui uma pessoa gentil. Talvez nas vidas de que não me recordo, mas em todas das que me lembro fui brigona, sempre a que criava confusão. Alguém que se entediava facilmente com outras pessoas e se ofendia se tentassem apresentar um ponto de vista fraco. Porque a maioria das pessoas, como você sabe, não se lembra de nada das outras vidas, e, não importa quantos anos tenham, a memória não fica melhor. Elas realmente pensam que, quando nasceram, seu cérebro era uma lousa em branco. Eu já até ouvi isso ser dito! Que bebês não têm memória; que são vazios de conhecimento e experiência; que, na verdade, não há ninguém lá. Isso é uma loucura. É lógico, as memórias que os bebês têm aparecem como sonhos indecifráveis para eles porque já não estão mais nesses contextos e porque eles não têm a capacidade de falar nenhuma língua, não só as línguas que falavam antes. De todos os períodos da vida, a primeira infância é o mais lamentável e o mais confuso. Lá está você, sem ninguém que conhece, cercado por gigantes que talvez nunca tenha imaginado que existiam. Ficam soprando um hálito desagradável em você, untando sua pele com sabe-se lá Deus que mistura estranha é essa, dando coisas para comer que, em uma vida anterior, poderia ter sido um tabu. É horrível! E, enquanto você fica ali olhando ao redor, vai acumulando inteligência suficiente para entender que aquela é a próxima sala de aula, aquelas pessoas são a próxima lição que você deverá aprender. Ah, que horror! É por isso que os bebês dormem tanto. Imaginam onde e de quem nascem tantos deles. Dormem para evitar o choque dessa coisa cruel que lhes foi infligida e para evitar o inevitável sentimento de total desamparo.

"Eu não gostava nem um pouco dos meus pais. Minha mãe era um tanto atrapalhada e obviamente sem instrução; falava não só uma língua que eu nunca tinha falado, como também uma língua recém-inventada. Ela falava de 'batateira', 'manguaça', 'matá porco' e 'chupeta de açúcar'. Ela existia num transe e, quando eu chorava, respondia com uma distração que me deixava sem fôlego. Eu costumava ficar deitada na cama e observá-la andando de um lado para o outro pela casa, com roupas desleixadas, os passos arrastados, quase cambaleando, da varanda da frente até a cozinha. Ela cheirava a rapé. De vez em quando, se arrastava até a lateral da varanda e cuspia no mato. Eu sabia que nunca tinha visto, em nenhuma das minhas vidas, uma pessoa mais burra que ela.

"E ainda havia meu pai. Enquanto minha mãe era só atrapalhada – tinha o hábito de me trocar de um jeito que a fralda velha e suja sempre entrava em contato com minha cabeça –, meu pai era um caso perdido. Ele reunia todos os estereótipos do pai inepto de recém-nascido numa pessoa só. Falava a mesma língua estranha que minha mãe, quer dizer, resmungava, e levei anos para dominá-la, enquanto em outras vidas fui capaz de dominar novos idiomas em questão de minutos, embora levasse meses até eu conseguir falar. Não consegui falar por anos e, por causa dessa frustração com o idioma, eu também brigava.

"O pior de tudo era que eu nunca tinha conhecido essas pessoas! Nunca. Eram completos estranhos para mim. Não reconhecia seu cheiro, não reconhecia seus movimentos, seus ritmos, de que tanto repetiam, não reconhecia, como disse, a sua fala. Deus sabe que não reconhecia nem sua alimentação! Essas pessoas viviam à base de pão de milho, feijão-de-lima e repolho cozido de vez em quando. Isso em tempos de abundância. O restante do tempo viviam de gordura, xarope de sorgo e biscoitos.

"Naquelas primeiras semanas e meses, dormi o máximo que pude. E, mesmo maiorzinha, eu dormia. Na verdade, essa é uma das razões pelas quais a alimentação das crianças da Ilha melhorou. Eu acabava dormindo na aula da dona Beaumont, e um dia a enfermeira visitante percebeu. Então começaram a fazer testes com as outras crianças e descobriram que nenhuma de nós tinha vitamina C, D ou A suficiente em nossa dieta. Nós nunca comíamos frutas, verduras, nunca tomávamos leite. Havia bastante disso na Ilha, sabe, mas era tudo vendido, cada pedacinho, para o continente, desde a época da escravidão. Naquela época, na escravidão, o povo era açoitado por provar o leite, roubar as verduras ou comer a fruta; consequentemente, quase cinquenta anos depois, as pessoas tinham de ser forçadas a comer essas coisas. E odiavam peixe! Muitas vezes ouvi minha mãe reclamar que frutas lhe davam gases, que o leite causava urticária e que só as pessoas brancas, ela achava, comiam "comida de coelho", que era como ela se referia às verduras. Minha mãe e as outras mulheres da Ilha tiveram de ser incentivadas a voltar a ter pequenas hortas. Houve uma época em que todas as pessoas tinham horta, assim como porcos e galinhas, mas de uma forma ou de outra perderam os animais e as sementes, talvez numa das grandes enchentes que às vezes ocorriam como resultado de tempestades costeiras. Lindas tempestades, devo dizer. Mas também mortais. Depois, durante muitos anos, não tiveram dinheiro para comprar sementes nem animais, e morar numa ilha não ajudava, porque tudo tinha de ser trazido num ou dois barcos pequenos e frágeis, e a viagem levava cerca de dez horas. O superintendente da plantação arrancava qualquer vegetal que crescesse em seus quintais e que se parecesse com qualquer coisa plantada no campo. E as pessoas poderiam perder suas casas, porque ninguém era dono das próprias casas.

"Mas tinha uma mulherzinha – ela era branca e tinha uma mulher negra que a ajudava –, ela começou a suscitar debates no continente sobre a situação das crianças da Ilha, e, logo, grandes barcos cheios de pessoas brancas vieram nos examinar. Foi a primeira vez que vi tanto branco junto! Eles tinham muitas formas e tamanhos diferentes, e eram muito saudáveis por terem comido a *nossa* comida a vida inteira. Eu não sabia disso na época, é lógico: eles tinham dentes saudáveis porque os meus estavam podres; podiam comprar óculos para enxergar melhor, enquanto meu amigo Eddie não conseguia ver um palmo à sua frente e nunca aprenderia a ler; como eles... Bem, você entendeu. Todos tinham uma qualidade distinta por estarem afastados da vida real. Era como se estivessem de um lado da ampulheta e nós, do outro, e não pudéssemos ter nenhum impacto real sobre o que acontecia do lado deles, o lado do desconhecido, mas eles, sim, podiam ter um grande impacto sobre nós. E eu senti que era porque estávamos onde a vida estava. Pois, mesmo em nossa fragilidade, nós ríamos. Tanta coisa era tão divertida para nós! Eles não podiam rir livremente. Seus rostos pareciam punhos. Quando quase tocavam na gente, ficavam confusos e olhavam para ver o que os outros membros do grupo estavam fazendo. Nós nos reunimos em grupos, enterrando os pés descalços na areia, e olhamos para eles como se fossem um zoológico. Apenas um homem, baixo, gordo e desgrenhado, ficou animado, com ou sem a gente. Ele partiu para a praia em frente à escola e tirou a maior parte das roupas, sem olhar para nós. Pegou um pote com sabão líquido e começou a soprar bolhas. Logo estávamos todos lá com ele, correndo atrás das bolhas e observando-as flutuar baía adentro.

"Na época, houve uma grande comoção para nos dar óleo de fígado de bacalhau, porque alguém percebeu que eu dormir era o menos importante. Muitas crianças tinham pernas que pareciam pretzels. Na Ilha tinha tantas pessoas com pernas tão tortas que as com pernas retas pareciam deformadas. Era para isso que precisávamos do óleo de fígado de bacalhau, para prevenir algo chamado 'raquitismo'. Foi engraçado também porque naquela época, na Ilha, as pernas arqueadas nas mulheres eram consideradas atraentes, inclusive havia quem reclamasse que as mulheres de pernas retas 'não fazem lhufas'. Digo, sexualmente. Minha mãe teve a coragem de tentar me dizer que eu não precisava tomar aquilo se não quisesse. Mas me lembrei de crianças doentes e deformadas de centenas de anos antes e fiquei perplexa que isso ainda acontecesse. Mas eu exigi que nos dessem o óleo de fígado de bacalhau com suco de laranja. Porque, quando perguntaram aos pais se as crianças deveriam tomar puro ou com suco de laranja, entraram num debate e tentaram fazer disso uma questão moral. Diziam que seus filhos não eram maricas, por Deus e pela avó dele! Que beberiam qualquer coisa que lhes dessem 'como um homem de verdade'! Acredita? Isso realmente faz a gente se perguntar sobre a consideração geral do plano universal divino.

"Bem, eu não era um homem. Nunca fui. Se não me dessem com suco de laranja, eu disse, não tomaria óleo de fígado de bacalhau. E, se eu não tomasse o óleo de fígado de bacalhau, ninguém mais na escola tomaria. Todo mundo sabia que essa era a mais pura verdade. Além disso, o óleo de fígado de bacalhau, tomado puro, tinha um gosto horrível.

"Poucas coisas são mais confusas para as pessoas do que o processo de recuperar ou alcançar a saúde. É um dos grandes mistérios. E, quando penso em minha querida mãe, quando a mente dela começou a clarear – porque ela também foi, aos poucos, induzida a restabelecer a horta, comprar umas galinhas para os ovos e evitar o café doce e xaroposo que ela adorava –, mesmo agora, bem depois de sua velha cabeça estar fria, tenho que rir! Ela começou, pela primeira vez desde que era menina, a se lembrar dos seus sonhos. E foi, naquela primeira manhã depois de tantas noites mortas e uma viva, como se ela tivesse visto um fantasma. Por semanas, ela só conseguia falar sobre seus sonhos. As pessoas, os acontecimentos, as terras fabulosas que via, ela nunca compreendeu que eram as *suas* terras, as casas que visitava e que 'pareciam tão familiares', a comida que comia. Na verdade, ela estava sempre comendo em seus sonhos. Leite, frutas e verduras! E tudo que sonhava que comia ela procurava até encontrar. Então ampliou a horta, os animais, começou a vender o excedente aos vizinhos, até que comprou o próprio barquinho. E partiu para o continente com sua bolsinha de moedas. Ela se prostrava mentalmente diante de uma laranja. Bananas a deixavam louca.

"O jeito como falava continuava estranho, mas deixou de ser ininteligível à medida que ela acrescentava mais de si mesma. Parou de arrastar os pés. Seu gosto por rapé sumiu. Comecei a vê-la com outro olhar, com menos impaciência e desprezo. Foi a partir dessa época que nos tornamos mais que mãe e filha. Nos tornamos amigas."

— Agora, o Hal. Hal. Graças a Deus ele existia. Era a única pessoa que eu sentia já ter conhecido. Gostava de contar histórias sobre nós, quando éramos bebês, babando na cara um do outro e tentando ficar perto o suficiente para sair engatinhando. Essa é a verdade do Senhor! Quando fiz contato com Hal pela primeira vez, quando meus dedos gordinhos conseguiram pegar um pedaço do seu rosto gordo, meus pensamentos começaram a fluir. Aqui, finalmente, estava algo, alguém familiar. Agora eu sei que algumas pessoas gostam de dizer que o homem com quem se casaram, ou a mulher, já foi sua avó. Não posso reivindicar nada assim. Não sei quem Hal foi e, durante todos esses anos, não tive sucesso em lembrar ou descobrir. O que posso dizer é que ele era familiar, confortável; e, mais, emocionalmente reconhecível. E ele sentia o mesmo. Não tenho muitas lembranças de vidas que não tenham Hal em algum lugar no meio delas. Eu tinha de vê-lo todos os dias. Quando ele precisava ir a algum lugar, por exemplo, na época em que foi para o exército, eu queria ter morrido.

"Nenhum de nós nunca se torna tudo o que potencialmente podemos ser. Pelo menos não na maioria das nossas vidas. Hal, por exemplo, ele era um artista. Um pintor. O que ele fazia de melhor e que sabia muito bem era desenhar, em qualquer superfície. Desde bebê! Ele pegava um graveto e ficava na areia cavando e desenhando, feliz como um molusco. Mas o pai dele odiava isso, e eu o vi tirar o graveto e apagar o desenho com o pé; e Hal era um bebê! Desenhar era algo que o pai dele queria fazer, algo para que talvez realmente tivesse talento, mas não se ganha a vida fazendo desenhos, imagino que era isso que pensava, e talvez seu pai também tivesse cortado suas asas cedo, proibindo-o de tentar. Ele deve ter sido o feitor de alguma plantação na época da escravidão. Mas era tão cruel! Era como ver alguém forçado a se cegar. E era muito irracional também. O sr. Jenkins, o pai de Hal, se tornou um grande fabricante de móveis, principalmente cadeiras. Esculpia desenhos belíssimos nos móveis. E foi com a venda dessas cadeiras que ele e a família conseguiram viver melhor do que todos nós. Era lindo também ver aquelas cadeiras altas, polidas e brilhantes, no barquinho, flutuando no mar! Mesmo assim, ele odiava a tendência artística do filho. Por quê? Hal passou a vida inteira alheio dos medos do pai.

"Quando ele quebrou esse compromisso com a arte, com a beleza, com o registro, com o testemunho, com o sim ao espírito da vida, cujo único pedido na maioria das vezes é apenas que reconheça que realmente o vê, ele quebrou algo em Hal. Hal não conseguia, por exemplo, se defender; não se considerava digno de defesa. Ele nunca aprendeu a lutar. E olha, o mais incrível, seus olhos ficaram debilitados! Mas eu sempre o defendi; eu sabia que ele precisava ser lembrado de que não havia problema em ver. E, em qualquer canto que pudéssemos nos encontrar em privacidade, eu o forçava a desenhar. Se eu não tivesse feito isso, teria ficado cego como um morcego em menos de um ano. Seu pai ameaçou tirá-lo da escola se ele desenhasse. Então, durante anos, tive uma grande reputação como artista. Era tudo obra de Hal – contido e furtivo, como se seu pai estivesse olhando por cima de seu ombro, mas ainda assim expressivo, cru e puro. E tenho orgulho de dizer que me lembro de quase todas as pinturas que ele fez. Ele desenhou até a hora que teve de ir para o exército. Depois disso, por um bom tempo, não produziu nada. E com certeza, durante esse tempo, Hal me disse mais tarde, ele era um vagabundo qualquer. Mas pelo menos o exército finalmente o deixou sair por causa de sua vista ruim, embora tenha mantido outros homens de cor cujas deficiências eram quase tão lamentáveis quanto a dele. Fiquei muito feliz por ele ter voltado para casa e a pintar, porque um artista talentoso como Hal consegue pintar a memória da qual a própria pessoa talvez tenha começado a duvidar. Na verdade, perdi as contas de quantas vezes ele fez isso."

— Certa vez, eu estava conversando com um acadêmico africano, um homem de uma dessas grandes universidades. Ele era muito magro, preto, aprumado e usava aquele chapeuzinho em estilo africano, igual aos dos soldados dos Estados Unidos só que com cores vivas, e ele parecia bem, eu acho, mas tinha uns olhos sem vida e eu quase tremi enquanto ele falava comigo. Era como se ele fosse um zumbi educado, de fala mansa e com movimentos bruscos. Mas, enfim, ele começou a falar sobre quanto era clichê quando as pessoas negras daqui diziam que seus ancestrais tinham sido vendidos por um tio para ser escravizados. Meio que debochou quando disse isso e se recostou na cadeira. Não respondi nada, porque ele já havia decidido que a verdade, se contada várias vezes, pode ser considerada inacreditável, e eu já vivi o suficiente para ver isso acontecer muitas vezes. Algumas pessoas realmente acreditam que a verdade pode ser desgastada. Mas, de qualquer forma, foi meu tio quem me vendeu. O mesmo tio que vendeu muitas mulheres com seus filhos, e é fácil entender por que isso aconteceu. Era a organização africana da vida familiar.

"Meu pai morreu de infarto quando eu tinha dois anos. Ele era velho, e eu, a caçula de sua esposa mais nova; mesmo que ele tivesse vivido mais, teria parecido e sido alguém de outro século. Por lei, minha mãe e seus filhos passaram a ser responsabilidade do irmão dele, que era ainda mais velho, um praticante maometano que se banhava e rezava o dia inteiro. Ele tinha tantas esposas, filhos e pessoas escravizadas que não sabia mais onde enfiá-los. Uma das esposas de um dos seus filhos o incentivou a nos vender e foi o que ele fez. Ela queria comprar algumas bugigangas desses homens brancos que, depois da estação das chuvas, inundaram muito a nossa parte do mundo. Espelhos! Ninguém nunca viu tantos espelhos aparecerem do nada ou desaparecer tão rapidamente. Tecidos de cores berrantes, pias de lata brilhante e coisas que aparentemente não tinham nenhuma utilidade: quinquilharias; por exemplo, dançarinas de porcelana e cavalheiros elegantes. Mas isso aconteceu já na estação seca, porque fazia muito calor; deve ter sido lá para novembro ou dezembro. Minha mãe me mandou até a horta para pegar quiabos com sementes ainda nos talos, eu estava cantarolando, batendo com um graveto nas ervas daninhas no caminho empoeirado. Eu tinha uns treze anos na época. Vivíamos numa cabaninha humilde, isolada e escondida no *compound* do meu tio. Havia quatro homens enormes agachados na beira do canteiro de quiabos, e eles pareciam e cheiravam mal, então me virei para voltar correndo para casa. Bem, eles me pegaram, me amarraram, e um deles me jogou por cima do ombro como se eu fosse um saco de arroz. Depois foram para a cabana e pegaram minhas duas irmãs, meu irmão e minha mãe.

"Minha mãe só implorava e suplicava por misericórdia, porque já tinha ouvido falar de traficantes de pessoas, mas esses brutamontes não ouviam. Eram como o acadêmico africano meio zumbi de quem falei. Talvez fosse isso, de fato, quem ele era naquela época. Enfim, aí os caras pegaram e arrastaram a gente até a casa do meu tio, e ele apareceu. Minha mãe tentou se prostrar diante dele, como era costume em nosso país, mas estava tão amarrada que caiu de lado. Um dos lados do rosto dela ficou cheio de terra e seus joelhos estavam esfolados. Agora eu sei que ela nunca foi amada, porque nunca foi vista de verdade, a não ser pelos filhos, que a amavam. Tinha quatro filhos, mas estava só no fim da adolescência. Uma mulher de aparência forte, um pouco rechonchuda, meio preta-avermelhada,* de olhos grandes e soturnos. Sua especialidade era tecer, e, embora fôssemos pobres, o pouco de algodão que nosso tio nos deixava ficar da colheita que cultivávamos para ele ia para as roupas que usávamos, lindas mantas e ponchos feitos com cores vivas e coloridas com tintas naturais. Ela aprendeu a tingir e tecer com a mãe, que aprendeu com a mãe, e assim por diante.

"Meu tio fez com que tirassem as roupas de nós, porque eram tecidos no estilo característico de nossa aldeia; nossas cores eram amarelo, vermelho e branco, e nos deu roupas simples de algodão cru. A essa altura eu já estava em pé e amarrada na frente de meu tio, junto a minhas irmãs e meu irmão. Não tentamos nos curvar diante dele. Nem choramos, como nossa mãe. Nós odiávamos aquele homem. Mas a verdade é que provavelmente estávamos em choque. Lembro-me de que os homens deram ao meu tio uma moeda de prata com um furo, e ele pegou quatro moedas menores e colocou em nossas mãos. Havíamos caminhado vários quilômetros antes que eu percebesse que ainda segurava a que ele me deu. Era dinheiro árabe, com letras escritas e tudo mais.

"Fomos obrigados a correr durante quase quinze dias sem parar, ou assim pareceu, até chegarmos ao grande forte de pedra na costa.

---

* *Reddish-black* no original. [*N. E.*]

Foi então que vimos os homens brancos. Estavam de pé por toda a área do forte, e éramos apenas um pequeno grupo de muitas pessoas convergindo para o forte naquela época. Dois homens brancos vieram nos inspecionar. Examinaram nossos ouvidos, nossos órgãos genitais – você não acreditaria na meticulosidade com que faziam isso nem nos lamentáveis protestos das mulheres –, nossos dentes e nossos olhos. Eles nos fizeram pular para cima e para baixo para testar a força de nossas pernas. Nossos pés sangravam. Minha mãe tinha mergulhado numa espécie de sonambulismo e fazia tudo que lhe mandavam, como se estivesse num sonho. Nós, crianças, copiamos as reações dela, embora estivéssemos vividamente alertas, tanto que nós quatro conseguimos esconder nossas moedas de prata, antes de sermos revistados, nos emaranhados de nossos cabelos.

"Os homens brancos, cujos cheiro e aparência não se assemelhavam em nada com o que já tínhamos imaginado, seu suor parecia vinagre, pagaram aos outros que nos trouxeram, que deram meia-volta e voltaram correndo pelo caminho por onde viemos. Eu queria correr atrás deles e matá-los, mas os brancos chamaram uns outros negros, que pareciam à vontade perto do forte, e fomos levados até um cercado, que era como um porão embaixo do forte. Já estava lotado de pessoas deprimidas e assustadas. Quando viram minha mãe e os filhos dela serem empurrados porta adentro, muitos dos homens ficaram tristes e viraram o rosto, envergonhados, para a parede. Esses eram homens vendidos, escravizados por causa da sua crença religiosa, que não era tolerada pelos maometanos. Eles mantinham a antiga tradição de devoção à mãe, e ver uma mãe ser vendida e escravizada – o que não perturbava nenhum maometano se ela não fosse convertida à sua religião – era uma grande tortura para eles.

"Foi durante as centenas de anos de escravidão na África que esta religião foi finalmente destruída, por mais que centenas de anos antes do tráfico de pessoas ela já estivesse sob ataque. Houve, nos primeiros dias, invasões aos templos das mulheres, que ficavam em bosques sagrados cheios de árvores, as mulheres e crianças foram arrastadas pelos cabelos e forçadas a se casar com homens de clãs de maioria masculina. As que não foram forçadas a isso foram ou executadas ou vendidas a um povo de língua diferente. Os homens decidiram que seriam os criadores e começaram a destronar a mulher sistematicamente. Vender mulheres e crianças por quem não desejavam mais assumir responsabilidade, ou vender pessoas que eram mentalmente enfermas ou que de alguma forma os ofendiam, se tornou uma nova tradição, uma forma de vida aceitável. Mais tarde, o mesmo aconteceu com a ideia, sob o jugo dos maometanos, de que um homem poderia possuir várias mulheres, tal como possuía muito gado ou cães de caça.

"Os Adoradores da Mãe possivelmente seriam os mais difíceis de ser quebrantados entre os africanos, pois eram devotados à Deusa e haviam se acostumado a ser camaleões (aprendemos muito, muito, ao longo do tempo, com os lagartos!); mas foram quebrantados. É por isso que a maldição final contra a África/Mãe/Deusa – filho da puta! – ainda está na língua. Isso teria sido impensável nos velhos tempos, e uma pessoa que dissesse isso teria a língua cortada na hora. Nossos novos mestres tinham o talento de nos colocar cruelmente – de maneiras que eram vergonhosas e degradantes até para si mesmos, se tivessem o bom senso para notar – contra qualquer coisa que um dia amamos.

"Eles nos alimentavam com um pouco de mingau de milho, que pegávamos com as mãos em uma longa gamela de madeira fora do cercado, duas vezes por dia. Podíamos ver o céu durante os dez minutos que tínhamos para comer. De manhã cedo, antes de o sol raiar, deixavam a gente sair para nos aliviarmos. A constipação sempre foi um problema para mim; o medo e a ansiedade me mantinham presa. Mas os casos de disenteria eram frequentes e muitas pessoas, enquanto esperavam – pelo que, não sabíamos –, adoeceram e morreram. Mais tarde, percebi que os homens que nos compraram para vender já tinham calculado quantos de nós corríamos o risco de morrer e, portanto, tinham capturado mais pessoas do que provavelmente precisariam.

"Depois de uma semana na paliçada, minha mãe adoeceu. Não havia espaço para nenhum de nós deitar confortavelmente, mas um dos Adoradores da Mãe forçou um pequeno espaço junto à parede, na direção em que a minha mãe podia virar a cabeça para respirar e, quando as dores a atingiam, ela conseguia se ajoelhar. Ela estava doente, com vômitos e disenteria, doenças das mais difíceis de esconder. Sua enfermidade mais profunda se devia à vergonha de ficar suja e exposta a estranhos, na presença envergonhada e indefesa dos seus filhos. Nunca houve mulher mais meticulosa ou modesta do que minha mãe. Ela tomava banho pelo menos uma vez por dia, e suas roupas estavam sempre imaculadas. Eu me lembro de como o óleo sempre tinha um cheiro doce em seus cabelos! Não conseguia aceitar tanta sujeira em sua pessoa.

"No sétimo dia ela queria morrer. Os homens brancos enviaram uns brutamontes que a arrastaram pelos calcanhares, um deles tampou o nariz com um pano enquanto a arrastavam, colocaram o corpo dela numa carroça e a levaram embora. Eu a invejei. Tive pena de mim mesma. Eu não sabia como pedir aos estranhos ou mesmo às minhas irmãs e ao meu irmão que me matassem.

"Por isso, sou muito ressentida com meu antigo lar, e quem vai dizer que não tenho esse direito?"

"Ninguém está dizendo isso. Eu estava lá."

"Você não acredita que eu estava lá? Tenho pena de você."

"Nos anos 1960, me passei por uma griô por um tempo. Fingi que tinha viajado para a África e aprendido as histórias da diáspora diretamente com os antigos contadores de histórias e conservadores de registos de lá. Não tive que ir a lugar algum. Lembrava o suficiente da história para contar, muito obrigada. Teve uma professora branca que veio assistir a uma de minhas palestras sobre a travessia do Atlântico num navio negreiro. Ela era uma daquelas apaixonadas pela África que protegia tanto o continente que alegava que Idi Amin foi incriminado injustamente. Ela se levantou e disse: 'Gostaria que você tentasse não dizer *Eu me lembro disso e eu me lembro daquilo* sobre suas experiências africanas. Você está afirmando mais do que poderia saber e, além disso, confunde as pessoas.' Bem, pedi desculpas por isso. Simplesmente escapou. Eu me lembrava de tudo o que estava falando, mas sabia que a maneira profissional de apresentar minha experiência era repassá-la como se tivesse sido contada para mim. Algumas pessoas não entendem que é da natureza do olho ver desde sempre e da natureza da mente recordar tudo o que já foi conhecido. Ou era essa a natureza até o homem começar a pôr as coisas no papel. A professora continuou, dizendo que não conseguia nem imaginar como deve ter sido no navio negreiro. A quantidade de pessoas, a sujeira, a dependência absoluta de homens loucos para dirigir o navio, a ausência de representação e controle.

"Isso te faz rir? Não?

"Seja como for, lá estava eu, naquela vida, vendo o cabelo de todo mundo ser raspado. Poucos dias antes de deixarmos a costa, nos obrigaram a ajoelhar na areia do lado de fora do forte e começaram a cortar grandes tufos de cabelo e depois a raspar nossas cabeças. Como você sabe, pessoas africanas têm muito cabelo, e algumas tinham madeixas desde a infância que iam até os joelhos, quase. Foram brutalmente cortados, provocando lamentos profundos e ranger de dentes, depois veio a raspagem das cabeças e, para os homens, das barbas e dos bigodes com uma navalha seca e, sem dúvida, cega. Os negros que fizeram isso, a mando de seus senhores brancos, examinavam os dreads cortados com cautela. Escondidos nos cabelos estavam todos os tipos de pequenos itens preciosos, lembranças de casa: contas de ouro, alfinetes de prata, pedaços de grigri. No meu cabelo, no do meu irmão e no das minhas irmãs descobriram as moedas de prata. Tudo isso era embolsado pelos brutamontes que nos seguravam, e eles grunhiam de satisfação sempre que descobriam esses objetos. Às vezes reconhecemos esses mesmos rostos nas ruas de nossas cidades grandes; são os jovens que passam droga, ou que aterrorizam os mais novos enquanto levam o pouco dinheiro que estava nos bolsos das crianças menores para comprarem o almoço. Eles ainda estão presentes, aqueles rostos; nunca são difíceis de encontrar.

"Foi durante o corte do cabelo que fiquei surpresa ao ver um *compound* bem grande, composto por vários casebres, a uma curta distância do forte. Durante as três horas que levaram para cortar nossos cabelos, nos encharcar com um líquido fedorento e enxaguar nossas bocas com vinagre, prevenção de escorbuto, tive tempo de perceber que era habitado por mulheres de cor de todas as idades, muitas de pele negra clara amarelada ou de pele marrom-claro,* e algumas quase brancas; a área em frente aos casebres estava repleta de crianças igualmente variadas. Ver isso foi incrível para mim, que nunca tinha visto pessoas de tons tão diferentes, e eu era jovem demais para entender o que o estabelecimento era, e que obviamente tinha sido por gerações, o bordel do forte. Fiquei sabendo disso depois, por meio de uma das jovens de pele clara que foi vendida para o nosso barco junto a seu filho pequeno. Seu mestre branco, se reconhecendo como um gordo, porco e desagradável ao nariz e ao tato, finalmente se convenceu da tão evitada verdade de que ninguém tão bonita quanto essa mulher poderia amá-lo, mesmo sendo sua escrava. Certa noite, muito bêbado, ele apostou a mulher e o filho dela num jogo de cartas, presumindo estar ensinando seus capangas africanos a jogar.

"Depois de cortarem nossos cabelos, alguns de nós, num estilo que fazia pensar em árvores, fomos marcados com pedaços de ferro quente moldados em configurações sonhadas por aqueles que, na

---

* *Yellow or light brown* no original. [N. E.]

América, nos compraram sem nem nos ver. Fui marcada com um C, de Croesus, que neste caso não era o nome de uma pessoa, mas o nome de uma propriedade, bastante pobre, também, como se revelou. Éramos reconhecidos por essas marcas, e, se um de nós morresse, a marca era verificada e eliminada do livro de registros em que todos estávamos inscritos.

"Quando pressionavam o metal na pele da nádega ou do braço, a dor era lancinante. O inchaço e a queimação continuavam por dias. Embora os traficantes escravistas salpicassem as nossas feridas com um pouco de vinagre e óleo de palma, nada acalmava como o leite do seio de uma mãe que amamenta, um remédio com o qual todos os africanos estavam familiarizados, e, embora a maioria já não acreditasse na adoração da mãe, este remédio era como o último vestígio de seu poder e acreditavam firmemente em seu valor. Para nossa felicidade havia entre nós mães que amamentavam, mas que estavam sem seus bebês. Não eram permitidos bebês no navio negreiro, nem mães com gravidez muito avançada. Alguns dos bebês foram simplesmente esmagados contra o chão pelos captores de suas mães, alguns foram deixados na trilha para morrer, alguns vendidos, ou, menos comumente, adotados por um clã que não acreditava nem participava do comércio escravista – ou seja, se recusavam a vender ou comprar pessoas – e para quem as crianças pequenas, até recentemente inseparáveis da fonte de toda a vida, eram especialmente sagradas. Também fui descobrir essas pessoas no navio negreiro, pois um deles, quando voltava da comercialização de sua mercadoria de sal, foi capturado por um traficante branco e seus capangas negros, que se recusaram a ouvir seus protestos de que os fabricantes de sal estavam isentos de serem capturados, sob uma lei específica. Ao que imagino que a resposta do traficante foi: 'Na escravidão, nenhum crioulo existe sob uma lei específica.'

"Os seios das mães que amamentavam eram um refúgio para os mais jovens entre nós, que tinham permissão para tomar o leite. Não fosse isso, algumas das crianças mais assustadas e traumatizadas teriam morrido. E, para o restante de nós, havia graça na incrível bondade dessas jovens mães que se moviam entre nós o melhor que podiam, com uma gota aqui e outra gota ali em nossas feridas purulentas. Quando eu era criança, contei essa história a Hal porque ele era o único que não ria de mim por dizer que eu me lembrava disso; quando dei por mim, ele tinha pegado um giz de cera e começado a pintar. Pintou o rosto de uma das mulheres como se ele mesmo a tivesse visto. Foi uma visão que não se tem com frequência, mas eu sempre vou me lembrar de como aquilo me fez sentir; os pequenos, e os não tão pequenos, meninos e meninas grudados nos lados e na barriga de nossas jovens enlutadas, que os amamentavam em pé, amontoados no fétido barracão, no inferno que o homem branco era permitido, e às vezes até encorajado, a construir em nossa própria terra. E, embora eu fosse grande, teve um momento em meu desespero em que, na tristeza pela morte de minha mãe e no medo da jornada desconhecida que teria pela frente, eu também mamei. Na verdade, por um período antes de deixarmos o continente e por um tempo a bordo do navio, regredi à infância, chegando até a fase de chupar dedo. A primeira vez que fui estuprada por membros da tripulação a bordo do navio, eu estava acorrentada e chupando dedo. Na segunda vez, me acorrentaram de modo que os meus braços e pernas ficaram abertos e o meu polegar fora do meu alcance. Não havia nada que me consolasse. Mas no porão do navio, em algum lugar na terrível escuridão, eu sabia que as mães que me amamentaram também estavam deitadas, e às vezes imaginava que seus gemidos de desespero eram canções de conforto para mim e para os próprios filhos perdidos.

"Na manhã em que navegamos, nos levaram até à costa do oceano e lá, em pequenas filas de três, nos puxaram acorrentados pela água salgada para limpar nossa pele. Então, nos arrastaram para o navio. Na prancha que subia ao convés, nossa última peça de roupa, a tira de algodão em volta dos quadris, foi arrancada, e fomos forçados a entrar no navio carecas, marcados e nus, como viemos ao mundo. Lutei para manter aquele último e pequeno símbolo de modéstia, mas um homem branco me deu uma pancada na cabeça quase sem olhar para mim, e, como ele tinha olhos azuis, pensei que ele fosse cego e entrei no navio com o restante.

"Sobre o modo como acondicionavam os escravizados, você já leu, e infelizmente tudo o que leu, e muito mais, é verdade. Éramos amontoados como se fôssemos sardinhas, numa viagem de dois meses. Na verdade, as sardinhas não deveriam ser embaladas dessa forma e, se estivesse em meu poder, nunca seriam. Nossas cabeças ficavam coladas umas às outras, uma longa corrente nos unindo pelos pés ao longo de uma fileira, presa à parede do navio, e não havia nenhum movimento que não fosse contestado pelos vizinhos, que eram quatro. Na verdade, um ritual quase diário era o corte das unhas das mãos e dos pés porque havia, como você pode imaginar, muitos arranhões num esforço bastante fútil de proteger algum pequeno grau do espaço pessoal de cada um.

"Aqueles que sobreviviam agradeciam aos que morriam, e muitos, especialmente entre as crianças, morreram assim que saímos do continente africano. A falta de comida, a falta de ar e de exercício, nenhum de nós tinha estado longe do ar e da luz! Tudo isso contribuiu, mas muitos de nós morreram de raiva. Eu mesma estava consumida pela raiva e impotente até para arranhar a pessoa ao meu lado. Meu coração estava estirado, dilacerado. Eu sentia! E fiquei feliz quando, por motivos próprios, os traficantes escravistas nos transferiram para o outro lado do porão e pude me deitar do lado direito, aliviando assim, até certo ponto, a pressão e a congestão em meu coração.

"Depois de um mês e meio de horror realmente incontestável – os ratos, o cheiro de uma cabeça morta cheia de feridas no colo, os gritos de mulheres e homens estuprados por esporte dos demônios que se passavam por tripulação, o doloroso período menstrual das mulheres e o sangue escorrendo, os abortos espontâneos, os pedidos de misericórdia de todos, não apenas dos que sofriam de disenteria e claustrofobia –, depois de uma eternidade, fomos levados ao convés por mais tempo do que a nossa habitual meia hora corrida por dia, enquanto limpavam o porão, e vários homens e mulheres dançaram bastante na lateral do navio e no mar. Fomos incentivados, de repente, a lembrar a nossa cultura – que, para os brancos, era o mesmo que cantar e dançar – e a demonstrá-la. Apareceram tambores. De repente, surgiu uma enfermaria para cuidar dos doentes. Baldes de água salgada foram jogados sobre nós. Nossas cabeças carecas ficavam escurecidas com as botas pretas se houvesse sinais de cinza. Homens e mulheres recebiam roupas que podiam ser encontradas nos armários do navio, de modo que se via um homem alto e de peito largo vestindo nada além de uma camisa de pirata muito pequena com babados ou um chapéu de pano, preso por um barbante, sobre suas partes íntimas. Ou uma jovem usando um lenço para o mesmo propósito. Recebi um pedaço de pano desbotado que parecia ter sido uma lona de vela náutica, e, com gratidão, o envolvi no corpo enquanto observava a alegria sombria daquelas pessoas que de repente eram "libertas" no convés ensolarado, mas frio. Para nos aquecer, fomos obrigados a dançar, com um chicote batendo em nossos pés como única fonte de inspiração.

"Em poucos dias avistamos a terra, as moças entre nós que foram engravidadas à força e que eram jovens demais para entender, ou para entender que por terem sido entregues já grávidas aos novos proprietários conseguiram um bônus para o comandante do navio cujos diversos filhos e filhas – pois ele também era um estuprador, junto ao restante da sua tripulação – entraram na escravidão norte-americana conosco, muito antes de saírem dos nossos corpos. Os traficantes escravistas não se importaram. A cor fez com que a própria semente desaparecesse para eles; só enxergavam a cor do ouro. Mas não se o ouro fosse a cor de uma criança. Ficamos com essa semente amarga e – injustamente para as crianças – sobrecarregadas com o nosso ódio pelo fruto.

"Fui vendida para um fazendeiro, minhas irmãs e meu irmão para outros. Nunca mais nos vimos nem ouvimos falar um do outro. Pari uma menina de aparência bizarra e com olhos cinzentos oito meses depois de deixar o navio. A jovem proprietária da fazenda de Croesus queria que ela fosse criada como escravizada de companhia do filho que ela mesma esperava. Isso nos rendeu um quarto parecido com um armário sob a varanda dos fundos. Quando minha filha tinha dois anos, fugi da casa e fui para a floresta, mal avancei e caí, quase que imediatamente, numa armadilha que o feitor tinha, disse ele, preparado para os ursos. Esmagou o osso da minha perna esquerda. O feitor guardou minha surra – por fugir, mas também por burrice: ninguém, declarou ele, era tão burro a ponto de cair numa armadilha tão grande e óbvia, embora eu nunca tivesse visto ou ouvido falar de algo tão hediondo – para quando eu estivesse forte o suficiente para aguentar. Ele esperou quase um mês; estava bêbado, e sua raiva por ainda ser pobre, apesar de seus sonhos de riqueza, o fez seguir em frente. A tensão de perder uma parte do meu corpo, nomeadamente a perna e o pé, acompanhada pela perda também da minha filha – dada para outra mulher para criar – a quem, contra toda a natureza, aprendi a amar, era uma condição que espancamentos cruéis só poderiam agravar. Por baixo, meu corpo enfraquecido parou de resistir – em outras palavras, eu morri."

— O chamavam de Jesús – sussurrou Zedé, agarrando a mão de Arveyda, embora permanecesse de costas para ele – porque não conseguiriam pronunciar seu nome verdadeiro nem que ele contasse o que significava, o que não fez, e ele era escravizado como todos nós. Só que era em seu povoado que éramos mantidos cativos. Também o chamavam de "indio loco" porque todo mundo de seu clã havia fugido, mas ele não conseguiu. Fugia um pouco, se escondia na selva, que conhecia intimamente, assim como os animais. Sempre esteve por lá, sabe. Não houve nenhum momento na vida em que ele não estivesse naquele pedaço de terra. Então ele se escondia, depois voltava todo sorrateiro e andava pelo povoado na calada da noite. Não roubava nada, nem comida, e isso era muito intrigante para todos, tanto para os escravizadores quanto para nós mesmos.

"A razão pela qual ele voltava, uma razão que os escravizadores nunca souberam e não teriam entendido de qualquer maneira, é porque ele era o protetor das pedras sagradas do povoado. Eram três rochas simples e de aparência comum que deveriam ficar sempre numa determinada área do centro do povoado. Se ninguém nunca dissesse que eram especiais, vai por mim, não daria para saber disso, nunca. Elas se mesclavam perfeitamente à terra. E, no entanto, depois que Jesús as indicou para mim e me mostrou a configuração sagrada – ∴ –, que era igual ao símbolo do abrigo contra bombas nucleares, as pedras se destacaram para mim e passou a ser difícil eu ficar em silêncio quando elas eram chutadas ou quando simplesmente andavam em cima delas. Quando eram chutadas, pelos soldados em sua sombria ociosidade por exemplo, ou quando alguma pobre alma era espancada e o sangue era derramado sobre as pedras, ou quando um pedaço de comida que alguém deixou cair as tocava – nossa! Isso significava outra visita definitiva de Jesús, que teria de arriscar a vida e o corpo para voltar à posição original das pedras, lavar o sangue, limpar a comida e o que fosse preciso. Quando o conheci melhor, entendi que nunca lhe teria ocorrido salvar a si mesmo se isso significasse abandonar seu dever com as três pedrinhas – mais ou menos do tamanho e da cor de ovos marrons de pombo. Assim como um cachorro sempre volta ao local onde um osso está enterrado, Jesús voltava às pedras. Cuidar delas era sua vida, e assim foi por milhares de anos! Ele acreditava piamente que, se as pedras não fossem cuidadas, o seu povo, os Krapokechuan, ou 'seres humanos', ficariam dispersos para sempre e nunca mais encontrariam um lar. Porque a casa deles era onde estavam as pedras, sabe. Em nenhum outro lugar. É algo que os norte-americanos não compreendem; sei disso.

"Finalmente o capturaram. Como lamentamos! Porque, embora a maioria de nós tivesse vergonha da nossa parte indígena, a sua presença era como a de um espírito guardião, um anjo, e nas vezes em que conseguíamos vislumbrá-lo, enquanto ele se esgueirava pelo povoado em horas estranhas da noite, nos convencia de que ele era de fato bondoso. Era tão novo! Com as madeixas de cabelo até a cintura. Usava apenas um tecido amarrado na cintura e lindas penas vermelhas de papagaio nas orelhas.

"Nossos captores não entendiam a língua dele, e, quando o espancaram, ele ficou em silêncio. Fizeram-no trabalhar com a gente, derrubando a floresta com um facão. Os homens usavam facões, picaretas e serras para derrubar e arrancar as árvores e os cipós, e as mulheres usavam enxadas e rastelos para completar a matança da terra. Esse era o nosso trabalho, dia após dia, desde o canto do galo de madrugada até o anoitecer. Os vigias forçavam as mulheres a copular com eles, e em pouco tempo cada vigia escolheu sua "esposa" escravizada favorita. O que me escolheu não me forçou, mas esperou a melhor hora. Ele era alguém que batia, queimava e matava sem emoção ou remorso, mas ainda assim conseguia se apegar à crença de que alguém ia querer dormir com ele sem o uso da força. Era uma questão de orgulho para ele. Só me dei conta de que fui escolhida pela forma como ele olhava para mim e porque os outros homens me deixavam em paz, e muitas vezes eu ouvia as outras mulheres gritando ou orando em meio ao choro noite adentro.

"Não planejei amar Jesús. Mas como era diferente dos outros! Tenho em mim, no fundo, sempre em algum lugar, o amor do sacerdote, mas do *verdadeiro* sacerdote, daquele que zela, que protege. E, acima de tudo, aquele que é mais do que seus trajes chiques. Se há algum espírito que considero totalmente erótico, é esse. *Aiieel* Jesús era um sacerdote que eu sentia como se as árvores caíssem diante dele para serem abençoadas, porque, obviamente, derrubá-las era para ele uma tortura comparável a ser ele mesmo cortado. Eles choravam o tempo todo, Jesús e suas árvores. Ele as conhecia a vida toda. E desde todas as suas vidas anteriores.

"Assim como foi com a gente, *querido*, eu não sabia o que estava acontecendo ou o que fazer a respeito. Seus olhos falavam. Meu útero saltava. Não ria! Sei que foi expresso na linguagem dos imbecis, mas foi assim que aconteceu! Descobrimos que eu conhecia algumas palavras de sua estranha língua. A palavra para água era 'ataras', a palavra para madeira, 'xotmea' e a palavra para amor, 'oooo'. A palavra para amor, sério, *quatro* os! Eles não tinham como nos vigiar a cada minuto. Durante uma hora que eles não puderam testemunhar e nunca irão possuir, fiz amor com ele. Ele fez amor comigo. Fizemos amor juntos. Eles o tinham amarrado pelos pés para que não pudesse abrir as pernas. Entrei na cabana dele e, sem falar nada, o acariciei e beijei por um bom tempo antes de trazê-lo à boca. Quando me coloquei em cima dele, ele estava chorando, e eu também, ele tinha um dos meus seios na boca e seu cabelo úmido era como uma névoa quente no meu rosto. *Ai*, eles nunca serão donos da paixão!

"A segunda e última vez foi igual à primeira, só que ainda mais intensa. Eu soube o instante exato em que Carlotta foi concebida. A semente voou para dentro de mim, onde eu estava tão aberta, e caí de cima de Jesús já adormecida. Foi dormindo juntos que nos encontraram. A primeira coisa que ele fez, o vigia que me escolheu para transar com ele, foi cortar o cabelo de Jesús. Fez isso devagar, fria e metodicamente, como se já estivesse pensando em fazer isso há muito tempo, usando um facão muito afiado, e, quando o cabelo preto, longo, grosso e áspero cobriu suas botas empoeiradas, ele bateu os pés para afastá-lo, como se estivesse esmagando o desejo.

"Ele nunca me tocou, nem para me bater. Naquela noite, os outros homens, os vigias, um após o outro, vieram à pequena cabana na floresta onde me colocaram. Enquanto isso acontecia comigo, mataram Jesús. Ao amanhecer, enquanto eu estava lá deitada e sangrando, trouxeram o corpo dele e o jogaram em cima de mim. Depois, pregaram a porta, que era a única abertura. A garganta de Jesús havia sido cortada. Também removeram sua genitália. Foi estuprado de todas as maneiras possíveis. Não havia sequer um pedaço de pano para cobri-lo. Eu estava nua.

"Passaram dias e noites. As moscas vieram às centenas. Os ratos. O mau cheiro. Bati na porta até que minhas mãos, também cobertas de moscas, pingavam sangue. Eu gritei. Havia apenas os sons da selva lá fora. Quando consegui dormir, tive pesadelos com o corpo do homem que amei. Estava tão silencioso. Eu o amaldiçoei por ser o motivo de minha morte.

"E então, uma noite, ouvi um barulho do lado de fora da porta – suave, quase inaudível. A porta se abriu aos poucos, e os tristes e bárbaros membros do clã de Jesús encheram a pequena cabana. Eles envolveram seu corpo num grande cobertor antes de se virarem para mim, nua, tremendo, morrendo no chão de terra. E vi que também tinham um cobertor para mim.

"Eu teria ficado com eles se pudesse. Eles entenderam, como ninguém jamais entenderia, a forma da minha fragilidade. Eu estava totalmente destruída: por não poder confiar em ninguém, por nunca mais poder alcançar o amor, por ele ter sido trazido até mim. Mas eles estavam sempre fugindo e os soldados sempre atrás deles. Quando Carlotta nasceu, me fizeram entender que eu deveria ir embora e salvá-la, salvar Jesús. Me levaram para uma casa onde indígenas viviam como o gringo os deixava viver; estavam todos ocupados fazendo bugigangas para o dólar turístico, que o homem branco que os controlava e "protegia" dos soldados recebia a maior parte. Eles esconderam a mim e à minha bebê. Aprendi a fazer a cerâmica verde viva deles. Como eu sabia espanhol, ajudei as mulheres a vender os produtos nas ruas de uma cidade não muito distante, cheia de descendentes ricos dos conquistadores espanhóis e dos ianques de olhos vazios. Não ganhei nada além do necessário para comida. Meus amigos me contaram sobre uma escola dirigida por gringos onde eu poderia arranjar emprego como criada. Esse foi o início do meu voo para a América do Norte.

"A minha separação do povo de Jesús foi algo que o mundo nunca vai ver, nem compreender o significado. Não tenho certeza se eu mesma entendi o significado. Só sei que me deram os últimos símbolos restantes de quem eram no mundo – penas do papagaio vermelho africano para minhas orelhas, papagaio trazido para seu povoado há centenas de anos pelos homens de cabelos crespos, de um continente que chamavam de Zuma, ou Sol, e me entregaram, para dar a Carlotta, as três pedras do tamanho de um ovo de pombo."

— Foi na La Escuela de Jungla que percebi pela primeira vez que os norte-americanos são muy dementes. Eram muitos hectares de grama e árvores neste lugar, e nunca vi na vida tantas flores e frutas! Parecia um pequeno paraíso, e eu tinha certeza de que eu e mi cariñito seríamos mais felizes lá. Havia uma hacienda com telhas vermelhas no telhado e longos quartos brancos com muitas samambaias chegando ao teto, sofás e cadeiras nunca imaginadas, tão grandes, tão macias. E contornos e cores incríveis. O chão, mesmo da varanda, também era ladrilhado com enormes blocos quadrados, da cor do arrebol quando o sol se põe, que eu conhecia muito bem porque o meu trabalho era limpá-los todos os dias. Foi nessa hacienda, nos quartos amplos do andar de cima, que os gringos ficaram quando trouxeram os filhos para a escola. Quando partiam, pensavam que os filhos ficariam num daqueles quartos – amplo, arejado, cheio de vegetação e móveis escuros, antigos e polidos, com um papagaio enjaulado na janela. Mas não.

Na parte de trás da hacienda, numa clareira no meio de um bambuzal, ficava el barrio de los alumnos. Eles moravam em cabanas como os camponeses mais pobres e ficavam drogados e desligados na maior parte do tempo.

"Alguns deles eram loucos e vinham de famílias tão envergonhadas da loucura que nem os colocava num hospício em qualquer parte da América do Norte. Alguns eram deficientes físicos, com transtornos psiquiátricos, desfigurados ou cegos. Apenas os servos indígenas mais pobres viram esses em algum momento. Mas também havia aqueles que eram políticos extremistas na América do Norte. Porque todos eram adultos, esses "estudantes"; eu te contei isso? E alguns quase de meia-idade. Havia os radicados doentes do coração – uma palavra que ouvia muitas vezes da gringa que me ajudou a escapar – que acreditavam que nada que seus pais faziam era certo, e às vezes, essa gringa contou, ela mesma não ia à mesa de jantar dos pais bem-vestida, com o cabelo penteado, nem com sapatos! Ela era muito rica, sabe. Esse comportamento entristeceu profundamente seus pais. Nem eles conseguiram ignorar isso.

"Quando conheci essa gringa, ela estava muito suja, descalça e vestia trapos. Ela estava varrendo o quarto de alguém chamado "O Deficiente", um gringo peludo que lutou na guerra entre a Coreia e os Estados Unidos e que tinha um cheiro horroroso. Ela ficou muito feliz ao ouvir uma palavra em espanhol, porque tinha contato principalmente com los indios, e o Deficiente havia sido alimentado com tantas drogas que sua língua estava perdida. Ela estava limpando o quarto dele porque a india embarazada estava sentada debaixo de uma árvore próxima, com dores de parto. Ela era muy immensa, pobre também, esfarrapada, descalça, mas não suja, e o pai dos seus filhos estava longe, numa guerra que ela não compreendia.

"Perguntei o nome dela para a gringa, e ela me olhou por muito tempo antes de dizer. O centro de seus olhos era grande no meio do rosto sujo, e ela parecia virar mentalmente muitas páginas de um livro antes de encontrar o símbolo de quem ela era. 'Mary Ann', ela respondeu. 'Me llamo Zedé', eu disse. Ela riu. Estava muito chapada.

"Eu ri com ela. Já fazia muito tempo que eu não ria.

"Eu fiquei lá, deixa eu ver, por dois anos. E foi aí que Carlotta me ajudou muito. Todo mundo a achava maravilhosa porque ela nunca chorava. Não estou dizendo que nunca derramou uma lágrima; não, nunca chorou a ponto de alguém escutá-la. Ela chorava do jeito que se sorri. A dona da hacienda gostava de vê-la engatinhando pelo chão de ladrilhos, nua, exceto pelas contas do pulso, enquanto eu lavava e encerava. Eles não sabiam que eu sabia ler e escrever e tentavam o tempo todo falar comigo no que pensavam ser a língua indígena ou o espanhol reservado aos criados e escravizados. Eles me chamavam de Consuelo. Connie, abreviando. Faça isso, Connie. Faça aquilo, Connie. É, eu nunca disse a eles meu nome verdadeiro. Disse a eles que me chamava Chaquita. Como a banana, a gringa comentou rindo com o marido. Como a banana! Mesmo assim, quando havia convidados, ela me chamava de Consuelo, porque gostava de se ouvir dizendo isso.

"Mary Ann fez amizade com los politicos extremistas da América do Norte, mas eles eram pobres. Não importa o que ela – 'a vadia rica' – fizesse, era ridicularizada por eles. Quando um desses negros radicales foi preso, a namorada dele tentou matá-la; um dia, foi até a porta dela com um facão e começou a golpeá-la. Depois desse ataque, que lhe deixou cicatrizes no pescoço, nos braços e no peito, Mary Ann deixou o pequeno apartamento perto do gueto negro de São Francisco e foi para a Fazenda Fox Hollow, propriedade dos pais em Nova Jersey. Lá ela começou a falar abertamente em matar os pais, dos quais se tornou dependente, e em aceitar, como ela mesma disse, casos de drogas. Com tristeza, os pais observaram seu declínio. Eles não eram boas pessoas – tinham dinheiro demais para terem sido boas pessoas –, mas amavam a filha. Mary Ann os descreveu como pessoas que assassinaram seis rios e massacraram doze lagos, porque fabricavam uma substância mortal que estava sempre nadando para longe deles. À sua maneira, eles estavam satisfeitos por ela se recusar a aprender como roubar, trapacear e criar coisas mortais. Mesmo assim, ela herdou pouco menos de um bilhão de dólares, ganhos com a sujeira que os pais faziam e queriam que ela fosse pelo menos competente; não aquele desastre, cheia de cicatrizes, desgrenhada, drogada, planejando assassinatos e murmurando junto dos cabelos loiros que pareciam lã de ovelha. Para sua sorte, numa festa que os Republicanos deram em sua propriedade, alguém lhes falou de La Escuela de Jungla. Parecia a resposta aos seus sonhos, especialmente porque, quando perguntaram sobre o lugar entre amigos, ninguém tinha ouvido falar dele, ou pelo menos foi o que disseram. Então, eles foram de avião para lá na mesma hora, com Mary Ann embrulhada e amarrada entre eles, e em três dias ela dividiu um quarto grande e lindo com móveis escuros de madeira maciça e um papagaio vermelho enjaulado. Seus pais desapareceram. O quarto lindo desapareceu. Até as roupas dela desapareceram. As drogas não desapareceram. Aumentaram.

"Enquanto estava lá, vi que as cartas dos pais dela acumulavam poeira na grande mesa dos gringos. Fiquei tão surpresa ao ver que em uma das cartas o pai tentou enfiar aqui e ali uma ou duas palavras em espanhol. Pelo menos se referiu a Mary Ann como 'mi hija'. Eu mesma escrevi uma carta para eles contando o destino da filha. Fiz isso em parte porque passei a gostar de Mary Ann, mas também para me rebelar contra os gringos e afirmar quem eu era. Sim, eu sabia ler e escrever. E sabia que ler e escrever tinham grande poder. Eu não era uma escrava índia e burra; não era Consuelo. Senti um prazer enorme ao ver minha caligrafia, a escrita de uma pessoa com formação universitária, e o branco do envelope me deu uma sensação de dignidade. Os pais dela chegaram de helicóptero em menos de um mês e levaram a filha para casa. Fiquei feliz em vê-la livre. Como eu disse, comecei a gostar dela, por mais que, muitas vezes, ela não conseguisse se fazer entender; seu cérebro já estava bem confuso. Era uma pessoa doce que não sabia como ser rica num mundo como este, onde uma grande riqueza o faz pensar em grandes crimes. Os gringos não suspeitaram de que fui eu que alertara os pais dela e continuaram a discutir com Carlotta e a me tratar como se eu fosse um pedaço de madeira que respira. Eles ganharam muito dinheiro com pessoas como os pais de Mary Ann. E às vezes os pequenos alumnos-prisioneros morriam de solidão e de má alimentação, de tédio intenso e de sujeira; e as cartas com os cheques para seus cuidados continuavam chegando. Isso me deixava triste, mas nunca mais escrevi outra carta.

"Uma noite sonhei que seria resgatada da vida que tinha ali, que seria levada embora num barco. Mas La Escuela ficava nas montanhas, longe do oceano, de que já tinha ouvido falar, mas nunca visto, e, além disso, os únicos barcos que já tinha visto eram uns pequenos que minha mãe costumava dizer que pareciam favas de baunilha seca. Mas um dia, enquanto limpava uma das cabanas do barrio estudantil, ouvi alguém chamar meu nome. Meu nome verdadeiro. Olhei para cima, e era Mary Ann! Estava com uma camisa preta, presa às calças de alguma forma, e lindos coturnos cor-de-rosa. Nunca imaginei tais zapatos! Dois homens armados a acompanhavam, e ela brilhava com a vida de antes de eu conhecê-la, pronta para a luta! Seus curiosos olhos azul-claros, que faziam os indígenas persignarem-se, estavam cheios de luz. Ela me abraçou e disse a mim que corresse e buscasse Carlotta. Foi o que fiz, sem hesitar. Na saída, passamos pelos corpos dos cães, cujas gargantas tinham sido cortadas, assim como o arame farpado. Isso me deixou triste, porque eu gostava dos cachorros. Eles eram meus únicos amigos naquele lugar e nunca latiram para mim. Mas fiquei feliz com o arame farpado. 'É como na TV!', Mary Ann repetia sem parar, rindo. Eu nunca tinha visto TV; não sabia o que ela queria dizer. Agora eu sei quanto ela estava certa. Ainda assim, o que fez, embora fosse que nem na TV para ela, fez para mim e para mija toda a diferença do mundo.

"Em um carro tipo turístico – muy grande, tipo casita –, passamos perto da praia e estacionamos debaixo de algumas árvores. Bem na hora do pôr do sol, um lindo navio, todo de madeira reluzente, metal brilhante e velas brancas, um navio que parecia estar cantando suavemente na água, apareceu. Nossos dois pistoleiros puxaram um pequeno barco do meio do mato, e foi assim que chegamos ao iate. Um iate de propriedade de Mary Ann, chamado *Recuerdo*.

"Lo siento que teve uma grande tempestade na costa do Norte da Califórnia um dia antes de chegarmos a terra. O mastro se partiu ao meio, o barco capotou, todas as pessoas que nos salvaram, mortas! A Guarda Costeira nos viu e chegou a tempo de resgatar a mim e a Carlotta. Outro iate estava perto de nós no início da nossa atribulação, mas, estranhamente, desapareceu.

"No barco, perguntei a Mary Ann como ela criou coragem para fazer o que fez, e ela me explicou que, enquanto se limpava das drogas das quais dependeu por anos, teve uma conversão religiosa. Baseado em algo de que ela se lembrava vagamente da escola dominical, algo que Cristo teria dito. Algo sobre 'os mais humildes'. Nem se preocupou em pesquisar, me contou. Sua mente sussurrou, 'os mais humildes, os mais humildes', até que ela 'se distanciou... como um mantra', e nos projetou – eu e Carlotta – para dentro! Depois, começou a sonhar também que nos via de novo, felizes, num lindo barco. Percebeu que a política dela não estava errada – porque, como radical, tentou apoiar 'o menor deles', mas eram pessoas que não conhecia, com quem não havia reciprocidade; tentou aliviar o sofrimento de pessoas que não conseguiam ver que ela também sofria, nem acreditar que poderia sofrer. Ela me amava, me disse, porque eu tinha visto isso. É verdade que pude enxergar seu sofrimento, mas ainda mais verdadeira foi a satisfação que senti quando, ao desferir um golpe nela, libertei em mim aquela que chamavam Chaquita, Connie e Consuelo.

"Infelizmente, o sofrimento dos ricos é visto por poucos. Quando os pais de Mary Ann chegaram, não vi nada, apenas que estavam de mãos dadas. Eles me questionaram sobre a viagem, a natureza da tempestade; perguntaram se Mary Ann estava feliz. Contei a eles que ela partira como uma estrela cadente. Eles convenceram la migra de que Carlotta e eu deveríamos ser permitidas a ficar na América do Norte. Pediram uma foto minha e de Carlotta, mais tarde enviaram uma cópia para nós. Eles desapareceram. Não tive notícias deles desde então. Às vezes penso no casal bem velhinho, sentado numa jangada feita com o dinheiro deles, flutuando num rio massacrado, procurando um lugar para aportar. Mas não, essas personas ricas, todas elas, se foram no ar. Lá *fora*, no que chamam de 'espaço', onde esperam encontrar um lar.

"Fiquei muito feliz por ter passado parte do meu tempo no barco costurando uma bolsinha para os brincos de penas e as pedras de Jesús. Estava com ela no pescoço e não os perdi. Gracias a Dios!"

— Quando você me pergunta sobre paz, Suwelo – disse dona Lissie –, se alguma vez em toda a minha vida vivenciei paz, ficaria um tanto perplexa. Será possível que depois de centenas de vidas eu não tenha conhecido a paz? Mas parece que é isso. Vida após vida, conheci a opressão: de pais, irmãos, parentes, governos, países, continentes. E até do meu próprio corpo e da minha própria mente. Uma parte de cada vida foi gasta curando as feridas causadas por essas forças. Nas lembranças, eu diria que só tem momentos – no máximo dias – de paz, exceto os tempos em que fui xamã ou sacerdote e vivi, durante meses a fio, num estado de transe. Mas, como você provavelmente já sabe, esses períodos abençoados são férias, até certo ponto, da vida, e um grito de uma criança ou um latido de cachorro pode nos forçar a voltar para casa.

"No mundo dos sonhos da minha memória, porém, existe algo. Não me lembro com exatidão, como me lembro das outras coisas que lhe contei. Mas a memória, assim como a mente, tem a capacidade de sonhar, e, assim como a memória existe num nível de consciência mais profundo do que o pensamento, o mundo onírico da memória está num nível ainda mais profundo. Vou lhe contar do sonho no qual repousam minha memória e minha mente. Quando penso nisso, percebo que havia pelo menos uma base pacífica.

"Na memória desse sonho somos pessoas bem pequenas, todo mundo, não só as crianças, que são muito pequenas, e as crianças moram com as mães e as tias; nossos pais e tios estão por perto, e nós os visitamos e somos visitados por eles, mas moramos com as mulheres. Estamos numa floresta que, pelo que sabemos, cobre toda a superfície da terra. Não existe conceito de finitude, em nenhum sentido. As árvores eram como catedrais, e cada uma delas era um prédio de apartamentos à noite. Durante o dia brincávamos debaixo das árvores, como hoje as crianças urbanas brincam nas ruas. Nossas tias e mães buscavam comida, ora nos levando com elas, ora nos deixando aos cuidados das grandes árvores. Quando conhecêssemos cada galho, cada buraco e cada fenda de uma árvore, nada ou nenhum lugar seria mais seguro, poderíamos rapidamente nos esconder de qualquer coisa que estivesse nos perseguindo. Além disso, partilhávamos a árvore com outras criaturas, que, de forma barulhenta ou silenciosa – havia uma píton, por exemplo –, cuidavam de nós. Bem, nossas tias e mães muitas vezes ficavam cansadas depois de um dia colhendo alimentos – raízes e frutas, principalmente – e, de vez em quando, cruzando. Naquela época, não nos suportavam, as crianças, e por isso fomos mandadas para as árvores dos nossos primos. Nossos primos, assim como nossos pais e tias, moravam em árvores diferentes da nossa e era divertido visitá-los.

"Nossos primos eram grandes – tão grandes quanto nós éramos pequenos –, pretos e peludos, com dentes grandes, rostos pretos e achatados e olhos penetrantes, inteligentes e gentis. Eram estranhos para nós porque viviam juntos como uma família; ou seja, os pais e tios moravam com as mães e tias, e todos brincavam e cuidavam das crianças. Eles também nos amavam e conversavam com alegria quando nos aproximávamos deles. Nós engatinhávamos porque eles eram tão serenos, as árvores tão silenciosas que barulhos altos os assustavam e alarmavam. Éramos, em comparação, fazedores regulares de barulho. A única analogia que penso nesta vida seria a experiência, como crianças pequenas, de sermos enviados para o sul para passar o verão na casa dos avós. Vovô e vovó eram velhos e decrépitos, tranquilos, suaves e desacostumados ao barulho. Eles sabem que uma visita dos 'avós' os satisfazia por um tempo, mas todo dia fazem questão de demonstrar que estão felizes por você estar lá. O mesmo acontece com nossos primos. E eu adorava os primos bebês, de rostos brancos e sem pelos, que estavam sempre empoleirados nas costas de alguém. Era uma sensação gostosa segurar um priminho debaixo do queixo, e como os pais se encantavam com esse jeito de segurá-los! Não tínhamos pelos no corpo, sabe, para os dedinhos puxarem. Foi com esses primos que aprendi a amar os bebês e a querer dar à luz quando crescesse.

"Havia muita segurança em torno de suas árvores. Os pais e tios eram gigantescos e malvados quando provocados, com um rugido que doía os ouvidos. As mães e tias mostravam os dentes, agressivas. Conseguiam morder o pescoço mais feroz. Eu praticava mostrar os dentes e morder como elas. Minha imitação agradou muito a todas. Mas elas só eram ameaçadoras quando alguém ou alguma coisa entrava em seus domínios sem ser convidado. Nós – nossas mães e tias, pais e tios também – éramos sempre bem-vindos e quase sempre, se houvesse algo a temer, nos reuníamos nas árvores dos primos. Eles tinham unhas compridas e afiadas nas mãos e nos pés, braços fortes e dentes maciços que despedaçavam animais bem grandes com um só golpe. Sempre nos protegeram e se divertiam muito fazendo isso.

Depois de destruírem um intruso, conversavam, felizes da vida, e davam tapinhas nas costas uns dos outros.

"Também gostavam de alimentar a gente, as crianças. Faziam tudo como se fosse um jogo. Eu gostava de ir caçar com eles porque, ao contrário de nossos pais e mães, que por comer carne matavam animais pequenos o tempo todo, os primos só comiam plantas. Escondiam raízes em buracos que já haviam cavado só para que nós, desajeitados e com mãos irremediavelmente fracas, as encontrássemos.

"Minha mãe, que se chamava Guta Ru, muitas vezes ficava zangada comigo; consequentemente, eu passava muito tempo com os primos. Os dias eram longos e agitados, com a coleta de alimentos e a higiene ocupando boa parte deles. Mas quantas aventuras vivemos nas caças por comida; além dos primos, quantos parentes fascinantes tínhamos, e cuidar da aparência foi a experiência sensual mais satisfatória que já tive, na memória do sonho e fora dela. Por me faltarem pelos no corpo – do que me ressentia muito! –, eu sempre era arrumada rapidamente em comparação a eles, que levavam quase o dia inteiro. Os dentes grandes e frios clicando em meu corpinho fumegante eram maravilhosos. A língua áspera procurando piolhos também. Pelo menos eu tinha cabelo na cabeça, uma tonelada. Eles poderiam trabalhar nisso por uma ou duas horas, e eu ficava, sob seus dentes e línguas, toda feliz.

"Eles sempre tentavam me vestir. Folhas, peles de animais mortos, musgo, casca de árvore. Era engraçado. Mas foi com os experimentos deles que aprendi a me vestir e a querer estar vestida; aprendi a colocar pedaços de pele de leopardo ou pantera na frente e atrás do corpo, eles gostaram, embora eu pudesse dizer que consideravam minha fantasia uma espécie de dispositivo protético. Eram praticamente incapazes de compreender as coisas separadas; viviam e respiravam como uma família, depois como um clã, depois como uma floresta, e assim por diante. Se eu me machucasse e chorasse, eles choravam comigo, como se minha dor fosse transposta para seus corpos como num passe de mágica.

"Quando cheguei à idade de acasalar, acasalei com um dos meus companheiros de brincadeiras, um menino que conhecia e amava minha vida toda. Depois que acasalamos e eu engravidei, era esperado que ele, por costume, voltasse a ficar com os homens. Ele se recusou. E eu me recusei com ele. Queríamos muito estar o tempo todo com nossos bebês, como vimos acontecer nas árvores dos nossos primos. Bem, você sabe como os adultos são. Nunca mudaram; não aceitariam isso. As mulheres reclamaram que ele só atrapalharia e possivelmente influenciaria nosso ciclo menstrual comum; os homens insistiram que precisavam dele para cerimônias e caçadas. Eles nos puniram nos isolando dos outros. Aguentamos o máximo que pudemos. Mas, quando o bebê nasceu, fugimos para ficar com os primos, que, na maioria das situações, assumiam uma atitude decididamente mais progressista do que nossos pais. Ficamos felizes com eles lá. E acharam natural que quiséssemos morar juntos. Eles fizeram uma cama especial de musgo para dormirmos.

"Percebo que, em nossa pequenez, éramos como crianças eternas e que nossos bebês eram como bonequinhas minúsculas para eles. Éramos tão pequenos que um dos bebês deles era pesado demais para carregarmos quando completou uma semana. Em contraponto, os primos conseguiam carregar a mim e ao meu companheiro num braço só, ou agarrados às costas peludas, com a maior felicidade.

"Eles não eram nada violentos – quer dizer, nunca iniciaram algo –, mas muito atenciosos. Costumava olhar para eles e me perguntar como é que nós, tão pequenos, tão nus, tão facilmente briguentos, havíamos nos dividido.

"Na memória dos sonhos, de repente, surgem dias e noites de terror e os rostos de pais e tios que se pareciam conosco, mas que eram muito maiores. Eles carregavam varas com pontas afiadas e as atiravam em nossos primos, atingindo-os no peito. Para nosso horror, tiravam a pele dos nossos primos e, às vezes, cozinhavam e comiam seus corpos. Nós, tão pequenos, eles espantavam como se fôssemos moscas, e corríamos para o topo das árvores gritando e chorando.

"Com o passar do tempo e depois de muitos ataques, nossos primos e nós mesmos – as pessoas pequenas, como agora nos reconhecíamos – fomos levados para os confins mais remotos da floresta. Aprendemos a fazer varas pontiagudas e envenenar sua ponta também. Aprendemos a fazer zarabatanas e estilingues. A confiança que existia entre nós tinha desaparecido. Já não éramos vistos como indefesos e fofos, e, de nossa parte, havia aqueles entre nós que se orgulhavam de finalmente ter os meios para fazer com que nossos primos gigantes tivessem medo.

"Mas meu companheiro e eu nunca nos esquecemos do que aprendemos com os primos. Educamos nossos filhos para serem o mais parecidos possível com eles; e ficamos juntos até a morte, assim como os primos. Foi essa forma de vida que aos poucos se instalou em todos os grupos de pessoas que viviam na floresta, pelo menos durante muito tempo, até que a ideia de propriedade – que veio do modo como a floresta passou a ser vista como pedaços que pertenciam a essa ou àquela aldeia – entrou em mecanismos humanos. Foi então que os homens, por serem mais fortes, pelo menos durante os períodos em que as mulheres estavam fracas devido à gravidez, começaram a pensar em mulheres e crianças como propriedade também. Isso já tinha acontecido, e nossos próprios pais tinham se esquecido, mas o sistema de divisão deles entre homens e mulheres era uma consequência de um período anterior, quando mulheres e homens tentaram viver juntos – e é interessante ver hoje que mães e pais estão voltando à velha maneira de apenas se visitarem e não quererem morar juntos. Este é o padrão de liberdade até que o homem já não deseje dominar as mulheres e as crianças ou tenha sempre de provar o seu controle. Quando o homem viu que poderia possuir uma mulher e seus filhos, se tornou ganancioso e quis tantas quantas conseguisse ter. Tem um cantor africano popular, contemporâneo, que tem vinte e sete esposas. Idi Amin tinha tantas que as que dizem que ele matou nem fazem falta.

"Minha vida com os primos é a única lembrança onírica de paz que tenho. Numa das piores vidas, muitas vidas depois, por algum acidente, tive permissão para me casar com outro homem que eu mesma escolhi e amei, e houve paz por um tempo, uma bela 'justeza' no mundo, mas porque eu aparentemente nasci sem hímen e, portanto, não havia manchas de sangue para mostrar aos aldeões depois de nossa noite de núpcias – durante a qual eu respondi a ele com paixão, ou, como ele afirmou mais tarde, com pudor –, ele me denunciou ao povoado e meus pais me expulsaram. Depois disso, fui o tipo mais baixo de prostituta para os homens do povoado, incluindo o marido que amei, até morrer de infecção e exposição aos dezoito anos."

Qual é a contribuição dos seres humanos?, Suwelo pensava morosamente, enquanto esperava pela chegada de dona Lissie certa tarde. A história dela sobre os primos animais o comovera, e a cada dia ele se sentia mais consciente dos próprios "parentes" não humanos no mundo.

As abelhas contribuíam com o mel, mas na verdade não – ele era tirado delas. O que, ele agora se perguntava, as abelhas comiam; certamente não faziam mel para os seres humanos. As flores que forneciam mel tanto para as abelhas quanto para as pessoas, as flores que sempre estavam ali, dando algo: beleza, alegria, pólen e sementes. Elas não se importavam com quem as via, a quem ofertavam. E de pé, Suwelo também percebeu, com desgosto, que usava mocassins de couro. Que eufemismo, "couro". Uma verdadeira não palavra. Em lugar algum estava escondida a verdade sobre o que era o couro. A pele de alguma coisa. E seus óculos de armação de tartaruga. Ele os tirou e olhou com ar míope, segurando-os com o braço esticado. Eram imitações.

Plástico, provavelmente. Mas isso o deixou ainda mais triste, pois sabia que a única razão para imitar qualquer coisa era que a fonte real havia secado. Provavelmente não havia mais tartarugas para matar. E o que é, afinal, o plástico? É abundante e barato. Mas até o plástico tinha de vir de algum lugar. Do que foi feito o plástico? O que precisou morrer? Ele sabia que era um produto do petróleo e por isso presumiu que o plástico era feito da própria força vital do planeta. Quando todo o petróleo foi drenado, ele imaginou o planeta tremendo e encolhendo, como uma laranja espremida, sugada até a morte.

Ficou feliz quando ouviu dona Lissie bater à porta. A batida foi firme e decidida, como sempre. Quando abriu a porta, foi instantaneamente cumprimentado pelos olhos vivos e irônicos – que pareciam dizer: "Bem, o que mais há de novo, se é que há alguma coisa?" – no rosto velho e com lindos ângulos. Seu cabelo brilhante estava coberto por um xale de lã da cor das papoulas da Califórnia, a flor favorita de Fanny. Só isso fez Suwelo sorrir. Ela usava um casaco de pelo de camelo e sapatos pretos de cano alto com cadarços. Sua respiração estava curta devido ao esforço por trazer uma grande caixa de papelão escada acima. Suwelo rapidamente estendeu a mão e pegou a caixa.

Ela entrou no hall e tirou o xale e o casaco, pendurando-os no cabide e se olhando no espelho sob a luz que pouco iluminava. Usava um leve vestido amarelo com uma grande estampa de pata preta em relevo, ou talvez fosse uma flor, pensou Suwelo, olhando-o de perto, logo acima do coração. Em poucos minutos estavam sentados na sala de visita, tomando o chá que Suwelo fizera enquanto aguardava sua chegada e vendo o que tinha na grande caixa.

— Quando seu tio morreu – disse dona Lissie –, eu não sabia ao certo quem ficaria com a casa. Eu não queria que essas fotos fossem para qualquer pessoa. São especiais, e eu queria que apenas quem as entendesse ficasse com elas.

Suwelo ficou feliz que dona Lissie o considerasse essa pessoa. Por todas as paredes da casa havia espaços vazios onde as fotos tinham sido penduradas. Suwelo parou muitas vezes diante deles, tentando imaginar como eram as imagens. Dona Lissie tirou cada uma delas, as desembrulhou e colocou viradas para baixo no banco de carvalho ao lado do sofá. Depois, com cuidado, amassou os embrulhos de jornal e os colocou na caixa. Então, tirou um pano de sua bolsa de couro preto e começou a polir o vidro de cada retrato. E, por fim, os enfileirou no banco, recostou-se e convidou Suwelo a olhar.

Antes de olhar as fotos, porém, ele observou com atenção o rosto idoso ao seu lado e tentou identificar a jovem em frente às elegantes cadeiras esculpidas, descalça, com as roupas remendadas e os cabelos com tranças. Procurou o nariz lindo, a boca macia, as bochechas redondas. Talvez ela estivesse lá. Era difícil dizer. Depois, notando a textura áspera e bela das molduras de carvalho e pinho, começou a olhar as fotos, que eram treze. Dona Lissie explicou que já tinha uma cópia da única foto que havia deixado em casa e que, portanto, não a retirou quando pegou as restantes.

Suwelo lembrou-se da observação do senhor Hal: "Lissie é muitas mulheres." E esperava ver muitas fotos da mesma mulher vestida de maneira a parecer diferente; e era verdade, em cada uma das imagens a cadeira – uma daquelas da foto deixada para trás – era a mesma, e o traje variava muito. O que ele viu, porém, foram treze fotos de treze mulheres totalmente diferentes. Uma era alta, outra era muito baixa; uma era negra de pele clara com olhos claros, outra tinha a pele retinta com olhos de obsidiana. Uma tinha cabelo até a cintura, o cabelo da outra mal cobria o crânio. Uma parecia acrobática, saudável e reluzente. Outra parecia ter deficiência e muito dificilmente conseguiria andar.

Ele escolheu duas fotos e as ergueu à sua frente. Em uma delas, uma melindrosa baixa e negra de pele clara* olhava corajosamente para a câmera, lábios contraídos e um olhar dissoluto no que pareciam ser

---

* *High-yellow* no original. [*N. E.*]

olhos verdes, um cacho de cabelo claro e um ponto de interrogação de cabeça para baixo no meio da testa; na segunda, uma moça alta, preta e desengonçada, com a graça triste de uma empregada doméstica, mas também do campo, olhava com olhos cansados para uma câmera e um cinegrafista em quem não confiava. Usava um uniforme branco de empregada, e seu cabelo ralo estava impiedosamente alisado e preso sob um boné branco. Não havia nenhuma semelhança entre as duas mulheres. Na verdade, não havia entre nenhuma das treze mulheres. Não lembravam nem a elegante avó que estava ao lado de Suwelo.

— Eu fugi com o fotógrafo, um homem de cor de Charleston, que tirou essa foto – dona Lissie contou, apontando para a melindrosa. – Ele era casado. Quando descobri, fugi dele. Estava grávida nessa época. Foi assim – disse, apontando para a imagem em que usava uniforme de empregada – que eu estava quando ele me encontrou de novo. Fui uma de suas modelos por trinta anos, intermitentemente. Muito depois do fogo que havia entre nós ter se extinguido. Tínhamos fascínio um pelo outro. Ele nunca, em todo o seu trabalho como fotógrafo, fotografou alguém como eu, que nunca conseguia apresentar o mesmo "eu" mais de uma vez, e eu nunca na minha vida havia encontrado alguém que conseguisse reconhecer quantas mulheres diferentes eu era. Ah, algumas pessoas, até minha mãe e meu pai, comentavam como eu não parecia ter, como eles diziam, "nenhuma forma definida", mas para eles eu parecia o suficiente comigo mesma no dia a dia, de modo que não importava. Mas Henry Laytrum começou a me fotografar uma ou duas vezes por ano, e o resultado é esse que você vê; houve outras, mas nessas as diferenças são mais marcantes.

"Sim – disse ela, como se respondesse a uma pergunta de Suwelo –, aquelas duas sou eu. Todas essas – prosseguiu ela, com um movimento do braço –, eu sou todas elas. Henry Laytrum, com sua velha câmera de caixa e sua cadeira, esculpida pelo pai de Hal, que conseguia desmontar e levar aonde quer que fosse, foi capaz de fotografar as mulheres que fui em muitas de minhas vidas anteriores. Foi um presente tão maravilhoso esse que ele me deu, embora tenha sido tão desonesto comigo sobre seu casamento, só me contou depois de termos fugido juntos, eu nunca contei o segredo que tanto o intrigava e confundia. E, então, comecei a me entender, porque no início fiquei com medo de me ver como tantas pessoas diferentes! Depois de anos de escavação e exploração de memórias, anos de compreensão de que não sou como a maioria das outras pessoas, anos de raiva e confusão por causa disso, anos lutando contra todo mundo! Mas finalmente me dei conta de que minha memória e as fotografias corroboravam exatamente uma à outra. Eu tinha sido essas pessoas, e elas ainda estavam em algum lugar dentro de mim. Quando Henry Laytrum apontava sua câmera, diferentes imagens apareciam. Com o tempo, passei a adorar ver qual de mim iria aparecer. Henry Laytrum revelava as fotos, corria para me ver, espalhava tudo na varanda e nos apresentava. 'Dona Lissie', ele dizia, inclinando-se para mim e para a foto mais recente, 'diga olá!' E eu respondia. Era um impulso. Os eus que eu pensava terem desaparecido para sempre, existindo apenas na minha memória, ainda estavam lá! Fotografáveis. Às vezes, me emocionava profundamente.

"Houve guerra no mundo todo. Esses brancos aqui, tentando governar toda a América, e os da Europa, tentando governar o mundo todo. Até que veio a Depressão. A impressão de que eu tinha era que a gente ouvia falar de um enforcamento, ou alguma outra coisa monstruosa feita com pessoas de cor, toda vez que piscava os olhos. Mas isso era o que estava acontecendo comigo. E, por ser uma mulher de cor, ninguém jamais saberia disso. Fiquei meio feliz, porque sou o tipo de mulher que gosta de se divertir em paz."

Suwelo balançou a cabeça. Não sabia se poderia acreditar ou não. E se perguntou se acreditar em coisas como o cometa Halley não seria a mesma coisa. Seria?

— Você se lembra do que eu disse sobre perder meu pé e minha perna depois de ser pega numa armadilha para ursos?

— Ah... – respondeu Suwelo, o olhar indo instantaneamente para a imagem da pequena menina de olhos tristes, muito preta e deficiente. Não que desse para ver o ferimento, o pé e a perna faltando, mas ao olhar para o rosto pálido, onde o espírito parecia já ter desistido, dava para saber que era aquela.

— Agora, assim... – disse dona Lissie, vendo no rosto triste de Suwelo o peso da comiseração com um eu que ela já havia superado. – É como eu era na época em que fiquei com os primos e passei aquele tempo todo nas árvores. – Ela entregou a Suwelo a foto mais feliz de todas, na qual ela aparecia atarracada, miúda, com uma cintura como a de uma vespa, o cabelo em cachos grossos, os olhos brilhantes e risonhos, os dentes fortes e brancos alegremente à mostra num amplo sorriso. Uma pigmeia.

Então era por isso que acreditavam que os africanos comiam gente, refletiu Suwelo, pensando no que dona Lissie lhe contara, na visita anterior à última, sobre os primos. Alguém, milênios depois da época de que ela falava, se deparou com os crânios e ossos roídos desses parentes malfadados. Mas então, obviamente, na opinião de dona Lissie, seus primos *eram* pessoas, mais parecidas ainda com pessoas do que a gente da sua própria ramificação da família. Ele ficou sentado olhando para a foto de dona Lissie tirada há milhares de anos; imaginou seu companheiro tirando-a e rindo com ela enquanto fazia caretas para ele. Imaginou os filhos deles rastejando sob as árvores semelhantes a catedrais; árvores tão grandes quanto Chartres, ela dissera. Ele imaginou os enormes primos pretos e peludos balançando com seus filhotes e os filhotes de dona Lissie também, trepados em suas costas. Pensou nos grandes rostos retintos e nos pequenos, mais pálidos.

Ainda pensava nisso quando ouviu a caminhonete do senhor Hal e, em seguida, a batida suave e hesitante à porta. Suwelo deixou-o entrar, ajudou-o a tirar o casaco e, como sabia que o senhor Hal apreciava um bom café, apressou-se em preparar uma xícara para ele.

Suwelo já estava na casa do tio Rafe há mais de dois meses. Não havia se esquecido de Fanny nem da Califórnia, e havia uma placa de "Vende-se" lá fora, no minúsculo gramado, mas passavam-se dias em que não pensava nela. Ou, se pensava, era para ficar triste por ela não poder compartilhar o que ele estava vivenciando. Fanny amava os idosos e os conhecia de uma forma que ele não conhecia. Era muito mais provável que Suwelo se sentisse envergonhado com eles, como uma suspeita de que sentiam a impaciência que frequentemente era seu estado de espírito. Mas não era só impaciência com *eles* que sentia; era com a situação que os jovens e os idosos de hoje herdaram (e muitas vezes esquecia que ele próprio estava envelhecendo): não ter tempo suficiente nem para falar, falar mesmo, um com o outro, nem para ouvir. Digamos que alguém estivesse em um evento incomum, uma festa em casa, e se encontrasse ao lado de uma antropóloga que apenas dissesse casualmente: "Bem, quando eu estava no Afeganistão nos anos trinta... blá-blá-blá." O que essa pessoa faz? O que realmente gostaria de fazer é agarrá-la pelo colarinho, arrastá-la para casa e sentá--la em uma cadeira grande e confortável, sentar-se aos pés dela (ou dele, conforme o caso) por uma semana, enquanto ela falava. Na festa, o máximo que provavelmente se ouviria seria uma anedota maliciosa sobre viagens de camelo e a falta de estradas. Era enlouquecedor.

Era mais provável que Fanny, e não ele, ficasse grudada em um idoso raro por uma noite inteira, completamente absorta, embora tanto ela quanto o idoso tivessem de se esforçar para ouvir um ao outro, por causa do barulho dos outros convidados.

Suwelo estava amando o que estava acontecendo com ele e ficou grato pelo tempo que seu tio Rafe lhe proporcionou para conhecer sua casa, suas amizades, uma vida que ele não poderia ter aprendido de outra forma a não ser que lhe fosse subsidiada. Ele se lembrou da primeira vez que esperou que dona Lissie e sua amiga, dona Rose, trouxessem seu almoço e as convidou para entrar. Dona Rose recusou às pressas dizendo que tinha netos esperando por ela em casa, mas dona Lissie entrou como se esperasse o convite e ficou na entrada de uma forma bastante majestosa, pensou ele, como se o aguardasse se livrar de algum convidado anterior. Eles se entreolharam por um bom tempo. Naquele dia, foi a dignidade dela que ele notou primeiro; sua postura ereta. Em seguida, sua reserva, a maneira como ela disse "como vai?" tão formalmente, e nada mais, enquanto ele permanecia ao seu lado, esperando que ela desse o primeiro passo para a sala, onde, ele imaginou, ela devia ter se sentado inúmeras vezes antes. Mas ela não se mexeu. Achou que ela parecia bastante imponente, para alguém que não era muito alta. E então também tomou consciência dos convidados na sala.

— Desculpe. Com licença – disse ele às pressas e, entrando rapidamente na sala, desligou a TV. – Estou acostumado a usá-la como companhia – disse, a título de desculpa. E pensou que ela certamente assistia às novelas, então completou: – Estou ficando mais parecido com meus primos e minhas tias a cada dia que passa; todos assistem às novelas.

— Assistem ao quê? – perguntou dona Lissie.

— Às histórias na TV, sabe – disse Suwelo, pensando que a abreviatura moderna para histórias na TV a confundia. Afinal, era *bem* idosa. – Qual a senhora vê?

— Não vejo TV – respondeu ela, sentando-se em uma cadeira ao lado e, ao mesmo tempo, passando a mão no xale azul com franjas que estava em cima do aparelho desde que Suwelo chegou à frente da tela.

Então é esse o seu propósito, pensou Suwelo, pois tinha olhado para o xale azul, um grande e vívido poncho mexicano, e pensou que fosse uma toalhinha bem da peculiar.

Hoje o senhor Hal sentou-se na mesma cadeira que dona Lissie costumava escolher, ao lado da TV, e, como ela, prestou mais do que uma atenção superficial à posição do xale. Suwelo assistia à TV muito menos agora que dona Lissie e o senhor Hal conversavam com ele, ou, como ele às vezes pensava, transmitiam para ele, da mesma forma que a TV fazia. Ele tinha o hábito de cobri-la sempre que estava desligada. O senhor Hal contentou-se em puxar uma ponta do xale e endireitá-lo. Concluído esse pequeno ritual, um gesto que parecia concebido de forma inconsciente para encerrar completamente o ponto de vista errôneo e trivial, o senhor Hal recostou-se para retomar a narrativa de onde havia parado. Pois as conversas de Suwelo com dona Lissie e ele não eram conversas. Estavam mais para entregas. Suwelo ficava grato em recebê-las.

— Você não sabe, ou talvez saiba – disse o senhor Hal, o semblante felicíssimo com o café e os pensamentos no rosto –, como é maravilhoso quando você sabe que alguém o ama, e não tem o que fazer. Você pode ser bom, pode ser um demônio, e, ainda assim, aquele alguém o ama. Pode ser um fracote, pode ser forte. Pode saber muito ou quase nada. Esse tipo de amor, quando pensamos sobre ele, parece um quebra-cabeça, podemos passar a vida inteira tentando desvendá-lo. Se você se enche de vaidade, não pode deixar de pensar que o que amam é algo que você mesmo criou. Ou talvez seja seu dinheiro ou seu carro. Mas há algo... É como amar um determinado lugar. Você simplesmente ama, só isso. E, se tiver sorte, enquanto estiver vivo, poderá visitar o lugar. E o lugar "sabe" do seu amor, você sente. Esse era e ainda é o amor entre Lissie e eu.

O senhor Hal ajeitou-se para ficar mais à vontade na cadeira, deu um grande gole no café, assim como faziam tio Rafe e todos os velhos senhores sulistas que Suwelo já conhecera, e prosseguiu.

— Então os brancos queriam que todos nós, rapazes, seu tio Rafe também, fôssemos para o exército, para lutar na Grande Guerra, ou pelo menos foi o que disseram. A verdade é que queriam que fôssemos servos dos homens brancos que lutaram. Eu não pintava nada digno na época, já disse que usava tinta de parede? Lissie não me pressionava, por algum motivo, e eu não sabia qual seria meu próximo passo. Mas eu era negro e saudável, e os brancos me queriam como ração na guerra deles. O mais longe que estive da Ilha foi, tipo, a um quilômetro da costa. Queriam que lutássemos com pessoas que nenhum de nós tinha ouvido falar, e eram brancos também. Bem, não que lutássemos de fato, só que servíssemos aos nossos senhores brancos enquanto *eles* lutavam.

"De qualquer forma, isso significava deixar a Ilha, deixar minha família e deixar Lissie. Não consigo nem imaginar como viveria assim. Lissie também não, mas ela não podia lutar contra o exército do homem branco, embora eu não duvide que teria tentado. Ela odiava os brancos e disse que não tinha nenhuma boa lembrança de mil anos lidando com eles. Mas você sabe, por tudo o que Lissie me contou, que ela não tinha boas lembranças de ninguém. Ficava furiosa a maior parte do tempo por eu ter ido embora. E, com essa raiva, teve a ideia de que deveríamos nos casar. Eu estava com medo de dizer não. Além disso, era o que todo mundo estava fazendo, se casando, e lhe digo com toda convicção e sinceridade hoje que não tínhamos a menor ideia do que era o casamento. Além disso, eu amava Lissie – quando foi que não amei Lissie? –, e ela me amava tanto, tanto, que às vezes me sufocava.

"Eles falavam daquela época na Ilha como a época da grande erupção. A erupção era de gente se casando. Como a maioria, nos casamos na varanda da casa de Lissie, com vista para a baía. Era um dia lindo de primavera, e eu estava doido para pintá-lo. Jamais esquecerei que foi uma mulher que nos casou; tínhamos dois pregadores na Ilha, ambos chamados pelo espírito, e a gente vivia muito afastado do restante do mundo para saber que o espírito não chamava as mulheres. Depois ainda tinha Lissie encarando todo mundo e dizendo que *lembrava* que as mulheres foram chamadas *primeiro* e que esse chamado era algo que os homens tiraram delas. Bem, ninguém ia brigar com Lissie por algo que ninguém considerava importante. Tínhamos duas pessoas chamadas pelo espírito, uma mulher *e* um homem. Parecia certo. Como se houvesse dois tipos diferentes de genitores, uma mulher *e* um homem, sabe. Foi só quando entrei no exército e vi que todos os pastores, padres e capelães, não importa aonde fossem – e olha que fomos até a França –, eram homens que eu pensei no que Lissie havia dito e em como enojada ficou quando disse isso. É lógico que em momentos diferentes a própria Lissie foi curandeira, feiticeira e sacerdotisa de vários gêneros, então ela sabia do que estava falando. Ela estava com tanta *raiva*. O ser humano mais bravo que já vi em todos os meus anos de vida. Porque ela viu pessoas perdendo terreno na batalha contra a ignorância e sabia no que aquilo ia dar, qualquer que fosse a batalha, porque já tinha visto tudo aquilo acontecer.

"Então, realmente, não sei por que ela pensou que o casamento era a resposta para a gente. Mas fui na dela e torci pelo melhor. Aqui estava uma mulher que eu amava, que me amava e me deixava pintar – ela não se importava de passar uma manhã inteira diluindo tinta de parede para eu usar dali a uma hora, e ela era uma catadora regular de papelão e possíveis pedaços de madeira, já que eu pintava em todo e qualquer suporte, e ela incentivava isso, às vezes até, pode-se dizer, me *forçava* a isso, e eu não conseguia não aceitar. De sua parte, acho que ela queria tornar o vínculo entre nós mais evidente para outras pessoas, não precisávamos que isso fosse mais evidente para nós mesmos, e sabe como é: tentar transformar um vínculo privado em público é como tentar transformar água em vinho quando você prefere água a vinho, e, de qualquer forma, você nem é Cristo.

"Mas o que a gente sabia? Lá estávamos nós juntos na cama naquela noite depois do casamento. Estava morto de cansaço e partiria pela manhã. Lissie estava ainda mais cansada do que eu, pois tinha passado a manhã pescando no barco; foi o que comemos no nosso casamento, peixe frito. Mas, de alguma forma, havia um pensamento de que precisávamos ter um ao outro, como dizem. Foram uns dois minutos bem confusos, e nada foi feito, ou assim pensei. Choramos e nos beijamos algumas milhões de vezes e sussurramos um para o outro todos os nossos pequenos segredos, falhas e esperanças, e então, deitados como crianças nos braços um do outro – suspeito que Lissie ainda chupa o dedo –, adormecemos. Na manhã seguinte, parti.

"Bem, eu não enxergava nada bem, não servia nem para ser cocheiro, e logo fui mandado de volta para casa. Lissie e sua mãe abriram uma lojinha na Ilha, num espaço da varanda da sua casa. Vendiam produtos da horta e outras coisas, como querosene, fósforos, anil, bicarbonato de sódio, que a mãe dela trazia de barco do continente. Também vendiam peixe. Eu me lembro disso porque, quando voltei para o quartinho de Lissie, tudo ali cheirava a peixe.

"Lissie estava grávida, apaixonada por limões e sal. Toda hora que a via, tinha meio limão salpicado de sal na boca. Ela era saudável e forte, pescava no barco da mãe, e logo eu estava saudável e forte como ela, porque também passei a pescar e pegar caranguejos, e era algo que eu fazia bem. E, com o incentivo de Lissie, voltei a pintar, com o sol nos olhos, me curando, e a umidade da baía. Os quadros pequenos que eu fazia, Lissie pendurava na loja, e às vezes as pessoas ali da Ilha mesmo se apaixonavam por um quadro e lhe pediam para guardar, mas os brancos do continente, que passavam para tomar uma bebida gelada, compravam. Vendia cada quadro por um dólar, ou às vezes por menos de um dólar; só o suficiente para o custo da tinta. Mas, ainda assim, fiquei feliz em saber que alguém além de mim e Lissie gostava do que eu fazia.

"A essa altura nós já tínhamos adquirido um pouco mais de conhecimento, e nosso amor sempre foi forte, por isso nos deixamos ser livres. Ela já estava grávida, então não precisávamos esquentar a cabeça com isso, e, bem, a gente fodia o tempo todo. Me perdoe falar assim. Acho que Lissie estava feliz naquela época. Sei que estava. Eu adorava olhar para ela enquanto ela corria para lá e para cá. Era como uma *folha* que cai da árvore ao vento, sempre em movimento, rápida como a luz. E inteligente. Logo ela deu um jeito de a gente se mudar da casa de sua mãe para um lugar próprio, e foi na nossa casa que a paixão atingiu o auge e depois se tornou uma espécie de platô. Esse tipo de amor, com... Como vocês chamam isso hoje em dia?... O sexo não é nada parecido com o que se vê na TV ou no cinema. Nem parecia uma grande coisa na época. É algo muito *bom*, gostoso, sabe? É algo muito parecido com comida. Ou dormir. A gente transava, dormia, comia e pescava, e eu pintava, ela fazia o trabalho dela, e o sol brilhava, ou chovia, e a pesca ou era boa ou todos os peixes tinham ido para outra parte da baía. Não tinha costura, não. Era pano inteiro. Então, comer um pedaço de pão que realmente abalava as papilas gustativas me fazia pensar em foder Lissie. Ou ela me foder; Deus sabe que ela conseguia. Tomar água gelada no barco debaixo do sol deixava a gente de joelhos. Lissie estava sempre rindo. Com sua falta de jeito, seus peitos pesados que eu gostava tanto de chupar, sua bunda fofa, sua barriga que pairava sobre minha cabeça que nem um melão quando eu fazia amor com a... periquita dela, digamos assim. Ou, como falamos na hora, quando eu 'a tive na minha língua'. Eu adorava tê-la assim no barco. Se a baía estava calma, e às vezes parecia vidro, nos esquecíamos de pescar, e ela ficava grande e nua, equilibrada no barco, e abria as pernas só o suficiente. *Ah*.

"Quando fazíamos amor, nunca pensávamos em mais ninguém ou em qualquer outra coisa. Bem, pelo menos nunca fiz isso. Tipo, quando tomava um copo de água, não levava minha mente para outro copo de água que tentava fingir que também estava tomando. Essa maneira de amar a pessoa que está com você do jeito que ela é parece totalmente fora do alcance de metade das pessoas que fazem amor no mundo hoje. E eu acho que é uma pena.

"Mas, de qualquer jeito, tudo acabou, Suwelo. Essa parte da vida. Acabou porque nasceu nossa filha Lulu. E não foi culpa dela. Não foi culpa de ninguém, acho. Tento dizer a mim mesmo que tinha de acabar, aquele tempo em que tudo era água pura e fresca para a minha sede, pão bom para a minha fome. Aquela época em que, na verdade, Lissie e eu corríamos o risco de se perder um no outro e em nós mesmos. Porque, quando eu estava com Lissie, não me importava se nenhum de nós dois sumíssemos.

"Eu me lembro de uma vez que um fotógrafo, o primeiro a ser visto na Ilha, veio comprar uma cadeira do meu pai e, ao ver Lissie, pediu para tirar uma foto dela parada ao lado da cadeira. Ficamos fascinados pela ideia de tirar fotos, da qual já tínhamos ouvido falar, embora nunca tivéssemos visto um fotógrafo ao vivo, e ele era um homem de cor! Ajeitamos seu tripé e batemos algumas vezes na grande caixa preta que o homem disse que fazia a foto, mas nossa vontade mesmo era não ser incomodados; que a nova ciência de tirar fotos era ótima e magnífica, mas tínhamos coisa melhor para fazer, como descansar. Tenho certeza de que cheirávamos a sexo. Aquele cheiro que alguns casais têm, ou costumavam ter. Agora tudo é disfarçado com perfume. Mas Lissie tinha um cheiro forte, e eu adorava. Menos quando outros homens percebiam e começavam a farejar ao seu redor. Como aquele fotógrafo. 'Você é casada?'. Perguntou para ela. Eu estava lá, meu pai e minha mãe estavam lá, Lissie estava tão grávida que só conseguia ver um pé de cada vez. 'Você é casada?', aquele canalha perguntou.

"Lulu nasceu numa noite tão silenciosa que pensamos que o mundo inteiro estava prendendo a respiração. Tanto eu quanto Lissie estávamos ansiosos pelo nascimento. Tínhamos colocado um berço ao lado da cama e tudo mais. Nenhum de nós sabia que um desastre estava prestes a atingir nossa vida amorosa e que, entre as primeiras dores do parto e a saída da placenta, eu seria um homem mudado. Mas, mesmo que *soubéssemos*, o que poderíamos ter feito? Já me fiz essa pergunta um milhão de vezes. Mas o destino nos pregou uma peça.

"Naquela época, mulheres grávidas como Lissie não iam ao médico só porque estavam grávidas. Seria o mesmo que ir ao hospital porque os seios começaram a apontar. Era algo natural que acontecia com as mulheres, e uma boa mulher, ou seja, uma mulher sensata, sempre tinha uma avó para ajudá-la a se cuidar. Lissie tinha duas. Tinha a mãe Eula, Eula Mae, e a mulher com quem Lissie mais se parecia no mundo, Dorcy, Dorcy Hogshead, sua avó. Dorcy era um demônio. A bruxa velha mais briguenta e rabugenta que já existiu. No entanto, era uma gênia como parteira. Seu povo sempre alegou que Lissie puxou a ela e que essa era a razão pela qual era tão má. Nunca acreditaram na memória de Lissie, sabe. Nunca entendi como eles mesmos não conseguiam acreditar nisso. Lissie lembrava e relatava coisas das quais ninguém nunca tinha ouvido falar, coisas que ninguém jamais poderia ter contado a ela. Coisas que nunca leu porque não estavam nos livros que tinha. Mas então isso foi tido como sonho. Os pais dela disseram que ela sonhava e não lembrava, e as coisas que não sonhava ela ouvia da vovó Dorcy.

"Então a vovó Dorcy ficava cuidando de Lissie o tempo todo. E ela tinha muitas memórias também, e isso lhe dava muito poder, assim como deu a Lissie, mas ela não tinha o tipo de fé que Lissie tinha em si mesma, portanto se contentou com a crença de que podia interpretar os próprios sonhos e os de outras pessoas. Mas, na verdade, o que ela estava fazendo era unir o passado em algum tipo de padrão para que pudesse ser compreendido no presente. Acho que ela provavelmente ficou assustada com o presente. Muitas pessoas ficam. Era uma mulher idosa que se lembrava de ter visto os navios de guerra que passaram pela Ilha para disparar os primeiros foguetes contra o Forte Sumter no início da Guerra Civil, o que ela disse ter visto. Ela se parecia muito com Sojourner Truth, sabe aquela foto dela com turbante, vestido longo, xale e um cachimbo de barro branco. A vovó fumava cachimbo e, às vezes, algumas pessoas diziam, soprava a fumaça nos bebês para fazê-los espirrar e ganhar vida. Sei que ela dizia que, por mais malvada que as pessoas dissessem que ela era, nunca bateu num dos pequeninos que ela trouxe ao mundo, e você sabe que dar um tapa num bebê recém-nascido era e é algo automático. Vovó Dorcy achava bárbaro.

"Ela morava do outro lado da ilha e, de vez em quando, montava uma mula para ver Lissie, e às vezes a mãe de Lissie ia buscá-la e a trazia de volta de barco. E era bom ter Eula por perto também, enquanto Lissie estava grávida, porque ela ficou *doida* com comida e sempre verificava tudo que entrava na boca de Lissie. Quando ela mesma estava grávida, Eula vivia principalmente com uma dieta de gordura, xarope e giz branco comestível que as mulheres grávidas escavavam num buraco nas colinas, mas ela não deixava Lissie comer mais que um dedal vez por outra porque ela dizia que aquela vontade era um sinal de que Lissie precisava comer beterraba, que muitas vezes fazia para a neta, e que, se comesse o giz em excesso, que era cheio de ferro que o corpo não conseguia absorver de qualquer jeito, prendia o intestino e enfraquecia os vasos sanguíneos nas extremidades baixas. Portanto, essas duas mulheres ficavam em cima de Lissie o tempo todo, perto do fim de sua gravidez.

"E aí, um dia, cerca de uma semana antes do dia que achavam que a bebê chegaria, pegaram o barco para pescar. Acho que deve ter sido a época da corvina; era o peixe favorito da velha Dorcy. Logo depois que elas saíram, Lissie sentiu a primeira pontada, e eu corri até a praia e tentei acenar para que voltassem. Elas pensaram que eu estava acenando para me despedir, então acenaram também e remaram para o horizonte. Eu sabia que voltariam em duas ou três horas no máximo, então não me preocupei, Lissie também não se preocupou. Mas o que você acha que aconteceu?

"No barco, Eula Mae e sua mãe começaram a discutir de qual lado do barco pescar e, conforme a conversa foi ficando mais acalorada e remetendo a disputas cada vez mais antigas, mãe e filha quase saíram no soco. O temperamento da Dorcy era horrível; faltava perspicácia. A certa altura, ela apontou o remo para Eula, que o arrancou da mão dela e o jogou na baía. Então, Dorcy pegou o outro remo e jogou na água também. Agora, imagina uma coisa dessas? Que bom que Lissie e eu não ficamos sabendo nada disso na época. Então, lá estavam elas, sem peixe, sem vento, loucas como dois chapeleiros, sentadas, furiosas uma com a outra, de braços cruzados, fazendo bico, num barco que não ia nem para a frente nem para trás, nem para os lados, pelo restante do dia.

"Em casa, Lissie começou a se preocupar. Não tanto por ela mesma, mas com a mãe e a avó. Depois de umas três horas, Lissie falou que a bolsa estourou. Foi aí que eu entendi que, se as duas mulheres não se apressassem e voltassem, eu teria que fazer o parto da nossa filha. Agora você pode rir se quiser, mas por mais que visse que Lissie estava nitidamente enorme, até começando a suar de dor, e a bebê investindo dentro dela, pelo que eu sabia, ainda não parecia haver nenhuma possibilidade de ela parir uma criança; parecia bem improvável. Não sei o que pensei na hora. Ninguém nunca contava nada, se você fosse um menino, sobre parto. Simplesmente não contavam. E, sempre que uma mulher tinha um filho na Ilha, o marido era mandado para fora de casa. Geralmente ficavam perto do fogão grande que tínhamos na loja. Depois de um tempo, um dos filhos mais velhos vinha buscá-lo e, com um olhar assustado e envergonhado, voltava para casa. Acho que em algum lugar dentro de mim eu ainda acreditava que as cegonhas traziam os bebês, eu certamente estava rezando para que isso acontecesse, então comecei a me perguntar o que faria se isso fosse apenas um boato e as cegonhas realmente não fizessem seu trabalho. Pensando bem, eu também não tinha a menor noção de como eram as cegonhas.

"Lissie andava de um lado para o outro no quarto, mas logo as dores ficaram tão fortes que ela teve de se deitar, depois começou a sair um fio de um muco aguado dela. Ajudei Lissie a se deitar na almofada de borracha com um lençol por cima, segurei sua mão e a beijei umas mil vezes, toda vez que ela soltava um gemido, o que realmente doía meu coração. Aí ela me disse: 'Você tem que fazer o parto, Hal. É uma menina.' – ela sabia disso porque a bebê sempre esteve mais para baixo – 'E quero que você saiba que, caso aconteça alguma coisa, quero que o nome dela seja Lulu'.

"Lulu era o nome de Lissie quando fez parte de um harém na parte norte da África, antes de qualquer área ser deserta. Naquela época não era nem chamado de 'harém', e sim de um outro nome que não consigo lembrar. 'Choro', eu acho. Mas era realmente o tataravô de todos os haréns de que ouvimos falar ou lemos hoje. Ela disse que Lulu a fazia pensar nas colinas e nos campos verdes onde costumavam montar suas tendas de pele de animal, e em como ela era feliz no harém, porque o senhor era velho e doente e tinha centenas de mulheres que o cansava só de ver, imagina fazer alguma coisa, e Lissie (Lulu) teve dois amores. Um deles era uma mulher do harém, Fadpa, e o outro era um dos eunucos, Habisu, cuja função era impedir que as mulheres fugissem. Costumavam ficar juntos e conspirar sobre como fugir, mas Habisu tinha medo de deixar a segurança do harém e gostava dos doces que as mulheres compartilhavam com ele e das roupas coloridas que usava. Ele era de uma família pobre e achava que não era uma coisa tão ruim abrir mão de suas bolas por alojamento e alimentação tão agradáveis. Agora eu não sei se isso era verdade mesmo ou se Lissie estava caluniando o pobre Habisu. Ela ria muito e me chocava também, me contando sobre sua vida como Lulu. Falava sobre Fadpa e olhava para mim, percebendo que eu não entendia nada, e só ria muito. Era uma ótima dançarina, disse que começou a dançar por causa do tédio, e aí ensinou dança às meninas que foram capturadas, ou compradas, e trazidas para o harém. Ela tinha horário de aula regular. E ensinou como fazer amor com uma mulher usando apenas as mãos e a língua a todos os eunucos, que, segundo ela, passaram a amá-la de verdade. É lógico que alguns deles não se importavam com esse tipo de coisa com as mulheres. Havia alguns que apenas se sentavam lá e conversavam sobre roupas e comida e comiam sem parar. No aniversário dela faziam bolos recheados com sua coisa favorita: tâmaras. Fadpa e ela viviam, junto às outras mulheres e aos eunucos, completamente isoladas do resto da sociedade daquela época e do restante do mundo em geral. Com o tempo, se tornaram devotamente religiosos.

"E então chegaram ao ponto em que conseguiam realizar milagres. Milagres, Lissie diz que aprendeu, como Lulu, são o resultado direto da concentração. O maior milagre que realizaram foi conseguir a liberdade do harém na idade bastante avançada de noventa e seis e cento e três anos, que foi concedida pela bisneta do seu senhor. Elas oraram e concentraram toda sua energia nisso durante oitenta anos. Essa mulher havia sido mandada para um lugar distante, para a escola, onde se passava por homem, e, quando voltou para casa, ficou chocada ao ver aquelas velhas trancadas atrás do palácio do avô. Ele já tinha morrido e levado com ele algumas das moças mais jovens e bonitas de seu harém. Seus filhos mal-encarados simplesmente jogaram as mulheres nas chamas em cima do corpo estalando e sangrando do pai, com toda calma, uma por uma. Elas, obviamente, gritavam, arranhavam e se agarravam nos tornozelos dos filhos, mas, como dizem, é assim que as coisas são.

"Lulu e Fadpa ainda tinham uns bons anos pela frente, embora seus rostos enrugados parecessem duas passas; então, se estabeleceram como videntes e viveram livres, ou até satisfeitas, até o dia de suas mortes, que receberam com muito prazer, porque o que notaram, quando já estavam fora da segurança do harém, foi que, no mundo dos homens, sempre existe guerra. Elas não suportavam o barulho e a confusão das batalhas incessantes. Ansiavam pelo silêncio e pela paz do harém, e pelas horas de cozinhar, comer e dançar, ou de ver as mulheres mais jovens dançarem. E, quando os homens se aproximavam delas e perguntavam sobre sua sorte, elas bocejavam. Viam um futuro de guerra e luta para todos os homens. Tão cristalino quanto o sol. Suas palmas eram de um tom forte de vermelho. Mas, em vez disso, Lulu e Fadpa diriam que viam uma centena de mulheres bonitas trancadas num quarto de onde o homem à frente delas, sozinho, tinha a chave e pelo menos meia noite da paz preferida de um homem. Isso os agradava. Se acrescentassem que também viam bandejas de tâmaras, figos, prata e ouro, a felicidade dos homens era completa. Acostumaram-se a dar camelos, cabras e esposas de outros homens aleatoriamente. Ficaram bastante famosas.

"Eu gostava do nome Lulu. Parecia mais um som do que um nome, mas e daí? Quando nossa Lulu nasceu, vi que ela faria qualquer um pensar em verde. Era toda dourada, mel e âmbar, o que fazia a gente pensar em amores-perfeitos. Ela sozinha era uma primavera.

"Agora, a tarefa mais difícil estava na minha frente. Estava muito calor. Lissie suava muito. Eu tinha muita água fervendo no fogão. Essa preparação, pelo menos, eu sabia que precisava ter. Então, Lissie começou a gemer de verdade. Foi horrível. Timidamente e com medo crescente, consegui olhar para baixo, entre suas pernas. Eu esperava ver a cabeça da bebê. Talvez. Já que algo estava acontecendo naquela direção. E Lissie gemia muito. Mas não era. Parecia uma bochecha. Ou uma bochecha no rostinho, ou uma bochecha numa bundinha. Olhei de novo. A barriga de Lissie se contraiu, como se a bebê tivesse se virado. Agora parecia mais um ombro. Olhei de novo, com mais atenção. Parecia um joelho. Ou era um lado?

"Vou lhe dizer, me senti como Prissy em *E o vento levou*.

"Lissie estava tão esticada e aberta que não sei como ela não se dividiu ao meio. E, enquanto eu estava ali observando, vi que estava prestes a começar. Ao mesmo tempo, seus gemidos se transformavam em gritos. Eu não estava aguentando. Meu instinto foi simplesmente sair pela porta e acabar comigo mesmo. Não suportava a ideia de que estava causando essa dor a ela. Fazer amor com ela causou esse comportamento triste e lamentável nela. Ela não era mais a Lissie, entende? Não parecia nem um animal. Estava fora de si, fora de controle. Estava tão machucada que nem conseguia me dizer o que fazer. A bebê estava obviamente presa, tentando sair de lado. Lissie estava de um dos tons de cinza mais estranhos que eu já tinha visto.

"De vez em quando, eu corria para a varanda e olhava para a baía em busca de Eula e daquela idiota da vovó Dorcy, mas nem sinal delas. Além disso, estava anoitecendo depressa. Procurei no alto da colina alguns clientes que pudessem estar chegando à loja. Não tinha vivalma. Ninguém além de mim, Lissie e a pequena Lulu.

"Orei pedindo forças e orei por minha esposa e minha filha. Daí lavei muito bem as mãos, passei vaselina e untei Lissie também com vaselina e o que consegui do bebê. Fiz Lissie rir disso uma vez; disse que a vaselina era uma coisa importante que ela e a mãe tinham em comum: a mãe dela usava no rosto e dizia que era isso que deixava a pele dela tão jovem, e eu passava na bunda da Lissie. Enfim, comecei a empurrar com toda a delicadeza o bebê, meio que girando-o devagar. E comecei a conversar com ela, dizendo a ela que saísse, que tudo estava pronto para ela e que a gente sabia que era demais para ela, mas que não queríamos fazer mal. Sei lá o que eu disse; estava morrendo com a dor que Lissie estava sentindo. Odiando a mim mesmo e toda a humanidade. Quer dizer, comecei a fazer algumas promessas sérias a Deus. Depois de um tempo identifiquei o braço da bebê, na verdade a parte de cima do ombro. Então, de alguma forma, segurei o braço, que não parecia maior que um polegar, e fiquei nisso, o tempo todo dizendo a Lulu como seria bom tê-la aqui, e finalmente a tirei. Ai, meu Deus, e agora?, eu pensei. E Lissie desmaiou. Acordou logo depois, mas parecia destruída, e eu vi em seus olhos as centenas de vezes que ela havia sofrido durante o parto e jurei que isso nunca aconteceria outra vez, e meu desejo por ela, de fazer sexo com ela, ou com qualquer mulher, morreu, e aí também me tornei um eunuco. Eu simplesmente soube que nunca mais seria capaz de fazer amor com uma mulher.

"E então Lissie meio que riu e disse: 'Achei que alguém deveria me dizer para fazer força.' Esse tempo todo ela ficou sem fazer força porque esquecemos, mas acabou que, segundo sua mãe e Dorcy, *não* forçar era a coisa certa a fazer. Eu, sem dúvida, tinha me esquecido disso, se é que alguma vez soube, e agarrei Lulu pela mão, era como apertar a mão de um coelhinho escorregadio, e enfiei a outra mão em Lissie e com os dedos meio que puxei a axila e a mandíbula de Lulu, e aí eu disse: 'Bem, vamos lá e faça força então.' E ela fez uma força como se estivesse gozando e realmente pareceu gostar disso quase da mesma maneira. O que me chocou profundamente. E aí Lulu nasceu, fungando e espirrando mesmo sem ninguém lhe dar um tapa ou soprar fumaça na cara dela, e por um minuto me senti muito confuso e deixado de lado. Coloquei Lulu em cima da barriga de Lissie, que a enxugou com um pano, e comecei a procurar uma faca para cortar o cordão umbilical, e, quando a encontrei, ela estava na água fervente do fogão e quente demais para ser manuseada imediatamente; Lissie já tinha cortado o cordão com os dentes.

"'Nossa, parece borracha', ela disse fazendo uma careta e cuspindo no pano. E eu olhei para Lissie sentada agora com a bebê nua ao lado de seu corpo também nu e pensei comigo mesmo como ela estava primitiva.

"Quando veio a placenta, um pedaço de coisa ensanguentada, com aparência de fígado, que me fez sentir ainda mais tonto do que estava, ela embrulhou num jornal e me deu para enterrar no fundo da casa, para dar sorte, para a gente ter uma casa cheia de bebês. Quando ela não estava olhando, joguei no fogo. Não queimou. Apagou o fogo."

— Lissie teve mais quatro filhos – o senhor Hal continuou contando, olhando para o restinho do café, que já estava frio há tempos –, mas três deles morreram quando ainda eram bebês. Eu pari todos, embora nenhum fosse meu. Um deles era menino, filho daquele fotógrafo que mencionei. Ele morreu antes de seu segundo aniversário. Outro foi de algum outro amante que ela teve, e os dois últimos eram de seu tio-avô Rafe. Eles eram bastante saudáveis, mas só um filho do Rafe chegou à idade adulta: seu tio Cornelius, que foi morto em serviço na Marinha. E Lulu sempre foi saudável, desde o momento em que nasceu. Lissie nunca quis que ninguém além de mim fizesse o parto de seus bebês, assim como ela não queria que ninguém além de mim fosse o pai. Eu queria estar com ela também. Cheguei a ponto de adorar fazer o parto e eu amava os bebês. Desenvolvemos um acordo, digamos assim. Mas, antes, nós dois derramamos rios de dor.

"Um mês depois do nascimento de Lulu, Lissie estava em cima de mim. 'Que que tá acontecendo?' ela perguntou. 'Você não me ama mais?' (Acho que você percebeu que tanto eu quanto Lissie podemos falar do jeito antigo ou do novo quando temos vontade.) Para mim, parecia que eu a amava mais do que nunca. Demais para arriscar colocá-la naquele tipo de dor novamente. 'Ah, às vezes até dói pra caralho', ela disse, quando contei como me sentia, 'mas, se fica muito bom, eu logo supero.' 'O quê?', perguntei. Nunca, nunca mesmo, pensei que isso a machucaria; embora eu deva dizer que às vezes me perguntava como as mulheres não se machucavam em geral. Algumas são tão pequenas, e os homens, tão grandes. 'Olha', ela disse, 'temos Lulu, uma garotinha maravilhosa que se parece com Fadpa. Agradeço a Deus por cada dor!' Ela estava se esfregando em mim, colocando as mãos em lugares que costumava controlar. Mas nada aconteceu. Bem, ela sabia uma ou duas coisas sobre eunucos e o que eles podem fazer, e sabia, por experiência própria, que eu ainda poderia amá-la se tivesse desejo, o problema era que eu não tinha desejo. Era como se tudo entre um homem e uma mulher que tivesse alguma coisa a ver com a criação de uma nova vida simplesmente me assustasse. Eu nem queria vê-la pelada. Eu não queria me ver. Eu estava envergonhado. Como outros homens poderiam continuar batendo em suas esposas com mais e mais bebês nascendo estava além da minha compreensão. Não estava além da de Lissie. Ela queria mais trepadas e mais bebês também, e, quanto mais eu dizia não, mais quente e furiosa ela ficava.

"Finalmente um dia ela fugiu com o fotógrafo de Charleston e me deixou com Lulu. Voltou pouco antes de seu filho, Jack, nascer. Eu nunca disse uma palavra a ninguém. Todo mundo sabia que não era meu. Não liguei para Eula nem para aquela maldita vovó Dorcy. Aqueci a água e peguei a vaselina. Jack nasceu rápido, saiu de Lissie sem problemas. Naquela época, eu já tinha aprendido umas coisas com Dorcy, então fiz Lissie se agachar, apoiando-se nas barras do berço de Lulu, e peguei o bebê quando ele saiu, por detrás dela. Ela estava doente, a Lissie. Fraca por trabalhar como uma escravizada na casa de uma mulher branca, pela má alimentação e por estar grávida de um homem que ela sentia vontade de matar. Ele era casado, imagina. Já tinha um monte de filhos, o canalha. Mas Lissie estava farta de mim e apaixonada por ele. Então, olha isso, tentar se vingar de mim por ter perdido o sentimento por ela a deixou ainda mais doente do que já estava.

"Ela voltou para a nossa cama, ela e Jack. Porque Lulu não desistia do berço. E retomamos a nossa vida da melhor maneira que pudemos: pescando, vendendo produtos e outras coisas na loja. Às vezes eu ajudava meu pai a fazer móveis. Ele era rabugento e difícil de conviver, mas eu o amava e sabia que ele também me amava; desde que eu não pintasse, estava tudo bem. Não creio que ele gostasse muito de Lissie, mas ela se importava. Ela sempre falava alto com as pessoas que não gostavam dela e de quem ela também não gostava, só para envergonhá-las. E dava um pedaço de peixe ou uma torta só para ver a pessoa gaguejando em agradecimento. Ela era o demônio com algumas pessoas. Enquanto meu pai gaguejava, ela olhava para ele com olhos arregalados e inocentes e ria. Lissie tentou ajudar na loja, mas meu pai alegou que as mulheres atrapalhavam. Então ela parou de ir para a loja e passou a costurar, cuidar das crianças e sair para pescar na baía. Eram crianças doces e felizes, mas nossa casa era triste. Parecíamos estar apenas vivendo os movimentos da vida; e, embora nos amássemos com verdadeira devoção, sabíamos que tínhamos perdido algo precioso. A dor que sentíamos era quase impossível de suportar. Às vezes, abatida, ela se arrastava até os meus braços, ou eu me arrastava até os dela e a gente simplesmente se deitava junto, olhando a baía, relembrando o passado, e chorávamos.

"Seu tio Rafe era meu melhor amigo. Ele tinha ido para o exército; quando saiu, trabalhou para um velho viúvo, um francês, dono desta casa. Conseguiu comprar a casa quando o velho morreu e sempre me dizia que eu deveria morar com ele. Isso foi antes de ele conseguir o emprego na ferrovia; na época ele trabalhava num matadouro. Era um trabalho péssimo para alguém como o seu tio, tão meticuloso e tão, você sabe, moderado, mas ele era grande e forte e, de alguma forma, conseguiu aguentar por alguns anos. Ele não estava disposto a arriscar perder a casa, a única coisa com que ele se importava muito até então. E, também, a Depressão estava vindo com tudo. Na Ilha, o dinheiro tinha praticamente desaparecido. Os tempos estavam difíceis. Havia muitas doenças entre as crianças, causadas pela falta de alimentos de qualidade. Perdemos o pequeno Jack por causa de um resfriado que num bebê mais saudável teria sido curado. Fiquei acordado noite após noite com o garotinho. Ele se parecia com a mãe, e foi difícil para nós deixá-lo ir. Achei que Lissie fosse morrer, ela o amava tanto. Depois que ele morreu, deixamos nossa casinha e saímos da Ilha, era triste demais ficar, vai ser só por um tempinho, pensamos; então aceitamos o convite de Rafe e fomos ficar com ele. Lissie, Lulu e eu ficávamos no último andar, e eu consegui um emprego como vendedor de porta em porta. Eu vendia peixe, caranguejo e ostra. No verão, pêssego e melão. Isso nos bairros ricos e brancos de Baltimore, onde os tempos nunca pareciam ser muito difíceis. Na verdade, para os ricos estáveis, você sabe, tempos difíceis significam apenas preços mais baixos, por isso eles conseguem ótimas pechinchas em tudo e se dão melhor do que nunca.

"Finalmente, e nem um minuto antes, porque ele estava cansado de tantas mortes e dizia que o sangue do matadouro ficou debaixo das suas unhas, e isso *não* seria tolerável, Rafe conseguiu o emprego como carregador de vagão-leito. Lissie costurava e começou a fazer faxina, e, com todo o nosso salário reunido, nos viramos. Este era um bairro branco na época, como está voltando a ser agora, mas havia duas casas no bairro com pessoas de aparência espanhola que provavelmente eram gângsteres. Uma dessas casas ficava do outro lado da rua, e a outra ficava ao lado. Os homens falavam com a gente do jeito mais agradável possível, e, por isso, não tínhamos muito medo deles, embora tivessem o hábito de se sentar nas escadas vestidos de qualquer jeito, desmontar, limpar e remontar uma considerável coleção de armas. Acho que foi a presença deles que impediu que os brancos realmente nos expulsassem daqui. Eles tiveram um ataque quando o velho francês morreu e a sobrinha deixou Rafe comprar a casa. Enfim, ela morava na França e gostava de Rafe. Gostava mesmo dele, se é que você me entende. O que sabia ela ou se importava com o 'preconceito maluco dos americanos', como ela dizia, com um sotaque que fazia parecer a coisa mais boba. E Rafe também estava disposto a pagar mais pela casa do que qualquer pessoa branca.

"Com certeza os vizinhos acharam a casa boa demais para 'crioulos'. E, na verdade, *estávamos* lá ilegalmente. Não acho que pessoas negras fossem permitidas naquela parte da cidade naquela época. Mas éramos tão discretos que quase nunca nos viam. Nunca nos sentávamos nem ficávamos no gramado da frente, nem na varanda; a gente simplesmente não considerava aquilo parte da casa. Havia um beco atrás da casa, e sempre passávamos pelos fundos. Mas logo outra casa foi vendida para negros de pele mais clara, e depois mais outra. Estes também não gostavam da gente, éramos retintos comparados a eles, mas deixamos de nos importar e começamos a relaxar um pouco. Mantivemos essa casa impecável, com a grama e os arbustos aparados. Nos primeiros anos trabalhávamos na grama e nos arbustos à noite. Foi melhor do que qualquer coisa que sonhamos viver.

"Lissie gostava muito de Rafe, e ele gostava dela e de Lulu. Eu tinha muita consideração por Rafe e acredito que ele também tinha por mim. Lembro-me de contar a ele tudo sobre Lissie e eu. Não fiquei envergonhado nem com medo de que ele entendesse da forma errada.

Ele ficou curioso sobre nosso relacionamento, porque, na casa dele, eu e ela dormíamos em quartos separados. Ela dormia no quarto dos fundos com vista para o quintal, e eu dormia no quarto da frente que dava para a rua, com a bebê. Lulu, digo.

"Toda a paixão que eu tinha pela mãe dela estava ligada ao meu amor por Lulu, e desde pequena ela conseguia me envolver com seus dedinhos. Eu adorava aquela criança. Lissie era uma boa mãe, mas distante. Não era presente para a criança. Sempre em algum lugar, vagando através dos tempos. Ela começou a sair com o fotógrafo de novo, não para dormir com ele (ela o odiava nesse sentido), mas para modelar. Ele não conseguia entender como ela era tão diferente de uma foto para outra; ele contou que às vezes nem conseguia acreditar que a fotografia que havia tirado era de Lissie e que, só para puni-lo, ela nunca contou nada. Ele era o tipo de pessoa egocêntrica que não conseguiria ouvi-la ou sequer acreditar se ela tivesse falado. Ela estava entusiasmada com o resultado de cada foto, e acabei entendendo que Deus conseguiu, com a fotografia, mostrar a Lissie que ela estava certa ao pensar que era tantas mulheres quanto pensava que era. Foi um grande alívio para ela saber que não era louca.

"A vida é muito diferente quando você tem um grande amigo. Já vi pessoas sem amizades especiais, amizades íntimas. Homens, especialmente. Por alguma razão, os homens não costumam fazer e manter amizades. Isso é uma tragédia, eu acho, porque de certa forma, sem um amigo homem próximo, você nunca consegue ver a si mesmo. Isso acontece porque parte da nossa formação é feita por outras pessoas; e muito da nossa formação vem de amizades próximas que são parecidas com a gente. Minha amizade com Rafe era muito especial. Eu era a pessoa caseira, o marido e pai, o pintor. Tranquilo. Precisava de Lissie para me guiar pela mão. Ele era até fisicamente diferente de mim: maior e mais alto, mais escuro também. Eu o admirei durante toda a minha vida. Ele era todo solteirão! Nenhuma mulher ficava com Rafe por mais de algumas semanas. Ele ficava intenso por algumas noites, mas sempre voltava para casa para terminar a noite na própria cama, e então um dia eu perguntei quando, ou se, ele ia sair, e ele disse que não. 'Não, mano.' E riu. Fiquei feliz, no fundo, porque isso significava que ele ficaria em casa com a gente. Lissie faria algo especialmente gostoso para o jantar; e eu tinha certeza de que teríamos uma bela lareira acesa. E Lissie, Rafe, Lulu e eu íamos para sala depois do jantar para uma noite de cartas e discos, que eram os mais recentes, porque seu tio também era um dançarino maravilhoso, além de todo o resto.

"Às vezes parecia que ele estava muito triste por causa de sua mais recente namorada para vir se divertir conosco; então ele ficava no quarto, usava o quarto grande na época, e lia romances de dez centavos deitado na cama. Rafe gostava de roupões e chinelos, e lembro que ele usava um quimono azul e branco bem elegante, de seda, que, segundo ele, vinha do Japão. Ele era muito elegante! Passava pomada no cabelo, modelava não só o bigode, mas também as sobrancelhas, e fumava cigarros de cravo. Não, ele não era uma fada; só um homem distinto! Ele tinha uma vitrola no quarto e fotografias de várias de suas amigas em cima da lareira, aí colocava uma coisa bem sugestiva e melancólica para ouvir, e ficava lá fumando, lendo e bebendo a noite toda. Pela manhã já estava curado *daquela* amiga em particular e, se fosse seu dia de folga, estaria pronto para brincar com Lulu.

"Perto de sua mãe e de mim, Lulu amava seu tio Rafe. Às vezes eu pensava que ela o amava mais do que a nós. Ele estava com a barba feita e vestido de maneira como ela sempre o via, e ela não tinha permissão para entrar em seus quartos. Nós três éramos extremamente cuidadosos com sua privacidade. Muitas vezes nem sabíamos se ele estava em casa, não havia nenhum som vindo do seu andar. E aí Lulu começava a arrastar os pés ao passar de um lado para outro diante da porta do quarto dele, e logo dizia que ouviu o tio Rafe gargarejando.

"A gente poderia ter se mudado, mas ficar na casa de Rafe era aconchegante e parecia que éramos uma família de verdade. Numa casa onde dois homens cuidavam dela, Lissie se recuperou da fraqueza que teve após a perda de Jack. Recuperou sua força e seu estilo, e começou a engordar um pouco. Eu via que ela estava chegando a um florescimento do seu ser mulher que quase fazia a gente parar de respirar. *Maturidade*. Seus olhos ganharam maior profundidade com a tristeza; sua boca se arqueava num sorriso que ainda continha um pequeno indício da atemporalidade da dor. Até a testa dela me pareceu humilhada de algum modo, e por causa disso me peguei tocando-a com mais frequência, penteando seu cabelo para trás, alisando suas sobrancelhas. Mas o mais envolvente naquele momento era a maneira como ela falava. Fazia pensar na água, tão macia e suave, mas às vezes também se ouvia como as corredeiras. Ela ria mais também, uma risada experiente. Havia em sua voz e em sua risada um som que me emocionava tanto: o som de aceitação de sua sorte e... o som de gratidão.

"Lissie me perdoou porque ela entendia. Ela ainda me amava, mas me deixou ir. E estava grata por estar viva e ainda assim ter tudo o que tinha. Ela tinha Lulu, Rafe e a mim, por exemplo.

"Ela se dedicou o máximo que pôde, considerando suas distrações inerentes, a ser a mãe de Lulu, que era uma moleca nata que fazia Lissie correr atrás dela. Ela cuidou sempre de mim; continuou me incentivando a pintar e encontrou um lugar onde meu trabalho poderia ser vendido a turistas, no centro de Baltimore. Eu não usava mais tinta de parede, mas aquarelas e óleos, e isso era o paraíso para mim. Também me incentivou a fazer aulas de inglês e de botânica à noite, oferecidas na nova escola para pessoas de cor. Com as aulas de inglês, ficou mais fácil para mim conversar com pessoas que nem sempre entendiam o inglês que falávamos na Ilha, e, com as de botânica, melhorei a forma como desenhava as plantas.

"Anos depois, amigos nossos adivinharam o que poderia ter acontecido. Amigos que reconheceram a semelhança do nosso filho Anatole, que tem esse nome do velho francês, com Rafe. Sei que tiveram pena de mim. Sem dúvida pensaram que Lissie e Rafe estavam tendo um caso pelas minhas costas. Este não era o caso.

"Fazia anos que eu tinha feito amor com Lissie, tanto tempo que nunca pensava nisso, nem me lembrava direito que tinha sido possível. Ainda gostávamos da companhia um do outro. De vez em quando, fazíamos compras juntos ou caminhávamos com Lulu até a escola dela. Podíamos nos abraçar ou dar as mãos, mas sempre fizemos isso. Na verdade, voltamos ao ponto em que éramos crianças, antes de Lissie realmente começar a notar seu tio Rafe. Notar como homem, você sabe.

"Quando eu penso hoje, vejo que isso estava destinado a acontecer. Tanto Lissie quanto Rafe eram ouro sobre azul. Quando nós três nos arrumávamos para ir a uma festa, até a pequena Lulu fazia "uuuh!" para os dois. Eles tinham exuberância. Ambos adoravam roupas, e Lissie gostava de ser uma mulher diferente em cada baile. Adorava lantejoulas, enfeites brilhantes e xales com borlas e franjas. Rafe gostava de camisas de seda branca, chinelos brilhantes e casaco com gola de pele. Era o tipo de negro que, quando se arrumava para sair, carregava luvas de pele de bezerro *e* uma bengala de cabeça prateada. Ele se considerava um malandro e, na medida em que conseguia realizar suas aventuras antes das duas da manhã, quando precisava estar em casa, aconchegado em sua cama, ele era.

"Na verdade, ele era um par perfeito para Lissie."

— Ontem eu sonhei que estava lhe mostrando meu templo – contou dona Lissie. – Não sei onde ficava, mas era uma estrutura simples, quadrada, de um cômodo só, tinha bastante adobe, parecia uma das casinhas do sudoeste, com caibros se projetando na linha do teto e janelas recuadas. Era pintado com um suntuoso tom de coral enferrujado e tinha muitos desenhos, muitos, em turquesa e azul-escuro, como símbolos dos povos nativos americanos para chuva e tempestade, pintados na parte de cima. Era lindo, mesmo que pequeno, e me lembrei de ter ido para as cerimônias lá, vestida com um longo manto branco de algodão. Eu era alta e imponente, meu cabelo, preto e pesado, preso num coque. A outra coisa em que o meu templo me fez pensar foram as pirâmides do México, embora eu esteja feliz de que não eram feitas de pedra, e sim de lama pintada.

"Enfim, meu familiar – o que chamam hoje em dia, infelizmente, de 'animal de estimação' – era uma criatura pequena e incrivelmente bela, parte pássaro, porque tinha penas, parte peixe, porque sabia nadar e tinha uma forma peixe/pássaro, e parte réptil, porque andava por aí como as lagartixas e estava por todos os cantos enquanto eu conversava com você. Tinha movimentos graciosos e inteligentes, e uma expressão travessa e cheia de humor. Era *vivo*! A propósito, você, Suwelo, era um homem branco, aparentemente, naquela vida, muito educado, muito bem-sucedido e muito interessado em nossos costumes.

"Meu pequeno familiar, do tamanho da minha mão, escorregava e deslizava para lá e para cá num lugar fora do templo onde estávamos sentados. Sua cor predominante era azul, mas também era vermelho e verde, e tinha manchas douradas e cereja. E roxo. Sim. Tinha a cabeça de um pássaro. Eu já disse isso?

"O jeito que ele ficava de um lado para o outro distraía tanto, enquanto nós dois conversávamos, que o peguei nas mãos, levei-o um pouco para longe de nós e o coloquei no chão com uma tigela de vidro transparente por cima. Porém, assim que voltei e me sentei, ouvi um barulho semelhante ao de um tiro abafado. Fui até a tigela e vi que o familiar tinha conseguido sair dali. Havia um pequeno buraco no alto. Olhei em volta e encontrei outra tigela, uma tigela branca e pesada, bastante escorregadia e com laterais muito grossas. Meu familiar estava deitado olhando para mim com curiosidade, descansando de seu trabalho. Ele não tentou correr quando coloquei a tigela branca em cima dele. Um pouco antes de me sentar, ouvi outro barulho. Quando voltei, meu familiar estava correndo furiosamente na neve. De repente, tudo ficou muito frio. Estava muito lindo como sempre, meu familiar. Como, ou até mesmo por que, eu fiz o que fiz em seguida está além da minha compreensão, mas acho que foi um reflexo estúpido do orgulho humano. Pois eu já entendia muito bem que toda essa atividade por parte do familiar tinha a ver com liberdade e que, com minhas ações, eu estava destruindo nosso relacionamento. De qualquer forma, para não ficar para trás – e de repente havia dezenas do seu povo, pessoas brancas, assistindo a esse concurso –, aprisionei meu lindo pequeno familiar debaixo de uma banheira de metal. Prestei pouca atenção ao frio ou à neve e nem pensei em como isso seria cruel e torturante para ele. Ele definitivamente não conseguiria escapar dali. Voltei para onde estávamos sentados, você e eu, e tentei continuar nossa conversa, que era sobre templos e sobre meu templo em particular. O sol estava se pondo e banhava de dourado a pequena e brilhante estrutura de coral. Foi uma visão esplêndida. Senti tanta felicidade por ser minha e pensei nessa paz que tomou conta de mim, profunda, como o sono, quando entrei por suas portas.

"Em seguida, ouvimos um estrondo, como se viesse de um vulcão, debaixo de onde estávamos sentados. Como se a energia estivesse sendo sugada em fluxos de todos os lugares e convergindo para um ponto debaixo da neve. Todos nós, você, eu e aquelas pessoas brancas vestidas tão estranhamente, com saltos altos e casacos de pele, fomos atraídos para a banheira que tremia e parecia estar nos últimos degraus de um enorme edifício de pedra branca, numa cidade e num século diferente. Não podíamos acreditar que uma criatura pequena, do tamanho de uma mão, conseguisse quebrar um metal com sua frágil cabeça de pássaro. Espantados, vimos quando, com um poderoso assovio e como se viesse das profundezas do mar, o pequeno familiar irrompeu pelo fundo da banheira e saiu para o ar livre. Ele olhou para mim com dó ao passar. Então, usando as asas nunca usadas até então, voou para longe. E eu fiquei lá, só com você e o povo dele nos degraus de um prédio de pedra fria, da cor de uma dentadura barata, num mundo diferente do meu, num século que eu nunca entenderia. A não ser pela lembrança do lindo pequeno familiar, tão alegre e leal a mim, e a quem eu tão impensadamente, por orgulho e distração, traí."

— Era mosca para tudo quanto é lado. – Foi o que Arveyda contou a Carlotta sobre o lugar onde ela nasceu.

— E o que você acha? – perguntou ele.

Ela não sabia o que achar. Arveyda estava de volta, mas sua mãe, não. Ela tentou não pensar em Zedé.

— Estava tendo uma gravação de um filme lá! Em Guatuzocan! – disse ele.

Carlotta nunca tinha ouvido esse nome.

— Era sobre uma antiga deusa indígena – continuou ele –; alta e loira, como Bo Derek, que se apaixona por um antropólogo branco moderno que tropeçou na entrada de uma caverna e entrou na era pré-histórica em que a deusa viveu. Foi muito engraçado quando entendemos que não havia nada a fazer a não ser rir. Sua mãe encontrou uma de suas amigas antigas, uma mulher que parecia ter cem anos, embora não fosse mais velha que Zedé, e elas ficaram sentadas debaixo de uma árvore assistindo à produção do filme a maior parte do dia. A amiga, Hidae, bem retinta e enrugada, foi contratada como figurante e representava os antigos indígenas ignorantes dos quais surgira a loira e inteligente "deusa indígena", aparentemente albina. Elas viram muita graça na vestimenta da deusa. Era um biquíni feito com penas de pombo, desses que são vendidos aos turistas. Ela usava esmalte e batom que pareciam sangue. Na cabeça, era obrigada a usar um cocar colossal, e nesse cocar havia pulgas. A deusa coçava a cabeça, abanava moscas, caía por causa da umidade e do tédio, ficava pálida com os sanduíches de mortadela e observava o antropólogo branco roubar todos os tesouros de seu povo sem mover um dedo, porque... ela o amava!

"Mas era um trabalho. Quer dizer, para Zedé, a amiga e para os outros do povoado. Como Zedé fala inglês, conseguiu um emprego na equipe de produção. Ela traduzia. A prisão onde você e sua mãe ficaram realmente se tornou um povoado. Ou melhor, voltou a ser um povoado, porque já era um povoado que pertencia ao povo do seu pai, los indios. Como na Austrália, onde os condenados finalmente se tornaram um país, os guardas e escravizados que haviam se estabelecido em Guatuzocan para cultivar mamão se tornaram um povoado.

"Das pessoas escravizadas que sua mãe conheceu, apenas Hidae e outros seis sobreviveram. Os outros sucumbiram à má alimentação, ao trabalho árduo, ao calor e às doenças da selva, além do terrorismo dos guardas. A maioria das mulheres que tiveram bebês de seus captores estava morta, mas eles não. Continuaram estuprando cada novo lote de mulheres e tornando esposas–escravizadas aquelas que preferiam, ignorando as idosas e maltratadas por quem não sentiam mais desejo. Essas mulheres tiveram filhos. Isso colocou os guardas na curiosa posição de serem senhores dos próprios descendentes e dos descendentes uns dos outros, e onde antes havia harmonia no poder sobre tantas pessoas indefesas agora havia ódio e repulsa. Cada captor, olha isso, inevitavelmente gerou um filho favorito que não queria reconhecer ou que fosse maltratado por qualquer outra pessoa com autoridade além dele. Depois, houve também o inevitável estupro de suas filhas por amigos treinados para não se importar com a semelhança da garota com seus colegas. Às vezes, nem reconheciam mesmo. Um inferno.

"Os campos de mamão estavam rendendo boas colheitas, e o dinheiro da venda foi revertido para os proprietários das plantações da Europa e da América do Norte; o trabalho continuou pesado, embora não fosse tão horrível quanto o desmatamento da selva e a monocultura. No começo, ficamos perplexos porque a produtora cinematográfica estava fazendo um filme sobre a vida histórica dos indígenas pré-gringos no meio de uma enorme e moderna plantação de mamão, com fileiras muito ordenadas. Mas, quando Zedé perguntou ao diretor do filme, ele ressaltou que estava fazendo um filme progressista e não estereotipado, algo muito incomum para os norte-americanos fazerem; a plantação mostrava que os índios não eram nada preguiçosos, mas trabalhadores, desde os primeiros tempos. 'Ah, pronto!', disse sua mãe quando relatou isso para mim e para os outros indígenas mais velhos. E todos caímos na gargalhada.

"Os captores e os cativos se descobriram como uma família, e as crianças nascidas no povoado cresceram naquela situação confusa de meio escravos e meio livres. Eles não compreendiam nem o desprezo com que seus pais tratavam suas mães, nem o profundo medo que eles tinham dessas mulheres que eram tão indefesas; também não compreendiam o ódio insondável que suas mães sentiam pelos seus pais, cujas missões de violação entre as mulheres se tornaram cada vez mais camufladas em afeto à medida que a descendência bastarda começou a crescer. As primeiras lembranças desses filhos eram dos gritos abafados das mães e a raspagem do que eles pensavam ser a espinha dorsal de suas mães no chão."

* * *

— Não importa se você me ama ou não – disse Arveyda. – Talvez eu não mereça ver você nem meus filhos. Mas quero lhe dar o presente de conhecer sua mãe, o que acho que você não faria sem mim, porque ela mesma não poderia lhe contar; ela estava muito envergonhada, e quero lhe dar exatamente o que gostaria que alguém me desse e que, já que minha mãe está morta, ninguém jamais poderá me dar.

Carlotta sentia que odiava os homens; seus desaparecimentos, suas ausências e a presunção no regresso. Pensou na tola Angel Clare e se viu como Tess. Pensou em Tea Cake e se viu como Janie. Estava convencida de que Helga Crane era uma idiota. E decidiu que o único homem em toda a vida e literatura que merecia sua admiração era Leonard Woolf. Mas é lógico que ela e sua turma ainda não haviam começado a ler seu *A Village in the Jungle*. Talvez ela devesse segurar a empolgação.

Arveyda queria contar a ela sobre Zedé em algum lugar lá fora, debaixo das árvores. Ao ar livre. Se alguém consegue ver todo o céu, nenhuma mensagem, nem mesmo a de alguém que a despreza, destruirá você. Mas Carlotta estava sentada em sua sala com móveis baratos, os braços e as pernas esbeltas cruzados. Ela não estava escutando. Não conseguia entender o que ele dizia. Era como se os dois estivessem bêbados. Além disso, estava passando um desenho engraçado do Papa-Léguas e as crianças riam e batiam palmas.

Nessa atmosfera, Arveyda parou de falar. Ele olhou para seus filhos jogados no chão, que ignoravam sua presença. Ele não os culpava. Afinal, quem era ele, esse homem que os abandonara? Além disso, parecia importante para eles ver se o Papa-Léguas conseguiria chegar ao seu destino depois de tantos atentados cruéis contra sua vida.

Quando o desenho terminou, Arveyda, apesar das objeções indignadas, desligou a TV. Ele fechou cuidadosamente as portas de madeira do armário e, pegando o violão onde o havia colocado, atrás da porta da frente, sentou-se em frente a ele, em uma cadeira reta da cozinha.

Começou a afinar o violão enquanto seus filhos, olhando para ele e fingindo bocejos, se aconchegavam no sofá com a mãe. Olhavam para o pai como se fosse um intruso. Arveyda dedilhou as cordas do violão. Seu antigo nome era Selume, segundo o ancestral oráculo africano, o osso ou runa que denota juventude. Sentiu que deveria, depois de todas as suas viagens, pensar em algo novo.

Teve uma ideia.

— Você está com as três pedrinhas que sua mãe lhe deu? – perguntou ele a Carlotta.

A princípio ela não respondeu. Estava pensando em como o odiava e tentou se lembrar das três pedrinhas que Zedé lhe dera, depois tentou lembrar onde elas estavam.

— Você pode pegar? – De alguma forma, ele não tinha dúvidas de que as veria.

Talvez elas tenham diamantes e rubis em seu núcleo, Carlotta pensou, irritada com a própria docilidade, ao sair da sala.

As gavetas da cômoda estavam arrumadas e organizadas, como sempre. Ela realmente não teve problemas para encontrar as três pedrinhas. Ficavam sempre guardadas em linha reta no fundo da gaveta de lingeries. Ela as pegou e voltou para a sala.

Arveyda estendeu a mão, e Carlotta jogou as pedras para ele.

Ele se inclinou sobre o violão e colocou as pedras no chão, não em linha reta, mas em forma de pirâmide.

— É assim a forma original delas, como o símbolo de um abrigo nuclear – disse ele. – São um presente do seu pai e do seu povo para você.

Na verdade, isso soava bastante sem sentido, para não dizer bizarro. A mente de Carlotta divagou. Ficou se perguntando como é que não as havia perdido; ela nunca as guardou na bolsa que Zedé fez especialmente para guardá-las. De alguma forma, deve ter pensado naquelas simples pedrinhas como suas joias e as queria expostas. Ela as mantinha à vista em cima da cômoda quando era criança. "Elas são muito especiais", dissera Zedé, tocando-as com emoção à noite, quando entrava no quarto de Carlotta e a colocava na cama. "Essas pedras têm um significado para você". Mas nunca lhe disse qual era esse significado.

Arveyda estava sentindo algo incrível quando se sentou sobre as pedras, começando a dedilhar seu violão. Ele sabia, finalmente sabia, por que se apaixonava tão facilmente, até pela mãe da própria esposa. É porque era músico e artista. Os artistas, agora entendia, eram apenas mensageiros. Sobre artistas recaía a responsabilidade de unir o mundo. Uma tarefa espantosa, mas que ele se sentia à altura, em sua própria vida. Sua fé era de que a dor que causou aos outros e a si mesmo – tão mal escondida nas informações transmitidas – não levaria à destruição, mas à transformação.

Ele começou a cantar suavemente para seus filhos e sua esposa. Uma música sobre um país que usava o verde como vestimenta preferida; uma terra de rios e de barcos que de longe o faziam se lembrar das vagens de favas secas de baunilha. Cantou sobre as pessoas que vieram para este país há muito tempo, de uma terra chamada Sol, sobre como descobriram o rio que corre até o oceano – e sabiam também daquele que flui até os céus, mas não tinham meios de atravessá-lo –, sobre como conheceram as pessoas que já estavam lá e como algumas fugiram juntas para compartilhar a compreensão do mundo umas com as outras, e fundaram grandes civilizações quase por acidente, embora as grandes civilizações nunca percebam ou se vangloriem por serem grandes; e como, com o tempo, entraram em colapso e as pessoas partiram em todas as direções e viveram a vida simples de pequenos povos em todos os lugares. Caçar, pescar, rezar, fazer amor e ter filhos. Ele cantou sobre as penas vermelhas dos papagaios em suas orelhas – pois haviam trazido o papagaio com elas; eram os seus familiares, símbolo da sua essência – e os longos cabelos grossos que serviam de travesseiro para suas cabeças. Ele cantou sobre a vinda dos escravizadores e o destino cruel das pessoas escravizadas. Ele cantou sobre duas pessoas que se amaram por um tempo e como uma delas morreu de uma forma horrível, sem nada para deixar além da semente que se tornou uma criança, alguns brincos vermelhos de pena de papagaio e três pedras insignificantes. Ele cantou sobre a confusão e o terror da mãe: as cicatrizes que ela nunca poderia revelar à criança porque ainda a machucavam. O amor pelo pai selvagem da criança, um torniquete amargo preso na garganta.

As crianças já estavam dormindo há muito tempo quando Arveyda chegou à parte que Carlotta mais queria ouvir. Arveyda cantou baixinho quanto a mãe, ainda longe, amava e sentia falta da filha. Quanto ela estava triste por tê-la machucado. Quanto rezou para que a criança a perdoasse e um dia consentisse em vê-la novamente. Ele cantou sobre como a mãe sentia falta dos netos. Cantou sobre o perigo que a mãe corria agora, em seu antigo país, porque, trabalhando com a equipe gringa de produção cinematográfica como fachada, ela estava tentando encontrar a própria mãe, que não via desde que os soldados chegaram a sua pobre pequena escuela de los indios há muitos, muitos anos e a levaram embora. Essa foi a única razão pela qual ela não estava neste momento abraçando sua hija, se sua hija ao menos permitisse. Ele cantou sobre a coragem de Zedé, sobre seu orgulho em não sobrecarregar a filha com uma história insuportável. Ele cantou sobre sua verdadeira humildade. Cantou até que Zedé, pequena e hesitante, ficou visível, um pouquinho, diante da filha.

Carlotta não sonhara que seu coração entorpecido pudesse ser ainda mais partido, ou que o quebrar o abriria.

Arveyda estava de volta. Sim. Cantando como nunca. Carlotta viu que agora ele não precisaria nem de penas nem de capa.

Sob o olhar penetrante e marejado de lágrimas de Carlotta, Arveyda fechou os olhos, para não perguntar nada a si mesmo. Ele sabia que estava cantando por suas vidas. Verdadeiro artista, aquele que Deus mostra, ele sabia que não ousava duvidar do poder de sua canção.

Êxtase é a floresta de pé e o cheiro de pão saindo do forno. Suwelo esforçou-se para ouvir a música calorosa e exuberante ao telefone, entre os versos gélidos das palavras de Fanny. É isso que ela ouve até hoje, pensou ele, surpreso. O álbum antigo de Arveyda. Ela deve ter comprado um novo depois que se mudou; o que compraram juntos era um longo arranhão. Ela tinha se cansado de tanto tocá-lo. E ele se lembrou de como ela segurava o álbum contra o peito, um álbum no qual não havia nada além de uma grande sequoia, com um pedaço de pão embaixo, e como ela o balançava em êxtase a cada nota, e como às vezes ficava tão plena com a doçura da música que chorava. E ele já ficou observando-a cambalear, dançar e chorar. A música a levava a um lugar, pensou ele, que nada mais em sua vida levava. Era tudo um êxtase para ela.

E uma vez, quando Arveyda veio à cidade para fazer um show, ele comprou ingressos para irem. Finalmente o veriam. E no começo Fanny ficou muito feliz, e ele riu de sua animação com os dedos desajeitados enquanto ela se vestia. Todas as suas melhores roupas. Tudo em tons de lavanda, índigo profundo e genciana. Ela é tão linda, ele pensou.

— Você vai poder dar uma olhada nele – brincou Suwelo. – Ele vai estar no palco, e com os ingressos que comprei acho que a gente fica em um lugar bom. Mas ele não vai conseguir vê-la, você vai ser só mais uma cabeça.

Ela riu, banhando-se com um perfume que ela mesma fizera e que cheirava incrivelmente a água doce.

Mas então, justamente quando estavam saindo do apartamento, logo que entraram no corredor, ela parou, e nada do que ele dissesse a fazia andar. Quando ele a pegou pelo braço, ela parecia presa ao chão. Quando ele fingiu arrastá-la, ela se agarrou ao batente da porta com uma força que quebrou uma de suas unhas.

Ela estava com medo de ver a pessoa que criou a beleza que era tanto o que sua alma ansiava que acabou a fazendo chorar.

Suwelo entendeu isso vagamente, mas também ficou aborrecido, porque agora perderia o show – embora ela implorasse a ele que fosse e levasse outra pessoa. E ele gastara muito dinheiro nos ingressos.

— Arveyda não é velho? – perguntou ela, esperançosa. (Ele não era.) – Vou esperar até ele morrer, ou até que eu morra, e então... eu o verei.

E o que poderia Suwelo responder a tal amor, constrangido por um fatalismo e um medo muito maiores?

— Ah, minha bebezinha – disse ele, com exasperação e impotência, abraçando-a, sabendo, sem ver seu rosto, que lágrimas de desejo escorriam por suas bochechas.

A primeira vez que viu Carlotta, o que ele pensou? Fanny o acusou de ver apenas a pele âmbar e a longa cabeleira preta. O corpo atraente. Uma mulher de cor, sim, mas sem o tipo de passado doloroso que ameaçaria sua percepção de si mesmo como homem ou que inibisse seu prazer por ela como mulher. Mas, na verdade, ele teve esses pensamentos mais tarde, depois de ter começado seu romance com Carlotta. A primeira vez que a viu, em uma reunião do corpo docente em que ela parecia inquieta e cercada, ele pensou que ela parecia uma Coretta King latina muito mais jovem. Em algum lugar ele tinha visto uma foto da sra. King, parecendo aflita e traída, uma linda mulher, pensou ele, mas escorregando inexoravelmente no atoleiro da Famigerada Viuvez. Corra, corra, ele quis gritar para ela. Não deixe que a fechem na tumba! Mas talvez fosse assim, em parte, que ela se sentia, como se parte dela estivesse sepultada com o marido. Mas decerto havia mais de sua vida para viver? Suwelo só admirava uma coisa em Jackie

Onassis, cujo destino poderia ter sido semelhante, exceto por sua astuta recusa em deixar que assim fosse: o sucesso absoluto em escapar do marido morto, Jack. Na foto da sra. King da qual se lembrou, ela estava com um grande grupo de mulheres nativo-americanas e parecia mais indígena do que a maioria delas. Carlotta, segundo suas observações, tinha aquela mesma expressão aflita e traída. Mas, à medida que a observava mais de perto, ignorando os outros integrantes do corpo docente, que eram brancos e cuja universidade ele também entendia ser, mais ele percebia que aquela não era realmente a aparência da sra. King. Ou talvez fosse, mas isso o comoveu porque via, sentia a dor e tentou removê-la do rosto lamentoso de alguém muito mais próximo de casa: ele se sentiu atraído por Carlotta porque a expressão em seu rosto era idêntica à de Fanny quando ela descobriu que ele a havia traído. Ele passou todo o tempo que esteve com Carlotta tentando remover o reflexo, no rosto dela, da dor de Fanny. Sem ousar, porém, uma única vez, forçá-la a contar-lhe a causa. Uma vez que soube que ela estava separada do marido, com dois filhos para criar sozinha, uma vez que viu sua espelunca e uma vez que ouviu suas amargas queixas sobre o racismo do Departamento de Estudos Femininos onde ela trabalhava, ele presumiu que entendia sua dor. Agora ele entendeu que provavelmente não tinha entendido nada, e ainda lhe ocorreu que ato superficial e, em última análise, fraudulento era dormir com uma pessoa que não conhecia.

Ele começou, mais do que nunca, a valorizar a história que o senhor Hal e a dona Lissie lhe contavam incansavelmente.

— Meu pai não era tão alegre quanto minha mãe – disse Hal. – Ela gargalhava o tempo todo; ria de verdade. Não conseguia se segurar. Tudo era engraçado para ela. Mas sempre teve uma nuvem escura sobre a cabeça do meu pai. Agora, você pode até não acreditar, mas você mora na Califórnia no fim das contas. Leio os jornais de vez em quando, por isso sei que muitos homens que saem com outros homens estão morrendo. Sempre que leio sobre isso, penso no meu pai, porque acho que ele teria ficado feliz. Ele não era uma pessoa má, não me leve a mal, mas ele simplesmente odiava essas pessoas e essas eram as únicas pessoas a quem o ouvi expressar algum ódio. Mesmo com os brancos em geral, ele nunca agia da mesma maneira que faria com os homens "desmunhecados". Enquanto estava em seu leito de morte, ele me contou por quê.

"Ele cresceu na ilha, numa fazenda que pertencia a uns brancos do continente e era administrada por um feitor negro. Não era a época da escravatura – as pessoas escravizadas tinham sido libertas legalmente há muito tempo –, mas era bastante parecida, sabe, pela forma como as coisas ainda funcionavam. Enfim, em alguns feriados, como Natal, Páscoa, e sempre no verão, esses brancos vinham para a fazenda na Ilha. O verão era mais fresco lá, muito mais agradável do que no continente. Eles navegavam em seu iate – eram ricos – e traziam todo mundo de sua casa do continente: a cozinheira, as empregadas, o adestrador de cavalos, até os jardineiros. Meu pai era um faz-tudo, então ajudava a descarregar o iate, e o pagavam em laranjas, que quase nunca comíamos na Ilha e que tinham um sabor equivalente ao do ouro. Enfim, essas pessoas tiveram um filho, Heath, e ele começou a fazer as coisas com meu pai. Os dois meninos se gostaram de cara, mas meu pai se irritava porque sempre tinha que ficar em seu lugar. Heath tinha total acesso à casa de meu pai, por exemplo, e nos verões costumava comer lá, bem na cozinha com os outros, mas meu pai, Davi, em homenagem ao pequeno Davi da Bíblia aliás, nunca podia passar dos degraus da porta dos fundos da casa de Heath. Se você fosse negro e não trabalhasse na casa, não tinha permissão. Era assim que as coisas eram.

"O pai e a mãe de Heath eram mais cordiais um com o outro que afetuosos, e nenhum deles falava muito com Heath. Mesmo assim, o pai era feliz por Heath e meu pai serem amigos; a mãe nunca deu bola para isso. Ela bebia.

"Heath e meu pai eram amigos de infância, se viam nas férias e no verão, por muitos anos. Então Heath foi para a faculdade, e o meu pai se casou. Em algum momento, Heath também se casou, e ele e a esposa vieram morar na Ilha, na casa grande que Heath amava e que agora pertencia a ele por causa dos seus pais. Meu pai estava bastante feliz no casamento. Não sei se ele esperava fogos de artifício e aquela coisa toda. Na Ilha as pessoas se casavam jovens, criavam muitos filhos, você e a família trabalhavam duro, comiam, dormiam e faziam seu culto o melhor que podiam. E morriam. Era isso. E isso era o bastante para a maioria das pessoas. Entretenimento? As histórias e os rumores das pessoas lá no continente eram o seu entretenimento.

"Ter Heath por perto de novo e pra valer foi ótimo, e administraram da melhor maneira possível, agora que eram mais do que nunca desiguais aos olhos da sociedade e da lei – em outras palavras, eram homens adultos –, continuaram sua vida, sua amizade. Heath, porém, começou a beber e não gostava de negros. Era um daqueles brancos que, bêbado, dizia a um negro com quem estava abraçado: 'Sabe, fulano, eu não gosto de crioulos, mas de você eu gosto!', então essa suposta amizade entre ele e meu pai caminhava numa linha tênue entre a raiva e o medo. Naturalmente, meu pai odiava o racismo de Heath. Assim como ele o temia como um homem branco, mesmo quando riam e jogavam juntos. Meu pai não tinha ideia – e acho que o próprio Heath não sabia – que Heath era enamorado por ele. Digo, amor desse tipo muito peculiar. Foi uma espécie de compreensão que se apoderou de ambos, imagino, quando viram quanto tempo Heath passava em nossa casa e quanto ele e meu pai, apesar de tudo, gostavam.

"Eu me lembro dele como se fosse hoje. Um cara corpulento, atarracado, não exatamente gordo, rosto avermelhado, uma cor intensa que às vezes parecia ir e vir em seu rosto. Cabelo que, se muito no sol, ficava quase branco. Dentes substanciais e hálito mentolado. Um cara tipo Teddy Roosevelt.

"Foi Heath quem incentivou meu pai a deixar o trabalho agrícola e se tornar fabricante de móveis. Ele via e admirava as coisas que meu pai esculpia nas horas vagas: principalmente os brinquedos, as camas e os berços das crianças. Não creio que ele suportasse ver o amigo trabalhando no campo como um escravo. Ele não se importava com as outras pessoas, entende; achava que trabalhar como um escravo em sua fazenda era o que mereciam. Mas não Davi, com sua expressão pensativa, sua esposa sempre grávida e sua casa cheia de filhos descalços; ajudou meu pai a montar uma loja e comprou as primeiras peças que ele fez, uma mesa e algumas cadeiras. Ele encontrou um mercado para o trabalho do meu pai no continente e vivíamos muito bem. Muito melhor do que quando trabalhávamos no campo, plantando batatas e colhendo feijão.

"Ele queria meu pai.

"Mesmo em seu leito de morte, esse era um conceito difícil – sem brincadeira – para meu pai adotar. Foi curioso também como, independentemente das palavras que encontrasse para me contar sobre a situação, elas sempre me faziam rir. Até ele, finalmente, conseguiu rir, embora fosse uma gargalhada vazia. Não estava rindo de Heath, mas dessa possibilidade de um modo de vida que lhe parecia totalmente fora do reino da natureza. Dois homens juntos, como um homem e uma mulher? Era demais. O que São Francisco pensaria de meu pai?

"Resumindo, a amizade logo foi arruinada. Os melhores sentimentos um pelo outro não tinham para onde ir. Eles não conseguiam nem se sentar numa barraca de cachorro-quente em algum lugar para discutir o problema. Eles teriam sido presos só por isso. Heath foi ficando mais bêbado e emburrado, além de odiar cada vez mais os negros. Falava muito sobre como seu pai o tratava quando menino, ridicularizando-o e espancando-o por ser lento para entender as coisas que lhe diziam e para aprender a ler. Contou isso para explicar sua capacidade de compreender como 'os crioulos se sentiam', mas o que isso realmente explicava era por que ele tentava tantas vezes fazer com que aqueles que conhecia se sentissem tão mal quanto ele mesmo se sentia. Perto dele, meu pai recuava para o que chamava de seu antigo crioulismo de não saber nada. Coçando a cabeça e murmurando baixinho. 'Se sentindo um idiota.' E é óbvio que dá para perceber que o chamava de 'senhor Heath' desde a adolescência. Mas a pretensão de ignorância do meu pai não o protegeu. Um dia, Heath entrou na loja e, antes que meu pai se desse conta de alguma coisa, ele o abraçava bêbado e, como ele disse, 'chorava nas minhas costas'. Mas meu pai se sentia muito seguro porque podia ver minha mãe e alguns de seus amigos, as crianças brincavam a poucos metros da porta aberta. Heath bebia muito e brigava com a esposa. Logo a poeira baixava. Era sempre assim. Meu pai fazia café, preparava uma bolsa de gelo e alguma coisa para Heath comer. Mas dessa vez, talvez porque o meu pai se sentisse tão seguro, ele realmente se deixou sentir o corpo lamurioso envolto nele. Se deixou sentir a tristeza e a vergonha. Talvez ele tenha sentido amor. Seja como for, sem nunca ter sonhado que isso era possível, e olhando para si mesmo como se alguém tivesse enfiado um pedaço de pau pela perna da calça enquanto ele não estava olhando, ele respondeu a Heath, que começou a acariciá-lo.

"Foi um momento que mudou a vida dele. Sem entender como isso era possível, meu pai queria ser desejado por esse homem que o abraçava e queria querer. Contou que viu minha mãe pela porta e a chamou, mas sua voz estava tão fraca que não conseguiu chegar até ela. Então, alguns minutos depois, como se sentisse que algo estava errado e que ele estava com problemas, ela mesma foi rapidamente até a porta. Heath, acariciando meu pai e sentindo sua resposta, observou minha mãe se aproximar, por cima do ombro de meu pai, e disse: 'Fala para ela não entrar.' E foi o que meu pai fez.

"Ele nunca mais foi a mesma pessoa depois disso. Ficou sombrio, quase nunca mais sorria. Mas continuou vendo Heath, e ainda me lembro da amargura sombria das brigas deles. Brigas cheias de poucas palavras escolhidas a dedo, cruéis e mordazes, e muita bebida. Porque, com o tempo, meu pai começou a beber tanto quanto Heath. Sempre que meu pai lia sobre o linchamento de um homem negro por brancos e que cortaram as partes íntimas do homem e as enfiavam na sua boca, ele disse que entendia o verdadeiro motivo. Ele tendo passado isso ou não, tenho certeza de que é algo que deve ter querido gritar para o senhor Heath. Que sabia que havia algo de natureza sexual acontecendo em qualquer linchamento.

"Pelo restante da vida, odiou qualquer coisa que considerasse gay. Odiava arte e até as esculturas com as quais ganhava a vida acabou por fazê-las com nojo. Ele foi um escultor perfeito para os móveis pesados que se tornaram moda naquele período antes da Grande Guerra. Seus leões esculpidos rosnavam, seus grifos mordiam, seus corvos gritavam. Garras, dentes e gotas de sangue por toda a parte. Tudo me fazia estremecer quando criança, e minha mãe não conseguiu encontrar nada naquelas obras que encorajasse sua famosa risada, mas os brancos compravam; depois os negros também. Até nas casas dos pobres ali mesmo na Ilha podiam ser vistas. Geralmente gostavam de que seus móveis e todo o restante fossem descomplicados e simples; só Deus sabe o que realmente pensavam daquilo.

"Meu pai odiava as minhas pinturas. Isso o fazia pensar que havia algo de errado comigo. Durante toda a minha vida ele tentou me impedir de pintar. Quando Heath finalmente morreu, de ataque cardíaco, meu pai, o único negro autorizado a comparecer ao funeral, ainda estava amargurado. Minha mãe, geralmente alegre em qualquer situação, nunca agiu como se soubesse de alguma coisa, apenas que Heath era um homem branco, embora bêbado, que gostava do seu marido, Davi, e às vezes jantava em nossa casa, e sempre elogiava a comida.

"Meu pai não teria se importado se a peste matasse todos os gays do mundo. Ele odiava Heath porque Heath o forçou a olhar para o pouco de Heath que havia em si mesmo. Ninguém o preparou para essa visão. Nem poderia fingir que não tinha visto. Muitas vezes pensei na batalha que meu pai deve ter travado consigo mesmo quando Heath o abraçou na loja. O que aconteceu com ele naquele dia permaneceu um peso em sua alma. Ele morreu muitos infeliz anos depois, de insuficiência hepática. Era um cheiro ruim, mas tão ruim que pintar sobre a tinta velha das paredes não foi suficiente. Depois que ele morreu, tivemos que raspar a tinta das paredes, queimá-la e depois pintar as paredes várias vezes para cobri-la. Esse fedor, eu pensei, devia ser o cheiro podre daquela parte do meu pai que ele assassinou e tentou enterrar, longe das outras pessoas e de si mesmo.

"Quando contei a Lissie sobre o preconceito de meu pai contra homens 'desmunhecados' e o ódio por essa parte dele, e sobre o que havia acontecido naquela primeira vez entre Heath e ele, a primeira coisa que ela disse foi que meu pai tinha sido tratado como uma mulher; essa foi uma das razões pelas quais ele se sentiu tão mal; e que a forma como ele respondeu só o fez se sentir pior. Toda a sua existência estava sendo comprometida pelo que estava acontecendo, e mesmo assim ele não conseguiu evitar uma resposta erótica. Ela também disse que ele estava errado ao pensar em gays como não natural. Ela disse que os homossexuais existiram em todos os séculos em que ela esteve – e riu nessa hora – e afirmou ter visto comportamento queer mesmo entre primos e primas, sempre o epítome do comportamento moral no que diz respeito a Lissie. Um dos primos, ela contou, não só a ensinou *como* se vestir, mas a *se* vestir."

Finalmente, um dia, Suwelo contou uma história para seus amigos. Sentaram-se para tomar chá e comer biscoitos na sala, e ele começou devagar, com uma voz suave e arranhada.

— Ela estava nos fundos, no jardim, entre as rosas. Era uma noite quente de abril, limpa e brilhante como um dia de outono, e não havia nada para ver no jardim. As roseiras já tinham sido podadas e os ramos, queimados. E, no entanto, quando penso naquela noite, vejo-a entre rosas desabrochando, como parecia no verão anterior, marrom e saudável, olhos brilhantes e pretos, pele corada, cabelo curto, encaracolado e crespo. Ela usava uma saia longa, com estampa alegre, e uma camiseta. Tinha luvas de jardinagem nas mãos e tentava enrolar parte de uma roseira trepadeira na treliça.

"'Ah, Suwelo', disse ela, quando me notou na calçada perto da porta dos fundos, 'você está em casa'.

"Ela parecia feliz por me ver ali. Mas não correu para me beijar como antes. Senti um aperto por isso, mas realmente não esperava mais nada. Afinal, já estávamos discutindo o divórcio há meses. Eu me aproximei de onde ela se esforçava para colocar a rosa, e ela recuou um pouco quando me estendi para ajudá-la. Ela era pequena, franzina e *escura*, ali ao sol, e eu adorava seu cheiro, como de costume, algo floral e fresco que me fazia desejar poder abraçá-la com tanta facilidade e sem preocupação como antes.

"Eu me recordo muito bem desta noite porque ela tocou no assunto do divórcio de novo.

"'Não é que eu não o ame mais', falou ela. 'Eu sempre vou amar você. Provavelmente.' Ela sorriu para mim. 'Mas eu não quero continuar casada.'

"Esta não foi uma declaração nova. Mas o que ela disse em seguida foi:

"'Você vai encontrar outra mulher logo, ou melhor, uma mulher vai logo o encontrar. Você vai ver.'

"'Eu não quero outra mulher', respondi.

"'Isso não importa. Você vai ser o sujeito mais raro possível: negro, livre, com um bom emprego. Vão abocanhá-lo rapidinho.'

"Já estávamos jantando nesse ponto. Ela não era o que se pode dizer uma grande cozinheira, mas cozinhava bem. Em uma hora ela assou costeletas de porco com alho e alecrim, do jeito que eu gosto, fez salada e cozinhou arroz. O tempo todo, fiquei sentado à mesa da cozinha, observando-a.

"'O único problema nisso', disse ela fazendo uma careta para o prato e colocando mais sal, 'é que ela vai ficar com ciúmes'.

"'É o quê?', perguntei. 'Do *que* que você está falando? *Ela* vai ficar com ciúmes. Quem é *ela*? Ciúmes de quê?'

"'*Ela*, ué, sua nova esposa. Vai ficar com ciúmes de mim. Veja só, não quero terminar nosso relacionamento; quero mudar essa situação. Não quero ficar casada. Nem com você, nem com ninguém. Mas também não quero perdê-lo.'

"'Bem, você não pode largar o doce e querer comê-lo.'

"'Mas por que não?', perguntou ela, séria. 'Vamos supor que você seja meu doce. Quero curti-lo, amá-lo, confiar em você, ser sua amiga. Mas que merda', disse do nada. 'Não dá certo. O que você acha que significa largar o doce e querer comê-lo?'

"'O que isso significa, para nós, é que você não pode fazer o que quer desta vez. Se você me ama, fique comigo.'

"'Eu vou ficar. A maior parte do tempo. Mas solteira. E num andar separado.'

"Eu gemi. Foi isso que ganhei quando concordei em comprar uma casa com mais de um andar.

"'A gente era mais feliz antes de se casar', disse ela.

"'*Todo mundo* é mais feliz antes de se casar.'

"'Então por que as pessoas se casam?'

"'Porque tudo leva ao casamento. Não diga que não fomos felizes no casamento', disse eu, quase com raiva. 'Fomos muito felizes.'

"'Não me sinto livre.'

"'Quando foi que você se sentiu livre?'

"Ela considerou a pergunta.

"'Você tem razão. Nunca me senti livre, nunca na minha vida inteira. E quero me sentir livre.'

"No escritório, vários dos meus colegas disseram quanto lamentavam meu divórcio. O nosso foi o último casamento estável e, aparentemente, feliz que eles tinham conhecimento. Algo no jeito como davam condolências me fez perceber que consideravam nosso término culpa de Fanny. Para um homem, até que eram educados com ela, mas nunca gostaram muito dela. E, sempre que ela vinha ao escritório para me ver antes de sairmos para almoçar, era fria, distante, nunca conseguia conversar muito. E ainda tinha a maneira como se vestia.

Quanto mais curtas eram as minissaias das esposas dos outros homens, as dela eram mais compridas. E ela usava lenços esvoaçantes de seda, e uma vez, numa conversa com um dos rapazes, mencionou o cachimbo dela com a maior naturalidade. Um cachimbo mais para enfeite do que qualquer outra coisa, na verdade. Comprei para fumar baseado, é verdade; porque ela nunca aprendeu a bolar um; mas ela fumava muito pouco. No entanto, certas coisas não se falam no escritório do seu marido numa universidade nem um pouco radical, nem sequer liberal, onde todo instrutor que não seja branco já é suspeito de fumar maconha, trepar com alunas nas escadas e esconder submetralhadoras no cabelo; e eu já tinha falado sobre isso com ela.

"'Eu envergonho você?', perguntou ela.

"'Como poderia me envergonhar?', perguntei, inclinando-me na mesa para beijá-la, segurando sua mão.

"'Liberdade deve significar nunca ter que (ou ser capaz de) envergonhar ninguém', falou ela.

"E pedi nosso almoço para a gente escapar de outra discussão sobre *aquele* assunto.

"Ficou cada vez mais difícil conversar com ela à medida que a separação se aproximava. Ela me implorava para não me afastar.

"'Mas é só casamento que eu não quero', insistia ela, 'e não você.'

"Mas eu não conseguia entender isso. Ah, eu *fingi* que conseguia. Mas meu coração não aguentava. Eu me senti abandonado, rejeitado, à deriva. Afinal, ela era uma pessoa que conheci e amei durante boa parte da minha vida. Quando nos casamos, considerei uma *união* natural, uma verificação jurídica do que já era fato. Éramos um, na minha opinião. E ser casado apoiava legalmente essa opinião.

"'Você acha que sua nova mulher vai deixar a gente passar um tempo juntos?', perguntou, porque estava convencida de que eu realmente me casaria de novo.

"Eu odiava expressões como 'passar um tempo'. Eram tão hippies.

"'Só uma vez a cada poucos meses, se ela ficar chateada com uma frequência maior?'

"Ela estava sentada ao pé da cama. Eu estava deitado. Ela colocou a mão no meu joelho.

"'Eu sei que vou me sentir mais sexy com você depois do divórcio', afirmou ela.

"'Promessas, promessas', disse eu com amargura. E ela afastou a mão."

Parte II

Bem-aventurados são aqueles que aprenderam que a invocação deliberada do sofrimento é tanto um bumerangue quanto a invocação deliberada da alegria.

— O Evangelho Segundo Shug

— Minha mãe, Celie, foi muito influenciada pela cor – disse Olivia. Ela estava conversando com Lance, o homem com quem não tinha certeza de que se casaria. Estavam caminhando por ruas espaçosas e arborizadas após o fim do expediente no único hospital para pessoas negras de Atlanta, o Harrison Memorial. Para os transeuntes, aparentavam ser um casal incomum: ela, baixa e retinta; ele, alto e bem mais claro, com cabelos cor de areia e ondulados que, em certas circunstâncias, na cidade rigidamente segregada, o classificariam como branco.

Olivia falava com a simplicidade e sinceridade que a caracterizavam, e Lance ouvia com a atenção de alguém que, por sorte, está finalmente ouvindo as boas-novas de uma vida que poderia ter perdido.

— No ano em que a conheci – continuou Olivia –, quando eu tinha trinta e poucos anos, ela era fascinada pela cor azul. Não o azul vivo do céu, ou o azul monótono dos ternos de sarja de domingo, mas um complexo azul royal com reflexos metálicos. Uma combinação de azul-

-petróleo e um azul vibrante que ela um dia, em suas intermináveis vasculhadas em lojas de tecidos por todo o país, encontrou em êxtase. Era um azul que, segundo ela, transmitia energia ou, nas palavras dela, poder. Uma pessoa vestindo esse azul ficaria subitamente mais confiante, forte, presente e intensa do que nunca. Ela me fez um terninho que me deu todas essas qualidades quando usei, exatamente como ela previu, e eu fiquei triste quando minha filha, Fanny Nzingha, enquanto me ajudava a fazer torta de pamonha, derramou molho de pimenta nele e a mancha não saía de jeito nenhum, não importa quantas vezes o levei para a lavanderia. Anos depois comprei outro terninho azul, mas não era tão perfeito quanto o que minha mãe havia feito. E, embora fosse o mais próximo do mesmo tom de azul que encontrei, não emitia nenhuma energia específica. Na verdade, sempre me sentia um pouco nervosa quando o usava. Era como usar a sombra do meu terninho antigo.

"Não sei se ela sempre gostou de cores. Sua infância foi infeliz, e passou a maior parte da juventude criando os filhos de outra mulher, enquanto os próprios filhos, meu irmão, Adam, e eu, fomos criados por nossa tia Nettie, que era missionária na África. Também fomos criados por nossa mãe adotiva, Corrine, até a adolescência. Ela morreu de febre e foi enterrada fora do povoado onde morávamos. Meu pai, Samuel, também era missionário, mas quando voltamos para os Estados Unidos ele já havia perdido a fé havia muito tempo; não nos ensinamentos espirituais de Jesus, o profeta e ser humano, mas no cristianismo como religião de conquista e dominação infligida a outros povos. Ele e tia Nettie, com quem ele se casou após a morte de nossa mãe adotiva, passaram muitas longas noites comigo e com meu irmão discutindo maneiras de ajudar melhor nosso povo a descobrir o próprio poder de se comunicar diretamente com 'Deus'. Todos nós tínhamos começado a perceber, na África – onde as pessoas adoravam muitas coisas, incluindo plantas de telhado, que usavam para cobrir as suas casas –, que 'Deus' não era um monólito e não era propriedade de Moisés, como fomos levados a acreditar, e não é separado de nós, nem ausente de qualquer mundo que se habitasse. Assim que esse canal fosse desobstruído, por assim dizer, muito do que o nosso povo tinha aprendido sobre religião, muito do que nos diminuía e mantinha na opressão, desapareceria naturalmente. Foi tão difícil para o povo africano, na nova religião que trouxemos, sentirem que 'Deus' o amava, por exemplo; enquanto nas religiões tradicionais que praticavam consideravam isso mais ou menos garantido.

"'Como ministro, sou totalmente desnecessário para a salvação de qualquer outra pessoa', meu pai teve coragem de admitir. 'Certamente é uma das piadinhas do universo que eu deva ser um ministro para fazê-los perceber isso.'

"A religião que alguém descobriu por si mesma era uma história da terra, do cosmos, da própria criação; e qualquer 'propósito' que uma pessoa quisesse poderia ser encontrado não no longo caminho da eternidade, mas na própria cidade, na sua casa, no seu país. *Neste mundo.* Até porque, como este mundo é um planeta girando no céu, já estamos todos *no céu*! O Deus descoberto por si não fala em dar a outra face. Em dar a César o que é de César. Mas apenas da beleza e excelência da terra, do universo, do cosmos. Da criação. Das possibilidades de alegria. Poderíamos dizer que o homem branco, em seu duplo papel de guia espiritual e de prostituta religiosa, estragou até a forma mais literária da experiência de Deus. Fazendo a Bíblia dizer tudo o que era necessário para manter suas fazendas funcionando e usando-a como uma ferramenta degradadora das mulheres e escravizadora dos negros. No entanto, as antigas religiões africanas, nas quais a mutilação dos corpos das mulheres por vezes figurava de forma tão proeminente, também deixavam quase tudo a desejar. Mesmo nesses casos, o homem, na sua insegurança e com o sentimento de não ser digno de amor, se tornou o único canal para Deus, se não, por vezes, o verdadeiro Deus em *si*. Meu pai comentava muitas vezes sobre o modo como os aldeões temiam os homens santos e se prostravam diante deles – como os católicos temem e se curvam diante do papa –, tanto que o verdadeiro destinatário das suas súplicas e orações, o próprio Deus, foi muitas vezes esquecido. Ainda assim, havia um pequeno ponto a favor do homem de cor.

"'Qual é uma verdade absoluta sobre o homem de cor nesta terra?', meu pai perguntava. 'Ele admite espírito', ele mesmo respondia. E com isso queria dizer espírito em tudo, não apenas em Deus ou no Espírito Santo, que já foi o Feminino na Divindade, ou Jesus Cristo.

"Durante essas discussões, observava minha mãe magicamente criar roupas naquele tom específico de azul, que ela acabou apelidando de 'Azul Poder'.

"Eu era fascinada por ela. A propósito, ela dividia severamente o cabelo preto ao meio e fazia duas tranças que se encontravam nas costas e eram invertidas. Aliás, ela só usava calças, até para ir à igreja. Mas calças tão sofisticadas que só outras mulheres notavam que eram calças. A propósito, ela falava pouco, aparentemente por causa do hábito de silêncio da infância e da juventude, e como, quando falava, havia uma alegria, uma franqueza, que às vezes era bem-humorada, mas sempre convincente. Ela era uma oradora literal. O que expressava era tanto o que sentia quanto o que era.

"Morávamos numa casa antiga e espaçosa no centro da Geórgia, que ela havia herdado dos pais. O pai dela foi linchado por brancos; e sua mãe, em consequência desse assassinato terrorista, enlouqueceu. Meu irmão e eu fomos fruto do estupro de nossa mãe pelo seu padrasto, um homem muito admirado pelos negros e brancos da comunidade onde morava. Foi ele quem nos deu ao nosso pai, Samuel, que, com a nossa mãe adotiva, Corrine, e a tia Nettie, partiu com a gente para a África quando éramos crianças.

"A África que encontramos já tinha sido violada em grande parte do seu sustento. Seu povo havia sido vendido como escravo. Considerando os 'mercados' internos e externos, esse 'comércio' já durava mais de mil anos; e sem dúvida começou quando as primeiras civilizações da África entraram em declínio, por volta dos anos seiscentos. Milhões de árvores haviam sido enviadas para a Inglaterra, Espanha e outros países europeus para fazerem bancos e altares naquelas grandes catedrais europeias de que tanto se ouvia falar; os minerais e metais haviam sido extraídos e as terras, plantadas com borracha, cacau, abacaxi e todos os tipos de culturas para o benefício de invasores estrangeiros. Quase disse, como fazem os estrangeiros, 'investidores'. E a própria África havia se tornado – foi feita –, na imaginação mundial, uma região desabitada, exceto pela sua população de animais selvagens e exóticos. Nos mapas da África de quinhentos anos atrás, como alguém salientou, os europeus colocavam elefantes onde havia cidades.

"Saí dos Estados Unidos quando tinha seis anos. Eu não lembro, mas me lembro do oceano. O brilho da água interminável, o balanço intenso e constante do navio, a perturbação sobre se tanta água, pela sua densidade, não poderia, se alguém pisasse nela, se tornar uma espécie de terra vítrea. E me lembro de sentir o cheiro do oceano no meu rosto e de alguém mencionar naquele mesmo momento que o mar era salgado. Se era sal, me perguntei, por que não era branco e granulado, como o sal que tinha em casa? Mas a água tinha gosto salgado. E isso me intrigou até que ouvi tia Nettie dizendo com tristeza para minha mãe que, bem, talvez essas águas fossem as lágrimas e o suor de todas as pessoas sofredoras da terra. Ela chorou muito durante a viagem, e nenhum de nós, nem minha mãe e meu pai, sabia o porquê.

"Durante vários anos depois de chegarmos à África, fiquei bastante doente. Tive crises recorrentes de malária, assim como todos na nossa família. E fui atormentada por erupções cutâneas, feridas e outras irritações de pele, que eram agravadas, terrivelmente, pelo calor. Tia

Nettie, a quem às vezes chamávamos de 'Mama Nettie', me elogiava por não ser tão reclamona. Pelo que me lembro agora, eu estava muito triste para reclamar. Às vezes fazia tanto calor que eu não conseguia nem falar. Na minha adolescência eu fiquei bem melhor.

"Eu era de fato feliz. E por que não? Eu dividia todos os meus dias com a companhia da minha melhor amiga, Tashi. Brincávamos de casinha, tomávamos banho no rio, recolhíamos alimentos silvestres e lenha na mata. Uma floresta de magnífica fecundidade, densidade e mistério. Havia árvores na floresta com milhares de anos e muito maiores do que as cabanas em que vivíamos. Não havia nada que não compartilhássemos, e eu a amava mais do que teria amado minha própria irmã, tanto ou mais do que amei meu irmão, Adam, que, de um garoto mais velho que nos provocava, perseguia, puxava nossas tranças e fazia fofoca a nosso respeito para nossas mães, tornou-se confidente de Tashi, depois seu pretendente e, muitos anos depois, seu marido.

"É no ano anterior ao casamento deles que minha história começa. Pois foi nesse ano que Tashi passou a ser mais companheira do meu irmão do que minha. Isso me causou muita amargura, porque me senti muito só, e também a companhia deles era considerada por todos onde morávamos como algo querido e inevitável. Até para Tashi era assim. E os dias de nossas alegrias de menina juntas se tornaram coisa do passado. Percebendo que era assim que deveria ser, me preparei para isso e me voltei para meu irmão e Tashi com uma expressão de amorosa disposição para servi-los. Mas tanta doçura e luz têm um preço, e muitos pensamentos sombrios de vez em quando passavam pela minha cabeça. Foi a primeira vez que vi que é possível amar muito as pessoas e ao mesmo tempo se ressentir de sua felicidade, em parte porque as amamos.

"Enquanto toda a atenção se voltava para Adam e Tashi, fui deixada por conta própria, amplamente ignorada, ou, devo dizer, despercebida. Corrine já tinha morrido há muito tempo. Os europeus vieram e destruíram o povoado que havia sido nossa casa. Tínhamos sido transferidos para um trecho rochoso e árido, cercado por uma vasta plantação de borracha pertencente a ingleses e administrada por eles, cujo trabalho no campo era feito inteiramente por nossos amigos. Esse sistema de plantação consumiu as pessoas em menos de sete anos e o solo também; além de destruir efetivamente as seringueiras selvagens nativas, que antes cresciam abundantemente em todos os lugares. Onde antes havia florestas frondosas, agora havia erosão generalizada. Muitos de nossos amigos estavam morrendo de febres diversas, desnutrição e excesso de trabalho. Ou fugindo para se juntarem aos Mbeles, um grupo mítico, assim pensávamos, de guerrilheiros africanos que viviam nas profundezas da floresta, a muitos e muitos quilômetros de distância.

"Havia um jovem africano que, por último, permaneceu naquele *compound* feio, empoeirado e com telhado de zinco que era a nossa casa comum. Seu nome cristão era Dahvid, e, como era só o que ele usava, nunca ouvi seu nome tribal, até anos depois. Dahvid ficou no *compound* por minha causa. Mas eu não sabia que era esse o motivo. Ele era um jovem carrancudo, inquieto, às vezes endiabrado, que parecia não pensar em ninguém, acreditei, muito menos nas garotas; e às vezes ele tornava minha vida mais difícil do que o necessário com seus comentários irritados e grossos, e seu comportamento rude comigo e com minha família, o que meu pai interpretou como a maneira de Dahvid protestar contra a catástrofe que se abateu sobre o povo Olinka e os reduziu à virtual escravidão. No entanto, o porquê de ser dirigido contra nós, eu não entendia, já que não era nossa culpa que os europeus tivessem vindo.

"Em outras ocasiões, quando não estava sendo abusivo e nos chamando de 'a cunha do homem branco', Dahvid era muito charmoso. E confesso que nessas situações sentia um carinho por ele, assim como por Adam. Entendi que os requisitos para os homens no mundo eram muitas vezes tais que só uma máquina poderia satisfazê-los, ou alguém sem sentimentos e com muita força sobrenatural. Dahvid sozinho não poderia expulsar os europeus, por exemplo. Não podia nem impedir que olhassem para ele e para todos nós como se tivéssemos nascido para ser seus animais de carga ordenados por Deus. Muitos chegaram a ponto de considerar que os próprios africanos não tinham o direito de estar na África, uma vez que era plano dos brancos dominar o continente; os africanos representavam apenas a pesada responsabilidade do genocídio.

"No ano em que Adam trouxe Tashi de volta dos Mbeles, para quem ela correu em sua desorientação com a destruição de seu povo e a insistência de Adam para que ela fosse com ele para os Estados Unidos, me tornei receptiva às perguntas persistentes de um dos jovens engenheiros ingleses que queriam aprender a língua Olinka. Pedi permissão à minha nova mãe, Mama Nettie, e ao meu pai antes de começar, à noite, quando o trabalho acabava, a tentar ensiná-lo. Ele era um homem alto, queimado de sol e feio, cuja seriedade e atenção o tornavam atraente. E durante horas ficamos sentados com as costas apoiadas nas tábuas ásperas do nosso barracão, e lhe ensinei a língua Olinka, que eu falava tão fluentemente quanto falava inglês, e que também sabia escrever, porque meu pai e Mama Nettie criaram um Alfabeto Olinka. A criação desse alfabeto tinha sido ideia de Corrine. Ela era Cherokee por parte de mãe, e sua avó materna esteve envolvida na criação do alfabeto Cherokee e foi editora do primeiro jornal Cherokee impresso na língua Cherokee. O fato de terem um jornal foi uma das razões pelas quais os Cherokee foram considerados um dos cinco povos indígenas 'civilizados' dos Estados Unidos. Isso, no entanto, não impediu que o homem branco queimasse suas casas e reassentasse o que restava do povoado em Oklahoma quando descobriu que queria suas terras.

"Um dia, porque ainda estava muito quente e porque simplesmente aconteceu e ninguém pareceu se importar com o que fazíamos, todos os pensamentos estavam voltados para a busca de Adam por Tashi, andamos um pouco longe do *compound* e ficamos conversando um com o outro em Olinka, à sombra de uma rocha enorme. E o homem, cujo nome era Ralston Flood, inclinou seu rosto peludo, avermelhado e suado, e me beijou. Por educação, surpresa, tédio, solidão, retribuí. Quer dizer, coloquei as duas mãos em seus braços na duração do beijo. Então, quando terminou – esperei até que ele estivesse de costas e conversando em Olinka à minha frente –, esfreguei a boca com a ponta da minha blusa.

"Isso o Dahvid não viu. Aparentemente, ele se virou durante o beijo, porque também procurava frescor naquela noite à sombra da rocha.

"Durante dias depois disso ele não falou comigo. O inglês, tendo provado algo que achava necessário provar, não tentou mais nenhum beijo. Pouco tempo depois, tendo aprendido a língua o suficiente para dar ordens aos trabalhadores Olinka no campo, ele deixou de vir para receber instruções diárias. Nem senti falta dele depois dos primeiros dias, embora estivesse sozinha a maior parte do tempo. Não sozinha, se contar todas as pessoas doentes e arrasadas que meus pais e eu visitávamos constantemente, mas sozinha porque não havia, sem a presença de Adam, Tashi e a mãe dela, ninguém com quem rir ou conversar de fato.

"Eu sabia que os Olinka consideravam crime ter quaisquer relações com os europeus e que eram contra eu ensinar a sua língua aos ingleses. 'Que nos ordenem buscar e carregar coisas em sua própria língua desprezível', diziam, porque gostavam de imitar os estrangeiros e ridicularizá-los pelas costas. Para os Olinka, a língua inglesa, tal como falada pelos seus captores, tinha um som doentio e regurgitante, e era tão desprovida de nuances e música como uma pedra. Mesmo assim, quando meu pai pediu permissão para eu ensinar o inglês, não recusaram. Porque eu não era uma delas. Como eu era mulher, a permissão foi dada de má vontade e com a atitude de que não se responsabilizariam por mim nem pelo possível resultado daquilo.

"Dahvid não reportou meu 'crime' aos anciãos restantes. O crime de ter recebido o beijo do inglês. Ele não precisava, assumiu a responsabilidade de me castigar. E, em retrospecto, seu castigo tomou um rumo previsível. Como não recusei o inglês, não deveria recusá-lo também. E então, uma noite, eu o beijei. No mesmo lugar sombreado onde beijei o inglês. Mas, como já era de se esperar, um beijo só não foi o suficiente.

"E foi assim que, quando voltei para os Estados Unidos com Adam e sua noiva Tashi, meu pai Samuel e minha tia Mama Nettie, eu estava, como Celie, minha mãe de sangue, imediatamente percebeu – mas não disse nada –, 'robusta' com o filho de Dahvid. Do mesmo jeito que Tashi estava 'robusta' com o de Adam.

"Mas o que eu deveria fazer com um bebê? O conselho geral da minha família foi que eu o tivesse; Tashi se ofereceu lealmente para me ajudar a criá-lo com os seus filhos. Minha filha nasceu no dia nove de setembro, aniversário de Liev Tolstói, o maior escritor que já existiu, para mim, e um dos maiores demônios, em todo caso, um dos meus favoritos. Era um dos dias mais quentes do ano. Minha própria mãe, agora parteira, além de ser a melhor costureira do mundo, fez o meu parto.

"Assim que a cabeça da minha bebê apareceu, minha mãe gritou: 'Minha pequena Fanny!' Antes mesmo de ela ver que era uma menina. Ela não conseguiu evitar. 'Fanny', um nome que aparentemente representava liberdade para ela, um nome que sempre quis para si mesma. Ela odiava 'Celie'. Mesmo assim, no instante em que respirava fundo para continuar dando o nome, gritei um 'Nzingha!' muito cansada e fraca!"

— Minha lembrança mais antiga é de um pássaro vermelho com uma ventosa nas patas e de duas velhinhas se beijando – contaria Fanny mais tarde à irmã, depois de descobrir que tinha uma. – O pássaro vermelho era feito de tecido, penas e borracha, as duas velhinhas que me deram eram de carne e osso e tinham um cheiro delicioso. O passarinho podia ficar preso em qualquer superfície não gordurosa: uma vidraça, a cabeceira do meu berço, e, quando o puxei com toda a força, ele deu um baque satisfatório e caiu na minha mão. A princípio não percebi a semelhança entre a coisa em minha mão, de seus olhos amarelos brilhantes e a cauda verde-amarelado, com as criaturas que voavam do lado de fora da porta. As duas senhoras se esforçaram muito para me ensinar, e, enquanto uma delas me pegou nos braços, admirando meu pássaro quase espremido até a morte, a outra continuou dizendo "shhh" e apontando para uma criatura que estava sentada cantando alegremente num arbusto próximo. Uma criatura que não se parecia em nada com meu pássaro vermelho. Por exemplo, meu pássaro não cantava, vivia no meu antebraço. Sua cabeça cabia na minha boca.

"De alguma forma, porém, devo ter entendido a conexão, porque em algum momento eu disse 'pássaro!' e essa foi a primeira palavra que falei. Também era o apelido da minha avó.

"Acontece que o pássaro, qualquer pássaro, era precioso para minha avó Celie, assim como as tartarugas e os elefantes eram preciosos para sua amiga, dona Shug. Enquanto eu engatinhava pela casa, explorando-a com meu primo de primeiro grau Moraga Bentu, ou Benny, seu apelido, eu estava constantemente cavalgando, encostada, babando sobre alguma pedra, metal ou pedaço de tecido dessas criaturas preciosas. Comparados com o restante da casa, os dois quartos da minha mãe eram simples e desinteressantes. Havia objetos nas paredes, tecidos, máscaras e aqui e ali um colar de conchas ou contas grandes, mas nada que me deixassem tocar, mesmo que fosse alto o suficiente para alcançar.

"Minha mãe não me interessava muito. Enquanto a Manhota (como eu chamava a vovó Celie) e a Mama Shug (como eu chamava a dona Shug) estavam sempre prontas para um beijo, algumas risadas, um abraço, um passeio até o jardim ou pelo menos até a varanda, já minha mãe era – sinto dizer isso – uma mulher chata, que quase nunca ria e estava sempre com o nariz enfiado num livro.

"Eu costumava me sentar no chão, aos pés dela, depois de engatinhar pela casa até me cansar, e olhava para ela, esperando que deixasse o livro de lado por um momento e brincasse comigo. Ela fazia isso de vez em quando, mas havia uma qualidade superficial em suas carícias que me irritava. Em vez de me submeter à sua insinceridade e, assim, parecer aceitá-la, eu me afastava dos seus braços com um grito. Imediatamente uma ou minhas duas amigas chegariam e eu seria abraçada com toda a seriedade, beijada de forma inteligente, trocada se precisasse e alimentada com alguma coisa, quer precisasse ou não.

Eu era indecentemente gorda, tão gorda e redonda quanto a Mama Shug. Quando nos deitávamos juntas, era como se uma pequena bola pousasse sobre uma bola maior. E gostávamos imensamente do contato das nossas barrigas gordas! Nenhuma de nós poderia imaginar que a outra fizesse algo que machucasse. E estávamos certas.

"Este período da minha vida foi de longa felicidade. Muito pouco do que eu considerava ameaçador para mim aconteceu. Logo aprendi a dar tão pouca atenção à minha mãe como ela dava a mim, e minha vida foi uma série de acontecimentos fascinantes e sorrisos espontâneos. As pessoas que visitavam nossa casa geralmente dirigiam sua atenção a Benny, é verdade, porque nas próprias casas os rapazes eram mais valorizados. Em nossa casa, porém, valia a pena ser menina, e todos os meus modos de menina eram aprovados. Eu me enfeitava com todas as elegâncias que apareciam na minha frente numa rotina de vasculhar as gavetas de todo mundo. Espiava por baixo dos vestidos e observava os misteriosos fechos das calças masculinas. Eu tentei cozinhar. Tentei cortar madeira do jeito que vi a melhor amiga da Manhota, a dona Sofia, fazer. Tentei construir uma casa com madeira e fazer persianas com pedaços de palha. Imaginei-me num carro, como o da Mama Shug, e dirigia bastante. Trazia dinheiro para casa e levava todo mundo para sair.

"'Vamos, gente', eu dizia para Benny e os brinquedos que dividíamos, enquanto íamos para uma discoteca a quilômetros de distância.

"Às vezes eu me imaginava fazendo as coisas que minha mãe e meu avô faziam. Eu 'lia'. Ou imaginava que era Papai Albert, que tinha sido o marido da Manhota, e olhava para o espaço."

Finalmente Fanny disse um dia:

— Escuta, Suwelo, eu te amo demais para me divorciar sem o seu consentimento. Você tem sido maravilhoso comigo. Sem você, como eu teria crescido? Mas vou viajar por um tempo, com minha mãe. Vamos para a África para visitar os Olinka. O país deles é livre agora, e meu pai quer me ver.

De Londres, ela escreveu-lhe:

"O hotel onde estamos hospedados é horrível. Não tem telefone nos quartos, e as recepcionistas são hostis. Houve um incêndio num dos andares superiores há um tempo e ainda está com odor de carbonizado no ar. Os novos proprietários são do Oriente Médio. Ficam sentados no saguão observando o carregador, africano; a faxineira, das Antilhas; as pessoas que trabalham na sala de jantar, indianas, árabes e gregas; e as recepcionistas hostis, loiras inglesas. Um dia minha mãe falou: 'Olha, não é nem seguro isto aqui; consigo passar para a rua por esta janela', o que ela fez. Mas não ficamos muito lá. Passamos a maior parte do tempo no Centro Africano, onde minha mãe dá palestras sobre os anos em que viveu na África, onde cresceu como uma negra-americana da infância à juventude.

"Mamãe é um pedacinho de couro, como ela diz, mas *tão* bem-feita! Ela nem se incomodou com o horrível escrutínio dos guardas do aeroporto, que parecem pensar que todo mundo que visita a Inglaterra e não é branco quer ficar aqui de vez. Que presunção! Sento-me e ouço as histórias dela, e sinto vergonha de tê-la ignorado por tantos anos. Como já lhe disse, provavelmente muitas vezes, quando eu era criança, ela não tinha nenhuma autoridade real em nossa casa, que era governada pelas duas rainhas, a Manhota Celie e a Mama Shug. Ao lado das duas, e mesmo ao lado da tia-avó Nettie, que a criou, a chama da minha mãe era fraca. Até o tio Adam tinha certa exuberância que faltava à minha mãe.

"Em vez disso, ela tem uma lucidez surpreendente sobre as coisas, expressa de maneira direta e despretensiosa. Ouvi-la aqui fez com que eu me desse conta de por que estudantes em suas aulas na escola de enfermagem sempre têm um bom desempenho acadêmico e um pouco de sua tranquilidade enraizada na alma. Essa é uma qualidade que ela herdou da mãe adotiva, ela conta.

"O público dela aqui é maravilhoso. Estudantes africanos, asiáticos, caribenhos e brancos de todos os cantos do mundo. Não é exagero dizer que a tratam com reverência, quase como se ela fosse um documento sagrado. Porque ela realmente pode contar, passo a passo, toda a história da colonização da África, o papel da igreja e o impacto psíquico e físico do seu trabalho sobre os próprios missionários. Ela sempre deixa bem claro que os missionários *são* pessoas iguais a quaisquer outras e que muitos deles têm sonhos reais e honrados quando partem para os litorais de outro mundo. Uma coisa que ela disse ontem à noite realmente me impressionou, porque é apenas uma daquelas pequenas coisas em que a gente nunca pensa. Ela disse que, quando os missionários chegaram a Olinka pela primeira vez, não existia tal coisa como lixo; todo o povoado era varrido duas vezes por dia, de manhã e à tarde, pelas mulheres. Mas então, à medida que o domínio dos colonizadores se intensificava e as pessoas eram obrigadas a pagar impostos e comprar produtos importados de má qualidade, só a missão era limpa. De modo que qualquer pessoa que passeasse pelo povoado presumiria que as pessoas eram naturalmente desleixadas e que só os estrangeiros se preocupavam em manter alguma limpeza.

"Minha mãe ainda parece uma missionária, com seu jeito arrumado e cabelo solto natural. E, de fato, será que já houve um nome que soasse mais missionário branco do que o dela: *Olivia*, pelo amor de Deus! Isso nos faz lembrar de Vanessa Redgrave ensinando os nativos nos trópicos! Mas agora, aqui no Centro, vejo centenas de fotos de africanos daquela época, e ela é igual a eles, só que um pouco mais clara. O estilo deles era definido, muito simples, muito sério. Nenhuma joia, ou quase nenhuma. Seus olhos, sérios, dedicados, muito abertos e diretos, são as joias da época. Os estudantes querem saber tudo: de onde vinha a água? Do rio. Onde as pessoas faziam compras? Não havia lojas até depois da colonização. Troca, sim. Quantas pessoas brancas ela viu na infância e adolescência? Pouquíssimas. Quantos animais selvagens? Pouquíssimos. Os Olinka achavam que os brancos apresentavam uma aparência 'imatura', como se fossem fetos, mas crescidos. Esse era inevitavelmente o comentário deles ao ver uma pessoa branca pela primeira vez. Então tendiam a tratar a pessoa ou pessoas brancas com solicitude, como se fossem frágeis.

"'Esse comportamento não foi compreendido e saiu pela culatra' disse minha mãe. E os estudantes riram.

"No entanto, foi na África central que ficamos sabendo que meu pai foi preso. Você pode até pensar que, por nunca o ter visto, eu não ficaria hesitante. Mas fiquei. Depois de ter lido os livros do meu pai e agora, em Londres, de ter visto uma de suas peças, uma pequena produção estudantil, mal interpretada e mal encenada, consigo imaginar por que as autoridades o prenderam. Minha mãe diz que se surpreende por ele não ter sido preso antes. Os estudantes debatiam sobre isso após a palestra. Mencionaram o Prêmio Internacional Alternativo para a Paz que meu pai recebeu no ano anterior, aparentemente logo quando o governo estava prestes a prendê-lo. Na verdade, passaram uma escavadeira pela última de suas peças e demoliram o teatro.

"Esta última peça se chamava *A Taxa* e é sobre tributação. É uma peça anti-impostos; em outras palavras, o tipo de peça que nenhum dramaturgo nos Estados Unidos escreveria e que nenhum produtor produziria, embora todos chorem por causa dos impostos. Tenho tentado imaginar e pensado como seria bom. De qualquer forma, alguns dos estudantes da palestra já tinham recebido exemplares de *A Taxa* e estavam planejando montar uma produção. Pelo visto, a libertação não reduziu em nada os impostos do povo, nem aumentou seus rendimentos. Argh! Como não conseguem ver o resultado dos impostos – as estradas estão quase sempre esburacadas, os hospitais carecem de medicamentos e as escolas carecem de *lápis*, sem mencionar que *quase toda a gente não tem comida* o suficiente –, as pessoas estão dizendo que não, não, não vamos pagar os malditos impostos! Meu pai teve a ideia para a peça a partir de um protesto real – "motim", segundo o jornal controlado pelo governo local, que os estudantes dizem ser financiado pela CIA –, encenada por mulheres e crianças, que invadiram a casa do presidente no dia em que ficaram sabendo quanto do dinheiro ia para os EUA e para a URSS em armas que os seus filhos, com a péssima educação e fracos devido à fome, não conseguiriam operar, presumindo que queriam fazer tal coisa. Mas o problema é que para quem se junta às forças armadas há comida, mas não há educação. Meu pai acha que a razão pela qual milhões de africanos estão se exterminando nas guerras é que as superpotências têm enormes reservas de armas obsoletas das quais têm de se livrar. Parece que só as mulheres percebem que os filhos de todos estão sofrendo.

"Mas esta é a preocupação das mães africanas no mundo todo, né? A educação dos filhos, as inevitáveis despesas escolares, de alguma forma extraídas do dinheiro ganho com lavagem e passagem das roupas, do trabalho no campo e nas minas. Qualquer tipo de trabalho.

"Os estudantes não chamam meu pai pelo seu nome complicado, Abajeralasezeola, o que é apenas um ligeiro improviso em relação a 'Dahvid', na minha opinião, e que também nunca consigo falar direito. Eles o chamam de 'Ola'. Ola precisa dizer isso. Ola escreve assim e assado. Ola está certo ou errado em tal e tal questão. Em outras palavras, ele é deles. Estão resignados com sua prisão. Das duas uma, dizem: ou ele ficará preso por um bom tempo, possivelmente torturado ou então fuzilado de primeira. 'Ninguém no país tem inteligência para tentar *reabilitá-lo*', disse um jovem; ou ele vai ter que fugir do país. 'Sim', disse uma jovem exilada do Quênia, que tinha cantado uma bela canção de boas-vindas para a minha mãe, 'ele vai se juntar a nós; ao continente africano no exterior.'

"'Tantos exilados', minha mãe disse no caminho de volta ao nosso miserável hotel. 'São tantos agora como antes da libertação. Como pode isso?' Ela estava cansada e muito triste. Seus olhos cheios de lágrimas. Abracei minha mãe e fiquei encantada com a forma como minha cabeça se eleva sobre a dela. Como é que pode, as mães encolhem mais e mais? E as *mãozinhas*!

"No aeroporto fora da capital, meu pai veio nos receber. Minha mãe e ele foram cordiais. Apertaram as mãos solenemente, mas olharam com afeto, embora com certa cautela, nos olhos um do outro. Pensei: é isso aí, minha mãe não entra em um carro com qualquer um! Fiquei surpresa de ele ser tão comum. Um homenzinho preto com olhos destacados e cabelos grisalhos desgrenhados, rente à cabeça.

Ele parecia exausto, na verdade, e como se tivesse acabado de sair da cama. Ou da prisão.

"Como ele e eu éramos estranhos, houve certo constrangimento, mas senti que, com sua sensibilidade, ele saberia o que eu estava pensando. Consequentemente, tentei censurar os pensamentos sobre seus joelhos ossudos e a maneira como seus shorts cáqui enormes balançavam ao vento enquanto caminhávamos.

"No entanto, quando estávamos prestes a entrar em seu carro, ele me deu um abraço rápido, determinado e muito tímido – Suwelo, também sou mais alta que *ele*, acredita? –, e colocou um anel no meu polegar. Era dele; percebi pela marca em seu dedo. Eu também entendi o gesto. Foi algo que eu mesmo poderia ter feito. Dominado pela confusão e pela emoção, ele simplesmente queria me dar algo tangível, imediatamente, para tentar compensar os anos perdidos. Foi interessante a emoção que senti de repente; porque, como você sabe, nunca tive consciência de sentir falta de um pai, e certamente não dele em particular.

"Ele riu quando viu minha mãe avaliar o carro com os olhos arregalados. Não era o calhambeque de um presidiário. Tinha uma bandeira. Tinha um emblema.

"'Lógico que tenho um carro legal, ele comentou. 'Sou o ministro da Cultura.'

"Minha mãe sabia disso.

"'Ah, Dahvid', ela disse. 'Estamos muito orgulhosos de você. Pelo menos não é uma Mercedes, ela acrescentou, sorrindo.

"'Só porque os alemães não eram nossos patrões!', Ola disse. E só tinha humor, eu pensei, nenhum resquício de amargura em sua voz.

"Como se lesse meus pensamentos, ele disse: 'Não adianta ficar com raiva. Vou só dirigir meu lindo carrinho até que o tirem de mim.'

"'Ouvimos dizer que você estava na prisão', minha mãe falou.

"'E eu estava!' ele gritou mais alto que o barulho dos táxis impressionantes que passavam zunindo. Olhei o árido campo africano pela janela. Minha mãe diz que o clima mudou drasticamente ao longo dos anos. Só chove esporadicamente agora, e em grandes áreas do país há secas severas. Por toda a estrada havia mulheres andando, para cima e para baixo. Algumas carregavam bebês nas costas e bacias na cabeça. 'Eles me soltaram hoje cedo. Eu disse que receberia visitantes importantes dos Estados Unidos.' Ele fez uma pausa. 'Uma boa amiga e... minha filha.' Eles ainda não são criminosos completamente embrutecidos, esses bandidos no poder. Conheço todos muito bem. Ainda não estão prontos para se livrar de mim. Quem ia cumprimentar visitantes alfabetizados? Na verdade, não acho que tenham decidido exatamente o que fazer. Eles querem que o mundo os admire, sabe?

"Ele riu, quase que feliz, do absurdo daquilo tudo.

"Eu ri com ele. O que posso dizer, Suwelo? Foi como se eu estivesse me escutando rir. Eu sabia exatamente de que região da alma vinha sua risada. Estavam partindo o coração de meu pai, e ele se via pequeno, como um besouro, em seu trabalho árduo para miná-los, e ainda havia uma pequena parte dele que não se sentia em desvantagem. 'Enquanto as pessoas não tiverem medo da verdade, haverá esperança', alguém me disse uma vez; e pensei nisso enquanto olhava para a nuca grisalha do meu pai. 'Porque, uma vez que eles tenham medo, aquele que as conta não tem a menor chance.' E hoje a verdade ainda é bela, como Keats sabia, mas tão assustadora.

"Os bairros pelos quais passamos eram pobres, secos e empoeirados, e as casas ficavam atrás de muros de adobe. Esses muros foram pintados com os mais vívidos desenhos abstratos. As mulheres que pintavam, meu pai explicou. Era uma tradição que, como ele disse, não conseguiram abandonar.

"'Eu adorei!', disse.

"'Que bom, fico feliz', ele respondeu. Nos arredores de uma dessas comunidades, mas num bairro abruptamente mais próspero, ficava o *compound* do meu pai, pintado com as cores mais berrantes de todas! Só em São Francisco achariam a casa do meu pai bonita. Saí do carro e a primeira coisa que fiz foi tocar nas cores, cerca de meia dúzia delas: laranja, amarelo, azul, verde, roxo, vermelho, marrom, branco e castanho. Mais de meia dúzia. Parecia, na verdade, o desenho de um tapete muito lindo, mas numa casa de adobe!

"A casa do meu pai Ola é muito simples. Porque ele é o ministro da cultura... 'Porque eu sou o ministro da cultura', ele diz, todo altivo, 'tenho de viver numa casa que seja do estilo nativo!' Mas tem todas as conveniências lá. Dois banheiros, quatro quartos, uma ampla sala, uma varanda que circunda totalmente o pátio interno. Também tem flores e, como ele também é agricultor, uma grande horta. Ele tem empregados. Uma mulher pequena e tímida e sua filha, que cozinham e limpam; um jovem alto e magro, que cuida dos jardins; e duas ou três outras pessoas, que apenas ficam por lá, supostamente como guarda-costas ou, como diz Ola, 'supostamente como espiões'.

"Bem. Estou sentada aqui na varanda com um gim-tônica, como Isak Dinesen faria, escrevendo para você. Um brinde a todas as crianças que crescem sem os pais. O mundo está cheio de nós... e, mesmo assim, algumas de nós conseguimos!"

Na noite anterior ao dia que Suwelo ouviu de Fanny Nzingha sobre seu primeiro encontro com Ola, ele teve um sonho confuso; ia ao mercado arranjar comida suficiente para durar para sempre, no entanto, quando chegou lá, não tinha como transportar a montanha de comida que escolheu – e seus bolsos eram bizarramente pequenos. Lá estava ele, no Grande Supermercado da Vida, sem carrinho, com bolsos que não comportavam um canivete.

A comida reluzente balançava em montes sedutores bem acima de sua cabeça, enquanto, aos poucos, ia se dando conta de que estava no inferno, ele – um homem baixo e infantil em seu sonho – foi se encolhendo no chão, com o polegar e o indicador na boca. Quando Suwelo acordou desse sonho infernal, estava chorando, para sua surpresa, pois chorar era bem raro para ele. Ficou deitado na cama tentando pensar nas aulas da manhã, mas a cada pensamento passava um carrinho de compras novo e reluzente.

Então ele se lembrou.

O sonho aconteceu na casa que haviam comprado nos subúrbios do leste; antes que Fanny se sentisse à vontade de dirigir até lá. Fanny era assim: dirigia bem, nadava bem e até corria bem. Mas então havia longos períodos em que simplesmente não conseguia fazer nenhuma dessas coisas. Os joelhos que corriam ficavam enferrujados, os braços que nadavam começavam a ranger, os olhos condutores ficavam embaçados. Ela se movia lentamente, com cautela, como uma tartaruga, como se a qualquer momento esperasse sentir o céu cair sobre sua cabeça.

Felizmente havia transporte público. Na verdade, funcionava muito bem e foi um dos motivos pelos quais escolheram a casa. Isso e o pequeno riacho que corria nos fundos. E a única janela oval na frente da casa, com vidro chanfrado cor de malva. E o amplo espaço para jardim (a compostagem já feita pelos moradores que partiram) na parte detrás da casa. Eles amaram, se apaixonaram pela casa, embora o trabalho que fizeram para "restaurá-la" – encanamento novo, fiação nova, paredes e assim por diante – quase os tivesse matado de cansaço. Havia também um supermercado a cinco quarteirões de lá.

Um dia, quando chegou em casa, Fanny estava toda sorridente e, do armário do corredor, arrastou alegremente um carrinho de compras novinho em folha. O tipo de carrinho que mulheres idosas e matronas com bebês pequenos são vistas arrastando ou esbarrando no meio-fio. Ele sorriu ao pensar em Fanny Nzingha usando aquela coisa.

— Gostou? – perguntou ela. – De agora em diante, chega de braços pesados carregando sacolas de mantimentos. Ninguém mais fica corcunda. Essa coisa é maravilhosa! – E ela o rolou de um lado para o outro sobre o tapete colorido da Guatemala que um amigo lhes dera e que se estendia por todo o corredor.

Durante semanas ela ficou satisfeita. Gostava da caminhada até o mercado. Permitia que ela conhecesse a vizinhança. Ela gostava de acordar cedo para pegar os alimentos mais frescos. Mesmo que isso significasse uma corrida louca para chegar ao trabalho a tempo. Esse contato de dona de casa com o início da manhã a preparava para retomar o ritual matinal diário da corrida. Agora ela também podia ir vendo, empurrando o carrinho, o que estava aprendendo a fazer com habilidade, como poderia dirigir pela vizinhança. E um dia, a caminho do mercado, ela passou por uma piscina pública que nunca havia notado do carro. Pois bem.

De vez em quando, tentava convencê-lo a ir ao mercado, usando o carrinho. Ele rapidamente pegava a lista de compras, colocava o casaco e corria para o carro. Dirigiria os cinco quarteirões, jogava os itens que comprou no banco traseiro e voltava para casa em questão de minutos. Fanny ficou um pouco confusa, mas, no geral, agradecida, embora o lembrasse da grande caminhada que ele estava perdendo e que, na verdade, uma caminhada rápida de ida e volta até o mercado, empurrando o carrinho, era exatamente o que precisava para enrijecer qualquer flacidez incipiente. Dica. Dica.

Um dia, por sorte, o carro estava na oficina para uma revisão de rotina. Ele não conseguiu buscá-lo porque tinha se atrasado para tudo naquele dia. O trânsito era tanto que quase ficou feliz por não ter um carro, temporariamente. Então pegou um ônibus para casa.

Lá estava Fanny, que também havia pegado um ônibus para casa, com seu aventalzinho de gato, fazendo pão, agitada: um monte de massa crescia sob a toalha úmida perto da pia, e com as mãos cobertas de farinha ela fazia uma lista.

Suwelo suspirou interiormente.

— Faça uma lista pequena. De uma sacola só – disse ele.

— Mas acabou tudo – respondeu ela, escrevendo freneticamente. – Nós nunca deveríamos fazer festas em que servíssemos nossa comida. Nossos amigos comeram tudo.

Ele havia se esquecido da festa que deram na noite anterior. De fato, até a pasta de amendoim havia acabado.

Suwelo se aproximou e lhe deu um beijo na nuca.

— Uma sacola, tá bem? – repetiu ele.

Ela continuou escrevendo. Ele notou que ela colocou duas dúzias de laranjas (os dois adoravam suco de laranja de manhã) e uma garrafa grande de leite!

— Minhas costas não vão aguentar tudo isso.

Ela tirou os olhos da lista, que não era tão longa, afinal, e lançou um olhar interrogativo para ele.

— Mas você não se lembra?... – começou ela.

E terminaram em uníssono:

— *Temos um carrinho*!

Finalmente chegou a hora de se explicar.

— Fanny, senta aqui um pouco.

Ela sentou-se no joelho dele.

— Eu preciso te confessar uma coisa para você.

Ela parecia pronta para ouvir.

— O carrinho me lembra aquelas velhinhas com cabelos de cores engraçadas, lenços de rede e corcundas de viúva. – Ela parecia intrigada. – Me lembra mulheres jovens que de repente ficam muito gordas para suas calças jeans, fazendo careta enquanto empurram e arrastam crianças de rosto inexpressivo ao mesmo tempo. Me lembra – ele continuou, pensando nela e em seu entusiasmo pelo objeto – jovens e cavalos de corrida brilhantes de mulheres que voluntariamente se colocam em arreios – Ela saiu do colo dele.

— Ele te lembra as mulheres.

— Minha mãe empurrava um carrinho. Minha avó também – disse Suwelo.

— Sim, sua *esposa* empurra um carrinho – Fanny respondeu.

— Eu só não me vejo empurrando isso. Me desculpe.

— Entendo. Me pergunto se você se vê comendo. – E pegou o monte de massa de pão e jogou na lata de lixo azul a seus pés.

Ah, eles fizeram muitas refeições deliciosas juntos depois disso. Mas nunca mais foi a mesma coisa. Houve um pequeno assassinato, ali, na cozinha iluminada e acolhedora, onde, até aquele momento, ambos se sentiam leves, livres, quase como se estivessem desempenhando seus papéis. O carrinho desapareceu e Suwelo sentiu-se péssimo com todo o episódio. Ele encontrou um serviço de entrega de alimentos e passou a ligar para fazer os pedidos. Começou a aprender a cozinhar, pescar e refogar legumes, ou lasanha. Ele corria para chegar em casa antes dela, que voltou a ter medo de dirigir no trânsito e continuou pegando o ônibus. Ela não nadava nem corria mais. Ele estaria lá cozinhando, com jazz no rádio e uma taça de vinho esperando por Fanny. Ela entrava, suspirava, jogava os sapatos longe e ficava vagando pela cozinha. Pegava o vinho, aceitava o beijo de Suwelo. Mas havia aquela coisinha assassinada entre eles. Quanto mais ele tentava reanimar, mais morta ficava.

— Fui criado para ser de uma certa maneira – dizia ele com frequência em conversas que não eram sobre o pequeno assassinato, mas inteiramente sobre outras questões, ou assim ele pensava.

E ela murmurava: "É. É, *você foi*", não com a compreensão que ele procurava desajeitadamente, mas com um silencioso espanto.

— Eu não sabia nada, Fanny, quando você nasceu – sua mãe começou a contar –, sobre os Estados Unidos, ou sobre qualquer uma das Américas, sendo bem sincera. Para começar, foi muito estranho ver tantas pessoas brancas, e ver a tristeza gigantesca das cidades. Nova York era horrível. Atlanta, por mais que fosse menor, também parecia inabitável porque muitas coisas, pessoas e edifícios, ficavam amontoadas. Mas então entramos em algumas casas que as pessoas prontamente abriram para nós, as pessoas da nossa igreja, e vimos que, apesar de tudo, ainda era possível alcançar certa graciosidade de vida. Isso era notável, ainda mais entre as pessoas negras, porque foi bem no fim da Segunda Guerra Mundial. Os soldados negros estavam voltando para casa e recusando-se a ser segregados nos ônibus e restaurantes, e os homens brancos os acusavam o tempo todo de estuprar mulheres brancas, de olhar para mulheres brancas, chamavam de "observação imprudente", e muitos homens negros acabaram na prisão por isso!

Ou até mesmo por responder a uma mulher branca que falasse com eles. Não preciso nem dizer que quase nunca havia uma branca envolvida. De qualquer maneira, nenhuma dos Estados Unidos. Elas eram educadas. Os homens brancos tinham apenas visto o vermelho enquanto lutavam na Europa, na França e na Itália, principalmente, onde as mulheres brancas não pareciam se importar com a cor dos homens dos Estados Unidos, o dinheiro deles era verde. Além disso, homens de cor sabem mesmo se divertir.

"Finalmente aprendi isso quando fui morar na casa da minha mãe. Ela tinha medo dos homens, sexualmente, mas sabia aproveitar a companhia deles. Muitos homens vinham regularmente visitar 'dona Celie e dona Shug'. Quase sempre eram homens com algum tipo de talento. Tinha o sr. Burgess, 'Burgie' como chamavam, que tocava trompa. Trompa francesa! Yancy Blake, que tocava guitarra. O pequeno Petey Sweetning, que tocava piano. Pensando bem, devia haver tantos músicos por causa da dona Shug, que era uma ótima cantora de blues, embora raramente cantasse em público. Havia poetas e homens que contavam piadas, os que hoje vocês chamariam de 'comediantes', e, sério, todo tipo de gente: mágicos, malabaristas, bons lançadores de ferraduras, um homem que fazia acolchoados ou bordados. 'A escravidão nos deixou uma série de habilidades!', dizia muitas vezes um senhor, um velho otimista, que era o rei do churrasco. Essas pessoas eram notáveis em muitos aspectos, mas talvez a coisa mais notável sobre elas, era que, mesmo vivendo numa parte do país onde havia tanta opressão contra pessoas negras, ou contra qualquer pessoa que fosse considerada 'inferior' ou 'estranha', eles não tinham absolutamente nenhuma autopiedade. Na verdade, os frequentadores da nossa casa costumavam se cumprimentar da seguinte forma quando se encontravam: 'Todos que estão no banquete!', diziam, e trocavam um aperto de mãos ou um abraço. Às vezes, diziam isso rindo, às vezes, chorando. Mas sempre afirmavam que ainda estavam no banquete da vida.

"Eram muitas risadas, limonada gelada e flores, e sempre havia muitas crianças e muitos idosos também, que a Manhota ajudou a criar. Você deve imaginar que devia ter algumas pessoas na comunidade que não entravam na nossa casa. Eles chamavam a Mama Celie e a Mama Shug de 'macho-fêmea'. Mas sempre pensei que os melhores homens e mulheres eram nossos amigos, pois geralmente estavam tão ocupados vivendo de alguma maneira estranha e nova que encontraram, e estavam tão entusiasmados com isso que realmente não se importavam. E, além disso, a Mama Shug tinha padrões realmente elevados; e, se você pisasse numa formiga na presença de Mama Celie e não implorasse perdão, nunca mais seria convidado para ir à casa dela, embora essa sensibilidade com os animais nem sempre tenha sido o estilo de Mama Celie. Foi algo que ela aprendeu, pois aprendeu tantas coisas, com a Mama Shug.

"Mas realmente não havia lugar para mim lá. Não mesmo. Fui acolhida e amada, mas também cresci. Depois de alguns anos, comecei a me sentir sufocada pela competência delas, pela experiência em tudo, pelas habilidades que me fizeram sentir que meus atributos consideráveis não eram necessários. E elas simplesmente assumiam a tarefa de criar você. Nessa época, também, a Mama Shug decidira fundar a própria religião e usava a casa, e às vezes isso era muito difícil, por causa da maneira como estruturou tudo. Seis vezes durante o ano, durante duas semanas, ela fazia a 'igreja'. Dez a vinte 'aspirantes' apareciam e tinham que dormir em algum lugar. Geralmente era no chão, ou, quando tinha mais gente que o esperado, no celeiro ou no galpão. Todos que vinham traziam informações sobre sua vida e jornada. Trocavam e compartilhavam essas informações. Essa era a substância da igreja. Algumas dessas pessoas adoravam a Ísis. Alguns adoravam árvores. Alguns pensavam que o ar, porque só ele está em toda parte, era Deus. ('Então Deus não está na Lua', alguém disse.) A Mama Shug achava que só havia uma coisa que alguém podia dizer sobre D-E-U-S, e era: não tem nome.

"Não sei como conseguiam falar sobre isso, enfim, se não tinha nome, ou se cada pessoa lhe dava um nome diferente. Ah, sim, eu me lembro! Eu estava contando para elas, Mama Celie e dona Shug, como os Olinka às vezes murmuram em vez de usar palavras, e isso explicava a musicalidade da fala deles. O murmúrio tem significado, mas expressa algo que é fundamentalmente inexprimível em palavras. Então, quem ouve pode interpretar o murmúrio a partir da própria experiência, e saber que existe uma compreensão comum possível, mas que a verdadeira compreensão será sempre uma questão de grau.

"Se, por exemplo, você perguntar a alguém na prisão que está pra baixo: 'Como você está?', essa pessoa poderá responder: 'Hmmm, *ugh*', e você vai entender, mais ou menos. Pois é assim que esse alguém realmente se sente. Se a pessoa respondesse 'ótima' ou 'péssima', dificilmente seria a mesma coisa. Nenhum trabalho seria necessário de sua parte. Eles teriam rotulado.

"E aí foi assim que resolveram. Passaram a murmurar o lugar que D-E-U-S ocuparia. Todos na casa falavam muito sobre o *hummm*!

"E então, para resumir uma longa história, deixei essas pessoas *hummm-distraídas* lá e fui para Atlanta me matricular na faculdade de enfermagem da Spelman. Minha mãe adotiva também tinha estudado lá, sabe, e o lugar despertou muito meu interesse. Ela era uma dama! Uma palavra que sei que sua geração despreza, mas naquela época tinha um significado substancial. Significava alguém com autorrespeito implacável. Além disso, 'mulher' era usado, bem, para alguém que podia procriar, era um termo estritamente biológico e, por estar associado à escravidão, considerado depreciativo. Quando morávamos na África, fui enviada à Inglaterra para estudar enfermagem, então eu já tinha bastante conhecimento. Também ajudei em casa uma jovem médica africana, que se formou na Inglaterra; uma escritora inglesa excêntrica pagou por seus estudos. Mesmo assim, eu precisava de diploma para trabalhar nos Estados Unidos. Não foi fácil. Eu era mais velha que os outros alunos e tinha um filho, mas todos tinham interesse pela minha vida na África, e várias vezes me pediam que falasse nos eventos. Pensando bem, ninguém nunca me perguntou se eu era casada, eles logo iam me chamando de 'senhora' e se comportavam como se pensassem que eu fosse casada. Com muito respeito. Mas se bem que todo mundo, digo, os estudantes, eram respeitosos. Respeitosos até demais, eu achava às vezes. Eram tão gratos por estarem ali – um dos poucos lugares onde uma jovem de cor podia buscar instrução – que agiam como se os professores e administradores da faculdade fossem deuses. Na verdade, agiam precisamente como os africanos colonizados que foram educados na nossa missão em Olinka. Muito respeito por pessoas que nem sempre são respeitosas com você é um sinal claro de insegurança, e essa gratidão abjeta me deprimiu bastante. Bem, eu não estava lá para fazer campanha. Consegui meu diploma no tempo certinho e me candidatei a uma vaga no hospital negro da Hunter Street, o Harrison Memorial. Pedi que te trouxessem assim que consegui o emprego.

"Era um lugar maravilhoso! Não só porque foi lá que conheci seu padrasto. É lógico que eu era preta demais para a família dele, e praticamente uma africana, uma africana de verdade, ainda por cima – mas vamos por partes. Quando Lance – os pais lhe deram o nome de Lancelot – se formou na faculdade de medicina, já estava farto do preconceito colorista; ele simplesmente não aguentava mais. Todos os cadáveres em que trabalharam eram de uma certa gama de tons entre marrom-escuro e preto, e isso o radicalizou em relação à disparidade econômica que existia em linhas intrarraciais. Começou a achar que não existiam pessoas pobres e indigentes que eram negras mais claras, e isso o deixou muito triste. E as marcas de golpes fortes nos corpos com que ele e os outros estudantes eram obrigados a trabalhar! Dia após dia, seu coração ficava despedaçado. Houve uma mulher, por exemplo, que caminhou 113 quilômetros para levar seu filho doente a um médico cuja existência era apenas um boato para ela. Ela morreu de insuficiência cardíaca; o bebê, de desidratação causada por diarreia. Ambos os corpos se tornaram propriedade da faculdade de medicina de Lance.

"Lá, foram cortados enquanto alguns colegas de Lance contavam piadas e outros falavam sobre a comida que queriam para o jantar.

"Todo mundo achava que a vida de um médico era tão glamorosa! Nunca entendi isso. Quando fui trabalhar no hospital e tive a oportunidade de trabalhar com ele, percebi que era, muitas vezes, um trabalho deprimente e que matava nossas almas. Havia pessoas que adoeciam simplesmente pela forma como viviam e comiam: uma dieta de gordura, biscoitos, açúcar, carne e fritura. O resultado era câncer de cólon, úlceras, congestão hepática e arterial. A ignorância da dieta adequada era surpreendente. Tinha gente tão viciada em Coca-Cola que só tomavam isso o dia todo, com amendoim salgado, comprado em pacotinhos. E se *gabavam* disso! Porque isso era 'bom'. Que era disso que gostavam; e, nossa, era isso que iam comer! Nem fale sobre verduras na mesma sala que eles; só coelhos comem cenouras, e couve-flor não dá no Sul, que eles saibam, *então pronto*!

"Eu não estava à procura de um marido. Às vezes pensava em Dahvid; aquele dia em que você foi concebida era como a lembrança de um sonho. Sabia que todo o país estava empenhado na luta. Imaginei que Dahvid também estivesse lutando, ou ferido, ou morto. Além disso, você era uma companhia que dava bastante trabalho e mais que suficiente, pensei, para mim. Durante a semana, você frequentava a creche da Spelman, onde todos a adoravam; aos sábados íamos fazer as compras da semana. Aos domingos íamos à igreja. Uma vida agradável e ordenada.

"Mesmo quando Lance começou a deixar claro que se importava comigo, eu fiquei na retaguarda. Sempre fui tímida, retraída – essa característica que destoava tanto da casa cheia de alegria da minha mãe, cheia de arremessos de ferraduras, mágicos serrando pessoas em três, guitarristas e malabaristas, e com os quais você ficava tão impaciente. Eu era bem comum e preta, como minha mãe, muito mais escura que as outras enfermeiras, e não 'brincava'. E sempre ficava me perguntando, também, como um homem que se aproximasse de nós se comportaria com você. Já tinha ouvido muitas histórias assustadoras de outras mulheres, e da minha própria mãe. Ainda me partia o coração pensar em como ela tinha sido abusada pelo padrasto, que só lhe contou que não era seu pai biológico quando estava crescida. Engraçado. Nunca conseguiria pensar nele como *meu* pai. A verdade é que nunca senti que tinha um pai biológico, além do meu pai adotivo Samuel, e, mesmo quando descobri que tinha um, não conseguia compreender. De modo que, até hoje, sinto quase como se eu fosse produto do divino espírito santo. Como Jesus, que também não sabia quem era seu pai biológico. Muitas vezes pensei que foi essa falta de conhecimento do seu pai terreno que o levou ao seu pai 'celestial', pois há em todos nós um anseio por saber de onde viemos, e as origens não costumam parecer improváveis para uma criança solitária e sem pai. Isso foi considerado um pensamento blasfemo quando me aventurei a expressá-lo; mas a questão de quem engravidou Maria, aquela jovem judia, e em que circunstâncias, possivelmente assustadora ou feliz – devido à triste experiência de abuso da minha mãe quando jovem –, sempre foi uma questão na minha cabeça. Se José não era o pai de Jesus, e 'Deus no céu' também não, e Maria, por causa dos costumes, do medo ou da depressão, não podia falar sobre o que aconteceu com ela, quem era o pai?

"Bem, você pode ver como para mim todas as histórias atuais são de fato antigas, e as antigas são atuais. E foi devido aos longos e lânguidos dias na África, dias que pareciam durar semanas, que credito esta sensação que tenho de que, realmente, *não há nada de novo sob o sol* e que nada no passado é mais misterioso do que o comportamento do presente.

"Então, me conectei com o verdadeiro pai da minha mãe, meu avô Simon, que foi linchado quando ela era apenas um bebê. Ele era trabalhador, um empreendedor. E muito bem-sucedido; por isso que os brancos o mataram. Mataram muitos homens negros esforçados, pois o sucesso de um homem negro era muito pior para eles do que o seu fracasso. Os fracassados, eles poderiam transformar em escravos, entretenimento para si mesmos e animais de estimação. Minha mãe e eu somos bem parecidas com ele. A casa e a loja dela, onde fazia e vendia o tipo de calça que sempre usava, se tornaram a luz que iluminava a cidade, pelo menos para as pessoas negras. E penso que sou como meu avô, na minha firme determinação e fé de que posso cuidar de mim mesma. Assim que você nasceu, soube que não haveria trabalho que eu não fizesse para alimentá-la, abrigá-la e vesti-la.

"Lance se apaixonou pela minha determinação e fé. Mas eu tinha medo de sua melancolia. Era uma qualidade triste, quase apática, que as pessoas nitidamente mestiças costumavam ter. Não é à toa que existia um estereótipo do 'mulato* trágico'! Penso agora que grande parte da sua energia era consumida pelo seu esforço para viver honrosamente como eram (e *quem* eram?), com suas duas heranças – preta e branca –, guerreando constantemente entre si e desprezando aqueles no meio do caminho. Achava que não conseguiria suportar esse peso; e eu não podia ser a fachada dele na comunidade negra nem a personificação do desprezo dele pelos brancos. Tia Nettie costumava dizer: 'Não carregue os fardos de ninguém que sejam mais pesados que os seus.' E os de Lance eram muito pesados.

"Mas você sabe o restante dessa história. Nós nos cortejamos, nos casamos... Foi tão bom ter um confidente e um ombro amigo de novo! Alguém, além de Tashi, para finalmente contar sobre aqueles tristes últimos minutos com Dahvid; aqueles primeiros momentos de

---

* *Mulatto* no original. [N. E.]

alegria, minha pequena Fanny, com você. Foi ideia de Lance que você fosse nossa dama de honra; decidir como você se sentia em relação ao casamento e se expressar. E ele foi um marido fiel e um pai correto até o dia de sua morte. Você se lembra de como estávamos felizes naquele dia, no casamento, na varanda da casa da minha mãe? Chega de tristeza para nós, juramos. E não só nós três, mas também nossa família e os convidados, mágicos, lançadores de ferraduras, malabaristas, tocadores de trompa e quem quer que fosse, e *todos nós estávamos de vermelho?*"

"Você não vai acreditar quem está no quarto no fim do meu corredor", escreveu Fanny. "Bessie Head!"

Quando Suwelo leu essas palavras, fez um esforço para se lembrar de algo. Mas o que tentava lembrar era consequência de uma ação, não a ação em si. E ele não sabia ao certo se lembrava-se da consequência.

Equilibrando a carta no joelho, tirou os óculos e fechou os olhos por um instante. Surgiu diante dele uma visão dos cômodos vazios e austeros da casa que haviam comprado. As paredes eram de pervinca desbotada com detalhes em branco-acinzentado. Deveriam pintar, ele sentiu, imediatamente. Ele preferia paredes brancas. Na verdade, poderia viver em um interior totalmente branco, amarelo ou da cor da casca de ovo. As cores fortes o oprimiam porque exigiam ser notadas; exigiam uma resposta. O branco ao seu redor concentrava a atenção da cor em si mesmo, ou nos móveis, na arte.

Duas mulheres eram donas da casa, professoras como ele e Fanny, e a deixaram em condições razoáveis. Tinham varrido a casa, lavado o carpete do andar de cima. No andar de baixo, no centro da sala, deixaram uma garrafa de champanhe e um bilhete desejando-lhes felicidade na casa, como haviam tido. No escritório do andar de cima, alguém havia deixado uma pequena pilha de livros. Ele os pegou, um por um, e analisou. Todos escritos por uma escritora chamada Bessie Head. Havia um bilhete dizendo que ali estava alguém extraordinário e que não deveria tomar champanhe e tentar lê-la ao mesmo tempo.

A sra. Head era negra; havia uma pequena foto dela na contracapa do livro menor. Ele achou vagamente racista que as mulheres, ambas brancas, tivessem deixado livros de uma negra. Após alguns dias, não pensou mais no assunto.

Meses depois, Fanny depositou um dos livros, *Maru*, na mesa ao lado dele, enquanto ele completava a tarefa de preencher cheques para pagar as contas do mês. Ele olhou para o livro, desconfiado. Ela estava sempre tentando fazer com que ele lesse livros que, na sua opinião, não tinham nada a ver com sua vida. Ele era professor; ensinava história americana; era nisso que era bom. Ele leu muito. Além disso, nunca tinha lido um livro de uma mulher.

— Quem é ela, afinal? – perguntou ele. – Ela não é africana?

— É – respondeu Fanny. – Ela é incrível. *Leia*.

Ele o pegou e folheou as páginas. Leu uma linha inescrutável e colocou de volta na mesa.

— Coloque na minha mesa – disse ele. – Vou tentar ler.

Por fim, todo o pequeno montante estava empilhado em sua mesa. Um dia ele se cansou de vê-los ali e passou tudo para o chão.

— Ela mudou a minha opinião sobre a África – disse Fanny. – Mudou a forma como penso sobre muitas coisas!

— Bons escritores fazem isso – murmurou ele, distraído.

Mas ele não queria mudar a forma como pensava na África. Além disso, quando queria saber mais sobre a África, lia um escritor homem.

Como se ouvisse o que ele pensava, um dia ela trouxe para ele *Two Thousand Seasons*, de Ayi Kwei Armah. Ela tinha acabado de ler e estava chorando.

— É inacreditável como um homem consegue entender tanto! – disse ela chorando.

Esse livro também ficou acumulando poeira no chão ao lado de sua mesa.

Muito mais tarde, ele a viu relendo o mesmo livro, mas com uma capa diferente. Ela estava franzindo a testa e sublinhando trechos.

— Por que está lendo isso de novo?

— Imprimiram uma segunda edição – disse ela, furiosa –, mas parece que está mexido.

— Tem certeza? Por que fariam isso? Acha que foi de propósito?

— Você chegou a ler a primeira edição?

— Não – admitiu ele.

— Então você não vai entender.

Ela dormiu no quarto de hóspedes, seu "escritório", naquela noite.

Mas por que ele deveria ler todos os livros que mudaram a vida *dela*? Ela tinha tempo para esse tipo de livro. Ensinava literatura! Ele precisava ler os livros exigidos por sua profissão. O ensino da história norte-americana. Isso era simples de entender. No entanto, ele poderia passar horas e horas assistindo à televisão, o que destruía os ensinamentos de sua profissão. Depois da garrafa de champanhe que as duas mulheres deixaram, havia rios de vinho. TV, sofá e vinho. Se ao menos sua esposa parasse de ler livros e mudar sua vida, ele às vezes pensava, com um humor suave e induzido pelo vinho, e só chegasse perto e se aconchegasse no sofá com ele. Aí pelo menos o futebol da NFL às segundas-feiras à noite seria perfeito.

As pessoas o abandonam, o astral delas simplesmente some, porque você não leu um livro que as animou? Ele sabia agora que a resposta era sim.

"Ela tem mais ou menos a nossa idade", Fanny escreveu. "E é gordinha. Não, inchada. Ela diz que não está bem há muito tempo. Sua cor é um tom peculiar de marrom por causa do amarelo-acinzentado* de sua pele. Em seus olhos, às vezes, a gente vê o brilho mais surpreendente de verde, um marrom-verde-água de lago. Eu queria fazer tantas perguntas para ela com base nas coisas que li em seus livros. Mas ela parecia tão vulnerável e as perguntas pareciam tão intrusivas! Quer dizer, lá estava ela, sentada sob o guarda-chuva na varanda, com um roupão e calçados nada novos – chinelos, para ser mais exata –, o cabelo curto secando depois do banho, tomando seu chá matinal. 'Sua mãe era *mesmo* uma sul-africana branca?', tive vontade de perguntar. 'Seu pai era preto *mesmo*? Me conta de novo como eles se conheceram. Não lembro mais o que tinha escrito no livro. Foi *mesmo* sobre você e seus pais que você escreveu? Ela foi mandada para um manicômio mesmo? E o que aconteceu com *ele*? Foi logo depois da publicação do seu primeiro livro que a expulsaram da África do Sul? Onde está o pai do seu filho?' Você sabe, Suwelo, nunca conheci uma refugiada de verdade.

"Quando meu pai nos apresentou, ele disse:

"'A grande escritora Bessie Head.'

"Ela murmurou:

"'A grande escritora *desconhecida* Bessie Head.'

"'Li tudo que você publicou até agora' disse eu a ela. E foi tão legal ver sua reação. Primeiro ela ficou olhando para mim, como se não

---

* *Sallowness* no original. [*N. E.*]

tivesse certeza se ouviu direito. Então, ficou nitidamente feliz, como uma criança, mas também achei que se sentia um tanto boba.

"'É, pois é', disse ela depois, 'eu conto com o anonimato. Eu realmente consigo fazer as pessoas se sentirem desinformadas e culpadas'. Ela tem um senso de humor impassível.

"'Seu trabalho é conhecido nos Estados Unidos. Já li seus livros em algumas aulas minhas. Eu chamo você de Tolstói da África.'

"Ela enrijeceu.

"'Você leu sobre como ele tratava a esposa?'

"'Bem, espero de verdade que você não tenha esposa.'

"Ela então riu de forma franca.

"Ela está indo para Londres por motivos médicos. E, disse ela, para transmitir o choque de sua presença empobrecida aos seus editores. Aparentemente ela recebe muito pouco pelo trabalho, e posso certamente testemunhar que seus editores nada fazem para promovê-lo. Ela nos mostrou fotos da sua vida em Botsuana, onde é uma entre milhares de refugiados sul-africanos. Lá tem só uma cabana quase vazia, com apenas uma mesinha sobre a qual repousa sua máquina de escrever. Não tinha foto do filho.

"Ela comentou que escritores norte-americanos são bem estranhos. Teve um que foi visitá-la e trouxe inúmeras fotos suas. Nos Estados Unidos, eu disse a ela, as escritoras precisam de imagens para lembrar a todos que existem.

"Ela chamou isso de uma atividade tipicamente estadunidense, infantil e trivial.

"'Se o seu trabalho existe, você existe. Pergunte a Deus', resmungou ela.

"No verão passado, no festival de artesanato feminino em Vermont, comprei dois lindos xales de lã com estampa tie-dye. Um é vermelho, com um sol amarelo; o outro, marrom, com um sol laranja e roxo. Dei o marrom para ela, para a 'fria' Londres. Consigo até imaginá-la lá, uma comum mulher de cor das colônias, para as pessoas que a notam na rua. Mas que escritora! De que outra forma saberíamos tudo que sabemos sobre a psique da África do Sul? Sobre o sexismo da África? Sobre o povo Bush do Kalahari? Sobre Botsuana? Somente porque Bessie Head está ali sentada no deserto, na sua cabaninha, escrevendo, que temos conhecimento de um modo de vida que fluiu durante milhares de anos, que de outra forma estaria ausente do registo humano. Isso não é pouca coisa, não!"

Não era. E ainda assim, por um momento, Suwelo quis que fosse. Ele queria que a história norte-americana, as coisas que ensinava, fosse para sempre o centro da atenção de todos. O que alguns homens brancos queriam, pensavam e faziam. Pois ele gostava da maneira como podia chegar a alguns rostos de homens negros mais tarde. E, em seguida, traçá-los no sentido contrário até que aparecessem antes mesmo de Colombo. Era como um ponto-cruz no tricô, ele imaginava, seu método de ensino de história, tricotando todas as peças, linhas e cores que haviam sido omitidas do desenho original. Mas considerar as escritoras africanas e os bosquímanos do Kalahari! Parecia um pouco demais.

"Ola levou a sra. Head ao aeroporto", continuou Fanny. "Quando ela estava entrando no carro, eu disse que tinha uma confissão a fazer: embora eu tivesse adorado todas as suas histórias, e especialmente *Maru*, não tinha entendido seu livro mais volumoso, *A Question of Power*.

"'Ah', ela começou a dizer, com seu sotaque de mestiça sul-africana, 'não me surpreende nem um pouco. É o mapa de uma alma sendo destruída, e os demônios que normalmente só se imagina por trás das pálpebras ganham nome e cara. Eles deixaram o crânio da vítima e ficam em seus quartos. Há algumas pessoas que se conectam de cara com o livro, mas é porque estiveram nessa situação'. Ela se virou para abraçar minha mãe e se despedir. Então disse: 'Aquelas pessoas que entendem logo de cara nem precisam ler. Estão todos olhando para o espaço de forma bem pacífica agora.'

"No geral, devo dizer que senti que ela não gostou muito de mim. Eu estava me achando muito sólida, muito complacente. Muito sensata. A maioria das pessoas que escrevem, imagino, realmente adora o brilho da loucura nas outras pessoas; a tortura, para eles, deve ser pessoas que falam e agem sempre monocromáticas. Ela é uma das pessoas mais cautelosas que já conheci. Na verdade, ela ficava olhando para trás enquanto falava comigo. Ela tem luz, obviamente, muita luz, mas é definitivamente difusa.

"Quando Ola voltou do aeroporto, contou para a gente que ela teve um colapso mental há alguns anos e ficou simplesmente arrasada. Ela recuperou a saúde cuidando de uma horta comunitária experimental. Em Botsuana, precisa se apresentar às autoridades todos os dias.

"'Que vida...' disse minha mãe.

"'Pois é, faz com que os pequenos problemas que consigo causar aqui pareçam bem pequenos. Ela está pagando por quem é com sua vida. Mas não é o que todos nós fazemos?'"

— Em todo livro que você escreve tem um sujeito chamado Francis – dizia Ola certa manhã a um escritor branco da cidade, quando Fanny chegava para tomar o café. – Isso é acidental ou existe um significado inescrutável que o leitor deve saber?

— Ah, que isso! – respondeu o homem. – Tem só um Francis, no meu primeiro livro. Aí tem uma Frances, com *e*, e no meu último livro, um Frank.

— Mas não é tudo meio que o mesmo nome? – insistiu ele.

— Bom dia, Ola – cumprimentou Fanny, beijando sua cabeça enquanto ele passava um braço em volta dela. Ele estava com o humor jovial, como às vezes dizia, de um fugitivo condenado com inclinações literárias.

— Esta é minha filha, ela mora nos Estados Unidos – disse ele, orgulhoso. – Fanny, este é Henry Bates, membro fundador de nossa confraria de escritores, que veio me alertar para ficar longe de perigo.

Henry Bates era pequeno e branco, tinha os cabelos claros e uma barriga de cerveja.

— Eu já falei, só porque ele conhece ou é parente de todos no governo, não significa que não se cansarão dele – disse o homem a Fanny.

— Ela não sabe que somos parentes de ninguém – disse Ola e se virou para Fanny. – Não somos realmente parentes daqueles imbecis do governo, porque obviamente não estamos em progressão. Você conhece o ditado hindu que diz que você só é parente de quem está em progressão espiritual? Mas alguns dos seus tios ocupam posições de autoridade. E você sabia que, quando me prenderam, depois de passar a escavadeira durante a minha peça; foi um final e tanto, né, você tem que admitir! Enfim, dois deles foram à minha cela só para "bater um papo". A política lhes dava dor de cabeça, então queriam conversar sobre futebol. Futebol. São homens que nunca leram um livro na vida. Nunca ficam acordados durante um espetáculo inteiro. Se não leram ou viram até a quinta série, não sabem nada sobre isso.

— O que você está tentando fazer? – perguntou-me um deles. – Quer que o mundo ache a gente ruim? – Ele estava falando sério.

— Obenjomade, me escuta. Olha para minha boca e limpe os ouvidos; NÃO POSSO FAZER VOCÊ PARECER PIOR DO QUE É. Afinal, sou apenas um ser humano.

— Mas Abajeralasezeola – disse ele, paciente –, o governo está se esforçando ao máximo.

— Só o presidente, suas esposas, suas amantes, seus ministros, seus familiares e o exército têm o que comer. Só os seus filhos têm condições de ir à escola. O governo deveria se esforçar mais. Sabe, asfaltar uma estrada de vez em quando. Construir um hospital. E, falando nisso, por que é que, toda noite, depois do toque de recolher, as únicas pessoas que vemos estão com farda do exército? Entre outras coisas, daria para achar que somos um país exclusivamente masculino. E você sabe o que o mundo pensaria disso. E, pensando bem, para que um toque de recolher? Uma coisa, pelo menos, que os africanos sempre tiveram foi a noite. Com a "liberdade", parece que perderam até isso.

— Vá, banca o engraçadinho. Todo mundo sempre ri das suas peças. Mas você não deveria zombar das pessoas que estão se esforçando para fazer algo pelo país, agora que o homem branco foi embora.

— Olha para a minha boca, Obenjomade, segundo filho da terceira esposa de meu pai; limpe os ouvidos: O HOMEM BRANCO AINDA ESTÁ AQUI. Mesmo quando vai embora, ele não deixou essas terras.

— Mas, Abajeralasezeola, por que você não ajuda a gente, em vez de ficar aí criticando? Por que você não escreve peças que mostrem o melhor de cada um? Você poderia mostrar como o governo está tentando alimentar, vestir e educar as pessoas, mesmo que os brancos tenham deixado tudo uma bagunça. Por que não escrever uma peça sobre como explodiram a universidade, a estação de rádio e os hospitais e as pontes que construíram, em vez de entregá-los a nós?

— Obenjomade, abra suas orelhas adoravelmente grandes: TODOS NO MUNDO SABEM TUDO QUE HÁ PARA SABER SOBRE O HOMEM BRANCO. Esse é o significado essencial da televisão, MAS NÃO SABEM QUASE NADA SOBRE SI MESMOS.

— O homem branco? – perguntou ele.

— Não, o povo – disse eu.

— Mas, Abajeralasezeola – disse ele, enfim, rindo –, você é o único que pensa como você.

— Você está errado, Obenjomade. AS MULHERES PENSAM COMO EU.

— Mas, Abajeralasezeola – disse ele com indiferença –, QUEM LIGA PARA O QUE AS MULHERES PENSAM?

Henry Bates e Fanny estavam rindo das expressões no rosto de Ola enquanto ele falava. Ele não parecia ter sessenta anos. Parecia um menino, travesso até, quando ria com vontade.

Na prisão, chegou a dormir no chão, contou ele, e achava que isso havia curado sua neurite. Na verdade, essa seria uma fala de sua próxima peça, acrescentou.

Henry Bates ergueu as mãos.

Ola ficou sóbrio do nada.

— Ah, Henry Bates – disse ele –, presta atenção no que eu digo: ONDE ESTAVA VOCÊ E SUAS PREOCUPAÇÕES QUANDO FUI PRESO E TORTURADO PELOS BRANCOS? Quando meu povo parar de agir como o homem branco, poderei escrever peças que mostrem o que eles têm de melhor!

Ele não podia contar ao psiquiatra que estava apaixonado por uma mulher que tinha o costume de se apaixonar por espíritos.

— Mas por que não pode contar para ele? – perguntou-lhe Fanny certa vez, enquanto ele tentava explicar seu sentimento de inadequação, de vergonha. – Para que serve um psiquiatra que não entende de espíritos?

Em muitos aspectos, na maioria das vezes, ela era uma pessoa comum. Suwelo olhava-a desesperadamente enquanto ela perguntava isso. Ela estava com os braços levantados, jogando os longos cabelos trançados de um lado para o outro, virando-se para lá e para cá na cadeira. Em sua autoabsorção feminina e na atual indiferença a outras visões de mundo, ela o fez pensar em Cleópatra.

O psiquiatra era um judeu de meia-idade que nunca dizia nada sobre si mesmo, o que tornava difícil de compartilhar algo. Semana após semana, Suwelo esperou por um sinal de que havia um ser humano genuíno lutando à sua frente. Alguém que tivesse a mínima chance de compreender sua situação. Mas nada.

— Espíritos? – perguntou ele, movendo um peso de papel, como aquele de *Cidadão Kane*, levemente sobre os documentos que formavam uma pilha organizada em sua mesa.

— Isso – respondeu Suwelo. – No momento... – Ele fez uma pausa. Parecia improvável. Parecia inútil. O que o dr. Bernie Kesselbaum saberia?

— Sim?

— No momento é um homem chamado... Chefe John Horse. – Pronto, ele já tinha dado um nome. Quase chorou com o esforço. – Mas não são necessariamente homens – adicionou ele depressa. Nem precisava ser pessoas, mas ele achou melhor guardar o apego de Fanny às árvores e às baleias, pois queria ver primeiro até onde isso iria.

A expressão de Kesselbaum era impassível. Suwelo odiava a impassibilidade.

— Quem é Chefe John Horse?

Um longo silêncio se seguiu.

— Adivinhe quem eu encontrei hoje! – gritou ela, feliz.

— Quem? – perguntou ele, mexendo a sopa de aspargos cremosa quando ela entrou voando pela porta.

— Chefe John Horse!

Ele estava acostumado com esses entusiasmos, mas sempre o machucavam. Sempre sentiu que não era o suficiente para ela e imaginou meses de solidão por vir, quando ele pareceria mal existir.

— Ah! – respondeu ele, com falso interesse. – E onde foi... Quem?... Chefe John Horse?... Ao vivo? – Mas ele podia ver que, por um tempo, quem quer que fosse, o Chefe John Horse estaria presente em sua esposa.

De forma desconexa, ela lhe contou sobre esse homem que era um chefe, um chefe indígena negro, dos Seminoles da Flórida, antes de a Flórida se tornar um estado ("É lógico, antes de ser um estado", murmurou ele, pensando em como era difícil imaginar a existência da terra antes de ser um estado), e sobre como os Seminoles se recusaram a escravizar pessoas negras que tinham escapado da escravidão e como foram aceitos na nação Seminole. Houve inúmeras lutas, disse ela (os olhos brilhando, como se tivesse presenciado tudo), quando os traficantes de escravos brancos os perseguiram. Houve uma longa marcha até o México. Anos trabalhando para o governo mexicano, lutando contra bandidos mexicanos. Então, depois do fim da escravatura nos Estados Unidos, o Chefe John Horse e o seu povo – homens, mulheres, crianças – regressaram ao Texas. Isso foi na década de 1870, contou ela, e Suwelo ficou mais uma vez surpreso, como sempre ficava, porque, embora fosse um historiador, nunca tinha ouvido nada sobre isso. Lá, como o exército dos EUA nunca conseguiu vencê-los e percebeu que nunca os venceria, contratou-os para ajudar a livrar o Texas do mesmo tipo de bandidos contra quem John Horse e seu bando lutaram no México.

Suwelo contou essa história para Kesselbaum até onde se lembrava.

Ele disse a Fanny com desdém:

— Ah, ele era um soldado búfalo. – Com isso, ele quis dizer um assassino de indígenas. Para o homem branco.

Ela olhou para ele de forma estranha. Então, disse com toda a calma do mundo:

— Sim e não. A vida inteira ele procurou um pouco de terra que os brancos não cobiçavam, um pouco de paz. Não conseguiu nenhuma das duas coisas. Mas esse era o sonho.

— E o que aconteceu com ele? – perguntou Suwelo.

— Caminhou em direção ao pôr do sol. Voltou para o México. Pelo menos lá o governo valorizava as habilidades dele como soldado e lhe deu algumas terras. Mais do que este país já fez. Aqui ele nem recebia pensão!

Seus olhos adquiriram aquele olhar distante que indicava que estava voltando para o México com John Horse; que estavam ocupados recolhendo mulheres, crianças e pessoas negras de rostos brilhantes que sonhavam com uma vida livre pela frente.

Ele não aguentou.

— E ele era uma pessoa real? – perguntou Kesselbaum. – Na história, digo.

— Ah, era, sim – respondeu Suwelo. – Eu me sinto sortudo quando são pessoas reais, porque, assim, podemos conversar um pouco sobre elas. É mais difícil quando ela fica possuída por um espírito, mas não sabe quem ou o que é.

— E isso acontece bastante?

— Uma vez a cada dois anos, ou mais. Mas às vezes é apenas uma breve paixão. Seguimos suficientemente felizes. Como duas pessoas de mãos dadas atravessando um rio raso. Então, ela entra numa corrente profunda que só existe para ela, e é arrastada. Enquanto é carregada pela corrente, fico sozinho, esperando... nada. Se ela se lembra de dizer bom dia na maioria dos dias, já é uma maravilha. Fazer amor é um desastre. Nunca sei quem está lá. Eu, para ela, com certeza não estou, embora ela afirme o contrário.

Durante muito tempo Fanny não teve orgasmos com ele; ela aprendeu como chegar a um com umas de suas amigas. Isso foi numa época em que toda mulher consciente carregava um espéculo e um espelho na mochila e, parecia para Suwelo, num piscar de olhos, caíam juntas de barriga para cima formando um círculo e ensinavam umas às outras as coisas mais surpreendentes. Ainda assim, quando ele lhe perguntava o que experimentou durante o orgasmo, ela afirmava que havia experimentado um nascer do sol, uma montanha ou uma cachoeira, assim como o experimentou. Às vezes, ela sussurrava apenas "aventura" ou "resistência" ou "fuga!" Isso o confundia bastante.

— Muitas pessoas têm um interesse fervoroso por figuras históricas – disse o psiquiatra.

Isso era verdade. Mas Fanny Nzingha encontrava primeiro em si mesma o espírito que a possuía. Depois é que encontrava um personagem histórico que o exemplificasse. Isso dava a ela o estranho aspecto de trindade: ela, o espírito, o personagem histórico, todos sentados à mesa ao mesmo tempo.

A intensidade o desgastou.

Assim como lidou com todos os amantes espirituais da esposa, fez um trabalho de detetive com John Horse sem que ela soubesse. Recebeu ajuda do livro *Black Indians*, de William Loren Katz, no qual a história de John Horse é contada com certo detalhe. Um tanto envergonhado, deu o volume a Fanny de presente de aniversário. Chefe John Horse, ele leu, morto há cem anos. Uau! Obviamente, esses velhos espíritos como o de Horse nunca morriam. Tinha um parceiro indígena chamado "Wild Cat". Casara-se com uma mulher Seminole. Depois com uma mexicana. Provavelmente indígena também.

— O que você ama nessas pessoas? – perguntou a ela certa vez.

— Sei lá. Elas abrem portas dentro de mim. É como se fossem chaves. Para cômodos dentro de mim. Encontro uma porta lá dentro e é como se eu ouvisse um zumbido atrás dela, e então, de alguma forma, entro com a chave que os antigos me dão, e são, e, enquanto tropeço na escuridão do quarto, começo a sentir uma agitação em mim mesma, o zumbido da sala, e meu coração começa a se expandir com o sentimento absoluto de coragem, ou amor, ou audácia, ou compromisso. Torna-se uma luz, e a luz entra em mim, por osmose, e uma parte de mim que antes não estava nítida ganha nitidez. Eu irradio esta luz expandida. Felicidade.

E *isso*, Suwelo sabia, chamava-se "estar apaixonado".

"Ola contou para a gente ontem à noite", Fanny escreveu na carta seguinte, "que uma peça que ele está pensando em escrever em algum momento futuro, 'embora admita', comentou brincando, 'que o futuro dele era logo, logo!', é sobre Elvis Presley.

"'O Elvis Presley?', perguntou minha mãe. 'Nosso Elvis Presley?'

"'O próprio sr. Rocket Sockets?' Entrei na conversa.

"'Exatamente', confirmou Ola, sorrindo.

"'Bem', emendou Ola, aproveitando nossa perplexidade, 'em nosso país também temos muitas aldeias diferentes, assim como vocês nos Estados Unidos. Vocês têm aldeias negras, indígenas, anglo-saxônicas e judaicas; aldeias asiáticas, chicanas e do Oriente Médio. E assim por diante. Aqui temos os Olinka, os Ababa, os Hama e a aldeia branca, da qual derivam várias sub ou minialdeias.

"'Agora, todas essas aldeias tentam manter suas identidades tribais, e isso é natural para o homem, que perpetua sua identidade genética controlando a mulher que usa para a produção de seus filhos, mas não é necessariamente natural para a natureza, que produz para qualquer um. Então, com o tempo, muitas fronteiras raciais são ultrapassadas e novos povos, criados. É fascinante ver o amor ou o ódio que é expresso por essas novas pessoas, que, afinal de contas, não têm uma categoria tribal exata na qual possam ser aprisionadas.'

"'Mas o que isso tem a ver com Elvis Presley?', perguntou minha mãe.

"'Ele vai aparecer na minha peça só como uma metáfora. Ele será uma espécie de veículo para o que tento pontuar.'

"'Que é o quê?'

"'Que nele os estadunidenses brancos encontraram uma razão para expressar seu desejo e apreço pelos nativo-americanos reprimidos e pelas partes negras de si mesmos. Essas qualidades não europeias que todos ali têm dentro de si e ao seu redor, constantemente, mas que desde o nascimento foram treinados para negar.'

"Conversamos noite adentro sobre isso; Ola acabou colocando alguns de seus preciosos discos de Elvis Presley e Johnny Cash para tocar.

"'Não escuto esses caras do jeito que vocês escutam', disse ele. 'Eu os escuto para saber para onde o sucesso comercial e cultural de massa leva as pessoas, uma parte cuja linhagem está escondida até delas mesmas, num mundo, ou, neste caso, num país, que insiste na amnésia racial, cultural e histórica se você acordar num século e se descobrir "branco".'

"De acordo com Ola, Elvis Presley e Johnny Cash são indígenas. Um estrangeiro percebe isso logo de cara, disse ele; os americanos que não. Disse que isso explica o estilo de roupa de Elvis. Seu amor por camurça e franjas, por prateado. E, óbvio, culturalmente, ele era tão negro quanto todos os outros brancos do Mississippi.

"'Mas ele não tinha olhos azuis?', perguntou minha mãe.

"'Provavelmente as únicas coisas brancas que ele tinha. Olhos azuis são que nem dinheiro; eles o fazem branco', respondeu Ola.

"Presumindo que meu pai esteja certo; o que poderia ter significado ser tão 'bem-sucedido' como Elvis? Vamos supor que por trás daqueles olhos azuis e lábios carnudos, e sob aquele espesso cabelo preto de índio, houvesse mais: um velho ancestral indígena. Vamos supor que ele também, ou ela, assistisse. Se ele fosse indígena, provavelmente seria Choctaw, pois esse é o povo que existia, e talvez ainda exista, em sua região do Mississippi. Vamos supor que os seus antepassados se escondessem entre os brancos, como muitos dos Cherokee se escondiam entre os negros e brancos, tentando fugir dos soldados que capturaram indígenas para a longa marcha até Oklahoma – a Trilha das Lágrimas. Vamos supor que aquele requebrado que as multidões tanto adoravam fosse originalmente um movimento da dança circular. Pois veríamos que são muito parecidos, se assistíssemos em câmera lenta. Vamos supor que aquele estilo de cantar soluçado dele já tenha sido um grito de guerra. Ou um chamado de amor indígena.

"Continuamos conversando noite adentro, ouvindo os grilos e admirando o brilho cálido das estrelas. As pessoas são chamadas de 'estrelas' não só porque brilham, com o brilho da autoexpressão e a satisfação que isso traz, mas porque as qualidades que exemplificam são, no que diz respeito às vidas humanas, eternas. Somos atraídos pelo seu brilho, pelo seu calor, pela sua luz, mas estarão sempre distantes de nós. Tão distantes que nunca conseguimos acreditar na nossa inseparabilidade. Nunca acreditamos que também somos compostos pela luz que elas têm. Ola tem certeza de que os seres humanos desejam, acima de tudo, amar uns aos outros livremente, independentemente da aldeia, e que, quando finalmente forem capazes de amar abertamente – embora a verdadeira essência da pessoa em quem se concentrara seja camuflada pelos ditames da sociedade –, há sempre a qualidade reveladora do reconhecimento psíquico, isto é, a histeria; o choro do útero.

"O rapaz Choctaw com cabelos pretos, compridos, lábios carnudos e olhos sensuais é o companheiro que as damas pioneiras teriam escolhido, se tivessem tido chance, disse Ola. E pela primeira vez imaginei Elvis realmente lindo: pele queimada de sol, ágil, correndo com leveza pelas florestas selvagens do Mississippi, o cabelo batendo na cintura. Suas tataranetas ainda choram sua perda. E, para minha surpresa, eu também!

"Se Ola for exilado, ele disse que talvez venha para os Estados Unidos, e ele e eu poderemos escrever essa peça juntos. Ele falou isso num tom provocativo, percebendo meu estado choroso e que obviamente tinha me emocionado muito.

"Nunca imaginei que gostaria tanto de ter um pai. É como ter outra mente interessante, um tanto semelhante à sua, mas também diferente de uma forma estranha, para explorar."

— Eu não me importaria de morrer se morrer fosse tudo – disse dona Lissie a Suwelo. – Os mais velhos costumavam dizer isso o tempo todo na Ilha. Alguém testemunharia isso com um sincero *hum-hum*. E eu achava que eles sabiam mais sobre a vida do que pensavam. Porque morrer, posso lhe garantir, é o de menos. Morrer é agradável até. Você simplesmente se afasta de tudo, inclusive da tortura, e queima em silêncio, como uma vela. Voltar é que não é agradável, e tenham eles bom senso de saber disso ou não, todo mundo, bem, quase todo mundo, volta. Não me pergunte como ou por quê. Eles simplesmente voltam, sabe. Posso valorizar a ideia de que vir aqui muitas vezes não é um milagre maior do que vir apenas uma vez. Essa é a verdade.

"É só ver como estão as coisas no mundo hoje. Os rios envenenados, ar envenenado e as crianças se transformando em criaturas diante dos nossos olhos. Os líderes parecem caixas vazias, e os políticos parecem drogados. É um mundo assustador. Não se pode ir a lugar algum. Não se pode comer nada. Quase não dá para fazer amor direito. E isso é só hoje. Há dias em que o melhor pensamento que se pode ter é o de que um dia vamos morrer e deixar tudo isso para trás.

"Suwelo, deixa eu lhe contar, você não pode deixar isso para trás. A vida neste lugar é a sua vida para sempre. Você sempre estará aqui; e o chão debaixo de você. E você não vai morrer até que *a terra* morra. E ela *está* morrendo, e as pessoas também – mas, Suwelo, o meu medo não é que nós, as pessoas e a terra em que vivemos, morramos. Tudo morre um dia, possivelmente. Mas parece que vai demorar muito e a morte será dolorosa e lenta. É a diferença entre ser vendado e morto por um tiro na primeira saraivada de balas e ser torturado até a morte, bem devagar, por homens pagos pela hora de trabalho. Não é uma simples luta entre a vida e a morte. Isso é muito fácil, eu acho. É entre a vida eterna e a morte eterna, e a eternidade é muito tempo.

"Estou cansada disso. Não cansada da vida. Mas com medo do que será a vida e como será na próxima vez em que eu vier."

Suwelo estava agora no trem voltando para a Califórnia. Ele atravessou as Montanhas Rochosas e o deserto. Pensou nos meses que passou na casa do tio Rafe e quase se persignou. Pensou em Fanny. Em quem ela era de verdade e em como cada um de *seus* eus anteriores deve ter sido. Embora Fanny tivesse deixado São Francisco e escrito que não queria vê-lo, ele desejou poder encontrá-la novamente, da perspectiva de alguém que acreditava que o amor verdadeiro nunca morre e que só sofremos se lutar... e que, tão certamente quanto a luta leva ao sofrimento, o sofrimento leva ao conhecimento de como não o fazer. Afinal de contas, existiram vidas e vidas, e só o amor é uma cura e um bálsamo. Amor por si só, leite materno.

Ele finalmente havia vendido a casa e agora teria dinheiro para viver tranquilamente enquanto talvez escrevesse uma história "oral"

– um daqueles livros informais, cheio de "ele disse" e "ela disse", que ele sempre desprezou – sobre o senhor Hal e a dona Lissie. Antes de deixar Baltimore, ele foi até o endereço de Lissie e descobriu que era também o endereço do senhor Hal. Os dois amigos idosos pintavam serenamente no quintal, um estreito canteiro de verbena rosa separando seus cavaletes. Eles não pararam enquanto Suwelo se sentava nos degraus dos fundos, observando-os. Pintavam, com pinceladas carinhosas, o que estava bem na frente deles: a parte detrás de sua pequena casa de ripa de madeira branca, uma grande e alta nogueira cercada de hera na frente, um jardim lateral com flores e frutas crescendo e dividindo o mesmo espaço. Havia dálias gigantes e ipomeias azuis decorando a casa e o milharal. O sol estava quente e o dia, uma eternidade; Suwelo logo se deitou na varanda e caiu no sono.

Quando os dois velhos amigos se sentavam ao seu lado, enquanto despertava do sono, ele sentiu como se soubesse tudo e ao mesmo tempo nada sobre eles. Ele sabia que haviam enviado Anatole para a Universidade Fisk e que ele se tornara professor de alemão em Tuskegee. Ele sabia que Lulu, talentosa e audaciosa, cantora e dançarina por excelência, havia partido, animada, com uma equipe de comédia musical para Paris. Paris, infelizmente, caiu nas mãos de Hitler enquanto ela estava lá. Lulu e muitos dos outros artistas negros e de cor que trabalhavam lá na época nunca mais foram ouvidos. Ele sabia que seu tio Rafe amava dona Lissie e que amava seu melhor amigo, e dela, sua alma gêmea e algum dia, marido, o senhor Hal. Ele sabia que viveram juntos de forma mais ou menos harmoniosa durante muitos anos e ficaram amigos até a morte do tio Rafe. Ele sabia que dona Lissie era de fato uma pessoa extraordinária, sua raridade seria reconhecida e valorizada apenas por pessoas com menor credibilidade, mesmo que falassem sobre isso com outras pessoas – e aparentemente tio Rafe, o senhor Hal e a própria dona Lissie mantiveram silêncio. Mas os três eram pessoas raras, pensou Suwelo, pois tinham uma ligação direta com a vida, e não com o seu reflexo; os mistérios em que se encontravam, simplesmente por estarem vivos e por se conhecerem, os levaram muito mais a fundo na realidade do que a "sociedade" muitas vezes permite que as pessoas cheguem. Eles se viram nascidos em um universo fabuloso e misterioso, cheio de pessoas fabulosas e misteriosas; nunca se distraíram da maravilha desse presente. Eles aproveitaram ao máximo.

— Estou indo embora – disse Suwelo, espreguiçando-se e ficando de pé.

— E sabemos que vamos com você – dona Lissie respondeu, entregando-lhe, com um sorriso, um pequeno pacote achatado embrulhado em papel pardo e amarrado com um barbante. Ela enfiou um envelope cor-de-rosa grosso no bolso da camisa dele. Um rato saiu da casa e parou, piscou para o sol e voltou correndo para dentro. Um pássaro caiu atordoado na varanda; havia voado de encontro a uma vidraça, onde sem dúvida viu o reflexo do céu.

Quando Suwelo voltou para a rua, passando pela velha caminhonete do senhor Hal, estacionada certinha ao lado do elegante Datsun cinza de dona Lissie, ele carregou consigo a imagem dos dois velhos acenando para ele, de mãos dadas e sorrindo, ao que parecia, a própria palavra "adeus".

E eles o pintaram, uma parte de suas vidas, deitado na varanda dos fundos, cercado por todas as coisas que amavam. Dormindo.

Mas o que havia no pacote? Qual era o presente que tinham dado? Suwelo respirou fundo enquanto puxava o barbante com todo o cuidado. O papel pardo fez um barulho quando Suwelo passou os dedos por baixo. A princípio, ele pensou que lhe tivessem dado uma pilha de álbuns, pois o pacote tinha o exato tamanho, embora bastante leve. Mas não, eram pinturas. Ele as ergueu e ficou olhando, primeiro uma, depois outra, por um longo tempo. Eram obviamente autorretratos.

Talvez não obviamente, pois em uma pintura estava escrito "Autorretrato, Lissie Lyles" e na outra, "Autorretrato, Harold D. Jenkins". Ao fundo das pinturas, todas as coisas familiares que os dois amigos adoravam pintar: suas árvores, seu milho e suas ipomeias, a flor-aranha rosa e creme. O centro delas é que era diferente de tudo que Suwelo já tinha visto. Pois, em vez de rostos, como num retrato, havia apenas os contornos da parte superior do corpo, a forma de um homem e a forma de uma mulher, e essas linhas circundavam o azul, o espaço infinito, pintado com tal intensidade, profundidade e desejo que era tão luminoso e convidativo quanto o céu. Curiosamente, Suwelo virou as pinturas, como se aquele espaço infinito pudesse ter vazado para o outro lado. O que viu o fez sorrir e abraçar as pinturas junto ao peito, enquanto o trem atravessava um longo túnel cinza rumo a uma escuridão ainda mais preta. No verso do autorretrato de Lissie Lyles estavam as palavras, em letras esmeraldas, "Pintado por Hal Jenkins". No autorretrato de Hal, em vermelho vibrante, estavam as palavras "Pintado por Lissie Lyles".

Suwelo, agora em casa, ficou intrigado com o gordo envelope cor-de-rosa, que levou ao nariz e cheirou. Tinha o cheiro de dona Lissie – rosas brancas à moda antiga sob um sol quente de verão. Ao virá-lo, ficou surpreso ao ver, na caligrafia antiga de dona Lissie, todas as pontas acentuadas e todas as letras arredondadas: "Nos queimaram tão completamente que nem deixamos fumaça." Ele não sabia o que esperava encontrar ao abrir a carta, mas as páginas em branco que tinha em suas mãos, mais de uma dúzia, pareceram-lhe uma mensagem estranha, até mesmo para dona Lissie.

Passaram-se dias antes que ele entendesse, e então, no meio da noite, teve um estalo. Esta parte da carta de dona Lissie foi escrita com tinta invisível. No momento em que se deu conta disso, ele soube que só precisava de uma vela para ler a carta. Levantando-se da cama, ele foi à procura de uma. Por sorte encontrou uma caixa – um presente anterior de dona Lissie e o senhor Hal – em cima da geladeira. Ainda de pijama, curvado sobre a mesa da cozinha, a vela perto do verso da primeira folha de papel e o frio da cerração de São Francisco penetrando seus ossos, ele começou a ler... o que a princípio parecia ser um delírio religioso.

"A religião que me ensinaram na infância, crescendo na Ilha", escreveu dona Lissie, "faz com que as pessoas tentem devorar a terra, já que nos ensinaram que 'tudo é para o homem', enquanto nunca pediram ao homem que fosse nada em particular. Bem, somente para 'Deus', mas quem sabia o que era isso?"

"Hmmm", Suwelo soltou, bocejando e coçando o queixo.

"As primeiras bruxas a morrer na fogueira foram as filhas dos mouros." *Mouros*?, refletiu ele com ceticismo. "Foram elas (ou melhor, nós) que pensaram que a religião cristã que florescia na Espanha permitiria que a Deusa da África 'passasse' para o mundo moderno como 'a Madonna Negra'. Afinal, era assim que deuses e deusas iam de época em época antes, embora o Islã, nossa religião oficial há bastante tempo já, não tivesse nada a ver com essa noção; em vez disso, famílias inteiras na África que adoravam a Deusa eram comumente mortas, vendidas como escravas ou convertidas ao Islã sob a ponta da espada.

"Sim", e aqui Suwelo imaginou um suspiro longo e hesitante, "eu fui uma daquelas hereges 'pagãs' que queimaram na fogueira.

"Eles nos queimaram primeiro – bem, éramos muito visíveis. Mesmo depois de séculos de convivência entre os europeus. Podemos pensar em Desdêmona e Otelo, se não conseguir abordar de nenhum outro jeito, na tentativa de captar pelo menos um vislumbre da nossa presença na Europa. A Inquisição acabou por viajar para onde estava, também, a alagada Veneza, um lugar úmido e de alguma forma ainda bonito, e ouviam-se gritos e viam-se sombras iluminadas por fogueiras que ricochetearam nas paredes do Palácio do Doge, na Praça de São Marcos, durante meses a fio.

"Mas você nunca se perguntou por que, no pequeno trecho da história em que os brancos não conseguiram impedir Shakespeare de, pelo menos, tentar contar (aquele dramaturgo 'misterioso' sobre o qual tão pouco se sabe), só existem mouros (definidos como homens) e nenhuma moura? Posso lhe dizer que estávamos lá, um pouco mais claros do que quando estávamos na África, sim, mas imagine os filhos de Desdêmona e de Otelo. Estávamos lá, com certeza, e fomos educadas para sermos filhas de nossos pais, nossos pais que amavam aprender mais do que tudo, e que abraçaram uma religião que os aterrorizara na África, e que viajavam pelo mundo e se casavam com estranhas e bárbaras a fim de aprender mais sobre seus modos curiosos e estrangeiros. Nossos pais, coitados, cujo único crime foi amarem a Mãe deles, mas que, ao procurarem protegê-La e a si próprios, ajudaram a nos transformar a todos, então, num outro espírito e numa outra raça.

"Os inquisidores massacraram nossos pais e tomaram suas propriedades para a igreja, assim como fizeram com os judeus. Os nossos pais africanos, que, fugindo da ditadura religiosa do Islã, vestidos com suas capas, vieram para a Espanha, recuperaram o fôlego, perceberam que eles próprios e sua incrível beleza e erudição eram admirados e, em sua maior parte, se estabeleceram ali. Alguns avançaram para a França, Alemanha, Polônia, Inglaterra, Irlanda, Rússia. Um ou dois ficaram em Veneza e serviram de inspiração para uma peça famosa. Bem, você entendeu o cenário. Se não me engano, é apenas na Polônia que Nossa Senhora Negra, a Grande Mãe de Todos – a Mãe África, se preferir – ainda é abertamente adorada. Talvez seja por isso que dizem que os polacos não são muito inteligentes.

"Mas, durante esse tempo de que estou falando", continuava a carta, e o cheiro da vela de sebo de repente passou a incomodar o nariz de Suwelo, "e que tentei apagar da memória porque é tão horrível, eles nos destruíram. Disseram que a mãe do seu Cristo branco (loira, de olhos azuis, mesmo na Espanha onde os cabelos são pretos) nunca poderia ter sido uma mulher negra, porque tanto a cor preta quanto o sexo feminino eram do demônio. Éramos bruxas do mal, para dizer o contrário. Nós *éramos* bruxas; era a nossa palavra para curandeiras. Trazíamos seus filhos ao mundo; curávamos seus doentes; lavávamos e arrumávamos os corpos de seus mortos. Éramos tudo menos do mal. Auxiliamos a Vida, e não gostavam nada disso. Sempre que viam o nosso poder, sentiam que eles mesmos não tinham nenhum. Se sentiam a lua para o nosso sol. E, no entanto, como toda mulher sabe, a lua também tem poderes grandiosos. Estamos conectadas a todos os três planos – passado, presente, futuro – da vida; o homem também, mas não se permite ver isso. Se deixou ensinar que a própria mãe é má e aderiu a religiões nas quais seu único papel, depois de nutri-lo e criá-lo com seu sangue, é calar a boca."

Suwelo imaginou a carranca de dona Lissie.

"Você acredita nisso?", a carta continuava. "É como se cada homem obrigasse todos os outros a sair noite adentro sem uma vela, a sair entre os que falam sem língua, a sair entre os que veem sem um olho, a sair entre os que estão em pé sem perna.

"'Se você quiser se juntar à companhia dos homens', diziam, 'você deve fazer algo em relação à sua mãe.' O homem manso pergunta: 'O que devo fazer?', com os dentes já batendo do frio que ele sentirá sem o calor da melhor amiga. Rá! 'Queremos que você cale a boca de sua mãe', respondem. 'Não dê ouvidos a nada que ela venha a sugerir. Em troca, nós o ajudaremos a fingir que você criou a si mesmo. Apenas a ignore. Não a ouça. Deixe que chore, que gema, deixe que morra de fome.' Isso é o que fizeram com suas próprias mães; certamente foi o que fizeram à Mãe África.

"Eles nos queimaram tão completamente – as mulheres pretas tão recentemente, relativamente falando, da África – que, ao contrário de judeus, homossexuais, ciganos, artistas e rebeldes, que também queimaram, para não mencionar as mulheres ricas, cujas propriedades roubaram antes mesmo de suas cinzas esfriarem, não tiveram nem vestígios de fumaça. A ligação entre a mulher negra e a branca foi totalmente rompida; a irmandade de sangue que as mulheres africanas partilhavam com as mulheres europeias desapareceu como se nunca tivesse existido. Na França, não restou nada. Notre-Dame. Nossa Senhora. Não a nossa Senhora *Negra*. Na Inglaterra, nada; a menos que encontre entre os remanescentes dos celtas o modo de vida deles destruído em pedacinhos. Na Irlanda, rumores sobre 'pessoas pequenas' e todas aquelas piadas ignorantes sobre 'irlandeses negros'.

"Em Veneza, onde Otelo era um nobre, existem hoje inúmeras estátuas de mouros, vestidos com librés de escravizados. Na Espanha – bem, há toda aquela arquitetura 'mourisca', com *cores* exuberantes demais para ser facilmente explicada.

"Quando me queimaram na fogueira, eu os amaldiçoei; o que mais uma mulher preta pode fazer? Não me importei que cobiçassem minha casa e as terras que meu pai me deixara. Eu teria dado a eles, para pelo menos salvar a vida de meus filhos, amontoados ao meu redor, e cujos gritos queimavam meus ouvidos mais que o fogo. Mas o que me recusei foi a abrir mão da minha essência; nem conseguiria. Pois era simplesmente o seguinte: não compartilho a visão deles da realidade, tenho e prezo a minha própria. E, quando você olha para o mundo hoje, ele se ajusta exatamente à minha maldição, mas com uma exceção: aqueles que amaldiçoei não sofrem sozinhos; tudo e todos sofrem. Não era isso que queria. Demorou muito para aprender a lição: não se pode amaldiçoar uma parte sem condenar o todo. É por isso que a Mãe África – amaldiçoada por todos os seus filhos, negros, brancos e os que estão no meio –, está morrendo hoje e, depois dela, a morte chegará a todos os outros lugares do mundo."

Então, houve uma mudança abrupta de tom, e Suwelo notou, um tanto alarmado, que, à medida que lia cada linha, ela desaparecia; dona Lissie não só escreveu sua história com tinta invisível, mas também com tinta invisível para uma leitura única. Ele aproximou a página da vela bruxuleante para ter certeza. Ergueu as outras folhas até a chama. Estavam em branco. Ele suspirou, balançou a cabeça e continuou lendo.

"Agora, a mulher", continuava a carta, "por bem e por mal, e com uma forte memória do Éden africano em suas baterias, mantém vivo um sentimento pelos outros animais, embora geralmente estivesse reduzida a cuidar e alimentar um animal pequeno, um gato doméstico. Bem, lá estava ela, negra, com sua vassoura e seu gato, o cabelo que nem palha. Você já se perguntou por que as roupas e os cabelos das bruxas são sempre pretos?". Suwelo sabia que dona Lissie, ao escrever isso, riu alto.

"Nunca esquecemos que é possível se comunicar com qualquer coisa que tenha olhos grandes o bastante! Então lá estávamos nós, as mulheres retintas, murmurando familiarmente para cada rato, vaca ou cabra do lugar. Os escritores de contos de fadas depois deram grande importância a essa tendência. Éramos jogadas na cama de homens com idade para serem nossos avós, em países onde, ao contrário da África, o banho simplesmente não existia; em estados longe de seres humanos de qualquer espécie. Os animais e nossos filhos eram o nosso mundo. Achávamos, ridiculamente, que os animais e os nossos filhos, pelo menos, não seriam tirados de nós. Mas os inquisidores, criados para nos controlar, declararam que 'associar-se' com animais era um crime, punível com a queima na fogueira! E os nossos filhos caíram nas mãos de seus pais, os seus 'senhores', que os trocaram por ouro, tal como negociavam farinha, terra e tecidos.

"Os inquisidores alegaram que éramos fodidas e amamentadas por touros, cabras e todo tipo de criaturas animais malformadas. Além disso, deram ao seu demônio – a coisa negra que representava as pessoas que eles mais desprezavam e das quais desejavam ser vistos como diferentes – cascos fendidos afiados, chifres pontiagudos e um rabo. Fizeram com que parecesse não só natural, como também moral, matar, tão brutalmente quanto possível, sem nenhum sentimento além de autojustificação lasciva, qualquer animal ou criatura escura que se visse.

"Havia algo na relação que ela tinha com os animais e com os filhos que satisfazia profundamente as mulheres. Era disso que o homem tinha ciúmes.

"Os animais podem lembrar; pois, como a visão, a memória é renovada a cada nascimento. Mas nunca falarão a nossa língua; não por falta de inteligência, mas pela construção diferente de seu aparelho fonador. No mundo dos homens, alguém deve falar por eles. E é por isso que, em resumo, Suwelo, existem deusas e bruxas."

Alguns meses depois da volta de Arveyda de suas viagens com Zedé e de ele ter contado a Carlotta a comovente história da vida de sua mãe, ela notou que os brincos vermelhos de pena de papagaio haviam se desmanchado; finos fios de ouro ainda passavam por suas orelhas, mas haviam se soltado das penas, agora retalhos sujos que precisavam ser alisados com um ferro. Certo dia, levando consigo o restinho das penas vermelhas e finas como tecido, ela parou em uma loja em São Francisco onde qualquer coisa, dependendo do tamanho e do nivelamento, poderia ser plastificada. Em poucas horas, um colar foi feito para ela e, então, ela começou a usar as penas envoltas em plástico transparente e rígido no pescoço. Na sua caixa de joias em casa, continuou guardando as pedras, até que um dia percebeu que tinham passado toda a sua existência, nos milhares de anos antes de chegarem aos seus cuidados, ao ar livre. Ela as tirou da caixa e colocou-as casualmente em sua formação original – que agora via como uma pirâmide ou triângulo, ou o sinal das mulheres para a paz – sob a saliência arqueada de um carvalho gigante da Califórnia no arboreto de São Francisco. Debaixo desta árvore ela passou sempre a almoçar, fazer alongamentos de ioga, correr sem sair do lugar, meditar e rezar.

    Foi depois que começou a usar o novo colar que ela voltou, pela primeira vez em anos, a sonhar. Em seu primeiríssimo sonho, era uma criança numa caverna com a mãe, só que essa mãe não era Zedé, mas alguém muito maior e mais retinta, e essa mãe estava pintando, agitada, algo nas paredes com cores vibrantes. Carlotta foi incentivada a pintar também, e por isso pintou as paredes e a si mesma. Sua mãe tinha a pele retinta, bronze, e ela tinha cabelos pretos ondulados que iam até a cintura, mas agora, atrás dela, assomando nos pontos mais altos da caverna, vinha suavemente seu pai, um homem gigante, barbudo e feroz. Mas não, ele estava sorrindo. E era ainda mais retinto que sua mãe, e seu cabelo não tinha brilho. Então, os três ficaram juntos na entrada da caverna, da mesma forma como uma família pequena de São Francisco ficaria parada na porta, olhando para um dia chuvoso. Só nesse momento que estavam na luz que Carlotta percebeu que, se estivessem mesmo numa caverna, não era uma natural; as laterais da entrada, onde seus dedos repousavam, eram lisas como vidro. Olhando para cima, viu que a entrada da caverna era de fato uma porta e que a viga era feita de pedra lisa na qual uma fera estranha com a cabeça de uma pessoa muito feia, de nariz grande e lábios compridos, estava magnifica e assustadoramente esculpida. Mas Carlotta não sentiu medo.

Parte III

— Libertar Zedé e Carlotta foi o último ato que fiz como Mary Ann Haverstock – contava a dramaturga Mary Jane Briden, após três décadas morando na África, aos seus amigos americanos e africanos. – Foi uma das coisas mais emocionantes que já fiz, e estava lúcida! Estava com uma confusão mental por causa das drogas fazia tanto tempo que, quando voltei à selva para buscá-las, tudo, cada árvore, cada arbusto, cada estrela, o sol, para mim foi como se tivesse acabado de ser criado. Enquanto avançávamos mato adentro, eu fazia "ooh" e "aah" para cada pequeno barranco de samambaias, cada pequeno riacho, os menores pontos de luz capturados nas gotas de orvalho condensado nas folhas. Eu sorri o tempo todo. Admirando, a cada passo, minhas lindas botas rosa, tão brilhantes e floridas contra a verdejante terra tropical escura.

"Foi fácil matar os cães e entrar furtivamente no *compound* escolar. Foi fácil pegar Zedé e Carlotta, fácil chegar à costa e ao meu barco, o *Recuerdo*. A viagem para São Francisco foi tranquila e linda. Zedé, exausta de excitação e da própria fuga, dormiu como se estivesse morta. Cuidei de Carlotta, que estava crescida, uma menina gordinha como um buda. A tripulação e eu não tínhamos previsto a tempestade. Planejamos um ato de desaparecimento muito mais simples. Entraríamos em contato com a Guarda Costeira e diríamos que o *Recuerdo* estava com o mastro quebrado. Quando chegassem, já teríamos partido há muito tempo em meu outro barco, que acompanhou nossa jornada o tempo todo. Mas veio a tempestade, e, depois de chamar a Guarda Costeira, fugimos, sem nunca imaginar que o *Recuerdo*, o mais navegável dos saveiros, ia virar e jogar seus ocupantes no mar. Mas eu tinha me certificado de que Zedé e Carlotta sempre usassem os coletes salva-vidas no convés, então imagino que foi isso que as salvou.

"Depois li os jornais com a história do meu barco naufragado e das duas estranhas que estavam no barco e foram tiradas do oceano e trazidos para terra. Meus pais, eu também li, viajaram para encontrá-las. Isso numa segunda matéria, depois de os jornais descobrirem quem eram os pais da dona do barco. E tinha uma foto encantadora de mamãe e papai de mãos dadas voltando para a limusine. Fiquei triste ao vê-los; pareciam tão velhos e perdidos. Os jornais não pouparam nada e se debruçaram sobre as minhas 'escapadas juvenis equivocadas e de mistura racial e radical' com a típica alegria reacionária/conservadora de William Hearst. Mamãe ainda estava tão frágil quanto um pardal depois de anos passando fome para poder ter o tamanho de uma criança ao lado do desajeitado um metro e noventa de altura de papai. Nunca cogitei, depois que descobri como homens e mulheres faziam amor, imaginá-los fazendo amor, com ele por cima. Eu podia sentir como ela ficaria sem respirar enquanto suas minúsculas costelas sustentavam abdômen, peito, ombros e pescoço pesados de meu pai. Apesar disso, não acho provável que ela reclamasse. Isso era tudo que ela conhecia. O pai dela também era enorme, e sua mãe era menor e mais frágil do que ela. A família gostava de dizer, sobre a mãe da minha mãe, que pesava talvez uns cinquenta quilos, quando ensopada. Na verdade, fui enfaticamente lembrada desse fato, enquanto crescia, enquanto me sentava à mesa e me recusava a comer qualquer coisa que não fosse purê de batata com manteiga acompanhado de achocolatado.

"Não havia razão para eles pensarem que eu estava viva ou lamentarem excessivamente por mim. Porque, poucos meses depois de ter idade para herdar meu dinheiro, dei um show e doei tudo. Recebi olhares severos de desaprovação. Mas, de verdade, eu tinha muito; e às vezes ficava mexida quando descobria que, em algumas semanas, simplesmente por deixar meus investimentos de lado, ganhava mais, às vezes até três vezes mais, do que consegui doar no mesmo período. Havia uma sensação terrível de 'monetismo' crescente; dias em que me sentia por todo o mundo como um campo, ou uma floresta, sendo invadido por trepadeiras kudzu. Sentia que ia me afogar em todo o meu dinheiro, e o pânico desse sentimento só começou a diminuir quando fiz planos de desistir para sempre de ser quem eu era.

"Como posso dizer isso sem pegar mal? Eu estava ansiosa para deixar de ser quem eu era. Eu já tinha escolhido um novo nome, 'Rowena Rollins', que depois vi que só poderia usar confortavelmente no papel. Ao me estabelecer na África, adotei o nome 'Mary Jane Briden', me livrando de 'Ann', do qual nunca fui muito fã, e de 'Haverstock', que parecia só um pseudônimo para dinheiro, e acrescentando um nome que – pensando agora – havia alguma possibilidade de casamento. Profeticamente, foi na África que me tornei, ainda que só no nome, uma noiva. Mas eu não sabia como viver no mundo sem dinheiro suficiente. Isso significa que não doei todo o meu dinheiro, como meus pais pensavam, me dizendo várias vezes que, quando eu ficasse velha e sem um tostão, me arrependeria do meu comportamento "tolo". Fui abrindo várias contas em bancos estrangeiros com meu novo nome, alguns números longos e alguns nomes de outras pessoas, todas falecidas. Em outras palavras, guardei o suficiente para viver e fazer tudo o que pudesse modestamente escolher no mundo, e deixei o *Recuerdo* afundando decididamente no esquecimento, assim como minha antiga vida, e parti no *Nova Era*, gêmeo do *Recuerdo*, exceto por uma pequena cobra turquesa bordada em suas velas. Depois de anos de deliberação quase que inconsciente, esse símbolo emergiu como meu emblema pessoal de expressão espiritual. A cobra, que troca de pele, mas é sempre ela mesma e, devido ao seu conhecimento dos lugares secretos da terra, vive livre da ameaça de extinção, aparentemente inerradicável; e turquesa, cor de limpeza do corpo e do espírito, percepção de memórias e de cura poderosa.

"Eu me lembro de como me senti quando a tempestade diminuiu e a neblina começou a se dissipar. Durante todo aquele ano, usei macacões pretos e, sentada numa cadeira de praia com minha xícara fumegante de chá de camomila e meus coturnos cor-de-rosa apoiados na grade, senti, pela primeira vez que consigo lembrar, não apenas mentalmente lúcida e bem definida em relação à paisagem do meu universo, mas também realmente *vívida*; em suma, livre.

"Eu não sabia de fato para onde estava indo e então voltei ao passado. Mas um passado mais antigo, não um que eu conhecesse. Fui para Londres e perambulei pelos parques, pelos museus e pelas bibliotecas por uns bons meses, ouvindo atentamente, falando quando podia, até que desenvolvi uma espécie de sotaque britânico. Peguei então o trem para Hampstead e para a casa de repouso para pessoas extremamente ricas e idosas onde *ela* estava. Eu não conseguia decidir, enquanto esperava no saguão de cores suaves e iluminação tranquila, se deveria me passar por jornalista ou estudante; com certeza precisaria de alguma justificativa para meu interesse na vida de Eleanora Burnham. Mas eu não contava com o fato de ser conhecida por ela no passado. O passado antigo. O passado de antes de eu nascer, ou até de pensar em nascer.

"'Elly', resmungou ela para mim imediatamente. 'Você finalmente voltou para casa! E o que você trouxe para mim?'

"Ela era o ser humano mais velho, mais frágil e de aparência mais etérea que já tinha visto, minha tia-avó Eleanora. Seus olhos fundos e azuis brilhantes dominavam seu rosto magro cheio de rugas. Seu cabelo branco e ralo pendia em duas marias-chiquinhas sem brilho sobre a camisola vermelha com decoração étnica. A camisola parecia ser usada tanto de dia quanto de noite, pois, quando me inclinei sobre ela, senti o cheiro de alguém que, embora limpa, nunca saía da cama.

"Mas por que ela me chamou de 'Elly', um apelido do próprio nome?

"'Elly Peacock!', exclamou ela, feliz, com um sorrisão estampado e sem um dente na boca. Eu me sentei na beirada de uma cadeira ao lado da cama.

"A enfermeira piscou para mim.

"'Ela vai e volta', contou, sorrindo. 'Às vezes acha que eu sou a mãe dela... e', disse, olhando para a saia curta, 'vestida indecentemente.'

"Olhei para a mulher loira e gordinha de meia-idade. Achei que se parecia um pouco comigo, uma versão country eslava, russa ou inglesa do século XVIII.

"'Acho que Elly é *essa* pessoa', disse a enfermeira, me entregando uma fotografia antiga numa moldura prateada e manchada. Duas jovens, com cabelos claros e penteados para cima, cheios de presilhas e elásticos, e vestidas iguaizinhas, com longos vestidos pretos com renda na gola e nas mangas, olhavam com toda a calma para as rodas de uma bicicleta vintage construída para duas pessoas. 'Eleanora e Eleandra' estava escrito com uma caligrafia araneiforme embaixo. Imediatamente me vi em Eleandra. 'Ela está aqui há tanto tempo que acho que conheço toda a família', comentou a enfermeira. 'Ou talvez seja eu quem está aqui há muito tempo. Alguns dias ela me leva de volta até o século dezoito, se eu deixar. Eleandra era gêmea dela', disse sorrindo.

"Olhei para minha tia-avó, para a cama bem-arrumada em que seu corpo desgastado mal enrugava os lençóis, para as fileiras de fotografias antigas na mesa ao lado da cama e para os frascos de pedrinhas, de todos os tamanhos, cores, graus de rugosidade e suavidade presentes nas fotos.

"'Ela colecionava pedras', disse a enfermeira, erguendo as sobrancelhas para enfatizar o feito. 'Na África.'

"Eleanora, no entanto, não deveria ser tratada com condescendência, mesmo em sua condição; ela revirou os olhos para a mulher.

"'Não só na África, sua porca', chiou ela, ou melhor, espumou. 'Viajei por todo o mundo coletando-as. Sabe, Elly, assim como você, eu sabia o que era ouro e prata de verdade. As pessoas costumavam invadir os lugares onde eu morava, porque eu era uma mulher rica, mas tudo que encontravam eram essas pedras. Uma vez, um ladrão esvaziou todas as garrafas e mordeu cada pedra!' Ela começou a gargalhar, mas acabou tossindo.

"'Bem, *com licença*', disse a enfermeira, indo para a sala ao lado, de onde ouvi a voz queixosa do paciente cumprimentando-a na porta.

"'Você tem que aprender a amar apenas aquilo que não pode ser roubado.' A velha ofegou. 'Ora, não sei por que estou *lhe* contando isso; afinal, aprendi isso com você.'

"'Mas como você aprendeu isso comigo?'

"Ela olhou para mim, visivelmente confusa.

"'Eu não sou a Elly', disse eu com delicadeza. 'Eu não sou sua irmã gêmea.'

"Eleanora se animou.

"'Lógico que você não é minha irmã gêmea. Aquela patetinha.' Ela puxou o ar pelas gengivas, como as pessoas com dentes fazem. *Xiii*, foi mais ou menos o som. O som de irritação se juntou firmemente ao desprezo.

"'Ninguém aprenderia nada com Elly Burnham. Elly Burnham nunca saiu de casa; logo, não conseguiria voltar. Bem, ela saiu de casa, mas só para se casar, e então sua casa era igual àquela que deixou.

Ah, que chatice! Mas Elly *Peacock*, nossa *tia* Elly Burnham Peacock... Você sabe, quando ela se dignou a voltar para a Inglaterra, o que fez apenas porque precisava de tratamento para o câncer que acabou matando-a, os jornais só disseram: "A Lady Peacock voltou." E por muito tempo pensei que minha tia era um pavão. Certa vez, quando a vi, com meus próprios olhos, passando em uma carruagem com seu vestido todo pavoneado, verde, preto, roxo e azul, e seu lindo rosto branco protegido por uma pequena sombrinha branca, ainda pensei que talvez ela fosse mesmo um pavão. Nunca tivemos permissão para vê-la de perto, é lógico. Ela era uma vergonha para a Inglaterra e ainda mais para a família. Gostava dos árabes, sabe. Ela amava os árabes, os cavalos e o deserto, nessa ordem. Ou talvez amasse o deserto, os cavalos e os árabes. Li tudo que consegui encontrar sobre ela e nunca entendi exatamente. Além disso, gostava dos africanos.'

"Quando ela parou para respirar, ou relaxou, como foi o caso – ela realmente parecia ter parado de respirar –, mostrei minhas credenciais falsas:

"'Sou estudante de jornalismo e estou escrevendo um artigo sobre...' Parei. Deveria ser sobre o quê? Pessoas ricas? Velhas e ricas? As condições nas casas de repouso para idosos são boas para velhos ricos? Pude ver que as coisas estavam muito bem administradas ali. A roupa de cama de Eleanora era, sem dúvida, dela, ou no mínimo comprada por alguém que tinha conhecimento de roupa de cama. Os lençóis eram daquele material macio e rico que torna o sono delicioso, e a colcha era de renda antiga feita à mão. As fronhas também tinham bordas de renda. E tinha um grande buquê de flores primaveris praticamente estourando do vaso Baccarat ao lado de sua cama. Mas é óbvio que ela era rica o bastante para enviar flores para si mesma para sempre.

"'África!', murmurou ela, saindo da soneca que seu longo discurso havia induzido. 'Eu odiava a África. O calor, os insetos, as sanguessugas, os crioulos.'

"Ela olhou para mim, as sobrancelhas brancas cheias de escaras e os lábios finos, nos quais as rugas haviam se transformado em sulcos, projetando-se em ressentimento.

"Por que será que, eu me perguntei, racistas na própria família são sempre uma surpresa – e uma decepção?

"'Ah, tia!', disse eu sem pensar, mesmo assim reivindicando-a como minha tia. Mas ela tinha caído num sono profundo.

"Dei uma boa olhada nela e pensei que parecia uma bebezinha muito velha, muito, muito velha, babando e roncando.

"Ela havia doado seus documentos para uma faculdade para mulheres em Guildford, para onde os Burnham sempre haviam feito doações, e nos dias em que não ia visitá-la eu os visitava. Não só papéis, mas também cestos, tigelas, esculturas e tecidos. Na verdade, havia, numa seção da biblioteca, a 'Sala Eleanora Burnham'. Era uma réplica de um grande quarto e de uma sala de estar numa antiga casa-grande de fazenda colonial. Lá estava sua cama estreita de solteiro, coberta com mosquiteiro, uma poltrona e um sofá de vime, estofados com caxemira azul desbotada, e a escrivaninha, pequena e azul, debaixo de uma janela falsa. Os livros eram dela, pelo menos meia dúzia deles, escritos enquanto ela morou nos trópicos, e existiam outros livros antigos: aventuras, romances, estudos de geografia e história, e a Bíblia da família, na qual havia uma lista com, entre outros nomes de família, o de 'Eleandra Burnham, nascida em 29 de maio de 1823'. A gêmea de minha tia-avó Eleanora, Eleandra, batizada em homenagem a essa tia aventureira, foi listada várias décadas depois e não era nem um pouco parecida com ela, aparentemente. As paredes da sala estavam cheias de vida, com máscaras africanas lindamente ferozes e longos abanadores de moscas feitos de miçangas. Havia também alguns chapéus bwana comidos por ratos e manchados de suor.

"Eu estava interessada principalmente em seu diário e, para acessá-lo, precisava de sua permissão, ou melhor, da permissão de seu tutor.

Descobri quem era, um advogado em Londres, e fui visitá-lo. Já que ele não sabia nada da existência do diário.

— Quer dizer que a velha tinha um diário? Para que, o que você acha? – Ele não conseguiu encontrar uma razão para me impedir de ver. Eu tinha pensado com carinho no meu visual, um terno de tweed deselegante, e penteei o cabelo para trás. Usava óculos que me faziam apertar os olhos. Esse disfarce provavelmente não foi necessário, mas ainda assim eu gostei.

"E então, sentada na poltrona de vime em seu 'quarto' na biblioteca, com o falso sol africano entrando pela janela e a faculdade para mulheres de Guildford, no que me parecia, em algum outro continente, em vez de apenas do lado de fora da porta fechada (ninguém apareceu, ninguém se importava com Eleanora Burnham, não importa quanto dinheiro e que quantidade de 'artefatos' ela havia legado à faculdade em seu testamento, e dos quais a faculdade havia sido informada, então naturalmente a administração esperava, impaciente, ao longo dos anos, pela sua morte), sentada na poltrona, com um volume de cada vez, conforme me foi permitido levar, fiz uma descoberta surpreendente. Longe de odiar a África e os insetos, as sanguessugas e os crioulos, como ela afirmou, a África foi o grande amor da vida da minha tia-avó.

> Há uma pequena serpente aqui [ela escreveu em 1922] que é exatamente da cor coral. Vive apenas em certas árvores e sai do seu buraco, bem no alto da árvore, perto do anoitecer. Alimenta-se de aranhas e insetos que também vivem nas árvores e é conhecida por cantar. Os nativos me contaram que ela canta. Afirmam que a ouviram cantar milhões de vezes e agem como se isso fosse completamente normal. Além disso, perguntam por que eu não tinha ouvido e por que isso era tão estranho para mim. Tudo canta, eles dizem.
>
> Mas eu não. Isso, porém, não admitia dizer a eles.

Bem, hoje pelo menos vi a criaturinha. Me falaram em qual árvore na beira do meu quintal eu deveria ficar de olho, e não é que hoje, bem ao anoitecer, veio essa pequena coral, mostrando a língua, deslizando afetadamente pela árvore em busca de jantar e encontrando vários *hors d'oeuvre* rechonchudos no caminho. Observei-a desaparecer na grama e senti que, embora a cor fosse tão vívida como os nativos me levaram a pensar, ainda não conseguia acreditar que ela cantava. Achava que talvez estivessem apenas brincando comigo.

Outra entrada:

Eu não consigo imaginar viver cem anos, mas os nativos muitas vezes vivem muito tempo. Dizem que é porque tudo que comem é vivo. O grão que comem é tão vivo que, se o plantassem em vez de comê-lo, cresceria. Eles comem frutas, grãos, que transformam em mingaus, e legumes. Comem muitas verduras cozidas e quiabo, que crescem silvestres. Comem pouca ou nenhuma carne e, quando solicitados a preparar pedaços grossos de carne para mim e para meus convidados ingleses, ou outros europeus, a cozinham como se fosse ofensivo.

Mas como tinha a sua tia-avó se interessado tanto pela África para viver lá?

Eleanora tinha agora cem anos. Mary Jane se perguntou se isso a agradava. Se isso a fazia pensar nos antigos "nativos" que ela conhecera. Uma palavra tão carregada de significado, "nativos". Para pessoas como sua tia-avó, isso significava selvagens. Não era uma palavra que Mary Jane conseguisse imaginar sua tia-avó usando para se referir a si mesma, embora ela fosse nativa da Inglaterra.

Sua tia-avó nascera em 1885, no dia 23 de março. Era do signo de Áries, o que explicava sua natureza impulsiva e teimosa. Ela *seria* uma pessoa que adorava voar, por exemplo, muito antes de alguém ter noção de que voar poderia ser seguro. Ela voou, em êxtase, nos primeiros aviões que foram para a África; as pessoas de Áries eram semelhantes aos pássaros. Ela também seguiria seus instintos em relação a outros mundos, outros povos. Mas qual tinha sido a experiência crucial da vida de sua tia-avó?

Mary Jane ficava sentada, vários dias por semana, apenas observando a tia-avó dormir e pensando naquela vida, naquela grande vida da classe alta inglesa durante os anos anteriores à Grande (como a chamavam) Guerra. Bem, para começar, gostavam da palavra "grande". Ela fez um tour pelas "grandes" casas de campo inglesas e esteve em Morley Crofts, em Warwickshire, a antiga casa de seus ancestrais. Ela caminhou pelo chão quadriculado e olhou pelas janelas gradeadas, incrustadas com desenhos celtas em vitrais, que pareciam estranhamente egípcios. Havia uma profusão de serpentes pretas e corais e cajados de pastores adornados com joias. Morley Crofts cobria muitos hectares e parecia mais um castelo medieval do que uma casa. Vastos jardins cercavam-no, e, enquanto ela passeava com os outros turistas – que lhe lembravam ovelhas um tanto patéticas, com seus ternos de poliéster e batendo (e beliscando) tênis novos, exclamando de alegria sobre cada pombal ou gárgula, cada caminho de prímulas ou dálias gigantes –, ela imaginou Eleanora sentada aqui e ali entre as estátuas do jardim, lendo um livro ou simplesmente olhando para o espaço, para o futuro distante, para o tempo de Mary Jane, e, com um pequeno sorriso divertido, contemplando.

O próprio avô de Mary Jane deixou a Inglaterra sem um tostão – cortado da riqueza do pai e do avô, acumulada na Irlanda à custa dos irlandeses –, mas com um desejo de aventura e de fazer fortuna. Ele teve um sucesso esplêndido, possuindo minas de cobre no Missouri, campos de petróleo no oeste do Texas e condados inteiros do sul do Alabama e da Geórgia, com plantação de algodão que era colhido por negros analfabetos que ele provavelmente nunca vislumbrou. Seu pai e seu avô notaram seu sucesso, tão parecido com o deles – pois o avô viveu indefinidamente. Às vezes, Mary Jane achava que quase conseguia se lembrar dele, mas era apenas das histórias que se lembrava: sua avareza violenta, seu desprezo pelos adversários mais fracos, seu amor pela riqueza por si só. As histórias que seus filhos e netos contavam sobre ele eram tão contundentes como contos de moralidade e poderiam facilmente ter sido intituladas "Luxúria", "Avareza",

"Cobiça", mas, ao contrário dos contos de moralidade, a mensagem nunca foi *contra* essas coisas. De qualquer forma, vendo esse sucesso, os seus antecessores abraçaram-no calorosamente como o verdadeiro herdeiro dos seus genes avarentos e, claro, acrescentaram muitos dos seus vastos recursos, após as suas mortes, aos dele.

Na época em que o próprio pai nasceu, havia necessidade de esconder as garras. Assim, Mary Jane, seu irmão e sua irmã foram criados para serem o tipo de pessoa rica que era tão fundamental para a estabilidade do país como a Terra, mas tão discretas como um tapete. Ah, os chinelinhos de couro envernizado e os suéteres simples de caxemira, os casacos lisos de pelo de camelo, elegantemente batendo na parte traseira dos joelhos, os elegantes vestidos cinza, justos na cintura, soltos em todos os outros lugares, fitas de cabelo discretas, em sua maioria pretas e, sendo este os anos quarenta, às vezes xadrez. E, no entanto, quando Mary Jane e a irmã desciam a Quinta Avenida, perto do apartamento que a família tinha lá, ela sentia que as pessoas olhavam para elas e logo sabiam que eram ricas. E riam de sua prudente caretice e se ressentiam disso.

Quando deixou essa vida para trás – o elegante penteado loiro arrebitado nas pontas como o de Doris Day ou Dina Merrill, os minúsculos brincos de pérola branca, o laço de veludo preto, ou o gorgorão xadrez atrás da nuca – e passou a usar jeans incrustados de tinta e suéteres de gola alta descolados, e o cabelo tinha ficado cheio de frizz (com a ajuda de uma tonelada de produtos químicos) em uma explosão de resistência, bem mais de uma década antes de isso se tornar obrigatório para crianças brancas ricas e radicais nos anos sessenta, ela entendeu por que, por mais simples que ela e a irmã se vestissem, por mais discretas que tentassem ser, estavam sempre, na verdade, se entregando. Ela concluiu que deviam exalar um cheiro de suficiência silenciosa, de segurança absoluta, tão ausente nos mundos que não habitavam. Esse era o cheiro da classe alta.

Um dia, no diário de Eleanora, Mary Jane leu a palavra "M'Sukta", escrita nas margens de uma página. Ela gostou do som; no entanto, folheando o restante do diário, não encontrou mais a palavra. Na visita seguinte à tia-avó, ela levou algumas fotos da coleção de Eleanora Burnham para que ela as identificasse. Eram obviamente antigas e raras, e não estavam nas melhores condições, e isso só foi permitido depois que a biblioteca recebeu um telefonema severo do advogado de Londres. A declaração de Mary Jane à bibliotecária de que as fotos não tinham sentido sem a devida documentação – nomes e datas, pelo menos – foi ignorada, e pelo visto, recebida com irritação.

A opinião da bibliotecária-chefe era que todas as fotos com pessoas brancas *estavam* documentadas; pelo menos, todos os brancos estavam nomeados. De vez em quando, também, um empregado ou guia de caça tinha um nome ou apelido. Havia um "Chumby", por exemplo, que quase não soava africano. Mas o verso de dezenas de fotos de africanos sem brancos não tinha nada escrito. Seus rostos, tão pensativos e comoventes quanto as fotos de indígenas norte-americanos tiradas por Edward Curtis no século xix, tocaram Mary Jane profundamente. Quase sem exceção, os africanos se vestiam de maneira interessante, muitas vezes espetacular, e isso a surpreendeu e agradou. Os penteados das mulheres, com conchas e penas entrelaçadas, eram fabulosos e faziam com que parecessem, ao mesmo tempo, serenas, majestosas e selvagens. E os tecidos com que eram feitas suas vestimentas! Em um museu perto do apartamento da família em Nova York, Mary Jane viu o tecido Kente, mas cortado em tiras e como decoração em uma manga ou bainha. Nessas fotos, viu um tecido ainda mais incrível, despojado, como Kente, mas brilhando como se tivesse um fio dourado em sua composição. Nessas fotos, viu pessoas africanas cujos olhos, pele e roupas *brilhavam*. Com riqueza, inteligência e *saúde*. Finalmente, foi o brilho da saúde que cativou Mary Jane, pois ela percebeu que a África tinha se tornado tão degradada na mente do mundo que uma pessoa africana saudável, como as que ela viu nas fotos, era praticamente inimaginável. Eram pessoas que ela presumiu que sua tia-avó havia conhecido, pois todos os olhos que olhavam para a câmera eram gentis, reconhecendo um vínculo especial. Mas se *fossem* pessoas que ela conhecia, Eleanora não poderia mais falar delas. Ela olhou para as fotos que Mary Jane mostrava a ela, uma por uma, através de uma lupa, e as lágrimas derramaram-se sobre suas pálpebras inferiores, vermelhas e inchadas. Foi só na última foto, não era uma foto como as outras, e sim uma pintura, do único rosto partido no meio do lote, uma mulher africana usando as lindas vestimentas de sua aldeia, mas pintada em um interior de pedra cinza do que poderia ter sido uma catedral, que Eleanora foi capaz de pronunciar uma palavra. E a palavra que ela pronunciou, um soluço na verdade, foi "M'Sukta".

A bibliotecária-chefe mal-humorada, sem saber, tinha resolvido o problema.

— Todas essas fotos – disse ela a Mary Jane, enquanto as devolvia – foram tiradas por Lady *Eleandra* Burnham *Peacock*. Imagino que você não saiba nada sobre *ela*. Todos seus pertences pessoais foram doados à sua sobrinha, Lady *Burnham*. Por isso que fazem parte da coleção de Lady Burnham. – Ela realmente suspirou quando chegou ao fim da segunda frase. Pegando as fotos com uma das mãos, ela jogou um livrinho com a outra. – Acho que você pode achar isso aqui interessante.

Quando Mary Jane estendeu a mão para pegar, porém, a bibliotecária colocou sobre ele as pontas cor de carmim dos dedos manchados de papel de jornal.

— Você tem que assinar – disse ela, com a petulância odiosa dos burocratas de todo o mundo.

Esse diário tinha uma encadernação de veludo vermelho desbotado e um filete de cetim verde, muito desbotado. Suas folhas estavam amareladas e manchadas de água, e muitas palavras, na caligrafia amontoada e regular de uma jovem que escrevia à luz de uma lanterna sob as cobertas, eram difíceis de decifrar. No entanto, pertencera à primeira – até onde Mary Jane sabia – Eleandra, e ela o abriu com o coração acelerado.

Eu estava passeando com meu primo T., que me faz rir tanto que queria que não fôssemos primos. Seus grandes olhos verdes brilham em seu rosto corado, e seus lábios são tão detalhadamente esculpidos quanto os de uma estátua romana. Eu o provoco o tempo todo com meu desejo de me casar com ele. É uma piada, claro. Tenho evitado o casamento há muitos anos. T. sabe que quero pintar, assim como sei que ele não tem interesse por mulheres. Em toda a família parece que só nós dois somos estranhos. Os demais são adeptos da adaptação, de serem perfeitamente capazes de tolerar, até mesmo pactuar, e, ouso dizê-lo, de elevar a um estado exaltado a condição de tédio. Como T. e eu coramos de prazer ontem à noite no balé, uma coisa selvagem e rebelde que chocou tanto a mamãe que papai teve que fingir que estava chocado também, quando tudo era uma história, na dança, de nossos primeiros ancestrais, ainda fortemente influenciados pelos povos negros destas ilhas que os precederam, *vivos*, como todos eles sem dúvida estavam antes dos gauleses e romanos caírem sobre eles. Onde estão agora, os indígenas da Grã-Bretanha? O balé começou com a donzela previsível com galhos de frutas silvestres na cabeça, e, sim, ela certamente estava cantando, mas logo sua música a fundiu nas eras mais sombrias, ou melhor, derreteu o público até o limite daquela época em que os modernos e os antigos se enfrentaram diretamente no ato final da despedida. Houve valorização histórica. É isso que a dança simbolizava. Não importava que a jovem virgem fosse obrigada a dançar até parar de existir; o mundo moderno reconheceu o que estava perdendo. Foi a essa dança, executada por uma jovem donzela vestida com trajes extremamente pequenos, que a mãe se opôs. T. e eu gostamos. A inclinação da cabeça ruiva da donzela, o balanço das suas coxas branco-marfim, maciças como vigas, a barriga arredondada bastante branca e firme. Segurei a mão dele com força entre as minhas e tenho certeza de que meus olhos eram *contas* de luz.

Minha mãe se levantou da cadeira, imponente como sempre, e se foi balançando lentamente pelo corredor, o laço ondulado nas costas, na altura da cintura, parecendo uma borboleta enorme. Meu pai a seguiu, tossindo baixinho, olhando furtivamente para o palco uma ou duas vezes. Fiquei horrorizada que eles parassem para me levar e, se T. não estivesse comigo, tenho certeza de que teriam feito isso. Ele e eu ficamos muito quietos, afetados e adequados, e esperávamos que nenhum de nossos enormes prazeres aparecesse em nossos olhos ou na tensão de nossos corpos. Mas, ah, que emoção ver a dança da nossa história, feita por *italianos*, e de forma tão tumultuada e apaixonada. Ficamos tentados a concluir que nossa história popular primitiva provavelmente também era a deles. Refiro-me às mesmas fogueiras e danças da primavera, e ao brotar das folhas de uva e do milho!

É graças a T. que vou a qualquer lugar interessante. Durante todo o verão, calada em Morley Crofts! Mas então chegam os invernos, e Londres no inverno!

Ontem tive uma experiência bem curiosa de inverno, diferente de tudo que já vivenciei, e mais uma vez foi um presente – embora perturbador, com certeza – de meu primo, meu querido primo T. Estava nevando e quase tão escuro do lado de dentro quanto do lado de fora, e sombrio, já que ninguém mais vem nos ver, ao que parece, por mais tempo. Mas a mãe diz que isso não é verdade. Ela diz que sou eu que me recuso a ver as pessoas – especialmente as que trazem jovens homens em idade de se casar a reboque – que vêm nos visitar. Bem, eu tentei explicar de todas as maneiras que conheço que *não* vou me casar; se estiverem cansados de mim por aqui, simplesmente terão que pensar em alguma alternativa. Se eu me casasse, tenho certeza de que cortaria a minha garganta, ou a dele, em duas semanas. Mas *por quê*, Eleandra?, meus pais lamentam. *Por quê?* É só o que perguntam. E não *sei* por que, exceto que a vida deveria ser mais do que opulência e facilidade material, mais do que servos, cavalos gordos e homens ainda mais gordos cobiçando as filhas e esposas gordas de outros homens. Eu não consigo – ah, mas de que adianta essa raiva?

Eles vão me drogar e me casar com um turco rico, sem dúvida, antes que isso aconteça. Não tem perigo disso, diz T., confiante. Ele acha que provavelmente será um grego rico, alguém da marinha, para ser mais preciso. Estes são os estrangeiros ricos que meu pai conhece. Ele, em sã consciência, desistiu de encontrar um marido para mim entre os ingleses. Às vezes, de fato, eles vêm jantar, esses gregos, de cabelos e olhos escuros, mais calorosos do que qualquer homem na Inglaterra; pelo menos isso eles têm ao seu favor. Ainda assim, prefiro sair pela porta com T... Ele não me deixa chamá-lo de "Theodore"; muito chato e religioso!, reclama ele.

Mas eu estava prestes a escrever sobre a nossa visita ao Museu de História Natural. T. veio me buscar. Temos que inventar todo tipo de mentira sobre para onde vamos, mas seja onde for é totalmente inocente, pelo menos enquanto ainda é dia. E era dia hoje. À noite, é verdade, somos conhecidos por visitar certas "casas" de má fama, mas isto porque T. e eu temos insistido em aproveitar uma educação, uma educação sexual, onde quer que possa ser encontrada. Ele mandou fazer roupas – calças e sobretudo semelhantes aos dele – para mim, e eu enfio meu cabelo preocupantemente longo sob qualquer um dos vários chapéus espaçosos e partimos. Porque, como tão bem diz T., como poderei ser uma grande pintora se nunca *vejo* nada? E, com T. ao meu lado, às vezes sinto que devo ter visto de tudo: homens e mulheres, homens e homens (os olhos do T. brilham!), mulheres e mulheres (interessante), todos com animais, vegetais e frutas. Nós nunca "compramos", exatamente. Pagamos para olhar, para analisar, para contemplar. Sou fascinada pelos olhos das mulheres, pelos seus olhares ousados e agressivos, pela sua avaliação profissional. Eles executam os movimentos profissionalmente, rolando e caindo como acrobatas em câmera lenta, algum animal grande em forma de homem os impulsionando de lado, de frente ou de trás – e tendem a estar olhando para o próximo homem que se aproxima e calculando se elas ou a próxima mulher o terão. Sem dúvida, o cálculo envolve quanto dinheiro haverá para os sapatos de Johnny e o leite de Susie. Às vezes, as mulheres estão grávidas, muito grávidas, e há homens adultos, às vezes homens grisalhos, barbudos, avôs, que pagam para chupá-las. Tudo isso pode, por um preço, ser visto. Devo dizer que é dessa chupação que as mulheres mais parecem gostar, e o prazer que elas sentem com isso, por sua vez, me emociona e, arrisco adivinhar, até mesmo a T.

Mas eu estava tentando falar do evento de hoje, no Museu de História Natural. Bem, quando chegamos lá, já era muito tarde e, portanto, estava quase escuro; as luzes bruxuleantes do interior estavam bem fracas, em qualquer ocasião. T. me levou para ver os fósseis e os desenhos humanoides (como sempre os chamo) da humanidade em sua cansativa subida na espiral evolutiva. Esta não foi a minha primeira vez no museu e, como sempre, tive de ser afastada da coleção de novos artefatos maravilhosos – antigos mantos de penas, chamados, se bem me lembro, de *moas*, em homenagem ao pássaro que lhes deu o nome; enormes pedras verdes esculpidas que brilhavam como jade; canoas monstruosamente belas e brilhantemente pintadas – da Nova Zelândia, recentemente explorada, conquistada e, ao que parecia, bastante devastada. Havia fotos de mulheres polinésias exuberantes e sorridentes e de homens robustos e sérios. "Vamos", disse T. "Se você gosta disso, vai adorar o que vem a seguir". Segui-o pelos corredores e subi as escadas até chegarmos a uma parte do museu que eu nunca tinha visto. "Feche os olhos", ele disse enquanto abria a porta devagar.

Quando abri os olhos, vi que T. havia me empurrado para uma sala de tamanho médio (a maioria das salas do museu é enorme), com janelas muito altas e com um cheiro estranho. A princípio parecia uma réplica de parte de um povoado africano. Eram três cabanas, uma de frente para a outra, como sempre fazem para formar um espaço de convivência (li isso num livro), mas um pouco tortas, ligeiramente afastadas uma da outra, suponho que alguém diria, *obliquamente*, para privacidade. Depois havia um celeiro e parte de um muro de barro, assim como todo o resto. Este muro cercava o *compound*, exceto onde foi deliberadamente cortado para dar ao observador um acesso mais nítido à atividade do "povoado". Olhando para cima, notei que o museu, na intenção de garantir a verossimilhança, tinha até pintado um céu azul. "Venha", disse T., me puxando para mais perto das casinhas, pois eu tinha parado quando entrei na sala e, por algum motivo, fiquei mais assustada que o normal ao ouvir a pesada porta de madeira se fechando atrás de mim. Isso me deu arrepios. De repente, senti um pouco de medo de T. Afinal, os invertidos não são perigosos? Mas ele estava sorrindo, com uma bonomia estranha e tensa que parecia ser exercida em benefício de outra pessoa; eu certamente nunca tinha visto uma careta assim em seu lindo rosto. Havia cores nessas cabanas e desenhos como eu nunca tinha visto, a não ser em pinturas do oeste dos Estados Unidos. As formas e figuras mais abstratas e totalmente estilizadas em tons vivos de amarelo, laranja e castanho, com preto e branco saltando para encontrar o olhar com a vibrante pele de zebra. Era tão completamente aquilo a que não estávamos habituados que era difícil absorvê-lo. Da mesma forma que admiramos uma pintura, digamos, de um artista inglês ou de outro europeu, por mais estranha que fosse. Era como se faltasse o ponto de referência; não consegui compreender nem os tons emocionais da obra nem seu significado. Parecia natural, de alguma forma, começar a pensar em tudo que havia de "errado" nisso. T. riu da minha expressão, que era, tenho certeza, uma carranca irritada. "Apenas aproveite!", disse ele. E me aproximei, ainda vagamente incomodada com o cheiro. Não que fosse desagradável. Não, havia algo quase familiar nele. Tive a sensação de já ter sentido aquele cheiro, embora com certeza não nas ruas, nos apartamentos ou nas casas grandes de Londres, nem, com certeza, em Morley Crofts. E então me pareceu que talvez eu tenha sentido aquele cheiro num sonho, pois todo o quarto agora tinha um aspecto de sonho – o céu azul iluminado acima, como se o sol estivesse ali, as pequenas cabanas aconchegantes. Eu me sentei numa das "varandas" de barro que se estendiam da parede. "Cuidado", disse T., "o barro é poeirento". Com certeza, quando me levantei, minha saia estava empoeirada. T. me ignorou. Ele ainda estava com aquele sorriso selvagemente benigno que me era tão estranho. Meu olhar, porém, foi atraído pelas lindas tiras de tecido penduradas em ganchos perto da porta de uma das cabanas. Havia uma figura, de costas para nós, muito realista, que mal se conseguia distinguir, sentada no chão perto da porta da cabana, aparentemente girando.

"Quer saber de uma coisa?", perguntei a T. "Isso é *muito* mais civilizado do que aquilo que alguns outros países fazem. Acabei de ler um artigo no *Times* – talvez você também tenha lido – sobre os alemães – ou eram os belgas? Não importa, as pessoas que estão colonizando a América do Sul, trouxeram dois de tudo o que acharam até agora: peixes, leopardos, pássaros. Trouxeram até dois indígenas. As pessoas apareceram em multidões para vê-los. Mas os pobres coitados tremiam – eram apenas crianças – o tempo todo e, quando o inverno *chegou*, *puf*, eles morreram."

Naquele momento, olhei para T., mas ele estava olhando para a porta da cabana onde a figura girava. Mas a figura não estava mais girando. Ela estava parada na porta!

M'Sukta era pequena, tinha cerca de um metro e vinte, esbelta como um junco e mais preta do que qualquer pessoa que eu já tivesse visto. Ela parecia não ter idade – uma criança muito pequena, uma adolescente ou uma velha bem preservada. Estava vestida primorosamente com um tecido feito de centenas de tiras que decoravam os pinos da porta da cabana, que percebi agora copiar muitas das cores, motivos e símbolos que estampavam as paredes de barro. Seu cabelo estava preso em dezenas de tranças que iam até o meio das costas; no fim de cada uma tinha uma concha. Seus pés pequenos estavam calçados com chinelos de couro macio com contas coloridas. Ela veio em nossa direção segurando seu fuso e carregando uma grande cesta de algodão com a qual fazia linha.

Ela quase não nos reconheceu. Não. Ela não nos reconheceu. Ela simplesmente parecia saber que estávamos lá, e essa foi a sua deixa para sair, se sentar diante de nós com seu traje esplêndido, que obviamente ela mesma havia feito, e começar uma demonstração desse aspecto do modo de vida de seu povoado. Olhei em volta para ver se outros integrantes da aldeia iam surgir, mas nenhum apareceu.

Não seria necessária nem uma pena para me derrubar.

"O museu a deixa morar aqui", disse T., ainda sorrindo fixamente para a mulher. Eu nunca tinha notado quanto ele era superficial, sempre disposto a explorar a superfície das coisas. A mulher não deu nenhuma indicação de ter ouvido, visto ou se importado com a nossa presença. Mas houve um aumento, quase imperceptível, no cheiro. Era, percebi, o cheiro do *medo*. Aquela pequena criatura infantil tinha medo de nós! De *mim*! Eu me senti imediatamente colocada em foco. Os animais nos zoológicos tinham medo de mim simplesmente porque outro ser humano tinha ido olhar para eles, mas isso era diferente, de alguma forma. Se ela tinha medo de mim, então era definitivamente toda a minha existência que estava "errada", e não as cores berrantes de suas roupas ou de sua casa.

"O que você quer dizer com eles a *deixam* morar aqui? De onde ela veio?" Diante dessa pergunta a expressão de T. dizia: uma mulher tão preta, de onde ela viria? "Mas onde ela mora *de verdade*?" Eu estava desesperada por uma resposta, sentindo todo o meu ser, há mais tempo do que eu conseguia me lembrar, envolvido. Minha reação talvez tenha sido única para mim. *Era?*, eu me perguntei. Se sim, isso me deixou com ainda mais medo. Quer dizer, onde era o mundo dessa *mulher?* Para que ela tenha chegado até aqui, diante de *nós*. Pessoas pretas, embora não sejam inéditas nas ruas de Londres, são raras. São poucos os homens que vislumbramos de vez em quando, e *nenhuma* mulher. Ou talvez, pensei agora, eles morassem numa parte de Londres, uma espécie de submundo, que nunca vi. Até nos bordéis, nunca há pessoas realmente pretas, nem pretas chocolate* e extraordinárias, como esta mulher. Apenas indianos e um ou outro árabe um pouco escuro, com vergonha de si mesmo.

T. estava sorrindo. "Ela mora aqui há dez anos", contou ele, entredentes. E percebi como eram retos, limpos e polidos. Brilhavam como pérolas em contraste com seus lábios vermelhos. E me fizeram pensar no amor de T. pela comida e nele comendo, comendo em vez de falar, caso surgisse algum assunto no jantar que o deixasse desconfortável. Havia muitos desses assuntos. Daqui a alguns anos, pensei, T. estará bem gordo. A gordura do silêncio, a gordura do silêncio, a gordura do... Eu não conseguia parar de pensar nisso, mesmo enquanto me esforçava para ouvir o que T. estava dizendo.

"De início ela foi instalada no andar principal, mas depois de um ano ou mais ela teve um colapso. O menino que estava com ela morreu. Talvez tenha sido o frio", disse ele, olhando para o teto azul e "quente". "Esses prédios antigos são arejados e úmidos, feitos apenas para fantasmas. Seja como for, depois da morte do menino, que algumas pessoas atribuíram a um ou outro, ela se interiorizou a tal ponto que todos presumiram que seria a próxima. Eles a observavam o tempo todo, como se ela fosse um elefante doente. Mas, quando lhe deram um pouco de privacidade – ela e o menino ficavam expostos no salão principal do térreo todo dia, exceto às quintas-feiras, quando o museu estava fechado, e, lógico, à noite –, ela se recuperou."

"Ela nunca tentou escapar?", perguntei a T., olhando para a dócil criatura debruçada sobre seu fuso, seus dedinhos pretos, num dos quais ela havia colocado um pequeno anel de fio de algodão multi-

---

* *Chocolaty black* no original. [*N. E.*]

colorido, meio frouxo. Ela usava um fuso de madeira simples, como aqueles que as esposas dos pastores mais velhos ainda usam na região perto de Morley Crofts. Havia teares de tamanhos diferentes – um deles era um minúsculo tear manual no qual ela fazia tiras coloridas de centímetros de largura – encostados na parede perto de onde ela trabalhava.

T. ficou surpreso com minha pergunta. "Mas para onde ela iria? Pelo que entendi, a aldeia de onde ela veio da África não existe mais. Guerra intertribal, ataque de escravos, esse tipo de coisa. Ela é a última do seu povo." Havia uma pitada de desgosto em sua voz por "esse tipo de coisa". Eu recebi isso com entusiasmo. Afinal, eu amo T. "Além disso", prosseguiu ele, matando totalmente esse sentimento, "você sabe que as mulheres gostam de ficar em casa. Aqui ela tem tudo de que precisa, suas casas, seu celeiro, tem até grãos nele, suas tarefas domésticas, exatamente como ela teria na selva. Ela é extremamente talentosa, como você pode ver. Ela faz as próprias roupas e, você ficará feliz em saber, até coisas para vender. Ele olhou para mim e pegou uma tira de tecido pendurado num dos pinos. Os olhos da mulher piscaram quando ele pegou a tira, mas essa foi sua única reação. Ele amarrou no meu cabelo, fazendo uma faixa como os indígenas dos Estados Unidos usam. Ele colocou um xelim num prato que eu não tinha notado antes. Gostei da tira, fiquei com ela. Eu me curvei rigidamente na direção da mulher. Mas a coisa estava tomada pelo cheiro. Eu teria que lavar muitas vezes.

Escritas na margem em data muito posterior – onde a tinta era mais escura e de cor diferente do restante da escrita na página; além disso, a letra era maior e mais firme – estavam estas palavras, nas quais Mary Jane detectou um indício do que, pelo que ela sabia, era o lendário senso de humor de sua tia-avó: "E foi assim que conheci M'Sukta, a mulherzinha que me carregou para a África!"

Agora, duas vezes por semana, Mary Jane pegava ansiosamente o trem para Guildford. Ela começou a se sentir uma aficionada na Sala Eleanora Burnham. O diário continuava, e ela leu um tanto sem fôlego.

A diligência de M'Sukta na solidão do cativeiro me impressionou muito. De repente, me senti terrivelmente incompleta. Tão frívola quanto Theodore. Tão superficial. Tão decadente. Afinal, eu estava com vinte e poucos anos, quase velha demais para me casar, mesmo que fosse forçada a isso. Os mercadores gregos de meia-idade que vinham jantar em nossa casa, em Londres, não me olhavam mais com fingido encantamento. Eles saíam correndo depois de comer, pensando em coisas jovens mais bonitas e muito mais novas. Isso foi um alívio. Embora agora o espectro de algum tipo de convento tenha surgido. Minha mãe não me deixava esquecer que em sua época isso já teria sido tentado – digo, minha permanência num convento.

Evitava confrontos com meus pais o máximo que podia, passando tempo com meus antigos tutores. Sempre estudei em casa – ensinada por governantas, tutores, trabalhadores contratados, que eventualmente se tornaram, pensei, quase amigos. Eu percebia agora como eles viviam no mundo. Seus pequenos apartamentos, jantares sem carne, seus casacos surrados. O senso de dever, propósito, experiência. Pois eles tinham *alguma coisa*, essas pobres pessoas que tantas vezes eram vistas pela minha família como estando um degrau acima do cachorro da família e um degrau abaixo do cozinheiro. E, novamente, quão valioso poderia ser o que tinham se seu único destino era a instrução de alguém como eu?

Eu nunca havia notado a evasão singular deles.

— Como devo viver? – perguntei a uma delas. – Essa instrução me preparou para quê?

Ela me olhou surpresa. Decifrei o desconforto em seu rosto. Estava pálida. E tão quieta.

"Ora, senhorita", ela poderia muito bem ter dito em voz alta, "nós a preparamos para ser uma dama".

Uma dama.

Aparentemente, só Theodore e eu no mundo achávamos que todas as damas, em todos os lugares, deveriam levar um tiro.

Não sei exatamente por que sentíamos isso, e não era de forma alguma um sentimento constante. Mas havia algo tão artificial nessa coisa toda de ser dama, algo tão distinto das outras pessoas e do mundo. Elas pareciam presas em suas saias longas. Tropeçavam na calçada com seus sapatos apertados, os grandes chapéus de penas flutuando acima delas. E se olham nas vitrines e se admiram. Isso é demais! Percebi que tinha um ódio pelas mulheres – ou melhor, pelas damas – quase que avassalador. E senti isso principalmente quando tive que tirar o sobretudo, a calça e a camisa comprados por T., com os quais me sentia tão à vontade, e ver meus próprios pés, e vestir os trajes de dama, o que me fez sentir como um cachorro preso por uma coleira muito visível.

— Você tem conhecimento de história – gaguejou minha tutora –, de geografia, ciências, literatura e línguas. Você é a jovem mais instruída de Londres. – Ela chegou a ponto de ousar dizer. – Há pouquíssimas coisas que você não conseguiria fazer caso se dedicasse a uma delas.

Eu sabia todas essas coisas, mas nenhuma delas servia para nada quando visitava M'Sukta, o que comecei a fazer regularmente, depois daquela primeira visita com T. A história que eu conhecia não era a dela, a geografia que eu conhecia colocava uma manada de elefantes onde uma vez era seu povoado, a ciência que eu conhecia não me ensinou a fazer corantes, remédios e outras coisas que M'Sukta sabia fazer; a literatura que li falava sobre selvagens e *blackamoors*, isso quando era educada. As línguas que sei falharam completamente quando estive diante dela. ME TAO ACHE DAKEN SOMO TUK DE. Isto estava gravado na parede do *compound* próximo à porta do celeiro. Fiquei intrigada com a inscrição cada vez que a vi. Era latim? Grego? Uma vez, T. disse, rindo, que, enquanto eu me esforçava para decifrá-la, parecia bastante biruta. Depois ele me mostrou o folheto com a tradução. Era um ditado antigo do povo de M'Sukta, um povo sempre sitiado por uma razão ou outra: ELES NÃO PODEM NOS MATAR, PORQUE, SEM NÓS, ELES MORREM. Dificilmente o que se esperaria da filosofia primitiva de "A Selvagem na Estante", como um jornal local se referiu a M'Sukta, presumindo, com ignorância, que um museu é uma biblioteca. Agora eu tinha um novo dilema: que tipo de pessoa teria esse pensamento como guia de vida? Quanto mais eu ponderava sobre isso, mais enigmático se tornava.

Nesse ponto, os sinais no diário de anos de umidade, traças, de sua existência no fundo dos baús e nas malas de viagem em países distantes começaram, abruptamente, a aparecer. Havia páginas inteiras ilegíveis por causa da tinta desbotada; algumas seções foram literalmente comidas. Mary Jane tentou controlar sua frustração lembrando-se de que nem sabia que *havia* um diário de Eleandra; ela nem sabia que Eleandra existia. Então agradeceu os trechos do diário que conseguiu ler.

Apenas meu tutor de pintura [alguma coisa, alguma coisa, alguma coisa – essa parte estava apagada] mostrou total impaciência comigo. Sempre o considerei um tanto taciturno e um pintor indiferente. Eu lamentava não ter liberdade, como mulher, para pintar. Eu não poderia ir para a Itália, por exemplo, como ele havia feito, e ele era pobre!

— Nada de autopiedade, por favor – disse ele, ácido. – Posso ir para a Itália trabalhando todos os dias com pessoas como você. – Nesse momento ele se curvou! – Economizando todos os meus ganhos, vivendo de biscoitos. Posso ficar dois meses. Posso pintar o que quiser, em dois meses. Você é uma mulher, mas é rica. As pessoas podem rir, mas não vão machucá-la se você pintar. Você pode pintar o dia inteiro. Pode pintar por meses, até anos, a fio. O que você quiser. E... – Ele não suavizou nada, mas pareceu olhar para mim com um desgosto ainda maior. – Você ainda é talentosa.

— Mas que coisa boa eu pintei? – perguntei. Eu pintava porque gostava, não porque sonhasse em ser boa. Ele me lembrou de uma pequena arte que fiz e que, na verdade, me intrigou enquanto a pintava. Era uma natureza-morta, como todas as minhas pinturas, chamada "Lápide e Fruta". Uma sepultura, uma pedra, frutas em cima do túmulo como flores. Eu não tinha ideia de onde veio a imagem, e disse isso a ele.

— Veio de você. De você, tentando dizer algo a si mesma. – Eu estudei com esse homem, de meia-idade e até que atraente, percebi agora, por três anos. Eu realmente nunca o tinha notado. Sua pele ictérica, suas mãos extremamente brancas e pulsos musculosos. A expressão em seus olhos. Ele trabalhou para minha família, para *mim*, enquanto seus próprios sonhos de crescimento e desenvolvimento como artista se desvaneciam. Dois meses na Itália! Eu sabia que tinham sido, na realidade, a vida dele. Então era este o poder que pessoas como nós tinham. O poder de escravizar outras pessoas e frustrar seus sonhos. E eu nunca levei minha pintura a sério, enquanto sua vida, vivendo de biscoitos como ele disse, se esvaía lentamente.

Outra página desgastada:

— Essas palavras foram o que me fizeram continuar – contou M'Sukta anos depois, quando pudemos hesitantemente conversar. – Foi um presente dos meus ancestrais para mim, de verdade. Nem as canções significavam tanto para mim – e eu cantava o tempo todo só para ouvir minha língua –, nem saber tecer o tecido tribal, que tem essa magia que acontece enquanto é tecido: a aldeia existe, desde que você saiba como tecer, você também. Essas palavras nunca me chatearam ("me deixaram a cabeça pesada que nem grãos de arroz numa cabaça") em todos os anos em que vivi no museu ("celeiro para humanos"). Essas palavras me traziam de volta quando a doença e a tristeza ("peso no centro do peito") ameaçaram me levar embora ("comer a minha alma"). É um milagre ("o fim do arco-íris") que estejam ali, gravadas na parede de barro ao lado da porta do celeiro, porque o nosso povo não lia nem escrevia; em vez disso, depositavam sua confiança ("peito aberto, sol brilhando") e sua história ("beijos e sobejos aos ancestrais") na memória ("celeiro principal") dos seres humanos ("aqueles únicos na terra que pensam no que é justo" – justo –, "duas mãos pegando quantidades iguais de grãos"). Eles acreditavam que tudo que já aconteceu está armazenado como memória na mente humana, ou no celeiro principal daquelas pessoas que são as únicas na terra que pensam no que é justo. A vida do meu povo é lembrar para sempre; cada celeiro principal está cheio. A vida do seu povo é esquecer; seus celeiros ("museus"), e não vocês mesmos, estão cheios. Posso lhe falar com sinceridade ("olhos firmes, coração calmo") que conhecer o seu povo foi um choque terrível ("crianças tão pequenas fugindo"). Seu povo tem mais medo do que tinham; vocês não têm fé de que eram tão bons ou melhores do que são agora. Este não é o nosso caminho ("trajetória"). Não só éramos tão bons no início como somos agora, como somos iguais ("dois grãos de areia, idênticos").

Quando ela disse isso, fiquei pensando naquela noite, tanto tempo atrás em Londres, quando fui assistir ao balé com T., aquele balé escandaloso do qual mamãe e papai se retiraram. Eu achava que tinha ficado excitada apenas pela dissonância "selvagem" da música, pela cacofonia estrondosa e de rebanho da dança, que certamente não era balé, sem os movimentos formais, precisos e nada naturais a que estávamos acostumados. Achei que estava respondendo às roupas bizarras. A escassez, por um lado, os trajes e as cores escandalosas, por outro. Tão bárbaro, tão selvagem. Mas talvez T. e eu estivéssemos reagindo ao primeiro vislumbre de nós mesmos antes de nós, e toda a Grã-Bretanha, toda a Europa, sermos pressionados nas formas criadas para nós pela civilização. Talvez a donzela dançando até a morte em seu "casamento" com o sol tenha tocado algo em nossa profundeza. Talvez ela estivesse expressando um sentimento pela natureza que os ingleses posteriormente só expressaram educadamente, com moderação, nos seus jardins e na sua insistência em grandes parques.

Para onde foi então a paixão pelo louvor entre meu próprio povo? Certamente não estava na Igreja, nem na católica nem na Igreja da Inglaterra. Os conquistadores romanos pareciam ter nos tomado isso, e, no entanto, pensei, na dança apaixonada da jovem donzela virginal podia ser vislumbrado parte da verdade sobre quem éramos nós, ingleses. Existia paixão e selvageria em nós antes que fossem domesticadas. Mas na verdade não se tornaram domesticadas, foram apenas reprimidas – e a adoração da natureza se transformou no seu oposto, e o resultado final foi uma natureza selvagem devastada e espoliada, pessoas acorrentadas, e uma pequena mulher negra trancada num museu sob um céu falso.

Foi Sir Henley Rowanbotham quem mandou esculpir as palavras de M'Sukta na parede de barro ao lado do celeiro. Ele era comandante do exército britânico enviado para administrar as necessidades da Companhia Real de Exploração Colonial, Ltda. Os homens sob seu comando garantiam passagem segura por toda a África aos exploradores e empresários da Inglaterra que se vangloriavam, se vivessem o suficiente – ao entrar em contato com coisas como febres, areia movediça e mambas – de fazer fortunas sem demora na África, comprar e vender entre os nativos, reivindicar enormes extensões de terra e todos os minerais e diamantes e tudo o mais que pudesse conter ali. O comércio escravagista ainda não tinha acabado, embora estivesse nas últimas, pelo menos no Ocidente, e ainda havia dinheiro a se fazer. Rowanbotham foi profundamente influenciado pelas aventuras de Sir Richard Burton, outro militar, a quem aceitou como seu guia pessoal em relação às coisas nativas. Tal como Burton, pensava-se que ele tinha se apaixonado perdidamente por uma mulher nativa – africana e não persa – e, tal como Burton, ele, de outras formas, mergulhou na vida e nos assuntos nativos. Ele era, de novo igual a Burton, adepto do aprendizado de línguas e tinha uma fascínio genuíno por elas, e passava as longas e úmidas noites tropicais da estação das chuvas sentado numa mesa à janela do Clube Real Colonial, elaborando um alfabeto nativo.

Foi a partir de suas anotações que comecei a compreender o povo de M'Sukta e sua história, além do que eu já tinha aprendido com ela. A aldeia de M'Sukta, os Balawyua, ou Ababa, coloquialmente, sempre foi, desde tempos imemoriais, um matriarcado. Rowanbotham, criado no leste de Londres por uma mãe e três irmãs mais velhas que o adoravam mais que tudo, tinha uma afinidade especial por matriarcados. Foi ele quem, quando toda a sua aldeia foi vendida como mão de obra escrava ou morta, resgatou M'Sukta e arranjou abrigo para ela no Museu de História Natural; e como só ela poderia transmitir a história do antigo modo de vida de seu povo, e porque, a não ser ela e o menino que veio com ela, não havia ninguém que entendesse sua língua, Rowanbotham a apelidou de "pedra de roseta africana".

Nesse ponto havia a evidência mais enlouquecedora do trabalho de dentinhos minúsculos. As traças tinham mastigado o restante da página; na verdade, o restante do diário começou a encher o ar em torno da cadeira de Mary Jane na forma de uma nuvem de poeira. Isso a fez espirrar. Então era isso. Tudo que ela provavelmente saberia sobre Eleandra Burnham Peacock, pelo menos de seu próprio punho.

Mas certamente uma marca de progresso moral e maturidade espiritual é a capacidade de ser grata por meio de um presente, não? Mary Jane manteve firmemente esse pensamento em mente mais tarde naquela semana, enquanto estava diante da cama vazia de sua tia-avó Eleanora. Ela morreu enquanto Mary Jane estava sentada em "seu quarto" na biblioteca, vasculhando suas coisas.

No funeral estavam presentes apenas Mary Jane e a bibliotecária, o reitor da faculdade, sua enfermeira e o advogado de Londres. Havia um obituário longo, principalmente sobre seus anos na África (sua escrita foi descartada em meia linha), mas também sobre sua semelhança com uma antiga Lady Burnham, a Lady Eleandra Burnham Peacock. Esse nome trouxe à mente do redator do obituário os nomes de duas outras mulheres inglesas, "ultrajantes em sua época", que se "tornaram nativas" no grande estilo antivitoriano da Inglaterra: Lady Hester Stanhope e a fascinante e belíssima Lady Jane Digby El-Mezrab. A coisa mais memorável na vida desta foi, pelo visto, que não só deixou a Inglaterra para viver na Arábia, como também se casou com um árabe.

No dia seguinte ao funeral de Lady Burnham, foi relatado que ela havia deixado a maior parte de seus bens para uma sobrinha-neta dos Estados Unidos, Mary Ann Haverstock, que, infelizmente, também está morta. Ela foi descrita como "uma política radical com gosto por negros e psicótica mental com gosto por drogas". Aliviado por essa desajustada não existir mais, o redator do obituário apressou-se em informar que o patrimônio de Lady Burnham seria destinado ao financiamento de um grupo antropológico do qual ela gostava na África.

Os redatores de obituários eram mais engraçados na Inglaterra do que nos Estados Unidos, pensou Mary Jane. Mas como Eleanora sabia da existência dela? Talvez, durante a época em que se envolveu em escândalos nos Estados Unidos, sua tia ficou sabendo de sua existência e viu algo – notícias sobre os pés descalços enegrecidos de Mary Jane, seus cabelos despenteados, seu envolvimento com um lumpesinato de cor – que pudesse aplaudir.

De volta à biblioteca pela última vez, ela descobriu nas prateleiras os cinco volumes de Eleanora reunidos, com as folhas sem cortes. Ela os pegou, colocou os livros em sua bolsa espaçosa e sorriu ao passar pela bibliotecária um tanto reanimada nos últimos tempos. Mary Jane sabia que estava de partida para a África e pensava nas duas Eleandras, uma tão ávida por experiência de vida, a outra casada humildemente até o esquecimento; sete décadas não conseguiram atenuar o desprezo de seu irmão gêmeo por ela. Ela também pensou em Eleanora, cujos livros, ela esperava, a revelariam a Mary Jane, assim como o diário de Eleandra, "a Lady Peacock", havia, de uma forma importante, revelado Mary Jane a si mesma.

Ela parou em uma loja de materiais artísticos a caminho do cais – seu navio partiria à meia-noite – e comprou pincéis, terebintina e tintas suficientes para durar um ano.

Parte IV

Ele – pois não havia dúvida quanto ao seu sexo, embora a moda da época fizesse alguma coisa para disfarçá-lo – estava no ato de cortar a cabeça de um mouro que pendia das vigas. Era da cor de uma bola de futebol velha, e mais ou menos do formato de uma, exceto pelas bochechas encovadas e uma ou duas mechas de cabelo áspero e seco, como o de um coco. O pai de Orlando, ou talvez o seu avô, arrancara-o dos ombros de um robusto pagão que surgira sob a lua nos campos bárbaros de África; e agora balançava, suave e perpetuamente, na brisa que nunca parava de soprar pelos quartos do sótão da gigantesca casa do senhor que o matara.

— Virginia Woolf, *Orlando*

Tenha sempre em mente o presente que você está construindo. Deve ser o futuro que você deseja.

— Ola

— Carlotta não tinha substância – disse Suwelo a uma dona Lissie de costas.

Isso foi antes de ele vender a casa do tio Rafe e voltar para São Francisco. Era um domingo de novembro, e em Baltimore começava a fazer um frio matinal que o lembrava do norte da Califórnia. Ele estava sentado em um banquinho ao lado da pequena mesa de corte na cozinha, limpando com cuidado uma pilha de caranguejos cozidos de Maryland. O senhor Hal estava em um balcão cortando pimentões e cebolas e chorando por causa dos gases da cebola, e dona Lissie mexia com atenção um molho branco que escurecia lentamente, exalando um cheiro amanteigado de pão queimado de que Suwelo não sabia dizer se gostava. Ele não conseguia imaginar como uma base de farinha queimada poderia ficar boa em um ensopado.

— Você mora em São Francisco, com todos aqueles frutos do mar, e nunca comeu gumbo? – O senhor Hal estava incrédulo.

Suwelo os convidou para passar o fim de semana. No fundo, ele provavelmente estava fingindo que eram seus pais, mas não se importava. Eles apareceram naquela manhã mesmo na caminhonete do senhor Hal e trouxeram meia dúzia de sacos de coisas: tomates, pimentões, cebolas, quiabo e filé, duas galinhas, pedaços de bacon e carne bovina, um pedaço de carne de porco, longas peças de linguiça escura cheirosas, uma cesta quase transbordando de caranguejos, um saco de arroz com estampa colorida, jarras de limonada pronta e chá gelado.

Assim que começaram a andar pela cozinha, abrindo gavetas, afiando facas, reclamando que aquele saleiro "do diabo" nunca funcionava, Suwelo percebeu que aquele era o lugar deles. Dona Lissie tirou os sapatos e ficou descalça, e o senhor Hal se acomodou, desabotoando sua camisa branca de manga curta, revelando uma camiseta cor de pêssego, que dizia, na frente: "Ecstasy é para sempre." Seu cabelo estava mais branco e comprido do que quando Suwelo o conheceu e, com os seus suaves olhos castanhos e os seus modos corteses, mesmo na cozinha, ele parecia um George Washington Carver à vontade, gentil e feliz da vida.

— O que quero dizer sobre não ter substância é que ela era toda imagem. Era toda imagem quando a vi pela primeira vez, toda imagem quando a conheci, e toda imagem...

— Depois que você foi para a cama com ela – dona Lissie completou o pensamento para ele. – Me dê as cascas de caranguejo que você limpou. Preciso ferver para armazenar. – Suwelo as entregou para dona Lissie.

De vez em quando, contava-lhes pequenas histórias da sua vida; embora nunca tenham perguntado. Ele sentia que os conhecia mais intimamente do que conhecia os próprios pais – que haviam morrido em um acidente de carro, resultado de uma das crises de embriaguez do pai, quando Suwelo estava na faculdade – e que tentar não compartilhar sua vida com eles fazia com que se sentisse um ladrão. Além disso, ele precisava de ajuda com Fanny.

— Quando Fanny voltou da África pela primeira vez – Suwelo começou a contar –, sabíamos que o casamento não ia dar certo já que ela realmente não queria. Ela *odiava* isso. *Odiava* a instituição do casamento. Ela disse que o anel que as pessoas usavam nos dedos, simbolizando o casamento, era obviamente um resquício de corrente. Ela não *me* odiava. Isso, pelo menos, eu estava começando a entender. Por um lado, quando regressou da África, onde ficou por seis meses, a única vez na vida em que pôde estar com a mãe e o pai, o seu amor por mim era incontestável. Caímos um sobre o outro numa orgia de reconciliação que durou semanas. E isso só foi possível porque, quando fui buscá-la no aeroporto, disse sem rodeios que a amava e que, para mim, estava tudo bem o divórcio.

— *Humm humm...* - dona Lissie murmurou. Ela virou a panela para que Suwelo visse o tom escuro de caramelo do molho branco. O senhor Hal atravessou a cozinha, com as mãos cheias de cebola e pimentão picados, que jogou na panela. Houve um som abrasador e crepitante, ao que dona Lissie exclamou:

— Ah, merda, o quiabo deveria ter ido primeiro. Mas que seja. Fazer gumbo é como fazer a melhor música, uma arte improvisada. – Ela serviu-se de uma taça de vinho e bebeu enquanto mexia a panela.

— Também sabíamos – Suwelo continuou – que não poderíamos viver na Costa Leste, nos subúrbios de Nova York. Morávamos, acredite, num pequeno enclave de classe média chamado Forest Hills. As casas eram bonitas e tinha árvores e amplos gramados, mas todo mundo estava sempre tentando fazer as coisas parecerem mais antigas, as casas, as árvores. Às vezes tinha a sensação de que os nossos vizinhos saíam de noite e batiam nas paredes das casas com paus e puxavam os arbustos e as árvores, tentando esticar para ficar numa altura mais imponente. Eles tentavam atribuir o nascimento de alguma pessoa famosa ao local, mas, como as pessoas se mudavam a cada poucos anos e isso sempre acontecia, era difícil de acreditar. Eles finalmente encontraram um jogador famoso de beisebol que certa vez alugou uma casa lá e falaram em colocar uma placa. Nossa casa era a mais antiga de lá. Não tivemos dificuldade nenhuma para vendê-la. Assim que informamos nosso interesse, até mesmo alguns de nossos vizinhos, mudando e envelhecendo, quiseram comprar. Vendemos para outra família negra, porque sabíamos que um dos motivos pelos quais nossos vizinhos queriam comprar nossa casa era para impedir a entrada de outras pessoas negras.

"Mas para onde ir? Fanny passou um verão em Iowa, então ela sabia que não conseguiria respirar no Meio-Oeste. Muito longe dos oceanos, ela disse. E aquela besteira de que a pradaria é parecida com o oceano é para os pássaros. Ainda tem pradaria suficiente para mijar.

"Teve uma vez que passei cinco minutos no Wyoming. Outros cinco em Montana. Na verdade, certa vez, no ônibus, a caminho de Seattle para o casamento de um amigo, passei cinco minutos em cada um desses estados do noroeste. Muito isolado. Não há cor suficiente. Também não há concreto suficiente.

"Então Oakland realmente nos atraiu. Não São Francisco. Porque todo mundo sabia que estava cheio de gays e os parques, infestados de pervertidos; além disso, fazia frio no verão. Mas conhecíamos pessoas que moravam em Oakland, e, sempre que vinham para o leste, ficavam muito felizes com a perspectiva de voltar para Oakland. Isso nos impressionou. Quase sempre a gente não queria voltar para casa, em Nova York. Os pedestres eram rudes. Os motoristas de táxi, impossíveis. Ficávamos nervosos a cada minuto de nossa existência, do lado de fora da porta de nossa casa.

"Mas o que aconteceu em Oakland? Não conseguimos encontrar um apartamento. Fanny não gostava do calor, e as ruas, ela disse, a remetiam a Los Angeles, que tinha visitado uma vez e *odiado*. Tremendo de ansiedade, cruzamos a ponte da baía. A neblina saía da cidade, como se fosse puxada por uma mão gigante. O sol refletia nos prédios brancos, e ficamos praticamente cegos. Ao nosso redor havia água. O tempo estava revigorante e a luz era peculiarmente brilhante. 'Olhamos para as nossas mãos, e elas pareciam novas, olhamos para os nossos pés, e eles pareciam novos também!'" – Suwelo cantou a letra da antiga canção espiritual negra sobre libertação, o que fez dona Lissie e o senhor Hall rirem.

"Encontramos um apartamento grande na rua Broderick, no alto, com vista para um pedacinho da *vermelha* Golden Gate Bridge e um vislumbre das colinas além dela, que descobrimos não serem em São Francisco, mas no condado de Marin. No mesmo instante, começamos a pensar em coisas para fazer que nunca havíamos feito: tai chi, trilhas, aprender a velejar no Lago Merced. Durante todo esse tempo, nosso divórcio estava se encaminhando e estávamos extremamente felizes. Então, se tornou definitivo e fiquei deprimido.

"'Não tenho mais esposa!', gritei.

"'Você tem uma amiga', respondeu ela. 'E sua amiga está se mudando para o quarto dela.'

"'O quê?'

"'Lembra como você ficou chateado quando eu quis o divórcio?'

"'Lembro.'

"'Bem, todo aquele seu sofrimento foi em vão, né?'

"'Mas, mas, mas', eu tentava dizer.

"'Mas o quê?' Ela riu.

"'Isso significa que nunca dormiremos juntos?'

"'Essa é sempre sua primeira preocupação.' – Ela suspirou, depois respondeu: 'Não. E espero que isso signifique que, quando dormirmos *juntos*, a gente não durma separados.'

"Mas eu estava com raiva, estava confuso. Fiquei muito, muito magoado. Eu me sentia enganado por ela. Sentia que ela estava me rejeitando.

"Tentei fazer com que ela dissesse que não se mudaria para seu 'quarto' – ela estava ocupando os três quartos dos fundos da casa, deixando para mim os mais ensolarados e solitários da frente – até que eu fosse desmamado. Ela riu. Eu *estava* tentando tornar isso engraçado.

"Só até eu *desmamar*, dissera eu, rastejando em seus braços e colocando as mãos debaixo de sua blusa. Eu amava os peitos dela. Suwelo olhou para dona Lissie, que estava olhando para a panela de gumbo com o cenho franzido."

— Eu não aguentava nem pensar neles se mudando.

Dona Lissie pegou o resto das cascas e da carne do caranguejo. Suwelo observou enquanto ela os colocava em potes separados. O senhor Hal agora estava limpando cubos de carne em um pequeno monte de farinha. Dona Lissie entregou a Suwelo uma faca e a linguiça. Ele cortou o comprimento de um pênis.

— Você parece muito inocente – comentou dona Lissie.

O que ela quis dizer com isso?, Suwelo se perguntou. Ela quis dizer que essa história fazia parecer que Fanny não o amava? Que não queria ficar com ele? Que ele era uma vítima inocente? Isso fazia Fanny parecer lésbica?

— As lésbicas viviam ao nosso redor, sabe – disse Suwelo, em tom de enfrentamento ao desafio final. – Mulheres lindas, lindas, muitas delas, embora algumas não parecessem tão gostosas. Só de vê-las passeando juntas, subindo as colinas, tomando sol nos parques, comendo ruidosamente nas maiores mesas dos restaurantes de Berkeley, dava vontade de chorar. Elas nos *abandonaram*! Porra, essas vadias eram tão duronas que abandonaram *Deus*! Foi quando estavam descobrindo a Deusa, e o tempo todo era Deusa pra lá e Deusa pra cá. Uma vez eu perguntei a uma mulher negra na rua onde ficava o novo ponto de ônibus, porque estavam consertando o antigo ali na rua em que estávamos, e ela só olhou para mim, fez uma cara de indiferença e respondeu simplesmente: "A Deusa sabe." Eu fiquei boquiaberto.

— Ahh! – respondeu dona Lissie.

— Então, eu estava com medo de que ela me deixasse por uma mulher. Olha, não estou sozinho. É o grito dos tempos, caso vocês não tenham percebido. Os únicos homens que não têm esse medo vivem em cavernas e selvas em algum lugar, com suas mulheres ainda amarradas no chão à noite por argolas no nariz.

O senhor Hal riu.

Suwelo notou a própria agitação. Ele recostou-se, deu um gole na cerveja que dona Lissie lhe servira e tentou controlar a respiração. Era difícil lembrar o que tinha passado.

— *Fanny sempre saía com essas pessoas* – ele disse.

— Com *que* pessoas? – perguntou dona Lissie, salteando os cubos de carne em óleo, onde colocara tempero de alho. – Certamente não são as pessoas com piercings no nariz.

Agora o senhor Hal deu uma gargalhada.

— Não, Lissie – disse o senhor Hal, entrando na conversa. – As *outras* pessoas. As que criticavam os piercings no nariz.

— Ah, *essas* – disse ela, sorrindo.

Esta foi a primeira vez, por incrível que pareça, que Suwelo sentiu que a dona Lissie e o senhor Hal gostavam dele, não porque ele fosse parente do tio Rafe, mas porque ele era ele mesmo.

Sua história assumiu um aspecto um pouco mais humorístico em sua mente.

O senhor Hal aceitou o que realmente acreditava – e esperava que a realidade não o tornasse um mentiroso –, mas ele pensou que talvez fosse possível que ele tivesse um... baseado.

Mas não conseguiu encontrar.

— Ah, está bem – disse ele a Suwelo –, continue a operação sem anestesia.

— Mas o que eu quis dizer com inocente – explicou dona Lissie – foi: o que você ficou fazendo enquanto Fanny estava na África? Se você é homem – ela disse "homem" exatamente como diria "cachorro" –, você brincou por aí.

— Caí na pornografia – respondeu Suwelo sem rodeios. – Eu estava *solitário*. Caí com tudo nas prostitutas. Mas tenho um coração muito mole. Sempre queria saber tudo sobre a vida delas, a que eu mais gostava tinha *cinco* filhos, e no fim das contas recebia uma dose terrível de palmas. – Ele gostava de dizer "dose terrível de palmas"; soava como o senhor Hal ou a dona Lissie.

— Ô, hélas! – disseram simultaneamente.

E Suwelo pensou: quando foi a última vez que ouvi alguém dizer "Ô, hélas!"? Ele não ouvia essa expressão desde que era menino. Então sentiu que havia recebido algo precioso; como uma fotografia antiga, uma carta antiga ou um perfume de uma época que de outra forma não existiria.

— Eu não contei para Fanny. Lógico que não. Para quê? Felizmente consegui me curar algumas semanas antes de ela voltar para casa. Parei com as prostitutas. Ou melhor, meu membro desistiu delas por mim: se recusava a funcionar no que temia poder ser um território contaminado. Mas eu estava viciado em revistas femininas, mulheres nuas para espiar em gaiolas de vidro, filmes com bondage e atos sexuais "ao vivo" no palco. Quando pensei no que os seis meses de Fanny na África me proporcionaram, foi prazer sem culpa na pornografia. Minha mulher me deixou, entende, levou minhas coisas legítimas para outro continente, totalmente fora do alcance do meu pau, e me deixou chapado e seco. Bem, eu sabia como me resolver sem ela. Havia muitas outras mulheres no mundo. Essa foi a minha atitude.

— Tome outra cerveja – dona Lissie ofereceu secamente.

— Eu me recuperei dessa depravação. Não precisa ficar tão enojada. Demorou um pouco, mas...

— O que me mata – dona Lissie interrompeu – é que os homens sempre acham que as mulheres nunca sabem.

— Fanny *não* sabia – respondeu Suwelo. – Mas você teria que conhecer Fanny. Fanny – Suwelo pensou muito sobre como poderia descrever Fanny de maneira simples, para que os dois idosos entendessem –, Fanny, bem, a Fanny é... uma pessoa que vive no mundo dela.

Dona Lissie estava cortando uma das galinhas. A gordura amarela estava amontoada ao lado de sua mão. Como sempre, as galinhas depenadas pareciam bebês pelados para Suwelo, então ele desviou o olhar.

— A senhora é um espírito que teve muitos corpos e viaja no tempo e no espaço dessa forma – disse Suwelo. – Fanny é um corpo com muitos espíritos disparando para diferentes reinos quase todos os dias. Se ela poderia se apaixonar por um poeta russo que morreu lutando na Revolução Russa de 1917, ela não se preocupava muito com o fato de eu sair uma noite por mês com "os meninos". Embora nunca houvesse "meninos" – acrescentou ele rapidamente. – Eu sempre saía sozinho, meio que escondido, como um criminoso, depois que ela voltou. Eu li todas as coisas das mulheres modernas sobre política e *homens*. Eu sabia que o que estava fazendo era malvisto. Porra, eu sabia que era errado. Eu sentia que era. Mas uma noite eu estava tão irritado com a distração de Fanny que cheguei a assediar uma jovem numa gaiola de vidro. Pude ver que ela não estava prestando atenção em mim, mesmo enquanto se contorcia, gemia e contraía os lábios. Eu sabia que, se ela realmente tivesse olhado, eu teria parecido grande, negro e corpulento, e ela teria ficado assustada, já que era apenas uma garota na puberdade, metade branca, mascando chiclete, nua e, sem dúvida, drogada, na pequena gaiola suja. Comecei a sacudir a gaiola e a mostrar os dentes como o King Kong. Ela morreu de medo. Acho que a fiz engolir o chiclete.

"Mas Carlotta também vivia no mundo dela, à sua maneira", Suwelo prosseguiu, tomando outro gole de cerveja. "Ela era tão superfeminina, à moda antiga, que era como se nunca tivesse percebido que havia outras maneiras de uma mulher ser. Ela usava esses saltos de dez centímetros todos os dias. Estou falando de salto alto agulha. Ela até cozinhava – e eu soube disso quando fui para casa com ela – com saltos de dez centímetros. Esse saltos são feitos para fazer o homem sentir que tudo que precisa fazer é empurrar suavemente e a mulher está pronta. Saltos dez dizem: 'Me come.' Carlotta ensinava literatura feminina – que Fanny se perguntava se ela já havia lido – com saltos dez. Ela usava roupas que marcavam cada curva de seu corpo delicioso. Roupas que caíam bem. Saias que grudavam. Saias curtas. Maquiagem. Brincos. Cílios postiços algumas vezes. O marido dela, um músico – ela nunca disse o nome dele – a deixou e foi embora do país. Ela não tinha família nem amigos. Apenas os dois filhos, um menino e uma menina. Eu os levava para passear, para o balé e o futebol. Eles logo ficaram dependentes de mim. Fanny tinha ido de novo para a África. Eu sabia que Carlotta queria se casar comigo. Ela sabia que eu já era casado, e Fanny e eu nunca conversamos sobre nosso divórcio; para quê? Era um assunto privado, na verdade. E ela sabia sobre Fanny. A faculdade onde Carlotta e eu lecionávamos era um lugar muito quadrado. Depois de reclamar e ficar doida sobre como tudo era, Fanny largou seu emprego administrativo de meio período lá e abriu uma pequena casa de massagens na mesma rua. Todos, alunos e professores, iam lá. Até Carlotta foi. Fanny nunca soube que Carlotta não gostava dela. Naquele ano Fanny estava convencida de que Jesus era um massagista, que era *isso* que significava a cura original pelo toque que Jesus fez na Bíblia! Ela gostava de impor as mãos. Fez cursos de massagem na Escola de Massagem de São Francisco. E aprendeu a fazer acupressão.

"Carlotta não gostava do estilo de Fanny. Fanny havia desistido de muitas coisas às quais Carlotta ainda se agarrava. O trabalho respeitável, os vestidos e saias, o salão de beleza – Fanny usava o cabelo bem curto –, os saltos altos, o batom. Ela usava camisetas, sandálias e calças largas de tai chi. Fanny estava mentalmente em Jerusalém, no Mar Morto, passeando pela Galileia. Ela ficou, por cerca de um ano e meio, realmente interessada em ser Cristo. Ou, como ela diria, 'um Cristo', que ela dizia que qualquer pessoa poderia ser. Todos adoravam suas massagens porque ela mesma gostava muito. Nunca terminavam na hora marcada, podiam continuar indefinidamente, e havia alguns corpos em que trabalhava que, segundo ela, a inspiravam. Ela colocava uma música suave para tocar – você nunca tinha ideia de quem eram os artistas; simplesmente sabia que nunca tinha escutado em nenhum outro lugar, exceto ali – o incenso para queimar, a sala morna, suas mãos ficavam quentes e escorregadias por causa dos óleos perfumados que usava. Amêndoa doce era meu favorito. Até eu costumava ir até ela, especialmente depois das reuniões do corpo docente. Essas reuniões sempre me deixavam tenso como um tambor. Todos aqueles chefes de departamento, homens brancos, fingindo que os brancos têm tudo por mérito, e é *óbvio* que a faculdade não era racista só porque ninguém nunca tinha ouvido falar de George Washington Carver; como alguém poderia pensar tal coisa?

"Realmente, Fanny desistiu de tudo por muito, muito tempo. Desistiu até dos livros, que adorava!

"Sabe o que ela disse? 'Prefiro ler as árvores. Não é com a queima de livros que as pessoas precisam se preocupar tanto; são as árvores que estão desaparecendo.'

"Ela deixou de ouvir música, a não ser quando fazia massagem. Até Mozart, que adorava. Acho que gosto do silêncio. É como música para mim. Gosto da natureza eterna do silêncio. É uma música que podemos ouvir na vida e na morte, ela disse.

"Depois, quando seu pai morreu, ela voltou para a África. Foi uma época bem ruim para ela. Tinha acabado de conhecê-lo, e a irmã também. E ela gostava dele. Ele era engraçado, irreverente e rebelde. Ele a fazia rir. A sua mãe, contou ela, que tinha sido missionária na África durante muitos anos, quando jovem, sempre dizia que os africanos eram pessoas bem tristes. Seu pai era tão parecido com ela, ela sentia, que achava graça só de ver parte de si mesma lá fora, no mundo, em outra pessoa. E ele era o pai dela! Ela nem sabia que tinha um.

"Carlotta não conseguia entender que ela me deixava sozinho por tanto tempo. Disse que sentia pena de mim. Ela *tirou* o cabelo dos óculos escuros, onde sempre caía, e estufou o peito. Tocou seu decote fúcsia. E estendeu as pernas, os saltos dez agulha. Eu já tinha visto mulheres como ela, flexíveis, queimadas de sol, com cinturas finas e secas e seios empinados, em revistas e nuas no palco. De certa forma, sempre que olhava para ela, via aquelas outras mulheres. A primeira vez que a beijei, ela deixou batom em todo o meu rosto.

"Mas eu me acostumei com isso. Cheguei até a desejar o perfume dela, que era tão insistente como uma aldrava de latão. Eu ia para o seu apartamento barato depois da aula e a observava andar pela cozinha de salto alto enquanto fazia o jantar, e, às vezes, eu simplesmente a agarrava e íamos parar no chão da cozinha. Acho que ela não gostava muito disso tudo. Mas, na época, pensei que talvez gostasse. Ela era bastante impassível; uma vez, pensei que o batom tinha sido pintado no formato de um sorriso que ela costumava ter, mas afastei o pensamento e estoquei mais fundo. Eu não tinha ideia de como era difícil para as mulheres relaxarem sexualmente quando os filhos estavam por perto. E os dela ficavam no fim do corredor. Poderíamos trancar a porta da cozinha, o que fazíamos, e era rápido; ainda assim, deve ter sido uma tortura para Carlotta. Ela realmente amava as crianças e era muito religiosa, ainda por cima. E muito religiosa, piedosa e pudica era, com certeza, como aquelas crianças a viam, porque, entre outras coisas, ela estava sempre rezando, acendendo velas, cruzando as mãos e lamentando. Mas ela falava comigo sobre os problemas? De jeito nenhum.

"'Me conta sobre o seu povo?' Pedi a ela uma vez, enquanto estávamos deitados pelados depois de um sexo no qual eu literalmente a arrastei para a cama.

"'Não tenho ninguém', respondeu ela. Lágrimas, no entanto, escorriam pelas laterais de seu nariz.

"'Ah, qual é. Todo mundo tem sua gente!'

"'Eu não tenho', reafirmou ela.

"'Me conta sobre seu pai então.' Pedi. Na verdade, era difícil dizer qual era a nacionalidade dela. Talvez ela *não* tivesse 'um povo'.

"'Não tenho pai.'

"Isso parecia altamente improvável.

"'Então me conta sobre sua mãe. Até Deus', provoquei, 'segundo rumores, tem uma dessa.'

"'Não tenho mãe.' Foi a resposta dela.

"'Me conta sobre o pai dos seus filhos', insisti.

"'Eles não têm pai.'

"Então ela era só um corpo. E estava tudo bem para mim se ela ficasse desse jeito. Depois de transar com ela, eu sempre pensava em Fanny. Eu a acompanhava mentalmente pela África, tentando imaginar as coisas que ela via.

"Só se eu me casasse com Carlotta, ela ia me dizer quem era, talvez. Quem era seu povo, quem era seu pai e sua mãe. Quem era seu marido. Eu nem sabia se eles eram divorciados. Esse era o acordo que ela tinha em mente. Se eu me casasse com ela, aí poderia me confiar seus segredos. Mas eu meio que gostava de ser solteiro. Gostava especialmente de ser solteiro com Fanny. É estranho dizer, mas senti que havia mais liberdade no nosso amor. E não só porque eu estava transando com Carlotta."

— Homens são *cafajestes* – disse dona Lissie desapaixonadamente, mexendo a panela preta de gumbo com uma colher de pau. O cheiro estava começando a ficar maravilhoso. O senhor Hal encontrou seu baseado, e cada um deles deu uma tragada.

— Vocês iam adorar o norte da Califórnia – disse Suwelo. – Lá a gente planta essas coisas no quintal.

No "quintal". Amigos emprestaram uma pequena tenda e cinco acres de terra no verão. Eles imediatamente plantaram uma horta com pimentões, tomates, cebolas, couve e maconha. Transportavam água do parque local para a horta, e o esterco vinha das ovelhas dos vizinhos. Suas plantas eram altas, escuras e pungentes. Eles as chamavam de "Mulheres Grandes". Uma tragada, e dava para entender que se estava onde deveria estar e tudo o mais. Tranquilo. Suwelo e Fanny usavam muito essa palavra.

"A África não é tranquila", Fanny escrevera numa das suas cartas. "O narcótico local é uma bebida caseira espumosa que o deixa atordoado, e as pessoas fumam cigarros norte-americanos horríveis que poluem o ar, causam halitose e as deixam doentes. Sinto como se não respirasse há três semanas."

"O enterro do meu pai, o primeiro dos três que ele teria, foi um evento impressionante", Fanny escrevia agora. "Foi numa das igrejas da capital, que era frequentada só por brancos antigamente, a três quarteirões do Ministério da Cultura. Eu não tinha ideia do que vestir para um funeral africano de tão alto nível, mas, quando liguei para minha mãe na Geórgia – que disse que queria ir pessoalmente, mas a artrite no quadril estava muito pior – e falei onde seria o funeral, ela disse: 'Você vai de preto.' Quando contei a ela sobre os outros dois funerais, que aconteceriam no povoado do meu pai, ela disse que em um deles, para os homens do povoado, eu não poderia comparecer, e que no outro eu deveria usar branco, a cor Olinka para o luto, e deveria pintar meu rosto de branco também, minhas mãos, e qualquer outra parte do meu corpo que estivesse à mostra. Por algum motivo, a informação sobre esse último funeral, o funeral do povoado, me alegrou, embora a roupa branca que trouxe comigo, uma blusa e saia simples, parecesse demasiado informal para algo tão formal quanto um enterro. E eu não tinha tinta para me pintar de branco.

"Assisti ao grande funeral nacional, na verdade internacional (dignitários de muitos países: Cuba, Nicarágua, Angola, Alemanha Oriental, Suécia e Dinamarca, entre outros, foram prestar as homenagens de seus países), com parte da minha atenção já focada no próximo, e em onde encontrar tinta branca.

"Minha irmã, Nzingha, se sentou ao meu lado, e seu marido, Metudhi, ao lado dela. Ela olhou para mim durante um dos discursos um tanto elaborados e sorriu. Eu sorri também. No tablado à nossa frente estava o caixão de Ola. Uma criação dele mesmo, um grande tronco de mogno minimamente alisado e polido, cujas extremidades eram inclinadas para cima e para dentro, como as pontas dos chinelos de um califa; o topo oval e oblongo se encaixava no tronco como faria a tampa numa panela.

"No passado, o corpo de Ola teria sido embrulhado em casca de árvore e deixado debaixo de uma outra árvore na floresta. Agora teria que ser enterrado, mas talvez não muito fundo. Eu não suportava a ideia de meu pai 'jogado nas ruínas da babilônia', como dizem os Rastas."

Sozinho no apartamento da rua Broderick que ele e Fanny dividiram, Suwelo esperava, ansioso, pelas cartas de Fanny, que pareciam partes de uma revista africana moderna de aventuras. Eles estavam vivendo em mundos diferentes, embora, às vezes, ele se sentisse muito próximo dela. Sentado à sua mesa perto da janela que dava para uma movimentada rua de São Francisco, ele frequentemente erguia o olhar das palavras dela para pousar os olhos no "seu" canto minúsculo da Golden Gate Bridge, enquanto a névoa refrescante girava em torno da ponte. O mundo dela, naquele momento, era quente e úmido, ele imaginou, e continha toda a cor e todo o drama que o dele não continha. Ele tentou evocar o rosto de Fanny Nzingha e encontrar um lugar para si em cada um dos funerais de Ola.

"Enquanto as homenagens, arrastadas, continuavam, me perguntei se Nzingha estaria pensando no dia em que nosso pai casualmente nos apresentou", escreveu Fanny. "Ela era assistente dele no Ministério da Cultura e, quando ele levou a mim e a minha mãe lá pela primeira vez, me contou que tinha uma surpresa maravilhosa, alguém bem parecido comigo. Quem? Perguntei. Minha jovem assistente, ele respondeu. Assim que passamos pela porta, entendi o que ele queria dizer, embora Nzingha estivesse usando, como eu viria a descobrir que sempre usava, um volumoso manto tradicional e um turbante combinando. Ela tinha os meus olhos, e percebi pela primeira vez, feliz, que os olhos das novas gerações africanas, depois das de meu pai, eram mais claros que os dos antigos, menos amarelos da fumaça das fogueiras nos barracos e cabanas, menos injetados de sangue. Ela também tinha o meu nariz, o nariz apache que fez meus colegas, quando eu estava no ensino médio, me chamarem de Cochise. Havia também algo de mim em seus movimentos e suas expressões. Só que ela parecia se orgulhar, conforme percebi depois, de uma espécie de intromissão erudita que me pareceu artificial. Quando nos aproximamos, ela estava dando instruções a uma subordinada – essa foi a sensação que passou. Que estava falando não com sua secretária ou assistente, uma mulher facilmente igual a ela, talvez em tudo, menos em formação e salário, e, sim, com algum ser inferior, uma criada, no velho estilo colonial.

"Depois de instruções bastante longas, detalhadas e, na minha opinião, extremamente condescendentes para a mulher, que a ouvia cabisbaixa e com o olhar desviado, Nzingha virou o rosto para ser beijada, o que Ola fez com um estalado retumbante, e que ela suportou.

"'Minhas duas Nzinghas!', exclamou ele expansivamente, inclusive abrindo os braços de alegria. Ele não sentiu um pingo de desconforto ou remorso, pensei depois, nos apresentando dessa forma. 'Finalmente vocês se conheceram!'

"Com a frieza de uma mulher acostumada a receber dignitários estrangeiros, ela estendeu a mão. Éramos exatamente da mesma cor, um rio em tom marrom grão de café.* Trocamos um aperto de mãos.

"Quando ela olhou para mim, depois para minha mãe e depois para seu pai, sorrindo para nós dois, uma leve carranca se formou entre suas sobrancelhas.

"'Ah', disse Ola, cujo outro apelido, 'Brejeiro', dado a ele pelo povo, era bem merecido, 'a carranca do reconhecimento!'

"Nós duas estávamos visivelmente confusas. Olhei para minha mãe. Ela estava sorrindo, composta. Obviamente ela esperava por algo assim. Sim, pensei, seria bastante improvável que meu pai não tivesse se casado, não tivesse tido outros filhos. Ele era africano. Talvez ele tenha se casado muitas vezes, tido muitas esposas, muitos filhos. A ideia de que eu poderia ter meia dúzia de irmãos tomou conta de mim. Como me sentia sobre isso? Não sabia. Enquanto isso, minha mão ainda estava agarrada à de Nzingha, assim como a dela à minha. Senti que estava me olhando no espelho, como uma afro-americana (de jeans, camiseta larga e sandálias), e o espelho refletia apenas a africana.

"'Vocês são irmãs, minhas filhas', disse nosso pai. 'Fanny Nzingha, conheça Nzingha Anne.' Essa era sua grande surpresa, e isso lhe agradou, como todas as surpresas, festas, trocas verbais inesperadas com pessoas nas esquinas.

"Ela foi a primeira a abrir os braços, a me abraçar, o que fez com cuidado, como se fôssemos ambas frágeis e embrulhadas em lenços de seda.

---

* *Coffee-bean brown* no original. [*N. E.*]

"Um momento depois, depois de gentilezas sobre nossa visita ao país e elogios à minha mãe por seu elegante terninho azul, Nzingha pediu licença e seguiu majestosamente pelo corredor. Mais tarde, ela me contou que foi ao banheiro, se sentou no vaso sanitário e chorou.

"Ela tentou ser tudo para o pai: linda, uma estudante de raciocínio rápido, sem problemas de disciplina, interessada em resgatar a cultura do país; até se casou cedo na esperança de lhe dar netos. E então descobriu que, no fim das contas, não poderia ser tudo para ele, porque ele tinha minha mãe, uma mulher educada, e tinha a mim, uma filha linda e educada. Tínhamos chegado antes dela e de sua mãe; não tanto em termos de afeto, mas em termos de tempo.

"Eu não entendi isso.

"Pacientemente, uma noite, enquanto bebíamos no seu apartamento colorido e acolhedor, perto do Ministério da Cultura, onde todas as paredes eram decoradas com tecidos e pinturas das mulheres dos povoados, Nzingha me explicou.

"Tínhamos acabado de comer, e ela colocou seus dois filhos, meus sobrinhos, para dormir. Vi que cuidar deles a esgotava e que Metudhi não ajudava em nada. Ele comeu e foi saindo pela porta, murmurando alguma coisa sobre uma reunião.

"'Estamos tentando trazer de volta à consciência das pessoas que são necessários pai e mãe para criar um filho', disse ela, tirando os sapatos cansadamente e se afundando no sofá. "'Essa é apenas uma das muitas crenças que os africanos perderam. Antigamente, o que está acontecendo agora em todo o país teria sido impensável; os homens fazem filhos nas mulheres, e isso é tudo que fazem. Não dão um centavo para comida, roupas ou educação. É um escândalo. Mesmo homens como Metudhi acham que é suficiente fornecer assistência financeira; depois de entregarem uma parte do salário, saem pela porta. Homens que pagam alguma coisa, *qualquer coisa*, são considerados homens *bons*. Toda mulher quer agarrar uma joia rara dessas.'

"O sotaque dela era muito bonito. A maneira como falava, até dessa coisa triste, me fazia sorrir.

"'Sim, suponho que não adianta chorar', prosseguiu Nzingha, 'mas há momentos em que é exatamente assim que me sinto. E me sinto tão frustrada, porque os homens podem sempre falar sem parar sobre a destrutividade do homem branco e, no entanto, não conseguem olhar para as próprias famílias e para a vida dos próprios filhos e ver que essa é apenas a destruição que o homem branco planejou. Entretanto, as mulheres estão começando a ceder devido ao sucesso flagrante do homem branco e à falta de apoio dos seus homens.'

"'As mesmas coisas acontecem conosco nos Estados Unidos, só que lá é com todo mundo; há muito mais mulheres e crianças brancas recebendo assistência pública do que negras, por exemplo. Mas a mídia e o governo tentam fazer com que pareça o contrário.'

"'Os homens são destroçados pelo sistema, que nem a gente', disse Nzingha.

"'É. A diferença é que eles ajudam a criá-lo. Pelo menos a parte que oprime as mulheres.'

"'Isso é verdade', concordou ela. 'E aprendi isso com a vida da minha mãe.' Nzingha percorreu a sala e apagou as luzes.

"'Você não viu a lua até vê-la na África', disse ela e, como era de esperar, começou a surgir uma lua amarela gigante que logo encheu a janela e depois a sala com sua luz amarela fria.

"'Minha mãe adorava a lua', disse ela, pensativa, sentando-se novamente. 'Ela adorava desde criança; e ela conseguia enxergar ao luar tão claramente quanto a maioria das pessoas enxergam ao sol. Ironicamente, isso significava que ela cresceria e se tornaria uma grande guerrilheira, aquela que sempre se voluntariava para sair em missões noturnas. Mas estou me adiantando na história da minha mãe. Quer mais café?', ela perguntou, servindo um pouco mais na minha xícara. 'Nós plantamos isso, sabe', ela disse, erguendo a xícara, um incentivo aos produtos de seu país em todos os ambientes.

"Fiquei encantada com a xícara, feita à mão, de um azul-cobalto brilhante, com pequenas cabeças de crocodilo decorando as laterais. Fiquei girando-a sem parar em minhas mãos enquanto minha irmã falava.

"'Minha mãe', disse Nzingha, 'era do povoado, do mato. Era analfabeta e supersticiosa. Isso quer dizer que ela não falava outra coisa senão a própria língua e não conhecia outros modos além dos de seu povo. Ela não conhecia nada de inglês nem de cristianismo', acrescentou incisivamente. 'Quando a repressão se tornou insuportável, ela fugiu e se juntou aos Mbeles, a "resistência" africana. Ela era uma lutadora brilhante – seu codinome era Harriet, como a Tubman; isso não a faz sorrir? – mas não uma estudiosa, pensadora ou até, na verdade, uma pessoa social. Ela era muito quieta, solitária, falava mais eloquentemente com seus atos do que com suas palavras, que eram muito poucas e pronunciadas como se estivesse cansada. Ela salvou a vida do meu pai, salvou a vida de muita gente, mas, sem uma arma em mãos ou um artefato explosivo no cinto, ficava um tanto perdida. Depois que o povo retomou o país, pouco havia para ela fazer, pois a sociedade tradicional não funcionava mais. Ou assim pareceu a ela. Meu pai se casou com ela quando ainda eram foragidos; ela ficou grávida de mim entre as batalhas. Com a derrubada do regime branco, o patrimônio do meu pai aumentou muito, porque ele foi parcialmente educado de maneira ocidental pelos missionários. Ele foi enviado para a Suécia para continuar seus estudos. Até tentaram mandá-lo para a Rússia! Ah, ele foi para a Rússia, mas voltou depois de duas semanas. Só Ola teria feito isso, voltado tão cedo. Os jovens estudantes que enviamos hoje têm muito medo de perder uma oportunidade como essa; faça o frio que for, não importa, mesmo que os russos sejam rudes; eles não pensariam em voltar para casa antes de conseguirem o que foram buscar. E isso é bom; o país precisa das competências que aprendem lá. Porém, é muito frio, Ola disse. Seu cérebro e todas as outras partes congelaram.' Ela sorriu. 'O governo o enviou para a Suécia. Ele ficou fora por vários anos, estudando e aprendendo para o bem do nosso país. Minha mãe ficou cuidando de mim e esperando. Bem ali, na pequena cabana onde ele a deixou, na cabana que ela mesma construíra. E, quando ele voltou, não se lembrava mais de como ela salvou sua vida nem de como era heroica. Se ele se lembrava, era do jeito que os escritores se lembram das coisas, como se tivessem acontecido com outra pessoa, e não é preciso ficar preso aos *fatos*.' Ela pausou. 'Às vezes tento pensar como deveríamos ser para ele depois dos anos que passou na Suécia. A Suécia também era muito fria, ele disse, mas as mulheres são lindas e calorosas.'

"Nzingha fez outra pausa, colocou as mãos sob o queixo, esfregou-as como se *elas* estivessem com frio e franziu ligeiramente a testa. 'A minha mãe não tinha escolaridade, mas era extremamente psíquica', continuou ela, 'até mesmo politicamente psíquica, o que é raro. Ela sabia que não importava quanto meu pai estudasse, que imitasse pessoas de outras culturas ou moldasse de outra forma um eu "moderno", ele sempre entraria em conflito com o governo daqui, mesmo que tenha sido esse governo que enviara ele e outros jovens para estudar fora do país. Um governo que ela ajudou, com imensos riscos e sacrifícios pessoais, a colocar no poder, mas que, uma vez no poder, convenientemente esqueceu que ela existia. Isso é uma verdade para todas as mulheres: elas foram esquecidas. Isso foi antes de nossos homens entenderem que poderia haver uma forma diferente de se relacionar com as mulheres, diferente daquela que tradicionalmente praticavam. É verdade que os homens sempre suspendem o comportamento tradicional em tempos de guerra. Uma mulher era para procriar, uma mulher era para fazer sexo, uma mulher... Bem, na nossa língua a palavra para mulher é a mesma que para celeiro de sementes. Mulheres como minha mãe estavam tão zangadas e magoadas. E meu pai voltou da Suécia e olhou para nós. Eu me lembro como se fosse hoje, embora tivesse apenas cinco ou seis anos. Ele veio num carro grande, com motorista, trazendo presentes. Para minha mãe ele trouxe um jogo de chá de porcelana, azul e branco, com uma capa acolchoada, e para mim uma boneca loira enorme chamada Hildegarde.

"'Nossa cabana era arrumada e, achava eu, muito bonita, porque minha mãe pintou da maneira tradicional, com cores ousadas e desenhos geométricos, mas ela foi além e pintou girafas por toda parte, girafinhas que pareciam flutuar nos espaços abstratos.

"'Meu pai parecia angustiado. Minha mãe e ele se sentaram num banco do quintal e conversavam em Olinka, mas de vez em quando ele dizia alguma coisa numa língua diferente – inglês, como percebi mais tarde – que só o motorista compreendia. Era como se ele falasse isso em seu benefício; o motorista também era alguém que meu pai conheceu durante a emergência. Brinquei com a boneca grande de olhos azuis e cabelos amarelos e percebi que minha mãe também ficou encantada, ela nunca teve uma boneca, muito mais do que com seu conjunto de chá. Nunca tínhamos visto nada parecido. Ela já tinha visto pessoas brancas, mas não muitas, e apenas quando estava tentando explodir seus prédios ou usinas de energia; nenhuma de nós tinha visto nada tão branco e esplêndido como a boneca.

"'Percebi que olhavam para mim de vez em quando e que meu pai parecia descontente.

"'Mais tarde, percebi que ele estava descontente por causa do número de furos em minhas orelhas, três em cada uma, e porque eu não estava de blusa. Mas nenhuma das mulheres ou crianças usavam blusas todos os dias. Para quê? Todo mundo sabia que a pele nua no clima úmido é mais confortável.

"'Ele passou a vir regularmente depois disso. Estava escrevendo peças contra o imperialismo. Naquela época, o governo realmente o amava, e, se beneficiando de seu privilégio, ele parecia estar bem feliz. Pelo menos tinha confiança de que seu trabalho poderia ser um instrumento de mudança, uma mudança que seu governo encorajaria, aplaudiria e, acima de tudo, tentaria implementar. Ele era um homem sem filhos, pelo que seus amigos no governo sabiam; pelo menos não se sabia ao certo que ele era casado, e sem dúvida isso começava a incomodá-lo. Toda vez que ele chegava e saía, minha mãe ficava cada vez mais triste. Sempre dormíamos na mesma esteira, e às vezes, durante a noite, eu acordava e ela estava chorando. Minha mãe era o tipo de mulher que conseguia lutar nas montanhas, nas grutas ou nos desfiladeiros durante meses, até anos, ao lado dos homens e explodir centrais elétricas, e ao mesmo tempo aceitar, com evidente gratidão, o abrigo dos braços de sua filha de cinco anos no meio da noite.

"'Meu pai veio um dia e levou Hildegarde e a mim. Minha mãe não brigou para que eu ficasse, e eu a culpei. Ela me disse que era para o meu bem (é lógico que eu não conseguia enxergar isso!) e que eu deveria estudar muito e aprender a servir o nosso país. Ela era uma patriota e amava o nosso país, embora pensasse que os homens no poder falavam muito e faziam pouco.'

"Nzingha parou de repente e esfregou os olhos, que começaram a brilhar com lágrimas não derramadas.

"'Nós a deixamos lá no povoado para definhar", disse ela, enfim. 'Senti muita saudade, no início. Eu não conhecia meu pai, e foi desconcertante perceber, assim que chegamos à capital, que todo mundo o conhecia. Que ele era famoso e popular e morava numa casa grande que combinava com o carro grande. Ele me colocou num internato dirigido por freiras brancas, algumas das cidadãs mais curiosas do nosso novo país, que agora vejo que tinha, aparentemente, tantos brancos quanto negros. Mas isso acontecia somente nas cidades. Naquela época meu pai estava cego para a contradição de me deixar com as freiras, ou fingia estar. Ele queria ter certeza de que eu aprenderia a falar inglês. O futuro do nosso país dependia da capacidade dos seus cidadãos de serem pelo menos bilíngues, sempre dizia. Essa perspectiva não ajudou minha mãe. Certa vez, numa rara visita que fiz ao povoado para vê-la, falei algumas palavras em inglês e ela ficou furiosa, atirando coisas, não que houvesse muitas coisas lá, e pisoteando tudo. Achei que ela ia me atacar. Ela estava bebendo a cerveja caseira que fazia para vender e fumando um cigarro. E era tão diferente da mãe que eu tinha deixado! Era realmente incrível. Seus olhos estavam vermelhos, o cabelo, opaco e rebelde. Havia uma grosseria em seus maneirismos e uma frouxidão em sua expressão que eu nunca tinha visto e nunca pensei que minha gentil mãe pudesse ter. Nem eu entendia ainda as mudanças na personalidade provocadas pelo luto. Ela estava desleixada, despreocupada. A chuva havia corroído um canto da cabana, e as girafas, que ela repintava todos os anos no início da estação seca, haviam desbotado e pareciam animais fantasmas, sombras, flutuando nas paredes da cabana.

"'Voltei só uma vez depois disso, enquanto ela ainda estava viva. Eu fui, mas não saí do carro. Ela veio me ver e se sentou num banquinho ao lado da porta do carro. Entreguei algumas coisas que meu pai tinha mandado para ela. Uma, lembro bem, era um livro sobre a cultura indígena no Camarões; havia muitas fotos das casas das pessoas lá – que eram feitas de barro e decoradas com cores coloridas –, das suas roupas e de seus instrumentos musicais. Ela ficou imediatamente interessada e chegou a ler mais do que a primeira página antes de jogá-lo no chão com indiferença. Ela tinha aquele olhar inchado, desleixado e dissipado que as pessoas têm quando não têm como se ver. Acho que ela nem tinha espelho. Eu não conhecia *aquela* mulher.

"'Ela morreu, depois de uma doença prolongada, quando eu tinha dezesseis anos. Provavelmente de câncer. Ou insuficiência cardíaca. Ou desgosto. A causa da morte não tinha nome, no povoado. Apenas os motivos. Ela andava muito cansada, os aldeões disseram, muito solitária. Não havia nada para uma mulher como ela fazer, agora que havia paz e os homens negros governavam o país. Eles não disseram isso com a ironia que minha mãe usaria.

"'De qualquer forma, meu pai e eu já tínhamos nos tornado colegas; nosso vínculo era a luta para melhorar o país. Ele estava escrevendo esquetes sobre o comportamento adequado dos trabalhadores no local de trabalho e a importância de um alto nível de produção. Eu ia com ele às fábricas onde fazia seu trabalho. Por ser sincero e seu trabalho facilmente acessível – e, às vezes, muito simplório –, os trabalhadores gostavam dele. Ele permaneceu, entre funcionários do governo e trabalhadores, muito popular. E naquela época eu era sua queridinha. Eu tinha muito orgulho dele!

"'Mas mesmo antes da morte de minha mãe ele vinha mudando. Se tornando menos confortável com essa adoração toda. Ele nunca mais a viu, exceto talvez uma ou duas vezes por acidente, quando os negócios o levaram de volta ao povoado. Meu pai foi responsável pela instalação de uma linha de água do rio até o povoado; os aldeões, que sempre carregaram água do rio na cabeça, o elogiaram muito por isso. No entanto, penso de verdade que, com sua ausência, e ao longo do tempo, minha mãe se tornou poderosamente presente para ele. Talvez seja simplesmente assim com os escritores. É quando não o veem que você importa. Porque aí você pertence a eles de um jeito que permite a posse completa. Você é determinada por eles. Você está controlada. Você é, de modo geral, exagerada.'

"Nzingha, que estava sentada no sofá com as pernas esticadas à sua frente, estremeceu e puxou-as para baixo dela. A sala estava ficando fria. Levantei minhas pernas e coloquei minha saia longa sobre elas. Ela pegou um grande xale de lã listrado em tom de terra que estava num banquinho ao seu lado – daqueles feitos nas cooperativas do Ministério da Cultura e vendidos nas lojas para turistas – e o estendeu sobre nossos joelhos. O café me deixou alerta, mas com calma e passivamente, sob o som de sua voz suave e familiar. Às vezes eu sentia que estava falando comigo mesma.

"'Escritores', refletiu ela. 'Alguém mais causa tantos problemas, a longo prazo? Mas posso lhe dizer o que meu pai diria: escritores não causam problemas tanto quanto os que descrevem. Uma vez descrito, o problema assume uma vida visível para todos, ao passo que, até ser descrito e tornado visível, apenas algumas pessoas conseguem vê-lo. Ainda assim, há algo sobre os escritores...' Nzingha riu. 'Como os russos estão descobrindo, são pessoas muito difíceis de reeducar. Acho que é um tipo de arabesco que escritores têm no cérebro, vêm ao mundo com uma certa perspectiva e com o desejo de compartilhá-la. Esse arabesco está totalmente ausente nas outras pessoas; eu não sei por quê.

"'Foi a peça do meu pai sobre a minha mãe que dissolveu completamente a confiança do governo nele e causou uma separação lá dentro. Talvez fosse porque "o povo" é composto por homens *e* mulheres; o governo, apenas por homens. Não que não houvesse uma luta entre as pessoas, tanto nas cidades como nos povoados, sobre as questões levantadas na peça. Houve enormes controvérsias, discussões, conflitos. Embora a peça criticasse impiedosamente alguns dos costumes das pessoas, não interpretaram isso como um ataque pessoal, como seres humanos, escolhidos para abusos. Além disso, eles conheciam o trabalho do meu pai muito bem para terem essa opinião. Eles se viam, na peça do meu pai, pela primeira vez como eram mais ou menos, sem a pátina da revolução, as palavras de ordem do imperialismo, ou qualquer preocupação com cotas de produção. Houve uma reação, na verdade, como se tivessem tido um ataque de histeria, e alguém que conheciam bem e de quem gostavam muito os puxou e deu tapas em suas caras. As coisas que se revelaram sobre si mesmos foram extremamente interessantes. Por exemplo, era como se nunca tivessem pensado nas mulheres ou na possibilidade de as mulheres serem seres humanos por direito próprio. Esse foi o maior tapa. As percepções de meu pai sobre a opressão das mulheres, das mulheres negras pelos homens negros, que deveriam ter sido mais compreensivos – tendo criticado por tanto tempo a ignorância do homem branco ao lidar com os negros – deixaram muitas pessoas desconfortáveis, mas também ficaram, em algum momento, estimulados a mudar. As peças do meu pai sempre eram um tanto didáticas; qualquer entendimento que ele obtivesse sobre a vida, não hesitava em compartilhar. As pessoas viram – como meu pai acabou por ver – a luta da minha mãe para ser soldada no exército contra a supremacia branca e a colonização, depois, a sua igualmente difícil batalha para ser esposa e mãe, sem modelos para o novo modo de vida que ela mesma estava ajudando a desenvolver, seguida pela sua completa desilusão com o governo de homens que assumiram o controle do país após o triunfo. Meu pai foi impiedoso ao descrever seus próprios fracassos. Suas amantes suecas, com uma das quais teve um filho, o seu carro grande, a sua grandiosa casa em estilo europeu. Seus comparsas no poder e sua assimilação pelo consumo de cerveja, mulheres e futebol. Sua empregada, uma garota humilde do povoado, que agia como se ele fosse Deus e que lembrava ao público sua esposa descartada. Achei insuportável assistir à cena em que a criança, concebida na paixão da revolta, é tirada da mãe totalmente arrasada. Como ele conseguiu escrever aquilo, assim como uma cena que retratava a decadência e a morte da mãe, era um mistério para mim. Paradoxalmente, durante a escrita dessa peça, e depois, à medida que ia sendo encenada, ele ficou um pouco mais alegre, calmamente rebelde, e diria até radiante.

"'A peça foi dedicada à minha mãe, a quem ele finalmente reivindicou publicamente como sua esposa. Pela primeira vez comecei a achar possível imaginá-los juntos, no mesmo quarto, comendo à mesa juntos, dormindo na mesma cama. Comecei a perceber que poderia, de fato, ter havido amor.

"'*Bem*, foi a primeira peça do meu pai que o governo proibiu.

"'Ele chorou de rir quando foi informado sobre a proibição. A reação dele quando era magoado sempre foi rir feito um lunático. Depois levou a peça aos povoados e a apresentou uma noite em cada povoado até que o governo o pegou. Multaram-no, o jogaram na prisão por uma semana e tomaram sua casa. Foi o começo do fim. Mas pelo menos, como ele costumava dizer, *foi* um começo.'

"Já era muito tarde quando minha irmã terminou esta história e depois improvisou uma cama para mim no sofá. Ela colocou uma almofada bordada sob minha cabeça e o xale de lã em tons de terra sobre meus pés e pernas. A melhor parte foi, quando ia para seu quarto, ela se abaixou e me deu um beijo na testa. Como se estivesse encantada com seu beijo, caí quase instantaneamente num sono profundo e reparador, interrompida apenas pelo retorno de Metudhi, no início da manhã. Depois que ele se acomodou, adormeci novamente; quando vi, já eram dez horas da manhã e eu estava sozinha no apartamento. As crianças estavam na escola, e Nzingha e Metudhi, no trabalho."

— Nosso pai cometeu muitos, muitos erros, principalmente por ignorância – disse Nzingha –, mas no fundo ele era destemido.

Naquele dia, elas estavam fazendo um piquenique nas margens do Lago Wanza. Ao longe havia colinas baixas e azuladas, e, no lago, os barcos de pescadores desgastados pelo tempo balançavam, complacentes, as velas de cor ocre balançando ao vento. Era um dia quente e agradável, com grandes pássaros voando lá no alto e com aquele som de calmaria que lembra um zumbido.

Mais cedo, Fanny ficou contando como tinha sido crescer sem pai e sem a menor menção de um. Sobre suas duas avós, Manhota Celie e Mama Shug; sobre o aconchego de ter sido amada por duas mulheres tão generosas. Elas riram quando Fanny disse o modo como sua mãe lhe contou que seu nome havia sido escolhido. Manhota Celie escolhera Fanny porque era o nome que ela gostaria de ter tido; se ela se chamasse Fanny, teria tido uma vida mais atrevida, ela sentia, repleta de viagens e aventuras. Ela considerava o som de "Fanny" uma aventura. E Fanny pensou que, para ela, havia algo ligeiramente escandaloso, rebelde, nisso. Que virar a "fanny", bunda, como o nome sugere, para alguém, ou "balançar a bunda na cara de alguém", era uma ação que ela sempre desejou poder realizar, especialmente quando era criança e jovem, e sofria abusos de todos ao seu redor. Então ela disse "Fanny!" quando Fanny nasceu. E a mãe de Fanny, Olivia, falou que ficou tão surpresa e com medo de ter inventado outro nome peculiar para acompanhá-lo, como Lou ou Jean, que esqueceu como se sentia fraca ao dar à luz e praticamente gritou "Nzingha!". Ao que Manhota Celie e Mama Shug disseram, em uníssono: "É *o quê?*" E então Olivia contou sobre Anne Nzingha, a governante de Angola que havia lutado contra os portugueses durante quarenta anos; uma mulher que recusou o título de Rainha e exigiu que seus súditos a chamassem de "Rei"; a mulher que, como Joana D'Arc, sempre se vestia de homem e liderava suas tropas nas batalhas. Ao mesmo tempo mulher, homem, rei, rainha, mestre estrategista e lutadora, filha, mãe, pagã e católica, governante suprema e mulher astuta. De todas as notícias trazidas para casa sobre a África, a mãe de Fanny disse-lhe mais tarde que esta era a mais interessante para Celie, embora ela nunca conseguisse pronunciar Nzingha corretamente, então ela a chamava de "Zinga", e apenas quando a repreendia, o que, ocasionalmente, fazia no tom mais suave possível. Geralmente ela a chamava de "Fanny". Tipo, "Fannnneeee, quirida, vem cá com a Manhota. Onde que cê tava, docinho? Me dá um pouco de amor!" Que era seguido por um abraço e um beijo estalado na bochecha.

— Ouvi dizer que algumas pessoas negras falam assim nos Estados Unidos. É verdade mesmo? – perguntou Nzingha.

Fanny garantiu que sim e começou a fazer um monólogo na voz de Manhota Celie.

— Posso até vê-la – disse Nzingha, rindo. – Tem muita personalidade dela na maneira como ela diz as coisas. Minha mãe era assim também. Quando ela falava, você sentia que não havia integridade maior na linguagem em lugar algum. – Ela havia aberto uma garrafa gelada de vinho de palma local, que garantiu a Fanny ser o único entorpecente na África que permitia as pessoas se sentirem bem depois de beber, sem possibilidade de uma ressaca desagradável.

Fanny riu com a informação.

— Meu pai tinha muitas ideias sobre educação, sabe – prosseguiu Nzingha, dando um gole no vinho e estalando os lábios em leal apreciação. – E foi difícil para ele entender que ser educado por pessoas que o desprezam também é uma conquista. Ele compreendeu isso, até certo ponto, em sua própria vida, mas quando se tratava de mim... Bem, como ele disse, era preciso sempre revezar entre alternativas, e a educação oferecida aqui em Olinka, depois do ensino médio, que deixava muito a desejar. Eu mesma reconheci isso. *Enfim*. Você nunca saberá o que é miséria até que seja um estudante africano enviado para estudar no Ocidente.

Fanny imaginou a irmã, pequena, preta, sozinha, dirigindo-se para aquele local mítico. Provavelmente nenhuma das roupas que ela tinha levado era quente o suficiente. Ela tomou um grande gole de vinho de palma para afastar o pensamento.

— Fui enviada para a França – contou Nzingha –, para Paris, Sorbonne. – Ela fez uma careta. – Com certeza eu sou a única mulher no mundo que odeia Paris! É um lugar frio, em todos os sentidos. As pessoas são tão cansadas, tão esgotadas espiritualmente. Nada parece movê-los de coração. Se animam apenas com acontecimentos artificiais, como peças irremediavelmente abstratas, cheias de ideias ainda mais abstratas, por exemplo. A moda os entusiasma. Nada os faz sorrir. Lembro-me de um dia andando pela Champs-Élysées e observando cada rosto que encontrava para ver se alguém sorria. Ninguém, e olhei para centenas de pessoas; e isso porque era um dia quente e lindo. Eu odiava o cinza, a arquitetura pesada, a ausência de árvores selvagens. Não suportava os *pieds noirs* nas lojas ou os outros africanos trêmulos que vendiam bugigangas no Bois. Fiz alguns amigos entre os Dogon.

Tinha um pequeno restaurante dogonês perto da Rue des Trois-Portes, não muito longe de Notre-Dame. Eu costumava ir lá sempre que podia. E lá estavam eles: os sorrisos, o carinho, a cortesia, a boa comida que eu esperava encontrar em Paris. Pois, acredite ou não, eu não gostava de comida francesa! Que todos em casa, especialmente quem nunca provou e que só ouviram falar por outras pessoas que estiveram na França, falavam como se fosse uma comida dos deuses. Eu odiava os molhos pesados, os leves também. Eu não tinha tolerância física para nada feito de leite ou creme. A propósito, essa é uma característica africana; eu não sabia disso, no entanto. Eu só sabia que quase tudo que comia me deixava doente. Eu me sentia internamente melecada o tempo todo. E eu estava mesmo! Eca! E a atitude de superioridade dos garçons quando você fazia um pedido. Já fui a muitos restaurantes parisienses com raiva demais para dar uma mordida.

Nesse ponto, Nzingha encheu novamente as taças, deu mais um gole no vinho e sorriu alegremente com o sabor caseiro.

— Eu odiava tudo – disse ela sombriamente, saindo do estado de felicidade. – Eu era tão desagradável quanto uma criança de três anos. Odiava o Louvre! Onde estava em exposição todo o espólio de outros países, porque, na verdade, é para isso que serve a maioria dos museus. Porque esses saqueadores não roubam apenas para si e para as suas casas, roubam para os seus países, seus continentes, para sua raça. Eu não aguentava aquilo. E me perdi lá no Louvre. Não consegui encontrar a saída, e os guardas foram tão inúteis quanto qualquer outro parisiense. Por fim encontrei uma janela aberta, a dois andares do chão, uma borda, subi nela e ia pular. Eu não ia aguentar ficar lá dentro nem mais um segundo. Mas um dos turistas, um norte-americano, um homem, também enfiou a cabeça pela janela casualmente e, enquanto eu estava ali encostada na parede olhando para baixo, ele disse: "Uau, com certeza falta ar puro neste lugar." Além de tudo fedia! Todas aquelas coisas mortas. Todos aqueles espíritos frustrados que nunca imaginaram que seus restos mortais acabariam em Paris, atrás de um vidro.

O Louvre cheirava ao que era: um túmulo. Então eu ri, aí ele disse, procurando um caminho: "Como você vai sair?" E eu certamente não queria compartilhar aquela borda, ou o salto, com ele, então respondi: "Deixa que eu vou primeiro." Ele era um daqueles caras altos e esguios que vemos em filmes norte-americanos ambientados no Texas ou em Montana. Mas descobri que ele era da Geórgia, no Sul, lugar do qual eu não sabia nada que não tivesse aprendido no cinema assistindo *E o vento levou*. Mas essa não era a Geórgia que ele conhecia. Ele era pobre; sua família sempre foi. Sabe, é difícil para os africanos acreditarem que existem brancos do Sul que foram ou são pobres. Olhamos para eles de forma estranha quando nos contam isso e pensamos: "O quê? *Pobre*? Depois de tudo!"

Fanny riu. Ela estava se sentindo muito bem com o vinho, e a escravidão sob essa perspectiva nunca havia lhe ocorrido.

— Eles, a família dele, sempre foram *decentes*, ele queria que eu soubesse – disse Nzingha, que estava começando a falar um pouco arrastado e a adquirir aquele tom ligeiramente argumentativo no qual os africanos falam quando bebem com alguém de quem gostam, mas têm uma história para contar da qual não gostam. – Esse era o código de *decência* para pessoas de cor, *seu* povo. Ele estava em Paris, na universidade, como bolsista. Nos vimos muito depois disso. Eu gostava muito do Jeff. Senti o tipo de afeto que se sente por uma criança ou por alguém que vaga pelo mundo absolutamente perdido e ao mesmo tempo confiante de que está encontrando um caminho e pode indicar aos outros. Havia tanta coisa que ele não conseguia entender.

"Quando ele deixou sua cidade natal, na Geórgia, toda a cidade foi lá, embora não as pessoas de cor com quem todos eram tão decentes! E ele ficou emocionado com tudo desde o dia em que chegou. O mofo do Louvre era o maior infortúnio da visita. Ele não conseguia compreender a tortura de classes em que a África era ignorada, historicamente, como se não houvesse ou não existisse; e onde, se um professor dissesse algo sobre Punt ou Cirene serem nações africanas com as quais o mundo antigo negociava, ele quase sempre se referia a esses lugares como 'míticos' ou 'misteriosos'! Parecia inadmissível para os professores reconhecer que a antiga Cirene era a Líbia, ou que os antigos egípcios eram negros. Isso parecia tão difícil para compreenderem como o fato de o deserto do Saara nem sempre ter sido um deserto, ou de o Egito fazer parte de África. Não sei de onde achavam que o faraó Tutancâmon era, com seu pequeno eu negro! Quando discutiam sobre a África, era em termos dos seus problemas, do seu 'atraso', nunca em termos das suas contribuições ou dos seus séculos de opressão dos brancos, incluindo os próprios franceses presunçosos e hipócritas, que, mesmo enquanto estudávamos história africana, sem uma palavra sobre o colonialismo francês, tentavam acabar com a resistência argelina pelos meios mais sujos possíveis. Foi tão degradante ficar sentada ali."

Havia mais raiva na voz de Nzingha do que Fanny ouvira durante todo o tempo em que esteve em Olinka. Ela começou a questionar-se, não pela primeira vez, sobre essa raiva acumulada e reprimida da mulher africana, silenciosa por tanto tempo. Ela pensava nessa raiva como um enorme depósito de energia e se perguntava se as mulheres sabiam controlá-lo. A raiva também pode ser uma espécie de riqueza, ela pensou.

— Eu me lembro, porém, do dia em que decidi dar um basta – continuou contando Nzingha, bebendo agora de uma forma alarmantemente rápida e tentando encher o copo de Fanny para que ela a acompanhasse. – Foi na aula de história. O professor estava discutindo as bases *gregas* da civilização e da arte ocidentais. Ele apresentou um slide, na frente da sala, que mostrava Perseu matando Medusa. *Bem*. Era uma escultura numa parede em algum lugar, acho que em Melos, e os saqueadores tinham acabado de cortar a parte do muro que lhes interessava e que conseguiam carregar. – Ela riu, assim como Fanny, diante dessa imagem. – Enfim, lá estava Perseu em sua carruagem, e em sua mão, pendurada na lateral, estava a cabeça decepada da Medusa, as mechas do seu cabelo semelhantes a cobras, apresentadas como cobras reais... em toda a África um símbolo de fertilidade e sabedoria; tinha até duas cobras flutuando nos cantos de sua boca. Seu rosto estava horrivelmente contorcido, como qualquer um estaria se alguém tivesse acabado de cortar sua cabeça. O restante dela, um corpo de mulher bem grande, ainda estava de joelhos, e na verdade ela se parece, se você interpretar a escultura de maneira diferente dos ocidentais, com um anjo. Porque ela *é* um anjo. Ela é a *mãe* dos anjos cristãos. Ela é Ísis, mãe de Hórus, irmã e amante de Osíris, Deusa do Egito. A Deusa que, muito antes de se tornar Ísis, era conhecida em toda a África simplesmente como a Grande Mãe, Criadora de Tudo, Protetora de Tudo, a Guardiã da Terra. *A* Deusa.

"Agora, eu aprendi tudo isso", e aqui Nzingha caiu na gargalhada diante do absurdo disso, "com as freiras da minha terra. E comecei a compreender, enquanto estudava na Sorbonne, por que aquelas freiras foram autorizadas a permanecer no meu país, quando tantas outras pessoas brancas foram *incentivadas* a ir embora." Nzingha fez uma careta violenta enquanto pantominava a tentativa de remoção de um objeto grande, pesado e obstinado. Fanny apreciou o espetáculo mental de opressão branca que ela criou, e as duas riram até as lágrimas brotarem nos olhos.

"Eram freiras que", continuou Nzingha, recuperando o equilíbrio tanto quanto uma pessoa um tanto embriagada pode recuperar, "na paz e na solidão da África, longe da doutrinação dos ensinamentos da sua igreja na Europa, desmascararam todos os espíritos obstrucionistas, teorias antimulheres e da supremacia branca ensinada a elas.

"'Vocês nunca se perguntaram de onde vêm os anjos?', uma das freiras, minha favorita, a irmã Felicity, perguntou uma vez à nossa classe, com seu jeitinho gentil. 'Bem, quando vocês estudarem a arte e a vida egípcias, vão descobrir de onde eles vêm; eles vêm dos deuses e das deusas da África'."

— Ah, *então*... – Foi só o que Fanny conseguiu pronunciar, em contentamento.

— *Anjos* africanos, óbvio! É exatamente isso que está faltando na vida de todo mundo, certo? – disse Nzingha, com a mão na cintura e os olhos pretos em chamas.

"Eu imediatamente os visualizei", continuou ela, "minha mãe entre elas, não como estava em seus últimos dias, mas como era quando ela e eu dividíamos a mesma esteira. Seu rosto gentil, seu hálito doce e sua voz terna. Sua conexão psíquica com eventos e pessoas a centenas de quilômetros de distância. Eu sabia que Notre-Dame foi construída no local de um santuário dedicado a Ísis, que mais tarde foi chamada de Madona Negra, e corri para lá assim que cheguei a Paris, porque minhas professoras, as freiras, disseram que eu deveria ir. Não existe nenhum vestígio de Ísis lá, é lógico, nem em nenhum lugar de Paris; certamente não hoje nas almas do seu povo. Mas pelo menos eu estava lá, em Notre-Dame, onde seus ancestrais, mais provavelmente pré-antigos, adoradores também estiveram. A não ser pelo fato de que estavam com os pés descalços no chão, debaixo das árvores, e foi dessa sensação de estar conectada diretamente com o Universo que eu senti falta. Notre-Dame para mim não era diferente do Louvre. Foi construída com o mesmo propósito. Só que foi construída para colonizar os restos espirituais de uma deusa, tal como o Louvre foi construído para colonizar os restos materiais de culturas devastadas.

"Obedientemente, enviei às freiras um postal mostrando esse edifício sombrio, e elas me responderam, dizendo que eu lembrasse que a Deusa não está confinada nos monumentos que, supostamente, os homens criam para ela habitar, mas que são erguidos para eles próprios, na verdade. Que Ela – o espírito da Mãe, da Criação, da Bênção e da Proteção de Todos – vive dentro de nós e não está confinada nem aos santuários nem a nenhuma época específica.

"Mas", disse Nzingha, "voltando ao professor. A história que *ele* contava era sobre a feiura do rosto da Deusa Africana, com seus cabelos trançados – cobras, eca, né? – e sua tendência de transformar os homens em pedra. E assim este corajoso homem branco, Perseu, o grego, assumiu o desafio de matá-la, como faria com qualquer outro 'dragão', porque o único convite que o homem branco aceita de qualquer coisa que seja poderosa é o de ir ao seu encontro e matá-la. E então ele corta sua cabeça, e em todas as suas histórias dizem que o rosto é horrível, os cabelos parecem cobras se contorcendo e que não há nada redimível nela."

Havia uma expressão de profunda tristeza no rosto de Nzingha. "Só que", disse ela, num sussurro, "se você é da África e reconhece as asas da Medusa como as asas do Egito, e reconhece a cabeça da Medusa como a cabeça da África, então você entende que o que está vendo é a memorialização do mundo ocidental daquele período pré-histórico, quando o mundo masculino branco da Grécia decapitou e destruiu a tradição e cultura de mulher negra da Deusa/ Mãe da África." Ela parou por um instante, enquanto pensavam sobre isso. "Na verdade", ela continuou, pensativa, "a mais antiga 'Atena' conhecida, embora grega, tem cabelos de cobra. Só depois lhe deram aquelas mechas loiras e esvoaçantes que os gregos de cabelos pretos fingem ter ainda hoje." Nzingha tomou o último gole de vinho da taça em sua mão e mexeu os ombros com certa indiferença, parecendo, por um momento, muito francesa. "Não foi um desafio", disse ela, "passar por minha aula de literatura ocidental e descobrir que Atena foi criada para ser uma lacaia da ordem masculina que a criou; que um de seus primeiros atos, em *Oréstia*, negava a existência de qualquer vínculo entre uma mãe e seu filho, que não seja o de uma carta num envelope. Segundo ela, no julgamento de Orestes pelo assassinato de sua mãe, a mulher apenas carrega a semente, o filho é totalmente fruto do pai. Ela mesma declara que nunca teve, nem nunca precisou, de uma mãe, tendo surgido da testa de seu pai, o deus Zeus!"

Nzingha se endireitou, puxou as pernas para cima e as abraçou. Por um instante ela se pareceu muito com Ola. Fanny achava que nenhuma das duas ainda estava de ressaca, mas estava nítido que a euforia induzida pelo vinho, o que havia da ressaca, durou pouco. A história de Nzingha a fez pensar nas universidades dos Estados Unidos e em todas as mentiras acadêmicas que a levaram à prática da massagem.

— Daí o que eu tentei argumentar – disse Nzingha, cansada, soando um pouco como Ola também – lá na Sorbonne, num dos principais bastiões da civilização ocidental, foi que a razão pela qual Atenas surgiu "plenamente desenvolvida" da mente de Zeus foi porque ela tinha sido uma ideia, dada pelos homens gregos ao seu Deus; e essa "ideia" era a destruição da deusa africana Ísis e a metamorfose de Ísis na deusa grega Atena. Mas como ninguém na Sorbonne aprendeu nada sobre Ísis, era impossível para eles verem essa conexão entre Atena e ela. Devo ter parecido para eles só mais uma africana alucinada.

"Fui embora da França naquela noite. Eu me recusei a ser ensinada que a África Negra – a África 'Crioula', como a chamavam – não estava ligada à África 'de cor', digo, ao Egito, ou que uma civilização fundada na destruição da mulher negra como Deusa em seu próprio mundo era superior ao que eu tinha em casa, não importa quanto 'atrasada' ou empobrecida."

— E você estava certa – disse Fanny enfaticamente, beijando sua bochecha.

— O pai ficou muito decepcionado – disse Nzingha com pesar, passando os dedos no local que Fanny a beijara. – Ele tinha tantos sonhos para mim! Que eu aprenderia não só francês e inglês, mas também alemão. Então ele ficou bastante transtornado quando viu que eu nunca mais voltaria. Aprendi a me educar, tenho certeza, da maneira que devia ser feita antigamente. Sempre que encontrava alguém que passava a impressão de saber muito sobre um assunto e que demonstrava, além disso, certa felicidade em seu ser, e se eu ficasse interessada pelo assunto, pedia que me ensinasse o que sabia. Um dia eu falei ao meu pai: 'Me ensina como você escreve suas peças. Me leva com você para eu aprender como são apresentadas. Me diz o que estudar para ajudar a desenvolver a nossa cultura.' Aos aldeões eu pedi: 'Me contem sobre a guerra, sobre o passado; me ensinem como fazem as coisas; me contem as histórias para que não se percam.' Uma coisa eu sei – disse Nzingha decididamente –: aprender com os mais velhos não permite pessimismo. Seu dia é sempre mais fácil que o deles. Você olha para eles, tão lindos e tão sábios, e não consegue evitar tentar imitá-los. É coragem dada por osmose, eu acho. – Ela ficou em silêncio por vários minutos, olhando para o lago, que havia ficado amarronzado com os raios vermelhos profundos do sol poente.

— *Você* me dá coragem, Nzingha – disse Fanny, depois de um tempo.

Nzingha suspirou, olhou para a irmã sem nenhum ressentimento da irmã há muito perdida que Fanny uma ou duas vezes vislumbrara em seus olhos e sorriu.

— A peça que Ola escreveu sobre *sua* mãe foi o que o trouxe de volta – disse ela. – Ele se lembrou de quanto aprendeu com os missionários, mas também se lembrou de como aprender com eles e não com o próprio povo o fazia se sentir inferior. Isso fez com que ele se tornasse quase inconscientemente agressivo, ainda mais contra as mulheres, sobre as quais exercia poder por causa de seu tamanho e por ser homem. Foi quando comecei a trabalhar com ele, primeiro aprendendo a escrever peças, depois como sua assistente no Ministério da Cultura, que comecei, como todo mundo, a chamá-lo de "Ola".

Nzingha juntou os restos de comida e as várias garrafas de vinho vazias e colocou de volta na cesta de piquenique. Fanny levantou-se da esteira e começou a enrolá-la.

Ísis, Atena. Egito, Grécia. Ali, nas margens do enorme Lago Wanza, era fácil pensar nelas, brilhando logo acima do horizonte, o próprio Egito uma espécie de anjo do lugar, sempre acenando para quem precisava de garantias de sua beleza, seu valor, sua bondade. Seu lugar na história. E, no entanto, como Fanny disse a Nzingha, enquanto espanavam as saias uma da outra, "o fato de alguém se sentir tão envolvido com os egípcios pretos e mestiços não se devia tanto aos seus governantes, nem mesmo aos seus deuses ou à sua religião, mas por causa de seus artistas. Acima de tudo, a arte que é primorosa", ela murmurou, "e, sem dúvida, a música também era linda."

Ela não precisava ter se preocupado com a tinta branca. Vestiu as roupas brancas simples e informais que tinha e cavalgou até o povoado de seu pai com Nzingha e Metudhi. Quando chegaram, as mulheres do povoado pegaram em suas mãos, e, em poucos minutos, o rosto, as mãos e as pernas de Fanny estavam cobertos de lama branca.

— Nos Estados Unidos – contou ela a Nzingha –, a minha avó costumava caiar a lareira com essa coisa.

Nzingha estava intrigada, e Fanny percebeu que ela não conseguia visualizar.

— Deixa pra lá.

O terceiro funeral foi tão longo, com cânticos e cantos, como o da capital foi em discursos. Fanny preferia esse. Foi difícil ficar parada enquanto um untuoso funcionário do governo seguia o outro, elogiando Ola por seu trabalho "ousado" e "revolucionário". Ela sentiu que a maioria deles estava simplesmente aliviada por ele ter tido a oportunidade de morrer de infarto enquanto estava em casa – bem no meio de uma piada do governo, ela foi informada –, e não ensanguentado, no chão, de uma das prisões.

— Eu me dei conta – sussurrou ela para Nzingha – de que não existe um único governo no mundo que eu goste ou que confie. São todos, pelo que sei, corpos inaturais, clubes privados de supremacia masculina.

Nzingha bocejou.

— Sim – concordou ela, sem fazer nenhuma tentativa de disfarçar sua inquietação, –, e a essa altura estamos cansadas demais para querer participar.

Enquanto o gumbo esfriava um pouco, o senhor Hal arrumou a mesa com lindos copos, toalhas e talheres que pertenciam ao tio Rafe e que Suwelo nunca tinha visto. Havia, antes de tudo, uma toalha de mesa pesada, branca que nem neve; sobre ela foi colocado um sousplat antigo de renda artesanal cor de creme, guardanapos com bordas rendadas para combinar, conjuntos de porcelana que lembravam alabastros e taças de cristal azul que ressoavam com uma batidinha de colher. Suwelo batia repetidamente na xícara de chá com a colher, a expressão encantada feito uma criança. Havia ainda uma prataria ricamente cintilante por toda parte, refletindo as chamas das velas nos pesados candelabros de prata que a dona Lissie colocou na mesa com um arranjo de flores gracioso.

Suwelo sentou-se onde tio Rafe se sentaria numa ocasião dessas, na cabeceira da mesa. Dona Lissie e o senhor Hal estavam um de cada lado dele. Eles ergueram seus copos de chá gelado ou limonada ao espírito do tio Rafe e começaram a servir-se com apreciação e um entusiasmo indisfarçável. Rafe adorava gumbo, dona Lissie comentou.

O gumbo, que o senhor Hal garantira a Suwelo, ficaria ainda melhor amanhã, e no dia seguinte e no seguinte e no... estava tão bom que Suwelo mal conseguia acreditar que estava provando aquele prato pela primeira vez. Tinha o tipo de sabor que era como se estivesse saboreando a vida inteira; havia, bem, um sabor quase sexual naquilo. Ele adorava a textura pegajosa, a plenitude picante. Nenhum sabor incluído em sua criação era mais distinto.

Uma hora depois, a louça já estava lavada, e eles ainda elogiavam o gumbo com todo carinho, ainda mais especial porque os três o prepararam. Os amigos sentaram-se na sala tentando ler diferentes trechos do jornal. Eram os relatos habituais de assassinatos, estupros, torturas, guerras, crianças abandonadas, apartamentos destruídos e carros novos. Foi dona Lissie quem primeiro jogou suas páginas no chão.

— Não tem nada que eu possa fazer sobre essa loucura atual – disse ela. – E só de pensar nisso atrapalha minha digestão.

— Você está certa – concordou o senhor Hal, dobrando suas páginas com cuidado e colocando ao seu lado no sofá.

— Prefiro continuar ouvindo sobre você e Fanny.

— Sim – concordou o senhor Hal outra vez –, se vão nos explodir ou nos fazer morrer congelados e morrer de fome no escuro, é melhor a gente se divertir com uma boa história.

Suwelo estava ao lado da televisão. Em um gesto que agora reconhecia como ritualístico, virou-se ligeiramente na cadeira e puxou as pontas do xale azul que não precisava mesmo ser endireitado. Ele recostou-se e começou.

Ele achava que, se algum dia se sentasse no "assento importante" ao lado da televisão, nunca seria capaz de falar sobre a sua vida como o senhor Hal e a dona Lissie falavam sobre a deles. A vida dele parecia muito moderna, muito atual – quem sabia como seria a história dele e de Fanny? –, muito... pessoal. Ele sentiu um pouco da timidez que sofria quando era menino e um adulto lhe pedia que prestasse contas de si mesmo, e se sentiu exposto de uma forma que não acontecia quando ajudava a preparar o jantar na cozinha. Conversar com eles naquele momento foi indireto, de certa forma. Cada um deles estava absorvido na tarefa que tinha pela frente. Parecia que ele estava conversando principalmente com os caranguejos que limpava, e o senhor Hal e dona Lissie só ouviram sem querer. Ele pigarreou e deslizou os dedos longos para cima e para baixo na coxa coberta pelo veludo cotelê. Seus olhos, que haviam perdido a aparência irrefletida, pareciam ao mesmo tempo sinceros e cheios de sentimento.

— A tenda yurt que Fanny e eu tínhamos – começou ele, com a voz firme e nítida – e os cinco acres de terra, ficavam no topo de uma colina que dava para um vale de fazendas de ovelhas e vinhedos. A abertura era voltada para o leste, então todas as manhãs o sol nascente nos acordava. A gente ficava numa pequena clareira, mas a floresta rodeava tudo e dividíamos a terra com veados, esquilos, coelhos, guaxinins e pássaros de todos os tipos. Havia falcões enormes que brincavam ali, na verdade procuravam por comida, mas meio que pairando, então parecia que brincavam, e os abutres mais graciosos, com envergadura enorme, corujas (que Fanny sempre dizia ser parecidas comigo, então talvez a coruja fosse mesmo meu totem), e às vezes até gaivotas, já que não estávamos muito longe do mar. Se algum dia vocês forem para o oeste, e eu espero mesmo que vão, adoraria mostrar esse lugar para vocês. É realmente especial. Não fomos as primeiras pessoas a pensar assim, encontrávamos com frequência pedaços de pederneira cinzelada e cacos de cerâmica aqui e ali.

"De vez em quando, Fanny achava que tinha visto indígenas. A única vez que vi um foi quando os encontramos acampados no parque estadual, com todo mundo. Mas não foram esses que ela viu. Pelo menos não nas colinas onde estávamos. 'Bem ali, perto do riacho', ela falou uma vez, quando descemos para nadar no rio e ela voltou para a floresta para encontrar a nascente de um pequeno riacho que desaguava no rio. 'O que exatamente você acha que viu?', perguntei. Ela estava com aquele olhar intencionado, um pouco chapado, mas alegre, que ela assumia muitas vezes, sem uma boa razão, pelo que me parecia. Ou melhor, sem nenhuma razão que eu percebesse. Ela apontou rio abaixo. 'Ali, ali, bem quietinhos na margem, dois meninos do povo Pomo, com as lanças erguidas, pescando salmão.' Época errada, eu disse, pedante. Era verão, fazia muito calor e restava muito pouca água no rio; obviamente água insuficiente para o salmão, que é um peixe enorme. Ela não ficou perturbada com minha resposta, estava acostumada com isso. Geralmente, quando eu usava esse tom de voz, ela apenas parava de me contar o que quer que tivesse vivenciado. Mas não dessa vez. Ela os descreveu: pele levemente retinta, longos cabelos pretos, muito redondos, têm rostos de 'lua', ela disse. Tangas. *Tangas*? Eu provoquei. Ela confirmou. 'Eles estavam imóveis como cervos', confessou, 'e difíceis de enxergar.'

"Eu não entendia nem compartilhava desses voos de fantasia, mas quando não estava ressentido por ela ser a possuidora desse dom duvidoso de... Como posso dizer? Eu gostava deles indiretamente; faziam parte do que me encantava em Fanny. E nos verões, quando eu não tinha responsabilidades docentes e nós dois podíamos 'desaparecer' do mundo, como ela gostava de dizer, essa era definitivamente uma parte do entretenimento. Na verdade, este era – o 'desaparecimento' – o seu momento mais feliz; quando ela sentia que não existia nada para ninguém além de si mesma e às vezes nem para ela mesma. Nunca conheci ninguém que amasse mais a ideia da permanência, da invisibilidade, de estar em paz debaixo de um cogumelo venenoso, do que Fanny." Suwelo riu da imagem de Fanny, que visualizou perfeitamente. Lá ela estava sentada sob seu cogumelo marrom, feliz como um sapo, e sendo um deles.

"E ela captava informações de maneiras que eu também nunca entendi. Ela tinha parado de ler de maneira sistemática; as informações de que precisava simplesmente vinham até ela, visitando um amigo, ou alguém que mal conhecia, por exemplo. Aí derrubaria um vaso, a água respingaria numa pilha de livros no chão, ela secaria com cuidado todos os livros, ajoelhada no chão, pedindo desculpas profusamente o tempo todo. Então a informação, ou o que quer que fosse, que ela procurava vagamente, aparecia na página mais molhada de um dos livros enquanto ela a secava em frente ao fogo e lá estaria exatamente o que ela queria saber. Seus olhos permaneceriam na página só por um minuto, enquanto ela absorvia a informação, e então continuava as coisas. Já vi esse tipo de coisa acontecer bastante; e às vezes era realmente enlouquecedor. Em comparação, para tudo que eu queria aprender, tive que trabalhar muito, muito arduamente, passando semanas, até meses, trancado em estantes bolorentas de biblioteca com livros decadentes empilhados bem acima da minha cabeça.

"Ou seus desejos! Fanny desejava quase tudo: comida, roupas, uma experiência, uma passagem para qualquer lugar, um telefonema de uma pessoa amiga, qualquer coisa; lontras no rio, um cervo com chifres muito maiores do que ela, enormes, todo mês de setembro quando começa a temporada dos cervos e os machos são rotineiramente caçados e abatidos, mas Fanny não via só um cervo com chifres enormes, e sim dois! Ela até cresceu alguns centímetros fazendo aulas de artes marciais duas vezes por semana... E tudo que ela desejasse aconteceria. Foi seu desejo que nos trouxe a yurt, uma autêntica tenda yurt feita à mão, construída por uma moderna bruxa holandesa de Amsterdã que estava de passagem a caminho sabe-se lá Deus onde, uma yurt na qual eu certamente nunca teria sonhado em morar um dia. Afinal de contas, as únicas yurts que eu conhecia eram as das fotos tiradas na Mongólia Exterior que vi na *National Geographic* feitas de pele de iaque. Mas não, aquela que ela conjurou para nós era redonda, sim, mais ou menos, e feita de madeira. Tinha um fogãozinho com uma chaminé que se projetava para fora e um telhado feito de telha asfáltica. Tinha janelas por todo lado. Ela foi para algum lugar e dormiu numa dessas, depois de ter sonhado com uma por meses, e adorou. Precisamos de uma yurt, ela disse. Não se passou nem uma semana, e nossos amigos ligaram oferecendo a deles. Tinham construído uma casa tradicional, quadrada e moderna, que Fanny considerava indescritivelmente feia e sem alma, e quase demoliram a yurt. Então nos mudamos. O espaço só dava para capar um gato, como dizem, mas, como estávamos lá apenas durante o verão, passávamos a maior parte do tempo ao ar livre. À noite, o tamanho era perfeito para nos aconchegarmos no futon e ficar olhando as estrelas."

Nesse momento da sua história, Suwelo parou abruptamente de falar, levantou-se da cadeira e subiu a escada. Quando voltou, trazia consigo um pequeno álbum de fotos. Ele o passou para seus amigos, que o folhearam em silêncio. Eram fotos de Suwelo, parecendo uma cotovia, sentado no chão e aparentemente preparando vegetais silvestres para comer; uma moradia de aspecto engraçado que os fez pensar nas casinhas tortas dos contos de fadas infantis; e uma mulher bem bonita, negra e queimada pelo sol, com uma expressão da mais intensa expectativa do bem no rosto. Um rosto que esperava que tudo na natureza se abrisse, sem resistência, para ele. Um rosto que dizia sim, não uma vez, mas repetidas vezes. Era um daqueles rostos que as pessoas têm quando são muito beijadas quando são bebês e crianças pequenas. Embora suas mãos estivessem ao lado do corpo nas fotos, tinha-se a sensação de que estavam levantadas e abertas, oferecendo ou retribuindo um abraço.

— Você acredita que esse rosto está sempre melancólico ou abatido? – perguntou Suwelo, rindo. Ele mesmo não conseguia acreditar e já tinha visto com frequência.

"'Eu quero um jardim', Fanny pediu. Mas não tinha uma gota de água naquela terra de maio a novembro. A água que não tiramos do parque se materializou num longo cano de plástico preto conectado a um poço que duas donas de um vinhedo no cume mais próximo de nós nos ajudaram pessoalmente a colocar.

"Às vezes eu me sentia levado por uma onda de experiências que pareciam realmente mágicas. Passei a acreditar que tudo que Fanny desejasse aconteceria e que tudo que ela fosse, mesmo que remotamente, contra, fracassaria. De certa forma, isso me fazia sentir medo em qualquer confronto furioso com ela. Sabem aquela expressão 'fuzilando com o olhar'? Acho que Fanny conseguiria fuzilar com um olhar. Mas, felizmente, ela não estava nem um pouco interessada em destruir nada. Não, o jeito dela era ignorar, ir embora. Do nada, ela simplesmente não estava disponível para interagir com nenhuma ignorância que percebesse. E, quando voltava, sempre havia um distanciamento definido, um sentimento vindo dela meio que 'bem, afinal somos diferentes. Eu tenho o meu caminho, você obviamente tem o seu. Simplesmente coexistiremos. Se eu conseguir dividir espaço com linces, cervos, lontras e cobras, certamente conseguirei viver com você.' Uma semana assim. Então conversaríamos, riríamos, e ficava decidido que meu mau comportamento e sua teimosia estavam atrapalhando a celebração do nascer iminente da lua cheia. Aí não dava! E nossas vidas seguiam em frente.

"Dá vontade de rir quando penso no que disse antes: que Fanny não sabia das minhas brincadeiras porque vivia no mundo dela. Não é porque ela vivia em seu mundo que não sabia. Mas porque ela confiava em mim. Confiando em mim, ela simplesmente não sintonizou muitos dos sinais da maneira que poderia. E havia todos os outros sinais que ela recebia, vindos de todos os lugares, e com os quais ela tentava se identificar. O que significa, por exemplo, que um dia um pássaro foi andando para trás, lenta e cuidadosamente, por um grande carvalho em nossa clareira, saltou até Fanny, olhou para ela, subiu e se sentou na sua cabeça? Isso a fez pensar na Rainha Nut. *É óbvio que sim!* E do ideograma do urubu na *sua* cabeça. Talvez Nut estivesse tentando dizer algo a ela? Quem poderia saber? Bem, neste caso, Nut *estava* tentando dizer algo a ela, o que ela descobriu conversando com uma amiga nossa que é adoradora da Deusa e egiptóloga. Sua frase favorita de Nut, disse um dia nossa amiga enquanto estávamos sentados olhando para um desenho da deusa numa carta de tarô, é: 'Tudo que eu abraço se transforma.' 'É isso!', Fanny concordou. 'É isso o quê?', perguntei. Ela não explicou. Mas agora acho que o que ela quis dizer foi que devemos, todas as pessoas, nos voltar para tudo que queremos, em nossa vida, em nossos amores, no planeta, e quanto ao que não queremos basta ter equilíbrio para deixar partir. Mas eu não sabia disso naquela época.

"Eu lembro quando tentei fazer com que ela usasse aquelas lingeries no estilo da Frederick's of Hollywood. Fanny tem um corpo lindo. Mas ela não deixava óbvio. Eu sabia que ela ficaria tão boa ou melhor do que as mulheres com quem fantasiei. Mas ela se vestia da cabeça aos pés com as coisas mais brochantes. Vestidos longos, vestidos longuíssimos e pesados, à noite. Flanela. Com gola alta. Ela usava ceroulas. *Ceroulas* enormes. Pelo menos eram divertidas. Ela tingia de todos os tipos de cores. Vermelho, amarelo e laranja. Ela parecia fofa em vez de sexy.

"'Mas eu fico com frio com essas coisas que você gosta. E me sinto ridícula. São muito fininhas para usar. Por que você quer que eu use isso?', ela perguntou certa vez, olhando para mim de forma tão penetrante que tive vontade de esquecer de vez o assunto.

"Ela, relutantemente, vestiu uma calcinha vermelha de cetim e renda que comprei, saiu da yurt e mostrou para mim.

"'Estou me sentindo como um letreiro néon.'

"E eu tive que admitir que ali, na floresta, no meio do nada, ela parecia mesmo.

"'Mas o tesão adora néon', foi o meu sentimento.

"Depois, como dizem nos romances do início do século XX, me senti bem, pelo menos pensei que me sentia bem. Ela se sentiu péssima. Chorou e disse que se sentia degradante. Nunca mais vi o cetim e a renda vermelha.

"Mas essa luta específica, que perdi – a luta para fazê-la usar lingerie sexy e aproveitá-la como eu –, durou vários anos. Eu estava sendo influenciado na minha vida particular com Fanny pela vida sexual oculta que tinha em outro lugar. Ela deve ter percebido isso, e tenho certeza de que ficou magoada. Teve uma vez que ela até se sentou na cama depois de um sono profundo, ou pelo menos foi o que pensei, gritando: 'Quem são todas essas mulheres nesta cama com a gente? Quem são? Quem são?' E começou a me bater com um travesseiro e a chorar. Mas depois fizemos uma piada sobre isso. Porque ela não devia saber o que eu andava fazendo, e eu não deveria estar, na cabeça dela, fazendo nada.

"Até que sua tolerância finalmente se esgotou. 'Escute, Suwelo, se você gosta dessas coisas, usa você', ela disse. E realmente comprou uma tanga vermelha para mim, com um espaço aberto na frente, um pequeno v, e eu fiquei feliz vestindo aquilo. E então comecei a usar roupas íntimas justas, mínimas e coloridas, porque eu gostava, e ela ficava um pouco melhor quando fazia compras, mas suas escolhas eram sempre elegantes, discretas, carolas. Tive que aceitar o fato de que Fanny não ligava muito para o corte de suas roupas íntimas e de seus vestidos. Ela queria conforto, aconchego, peças de roupa resistentes e bem-feitas. Para ser sincero, ela preferia comprar suéteres, botas e coisas assim no departamento masculino; ela dizia que eram muito mais bem-feitas e com corte mais generoso do que as roupas femininas. De vez em quando ela comprava algo de que nós dois gostávamos; algo geralmente caro e muito sexy, mas nada que pudesse ser confundido com néon.

"Então, sim, acho que ela sabia. Conhecendo Fanny, ela provavelmente sabia antes de mim. Talvez ela tenha ficado na África por tanto tempo porque queria que eu tivesse liberdade para transar com várias mulheres.

"Foi uma liberdade que eu nunca tive. E fui criado com a *Playboy*, que prega que o objetivo de todo homem viril é transar com o maior número de mulheres possível e pensar no talento, na mente e nas habilidades profissionais delas como mais um estímulo sexual, nada mais. Eu adorava aquela piada inspirada, tenho certeza, na maneira de pensar da *Playboy*: o que você faz com uma cientista que descobre a cura para o resfriado? Você atarraxa ela. Rá, rá.

"Não era como se ela não fosse livre para dormir com quem quisesse também. Ela era. E se apaixonou rapidamente por todos os tipos de pessoas, nem todas elas espíritos. Mas dormir com essas pessoas não tinha importância para ela. Ela tentou me explicar isso, usando como exemplo sua relação com os planetas; sim, os *planetas*. 'Eu moro na Terra', ela disse. 'E eu a amo; sei que ela realmente precisa de mim, quer saiba disso ou não.' Ela sorriu. 'Agora, eu também sei que existem todos aqueles outros planetas lindos em algum lugar, e eles podem inclusive ser infinitamente mais emocionantes, mas a Terra é onde estou, e, quanto mais me relaciono com ela, mais interessante e emocionante ela se torna. Não sabemos quase nada sobre a Terra. Você sabe, né?' Acontece que nesse exato momento Fanny confessou que nunca havia chegado ao orgasmo em uma transa nossa, e lá estava eu me imaginando como o amante *completo*, se ao menos ela se vestisse adequadamente para seu papel; embora ela experimentasse regularmente o que mais tarde me disse ser 'uma espécie de êxtase'. Mas sem orgasmos. Eu, com certeza, não sabia quase nada sobre a 'Terra' e deveria ter evitado tentar chegar aos outros 'planetas'."

— A mulher é um mistério – comentou o senhor Hal, de forma encorajadora. Essa era, Suwelo sentia, a única resposta apropriada.

Dona Lissie não disse nada.

— E tem outra coisa estranha – continuou Suwelo, muito feliz por estar conversando com eles. – Vários de seus antigos amantes ainda estavam meio que "por perto". Até aquele que se afogou num acidente de barco na costa da Carolina do Sul quando ela ainda estava no ensino médio. Acho que Fanny nunca foi abandonada por alguém com quem ela se importava; e ela não ficava triste quando alguém morria, mas sim com o *jeito* como as pessoas morriam, ou triste com a doença, ou algo assim, mas, de certa forma, os vivos e os mortos, uma vez *mortos*, eram praticamente os mesmos para Fanny, e se apresentavam a ela da mesma maneira.

"Isso certamente me deu uma sensação de insegurança. Havia vezes em que, se *ela* estivesse lá, e eu visse que ela não estava, embora o seu corpo estivesse sentado tranquilamente ao meu lado numa cadeira, eu não tinha a certeza de sua presença. Eu sempre parecia estar perseguindo Fanny, mesmo quando ela estava literalmente presa em meus braços. Carlotta não entendia isso; e quem poderia entender? Eu costumava provocar Fanny dizendo que ela trouxe um significado inteiramente novo para a palavra 'servidão'. Às vezes eu me sentia tão desiludido, tão cheio de autopiedade e futilidade, tão *casado* – mas de uma forma que parecia totalmente diferente de 'casamento' como estamos acostumados –, eu estava simplesmente doente. As noites que passei vasculhando esta casa", Suwelo olhou para cima, em direção à escada, "pensando nessas coisas! Outros homens se casam com mulheres e dizem que as amam e, em cinco anos, embora ainda vivam com elas, a gente vê que essencialmente se separaram. Não existe mais uma conexão espiritual, nem física, autêntica. Em vez disso, estão ligados por contas a pagar, carro, filhos, conveniências políticas, seja o que for. Com o tempo, Fanny e eu não compartilhamos nenhuma dessas coisas. O divórcio foi apenas nossa primeira perda de qualquer parentesco não intrínseco. Depois disso, foi como se estivéssemos vendo até onde conseguíamos ir. Poderíamos ser duas pessoas que se reencontram de vez em quando, por exemplo? 'Não suportava me sentir entediada quando o via chegar', ela disse. Já eu, não suportava a ideia de uma perda de autonomia ou de liberdade que a fizesse perder a sua magia. Porque passei a valorizar e amar cada vez mais isso nela.

"Ela saiu do quarto e foi para a parte traseira da casa. E aí ela se mudou de vez. Alguns de nossos amigos pensaram que isso significava que estávamos separados. E eles não sabiam nada sobre o divórcio. Mas não, espaços separados aumentaram a nossa harmonia, *às vezes*. Não quero fazer com que isso pareça mais fácil do que era. Muitas vezes era um inferno. Começamos a ter um vislumbre de um modo de vida que nos dava luz solar direta, por assim dizer. Nenhum de nós queria ofuscar o outro. Mas, ao mesmo tempo, queríamos um grau de estabilidade, aconchego. Queríamos ser a floresta e a árvore. Desenvolvimento separado que melhorasse tudo que estávamos criando separadamente e juntos em nossa... *jornada*; era isso que procurávamos.

"O casamento simplesmente não era para a gente. Fanny achava que provavelmente não era para ninguém. Ela achava que não era natural. Eu não tinha tanta certeza, sendo um homem dentro de um sistema patriarcal. Via alguns privilégios. Ela achava que as palavras 'o que Deus uniu o homem não separa' pronunciadas em casamentos não tinham sentido. Para ela, 'casamento' era uma união de almas que era eterna, *fosse como fosse*; era presunçoso, portanto, alguém pensar que poderia ser separado. Depois tinha o pregador diante das pessoas quando já estavam casadas, fingindo representar 'Deus', mas na verdade representando o Estado. Ela se sentiu insultada pela hipocrisia. Além disso, em sua opinião, se unir a outra pessoa era um assunto tão sagrado que quase não havia como fazer isso na presença de outras pessoas, inclusive muitas delas sendo estranhas, amigos de amigos, parentes de quem você não gosta e outras pessoas que não entenderiam o significado do momento.

"A partir daí vocês podem ver facilmente que entre mim e Fanny nunca faltou assunto. Às vezes estávamos tão distantes em nossas ideias que eu ficava bastante irritado. Ela sempre parecia rebaixar as pessoas, seus menores costumes, seus pequenos gestos. Por trás de cada pequeno costume, de cada pequeno gesto, ela via uma *instituição* que nunca teria concebido. 'Por que você me ama, se é que você me ama?' Eu chorava. E ela pensava por um momento e dizia: 'Eu amo por você respirar.' Normalmente, a coisa menos substancial sobre mim! 'Também a menos colonizada', ela dizia, toda fofa. Algo inédito, na verdade, algo invisível. Não meu cérebro, não meu pau, não meu coração – não, mas a minha respiração. Mas para ela, conforme me explicou, minha respiração representava não só a minha vida, mas também a própria força vital; e no dia a dia isso significava que ela podia me beijar o tempo todo, e ela beijava. Nos beijávamos por horas. Horas. Ela enroscava minha língua em sua boca e, com um arrepio de prazer que infalivelmente me fazia levantar quase além da ocasião, ela prendia minha respiração. Seu hálito, doce, delicioso, a própria essência da vitalidade de sua alma, entrava em mim. Eu não tinha ideia, antes de estar com Fanny, de como constantemente e cada vez mais sedutor é esse tipo de beijo. Começamos nos beijando como todo mundo, um ou dois minutos de cada vez, mas depois... É um vínculo baseado no ar, em nada, em *nada* que se possa ver, ou guardar, tirar ou colocar, seja como for; e descobri que esse era o vínculo mais forte de todos. Era muito engraçado, e ríamos de quanto gostávamos de beijar. A mistura de nossas respirações enquanto nos beijávamos durante aquela segunda meia hora, como gostávamos de brincar, quase poderia nos levar ao... hummm... clímax."

— Alguns de nós já ouvimos falar sobre isso – comentou dona Lissie ironicamente, e o senhor Hal riu.

Parte V

O EVANGELHO SEGUNDO SHUG

BEM-AVENTURADOS são aqueles que são inimigos do seu próprio racismo: viverão em harmonia com os cidadãos deste mundo, e não com os do mundo dos seus antepassados, que já morreram e que nunca mais verão.

BEM-AVENTURADOS são aqueles que nasceram do amor: concebidos na ternura de seu pai e no orgasmo de sua mãe, pois serão aqueles – muitos dos quais serão chamados de "ilegítimos" – cujos espíritos não conhecerão limites, mesmo entre o céu e a terra, e cujos olhos hão de revelar a centelha do amor que foi sua própria criação. Conhecerão a alegria ombreada ao seu sofrimento e conduzirão multidões à dança e à Paz.

BEM-AVENTURADOS são aqueles que estão ocupados demais vivendo para reagir quando injustamente atacados: em suas caminhadas, encontrarão mistérios tão intrigantes que os distrairão de cada golpe.

BEM-AVENTURADOS são aqueles que encontram na Criação algo para admirar a cada hora. Seus dias transbordarão em beleza, e as masmorras mais sombrias oferecerão presentes.

BEM-AVENTURADOS são aqueles que recebem unicamente para oferecer; em sua casa sempre circulará a energia da generosidade; e, em seus corações, o início de uma nova era na Terra: quando nenhuma chave será necessária para destrancar o coração e nenhuma fechadura será necessária nas portas.

BEM-AVENTURADOS são aqueles que amam o estranho; nisso refletem o coração da Criação e da Mãe.

BEM-AVENTURADOS são aqueles que se contentam em ser quem são; nunca lhes faltará mistério em suas vidas, e as alegrias da autodescoberta serão constantes.

BEM-AVENTURADOS são aqueles que amam o cosmos inteiro, em vez de seu minúsculo país, cidade ou fazenda, pois a eles será mostrada a teia ininterrupta da vida e o significado do infinito.

BEM-AVENTURADOS são aqueles que vivem no sossego, sem conhecer marcas nem modismos; eles viverão cada dia como se estivessem na eternidade, e cada momento será tão pleno quanto prolongado.

BEM-AVENTURADOS são aqueles que amam os outros sem se separarem de seus defeitos; a eles será dada a lucidez da visão.

BEM-AVENTURADOS são aqueles que criam qualquer coisa, pois reviverão a emoção de sua própria concepção e realizarão uma parceria na criação do Universo que os manterá responsáveis e alegres.

BEM-AVENTURADOS são aqueles que amam a Terra, sua mãe, e que sofrem de boa vontade para que ela não morra; em sua tristeza pela dor dela chorarão rios de sangue, e em sua alegria, em sua viva resposta ao amor, conversarão com as árvores.

BEM-AVENTURADOS são aqueles que veem cada ato como uma oração pela harmonia no Universo, pois são os restauradores do equilíbrio do nosso planeta. A eles será dada a compreensão de que toda boa ação praticada em qualquer lugar do cosmos acolhe a vida de um animal ou de uma criança.

BEM-AVENTURADOS são aqueles que se arriscam pelo bem dos outros; a eles serão dadas grandes oportunidades para riscos cada vez maiores. Terão uma visão do mundo em que o presente de ninguém será desprezado nem perdido.

BEM-AVENTURADOS são aqueles que se esforçam para abandonar a raiva; sua recompensa será que em qualquer confronto seus primeiros pensamentos nunca serão de violência ou de guerra.

BEM-AVENTURADOS são aqueles cujo cada ato é uma oração pela paz; deles depende o futuro do mundo.

BEM-AVENTURADOS são aqueles que perdoam; sua recompensa será o esquecimento de todo mal que lhes foi feito. Estará em seu poder, portanto, visualizar a nova Terra.

BEM-AVENTURADOS são aqueles a quem é mostrada a existência da magia da Criação no Universo; eles experimentarão deleite e espanto sem cessar.

BEM-AVENTURADOS são aqueles que riem com o coração sincero; deles será a companhia dos alegres justos.

BEM-AVENTURADOS são aqueles que amam todas as cores de todos os seres humanos, assim como amam todas as cores dos animais e das plantas; nenhum de seus filhos, nem qualquer de seus ancestrais, nem qualquer parte deles lhes serão escondidos.

BEM-AVENTURADOS são aqueles que amam as lésbicas, os gays e os heterossexuais, como amam o sol, a lua e as estrelas. Nenhum de seus filhos, nem nenhum de seus ancestrais, nem qualquer parte deles lhes serão escondidos.

BEM-AVENTURADOS são aqueles que amam o que está partido e o inteiro; nenhum de seus filhos, nem nenhum de seus ancestrais, nem qualquer parte deles será desprezada.

BEM-AVENTURADOS são aqueles que não se juntam às turbas; deles será o entendimento de que atacar com raiva é assassinar em confusão.

BEM-AVENTURADOS são aqueles que encontram coragem para fazer pelo menos uma pequena coisa todos os dias para auxiliar a existência de outra vida – planta, animal, rio ou ser humano. A eles se juntará uma multidão de tímidos.

BEM-AVENTURADOS são aqueles que perdem o medo da morte; deles é o poder de imaginar o futuro em uma folha de grama.

BEM-AVENTURADOS são aqueles que amam e apoiam ativamente a diversidade da vida; eles estarão seguros em sua diferença.

BEM-AVENTURADOS são aqueles que *sabem*.

Arveyda leu o panfleto *O Evangelho segundo Shug* repetidas vezes. Carlotta sentou-se em silêncio ao seu lado. Ela não achava que ainda o amava; nem queria considerar isso. Sentia-se atraída pelo que ele sabia e pela forma como o sabia; e pela sua música, sempre. Ela estava visitando-o na nova casa que ele comprara ao voltar da América Central e do Sul: um bangalô espaçoso, baixo e acusticamente perfeito, que se projetava das colinas de Berkeley e fora inspirado nas casas projetadas por Frank Lloyd Wright. No andar inferior havia um estúdio de gravação de última geração, com isolamento acústico, e das janelas dele se via a Golden Gate Bridge em seu esplendor enevoado e o pôr do sol era espetacular de ver dos três andares da casa. Em comparação, a casa dela parecia sem vista, bagunçada, abandonada e, para três pessoas, absurdamente pequena. Também era em Oakland, menos elegante. Ele a convidou para morar com ele, os filhos também, mas ela não quis. Descobriu que gostava de morar na própria bagunça e na bagunça dos filhos.

— Quem é Shug? – perguntou Arveyda. Levantou um dos pés e o cruzou sobre o joelho. Ele tinha o hábito de balançar o pé levantado, o que o fazia parecer impaciente.

Carlotta tirou os sapatos e sentou-se por cima dos pés. Ela gostava dessas visitas, que eram semelhantes, segundo ela imaginava, às visitas que alguém poderia fazer a um pai ou a um irmão mais velho. Como sempre, Arveyda ofereceu um ambiente luxuoso e comida fresca e saudável. As duas crianças estavam na escola das oito e meia às três e meia naqueles dias, e, por causa do recesso de primavera, ela não precisava dar aulas durante a semana.

— Enquanto você estava fora – respondeu ela –, eu costumava ir a um lugar chamado Salão de Massagem da Fanny. Era perto do campus. Fanny fazia massagens muito boas.

Ela prendeu a respiração; mas por que deveria hesitar ou ter esse receio?

— Ela era esposa daquele homem em quem eu estava interessada, de quem você perguntou uma vez, Suwelo.

— Suwelo? Igual à runa? – perguntou Arveyda.

— Sim. A runa da totalidade. Mas não creio que isso se aplicasse a Suwelo, pelo menos não quando o conheci.

— Por que diz isso?

— Porque ele estava em pedaços.

Arveyda interrogou Carlotta com o olhar, e ela ignorou. Com calma, talvez, ela lhe contasse tudo sobre *suas* experiências íntimas com outra pessoa. Mas agora não.

— Shug, pelo que entendi, era a avó de Fanny, ou algo do tipo. Assim como sua mãe, ela fundou uma igreja.

O que exatamente isso significava?, ela se perguntava agora. Tentou imaginar a mãe de Arveyda, que lhe dera o nome de um sabonete. Era ela uma mulher grande e preta como algumas das mulheres negras idosas que via nas ruas? Não; ele disse algo sobre seu estilo. Bem, mas as mulheres grandes e pretas eram muitas vezes as mais elegantes de todas. Ela tinha uma igreja, uma igreja de verdade, com vitrais e tudo mais? Carlotta nunca tinha ido à igreja por vontade própria. Zedé a levou para a igreja católica na esquina da casa delas quando ela era criança. Elas entendiam pouco dos sermões e pararam de ir aos poucos. Zedé nunca admitiu que existissem povos pagãos. Já bastava o catolicismo.

Arveyda sorria para ela enquanto pensava naqueles dias.

— Bem – disse ele –, mas minha mãe nunca escreveu as próprias bem-aventuranças!

— Fui ao salão da Fanny porque a conheci na faculdade. Não a conheci de fato, mas a via de vez em quando. Ela tinha se mudado de Nova York para a Bay Area com Suwelo. Os dois eram professores. Ele dava aula de história americana, e ela, de estudos femininos. Mas aí ela ficou frustrada como professora e passou para administração. Porque achou que seria mais fácil, não sei como. Lógico que não era. Ela andava por aí com um olhar de uma angústia tão inconfundível que era quase cômico. Então, quando me dei conta, ela tinha abandonado a faculdade por completo e se matriculado na Escola de Massagem de São Francisco. Ela abriu um salão, pequeno, na mesma rua da faculdade, e muitos de seus ex-colegas que trabalhavam sob estresse passaram a ser seus clientes.

"Desde o momento em que soube de você e Zedé, tive uma enxaqueca, e todo o meu corpo era um nó apertado de dor." Carlotta disse isso bem devagar, com uma voz quase inaudível. Depois acelerou, sua voz firme e casual. "No começo eu não tinha planos com o marido dela – ele não era mais seu marido, mas eu não sabia. Eles estavam sempre juntos. Onde você via um, quase sempre via o outro." Carlotta deu uma risadinha. "Fiquei atraída pela proximidade deles, percebo isso agora. Como a vida é absurda! Juntos, eles representavam o lar, a família, o aconchego, um lugar ao qual pertencer. Seu salão de massagens era conveniente", continuou ela sobriamente, "seus preços eram razoáveis. Ela distribuiu cupons grátis para seus amigos e pessoas da faculdade. Eu fui. Ela me tratou da mesma forma que tratava todas as outras pessoas. Depois de uma massagem de duas horas que incluiu 45 minutos de acupressão, fiquei viciada.

"Ela ficava em uma casinha, a 'casa da sogra', nos fundos da casa de alguém. Para chegar lá seguia um caminho curvo de lajotas por meio de arbustos floridos e vinhas – hibiscos e jasmim, eu acho. Eu me lembro das cores vibrantes e de um cheiro muito gostoso; embora essas duas não floresçam ao mesmo tempo. Não sei nada sobre flores. Mas eu gostava que ela tinha flores. Sua maca de massagem era cercada por plantas verdes que formavam uma cortina viva e me faziam pensar no ar livre, numa cachoeira. No canto havia um pequeno fogão a lenha onde ela colocava uma vareta de incenso de sândalo ou enfiava uma trança de erva-doce de vez em quando. Ela colocava um cristal enorme na cabeça e outros menores nos pés. Eu não sabia nada sobre cristais na época, e, quando ela falou sobre suas qualidades calmantes ou curativas, a informação entrou por um ouvido e saiu pelo outro. Eu não estava conectada a nada, entende. Nem ao meu corpo, nem às crianças, nem, muito menos, a objetos inanimados. 'Quando você estiver melhor', ela disse, colocando um pequeno cristal de ametista em minha mão, 'você vai conseguir sentir a vibração'. Esse tipo de conversa parecia para mim o próprio murmúrio de bruxas. Nunca ficamos amigas, nem mesmo muito simpáticas. Éramos cordiais, acho que se pode dizer. Eu não conseguia entender por que ela havia aceitado um emprego de baixo prestígio e voltado para serviços assim, tendo credenciais acadêmicas tão sólidas. Perguntei isso a ela uma vez, educadamente, sem a franqueza da minha perplexidade. Ela deu de ombros e disse: 'Ah, *academia*.' Só isso.

"'Por que você escolheu esse trabalho específico?', perguntei outro dia, enquanto ela trabalhava para soltar os tendões contraídos em minhas pernas.

"Sua resposta parecia impossível, dada a serenidade do ambiente e sua expressão de calma: 'Para ser forçada a tocar as pessoas, mesmo aquelas de quem não gosto, com gentileza, e ser forçada a reconhecer sua realidade corporal como pessoas e sua dor também. Caso contrário', ela disse, 'tenho medo de começar a assassinar algumas pessoas'.

"Tenho certeza de que deu para ver que me enrijeci toda. Acho que seria a reação de todo mundo, né? Lá estava eu, nua em suas mãos. Com planos com seu homem; não que ela parecesse pensar em Suwelo dessa forma. Mas vai saber, não é mesmo? Talvez ela suspeitasse de que ele e eu estávamos começando a ter muitos encontros casuais no bebedouro.

"Independentemente disso, ela continuou trabalhando em minhas pernas e tentando flexionar meus dedos quase rígidos. Meus dedos dobrados eram tão feios. Eu nunca tinha notado.

"'Você deveria jogar fora esses saltos altos, sabe', disse ela. Mas ela já tinha dito isso.

"'Eu sei', respondi, exatamente como disse antes.

"'Você está se penitenciando, é?', perguntou ela.

"'O que você quer dizer com isso?', respondi. O que ela *queria* dizer? Ela não conhecia você, não nos conhecia. Não conhecia Zedé. Nunca teria sonhado com o que aconteceu. Ainda assim, eu não tinha certeza. Às vezes, eu sentia que as pessoas sabiam o que havia acontecido só de olhar para mim. Sentia que tinha sofrido um acidente terrível que me deixou cheia de cicatrizes; muitas vezes eu me assegurava de que minhas cicatrizes eram pelo menos invisíveis. Mas o que é invisível para uma massagista?

"'Ah', disse ela, 'as mulheres usam coisas que as machucam para expiar o pecado de amar alguém que prefeririam não amar. Alguém que podem realmente considerar indigno delas. Às vezes chamam isso de "sedução", acrescentou, sombriamente.

"Talvez fosse verdade, pensei. Usei o tipo de sapato de que você gostava que eu usasse, embora machucassem, e você me trocara pela minha mãe, que sempre usava sapatilhas." Isso foi engraçado, e Carlotta riu. "Parece um episódio de *Soap*", disse ela, "não fazia sentido usar esses sapatos, eles me matavam. Gostava da maneira como os homens olhavam para mim de salto alto. A expressão em seus olhos me fazia esquecer quão solitária eu estava. Descartada."

— E o que você via quando olhava para eles? – interveio Arveyda, com tristeza.

— Ai, meu Deus... eu não estava pensando *nisso*... Fanny ia fazer a massagem, e logo o corpo se sentiria como seu novamente. E *ela* ficaria satisfeita, como se tivesse alcançado uma vitória, embora temporária, e você se perguntaria se realmente ouviu essa mulher gentil dizer alguma coisa sobre assassinar alguém.

"Uma vez, depois, perguntei a Suwelo sobre isso. Ele foi evasivo. Disse que ela estava consultando uma terapeuta, mas que essencialmente ela era uma daquelas vítimas de racismo que é extremamente sensível e que fica muito consciente disso. Se transformou como uma escama ou uma teia sobre seus olhos. Para onde quer que ela olhasse, era o que via. O racismo voltou seus pensamentos para a violência. A violência a deixou doente. Ela estava trabalhando nisso.

"De qualquer forma, ela tinha uma pilha de panfletos numa mesa perto da porta. Todo mundo que entrava lá era incentivado a pegar um. Tive pena dela, por, aparentemente, ter caído nas garras da religião da avó. E conseguiu encontrar a paz fazendo um trabalho quase servil, num espaço minúsculo. Sim, tive pena dela; se eu estava me penitenciando usando sapatos de salto alto, ela se penitenciava com ferramentas, trabalhando nas minhas pernas e nos dedos dos pés doloridos. Mesmo assim, gosto de algumas partes do evangelho da Shug; pelo menos ela não fala que são bem-aventurados os pobres. E adoro o penúltimo versículo, onde ela fala que bem-aventurados são aqueles que amam e apoiam a diversidade porque, na sua diferença, estarão seguros. Mas o último me confunde. Bem-aventurados são aqueles que *sabem*. Sabem *o quê?*, eu me pergunto. E então penso que eu não, de fato, sei e me pergunto se algum dia vou saber." Carlotta disse isso com uma petulância quase infantil.

Arveyda olhou para a esposa, que, sem querer, lhe devolvera o mistério da própria mãe; e com quem, apesar da existência dos filhos, sentia nunca ter feito amor; e ele pensou, simplesmente por causa da magia que ela acabara de realizar, ao evocar uma Katherine Degos quase esquecida, que ela não poderia falhar.

— Você *está* começando a *saber*, Carlotta – disse ele, com tanta ternura que os dois coraram. E acrescentou: – *Como isso se torna você.*

No panfleto de Shug, ilustrado na frente e no verso com vários elefantes grandes e serenamente alertas, o panfleto que Carlotta trouxera para casa há muito tempo, de um salão de massagens dirigido por uma mulher cujo marido se tornara seu amante, e que ela casualmente lhe dera e ele leu casualmente, Arveyda reconheceu um parente espiritual da própria mãe. A mãe dele. Qualquer lembrança dela o machucava. Então ele nunca pensava nela. Ler o *Evangelho* foi a primeira vez, desde seu antigo encontro com Zedé, que ele viu algo que o deixou curioso sobre ela, ou que sentiu falta de algo do espírito dela no mundo. Por que sua mãe adorava uma foto? De quem era? "Seu pai", ela sempre dizia; mas agora que ele mesmo era pai sabia que havia mais. Por que ela tirou a foto do lado da cama dele? Por que se tornou um "dervixe rodopiante"? Por que ela nunca foi capaz de afirmar tudo que ele era? Por que ela criou uma igreja? E teria sido assim, como no panfleto da Shug, não um edifício, ou qualquer tipo de monumento, mas apenas algumas palavras colhidas, como grãos de arroz espirituais, da sua passagem na Terra?

Havia um pôster de Nelson Mandela feito por Juan Fuentes na vitrine de uma loja de molduras perto do consultório de sua terapeuta. Era lindo, vibrante, com muitas pequenas imagens da cabeça de Mandela impostas, sorrindo, sobre uma enorme fita vermelha. O mesmo tipo de fita que Fanny usava, em solidariedade com a luta sul-africana, em sua jaqueta jeans. Ela decidiu que compraria o pôster no caminho para casa.

Sua terapeuta se chamava Robin Ramirez, e Fanny gostava dela. Era uma mulher pequena, calma, intensa e tinha cabelos escuros – o que foi um alívio. Quando uma amiga a recomendou para Fanny, o primeiro pensamento que lhe veio à mente foi: ela era ou não era? Pois Fanny, na fantasia compulsiva que a estava enlouquecendo, não cortava cabeças de pessoas de cabelos escuros.

Ela contou isso a Robin na primeira sessão.

— Acho que tenho sorte de ser *chicana* então – disse Robin, e pediu a ela que desenvolvesse o assunto.

— Não há muito o que falar sobre isso – disse Fanny. – Digamos apenas que, nas minhas fantasias, pessoas loiras não se divertem mais.

— Por que loiras? – perguntou Robin, que mais de uma vez havia pensado em descolorir o cabelo. As pessoas não tinham mais respeito pelo que as pessoas loiras faziam e diziam? Esse certamente parecia ser o caso de muitos mexicanos que ela conhecia; seus outros pacientes, por exemplo.

— Acho que é porque elas representam pessoas brancas, pessoas realmente brancas, para mim, e, portanto, a opressão branca.

— Você quer dizer dominação?

— Sim. Quero dizer nazistas, membros da Klan, os brancos e seus filhos com quem temos que nos preocupar nas ruas.

— Você conheceu alguma criança loira na sua infância?

Foi curioso, quando Fanny parou para pensar na pergunta, se dar conta de que as únicas loiras de que se lembrava na infância eram outras crianças. Todos os adultos brancos de quem se lembrava tinham cabelos castanhos.

— Tinha a Tanya – respondeu. – Não me lembro muito dela. Ela morava na mesma rua da casa da minha avó, onde minha mãe e eu moramos por um tempo quando eu era criança. Às vezes brincávamos juntas. Ela era legal. – Fanny deu de ombros.

— Tanya tinha irmãos? Pais?

— Eu sei que ela tinha pais. O pai dela era agricultor e estava sempre no campo ou, aos sábados, na cidade. A mãe estava sempre em casa. Ela assava biscoitos e trazia para a gente. Eu podia brincar no quintal com Tanya, mas não tinha permissão para entrar na sua casa. Ela tinha uma avó.

— Como isso fazia você se sentir? Não ter permissão para entrar na casa de Tanya.

— Era uma espelunca, pelo que me lembro. Não me lembro de ter pensado muito sobre isso. Mas lembro que não tinha permissão para entrar, então isso significa que certamente entendi.

— Tenho certeza que sim – disse Robin. – Você conseguia imaginar por que não era autorizada a entrar?

Fanny pensou sobre isso.

— Foi engraçado, sabe. A casa da minha avó era muito melhor que a deles. À sua maneira simples, era elegante. Bem, três mulheres adultas, talentosas e criativas, minha mãe e minhas duas avós, moravam lá; teria que ser elegante. Tanya era de uma família muito pobre do Sul, quase o que chamam de brancos fodidos. Mas nem tanto. Eles aspiravam a coisas melhores. – Ela riu. – Sabe, acho que os brancos no Sul devem ter feito uma campanha secreta de melhorias entre si para garantir que a casa de cada pessoa branca fosse pintada, de branco, se possível, e pagar aos negros apenas o suficiente para manter corpo e alma juntos, porque eles temiam que, se tivessem o menor excesso de recursos, pintariam suas casas. Eles já sabiam como pessoas negras amam cores e como ficamos bem nelas. Na verdade, os negros faziam tinta com anil e argila branca e, com essa mistura, pintavam as lareiras de um tom vivo de azul. Havia apenas duas casas por lá habitadas por pessoas negras ou de cor que tinham tinta. Uma delas era a da minha avó.

— Tanya... Por que, aliás, ela se chamava Tanya? Não é um nome sulista, é? – perguntou Robin, num tom que dizia: "Não sei absolutamente nada sobre aquela terra estranha, mas esse nome parece peculiar até para mim."

— Não é tão russo quanto Vladimir – respondeu Fanny. – Mas só algumas pessoas pronunciam corretamente. Eu sempre consegui. A maioria das pessoas dizia 'Tan-ya', como o "tan", do inglês. Ela e a mãe odiavam quando isso acontecia e reclamavam. Sugeri que substituíssem o "a" em "Tan" por um "o", mas preferiram criar o hábito vitalício de corrigir as pessoas. Sempre que pensava nisso, nessa obstinação, me parecia tipicamente sulista. Uma característica tão comum às pessoas negras quanto às brancas.

"No ensino médio, assisti à integração da Universidade da Geórgia na televisão", continuou Fanny. "E eu estava assistindo na noite em que todo o campus pegava fogo, e os brancos se enfureceram contra a matrícula de duas pessoas negras de pele mais clara de algum lugar. Assisti à integração do Central High em Little Rock. Eu vi os Viajantes da Liberdade, negros e brancos, serem espancados no Mississippi. Ainda me lembro em detalhes do rosto de um deles, um jovem branco, que morreu. Vi muitos negros e aliados brancos humilhados, brutalmente espancados ou assassinados. Parecia que as pessoas mais íntegras eram assassinadas. Cresci acreditando que pessoas brancas, falando em termos gerais, não aguentavam testemunhar integridade e saúde nos outros, assim como não suportam que pessoas diferentes delas vivam entre elas. Parecia, para mim, que nada, certamente nenhum outro povo, poderia viver e ser saudável no meio deles. Precisavam que as outras pessoas estivessem em seu pior estado – pobres, maltrapilhas, sujas, analfabetas. Só assim eles achavam bom."

— E você pensava assim desde a infância?

— Não – respondeu Fanny. – Minha infância foi muito tranquila. Morei com minhas avós que tinham muitos amigos interessantes. Elas eram apaixonadas por mim. Não me lembro de ter visto nenhuma pessoa branca em nossa casa.

— Então, exceto pela Tanya, você não teve nenhuma experiência com brancos?

— Não diretamente. Mas a Mama Shug ficava doente muitas vezes por causa de suas lutas contra eles. Ela ia para a cidade, tinha um desentendimento, o que parecia inevitável, com algum caipira e voltava para casa xingando para caramba. – Fanny riu. – Mas, ao mesmo tempo, ela estava tentando, como gostava de dizer, manter os pés no Caminho Maldito.

— Que caminho era esse?

— Ah, minhas avós formaram a própria igreja; uma tradição de longa data entre as mulheres negras. Só que elas não chamavam de "igreja", e sim de "banda".

— Uma banda?

— Às vezes, uma banda de oração. Às vezes, uma banda de anjos, às vezes, uma banda de demônios. "Banda" era como as igrejas renegadas de mulheres negras eram tradicionalmente chamadas; significa um grupo de pessoas que partilham um vínculo e um propósito comuns e cuja noção de realidade espiritual está radicalmente em desacordo com a corrente dominante ou prevalecente. Mas Mama Shug era uma ótima cantora e fazia parte de uma banda musical. Querer fazer parte de uma banda espiritual era natural para ela.

— Não era um pouco fora da curva ter suas duas avós presentes, na mesma casa, criando você?

— Uma era minha avó biológica, mãe da minha mãe. A outra era sua "amiga especial".

Robin ergueu a sobrancelha.

Fanny riu.

— Não consigo nem dizer quantas sobrancelhas vi se levantar ao contar sobre elas.

— Mas isso foi no Sul... nos anos cinquenta? Quer dizer que elas viveram juntas como...

— *Consortes* – interrompeu Fanny para responder. – Elas eram muito felizes, embora discordassem ou se afastassem muito uma da outra. E tiveram brigas bem feias, o que me fazia pensar em tempestades. Gostavam de jogar coisas; clarões de "relâmpagos" em forma de porcelana sempre iluminavam a casa. Em termos de temperamento, elas eram muito diferentes, Shug era direta; Celie, um pouco esperta. Elas viveram até bem velhinhas e morreram com um ano de diferença. Minha avó, Celie, morreu primeiro. Shug passou os últimos meses de vida trabalhando em suas bem-aventuranças, que minha mãe a ajudou a traduzir para uma linguagem um pouco mais "bíblica" do que a da Mama Shug. Os versículos de Mama Shug soavam mais como: "Regra número um: nunca mexa com ninguém, queridinha, e ninguém vai mexer com você!" – Fanny riu. – Ela sentia que a espiritualidade era, acima de tudo, preciosa demais para ser deixada às interpretações pervertidas dos homens.

— Talvez tenha sido ela quem colocou a espada na sua mão?

— Talvez – respondeu Fanny. – Como você sabia que é uma espada? É *mesmo* uma espada, com um grande cabo dourado e uma lâmina brilhante. Mas está no meu olhar, não na minha mão. Eu olho para uma cabeça loira e, zás, ela vai parar na sarjeta.

— E depois? – perguntou Robin. – Fazer isso faz você se sentir melhor?

— Não. Sempre me sinto melhor antes. Além disso, o próximo passo é que é terrivelmente horrível.

— Qual é?

— Quando estou na sarjeta agarrando a cabeça e pegando o corpo, que ainda anda, aliás, e colocando furiosamente a cabeça de volta. Não vou ser uma racista – disse Fanny severamente. – Não vou ser uma assassina. Não vou fazer a mesma coisa que eles fizeram com os negros. Eu morro antes.

Ela morreria primeiro. (E às vezes sentia que isso estava acontecendo.) A espada em seu olhar a cegaria antes de tudo. Nada poderia impedir que ela despencasse de sua cabeça na sarjeta. Ela sabia disso. Foi depois que ela entendeu melhor e suas fantasias não mudaram nada que ela começou a entrar em pânico.

Houve momentos em que ela foi até Suwelo, deitava-se em sua cama e dizia:

— Por favor, me abrace.

Momentos em que ele pensou que fariam amor. Mas não. Ela ficava deitada em seus braços, tremendo e chorando.

— Qual é o problema? – Ele tentava persuadi-la.

Levaria muito tempo até ela conseguir responder. E então respondia:

— Tenho medo de matar alguém.

No começo, ele a repreendeu.

— Só por causa daqueles idiotas da faculdade? Qual é! Não vale a pena matar essa gente.

— Não só eles – sussurrava ela, as lágrimas escorrendo pelo pescoço dele.

— Bem, quem mais? Não eu, espero.

— Não, você não.

Uma noite, ela disse:

— Se é verdade que cometemos adultério só de pensar, então vale o mesmo para assassinato? E não é tão fácil, quando você observa um avião decolar, imaginá-lo explodindo em pedaços? Isso conta? Seremos coletivamente responsáveis pelos desastres porque os imaginamos e, portanto, os transformamos em consciência? Será que todos os seres humanos hoje em dia têm automaticamente assassinato no olhar?

— Mas por que você pensa nessas coisas? – perguntou ele, abraçando-a, seu interesse erótico já morto.

— Todo mundo não pensa nessas coisas? Agora que veem quanto é ilusória a liberdade pela qual tanto lutamos no mundo.

— Não – respondeu ele. – Eu não penso nessas coisas. Bem, eu penso, às vezes. Mas eu sei que são apenas fantasias. Não fazem sentido.

— Não acredito que as fantasias não tenham sentido. Elas são tão significativas e poderosas quanto os sonhos.

— Você é tão gentil.

— Tenho medo que seja só fachada. – Ela suspirou. – Por baixo, tem uma maníaca delirante. Às vezes me vejo no rosto das mulheres chorando, gritando e completamente loucas que aparecem todo dia na TV. É bomba caindo no telhado, são os filhos sangrando até a morte; não tem ambulância para eles. Eu odeio gente branca – disse ela. – Imagino os brancos deslizando para fora do planeta, e o planeta dizendo: "Ah, finalmente posso respirar de novo!"

— Mas você não pode causar isso. Na verdade, é mais fácil eles fazerem isso com eles mesmos, é mais fácil eles fazerem com que todos nós deslizemos para fora do planeta. Eles, e não você, deveriam estar sentindo a crise que você imagina.

— Então por que *eu* estou imaginando isso?

— Obviamente porque partilhamos o planeta.

— Eles não querem compartilhar o planeta; não querem nem compartilhar povoados, cidades, rios, praias e pontos de ônibus.

— Não, eles não querem – concordou Suwelo. – Mas eles vão ter que fazer isso. É compartilhar ou destruir.

— Acho que são inteligentes demais para se destruírem intencionalmente. Mas não são inteligentes o bastante para evitar fazer isso por acidente.

— E aí a gente vai junto.

— E aí a gente vai junto – repetiu Fanny. – *Eu não aguento mais!* Depois de tudo que passamos! – E nesse momento ela se lembrou do comentário de Nzingha sobre Jeff, o jovem sulista branco: "O quê? Pobre! E depois de tudo isso!" – Morrer de um jeito horrível por causa da arrogância faraônica dessa gente. Eu me sinto tão abandonada – disse Fanny. – Como se eu mesma estivesse me abandonando.

— O mundo inteiro está assustado – disse Suwelo, apaziguando. – Não é só você, não somos só nós. Antes deste momento da história, pelo menos pensávamos que teríamos um futuro, que nossos filhos veriam a liberdade, mesmo que nunca a tenhamos visto. Agora garantiram que nenhum dos nossos filhos viveria a vida livre e saudável que tantas gerações de pessoas oprimidas sonharam. E lutamos tanto por isso. Muitas vezes penso em violência, mas qualquer violência que eu pudesse cometer neste momento pareceria, e seria, tão pequena.

— Você é grande – disse ela. – Você é um homem. Se você se sente violento com alguém, você pode fazer alguma coisa a respeito. Pode ser mais direto. E você se permite sentir isso. As mulheres não recebem essa permissão.

— Eu apoio a legítima defesa – disse Suwelo.

— Tirar essa gente do planeta não é legítima defesa? – perguntou ela. – Já protestei tanto e fui presa tantas vezes que estou realmente muito cansada.

Suwelo riu.

— Um vento benigno e suave, vindo do nada, sopra. Todos os descrentes perdem a conexão com a gravidade e flutuam no éter. Além disso, você sabe tão bem quanto eu que nem todos os brancos são responsáveis, entre outras coisas, pelo alto custo, no mercado clandestino nuclear, do plutônio, ou pela forma como estão lentamente encontrando um caminho para a água potável... E os seus amigos? E a Karen, o Jackson e o John...

— Sim, eu sei. Georgia O'Keeffe e Van Gogh e todos os O'Keeffe e Van Gogh que virão. Pete Seeger e Dr. Charlie Clements com certeza pendem a balança. É o racismo e a ganância que precisam desaparecer. Não as pessoas brancas. Mas será que elas conseguem ser separadas do seu racismo? – Fanny suspirou. – Será que eu consigo? E quanto tempo temos?

— Mas no seu caso, Fanny, ao contrário deles, está tudo na sua cabeça. Eles não são afetados por suas fantasias, pesadelos ou sonhos. A opressão racista e o terrorismo nuclear são duas coisas que a sua magia não será suficiente para impedir. Sinto muito, mas fantasiar abrir as portas da prisão de Pollsmoor não vai tirar Mandela de lá.

— Mas talvez eu possa parar a opressão racista antes que ela comece em mim?

E então ela marcou, na manhã seguinte, sua primeira sessão com Robin.

Foram tempos difíceis para ambos. Com medo de sua assassina interior, Fanny excluiu-se, na medida do possível, do contato humano. Abandonou a sala de aula; muitas provocações. Lá estava uma confusão. Muitas pessoas burras, inocentes e infantis, cujos pais não lhes ensinaram nada sobre como não fazer com que outras pessoas no mundo as detestassem. Ela mudou para administração. Burocracia e racismo eram uma combinação mortal. Sua lâmina prateada estava sempre no ar. Pensou que nunca conseguiria limpar todo o sangue de suas mãos. Sua pressão arterial, como a de tantos negros, atingiu níveis alarmantes. Sua mãe, informada de sua condição por Suwelo, um dia ligou repentinamente para Fanny e a encorajou a acompanhá-la em uma viagem tranquila, relaxante e comemorativa à África. Ela conheceria seu pai, que nunca tinha visto, que ajudou a conquistar a liberdade do seu país mediante a guerra.

— É uma pergunta interessante – refletiu Ola, alguns meses depois de Fanny e sua mãe terem vindo visitá-lo, em um dia em que elas estavam sentadas preguiçosamente tomando o chá da tarde.

— Qual pergunta? – quis saber Fanny, que, enquanto tomava o chá e pensava em Suwelo, havia esquecido sobre o que ela e o pai estavam conversando. Ela olhou para o pai atentamente depois que ele falou, um tanto alarmada. Ele havia passado a manhã "regateando" uma de suas peças com um censor iletrado do governo, exercício que o deixou cansado e sombrio, como se ele não fosse mais capaz de tolerar tamanha tolice por muito tempo.

— Se o melhor lutador contra o homem branco é alguém que o experenciou diretamente – respondeu Ola. – Certa vez conheci uma grande lutadora que nunca tinha visto uma pessoa branca na vida, mas que mesmo assim sentia a sua opressão em todos os aspectos da sua existência, e assim, viajando a pé, ela percorreu mil quilômetros para se juntar à luta contra eles. Ela foi excelente. Bastante curiosa sobre eles como pessoas, eu acho, porque ela sempre fazia perguntas sobre sua branquitude, seus filhos e costumes. Mas ela também foi firme como uma rocha ao atacá-los. E implacável.

— O que quer dizer com implacável?

Ola franziu a testa.

— É como se ela estivesse limpando um vazamento muito sujo e problemático.

— E como ela era?

— Ah, muito tranquila. Gentil. Uma pessoa maravilhosa, realmente. Até com os animais; de todas as histórias de revolucionários contadas em volta das fogueiras nas montanhas, desfiladeiros e cavernas do nosso exílio, a que ela mais gostava era a de Sandino e os macacos. Você conhece?

Fanny balançou a cabeça.

— Bem, os guerrilheiros estavam capturando os macaquinhos que viviam na floresta onde estavam escondidos e comendo-os. Sandino fez discursos apaixonados em defesa dos macacos; destacou, entre outras coisas, que eram os guinchos dos macacos que sempre salvavam os homens da surpresa do ataque inimigo. "Eles são nossos irmãos mais novos", Sandino dizia, "nossos companheiros leais. Como vocês podem pensar em comê-los?" – Ola fez uma pausa, pensando na mulher. – As crianças pequenas a adoravam. Eu a adorava. Sua perspectiva de futuro, após a derrubada do regime branco, era muito ampla; incluía todos e tudo. Por isso ela gostava de Sandino: mesmo tão faminto quanto o resto de seus homens, ele manteve sua perspectiva do futuro que queria, um futuro que incluiria até os macacos.

— Essa mulher, ela não o assustava? – perguntou Fanny.

— *Assustava*. Mas eu tive que perceber que ela *era* eu. Éramos um reflexo quase perfeito um do outro. Eu também não queria ser um assassino. Eu não queria ser implacável. Mas parecia não haver outro jeito. Os brancos fizeram coisas terríveis contra nós; e muitos alegaram mais tarde inocência, simplesmente porque não sabiam nada sobre isso. Mas, para além do que faziam contra nós, adultos, destruíam nossos filhos, que estavam morrendo de fome, seus corpos, suas mentes, seus sonhos, bem diante de nossos olhos. Lutamos contra o homem branco da mesma forma que lutamos contra a peste.

— Talvez seja mais honesto lutar como você lutou – disse Fanny. – Nos Estados Unidos existe uma ilusão enlouquecedora de liberdade sem substância. Nunca é sólida, inequívoca, irrevogável. Muita coisa depende dos políticos horríveis que a maioria branca elege. Pessoas negras têm a estranha sensação, eu acho, de estar sempre correndo sem sair do lugar.

Ola concordou.

— Com certeza. Isso pode simplesmente significar que você vai continuar sendo quem é. E isso não é uma coisa ruim.

— Não sei se é isso – interveio Fanny. – Para mim, parece que estamos perdendo quem somos. Não entendemos os brancos, esse é o cerne da questão. Não que a gente realmente ainda queira; é muito assustador. Não podemos compreendê-los de jeito nenhum. Fingimos que sim de vez em quando, mas serve apenas para nos tranquilizar. Se algum dia enfrentarmos o medo de estarmos cercados por tantas pessoas cujos costumes são incompreensíveis para nós, não sei o que vai acontecer. Eles não fazem nada da maneira que faríamos. Construir aqueles prédios altos que amortecem a terra que fica embaixo, por exemplo. – (Nesse momento ela pensou nos indígenas que consideram uma tenda muito pesada e que têm cantos que incluem a exortação para "Parentes, mudem suas tendas para A Mãe Terra poder ter a luz do sol!") – Ou desenterrar e reivindicar tudo que está enterrado no solo. Ossos e objetos funerários de pessoas, ouro, diamantes, prata e sabe-se lá Deus mais o quê; urânio, plutônio. A maior parte do que está enterrado na terra, as pessoas de cor nunca teriam encontrado, porque nunca se preocuparam em procurar. – Fanny suspirou. – Mas somos selvagens! Como disse o Chefe Seattle: "O que sabemos?"

— Escuta essa teoria da evolução, você vai gostar – disse Ola, que sabia que muitos afro-americanos odiavam pensar nos antigos africanos como os primeiros industriais. – O primeiro ferro, até onde se sabe, foi fundido na África; então havia, pelo menos em teoria, uns dois ou três escavadores por aqui, já que o material para o ferro deve ser extraído do solo. As pessoas que fizeram isso, porém, não foram aprovadas. Assim como os Hopi no seu país, a maioria dos antigos africanos pensava na Terra como um corpo que necessita de todos seus órgãos, ossos e sangue para funcionar adequadamente. Os mineiros foram obrigados a sair, segundo a teoria. Foram para o norte.

— Sim – respondeu Fanny, franzindo o cenho –, e infelizmente foram para o oeste, lá em 1492.

Ela escreveu para Suwelo:

"Eu me sinto uma criança perguntando ao meu pai o que devo fazer. Mas confesso que é um grande alívio ter um pai a quem recorrer.

"Sabe qual é o conselho da minha mãe? 'Perdoe-os, Fanny', ela diz. 'Você acha que eles sabem o que estão fazendo quando nos tratam tão mal? Você acha que eles sabem o que estão fazendo quando sugam todo o petróleo da terra de um lado do mundo e reclamam dos terremotos do outro? Você acha que eles sabem o que estão fazendo quando enchem o céu com lixo espacial e foguetes cujas importantes *missões* para espionar outros planetas não têm sentido para noventa e nove por cento das pessoas e para absolutamente nenhuma das plantas e nenhum dos animais da Terra? Você acha que eles sabem o que estão fazendo quando inventam as coisas que inventam e enfiam goela abaixo no mundo, especialmente nos nossos mundos, e nos deixam doentes? Coisas que nos matam? Não, querida. Eles não sabem o que estão fazendo. Mas você tem sorte, você vive numa época em que até eles estão descobrindo isso.'

"'Quando eu era criança', ela me contou, 'a palavra do homem branco, apoiada por sua arma, era lei. Sua visão, a inspiração do mundo. Não ousávamos contradizê-lo, mesmo quando diziam que a única razão pela qual fomos colocados na terra foi para sermos seus escravos. O homem branco era o todo-poderoso. Com medo e pavor, nós o observamos de nossas casas em toda parte do mundo. Alguns de nós éramos gananciosos. Acreditávamos, como o homem branco parecia acreditar, que estavam trazendo algo melhor do que aquilo que tínhamos. Isso *nunca* aconteceu. Sempre ficamos mais pobres, com uma visão inferiorizada de nós mesmos. O homem branco bloqueou a visão entre nós e nossos ancestrais, entre nós e nossos costumes; nem todos nossos costumes eram bons, mas precisam ser mudados de acordo com a nossa própria luz. Ele precisava nos manter aterrorizados e desesperadamente pobres para se sentir poderoso. Ninguém confiante em si mesmo como pessoa colocaria tanta ênfase na não pessoalidade e na indignidade de outra pessoa. Ele não conseguia fazer os sons, os movimentos, as roupas nem as nossas comidas. O calor era cruel com ele. Foi para evitar o calor que sua aldeia deixou a África há milhares de anos.

"'O homem branco é nosso irmão; sempre falamos isso. Ele também é o filho pródigo da África. Reconhecendo-o facilmente como era quando voltou para nós, preparamos o bezerro mais gordo. Mas nunca foi suficiente. Ele é tão vazio, tão faminto pelo que temos e ele não, que o bezerro não foi aperitivo suficiente. Ele passou a devorar a nós e aos nossos filhos, às nossas mentes e aos nossos ossos. Mas este não é o comportamento de pessoas saudáveis. Devem ser concedidos benefícios para os doentes.'

"Mas, enquanto minha mãe fala, penso comigo mesma: e eu? Sou a primeira a concordar que estou doente. O racismo do mundo me infectou; fui infectada quando ainda era uma criança, antes mesmo de saber o que era racismo. Agora, nas minhas fantasias, estou pronta para atacar. Mas, se eu atacar, se eu der vida às minhas fantasias, vão me conceder 'benefícios'? E mais importante: posso concedê-los para mim mesma?

"'Somos muito indulgentes', digo à minha mãe. 'Estou começando a odiar essa palavra.'

"'Não', ela sussurra (muitas vezes estamos na cama quando temos essas conversas), 'isso não é possível. O perdão é o verdadeiro pilar da saúde e da felicidade, e para qualquer progresso duradouro. Sem perdão, não há esquecimento do mal; sem esquecimento, a ameaça de violência ainda permanece. E a violência não resolve nada; só se prolonga.'

"Como é que ela tinha essa visão, que não parecia nada reacionária, mas alheia à realidade?

"'Do jeito que as coisas estão indo nos Estados Unidos', respondi a ela, 'daqui a pouco vai ter mais homens negros nas cadeias do que nas ruas. Na África do Sul, toda a população negra está encarcerada em guetos e *pátrias* que os desprezam. Olha o que foi feito com os povos indígenas e o que ainda segue acontecendo. Olha para as origens da Austrália, os Maori da Nova Zelândia. Olha para a Indonésia sob o mando dos holandeses. Olha para as Antilhas. O perdão não é grande o bastante para cobrir o crime.'

"'Como uma pessoa é destruída?', sussurrou minha mãe com seu peculiar sotaque de missionária africana. 'Você sabe? Quando os meus três pais – (é assim que ela se refere à sua mãe e aos seus pais adotivos, Corrine e Samuel, e Nettie) – vieram para a África pela primeira vez, ensinaram o evangelho herdado dos judeus, que foram os primeiros cristãos e que, portanto, acreditavam em oferecer a outra face, dar a César o que é de César, e assim por diante. Ao longo dos anos viram faces, cabeças, corpos inteiros ensanguentados e destruídos, do jeito que César exigiu e que levou tudo. Ele tomou a terra, tudo que havia nela e embaixo dela; ele pegou a água. Reivindicou o *espaço* aéreo sobre a terra. Ele levou os filhos do povo para trabalhar em seus campos e em suas minas. Ele destruiu tudo e, portanto, "tomou" a sua cultura, a sua ligação com seus ancestrais e com o universo; nada é mais sério do que isso. Ele tomou o futuro deles.'

"'Meus pais viam pessoas morrendo o tempo todo.' Minha mãe fez uma pausa. 'Você se lembra, por acaso, do que Haydée Santamaría falou para o guarda da prisão que trouxe para ela o olho de seu irmão Abel, os testículos do homem que ela amava, e depois deu a notícia de que seu querido irmão, um dos mais jovens e mais bonitos revolucionários cubanos, foi morto? Ela disse, esta mulher que se mataria vinte anos depois: "Ele não está morto; porque morrer pelo seu país é viver para sempre."'

"'Isso é muito bonito', respondi a ela. 'Se li alguma vez, não me lembro, ou talvez tenha sido tão doloroso que esqueci.'"

"No fim das contas, você e eu, Suwelo, atingimos a maturidade tendo como pano de fundo o assassinato de nossos líderes. Na época da morte de Abel Santamaría já tínhamos dado, de alguma forma, a notícia de que Patrice Lumumba, e tantos outros, já não existiam. Ou ele foi morto depois de Abel? 'Eliminados', como as 'aventuras' da CIA na televisão descreveram. Como tantos desperdícios do corpo imperialista comum. Mas, enquanto eu pensava nisso, e realmente não aguento pensar nisso, em todos os assassinatos, em todas as perdas, em toda a dor, em todo o desperdício, minha mãe continuava sussurrando.

"'Meus pais cuidaram de muitas pessoas enquanto elas morriam', ela contou. 'Eles notaram que algumas pessoas morreram completamente. Elas passaram, se foram, desocuparam seu espaço. Não sobrou nada. Isso não era verdade para todos.'

"'O que você está dizendo?', perguntei.

"'Algumas pessoas morreram numa espécie de arrebatamento. Frequentemente, eram aquelas pessoas que sofreram as piores coisas. Algumas morreram com a mesma paixão com que viveram e, no fim, pareciam ver, vindo recebê-las, a querida comunidade de almas com quem guardaram a fé e em cuja memória continuaram a trabalhar enquanto estavam na terra.

"'Minha filha querida, algumas, muitas dessas pessoas, *morreram como eram, como o melhor de quem eram*. Como pessoas inteiras. Não se falava desse jeito que vemos nos leitos de morte da TV sobre quem vai ficar com a prata, quem vai herdar o carro, quem vai ser mencionado ou omitido no testamento; essas coisas são preocupação de pessoas que não têm ideia de por que estão na Terra. Essas pessoas, esses revolucionários, como Haydée e o seu irmão Abel, deram as suas vidas, mas também as mantiveram; pois suas vidas eram deles até o fim, ininterruptas e incorruptas. Foi isso que eles nos deixaram.

"'Quando Abel morreu, ele não tinha como saber que, anos depois, eu estaria sussurrando sobre sua morte para minha única filha e esperando que ela aprendesse e se sentisse inspirada por isso, como sua mãe foi. Não sou nacionalista, por isso não é morrer pelo seu país o que mais me toca na declaração de Haydée Santamaría. Não, o que me toca é que, quando as pessoas morrem inteiras, um poder maravilhoso é liberado no mundo; um maravilhoso destemor diante da morte, que, por sua vez, inspira nos outros a alegria mais profunda pela vida. Isso é o que todos os torturadores aprendem, e é por isso, penso eu, que a tortura existe. Pense numa pessoa sem olhos, sem seios ou testículos, à mercê daqueles que estão tão machucados que não terão escolha quando chegar a sua hora a não ser morrer completamente, não deixando nem um pingo de inspiração, encorajamento ou alegria, e não fala, não dá informações, não entrega outras pessoas, não lambe suas botas, nem aceita seu ouro, nem o que quer que estejam tentando obrigar uma pessoa a fazer. E, mesmo que essa pessoa seja quebrada por eles e lamba suas botas, ela entende como estão doentes por precisar que suas botas sejam lambidas, pensa neles como devem ter sido quando crianças, criancinhas, sem ninguém para protegê-los do adulto cujas botas foram forçadas a lamber, sem ninguém que os amasse o bastante ou fosse poderoso o suficiente para fazê-los se sentir seguros. Se você arrancar a língua de outra pessoa, você terá uma língua na mão pelo resto da vida. Você é responsável, portanto, por tudo que essa pessoa possa ter dito. São os torturadores que entendem isso, que mudam. Alguns mudam, sabe.'

"'Você está dizendo que todo mal, como racismo ou sexismo, é resultado de uma doença?', perguntei a ela.

"'Não só isso', ela sussurrou. 'A criança, quando adulta, vai fazer com o outro tudo que fizeram com ela quando era criança. É assim que nós, como seres humanos, somos feitos. Estremeço ao pensar como foi a infância de Hitler. Mas qualquer um pode ver que os palestinos e os seus filhos estão revivendo isso sob o comando dos israelenses.'

"'Mas espera aí', interrompi. 'Isso não é verdade para todo mundo. Digo, algumas pessoas que tiveram uma infância horrível não se tornaram adultos cruéis.'

"'Como você sabe?', ela perguntou.

"'Bem, sua mãe, Manhota Celie, é prova disso. Seria difícil imaginar uma pessoa mais gentil e amorosa.'

"Houve um longo silêncio antes de a minha mãe voltar a falar.

"'Uma das coisas mais perturbadoras que percebi sobre as pessoas negras no Sul, quando voltamos para casa perto do fim da guerra, foram os maus-tratos aos animais; casuais, cruéis e insensíveis. O comportamento da sua avó não foi exceção. Ela tinha um cachorro, todo mundo tinha matilhas de cães, o nome dele era, não ria, Creighton. Ele a adorava, era o servo absoluto dela. Ele tinha os olhos mais feridos, doloridos, tristes e completamente expressivos que já vi. Minha mãe obviamente nunca investigou isso. Ela o tratava com um desrespeito imparcial e brutal. Eu nunca a vi fazendo um carinho nele. Nunca a ouvi murmurar uma palavra gentil em sua direção. O jeito que ela tratava Creighton é a única razão, que eu me lembre, de minha mãe e a dona Shug brigarem. Dona Shug amava os animais assim como amava as pessoas. Ela não suportava que Celie, a quem tinha impedido de ser mais espancada pelo marido, Albert, espancasse repetidamente e sem dó o cachorro encolhido, que, mesmo enquanto ela o atacava com um dos cintos velhos do ex-marido, ou com o cinto velho de qualquer pessoa, tentava, sem sucesso, lamber sua mão. Ela o enxotava mesmo quando ele não estava presente.

"'Observei esse comportamento estranho muito tempo antes de perceber o que estava observando. Antes de ver. Ela era minha mãe, e Mama Nettie me contou sobre toda a dor que ela passou na vida. Ela foi maravilhosa comigo, Adam, Tashi e seu filho, Benny. Ela era engraçada, brincalhona, criativa e divertida. E tão inofensiva. As pessoas costumavam falar sobre ela: "Ora, a senhorita Celie não machucaria nem uma mosca!" Bem, ela matou zilhões de moscas, como todo mundo mata em climas quentes. Mas foram os maus-tratos que ela dispensava a Creighton que ninguém pareceu notar. Muito pelo contrário. Na verdade, por ela tratar Creighton tão mal, outras pessoas faziam o mesmo. Muitas piadas desagradáveis eram feitas à custa de Creighton; tudo que faltava era considerado roubado por ele, podia ser uma escova de cabelo ou um carretel de linha! Qualquer coisa derrubada ou derramada era culpa do cachorro. Ele era considerado burro, preguiçoso, desajeitado, feio e inferior. Ele era um cachorro de rua que simplesmente "foi parar lá", como diziam. De onde ele veio, ninguém sabia. Nem sei como ele conseguiu o nome Creighton.'

"'O que aconteceu com ele?'

"'Dona Shug', minha mãe sussurrou, com um sorriso de admiração na voz. 'Ela o libertou.'

"'*Não.*'

"'Sim, *libertou*. Ela o levou com ela para Memphis. Ela sempre teve uma casa lá, você sabe.'

"'E o que ela fez com ele?'

"'Ficaram fora durante um verão inteiro. Eu não sei o que ela fez. Mas, quando voltaram, Creighton estava reabilitado.'

"'Não!', eu disse.

"'Sim!', minha mãe reafirmou. 'Creighton não era mais um escravizado; ele era um cachorro. Não só isso, Creighton sabia distinguir. Na próxima vez que Mama Celie tentou bater nele, ele a mordeu. E dona Shug riu. Mama Celie nunca mais ousou tentar bater ou humilhar Creighton. Acho que foi a risada da dona Shug que impediu.'

"'Foi a risada, de alguém que ela amava com todo o seu coração, que partiu o calo do coração de Mama Celie. Ela começou a acarinhar *tudo*: formiga, morcego, um sapo achatado pulando na estrada.'"

— Por que seu nome é Robin? – perguntou Fanny.

— Porque não parece mexicano. Minha mãe se chama Esperanza. Quando a gente veio para cá e ela trabalhava para os gringos (como ela os chamava e uma palavra que eu, como analista profissional, nunca devo usar), eles alegaram que não conseguiam gravar ou pronunciar e, de qualquer forma, significava Esperança, né? Então era assim que a chamavam. O nome pessoal dela para mim era Alamo, de álamo mesmo. E Alamo ainda é como sou chamada em casa. Mas chega de falar de mim – disse Robin. – Você já foi hipnotizada?

— Já – respondeu Fanny. – Mais ou menos. Eu estava em Ohio num verão procurando trabalho, quando eu ainda estava na faculdade, e não havia muita coisa para pessoas como eu. Vi um anúncio no jornal que dizia que a faculdade de medicina local estava contratando pessoas para serem usadas num experimento que estudava os efeitos da hipnose.

— Ah, é? E o que aconteceu?

— Fui levada de volta aos meus seis anos. Pediram que eu escrevesse como escrevia na época. Quando voltei à consciência, depois de ter sido hipnotizada, vi meu nome no pedaço de papel que me deram, e era o meu garrancho de seis anos, no segundo ano da escola pública.

— E sabiam que perguntas lhe fazer, enquanto a mantinham sob seu feitiço?

— Óbvio que não – respondeu Fanny. – Eram jovens brancos que provavelmente nunca haviam falado com uma mulher negra além das que limpavam suas casas.

Agora, havia a sensação de entrar muito rápido num estado de meditação; como se dentro do peito e das costas fossem aquelas paredes de coral e índigo desbotado de um desfiladeiro deserto. Por dentro, ela pensou sonhadoramente, sou da cor do deserto. *Que legal*. Não havia fundo onde ela pousou. Apenas espaço. Espaço escuro e confortável.

— O que você acha de pessoas brancas? – perguntou a voz de Robin. Mas, pelo que Fanny sabia, era a voz de Deus.

Sua voz parecia não pertencer a ela. De qualquer forma, escapou por pouco de seus lábios. *Ela* estava falando?

— Tenho medo deles. – Foi sua resposta.

— Quando você olha para eles – a voz disse –, como parecem para você?

— Muito gordos – respondeu ela. – Estão sempre comendo sem parar. Aonde quer que você vá, lá estão eles sentados comendo. Em Paris, estão comendo. Em Londres, estão comendo. Em Roma. Comem e comem sem parar. Isso me dá medo.

— Por que você tem medo?

— Quando os vejo comendo, sinto muita fome. Pele e osso. E sinto os dentes deles na minha perna. Mas, quando olho para baixo, às vezes não são seus dentes, só uma corrente fria. Fico aliviada quando vejo que não são os dentes, só uma corrente. Acho que, quando nos chamaram de "canibais", eles estavam projetando.

— Mas por que você está com tanto medo? Se é só uma corrente que está na sua perna, e não dentes; ela pode ser quebrada. Pode ser guardada.

— Às vezes me vejo com eles à mesa e estou comendo sem parar também. E estamos todos inchados e gordos. Nossos queixos vão até o esterno, nossos olhos estão fechados de tanta gordura. Mas o eu que eu era antes ainda está lá também. Bem ao lado da mesa, sentindo o cheiro da comida. E ela é tão pobre, tão desnutrida como sempre. Ela e seus bebês. Nada além de olhos, pele e ossos. E estou com medo, porque a amo muito, e ela é o eu que perdi. E essa comilança não leva a lugar algum. É uma gula sem fim, sem nenhum propósito. E estou com medo porque aqueles não são os *meus* dentes na perna dela?

— Não se engane – disse Ola –, as próprias pessoas devem colaborar na luta com as questões verdadeiramente eternas. É por isso que um movimento de resistência é inestimável. – Fanny e ele estavam sentados na varanda tomando café da manhã: suco de mamão, frutas, café, pão com manteiga e vários tipos de geleia; Ola, ela pensou, parecia ter suas melhores ideias comendo. – Lá está você nas cavernas inóspitas e escondidas, é o que você espera, do campo aberto, comendo suflê de grama e chá de lagarto; sua pele toda marcada de picadas de mosquito, seus sapatos apodrecidos pela umidade, mas às vezes você fica muito feliz porque todo mundo tem exatamente as mesmas perguntas sobre isso tudo que você faz. Ou variações delas. Sabe o que os guerrilheiros fazem mais do que qualquer outra coisa? Escaramuças e batalhas ocupam uma parte muito pequena de seu tempo. Eles *conversam*. – Ola parou de falar por tempo suficiente para pegar uma colherada de fruta. – A conversa – continuou ele, mastigando e engolindo rapidamente

– é a chave para a libertação, a língua é o próprio facão da liberdade. Somos a única espécie, dizem alguns, que criou a fala. Mas isso é só porque, como somos bem menos inteligentes do que a maioria dos outros animais, e mais propensos a erros desastrosos, nas nossas relações com os outros a fala é tão necessária.

Fanny deu uma mordida num pãozinho duro que sujou sua blusa com migalhas de crosta.

— É necessária uma linguagem mundial – disse Ola, estendendo a mão para espanar a poeira dela e fazendo Fanny se sentir uma criança – antes de alcançar a paz mundial. Mas imagina só como as pessoas vão brigar para decidir qual língua deve ser! – Ele riu. – Obviamente deveria ser elegante, mas relativamente simples, e as pessoas não deveriam ser capazes de dizer "eu desprezo sua espécie", ou "eu não respeito seu deus"; resumindo, deveria ser Olinka. Estou brincando!

— Não, você não está – disse Fanny, sorrindo.

— Essa *frustração* com os brancos – disse Ola, pensativamente, e sem responder ao sorriso dela – é uma reação natural ao que eles, como um todo, fizeram a você, não apenas como indivíduo, mas como povo, cultura, raça. O instinto de autodefesa e autopreservação é inato, embora tenha havido uma época, e muito recentemente, em que pesquisadores brancos realmente fizeram estudos que "provaram", aos seus olhos, que esses instintos são inatos a todas as pessoas, exceto a nós. Eles nos colocaram tão para baixo, sabe, pensaram que nunca mais nos levantaríamos, então apresentaram essas teorias que mostram nosso amor inato por estar por baixo. – Ele deu um gole no café, acrescentou um bocado de creme e franziu a testa. – Fui responsável pela morte de brancos. Isso não me "libertou" psicologicamente, como Fanon sugeriu que aconteceria. Também não me oprimiu ainda mais. Eu estava apenas me libertando da prisão que eles haviam se tornado para mim e abrindo um espaço no mundo, também, para minhas filhas.

E Fanny pensou: certo. Mesmo há quinze anos eu não poderia ter vindo aqui. Eu não conseguiria caminhar ou dirigir em paz pelas estradas do país de meu pai. Ele não poderia ter me encontrado em nenhum portão do aeroporto. Ele não poderia ter me protegido da maldade dos brancos nas ruas.

— Você deve harmonizar seu coração – disse Ola. – Só você saberá como fazer isso; para cada um de nós é diferente. Então harmonize, tanto quanto possível, o seu entorno. – Ele pensou por um momento, suspirou. – Faça o que fizer, fique longe de pessoas que têm pena de si mesmas. Pessoas que estão sempre reclamando têm uma tendência horrível de espalhar a própria liderança na bunda de todo mundo.

Fanny riu com isso.

— Você também deve tentar não querer "coisas" – continuou Ola – porque o "coisismo" é o último obstáculo no caminho da paz. Se toda vez que você vê uma árvore, você quer fazer alguma *coisa* com ela, logo ninguém na terra vai ter ar para respirar. Árvores que já estão mortas estão bem – acrescentou. – Toras velhas desenterradas da lama estão bem. – Ele riu baixinho, como se estivesse fazendo uma piada interna.

"Faça as pazes com quem você ama e que a ama, ou com quem você deseja amar. Esses são os seus compañeros, como dizem os latino-americanos. Acima de tudo, resista à tentação de pensar que aquilo que a aflige é pessoal, só acontece com você. Tenha fé que o que está em sua consciência pode ser comunicado à consciência de todos. E, em muitos casos, já está lá."

— Mesmo na consciência de quem caiu num barril de drogas? – perguntou Fanny, cética.

— Especialmente esses – respondeu Ola. – A luta com as questões eternas, aquelas que não foram definitivamente respondidas pelo rebelde ou revolucionário no fim da adolescência ou no início dos vinte anos, quando se pensa que todos os problemas podem ser resolvidos, os pensamentos que tanto perturbam, as fúrias eternamente incômodas, foram essas coisas que provavelmente levaram muitos de nosso pessoal ao limite. Mas eles podem ser recuperados. Se não morrerem por causa dos vícios; suas tentativas de banir toda a inteligência sobre o que realmente está acontecendo ao mundo, enquanto inalam a fragrância podre do lótus da sua "fuga", terão de ver que estão se matando. Seus dentes estão roendo as próprias pernas.

Suwelo finalmente tinha chegado de São Francisco para ver Fanny. Ela estava morando sozinha na pequena yurt que compartilharam no verão.

— Meu *pai* me disse, pouco antes de morrer – disse Fanny, enquanto se aqueciam junto à pequena fogueira, onde ocasionalmente apareciam pinhas –, que eu harmonizasse minhas relações com você. – Ao pensar em Ola, ela se identificou com Zindzi Mandela, filha de Nelson Mandela, que tinha ouvido recentemente na rádio, tentando manter vivas as palavras do seu pai, preso há vinte e cinco anos. – É lógico que são necessárias duas pessoas para harmonizar – afirmou ela com firmeza, olhando para o fogo. – Mas preciso lutar com você na fé de que a harmonização é possível. Isso não tem nada a ver com a questão de dormirmos juntos ou não.

Suwelo suspirou. Que mulher difícil era essa!

— E o que sua *mãe* diz? – perguntou ele, sarcástico. Fanny parecia muito pequena e jovem, apesar dos fios prateados em suas têmporas que apareceram desde a última vez que ele a viu.

Fanny sorriu.

— Como você sabe, minha mãe aconselha o perdão. É o tônico primaveril de óleo de mamona da alma.

— E por que são essas as mensagens que recebemos? – perguntou Suwelo, sem esperança. – Por que é isso que eles dizem e não é algo um pouco mais provável?

Fanny deu de ombros.

— Vamos encarar os fatos, Suwelo. É porque somos as pessoas que somos e não outras pessoas. Não somos brancos, por exemplo. Essa é a mensagem não apenas dos meus pais, mas é a mensagem desde o início. Podemos rastrear essa mensagem desde o nosso primeiro contato com o sol.

— Não brinca. O *sol*?

— Nunca consideramos o sol um inimigo – continuou Fanny gravemente –, apenas, talvez no início, uma deusa. E mais tarde, sem dúvida sob coerção e levando a nossa imaginação ao limite, um deus. Nunca, até muito recentemente, há muito menos de mil anos, conhecemos o frio. No fundo dos nossos corações, por causa de nossa relação com o sol, acreditamos que somos amados simplesmente por estarmos aqui. Não existe razão para nos odiarmos. Como alguém disse: posso cavar adorando o sol, porque ele me adora também. Nossa relação com o sol é a base de nossa segurança como seres humanos negros. Temos nossa melanina, temos nossos cabelos lanosos. Estamos prontos para a praia. Nós podemos lidar com isso. – Fanny sorriu.

— Mas você não tem medo de se queimar? – perguntou Suwelo. – Afinal, até o sol não é mais o que era. – O que ele estava realmente perguntando era se ela tinha ou não coragem de amá-lo, por mais mutável que fosse.

— O sol não mudou – disse ela, olhando para o fogo. – É exatamente a mesma coisa, para nós seres humanos, e assim permanecerá durante vidas inconcebíveis. Somos nós que mudamos. O homem branco africano nasceu sem melanina, ou com quantidades incrivelmente pequenas. Ele nasceu desprotegido do sol. Ele deve ter se sentido amaldiçoado por Deus. Mais tarde, ele projetou esse sentimento em nós e tentou fazer com que nos sentíssemos amaldiçoados por sermos negros; mas o preto é uma cor que o sol adora. O homem branco africano não podia culpar o sol pela sua situação, não sem parecer ridículo, mas poderia eventualmente impedir as pessoas de o adorarem; poderia colocar em seu lugar um novo deus que se parecesse mais com ele: frio, desapegado, dado a acessos de raiva violentos e ciúmes. Ele precisava criar outro deus, já que aquele que o resto do mundo adorava era tão cruel com ele; queimava ele. Foi muita sorte que finalmente tenha tropeçado no Mediterrâneo, na Europa. O clima fresco deve ter sido excelente.

"E não", ela continuou, "não tenho medo de amar você. Finalmente o vejo como você é. Vejo a criança que se tornou o homem e agora está rapidamente se tornando a pessoa. Seus pecados não são mais graves do que os meus. Eu me entreguei às minhas fantasias de violência por anos antes de tentar mudar; assim como você se entregou a relacionamentos estéreis e abusivos com outras mulheres. Eu não conseguia entender por que deveria ser *eu* quem deveria não buscar vingança, por que a responsabilidade da violência deveria parar comigo. Além disso, eu deveria ser o único exemplo que tive para a criatura que pretendia ser? Tem uma carta no tarô, a nona carta, e sua mensagem é: o que você espera você também teme. Foi assim comigo.

"Não me senti particularmente traída como indivíduo pelos seus casos com outras mulheres; ou com Carlotta em particular. Você e eu estamos construindo nossas vidas; outras pessoas certamente serão importantes nelas. Eu não acredito em casamento... Mesmo assim, me senti traída, como mulher."

— Traída como mulher? Mas eu lhe disse, Carlotta não significava praticamente nada para mim. Ela...

— Eu sei – Fanny o interrompeu. – O que você disse foi que ela não significava *nada* para você e que, além disso, ela não tinha substância. Foi quando você disse isso que o odiei. Odiei você como homem.

— Mas por quê? – gritou Suwelo. – Eu estava tentando não machucar você. Tentando fazer você ver que nenhuma mulher era mais importante para mim do que você. – Ele fez uma pausa e continuou com certa amargura – Acho que esqueci que estava conversando com uma mulherista.

— Não – respondeu Fanny –, você esqueceu que estava conversando com a massagista de Carlotta.

— O quê?

— Tentei amenizar as cãibras nas suas pernas, soltar as articulações dos joelhos, alisar os nós das costas, afrouxar a mandíbula, endireitar a curva do pescoço, restaurar a liberdade de movimento dos dedos dos pés. Eliminar uma enxaqueca que durava um ano. Ela é pequena, mas estava tão densa e pesada quanto chumbo. Eu sabia que era o corpo da mulher que você disse não ter substância. A própria substância de Carlotta era a dor. E que você não sabia disso, ou, se sabia, não se importava, foi isso que me fez desprezá-lo.

"Eu não sei o que aconteceu na vida dela. Às vezes me perguntava se você mesmo sabia. Mas, cada vez que eu trabalhava em seu corpo, ficava surpresa ao sentir a dor, como ondas de gelo encontrando minhas mãos, a dor de um corpo atingido recentemente e repetidamente. Um corpo retorcido."

Fanny começou a chorar e limpou o nariz com raiva com a manga da camisa. Suwelo sabia como ela odiava chorar quando estava com raiva.

— Os homens devem ter piedade das mulheres, Suwelo – disse ela com frieza. – Devem sentir os corpos das mulheres como uma massagista sente; não só acariciá-las superficialmente e usá-las como se fossem modelos de calendário, cartazes ou bonecas de papel. Que mulher poderia confiar num homem que voltou dos braços de outra mulher para contar uma história como a sua? Eu simplesmente não consegui.

— Eu a odiei por me deixar – disse Suwelo, entregando-lhe seu lenço. – Por que você não explicou?

— Porque eu estava farta de explicar tudo – respondeu Fanny, com grande cansaço. – Nas minhas aulas de estudos femininos e na secretaria da faculdade eu tinha que explicar sobre negritude; para você e outros homens eu tinha que explicar sobre as mulheres. Ninguém conseguia usar os próprios olhos e sentimentos para tentar compreender as coisas e as pessoas por si só. De qualquer forma, você não teria entendido.

— Certo. Todos os homens são imbecis. Lógico. Como você sabe que eu não teria *entendido*? As mulheres são a única parte da espécie que tem cérebro?

— Já tentei tantas vezes antes, Suwelo, quando ainda morávamos juntos. Tentei com livros. Com discos. Você não lia, você não ouvia. Você era traumatizado com tudo que era novo. Parecia inútil.

— *Inútil* – gritou ele, e de repente sentiu como se estivesse inteiramente acordado e que sua mente não estava confusa como normalmente ficava quando discutia com Fanny. – Depois de tudo que passamos? Porra, sobrevivemos ao sequestro juntos, sobrevivemos ao navio negreiro, sobrevivemos à escravatura. Pelo que você sabe, eu já fui sua mãe.

— Já foi minha *o quê*? – perguntou Fanny, chocada. – Negro, o *que* você disse?

— Ou pelo menos lhe dei leite materno. Merda! – esbravejou ele, pensando na dona Lissie, no senhor Hal e em tudo que aprendera com eles e não via a hora de partilhar com Fanny. – Nós sobrevivemos morando em Nova York. Brigue comigo. Grite. Você tem dentes grandes, *me morde!*

A adorável boca de Fanny moldava as palavras, horrorizada:

— *Me morde?*

— Mas não se deixe levar e não presume que sou muito burro para entender você. Quem você pensa que eu sou afinal? – Como ele adorava ficar indignado! E como se tivesse o direito, que até agora lhe parecia que só as mulheres tinham, de revidar. Para tornar sua autoexpressão ainda mais satisfatória, ele se levantou num pulo e andou pela pequena sala. Algo quente e apaixonado estava se abrindo nele, e não estava nas calças; estava... no peito. – Sou de carne, sou de osso! – disse, decidido. E pela primeira vez sentiu verdadeiramente que *era* de carne e osso. *Humano*, igual às mulheres. – Não, eu não sou um fora da lei perfeito que viveu há cem anos e que você pode amar sem ser obrigada a se contradizer às vezes. Mas estou pronto para a maldita briga em qualquer maldito dia da semana.

Fanny o olhava como se ele tivesse enlouquecido.

— Por que você está tão bravo? – perguntou ela.

— Não estou bravo. Estou louco. Estou furioso com o desperdício que é quando as pessoas que se amam não conseguem nem conversar.

"Conversar", ele disse, lembrando muito a Fanny de Ola, "é o próprio *afro*-disíaco do amor".

Ela riu e colocou a mão no braço dele. Normalmente, quando Suwelo ficava com raiva, ele gaguejava e murmurava coisas sem o menor sentido. Se uma discussão começasse quando estavam no carro e ele dirigia, era provável que saíssem da estrada.

— E devo presumir com esta... hum... *declaração* – disse Fanny – que o que temos aqui é um afro que gostaria de voltar para casa e se aninhar?

— Isso – respondeu ele, juntando-se à risada dela. – Aqui está minha mão em sinal de luta. Vamos resolver com um aperto.

— Eu estava numa exposição de pinturas de Frida Kahlo no Museu Mexicano – disse Fanny. – Como muita gente, eu amo a Frida. O museu naquele dia estava lotado de mulheres, e todas tinham muito a dizer sobre cada uma das pinturas, mas ficavam ainda mais verborrágicas diante das fotos de Frida e Diego expostas junto das pinturas. Depois de ver a exposição pela primeira vez, me sentei num banco no meio do andar, simplesmente me permitindo ser envolvida pelo requinte das pinturas de Frida.

"'Ah', 'Argh', 'Blergh' eram os sons do grupo amontoado em volta da foto de Frida e Diego tirada no dia do casamento deles. 'Ele é tão grande!', alguém disse. 'E tão nojento.' 'E ela é tão pequenininha', disse outra pessoa. 'Eu odeio pensar...' começou outra. 'Não!', disse a acompanhante. 'Tanta dor!', lamentou uma mulher baixa e de cabelos escuros, que, na verdade, me lembrou você, Robin."

— Fico lisonjeada por você pensar em mim fora daqui – respondeu Robin.

— Ah, penso bastante em você.

— Eu vi a exposição. Também sou apaixonada pela Kahlo. Também fiquei murmurando e refletindo diante daquela foto. Você sabe como o pai dela apelidou o casal? O elefante e a pomba.

— Como os pais dela a deixaram se casar com ele? – perguntou Fanny. – Eles sabiam da condição da pélvis fraturada dela. Mas imagino que ninguém, nem os pais, conseguia enfrentar a determinação de Frida em ter o que quisesse, e ela queria Diego. E por que exatamente ela queria Diego? Acho que é porque ela mesma queria pintar.

— Quer pintar? Case-se com um pintor. É, acho que tem algo nisso. E a grosseria dele não era tudo que ela via, mesmo quando ele não estava pintando. Ela ficou encantada com sua expressividade infantil. Ele era direto em suas expressões, fosse no confronto com o Partido Comunista Mexicano, com os Rockefellers, ou com suas inúmeras amantes. É claro, como muitos maridos, ele não era capaz de ser direto com a esposa. As mulheres têm dificuldade em entender isso. Isso as magoa profundamente. Frida nunca se recuperou de ter sido magoada. Ao mesmo tempo, achava que sua deficiência podia ter sido a razão de Diego ter essa necessidade sexual de vadiar.

— Bem, enfim – disse Fanny –, lá estava eu, sentada no museu, deixando a genialidade de Frida tomar conta de mim. Pareceu que o sol me percorreu, através de tantos vitrais, os poucos que consegui ver devido à multidão de mulheres e alguns homens que passava nas paredes. Ouvi uma voz falando, na frente de uma das pinturas. Aquela em que Frida está com o próprio rosto, mas com o corpo de um cervo, e seu corpo de cervo está todo flechado. Eu me aproximei, atraída novamente pela pintura, pelo horror nos olhos de Frida, mas também pela voz. Era de uma mulher branca com sotaque do sul. Era uma voz suave e bem-humorada. Incessante. Ela estava com a mãe, que obviamente não era de São Francisco. Usava um daqueles terninhos de poliéster em um tom claro de rosa, sandálias brancas com meias e uma bolsa enorme de plástico branca; tinha cabelos grisalhos, usava óculos e apertava os olhos para ver segmentos da pintura, como se tivesse dificuldade de compreender o todo.

"'Agora, eu não sei o que dizer sobre essa daqui', a filha comentou.

"'Ora, você não precisa me dizer nada, Brenda. Olha as lágrimas no rosto dela. Eu já me senti assim.

"E aí eu fui direto para casa", Fanny continuou contando, "e liguei para a minha mãe e pedi para ela descobrir com a mãe da Tanya onde a Tanya morava. Ela me ligou no dia seguinte. Oakland."

— Sério? – Robin se espantou.

— Sério. Quando eu liguei para ela, perguntei: "É a *Ton*ya Rucker, de Hartwell?" E ela respondeu: "Bem, é a *Tan*ya." Total oposto.

"Eu fui o caminho todo até a casa dela nervosa. A mulher com quem ela mora, uma nipo-americana que se apresentou como Marie, me deixou entrar. Eu me sentei no sofá e tinha uma mesa cheia de porta-retratos na frente. A maioria era de fotos de dois bebês de pele marrom, um menino e uma menina, desde a infância até a adolescência, com uma foto sorridente de formatura da faculdade dos dois, já crescidos.

"Resumindo a história, Tanya estava igualzinha à mãe dela. A criança que tinha sido minha companheira de brincadeiras tinha desaparecido. Seus olhos estavam diferentes, ainda, eram agora cinza-escuros, e não azuis, como eu lembrava. O cabelo castanho e com mechas grisalhas. Ela estava rechonchuda, e sua recepção foi bem maternal, ficou me oferecendo chá ou 'alguma coisa para comer' de tempos em tempos.

"Peguei uma foto e olhei para ela.

"'O pai deles era negro, ela contou, como se já tivesse dito isso muitas vezes. 'Os dois estão na faculdade agora. Não sei onde Joe está. Acho que ainda deve estar em Atlanta, provavelmente.'

"Eu não estava muito interessada no paradeiro de Joe.

"'Sempre me perguntei o que aconteceu com você', Tanya disse. 'Como é que você estava. Minha mãe perguntava para sua mãe e, às vezes, me contava o que a sua dizia. Fiquei sabendo que você foi para a faculdade e depois começou a dar aulas. Eu trabalho numa empresa que fabrica computadores', ela contou. 'Eu testo as máquinas na fase final, antes de os clientes receberem. É horrível para os meus olhos, mas a empresa recebeu tantas reclamações de trabalhadores como eu que espero que façam algo a respeito logo; pensar numa tela ou em alguma proteção na frente dos computadores, ou desenvolver uns óculos especiais.'

"Eu estava tão cansada do meu trabalho que não consegui falar sobre ele. Contei a ela sem rodeios que estava fazendo terapia para tentar chegar às raízes da minha raiva contra gente branca. Não contei que era especialmente contra brancos loiros. Acho que tive medo de que ela dissesse, como tantas pessoas: 'Bem, todo mundo odeia os nazistas.' É isso que eles acham que eu quero dizer. Pensam na raça ariana de Hitler como representada por atores loiros na TV. Essa imagem é, eu sei, apenas uma pequena parte disso.

"'Você tem todo o direito de ter raiva dos brancos', ela disse. 'Eu mesma estou com raiva deles. Eu nunca soube o tanto que estava zangada até ver o que eles fizeram com os meus filhos. Sem falar no que já tinham feito com Joe.'

"'Joe', eu disse. 'Seus pais devem ter tido um ataque.'

"'Um ataque de raiva', ela afirmou. 'Mas já era tarde demais para fazerem alguma coisa quando ficaram sabendo. Depois de uns cinco anos, depois que me casei com Joe, me mudei para a Califórnia, tive meus filhos e parecia estar tudo bem, meu pai simplesmente morreu do nada, ele estava muito frustrado. Depois que ele morreu, minha mãe foi mais flexível. Ela amava as crianças, então acabou conseguindo ser cordial com Joe. E aí ele foi embora e me divorciei. E daí eu tive que contar para ela que eu era queer.

"'Tanya fez uma pausa. 'Ela ainda está processando essa.'

"'Mas como tudo isso aconteceu?', perguntei. 'Você foi programada para ser a Srta. Lily White.'

"'Eu sei. Mas você sabe o que aconteceu. O Movimento dos Direitos Civis aconteceu. Selma aconteceu. A Universidade da Geórgia aconteceu. Dr. King aconteceu. Eu estava assistindo à cobertura de uma das marchas pelos Direitos Civis numa noite, e aí percebi que a ordem do mundo como eu sempre conheci e imaginei que seria para sempre estava *errada*. Achei tudo errado, até a menor construção feita pelo homem branco. Qualquer pessoa que não pudesse honrar aquela massa de negros que vi na televisão, e os lamentáveis poucos brancos que estavam com eles, tinha que se foder.

"'Mas', Tanya continuou, 'não ousei me manifestar. Como tantos jovens sulistas da época, não fiz nada. E aí Joe apareceu, eu o conheci numa viagem que fiz para cá com o grupo da igreja da minha mãe. Nos conhecemos no Fisherman's Wharf!' Ela riu. 'E eu estava determinada a me casar com ele. Ele não teve chance. Nossos filhos seriam meu protesto. Lógico, ele certamente descobriria isso. Joe descobriria, digo. Que me casar com ele foi um atalho político que escolhi seguir, porque, como sulista, não sabia como me conectar com nenhuma das longas marchas. A constatação de Joe sobre meus motivos arruinou nosso casamento e, embora eu o amasse como indivíduo, não era muito fã da sua cultura, que não era nem um pouco a cultura negra do Sul, e sim a cultura negra das ruas, na maior parte, embora seus pais fossem membros fiéis da classe média negra urbana, na verdade *suburbana*. Eles moravam nas colinas de El Cerrito, pelo amor de Deus! As pessoas mais pretensiosas que já vi. Gostavam do Nixon. Odiavam hippies. Eles votaram no Gerald Ford.

"'Eu achava que todos os negros viviam mais ou menos como as pessoas na sua casa.' Tanya riu. 'Sempre alguma coisa animada acontecendo. Música, festas, adoração ao sol ou coisa do tipo. Muitas pessoas gentis que apareciam de vez em quando. Até mesmo pessoas malucas e realmente interessantes, muitas vezes com habilidades criativas incríveis. A melhor comida do mundo. E o pessoal da sua casa estava sempre se beijando.'

"'Você costumava ir à nossa casa?', perguntei.

"'Mas é claro que eu ia. Você não lembra? Eu saía às escondidas de casa para ir até lá. Meus pais, mas minha avó principalmente, tinham que ir e me arrastar de volta. Eu costumava me esconder debaixo da cama da dona Shug! Como você não se lembra disso? E às vezes sua avó mentia para a minha, dizendo: "Não, a gente não viu ela, não." Eu adorava quando ela dizia isso. E nós duas, você e eu, escondidas debaixo da beirada da cama da dona Shug. Era uma coisa gigantesca e prateada em forma de colher que lembrava um navio, e a renda da colcha pendia diante de nossos rostos como uma rede. E nós duas comendo pãezinhos doces.

"'Primeiro ouvíamos o barulho forte dos passos da minha avó no quintal. Depois o baque forte quando ela colocava o pé no último degrau. Ela nunca entrava, é claro. Ela nunca chegava até a varanda.

"'Vim buscar a Tanya', ela falava.

"'E a dona Celie respondia: "Tanya? Vixi, a gente não viu ela, não."

"'E você e eu simplesmente nos acabávamos de rir no nosso esconderijo.'

"'Como ela era, sua avó?'

"'Ela era muito gorda', Tanya respondeu. 'E andava com uma bengala. Ela quase nunca sorria e parecia sempre estar lembrando de algo que não lhe agradava. Meu avô tinha morrido há muito tempo e não tinha nem uma foto dele em casa. A única coisa legal nela eram os cabelos brancos como neve. Como você pode não se lembrar daqueles tempos?' Tanya perguntou. 'Eu nunca poderia esquecer. Nunca fui tão feliz na minha vida.'

"'Eu me lembro de ir à sua casa', eu disse. 'Vagamente. Ou melhor, ao seu quintal.'

"'Nunca entendi por que você não entrava', disse Tanya. 'E sempre que eu perguntava para alguém, minha mãe, meu pai ou minha avó, eles diziam: "Ela não *quer* entrar, querida. Não a convide, ela pode ficar chateada."

"'Magoar você era a última coisa que eu queria. Então a gente brincava lá fora, no quintal, não podíamos nem brincar na varanda; alguém poderia nos ver! E eu nunca a convidei para entrar. E você nunca perguntou nem parecia interessada em entrar na nossa casa, que era como a daquele filme *Caminho áspero*, comparada à sua, então achava que meus pais e minha avó estavam certos.'

"Robin", disse Fanny, fazendo uma careta engraçada, "eu não me lembrava de nada disso. E a Tanya se lembrava direitinho. Como é que pode?"

— Para algumas pessoas, é mais fácil se lembrar da felicidade do que da dor. Você teve que reprimir, "esquecer" sua dor para continuar brincando com Tanya. Embora a "brincadeira" já tivesse acabado a essa altura, eu acho.

— Sim, também acho – respondeu Fanny. – O que eu lembrava dos momentos que passamos juntas tinha uma qualidade irreal, como se existissem num filme ou tivessem acontecido com outra pessoa.

— Você ficou alienada de seu próprio corpo, de seu próprio eu – disse Robin. – Se tornou dois seres em seu relacionamento com Tanya. A garotinha brincalhona que outras pessoas viam e a criança machucada que ficou perplexa em seu primeiro encontro com a rejeição irracional.

Fanny continuou:

"Tanya falou: 'E aí tudo acabou. Mas você se lembra disso, né?'

"'O que aconteceu?', perguntei. 'Sua mãe quis me dar algumas roupas usadas?'

"'Não, dificilmente', Tanya respondeu. 'Você estava sempre vestida que nem uma princesinha. Eu era que vivia implorando para usar suas coisas! Mas eu só podia usar seus vestidos, suas fitas de cabelo e seus medalhões – e meias com brilhinho! – na sua casa. Qualquer coisinha bonita que você ou seus pais me davam desaparecia imediatamente se eu a levasse para casa.'

"'O que foi então?', perguntei.

"'Tem certeza de que não se lembra? Durante todos esses anos, pensei que você estivesse sentada em algum lugar, lembrando da gente, xingando.'

"Ih, merda, eu pensei", disse Fanny, se inclinando na direção de Robin. "Assim que Tanya falou isso, fiquei com dor de cabeça. Cerrei os dentes e finquei os calcanhares no carpete. Olhei para ela em segmentos, para seus pés, com pantufas bege, seus tornozelos gordos, sua barriga, sobre a qual seus seios caíam. O queixo. Os olhos cinza-escuros. O cabelo castanho, com largas mechas grisalhas.

"'Tanya suspirou. 'Foi a minha avó', ela me disse. 'Ela acabou morrendo, aliás. No decorrer das coisas. Não por causa do que ela fez com você.'

"'Sua avó. Ela fez alguma coisa comigo?' Eu estava começando a me sentir como me sinto na hipnose. Como se estivesse caindo profundamente dentro de mim.

"'Ela lhe deu um tapa', Tanya contou.

"'Eu vi estrelinhas?', perguntei.

"'Sim! Você se lembra!'

"'Não. Estava sendo irônica.'

"'Bem, todo mundo se beijava na sua casa. Era o cumprimento comum, de chegada e de saída. Ninguém apertava a mão; a não ser que fossem totalmente estranhos. Adorava isso de todo mundo se beijar. Certamente não era algo que nenhum de nós fazia em casa. Mas, quando contei isso para os meus pais, eles não gostaram nem um pouco. E não gostavam especialmente de ouvir nada sobre mulheres adultas se beijando. Hoje em dia eu percebo que fizeram uma palestra sobre isso e tomaram uma decisão. Como eu gostava de beijar – até comecei a beijá-los –, eu, como pessoa branca, poderia beijar qualquer um de vocês. Mas vocês nunca deveriam me beijar. Eles estabeleceram essa regra e esperavam que eu obedecesse. Eu nem tentei.

"'Mas eu contei isso para sua família, e ela parou imediatamente. Pararam de me beijar, de me tocar também. Logo descobri que tinha meu próprio copo e prato sempre que ia à sua casa.

"'Só que você não conseguia me ouvir como sua mãe e suas avós conseguiam. Você sempre beijou e foi beijada. "Me dá um pouco de carinho? Você quer um pouco de carinho?" Essas pareciam ser as duas principais perguntas da sua vida. Um dia, quando estávamos brincando no meu quintal, você me beijou na bochecha. Minha avó estava olhando dos degraus dos fundos, onde ela costumava ficar sempre que brincávamos.'

"'Indignada, ela estava?', perguntei.

"'Enfurecida', Tanya respondeu. 'Ela pesava uma tonelada, veio até nós e lhe deu um tapa tão forte que a derrubou, e, quando você se sentou, segurava a cabeça entre as mãos, como se tivesse medo de que ela caísse. E você disse: "Estou vendo estrelinhas."

"'E ela respondeu: "Se algum dia eu pegar você colocando sua boca preta na Tanya outra vez, eu arranco a sua cabecinha preta fora." E então ela se virou e subiu os degraus batendo o pé.

"'Você chorou sem parar. Ficou muito chateada. Eu também chorei muito e fiquei muito chateada. Mas por algum motivo tive medo de tentar confortá-la; afinal, foi você quem apanhou. Fiquei ali totalmente dura, como se fosse uma pedra. Você disse que ia contar para suas avós; e eu sabia que, se você contasse para dona Shug, ela mataria todos nós. Eu lhe implorei para não contar. Eu estava tão envergonhada; e eu odiava tanto minha avó; mas, mais do que isso, eu tinha medo do que aconteceria se você contasse.

"'E eu acho que você nunca contou mesmo', Tanya disse, 'mas nunca tive certeza porque foi a última vez que você brincou comigo.'"

— Bem – disse Robin, quando Fanny terminou. – Como você se sente sobre isso?

— Ainda não sinto nada – respondeu Fanny.

— Você quer um lenço de papel?

E Fanny sentiu as lágrimas de horror no rosto.

Parte VI

PART VI

A memória é a chave para a redenção.

*— Inscrição no memorial aos judeus
que morreram nos campos de concentração
durante a Segunda Guerra Mundial.
Parque Land's End, São Francisco*

"Querido Suwelo", escreveu o senhor Hal em um garrancho grande e trêmulo, "pego a caneta com a mão relutante para lhe escrever a triste notícia de que minha amada Lissie, companheira de quase todos os meus anos, nos deixou no dia 3 de junho, há uma semana. Você ficará feliz em saber que ela não estava doente, nem um pouco. Na verdade, ela pintou até a tarde em que se deitou para morrer. Ela estava reclamando de uma inquietação e ficava o tempo todo andando pela casa, abrindo e fechando janelas. De qualquer forma, durante o último mês de sua vida, ela não queria passar muito tempo dentro de casa, queria viver ao ar livre. Graças a Deus, o tempo estava bom, na maior parte (é lógico que ela também adoraria tempestades), e arrastamos o colchão dela para a varanda. Colocamos o cavalete no canto, e ela se deitava e descansava um pouco, depois se levantava e pintava.

"As últimas pinturas são incríveis e diferentes de tudo que ela já fez; digo, o tema em si é estranho. Estou mandando algumas para você ver. Eu não sei o que fazer com elas.

"Também coloquei essas fitas cassete que a Lissie fez para você; e, creio eu, para Fanny também. Nós dois gostamos do rosto daquela jovem.

"Uma semana atrás, eu não conseguia imaginar como eu ia viver sem Lissie. Achei que seria mais fácil ficar sem minha própria respiração. Ela morreu, foi cremada e, em vinte e quatro horas, suas cinzas foram espalhadas, exatamente como ela orientara, mas tão rápido. Cheguei do jardim onde tinha acabado de espalhar as cinzas dela e comecei a chamá-la para perguntar onde deveria colocar a urna vazia. Mas, assim que abri a boca para perguntar, soube que não importava. E esse foi o meu primeiro pressentimento de que o luto pela partida de Lissie foi um pouco prematuro.

"Não é que ela esteja aqui, ou que seja um fantasma, Suwelo. Ela morreu. Ela se foi. Mas ela também está aqui, em mim. E percebi que Lissie sempre esteve em mim, mas só agora que não fico distraído com sua presença física é que consigo sentir isso com mais clareza.

"Então pense em mim me debatendo em nossa casinha enquanto as ipomeias azuis estão aterrando e a nogueira está se protegendo do sol. Parece grande agora e, por enquanto, deixei o colchão de Lissie na varanda. Eu olho pela janela e vejo apenas uma grande nuvem, branca e fofa.

"Lissie gostava muito de você, Suwelo. Não só porque você era descendente do Rafe. Ela gostava da sua pessoa. De como você luta contra a confusão. Lissie não tinha paciência para pessoas cujas vidas não eram tão complicadas quanto um novelo de barbante.

"Se algum dia você voltar para Baltimore, você tem que vir me visitar. Vou preparar uma xícara de café dos bons para a gente e contar sobre mim. Estou descobrindo que estou velho demais para ficar sozinho, mas sinto falta de ver rostos mais jovens. Minhas lembranças me fazem companhia e até que estão voltando bastante. Eu me lembro dos anos com Lissie, quando ainda morávamos na Ilha. Eu me lembro da mãe dela e daquela lojinha com cheiro de peixe. Mas aquele lugar era um paraíso. Eu me lembro daquela velha bruxa, vovó Dorcy. E do bebê Jack. E da Lulu. Nós ficamos completamente arrasados, eu, Lissie e Rafe, quando Lulu nunca voltou da Europa. Tento não pensar nessa parte. Todos os dias, todos os minutos, durante anos e anos, esperávamos por uma notícia da nossa filha. Nunca ouvimos nada. Todas aquelas esperanças. Todo aquele amor. Tudo perdido.

"Quando seu pai foi chamado para lutar na guerra, todos ficamos felizes. Que se danem os alemães. Acho que imaginávamos que ele conseguiria localizar Lulu. Mas ele não a encontrou; encontrou apenas terror e brutalidade suficientes para fazê-lo perder parte de quem era em sua alma, além de perder o braço.

"Não, eu não penso nessas coisas. Penso em Lulu quando ela era um bebê. Me imagino colocando a roupinha nela, e alimentando-a, penso em ensiná-la a ler e ver seus primeiros passos na floresta. Ela sorriu tanto quando viu que era tão pequena debaixo das árvores, mas que conseguia ficar de pé sobre as próprias pernas, assim como elas.

"Bem, minhas memórias correm sem parar, e agora estou voltando para elas. Se você quiser as pinturas de Lissie, pode ficar com elas depois de minha morte. Escreva-me e eu colocarei em meu testamento. Estou convencido de que esta nossa casa simplesmente vai desabar depois que eu morrer. Tudo o que a sustenta é minha respiração e as ipomeias azuis. Caso contrário, eu a deixaria para você também. Do jeito que está, acho que nossos vizinhos, que têm muitos filhos, poderiam usar o terreno vazio como um lugar para os filhos brincarem. Então vou deixar para eles. Mas me avise sobre as fotos.

Seu amigo.
Sr. Harold (Hal) D. Jenkins

Obs.: ser um gênio significa que você está conectado a Deus. E você sabe disso.

Todos os dias penso em algo do tipo, que Lissie costumava dizer. Hoje foi isso que me veio à cabeça. E compartilho com você, vai que serve de alguma coisa.

Outra coisa: 'Os homens fazem guerra para chamar a atenção.'

Outra coisa: 'Toda matança é uma expressão de ódio por si mesmo.'

E algo que ela adorava dizer sempre que riam dela: 'Hal, algumas das pessoas mais *engraçadas* riram de mim.'"

— Na medida do possível – dissera Ola um dia, enquanto ele e Fanny se esparramavam na grama depois de uma manhã arrancando ervas daninhas de sua horta –, você deve viver no mundo hoje da forma que deseja que todos vivam no futuro. Essa pode ser a sua contribuição. Caso contrário, o mundo que deseja nunca se concretizará. Por quê? Porque fica esperando que os outros façam o que você não está fazendo; e eles também estão esperando que você também faça algo, e por aí vai. O planeta vai de mal a pior.

— Foi por isso que você se casou com uma mulher branca? – perguntou Fanny, mordiscando um pedacinho de grama que puxou perto dos seus pés.

— Não – respondeu Ola, surpreso. – Como você sabia disso? – Ele deu de ombros. – Eu me casei com Mary Jane para causar discórdia; foi por isso que me casei com Mary Jane. E não importa quanto eu tente explicar, ninguém está disposto a ouvir um ponto de vista diferente.

Ele puxou o grande lenço que pendia do bolso traseiro e enxugou o rosto todo suado. Quando terminou, Fanny pegou o lenço, procurou e encontrou um canto ainda seco e enxugou a própria testa com delicadeza.

— Mary Jane? Não é um nome muito sueco, né?

— Mary Jane não é sueca – disse Ola, pegando de volta o lenço e jogando-o no chão. - Ah, eu entendi agora. Você tem lido as minhas peças! Cuidado, nem sempre o dramaturgo escreve sobre si mesmo. – Ele apontou o dedo para ela. – É verdade que tive amantes na Suécia, é um país muito frio e eu estava sozinho. Inacreditavelmente solitário. E com certeza não é um crime retribuir a bondade de estranhos. Havia uma mulher, Margrit, com quem morei durante dois anos. Ela engravidou, mas era tão pragmática quanto bonita, e robusta também, aliás, e abortou a criança. Não consegui convencê-la a ter o bebê; afinal, eu que me recusava a usar camisinha, mesmo quando ela me dava. Achava muito racista da parte dela insistir nisso. Era eu quem deixaria o país dela e voltaria para casa. Eu não poderia trazê-la comigo. Eu não era Seretse Khama, de Botsuana, e ela não era Ruth Williams, da Inglaterra. Ela sabia o que era o racismo branco, mesmo na Suécia, depois de morar lá comigo. Ela não suportava pensar no sofrimento de seu filho. Ironicamente, li há pouco tempo um artigo que dizia que as crianças marrons e douradas* são bastante valorizadas hoje em dia. Duvido muito. Imagino que sejam consideradas...

— Exóticas – completou Fanny. - Como Helga Crane de *Areia movediça*.

— Areia movediça? – perguntou Ola.

— É. É um tipo de areia que você pode se afogar, quase como se fosse água.

— Ah...

---

* *Brown and golden children* no original. [N. E.]

— Mas estou falando de um romance que estudava quando dava aulas de literatura feminina; Nella Larsen é a autora, ela mesma é o resultado de um caso entre uma mãe dinamarquesa e um pai caribenho.

Ela percebeu que Ola estava interessado nessa escritora desconhecida.

— Ela nasceu em Chicago – continuou Fanny – e, quando cresceu, foi visitar a família da mãe na Dinamarca. Naquela época, sua mãe já tinha se casado com um homem branco norte-americano comum, e Helga/ Nella, como a criança preta da família, passou por momentos muito difíceis.

— Com certeza – respondeu Ola.

— Quando ela chegou à Dinamarca, ficou surpresa ao se ver virtualmente "idolatrada". Todo mundo a "amava". Um famoso pintor local que queria se casar com ela pintou um quadro dela. Mas ela não aguentava ser objeto das expectativas dos dinamarqueses sobre como uma mulher de aparência tão "exótica" deveria ser. Ela não aguentava as extravagantes roupas "africanas" que seus parentes compravam e insistiam que usasse. E também não gostava da ideia de se expor para estranhos admirarem. Além disso, achava o país e as pessoas muito diferentes das que deixou em casa, no Harlem. E percebeu que preferia sua família de lá. Foi uma baita surpresa para ela. Tinha alguma coisa sobre o antigo Harlem, o Harlem dos anos 1920, que exercia uma influência tremenda na lealdade das pessoas – refletiu Fanny. – Acho que era a música boa, as festas. A Proclamação da Emancipação finalmente em ação.

— Eu já li sobre o Harlem. Na obra de Langston Hughes. E é verdade, o amor dele pelo lugar irradia em cada linha.

— Mas, se você não se casou com a sueca – disse Fanny, intrigada –, com quem se casou? Quem é Mary Jane?

— Uma mulher dos Estados Unidos – respondeu Ola. – Uma mulher interessante. Você deveria conhecê-la antes de voltar.

— Não vim até a África para conhecer mulheres brancas dos Estados Unidos – disse Fanny secamente.

Ola riu, inclinou-se para trás e se apoiou no cotovelo.

— Tenho que admitir que, quando conheci Mary Jane, também era cético. Isso aconteceu numa época em que os brancos estavam sendo pressionados a imigrar. Nem todas as pessoas brancas, sabe, mas aquelas que não tinham meios visíveis de sustento, além dos servos africanos. Havia um grande número de parasitas dos quais era preciso se livrar. Pessoas que vieram para o país sem nada, quando era governado pelo regime branco, e que agora tinham grandes plantações, ou então pelo menos tinham belas casas e podiam escolher empregos bem remunerados. Era um costume do país, na verdade, um dos "itens" da publicidade que atraía os brancos a virem para cá, que cada homem, mulher ou criança branca teria a garantia de pelo menos um servo africano. A maioria das famílias tinha dois ou três. Muitos tinham cinco. Pagavam a essas pessoas menos de um por cento de seus salários e "compensavam" o restante com trapos velhos e sobras de comida.

"A propósito, parte da comida do país veio dos Estados Unidos. A comida dos *nativos*, digo. Sim. Eu mesmo vi sacos e mais sacos de grãos norte-americanos empilhados no cais. 'Um presente do povo americano', escrito na lateral de cada saco. Quer dizer que você nunca soube que estava nos alimentando?", perguntou Ola a Fanny. "O pessoal da clandestinidade fazia piada com aqueles sacos de grãos, principalmente os de milho; diziam que os Estados Unidos e os outros países brancos deram à África um saco de milho infestado de vermes e levaram um saco de ouro e diamantes, e consideraram isso justo."

Fanny riu.

— Mas, então, estávamos pedindo aos brancos que fossem embora – continuou Ola. – Se quisessem ficar, e muitos deles queriam, teriam de se comprometer formal e juridicamente a um compromisso vinculativo, assumindo todas as responsabilidades financeiras pelos cuidados de saúde, educação e habitação de seus antigos trabalhadores e de seus filhos. Deveriam concordar com um plano de sete anos; ao fim do qual, as pessoas que os serviram de graça por anos e anos deveriam ser certificadas de que estavam gozando de boa saúde, tendo uma boa educação, ou estando no caminho certo para obtê-la, e deveriam morar em casas próprias e decentes. Uma equipe de certificação internacional seria formada e bateria de casa em casa. Propriedade por propriedade. De plantação em plantação. E assim por diante.

"Isso foi um insulto para a maioria dos brancos, é claro; muitos ficaram surpresos não apenas com o fato de o novo governo 'macaco', como alguns deles o chamavam, fazer essas exigências – o que é realmente muito razoável, considerando a riqueza imerecida dos brancos, riqueza que agora tentavam desesperadamente tirar do país, em vez de terem as suas casas e propriedades confiscadas imediatamente, que era o que alegavam temer há anos –, mas também que os africanos quisessem boa saúde, educação e habitação digna! Algumas dessas pessoas ficaram chocadas ao perceberem que, quando o africano que cozinhava a sua comida e cuidava dos seus filhos sorria para elas, ela ou ele sorria apesar de quem eram, e não por causa de quem eram.

"Foi um período bem caótico. Algumas pessoas desmontaram suas casas bastante grandes, peça por peça, e as enviaram para outros países. Destruíram as próprias árvores e os jardins. Queimaram bairros inteiros, exatamente como fizeram os manifestantes negros norte-americanos nos anos 1960.

"Milhares de brancos ficaram deprimidos demais para viver; houve suicídios, especialmente entre os jovens. Teve gente que revelou que achava que seu destino era simplesmente ser dono dos negros em algum lugar do mundo só por serem brancos. Muitas dessas pessoas imigraram para a Austrália e para a Nova Zelândia, onde as populações negras são pequenas e fracas.

"Mas voltando a Mary Jane... Um dia ela apareceu na minha sala no Departamento de Entretenimento e Cultura – as pessoas que dirigiam esse departamento antes de assumirmos o comando tinham um carinho especial por produções locais de coisas como os musicais *Show Boat*, *Minha bela dama*, *O Quebra-Nozes* e, no lado picante, *Cabaret*. Isso também foi antes de haver um Ministério da Cultura. Estávamos ligados ao Ministério do Interior, que era, na época, logo após a nossa tomada de posse, comandado por um homem que estava fora do país enquanto a luta pela independência acontecia, e que agora, ao regressar, fez tudo que fez por culpa. Ele estava nos Estados Unidos, escondido numa das universidades de lá – gosto de dizer isso, e não é totalmente justo –, e era um militante antibranco. Ele não gostava principalmente de mulheres brancas. Mary Jane estava brava porque esse homem lhe disse que ela seria, *com certeza*, uma das primeiras pessoas brancas 'obrigadas', como ele disse, a deixar o país.

"Ela me explicou que fundou e dirigia uma escola de arte, a Escola M'Sukta. Eu achava que talvez eu já tivesse escutado falar nela.

"Ouvi, sim!", disse Ola, sentando-se de repente e tirando as sandálias. "Não era só a melhor escola de arte que tínhamos em Olinka, como a única. Certamente eu já ouvi falar. Ela estava sustentando setenta meninos e meninas na escola, ela contou. Eles moravam lá também. Ela tinha a ambição de que o trabalho de seus artistas se tornasse parte daquilo pelo que Olinka era conhecida. Ela até pensou que, em algum momento no futuro, poderia haver dinheiro para seus alunos e para o país.

"Em todo caso, ela me disse que tinha apostado a vida nos estudantes, na escola, no país e, por não ser mais jovem e não ter mais nenhum desejo de voltar para os Estados Unidos nem de imigrar para a Nova Zelândia ou a Austrália, não via o que restava para ela fazer. Todo o seu dinheiro tinha ido para a escola, que, segundo o chefe do departamento lhe disse, o governo ia confiscar. Uma coisa que ela fez foi colocar a escola nos nomes de todas as pessoas que trabalhavam lá.

"'Você vai ganhar algo por ela', garanti.

"'Sim. Foi o que ouvi. O suficiente para comprar uma passagem só de ida "para voltar" para a Inglaterra. Enfim, eu nem sou da Inglaterra', ela respondeu.

"Saí naquela noite para dar uma olhada na escola dela, a Escola M'Sukta. Ficava nos arredores da cidade e era bem modesta. As meninas e os meninos dormiam em alojamentos separados, e tinha um ateliê comunitário enorme que tinha basicamente só janelas. Todas as camas eram bem-arrumadas, com um cobertor de lã tecido localmente, como as mantas Pendleton nos Estados Unidos, inspirados em desenhos indígenas, cuidadosamente dobrado aos pés da cama. Foi a primeira vez que percebi como os símbolos e desenhos dos povos nativos americanos e dos nativos africanos são semelhantes. Ao lado de cada cama ficava um pequeno guarda-roupa colorido para as coisas dos estudantes.

"Eram todos crianças perturbadas. Eu não tinha entendido isso até conhecê-las. Várias tinham perdido os pais nas rebeliões contra o regime branco. Algumas perderam o raciocínio por causa dos espancamentos durante a detenção. Um bom número delas tinha deficiências físicas evidentes. Alguns mancavam, ou respiravam de maneira estranha, ou apertavam os olhos, ou agitavam cotos e braços inúteis. Eles foram os mais maltratados e privados dos nossos cidadãos. Mary Jane começou a pegá-los praticamente nas ruas. Do jeito que eram – ou seja, as 'ruas' – na 'nossa' parte da cidade.

"'Me conta uma coisa, você é freira?', perguntei a ela.

"Ela fumava cigarros feitos de folhas enroladas de eucalipto. Ela deu uma tragada no que tinha na mão e soprou a fumaça.

"'Por quê?', ela perguntou. 'Eu pareço uma freira?'

"Na verdade, ela parecia a namorada de um gângster daqueles filmes antigos de Hollywood dos anos 1930, sabe. Mas só uma freira faria esse tipo de coisa. Certamente.

"Eu tinha um relacionamento excelente com as freiras que educaram Nzingha", Ola comentou. "Elas eram radicais e acreditavam de todo o coração que Jesus foi um revolucionário incendiário e que Maria e Marta não eram melhores. Nenhuma delas jamais dispararia uma arma, mas, quando estávamos escondidos, contamos com elas para o transporte de armas. Então essa era a minha noção de freiras.

"'Eu já fui muito rica', Mary Jane contou. 'E muito pobre também.' E foi tudo que disse.

"'Qual é a história do nome Escola M'Sukta?'", perguntei a ela. "M'Sukta não é uma palavra Olinka, e sim Ababa", Ola explicou a Fanny. "Os Ababa são uma aldeia irmã. E Mary Jane começou a me contar a mais surpreendente das histórias, sobre uma mulher Ababa levada para a Inglaterra e trancafiada por quase quinze anos no Museu Britânico de História Natural. Ela passou todo o tempo lá tecendo. A tia-avó de Mary Jane a libertou – Mary Jane não sabia exatamente como – e a trouxe de volta para o povo Ababa. Infelizmente, ela era a única sobrevivente de sua aldeia. A tia-avó de Mary Jane herdou os diários de sua tia-bisavó que contava tudo isso. A tia-avó, já adulta, também veio para a África. Na verdade, ela viveu entre os Olinka e fez muitas boas ações: educou várias mulheres que se tornaram médicas, assistentes sociais, agrônomas e tudo o mais. Um número surpreendente dessas mulheres morreu na luta contra o regime branco. Ela estava morando aqui quando os brancos destruíram nossos povoados e nos obrigaram a ficar em reservas. Como se fossem suas aldeias indígenas, sabe. Como nossos animais selvagens.

"Mary Jane herdou uma grande dose de coragem e o espírito de 'podemos fazer'. Ela veio para a África e aprendeu a pintar sozinha. Ela já havia se aventurado, ela contou, apenas para fazer algo útil, mas, desta vez, estava levando a sério. Ela tinha um pouco de dinheiro, então comprou um terreno bem longe da cidade – que, infelizmente, cresceu, disse ela, e a engoliu – e em completa solidão, sem empregada nem 'menino', ela pintou. Às vezes até doze horas por dia. Ela tinha um cavalo e, nos dias em que não pintava, cavalgava. E assim passou a conhecer muito bem as pessoas do campo e o próprio país. Suas pinturas começaram a agradar-lhe."

— Você fala dela com uma admiração – disse Fanny, um tanto relutante. Ela começou a fazer posições de ioga enquanto ouvia Ola. Foi para a postura do arado e esticou bem as costas.

— Sim – respondeu Ola, observando seus movimentos na grama. – Espere só até conhecê-la. Ela é igualzinha àquela atriz que vocês têm nos Estados Unidos, aquela com voz monótona, cabelos loiros e olhos cinzentos, que é casada com um homem que parece seu irmão gêmeo. Ela não poderia ser mais branca. Sempre achei que, se algum dia conhecesse uma mulher norte-americana assim, ficaria sem palavras. Mas não. É lógico que, naquela época, para ajudá-la a administrar a escola, ela contava com uma equipe. Fiquei tão impressionado com eles. Ela os enviara para lá e para cá, para a Rússia, Arábia Saudita, Berlim, para estudar arte e psicologia, e aprender como administrar um internato de alto nível para jovens problemáticos. Todos tinham olhos ávidos, brilhavam como moedas de um centavo, afetuosos com os estudantes e com a diretora. Eu segui o exemplo deles e logo estava tagarelando a mil por hora. Logo tive segundas intenções para tentar ajudá-la a salvar a escola. Era um lugar fabuloso para ensaiar e apresentar minhas peças!

"Eu nunca tinha visto nada parecido. Eu lhe falei que cada centímetro de cada parede dos edifícios, por fora e por dentro, era coberto de pinturas? Toda vez que a escola ficava sem papel e tela, o que não era raro, como Mary Jane explicou, eles simplesmente caiavam um antigo mural numa das paredes e começavam um novo por cima. Ela contou que os estudantes reclamavam no início porque seus barracões e o ateliê comum tinham paredes de barro e telhado de palha. Isso os lembrava muito das cabanas estéreis de palha que o regime branco havia erguido para seus pais e avós nas reservas. Mas, Mary Jane disse, nos livros da minha tia-avó (ela veio para a África para escrever livros, sabe), ela falava das artes criadas pelas pessoas antes dos seus povoados serem demolidos. Arte que faziam casualmente pintando suas casas todos os anos após a estação das chuvas, e viviam despreocupadamente. Então ela sentiu que a construção e a decoração das moradias estavam certas.

"Para tornar uma história extensa razoavelmente convincente", disse Ola, "Mary Jane e eu, com sua equipe de sete pessoas, a cozinheira, o jardineiro, e algumas das mães das crianças, e, para ser justo, um irmão mais velho e um pai ou dois, discutimos ideias juntos por muitos dias e decidimos que não havia mais nada a se fazer para salvar a escola, a não ser que Mary Jane e eu nos casássemos.

"Era certo que isso causaria alguns problemas. Lá estava eu, um dos 'melhores' e de mais visibilidade entre os homens negros de Olinka, educado no Ocidente, com uma bela casa, um carro e outras coisas mais, e, muitos suspeitavam e alguns de fato sabiam, com uma esposa enfurnada no mato; lá estava eu, um líder indiscutível do nosso país, apontando suas necessidades e glórias e suas transgressões a torto e a direito. Ocasionalmente atacando o homem branco e sua mulher com crueldade bem-merecida. Como eu, logo eu, poderia me casar com uma mulher branca? E nem mesmo uma que fosse jovem, como aquelas das revistas femininas que de repente inundavam o interior e que se via por todo lado.

"Pois essa foi uma das muitas manobras de despedida utilizadas pelo regime branco vencido. O uso do corpo da mulher branca. O corpo da mulher branca, há tanto tempo fora dos limites, de repente estava por toda parte. Suas partes íntimas expostas para todos verem. Os garotos levavam as revistas enroladas nos bolsos traseiros das calças. Isso se tornou um símbolo de status, como camisetas e jeans. Parte do estilo deles. Os pais e tios mantinham pilhas de revistas trancadas a sete chaves em casa, debaixo da cama ou no escritório. Havia um intenso comércio dessas revistas no mercado clandestino. Nossas mulheres estavam sendo incentivadas a clarear o rosto com alvejante, a ficarem loiras. De repente, se compreendeu que a nudez não denotava barbárie. As mesmas mulheres que tinham sido praticamente apedrejadas por ficarem sem blusa agora eram informadas de que deveriam tirá-las se quisessem ser modernas.

"Ao mesmo tempo, o governo, depois de rejeitar a maior parte das leis do homem branco, porque oprimiam a população nativa, decidiu que a única lei que definitivamente manteria era a que proibia o casamento inter-racial. Isso provou que eles tinham tanto orgulho racial quanto o homem branco. Por outro lado, restabeleceram a poligamia, à qual eu era contra e as mulheres também. Afinal de contas, a poligamia é um precursor nítido do sistema escravista de plantação, o marido como 'senhor' e as esposas como 'escravas'. Bem, mas aquele governo não ouvia as mulheres. Todo mundo já sabia disso àquela altura.

"Se eu me casasse com Mary Jane, poderia incomodar os legisladores em dobro.

"Eles desaprovavam o casamento inter-racial, mas aprovavam e incentivavam a poligamia. Eu teria uma segunda esposa, mas ela seria branca.

"A razão mais prática para o casamento, porém, foi para que Mary Jane se tornasse uma cidadã do país e, portanto, inelegível para deportação, assim ela e sua escola permaneceriam em Olinka.

"Minha decisão incomodou o governo. Eu não me importei. Eles precisavam das peças que eu estava escrevendo. Precisavam da minha popularidade junto às massas. Foi somente por meio das minhas peças que o governo conseguia falar com o povo sobre um modo de vida pelo qual o nosso país estava lutando para alcançar e não assustá-lo até a morte.

"Mary Jane conseguiu ficar em Olinka, e sua escola cresceu. As pessoas fizeram concessões ao meu comportamento e essencialmente me perdoaram, como costumam fazer. Além disso, passaram a valorizar a contribuição de Mary Jane para o futuro dos seus filhos e do país. Mas o governo, na verdade apenas o chefe idiota do Ministério do Interior, visitou a Escola M'Sukta e exigiu que as instalações fossem construídas com 'materiais modernos'. Lata e madeira compensada. Esta foi a resposta pervertida às nossas manobras bem-sucedidas. Todos os murais das crianças foram destruídos e, com eles, o caráter tradicional da escola. Mas Mary Jane e sua equipe não se intimidaram. Ah, eles choraram, todos nós choramos, por semanas. Mas eles tinham uma visão de como deveria ser o futuro pelo qual estavam trabalhando. Parecia muito com o que já faziam juntos todos os dias. Está aí um espírito difícil de esmagar. Fiquei muito feliz por fazer uma pequena parte disso.

"E", disse Ola finalmente, com um suspiro profundo, levantando-se, enquanto Fanny, saindo da postura de águia, ficava solidamente mais uma vez em pé, "lá estava eu, casado com uma mulher branca que eu não conhecia direito e que rapidamente se tornou menos branca para mim. Ficamos amigos e aliados fiéis, e assim somos até hoje."

— E você nunca... tentou alguma coisa? – perguntou Fanny, sorrindo, mas com uma curiosidade insaciável pela vida do pai.

— Tentar alguma coisa! – respondeu Ola. – Nem me atrevi. Mary Jane, espere só até conhecê-la, ela tem um olhar que poderia cortar alguém pelos joelhos.

Mary Jane Briden – senhorita B para todos – era uma cópia perfeita de Joanne Woodward, que estava no último filme que Fanny tinha visto, algo sobre um marido que se apaixona por uma mulher mais nova e começa a ter uma vida secreta com ela e uma criança, e morre deixando sua esposa com essa traição nas mãos. Ela tinha a mesma boca grande, dentes retos e a voz controlada e equilibrada. Sob a qual, porém, o ouvinte poderia suspeitar de uma ou duas camadas de histeria. Ela tinha olhos cinzentos e frios, e seu cabelo branco tinha um corte chanel que lembrava muito uma peruca, ligeiramente oblíquo e tingido de um azul quase genciana.

— Não fui ao enterro de Ola – dizia a senhorita B. – Não aguentaria ficar sentada ali enquanto todas as pessoas que o odiavam falavam sobre quanto o valorizavam e quanto sentiriam sua falta! Até parece! – exclamou ela, tomando um gole de uísque no copo de água que segurava. – Ele vai fazer falta, tudo bem. Não sobrou ninguém para enfrentar o governo agora. Ninguém com nenhum poder, enfim; as mulheres sempre vão acordar para dizer aos meninos que horas são... eu não precisava ir ao enterro; Ola e eu já havíamos nos despedido. Ele morreu aqui, na minha casa. Você não sabia?

— Não. Não sabia – respondeu Fanny.

— Ele estava no meio do ensaio de sua nova peça, a que falava da classe média de Olinka, negra e branca. Sobre como essas pessoas, com a bênção do governo, deixam o país crescer tão dividido em termos de classe quanto antes, sob o governo dos brancos, em termos de cor. Era para ser a primeira de suas sátiras definitivas, ele disse. – Ela riu. – Ele sempre afirmou que a classe média não era material adequado para drama; só para a comédia, ou nem comédia, mas para sátira e farsa.

"Era isso que ele estava dizendo quando infartou. Um comentário bastante inofensivo, mas imagino que pôs em causa sua vida.

"Mais tarde, quando o trouxemos aqui para casa – os ensaios acontecem no ginásio da escola – e o colocamos no sofá – é, onde você está sentada –, ele ainda estava tentando conversar, brincar. Mas no fim ele disse uma coisa muito sensata para mim e para os atores que estavam reunidos ao redor. Ele disse que, enquanto estava falando, percebeu repentinamente como a luta é interminável. Que é como uma cebola, cheia de camadas e fedorenta, ele disse e soltou um grito, e que cada vez que se sentava para escrever uma peça ficava surpreso, e um pouco desanimado, ao ver que estava diante de uma nova camada de sofrimento fedorento que o povo estava suportando. Eles tinham sonhos fantásticos, ele contou, quando ele e os amigos partiram para se juntar aos Mbeles. Achavam que tirar os brancos do poder seria o último trabalho para garantir um futuro próspero para o seu país. Em vez disso, provou ser apenas o começo. Não era pouco, e por isso ele era grato. Mas, ainda assim, era apenas um começo.

"Então, ele percebeu, não era apenas o racismo que devia ser combatido, mas também a ignorância e a ganância, qualidades que, infelizmente, têm uma história humana muito mais longa." A senhorita B fez uma pausa.

"Ele ficou particularmente chateado", ela continuou contando, depois apertou os lábios como se preferisse não continuar, mas prosseguiu, "nas semanas antes de sua morte, por causa de um boato de que a Europa Ocidental e a União Soviética estavam vendendo clandestinamente, para serem enterrados na África, milhões de toneladas de resíduos radioativos a dezenas de países pobres, incluindo Olinka." Ela respirou fundo e expirou. Então, olhou para Fanny para ver como ela reagia à notícia.

Fanny suspirou e lágrimas de mágoa e raiva brotaram em seus olhos. Nunca lhe ocorreu que essa notícia pudesse ser apenas um boato. Assim que ouviu sobre isso, ela soube que era verdade, assim como Ola sabia.

— Ola ficou indignado com o fato de os africanos poderem ser colaboradores nessa destruição a longo prazo, que seria eterna, na verdade, do seu continente e dos seus filhos – disse a senhorita B. – Se fosse verdade, ele considerava a compra e o enterro desse material um crime contra a África até pior do que a venda de africanos por africanos durante o comércio escravista. – Ela olhou para Fanny, depois rapidamente pela janela em direção às montanhas. – E, lógico, os motivos dos governos brancos envolvidos são, como sempre, inomináveis.

Fanny estendeu os dedos pela borda da almofada em que estava sentada. Era um sofá de veludo marrom-amarelado, como a pele de um leão. Ela pensou em Ola, estirado ali, conversando. Talvez se esforçando para respirar.

— Ele estava virado para qual lado? – perguntou ela.

— Ele estava olhando para a janela. Ele vinha bastante aqui e tinha suas vistas favoritas. Ele era meu marido, legalmente; você sabia?

Fanny assentiu.

— Do sofá dá para ver facilmente as montanhas Dgoro. Ele adorava ficar deitado aí, olhando para elas e pensando em suas peças. Eu fazia chá, e nós nos sentávamos e bebíamos em silêncio.

Fanny enxugou uma lágrima do rosto.

— Seu cabelo – disse ela, só pra falar algo – tem um tom de azul surpreendente.

— Eu sei – respondeu a senhorita B, rindo. – Eu lhe garanto que não é nem um pouco natural. De jeito nenhum. É uma cor de que sempre gostei e, como pintora, aprendi a fazê-la sozinha. A única coisa de que gostava na minha antiga vida nos Estados Unidos era o azul forte dos delfínios do nosso jardim. Bem, delfínios não crescem aqui, mas a cor parece ficar muito bem na minha cabeça. Isso me dá um pouco a sensação de *ser* um delfínio. – Ela riu de novo. – E meus alunos, principalmente os mais novos e assustados, que nunca estiveram em lugar nenhum a não ser nos becos ou no mato, costumam gostar. Gostam de como é estranho, sabe, é uma espécie de zebra humana para eles. Acredito que se existe uma coisa que nos é dada, como seres humanos, estritamente como um brinquedo, é o cabelo.

— Obrigada por tudo o que você significou para o meu pai – disse Fanny. – Eu não tinha ideia de que uma pessoa branca, especialmente uma mulher branca, teria um impacto tão... significativo na minha vida.

A senhorita B retribuiu o olhar perscrutador de Fanny com o dela. Talvez ela pudesse ver, pensou Fanny, a percepção atrofiada que a América do Norte lhe ensinara em relação a outros seres humanos, que poderiam ser brancos.

— Todos nós influenciamos a vida uns dos outros de maneiras que nem imaginamos – respondeu a senhorita B secamente.

— Sim – disse Fanny, levantando-se do sofá marrom-amarelado e preparando-se para ir embora. Na parte de trás dos joelhos, ela de repente sentiu a elasticidade das pernas magras do pai. Ela olhou para as montanhas que ele amava e as adorou com os olhos dele.

Como se de repente visse o próprio Ola diante de si, a senhorita B a abraçou. Fanny ficou tão surpresa quanto satisfeita.

— Quanto tempo você vai ficar na África? – perguntou ela.

— Devo ir embora logo – respondeu Fanny. – Existe um homem na Califórnia com quem tenho um vínculo. Mas eu vou voltar. Talvez ele venha comigo. Minha irmã, Nzingha, vai querer fazer a produção e montar as peças de Ola, e escrever as peças dela, suspeito. Ela me pediu para voltar e ajudá-la. Duas Nzinghas, olha só, são melhores que uma. Ela jura que espera lutar contra este governo durante quarenta anos, assim como a nossa xará lutou contra os portugueses.

— Ela sabe o que diz.

— Você acha que vão machucá-la se ela produzir as peças de Ola? – perguntou Fanny, franzindo o cenho e voltando-se para a porta.

A senhorita B considerou a questão.

— Talvez não – respondeu, com sua voz monótona norte-americana. – Afinal, o próprio Ola está morto; as peças já estão escritas e se beneficiarão, no que diz respeito ao governo, da sua ausência. Para expor a autenticidade da dor pela sua morte, e para impressionar a comunidade mundial que o amava, provavelmente vão implorar para que Nzingha produza algumas das peças de Ola em sua memória. Algumas que *não* falem sobre impostos sem representação, *nem* da opressão das mulheres, *nem* da violência do governo contra o povo, *nem* da presunçosa classe média, *nem* da brutalização das pessoas pobres, *nem* da barbárie dos militares, *nem* dos despejos de lixo nuclear... Hum... vai ser interessante ver o que querem que seja produzido.

Fanny riu. Ela podia imaginar Ola examinando essa lista e fazendo a mesma observação.

— As peças que vão enfurecer os censores, e nenhum deles, sem dúvida, deve ter lido uma peça antes, provavelmente vão ser as de Nzingha. Ou as suas, se você decidir voltar e escrever. Nada é mais difícil para os homens no poder do que contemplar o que a mulher africana sabe. Imagina ter *duas* mulheres africanas contando para eles! – Ela riu.

— Bem, acho que é isso! A única questão que resta é: se e quando Nzingha e eu escrevermos os filhos e as filhas das peças repugnantes do nosso pai, poderemos apresentá-las no seu ginásio?

— Mas é claro que sim! – respondeu a senhorita B, sorrindo e acenando enquanto Fanny partia em um dos pequenos carros cinza do governo.

Ela estava pensando que talvez, quando Nzingha e Fanny estivessem produzindo suas obras, ela também escrevesse uma peça. Para sua própria diversão. Apenas para seus alunos e para ela mesma. Só para surpreender Nzingha e Fanny. O título seria algo como "Recuerdo", ou talvez "A nova era", ou talvez "Eleandra e Eleanora", ou talvez "M'Sukta", ou então "A Selvagem na Estante", ou talvez "Zedé e Carlotta". Ou talvez – apenas "Carlotta".

— Olá, filho.

Era a voz de dona Lissie, ainda mais grave e mais fraca, mais *velha* do que Suwelo recordava. Ele ajustou o volume do toca-fitas e sentou-se no sofá em frente. No lado esquerdo do sofá instalou o projetor e colocou os slides do trabalho de dona Lissie que o senhor Hal enviou para ver. Depois de ouvi-la falar, ele daria uma olhada.

— Quando você ouvir isso – continuou a voz grave de dona Lissie –, estarei em algum lugar e em outra pessoa. Pedi a Hal que o enviasse a você somente após minha morte, o que me deixa quase ansiosa, pois sei que não é o fim, e sou uma pessoa que gosta de andar por aí, mesmo não querendo. Eu me arrependo de deixar Hal e estou ansiosa quanto às nossas chances de nos encontrarmos novamente; mas isso é tudo que lamento, e tenho plena fé de que nos encontraremos novamente, e, sem dúvida, em breve. Pois Hal e eu temos muito mais coisas para resolver e, embora já estejamos nessa há tantos anos e tenha sido um trabalho árduo, posso garantir que estamos apenas começando.

"Você se lembra dessa música? Passei a ver as músicas das pessoas como suas criações mais verdadeiras, quando são músicas reais, não uma besteira qualquer. Ou às vezes, mesmo quando são besteira, dizem a verdade, mas não a verdade que cantores pensam que estão contando. Mas, antes de falar sobre mim e Hal, deixa eu fazer algumas observações sobre você.

"Depois que você nos deixou no verão passado e voltou para a Califórnia, fiquei pensando em você e olhando para a pintura que fiz de você. Hal fez uma quase idêntica. Cercado por todas as belezas desta vida, flores, milho, hera, árvores, a casa acolhedora e protetora dos seus dois velhos amigos, e você estava adormecido. Bem, você *estava* dormindo; então há verdade, fidelidade à realidade em nossas pinturas. Mas quanto mais pensei sobre você, o tempo que passou na casa de Rafe e o tempo que passou conosco, comecei a pensar em como Hal e eu sentimos que você realmente está adormecido.

"Seres humanos bastante machucados, ainda mais se já foram belos e inteiros, são difíceis de serem lembrados pelas pessoas só de falar neles. Tem sido assim com seu pai. A guerra, a perda de grande parte da sua alma, a perda do seu braço. O desgaste de sua mãe. O que estou dizendo, Suwelo, é que Hal e eu sentimos muito por não tê-lo encorajado a falar conosco sobre seus pais; sentimos muito não ter oferecido quaisquer lembranças que temos – são poucas, infelizmente –, ou qualquer coisa que tenhamos ouvido ou sabido. Que você não falasse dos seus pais, do 'acidente' que o tornou órfão quando ainda era tão jovem, nos pareceu muito estranho, quando pensamos sobre isso. Eu sei que você está preso nesse emaranhado com Fanny, e tanto Hal quanto eu concordamos que o trabalho com ela é o que precisa ser feito. Mas parte do seu trabalho com Fanny é o trabalho que você precisa ter com seus pais. Eles devem ser conscientemente chamados, *convocados* e reconvocados. Como viveram; mas porque e como eles morreram também. Até a marca e o modelo do carro em que morreram. Até o estilo do corte de cabelo do seu pai, a cor do vestido da sua mãe. A última vez que você ficou do lado deles.

"Hal e eu sentimos que você fechou uma porta, uma porta muito importante, contra a memória, contra a dor. Apenas dizer seus nomes, 'Marcia' e 'Louis', é uma chave pesada demais para a sua mão. E a gente acha que seria bom você abrir essa porta, dizer seus nomes. Para falar deles, qualquer coisa que consiga lembrar, livre e frequentemente, para Fanny. Para rastrear o que reconhecer em si mesmo até eles; para encontrar a ligação de espírito e coração que partilha com eles, que são, afinal, a sua Frente Unida. Porque a verdade, Suwelo, é que se os nossos pais não estiverem presentes em nós, conscientemente presentes, há muito, muito sobre nós mesmos que nunca poderemos saber. É como se a nossa própria carne fosse cega e muda e não pudesse se sentir verdadeiramente. A intuição recebe pouca validação; o instinto é temido. Não sabemos em quem confiar, sem poder ver ninguém em ação além dos nossos próprios corpos. É por isso que pessoas adotadas fazem de tudo para encontrar seus verdadeiros pais. E, mais importante, as portas para um passado ancestral, o eu ancestral, a própria corrente pré-ancestral da vida, permanecem fechadas. Quando isso acontece, é provável que habilidades naturais cruciais sejam inacessíveis para alguém: a capacidade de sorrir facilmente, de brincar, de se divertir, de ser sério, de ser atencioso, de ser flexível.

"No que diz respeito a Carlotta, a tarefa não é difícil – ou talvez se prove mais difícil – porque ela ainda está viva. Você está certo em entender, como sei que agora entende, que é um pecado se comportar como se uma pessoa cujo corpo você usa como se fosse um ser sem substância. 'Pecado' no sentido de negação da realidade de outra pessoa sobre quem e o que ela ou ele realmente é. Você ainda pode ir até ela, e deve, para o seu próprio crescimento, lhe pedir perdão. Expressar algo de seu próprio trauma, que pode ter origem no rosto abandonado e sofrido de sua mãe, e no medo que isso lhe causou por saber muito sobre a dor das mulheres, e então contar algo do que aprendeu.

"É contra o bloqueio entre nós e os outros – os que estão vivos e os que estão mortos – que devemos trabalhar. Ao bloquear o que nos machuca, achamos que estamos nos isolando da dor. Mas, em longo prazo, o muro que impede o crescimento dói mais do que a dor que, se suportarmos, rapidamente passará por nós. Passa por nós e desaparece. Por muito tempo nos lembraremos da dor, mas a própria dor, como era naquele ponto de intensidade que achávamos que fôssemos morrer, eventualmente desaparece. Nossa memória dessa dor se torna seu único vestígio. As paredes permanecem. Crescem musgo. São barreiras difíceis de ultrapassar, de chegar aos outros, de chegar às partes fechadas de nós mesmos."

A senhorita Lissie pigarreou.

"Estou falando sobre isso, Suwelo, porque é importante e verdadeiro, mas também porque tenho medo de lhe contar como sei de tudo isso, de lhe contar minhas novidades. Que é", e aqui ela respirou longa e lentamente, "eu menti quando disse que sempre fui uma mulher negra e que só consigo me lembrar de alguns milhares de anos atrás.

"Obviamente, de vez em quando, eu fui uma mulher branca, ou tão branca quanto cerca de metade delas são. Não vou aborrecê-lo com histórias dos séculos que passei sentada me perguntando qual mulher que não fosse branca limparia meu chão. Nossos homens as traziam o tempo todo. Você ia dormir uma noite sem irmãos, sem marido, sem pai, e pela manhã muito provavelmente um deles estaria de volta, liderando uma cadeia de algumas das criaturas de aparência mais desventurada que você já viu. Pretas, marrons, vermelhas.* Às vezes se pareciam com mongóis ou chineses. Nunca dava para saber

---

* Black, brown, red no original. [N. E.]

de onde vieram. E ele não lhe contaria. 'Trouxe ajuda', era o máximo que diria, deixando cair a ponta da corrente perto de onde mantinha os cachorros amarrados.

"Ele colocava uma bugiganga incrivelmente linda no meu pescoço ou no meu braço, certamente feita por bruxaria, eu achava, mas de prata ou, mais provavelmente, de ouro, e começava a procurar o café da manhã.

"Eu sabia o que uma dama deveria fazer. Fechei a minha capa, apertando-a contra mim, e fui inspecionar os selvagens. Eu sempre torcia o nariz e simulava um movimento de vômito em direção aos seus cabelos imundos. Tinham sido tão espancados que nem conseguiam olhar para mim direito.

"Com o tempo, se *ele* não penhorasse, a coisa no meu pescoço ou no meu braço começava a falar comigo. Especialmente sempre que um *deles* olhava para a coisa. Levei anos para entender que eles sabiam que em meu descuidado braço magro, ou gordo e branco, eu carregava toda a história, arte e cultura de seu próprio povo que eles e seus filhos jamais veriam."

Houve uma pausa. "Ouro", dona Lissie disse pensativamente, "o homem branco adora o ouro porque é o sol que ele perdeu".

Houve outra pausa, durante a qual Suwelo inclinou-se ligeiramente para a frente e olhou para a fita que girava sem fazer barulho. Em dado momento, dona Lissie respirou fundo e continuou.

"Deixe-me contar uma história", ela disse. "É uma lembrança onírica também, como aquela que lhe contei sobre minha vida com os primos; mas é mais tênue que aquela, mais desbotada. Frágil. E isso foi deliberado. Eu a reprimi com tudo que tinha. Independentemente disso, ainda está comigo, porque, como as outras memórias, *faz parte* de mim."

Ela fez uma pausa, tossiu e disse: "Isso foi há muito tempo, de fato."

Suwelo recostou-se nas almofadas do sofá, colocou os pés na mesinha de centro à sua frente e as mãos atrás da cabeça.

Ele pensou que estava pronto.

"Vivíamos à beira de um imenso bosque", disse dona Lissie, "no tipo de casas feitas de palha que as pessoas construíam; coisinhas insubstanciais, realmente frágeis, um tanto fantasiosas, como um formigueiro ou uma teia de aranha, lançadas numa hora contra o sol. Minha mãe era a rainha do nosso grupo; um pequeno grupo ou aldeia que éramos. Nunca mais do que duzentos de nós, às vezes menos. Mas ela não era 'rainha' da forma que as pessoas pensam em rainhas hoje em dia. Não, isso teria sido incompreensível para ela e horrível. Mas imagino que ela era o que as rainhas eram originalmente: uma mulher sábia, uma curandeira, uma mulher com experiência e visão, uma mulher soberbamente instruída por sua mãe. Uma pessoa muito boa, cujas palavras sempre eram ouvidas pelo clã.

"Minha mãe me mantinha com ela o tempo todo, e estava sempre me acariciando, esfregando em minha pele várias pomadas que ela preparava com a polpa de frutinhas vermelhas e nozes que encontrava. Quando criança, eu não via nada de errado em passar tanto tempo com minha mãe e nunca achei chato. Muito pelo contrário, na verdade. Seu familiar era um leão enorme e muito presente; eles iam a todos os lugares juntos. Esse leão também tinha a própria família. Nós nos visitávamos bastante, e sempre fui muito bem recebido na pequena família de filhotes do leão.

"Isso pode parecer estranho para você, Suwelo. Essa coisa dos leões, digo. Mas é verdade. Isso foi há muito, muito tempo, antes de os animais terem qualquer motivo para nos temer e nenhum motivo para tentar nos comer, o que – só de pensar em nos comer – tenho certeza que os deixaria doentes. O corpo humano é reconhecido como tóxico pelos animais há muito tempo.

"Na Bíblia eu sei que há um versículo em algum lugar sobre um tempo no futuro em que a terra estará em paz e o leão se deitará com o cordeiro. Bem, isso já aconteceu e, no fim das contas, foi em detrimento do leão.

"Nesse tempo do qual estou falando, as pessoas conheciam outros animais da mesma forma que as pessoas se conhecem hoje. Afinal, estavam compartilhando a mesma vizinhança. Usavam a mesma água, comiam os mesmos alimentos, às vezes se viam olhando para fora da mesma caverna, esperando o aguaceiro passar. Acho que minha mãe e seu familiar se conheciam desde a infância, pois era o caso de quase todo mundo ali. De todas as mulheres, no caso. Pois, por mais estranho que seja, somente as mulheres tinham familiares. No grupo de homens, ou na aldeia, não existia tal coisa. Depois de um tempo, imitando as mulheres e seus familiares, companheiros, amigos, ou seja como for que você deseja chamá-los, os homens aprenderam a domar o cão da floresta bárbaro e a fazer com que se acalmasse mais ou menos e ficasse ao lado deles. Não estou dizendo que os cães eram bárbaros no sentido em que às vezes pensamos nos animais hoje, como sendo cruéis e impiedosos. Não, eles eram bárbaros porque simplesmente não tinham a sensibilidade de muitos dos outros animais – dos leões, em particular; mas também dos elefantes, das tartarugas, dos abutres, dos chimpanzés, dos macacos, dos orangotangos e dos símios gigantes. Eles eram criaturinhas oportunistas e preguiçosas, basicamente, muito carentes de integridade e respeito próprio. Além disso, não tinham cultura.

"Era uma visão elegante, vou lhe falar, minha mãe e Husa caminhando ao longo do rio, ou nadando. Ele era gigantesco e tão lindo. Estou me referindo a seu espírito agora, sua alma. É uma grande tragédia hoje que ninguém saiba mais o que é um leão. Consideram que um leão é uma curiosidade de zoológico, ou alguma coisa selvagem que se preocupa em provar sua carne nojenta se sair do carro na África.

"Mas tudo isso é um disparate e uma ignorância grave; como é a maior parte do que a 'humanidade' imagina que 'sabe'. Assim como minha mãe era rainha por sua sabedoria, experiência, capacidade de acalmar e curar, sua delicadeza inata de pensamento e circunspecção de ação, e, acima de tudo, por causa de sua gentileza, o mesmo valia para Husa e sua aldeia. Eles eram os reis da criação não porque eram fortes, e sim porque eram fortes, mas também gentis. Exceto para abater as criaturas doentes ou feridas da terra e comê-las, que era seu papel na criação, assim como é papel do abutre comer tudo que já morreu, eles nunca usavam sua incrível força.

"Já tínhamos fogo naquela época. Digo isso porque ainda era uma descoberta recente; a avó da minha mãe não tinha fogo. Husa e sua família vinham visitá-los à noite; eles adoravam o fogo; e lá ficávamos todos esparramados observando a mudança das brasas e admirando as chamas, até altas horas da noite, quando adormecíamos profundamente. Minha mãe e eu dormíamos perto de Husa, e, no frio da manhã, seu calor poderoso nos aquecia.

"Portanto, eu não estava sozinha, embora às vezes percebesse que outras crianças me olhavam de maneira estranha. Mas eram crianças, viviam brincando comigo. Eu amava. Muitas vezes nossa brincadeira consistia em encontrar alguma coisa nova para comer. E percorríamos quilômetros em busca de qualquer coisa que fosse fácil de alcançar e madura. Parecia-me que havia tudo que alguém poderia imaginar, e mais do que o suficiente para vinte aldeias humanas e animais como a nossa. Eu gostaria que o mundo de hoje pudesse ver o nosso mundo como era naquele tempo. Veria toda a aldeia da criação subindo numa enorme ameixeira. Pessoinhas marrons e pretas, porque eu ainda não me via diferente; os macacos, os pássaros e as coisas que hoje desapareceram, mas que eram verdes vibrantes e uma espécie de cruzamento entre um gambá e um esquilo. E nós ficávamos lá, nos empanturrando de ameixas – pequenas, doces e de um tom de amarelo vivo. Husa nos deixava subir nele para alcançar os altos galhos de dentro. Se comêssemos por muito tempo, Husa se deitava no chão bocejando, e, quando ficávamos saciados, os macacos, principalmente, começavam uma brincadeira, que era jogar ameixas na boca bocejante de Husa. Era curioso ver que, por mais rápido que jogássemos as ameixas em sua boca, Husa nunca engolia nenhuma e nunca se engasgava. Ele conseguia levantar a parte de trás da língua, como um alçapão, e todas as ameixas iam para fora da boca.

"O que não tem fim, Suwelo? Apenas a própria vida, na minha experiência. Bons tempos, específicos de uma época e lugar, sempre terminam. E foi assim comigo. Chegou a hora em que era esperado que eu acasalasse. No nosso grupo, essa era a iniciação não apenas à idade adulta, mas também à separação da aldeia das mulheres – pelo menos de sua vida cotidiana, que era tudo que se conhecia. Depois de acasalar e ajudar sua companheira a conceber, os homens iam morar com outros homens. Mas isso não era uma dificuldade, já que o acampamento dos homens nunca ficava a mais de meio dia de viagem do nosso, e havia sempre, entre as duas aldeias, as visitas mais incessantes. Por que eles, homens e mulheres, não se integravam? Ninguém simplesmente pensava nisso. As pessoas ririam de quem sugerisse isso. Não havia razão para que se integrassem, já que cada aldeia gostava do arranjo que tinham. Além disso, todo mundo – as pessoas e os outros animais – gostava muito de se visitar. Para ser sincero, nós adorávamos. Era a nossa TV. E por isso era bom ter outras pessoas e outros animais *para* visitar.

"Embora eu odiasse a ideia de deixar minha mãe, sabia que ainda poderia vê-la sempre que quisesse, assim como sabia que os homens da aldeia dos homens estavam prontos para serem meu pai. Porque ninguém tinha um pai específico. Isso era impossível, dada a forma como as mulheres escolhiam os seus amantes, livre e variadamente. Os homens não achavam nada de estranho nisso, nem as mulheres. Por que achariam? Fazer amor era considerado uma das melhores coisas da vida, por mulheres e homens; é óbvio que teria que ser livre. Entende o que quero dizer sobre músicas?" Dona Lissie riu. "Além disso, quando um jovem chegava à aldeia dos homens, eles finalmente tinham a oportunidade – tarde, é verdade de ser mãe. Sabe, ser pai *é* ser mãe.

"Eu gostava de uma menina, ela também gostava de mim. Isso foi um milagre. E na hora certa, um dia antes da lua cheia, nos enviaram para colher ameixas. Eu me lembro de tudo daquele dia: o calor do sol em nossos corpos nus, a poeira fina que cobria nossos pés... O pequeno familiar dela, uma serpente, deslizava ao nosso lado. As serpentes naquela época eram diferentes do que são agora, Suwelo. É óbvio que quase tudo que antes era livre hoje é diferente. Seu familiar, a quem minha amiga chamava de Ba, tinha mais ou menos a espessura do braço de uma pessoa esbelta e pés extensíveis em forma de roda, sobre os quais podia se erguer e girar, como algumas daquelas criaturas que vemos nos desenhos animados; ou, retraindo-os, podia se mover como as serpentes se movem hoje. Também podia estender e retrair as asas, pois todas as serpentes que conhecíamos naquela época voavam. Era um companheiro adorável para ela, e ela o amava muito e estava sempre conversando com ele. Eu me lembro do rastro complicado e sinuoso que Ba deixava na poeira, em sua feliz expectativa de comer ameixas frescas... Mais tarde naquele dia, sentimos o sabor delicioso de ameixas aquecidas pelo sol em nossas bocas. Estávamos, nós três, conversando, comendo, e muito felizes.

"Essa felicidade não duraria muito tempo para mim; para nenhum de nós. Por fim, tive a minha amiga nos meus braços, e um dos seus pequenos mamilos pretos, tão doce como qualquer ameixa e tão parecido com o da minha mãe, estava na minha boca, e eu estava dentro dela. Foi tudo como eu sempre sonhei e muito mais do que eu esperava. Mas acho que não foi o mesmo para ela. Quando acordei, ela estava bem desperta, simplesmente sentada em silêncio, acariciando Ba, que preguiçosamente se contorcia em torno de seus lindos joelhos.

O sol ainda estava acima das copas das árvores, pois lembro que a luz era dourada, esplendidamente perfeita, mas, enquanto eu observava, começou a diminuir rapidamente.

"E então, quando olhei para mim mesma, vi que, enquanto eu dormia, ela havia me esfregado com a mistura de frutas escuras e gordura de nozes que minha mãe sempre usava, que percebi que estava escondida debaixo da ameixeira. E pela primeira vez pude perguntar a alguém que não fosse minha mãe para que servia. Minha mãe disse que era para fortalecer minha pele e protegê-la do sol. E então perguntei para minha amiga. E *ela* disse que era para me deixar mais parecido com todo mundo.

"'Parece que você não tem pele, sabe', ela disse. 'Mas você tem.'

"Fiquei totalmente em choque depois de nossa primeira relação sexual. Parecia indicar uma deficiência pessoal horrível, que eu não precisava ouvir naquele momento, às vésperas de me tornar um homem na aldeia dos homens. Imediatamente pensei: é assim que eles vão me ver também?

"Ela me pegou gentilmente pela mão, e fomos andando até um claro espelho de água não muito longe dali. Muitas vezes tomávamos banho lá. E ela pegou um punhado de água e esfregou vigorosamente meu rosto; então nos curvamos sobre a água, e lá estava minha amiga, muito parecida com minha mãe e a mãe dela e com as irmãs, os irmãos e as tias do povoado – todos marrons e pretos, com grandes olhos escuros. E lá estava eu – um fantasma. Só que não sabíamos nada sobre fantasmas, então não pude sequer fazer essa comparação. Eu, de fato, parecia não ter pele.

"Foi a primeira vez que realmente me vi diferente. Gritei com medo de mim mesmo. Chorando, me virei e corri. Minha amiga veio correndo atrás de mim. Não era sua intenção me magoar. Ela estava assumindo o dever de minha mãe de aplicar a pomada e estava apenas tentando ser sincera e me ajudar a começar a encarar a realidade.

"Eu só conseguia pensar em me esconder – meu cabelo crespo, mas amarelo-claro, cor de palha no fim do verão, meus olhos cor de cascalho e minha pele que não tinha cor alguma. Corri para uma caverna que conhecia, não muito longe da ameixeira. E me joguei no chão, me acabando de chorar.

"Ela veio atrás de mim, com a mistura de frutas e gordura de nozes num recipiente de bambu na mão. Ela tentou falar comigo, me acalmar, espalhar aquilo em mim. Eu joguei o negócio longe, a coisa rolou pelo chão de terra. Nesse movimento, de repente avistei meu membro e vi que a cor que estava lá antes de fazermos amor havia desaparecido pelo atrito durante nosso contato. A visão me envergonhou. Corri para fora da caverna e agarrei as primeiras folhas de árvore que vi e as coloquei sobre mim.

"Mas então percebi que era todo o meu corpo que precisava de cobertura, não apenas o meu pênis. Minha amiga ainda estava correndo atrás de mim, tentando me consolar. Ela chorava tanto quanto eu e batia nos seios. Pois aprendemos o luto com os símios gigantes, que nos ensinaram a sentir tristeza em qualquer lugar à nossa volta, refleti-la de volta para quem sofre e representá-la. Mas agora esse comportamento me deixou enojado. Peguei um pedaço de pau e a afastei. Ela ficou tão chocada ao me ver usar um pau dessa maneira que pareceu muito feliz em deixar de lado sua simpatia por mim e fugir. Mas, quando ela se virou para correr, seu familiar, vendo seu susto e a causa, estendeu seus pés com garras e suas asas e voou em minha direção. Na minha raiva, dei-lhe um golpe brutal com o pedaço de pau, um golpe tão forte que quebrei seu pescoço e ele caiu no chão sem fazer barulho. Eu não podia acreditar no que tinha acabado de fazer. Nem minha amiga. Mesmo com muito medo, ela correu em minha direção e pegou o corpo quebrado de Ba nos braços. Essa foi a última vez que a vi, suas costas pequenas, nuas, retintas, com a cauda frouxa e encaracolada de Ba, que estava começando a mudar de cor, pendurada ao lado do corpo.

"Nunca entrei na aldeia dos homens. Nunca voltei para minha mãe. A única criatura da minha infância que voltei a ver foi Husa. Talvez ele tenha vindo me procurar por cortesia à minha mãe. Ele me encontrou escondido em uma caverna muito, muito distante de nosso acampamento, meu cabelo em mechas amarelas e crespas, que lembravam as dele, na verdade; meus olhos cinza-cascalho enlouquecidos de dor. Ele veio até mim e pousou uma pata carinhosa em meu ombro e respirou suavemente em meu rosto. O cheiro quase me fez desmaiar de amor e saudade. Então, ele começou a me lamber completamente, como faria com um de seus filhotes, com sua língua rosada e morna. Percebi naquela noite, dormindo ao lado de Husa, que ele era o único pai que eu conheci e que provavelmente conheceria. E então, eu senti, eu tinha deixado minha mãe para me juntar aos homens, afinal.

"É óbvio que Husa não poderia ficar para sempre. Mas ele ficou tempo suficiente. Tempo suficiente para fazer longas caminhadas comigo, assim como fazia com minha mãe. Tempo suficiente para compartilhar fogueiras – o que eu sabia que ele adorava, e por isso me esforcei para acender. Tempo suficiente para compartilhar o nascer e o pôr do sol, e admirar árvores gigantes e arbustos cheirosos. Porque Husa tinha grande apreço pela menor partícula do reino em que se encontrava. Ele me ensinou que havia outra maneira de estar no mundo, longe da própria espécie. Na verdade, ele me reconciliou com a possibilidade de eu não ter uma 'própria espécie'. E, embora sentisse muita falta da minha mãe, eu sabia que nunca mais voltaria. Doeu muito saber que todos do nosso grupo sempre perceberam, desde o dia em que nasci, que eu era diferente de todos os que já existiram.

"Um dia, depois de uma morte, Husa trouxe os restos mortais, um pedaço de pele, para mim. Com uma pedra eu bati nela de uma forma que eu conseguisse enrolar em volta de mim. Encontrei um cajado para me apoiar em minhas caminhadas e para representar 'meu povo'.

"Husa foi embora.

"E eu fazia uma descoberta desanimadora aos poucos. A pele que Husa me deu, que me cobria com muito mais eficácia do que cascas de árvores ou folhas e que eu podia amarrar de maneira que permanecesse, assustava todos os animais com quem tive contato. Em vão tentei explicar como consegui, quanto precisava. Que era um presente, uma sobra, de Husa, o leão, que nunca fez mal a nenhuma criatura, mas foi apenas o anjo da misericórdia para aquelas coisas que precisavam de morte. Mas que animal poderia compreender essa coisa nova que eu era? Que eu, uma criatura com pele própria – pois, embora parecesse esfolado, eles conseguiam sentir o cheiro de que eu não era –, ainda assim andava por aí com uma delas? Eles fugiram de mim como se fugia da peste. E fiquei totalmente sozinho por muitos anos, até que, em desespero, assaltei a ninhada de um cão bárbaro e consegui companhia desse jeito."

A fita continuava initerruptamente, sem a voz de dona Lissie. Suwelo levantou-se do sofá e olhou para a fita cassete girando. Ele estava prestes a pará-la e ver se deveria virar o lado, quando a voz de dona Lissie continuou. Ela parecia um pouco descansada, como se tivesse feito uma longa pausa.

— Você pode se perguntar – disse ela – por que reprimi essa lembrança. E, a propósito, não sei o que mais aconteceu comigo nem com meu cão. É difícil acreditar que minha mãe nunca me procurou, nunca me encontrou. Que vivi o resto dos meus dias naquele lugar sem companhia. Talvez minha companheira tenha vindo até mim e talvez tenha trazido nosso filho, que devia ter uma aparência estranha; pois ela me amava, disso eu não tinha dúvidas, e talvez tenhamos começado uma nova aldeia própria. De qualquer forma, essa é a *minha* fantasia. – Ela riu. – É também a fantasia sobre a qual se baseia o Antigo Testamento, mas sem nenhuma menção à nossa intimidade com os outros animais ou às cores preta e marrom da minha gente.

"Vou contar por que reprimi essa lembrança. Foi por causa de Hal. Mas, Suwelo, tem mais coisa; porque essa não é a única vida da qual desisti, ou, devo dizer, da qual deliberadamente tirei de mim mesma. Em cada vida, me senti forçada a abandonar o conhecimento de outras existências, de outras vidas. Os tempos hoje não são nada, nada, como os tempos antigos. O tempo com escrita é muito diferente do tempo muito mais distante, sem escrita. Os próprios olhos das pessoas não são mais os mesmos. O tempo que vivemos separados da terra é muito diferente do tempo muito mais longo que foi vivido com ela, como se estivesse no seio de uma mãe. Você consegue imaginar uma época em que não existia tal coisa como a sujeira? É difícil para as pessoas compreenderem as coisas das quais me lembro. Mesmo Hal, o mais empático dos companheiros de jornada, até certo ponto, não conseguiu acompanhar alguns dos caminhos antigos e pré-antigos que eu conhecia. Engoli experiências passadas durante toda a minha vida, enquanto divulgava aquelas que achava que tinham uma chance não de serem acreditadas – pois ninguém acreditava de verdade em mim; pelo menos essa é a minha impressão, amarga na maioria das vezes –, mas de pelo menos simplesmente serem imaginadas, fantasiadas.

"Suwelo, além de ser homem, e branco, o que fui muitas vezes depois desse tempo que acabei de lhe contar, também fui, pelo menos uma vez, um leão. Essa é uma daquelas lembranças oníricas tão desvanecidas que parece um xale velho e comido por traças. Mas, às vezes, consigo ainda sentir o sol no meu pelo, os carrapatos na minha juba, a plenitude quente e inchada da minha língua. Consigo sentir o cheiro dos parentes feridos e moribundos que precisavam de mim para lhes trazer a morte. Consigo sentir o salto que minhas pernas davam, o estiramento na minha barriga, enquanto me aproximava deles, deixando-os atordoados, com grande misericórdia, com um golpe.

Posso sentir o gosto do sangue doce enquanto meus dentes perfuravam seus pescoços trêmulos, quebrando-os instantaneamente e sem dor. Todo esse conhecimento, toda essa lembrança, está em algum lugar, bem guardado e pouco acessado, de minha cabeça.

"Mas as experiências de que melhor me lembro foram posteriores à vida em que conheci Husa. Foi, na verdade, uma época terrível e caótica, embora tivesse começado, como a eternidade que todos conheciam, com bastante paz. Tal como Husa, eu era amiga de uma jovem e de seus filhos. Crescemos juntos e costumávamos partilhar nossos lugares favoritos na floresta, ou olhávamos juntos para o mesmo fogo à noite. Mas esse modo de vida estava acabando rapidamente, pois, de uma forma ou de outra, quando eu estava totalmente crescida, e grande, como os leões tendem a ser, o campo dos homens e o das mulheres tinha se integrado. E ambos perderam a liberdade um para o outro. Os homens tinham assumido a responsabilidade de dizer o que deveria e o que não deveria ser feito por todos, perdendo a liberdade dos seus longos dias de tranquilidade e contemplação no acampamento dos homens; e as mulheres, em conformidade com a autoridade dos homens, mas mais porque estavam agora emocionalmente dependentes de um único homem que, conforme a lei deles decretava, devia ser pai de todos os seus filhos, perderam seu lado selvagem, aquela qualidade de conforto caseiro na terra que compartilharam com os outros animais.

"Na fusão, os homens se afirmaram, unicamente, como familiares das mulheres. Eles foram morar com seus cães, a quem ordenaram que nos perseguissem. Essa foi uma época de trauma para as mulheres e outros animais. Quem poderia entender essa necessidade dos homens de nos afastar do fogo das mulheres? E, no entanto, foi isso o que fizeram. Eu me lembro do homem e do cachorro que me afugentou; ele tinha uma grande clava numa das mãos e, na outra, uma vara comprida e pontiaguda. E me lembro de que fiquei muito triste por deixar minha amiga e seus filhos, que choravam, amargurados. Acho que eu sabia que estávamos vivenciando uma das grandes mudanças na estrutura da vida na Terra, e isso me deixou muito triste, mas também muito pensativa. Eu não sabia, naquela época, que o homem começaria, em sua raiva e seu ciúme de nós, a nos caçar, a nos matar e a comer, a desgastar nossas peles, nossos dentes e nossos ossos. Não, nem o animal mais cínico teria imaginado tal coisa. Em breve esqueceríamos as acolhidas do fogo feminino, a linguagem delas. Esquecer sua simpatia agressiva. O cheiro de fermento e o sebo quente de seus filhos. Toda essa amizade seria perdida, e ela, coitada, ficaria apenas com o homem, gritando por seu jantar e assassinando para sempre suas amigas, e com o 'melhor amigo' do homem, o familiar 'de estimação', o falso familiar, seu cachorro.

"Coitada da mulher!

"Mas, para dizer a verdade, Suwelo, não lamentei ter partido. Pois eu era um leão. E para um leão, a harmonia, acima de tudo, é sagrada. Eu podia ver que, juntos, homem e mulher enfrentariam uma eternidade de conflito, e eu não queria fazer parte disso. Eu sabia que, mesmo que o homem nos deixasse ficar ao lado do fogo da mulher, ele estaria jogando seu peso constantemente, e a mulher, sendo mulher, de vez em quando faria panelas e frigideiras voarem sobre nossas cabeças; e isso duraria para sempre. Um pensamento insuportável; como leão, eu não aguentava barulhos altos, mudanças bruscas de comportamento, vozes altas de raiva. *Maldade.* Nenhum leão toleraria tais coisas. É da nossa natureza ser não violento, ser pacífico, ser calmo. E sempre sermos justos em nossas trocas; e eu sabia que isso seria impossível na situação presente, uma vez que os animais, exceto os cães bárbaros, nitidamente preferiam a mulher e teriam sempre tentado defendê-la. Os leões sentiam que, independentemente da circunstância, é preciso ser digno. Ao se associar ao homem, tal como ele se tornou, a mulher estava fadada a perder a sua dignidade, a sua integridade. Foi uma tragédia. Mas era um destino que os leões não estavam preparados para partilhar.

"Nos tempos que se seguiram a esse, os leões se afastaram cada vez mais dos humanos, à procura de paz. Havia aldeias com as quais mantínhamos ligações, na medida em que ensinávamos, e elas aprendiam conosco. O que aprenderam? Que, em vez de entrar em guerra com a própria espécie, era melhor fazer as malas e se retirar do local de discórdia. Que, enquanto houvesse espaço para nos movimentarmos, existia a possibilidade de paz incontestável. Existem aldeias que vivem hoje na África do Sul que há mais de mil anos não brigam entre si. É por causa do que aprenderam com os leões.

"Durante milhares de anos as nossas personalidades foram conhecidas e valorizadas por todos. De certa forma, éramos os amados 'tios' e 'tias' – visitantes interessantes, companheiros indulgentes, ouvintes excelentes e professores atenciosos – da aldeia humana, que, felizmente, nunca conseguiu se dar conta, nem por muito, muito tempo enfim, de nenhuma razão pela qual deveríamos ser vistos como completamente diferentes e separados. Só fomos nos transformando aos poucos em mito – quer dizer, tudo que se sabia sobre nós anteriormente. As últimas pessoas na Terra que tiveram alguma compreensão real da nossa essência também foram transformadas em apenas mitos, mas, pelo menos, antes de desaparecerem completamente, erigiram a esfinge... Também há", Dona Lissie riu, "aqueles relatos que ouvimos sobre leões que viviam soltos e viviam assustando os visitantes do palácio de Haile Selassie, na Etiópia. Nunca ocorreu a ninguém de sua antiga linhagem que os leões deveriam ser tudo, menos livres. Rastas com dread que conseguiam entrar no pátio às vezes ficavam tão assustados ao esbarrar com um desses leões – seu antigo totem, passeando como faziam – que suas tranças literalmente ficavam em pé.

"Eu também estou ciente de que tem mais... histórias intermediárias", dona Lissie continuou, "por assim dizer, entre as antigas e as atuais; como 'Ândrocles e o leão' e 'Daniel na cova dos leões', mas já nessas histórias dava para ver que ninguém entendia o que estava acontecendo do ponto de vista do leão. Teria sido impensável o leão que teve o espinho removido de sua pata por Ândrocles machucar o amigo que o ajudou; nunca teria passado pela sua cabeça machucá-lo, fato. Quer ele removesse a maldita coisa ou não. Da mesma forma com Daniel. Embora os romanos tivessem o costume de torturar leões, brutalizando-os de tal forma que, em sua fome e raiva, atacassem os infelizes cristãos, para os aplausos frenéticos das multidões, sempre que tinham a mínima oportunidade de refletir, de se lembrar de quem eram, não faziam nada que pudesse remotamente ser chamado de violento. Embora todos estivessem com fome, quase desmaiados pelos romanos, Daniel teve uma noite de sono perfeitamente segura e confortável, com a cabeça apoiada no leão. Eles também teriam se oposto ao odor fétido da toxicidade de Daniel.

"Mas enfim", dona Lissie continuava, com a voz ficando cansada outra vez, "Hal realmente temia apenas duas coisas na terra. Ele tinha medo de pessoas brancas, especialmente os homens brancos, e dos gatos. O medo do homem branco era menos irracional do que o medo dos gatos, mas ambos eram medos muito reais para Hal. Você poderia fazê-lo recuar trinta quilômetros simplesmente pedindo que segurasse um gato. E ele organizou sua vida de modo que, se algum dia visse um homem branco, fosse por acidente, e, mesmo muito separado de sua vida pessoal, seria um acontecimento inesperado e nada bem-vindo. Então, como eu poderia contar a ele quem eu era? A essa altura, Hal é como um filho para mim, e eu não suportaria se ele me odiasse. Pois um medo como o de Hal é ódio.

"Então nunca contei a ele. Como eu poderia dizer isso? Hal, eu já fui um homem branco; mais de uma vez; eles provavelmente ainda estão lá em algum lugar. *Ei*, Hal, eu também fui, uma vez, um gato muito grande."

Dona Lissie riu. Então gargalhou. Suwelo também. A risada dela foi o último som daquele lado da fita.

"Mas, se amamos alguém, queremos compartilhar o que somos, ou, no meu caso", disse dona Lissie, e Suwelo imaginou-a enxugando os olhos, ainda sorrindo, "*nos* compartilhar. Mas eu estava com medo. Quando Henry Laytrum trouxe as fotos que me mostravam desbotada quase como um fantasma, fotos que iluminavam meu cabelo e meus olhos, eu as rasguei; disse que tinha usado filme estragado. Quando ele tirou outras fotos em que eu parecia felina, parecida com o companheiro de Dorothy em O *Mágico de Oz*, eu as rasguei também. Talvez sempre haja uma parte de nós mesmos que escolhemos esconder, que negamos e destruímos deliberadamente.

"Mas, ah, como amamos a pessoa que afirma até aquela parte odiosa de nós. E foi por afirmar essas partes cindidas da minha memória que eu amava seu tio Rafe. Rafe, diferentemente de Hal, não tinha medo de ninguém. Ele considerava os brancos as pessoas mais patéticas a existir. Governar outras pessoas, disse ele, automaticamente isola você da vida. E tentar dominar pessoas de cor, que, como qualquer um podia ver, eram a vida em si! Ele ficava mais perplexo do que irritado quando pessoas brancas, de aparência inteligente e atuantes, o chamavam de 'menino' ou de 'crioulo'. Mas isso acontecia porque ele podia facilmente ver um pouco de si mesmo neles, embora, ao olhar para ele, os brancos aparentemente vissem... Mas muitas vezes ele se perguntava *o que* é que eles viam. O que se permitiam ver. Estariam eles cegos para o próprio *ser*, como ele próprio era cego para o ser de uma mosca? Para ele, esse imperativo constante de nos 'civilizar' era na verdade uma necessidade de nos cegar e amortecer na própria extensão.

"Eu contei tudo ao Rafe; e ele me levou para o norte, para o Canadá, nos verões, para ficar perto dos brancos; e me levou a mais zoológicos do que tenho coragem de mencionar. Isso era parte integrante do amor que ele fazia comigo, sabe, me levar para aqueles lugares dos quais eu mesma tinha mais medo. Você não tem ideia da sensação que tive na primeira vez que me sentei para jantar num restaurante cheio de brancos, pessoas brancas que apenas nos olhavam e sussurravam entre si, mas, diferentemente do Sul, não se agitavam para nos expulsar do estabelecimento, ou talvez nos espancar, ou até mesmo nos linchar.

"Lembro que Rafe pediu carne. Algum tipo de pato, eu acho. E, quando o prato chegou, ele viu a expressão no meu rosto. Eu nunca poderia comer carne entre brancos; disso eu tinha certeza; meu estômago revirou só de pensar nisso. Rafe e eu comemos purê de batata e salada, e ele me disse, com aquela sua voz negra grave, carinhosa e *doce*: 'Bem, Lissie, dê uma *boa* olhada.'

"E pude ver como eles se fecharam, esses descendentes, lá no 'topo da montanha', e como estavam isolados. Estavam completamente desprovidos de espírito selvagem e haviam desaprendido a rir. E tinham desaprendido também, eu descobriria depois em nossas muitas viagens, a dançar e cantar. Eles assombravam os salões de dança e as igrejas dos negros, tentando 'captar' o que haviam fechado em si mesmos. Era lamentável. Aliás, uma das pessoas de quem mais gostei nos anos 1960 foi Janis Joplin. Ela sabia que Bessie Smith era sua mãe e cantou com todas as suas forças tentando abrir a porta fechada entre elas.

"De certa forma, eu preferia os zoológicos. Embora os odiasse com todo o coração, obviamente. Mas no zoológico pelo menos não havia ilusões sobre quem era livre e quem não era. Os leões estavam sempre em jaulas pequenas demais para eles. E nunca tinha ocorrido a ninguém que, afastados da vida ano após ano, como estavam, sem nada para fazer, o mínimo que se podia fazer era acender uma fogueira para eles. Era de partir o coração vê-los andar de um lado para o outro, sentir o cheiro azedo e rançoso de suas pelagens e de suas celas, ouvir a histeria em seu rugido, vê-los devorar um animal perfeitamente saudável que havia sido criado com o intuito de ser 'carne' e morto numa linha de produção por uma máquina. Horrível. Um destino que o leão pré-antigo mais criativo e cínico não poderia ter imaginado. E agora, como presença no mundo moderno, sou grata por isso.

"A coisa mais abominável eram seus rostos. Frouxos, sem brilho, pouco inteligentes, *insensíveis*. Estupefatos pelo tédio, enojados pela degradação da dependência. Para todos os zoológicos – pessoas de cor podiam ir até ao de Baltimore, depois de uma longa luta; mas só nos dias de folga das empregadas, quinta-feira –, eu levava um espelho grande. Qualquer outra pessoa teria achado isso estranho, mas não Rafe. Ele me ajudava a carregar e a segurar fora das jaulas. Algum leão inquieto ia até as grades e dava uma olhada em si mesmo. Isso era, geralmente, o primeiro e único olhar para si mesmo que já tinha feito. Eu prendia a respiração.

"Haveria um lampejo de reconhecimento? De interesse, até? O leão dentro do corpo do leão se via? Embora eu mesma tivesse um corpo de mulher, ainda conseguia ver meu leão interior. Veriam eles isso? Veriam a antiga nobreza, a impaciência com os inferiores? A antiga graça?

"Um ou dois viram alguma coisa. Mas só os deixou tristes. Voltaram para um canto de suas jaulas e colocaram a cabeça entre as patas. É lógico que eu queria pular aquelas grades para confortá-los. Queria destruir as grades.

"Rafe me levava para casa, um desastre lamentável, depois dessas excursões, e me colocava na cama. Ele, Hal e Lulu vinham me dar um beijo de boa-noite; e, quando Rafe se virava para ir embora, eu segurava sua mão – era uma mão marrom, tão boa, firme e limpa. Ele se sentava na cama sem dizer uma palavra e tirava os sapatos.

"Seu tio Rafe era um amante incomparável, Suwelo. E senti tanta saudade dele que às vezes desejei encontrá-lo novamente, o que sei que não é provável; há pouca necessidade de ele voltar. Ele amava o meu ser inteiro. Eu não escondia nenhum eu meu dele, e ele não temia nada. Às vezes, quando eu 'acordava com o pé esquerdo', como ele dizia, quando eu estava dando ordens para todo mundo e reclamando de que ninguém sabia de nada ou não conseguia fazer nada certo, só eu, ele sorria e dizia: 'Você com certeza está mostrando seu eu branco esta noite!' Então eu via quão ridícula estava sendo e ria.

"Ou, às vezes, numa festa, eu percebia que as outras pessoas eram um bando de trastes e ia embora. Só saía pela porta. Rafe vinha atrás de mim e me olhava rondando pela calçada, ansiando por distância, paz e calma; o desgosto pelas pessoas na festa ainda estampado em meu rosto, e ele dizia: 'Querida, o leão no inverno não é nada comparado a você!'

"E é óbvio que ele conhecia e gostava de todos os meus outros eus, e podia chamá-los pelo nome.

"Então, amar Rafe e ser amada por Rafe foi a experiência de muitas vidas. É muito diferente de ser amada por Hal, mesmo quando nossa paixão um pelo outro estava no auge, Hal me amou como uma irmã/ mística/ guerreira/ mulher/ mãe. O que foi bom. Mas isso era apenas parte de quem eu era. Rafe, por outro lado, sabendo que eu continha tudo e todos, me amava de todo o coração, como uma deusa. O que eu era."

— Quando vi Suwelo na escada dos fundos da casa de Arveyda, não sabia quem ele era – contou Carlotta alegremente a Fanny um dia, depois que ficaram amigas. – Eu estava vindo da pensão onde moro, que fica no fim da trilha e do outro lado de um barranco da casa principal. Arveyda e as crianças moram na casa principal; o estúdio fica no andar de baixo; então estou sempre entrando e saindo do espaço deles. Mas eles têm que pedir permissão para entrar no meu. Há uma pequena ponte sobre o barranco, pouco antes de chegar à minha casinha, e nessa ponte, antes de atravessar um aqueduto que canaliza uma cachoeira vertiginosa durante a estação das chuvas, fica o primeiro portão. Ele tem vários sininhos que precisam ser tocados. Se nada acontecer depois do toque desses sininhos, se nenhuma pedra ou sapato for atirado, o visitante, geralmente Arveyda ou um dos meus filhos, pode prosseguir para o próximo portão. Esse tem um carrilhão. Geralmente fica trancado, caso contrário o visitante toca, passa pelo portão e sobe minha escada. Ainda há mais sinos e carrilhões na minha porta. Respondo apenas a esses sinos e badalos, não a chamados nem palavras de nenhum tipo, nem a batidas na porta.

"Enfim, eu estava indo trabalhar no estúdio, já que agora sou musicista, carrilhanista. O que é uma carrilhanista? Todo mundo sempre pergunta. Mas havia um homem estranho nos fundos da casa, batendo interrogativamente. Parei bem na parede da casa, onde os arbustos de dafne estavam bem floridos e com um perfume tão doce, e percebi que a clematite roxa está prestes a se espalhar, num canto da garagem, que fica no alto do penhasco, pendurada acima da minha cabeça. Parei porque, quando estou pensando na minha música, odeio ser perturbada – nem por Arveyda nem pelas crianças, e certamente não por um vendedor de seguros. É o que eu acho que esse homem é – com certeza, um vendedor de seguros em Berkeley. Ele estava usando roupas casuais, uma calça de veludo marrom e um suéter vinho bem bonito. Estava com um brinco e um pingente numa corrente.

"Quando estava prestes a desaparecer de vista, ele olha em minha direção e me vê.

"Meu Deus, penso, e me encolho interiormente. Minhas pequenas notas musicais que acumulei em minha alma a noite toda e pela manhã desaparecem.

"'Olá', digo, franzindo a testa. 'Posso ajudar?'

"O homem se surpreendeu. Seus olhos, olhos bonitos, grandes, abertos e amigáveis, se arregalaram.

"Será que sou um grande choque, me pergunto. Será o meu cabelo, raspado quase no zero e destacado como o de uma vítima de um campo de concentração? Ou será que é meu macacão de corrida preto e colado, e Reeboks azul-petróleo? Quem liga? Afinal, estamos em Berkeley.

"Mas ele ainda fica lá olhando, e ainda está boquiaberto.

"Então, primeiro, eu realmente olho para ele. Para vê-lo. Quando estou trabalhando ou pensando em trabalhar, ou me arrependendo de um trabalho que acabou de ser assassinado, não olho para as pessoas para vê-las. Eu olho apenas o suficiente para lidar com elas e tirá-las da minha vida. Mas de repente olho para esta figura alta e magra, com cabelos curtos. Ah, não, eu penso. Não pode ser!

"Mas é.

"'Suwelo?', pergunto, como se fosse um fantasma.

"'Carlotta?', ele pergunta, fazendo um movimento engraçado sobre a própria cabeça raspada para indicar meus dreads perdidos. Depois disso, não sabemos o que fazer. Ele está ainda mais perdido do que eu.

"Que se dane, eu penso.

"'Aqui estamos', eu digo, 'vamos entrar'.

"'Esta é a sua casa?', ele pergunta. Ele parece incrédulo. 'Fui até sua antiga casa e ninguém sabia de nada por lá. Só que você tinha se mudado.'

"'Sim, me mudei. As crianças queriam morar com o pai.'

"Eu empurro a porta. O cheiro de pão assando nos alcança imediatamente.

"'Querida, é você?' A voz caseira de Arveyda grita da cozinha.

"'Sim, sou eu', respondo.

"Ele vem da cozinha para ver. Está usando seu avental Brahms, seu chapéu de chef Satchmo Armstrong e está com farinha da cabeça aos pés, mas parece perfeitamente satisfeito. Ele olha para Suwelo antes de se abaixar para me beijar. Ele sempre me beija como se estivesse provando algo gostoso.

"Meu humor melhora com esse beijo e eu realmente sorrio.

"'Arveyda, conheça Suwelo', eu digo. 'E vice-versa.'

"Cedrico, parecendo mais alto do que no dia antes do anterior, corre pela sala e cruza nosso caminho, com um pedaço monstruoso do pão saído do forno na mão e outro na boca. Como ele não morreu engasgado está além da minha compreensão. Angelita está logo atrás, parecendo uma prostituta mirim, que é a aparência de todas as meninas da idade dela hoje em dia.

"'Aqui, aqui, espere um minuto', diz Arveyda, indo contra a sua vontade, seguindo os sons sinistros de cadeiras arrastadas e utensílios tilintando que emergem instantaneamente da cozinha.

"Olho para Suwelo, pensando em como meus filhos sem modos são uma vergonha, e vejo que está ainda mais boquiaberto.

"'Isso é?... Não é isso?...'

"'Sim', eu respondo. 'É isso.'

"Eu o levo até a sala de estar, onde ele se joga numa cadeira.

"'Não acredito. Você foi casada com *Arveyda*.'

"'Eu *ainda* sou casada com *Arveyda*. Mas esse vínculo não é mais a base principal do nosso relacionamento.'

"Suwelo olha para mim com curiosidade. As sobrancelhas dele não eram bem grossas? Ele não usava óculos? Fico pensando.

"'Trabalhamos juntos agora.'

"Ele levanta uma sobrancelha. Fina.

"'Como músicos.'

"'Ah.'

"'Quando o vi na porta, eu estava descendo para o estúdio, para trabalhar.'

"'Me desculpe se atrapalhei você.'

"'Quer ver?', pergunto. Pois, embora eu tenha sido temporariamente atrapalhada, ainda preciso dar uma espiada nos meus companheiros, nos meus bebês, nos meus instrumentos. Só para ter certeza de que estão lá. Meus. E, não importa por quanto tempo, esperando por mim.

"'Que cheiro bom', comenta Suwelo, fungando, enquanto descemos as escadas.

"'Arveyda cozinha todos os sábados', digo. 'Pelo menos todos os sábados que não estamos na estrada. Isso o relaxa.'

"'*Hum*? Quanto pão ele assa?', Suwelo pergunta.

"'Não é uma quantidade exata', respondo, enquanto passamos pela grande foto de James Baldwin, onde ele parece um anjo que adora pão fresco, sorrindo para todos que entram no hall. 'Ele só acorda, coloca as fitas de Miles Davis, Roberta Flack, Bob Marley ou Aretha Franklin e começa. Ele pode passar a manhã inteira ou a maior parte do fim de semana na cozinha. Ele sempre assa a quantidade certinha.'

"'Mas', diz Suwelo, olhando com ceticismo para minha magreza, 'quatro pessoas não podem comer tanto pão!'

"'Mais de quatro pessoas vivem nas ruas de Berkeley. Nunca há a menor *cuestión*.'

"Então chegamos ao estúdio: o cômodo grande com uma sala de vidro menor lá dentro e que eu amo mais do que qualquer sala no mundo. Adoro todos os instrumentos, as luzes, as cabines. Adoro especialmente meus instrumentos, que levo Suwelo para ver.

"Ele fica surpreso. Intrigado. Olha para a vista. Olha para onde estou.

"'Quantos sinos!', ele exclama, olhando. 'Tantos carrilhões!'

"Ele não acha que esses sejam os instrumentos que trouxe ao estúdio para ver. Ele olha para o piano, para o xilofone, para os doze violões pendurados na parede, para o violoncelo, para a bateria, para as flautas e até para os tamborins! Temos tudo mesmo, penso com orgulho, e às vezes Arveyda *toca* música gospel. Mas na verdade estou quase começando a considerar o tamborim um sino.

"'Estes são meus instrumentos', digo, tocando um carrilhão de vento com seu próprio badalo, um carrilhão de vento que fica pendurado numa fileira de várias dúzias. Existem carrilhões de vento de todos os tamanhos, cores e descrições. Alguns são feitos de madeira de sândalo ou de balsa, alguns de bambu, alguns de metal. São todos lindos, com tons agradáveis e límpidos. Depois, tem minhas centenas de sinos – sinos de arreios de renas, sinos de vaca, sinos de escola, todo tipo de sino. De todos os cantos do mundo. Eu toco rapidamente uma dúzia de sinos e carrilhões, com uma vara de madeira, e toda a sala vibra com os sons lindos, limpos e suaves.

"'Você está sorrindo', diz Suwelo. 'Você está feliz!'

"'Estou', respondo. Não deixo de sorrir ou de ficar feliz só porque ele percebeu. Toco mais algumas badaladas com outra varinha que tenho, e o som me deixa ainda mais feliz. *Ah*, penso com os meus botões, *quando ele sair!*

"Mas ele não vai embora.

"Ele me disse que veio para fazer as pazes. Para pedir perdão pela maneira como me tratou.

"Quase não me lembro da maneira como ele me tratou. Ele foi apenas um episódio na minha vida. Mas é verdade que, quando ele me largou, fiquei tão destruída e com tanta raiva que seria capaz de matar."

— Por que Miles Davis é tão absolutamente deslumbrante, mesmo parecendo o diabo? – diz Arveyda. Ele está segurando um álbum que tem uma foto de seu ídolo (um dos muitos músicos que ele ama) olhando, taciturno, para o mundo. – É realmente um enigma – diz ele, quase inaudível. – Agora, se ele fosse um homem muito grande e você o encontrasse em algum lugar à noite e ele a olhasse desse jeito – Arveyda estremece –, ele a assustaria.

Carlotta ri.

— Tem certeza? – pergunta ela.

Arveyda terminou de assar os pães do dia, e seu avental sujo e seu chapéu de chef estão amontoados no chão, ao lado da porta.

Ele corta grandes fatias de pão integral para eles e empurra a manteiga e a geleia para mais perto do cotovelo de Suwelo.

Suwelo vai rapidamente superando seu deslumbre. Além disso, o cheiro maravilhoso do pão está realmente dando água na boca. Ele olha ao redor da cozinha, que se abre para as salas de jantar e de estar e para um deque. De onde está sentado, ele consegue ver a maior parte da baía, até a Golden Gate Bridge; ele aprecia a vista ao dar a primeira mordida no pão delicioso, tão bom quanto cheiroso.

— Ouvi... falar de você – diz Arveyda. Ele não lembra o quê. Conecta esse homem de alguma forma com a massagem; Carlotta aprendeu a fazer massagens e massageia-o com frequência. É uma coisa que ele próprio está aprendendo e gostando, e que lhe permite tocar Carlotta intimamente, sem ter que sempre pressioná-la a fazer amor. Isso aliviou muito a tensão que existia entre eles, pois também descobriu que, quando um músico está trabalhando, ele ou ela já estão fazendo amor.

Suwelo olha para Carlotta. Ele ainda está chocado com ela. Seu cabelo está raspado tão baixo que deve parecer espinhoso ao toque. E ela está tão magra; até os seios estão menores. Mas ela está feliz. Essa é a maior surpresa de todas. Onde está aquela lamentação de que ele lembrava? A insegurança? As mãos se arranhando? A reza? O ranger de dentes?

Ela pega no chiclete – faz umas bolas e as estoura algumas vezes para se despedir – e começa a passar manteiga, uma camada bem fininha, numa minúscula fatia de pão.

— Éramos colegas – diz Suwelo – num certo engenho acadêmico. A propósito – pergunta ele a Carlotta –, você não ensina mais... ou ensina?

— Não – responde ela, mastigando. – Eu desisti. – Ela franze o cenho ligeiramente. – Fiquei frustrada e *muito gorda*. – Ela balança a cabeça como costumava fazer quando tinha muito cabelo. Suwelo tem um vislumbre da antiga Carlotta. Ela continua: – É tarde demais para ensinar às pessoas o que precisam saber por meio dos métodos usados nas faculdades.

Essa é uma resposta tão inesperada vindo de Carlotta que Suwelo ri. Ela encontrou até senso de humor!

— Cómo? – pergunta Arveyda, olhando atentamente para Carlotta. Por nunca ter feito faculdade, ele acha que é algo que todas as pessoas valorizam. Que, a menos que tenha feito faculdade, não sabe de nada, na verdade. Você só tem experiência, pensa ele, mas nenhum fato. Isso significa que, em um jantar com pessoas com formação universitária, seu estômago revira continuamente.

— Ah – diz Carlotta –, quem precisa de mais pessoas do tipo que as faculdades produzem? São todos consumidores, na verdade. Não importa o que estudem, todos têm sucesso nas compras.

— E os cursos que você dava? – pergunta Suwelo.

— É verdade – responde ela. – Eu amava. Amo ensinar literatura feminina. Mas cansei de ensinar lá. Eu queria lecionar, se continuasse a dar aulas lá, sentada em círculo num pasto, onde as vacas pudessem aparecer casualmente e olhar. Até participar.

— Estou aprendendo carpintaria agora – diz Suwelo. – Embora a questão aí seja como carpinteiros se relacionam com a exploração, o abate e o desperdício mundial de árvores.

— Como assim? – pergunta Carlotta.

— Bem, a madeira vem das árvores. As árvores estão vivas. Elas têm um propósito diferente de se tornarem casas flutuantes, lenha e deques.

— O que você ensinava? – pergunta Arveyda.

— História dos Estados Unidos – responde Suwelo e ri. – Mas eu tinha que estar chapado ou bêbado para transmitir tais mentiras. Ninguém se beneficiava das minhas aulas, nem eu nem os alunos.

— Mas você era um historiador de guerrilha – diz Carlotta, leal. – Da mesma forma que eu era uma literata de guerrilha. Não é impossível ensinar a realidade alternativa, especialmente quando é a sua.

— Mas é cansativo. E eu estava sempre irritado. Pense nos livros de história que li que dizem, em tantas palavras, que aquelas são todas as pessoas que você precisa conhecer para compreender os Estados

Unidos; e não há ninguém neles que se identifique de alguma forma com o que você conhece pessoalmente da realidade.

— Você sempre perdia seus alunos indígenas – reflete Carlotta. – Eu sei que eu perdia. Depois comecei a dizer, logo na primeira aula: "Vá encontrar uma narrativa ou poema de Joy Harjo ou Leslie Silko. Aqui estudaremos essas escritoras antes do fim do curso, eu prometo."

Arveyda ri, admirando Carlotta. Ele estende a mão e coloca o pé dela em seu colo; ele tem que levar seu banquinho próximo ao dela para conseguir.

— Não entendo muito de literatura nem de história – diz ele, desculpando-se, e parece bastante com uma velha canção de Sam Cooke, que os três caem na gargalhada. – Eu leio muito mesmo, mas sou um leitor bem lento! Nunca vou alcançá-los!

Ele está esfregando a parte de trás da perna de Carlotta. Ela está tão contente quanto um gato.

Carlotta sorri.

— Não se preocupe com isso, chico mio – diz ela. – Todos nós estamos tentando aprender o que você já sabe.

Suwelo olha para ele, esse homem humilde que dá satisfação, que nem foi pedida, a tanta gente. Dos três, ele é o único que ganhou, e não perdeu, peso. Esse homem confortável, bem baixo, quase *pequeno*. Com seus olhos gentis e cabelos grisalhos e rebeldes. Sim, pensa Suwelo, isso é verdade. Talvez.

— O que é triste de verdade é como, sendo músico, você tende a perder pessoas à medida que a vida passa. Querem que você continue tocando músicas que os fizeram sentir algo uma vez, algo que acreditam que sua música antiga os ajudará a recuperar. Mas na verdade, se você está vivo como artista, você está em outro lugar, diferente de onde estava, quase que constantemente.

Enquanto fala, Arveyda joga um pedaço de massa no balcão com um entusiasmo chocante. Farinha voa e suja sua barba. À sua frente, Suwelo levanta seu pedaço de massa e o derruba com a mesma força. Ele está com uma camiseta do Pernalonga e uma bandana vermelha e preta da Frente Sandinista de Libertação Nacional na cabeça. Sua calça jeans escorregou um pouco e está na altura dos ossos do quadril. Ele também está coberto de farinha e tem uma expressão de intenção severa e sincera.

— Relaxa – diz Arveyda, dando um gole no suco de uva fresco. – Esse é um trabalho sério, sim; mas, você sabe, os trabalhos mais sérios também podem ser divertidos.

Suwelo pensa em quando Fanny e ele fazem amor. Como sempre, há um ponto em que ela ri.

Arveyda anda pela cozinha bagunçada, jogando cascas de ovos no pote de compostagem, passando pano onde há respingos, abrindo espaço na bancada ao lado do forno, untando formas de pão e continuando murmurando, assobiando e conversando.

Ele coloca uma fita cheia de sinos e carrilhões e cantarola um pouco enquanto volta a bater a massa. Há um forte cheiro de fermento no ar. E então, por puro capricho, parece a Suwelo, Arveyda enfia a mão numa cesta, pega passas, nozes, e as coloca na massa.

Suwelo, feliz e consciente de ser um aprendiz, faz o mesmo.

— Dizem: "Ah, você nos traiu! Por que não toca o que estamos acostumados e que esperamos de você? Essa merda que toca agora parece Elton John! Cadê as malditas raízes?"

Arveyda sova o pão e olha para a sala. É um dia nublado, e a esplêndida baía simplesmente não está visível. Ele procura escutar os sons das crianças, mas elas estão no cinema com Carlotta e Fanny. Ele pensa em Carlotta, em Fanny e nas crianças, e se pergunta o que Carlotta está dizendo a Fanny, em algum momento em que as crianças lhes dão um pouco de paz. "Bem", ele a imagina dizendo, "quando eu estava saindo com seu marido, eu realmente estava passando por um período de tanto trauma como mulher que a única maneira de lidar com isso era me tornar alguém diferente de mim mesma. Então me tornei uma imitadora da feminilidade".

Suwelo segura seu pão. Arveyda nota as passas e nozes bem distribuídas e assente.

— Agora, olha isso – diz ele. – Se você compõe músicas, aquelas que você compôs quando tinha dezenove anos são as mesmas que querem que você componha aos quarenta e cinco. Porque – ele ri – seu papel é ajudar um bando de quarentões a continuarem com dezenove. Além disso, deveria ajudá-los a justificar os relacionamentos nojentos que eles têm com as mulheres, que são tão fodidos hoje quanto eram quando ouviram sua primeira música. Só que eram jovens e novos no jogo, e não conseguiam ver que o que tinham e o que faziam era errado em vários níveis.

Suwelo reflete. Ele pensa em quanto tempo faz que Fanny e ele se casaram. Hippies de coração, casaram descalços, na primavera, debaixo de macieiras desabrochando. Tiveram música ao vivo; os músicos estavam chapados. Mas qual era a música favorita deles? Que música foi cantada ou tocada? Merda, ele nem se lembrava. Mas, quando se divorciaram, ambos estavam apaixonados pelo álbum *Double Fantasy*, de Ono e Lennon. Eles ouviam o tempo todo. "Give me somethin' that's not *hard*, come on, come on…" Fanny imitava a voz insistente e de mulher experiente de Yoko e, depois de empurrá-lo na cama, na beira de um rio, na praia, na planície florestal, ou no chão, ela o beijava até perder o fôlego.

— Tem algumas canções que as pessoas querem que você cante hoje – diz Arveyda, pensando vagamente no canto insuportavelmente repetitivo de Sinatra e colocando primeiro o seu pão e depois o de Suwelo no forno – que simplesmente não são apropriadas para os tempos de hoje. Porque os homens e as mulheres, gente que tem um tipo de vida, estão simplesmente num lugar diferente de onde estavam quando tinham dezenove anos. Ainda bem, obrigado Senhor. – Ele ri.

Suwelo olha para ele com uma pergunta no olhar.

— De repente me lembrei – diz Arveyda, ainda sorrindo – do exato momento em que soube que era hora de me aposentar, até mesmo minha versão da antiquada "balada de amor", em que uma mulher fica sentada perto da janela, sofrendo, enquanto o cara caminha mundo afora. Uma noite, depois de um show, uma jovem abriu caminho até o palco para pedir um autógrafo, e, enquanto eu assinava seu braço, como sempre fazia, ela não tinha disco, ingresso, nem um pedaço de papel caído do chão, olhei na altura de seus seios e li sua camiseta sem nem me dar conta. Dizia: "Uma mulher sem um homem é como um peixe sem uma bicicleta."

— Eu *era* uma imitadora da feminilidade – diz Carlotta a Fanny, enquanto descem uma ladeira quase perpendicular em São Francisco. É tão íngreme que Cedrico e Angelita, que conversavam a mil por hora no banco detrás, ficam quietos, completamente aterrorizados.

"Por isso que é tão difícil me lembrar de qualquer coisa que aconteceu. Embora eu pense que achava que amava Suwelo. Sei que queria me casar com ele; isso teria apagado o casamento que tive antes. Mas o que eu fiz foi apenas me vestir como uma prostituta e exibir meus peitos por aí. Achava que todos os homens na terra – exceto, possivelmente, Leonard Woolf – eram idiotas, mas queria que olhassem para mim. 'Fui ao mercado comprar café, e a formiguinha subiu no meu pé', eu costumava cantarolar baixinho, mas nunca me preocupei em pensar por quê."

— Você parecia bastante perdida, para falar a verdade – diz Fanny, preparando-se para outra ladeira. E esta é tão íngreme que, em vez de calçadas, há degraus. Não são apenas as ladeiras em si, mas a forma como Carlotta dirige. Ela ataca as ladeiras. Fanny olha para ela. Carlotta está com um macacão fúcsia e parece gostar do desafio de dirigir. Ela conduz o jipe como se fosse um pônei.

— Eu amo dirigir por São Francisco – diz ela. – A ladeira da Laguna Street – que acabaram de descer – é adrenalina pura.

— Você estava no piloto automático, eu achei – diz Fanny, grata por estar mais do que no piloto automático agora. – Às vezes eu ficava surpresa por você ter chegado até minha porta e não simplesmente ter entrado na casa no quintal ao lado. – Fanny diz isso lentamente e agradecida por terem finalmente chegado à Union Street, que é bonita e plana.

— Eu precisava daquelas massagens – diz Carlotta. – De uma forma curiosa, eu não suportava tocar meu próprio corpo. Não para realmente senti-lo. Eu apenas o lavava, perfumava, forte, com toneladas de Alegria, e vestia. Não estava mais viva para mim. Talvez o perfume devesse agir como um fluido embalsamador.

As duas riem.

Fanny pensa nos anos em que sua sexualidade ficou morta para ela. Em como, depois que ela começou a compreender a opressão das mulheres pelos homens e a se permitir senti-la em sua vida, deixou de sentir tesão por homens. Por Suwelo em particular, com aquele vício em pornografia. E, então, as mulheres do seu grupo de conscientização a ensinaram a se masturbar. De repente, ela se viu livre. Sexualmente livre, pela primeira vez na vida. Ao mesmo tempo, ela estava aprendendo a meditar e se livrando dos últimos vestígios da religião organizada. Logo ela estava meditando, se masturbando e se descobrindo dissolvida no Todo cósmico. Uma delícia.

Mas, quando tentou partilhar essa nova amplitude com Suwelo, ele quase a destruiu. "Pense em mim! Em mim! No meu corpo, meu pau!", ele estava sempre gritando. Pelo menos era isso que ela sentia, mesmo quando ele não dizia nada. Ela o acusou de tentar colonizar seus orgasmos.

Ele ria e fingia que não entendia.

Sua própria sexualidade foi colonizada, na opinião de Fanny, pelos filmes que viu e pelos livros que leu. As revistas que folheava nas esquinas.

— Não entendo como você não ficou com raiva de mim quando descobriu – diz Carlotta.

Elas estão na pequena casa de hóspedes de Carlotta, o que lembra Fanny de seu salão de massagens. É pequena, mas dá uma sensação de amplitude. Há pouquíssimos móveis: almofadas e tapetes no chão, algumas mesas redondas de madeira. Velas. Incensários. Flores frescas em vasos presos às paredes. Cada quarto tem uma cor diferente: azul, verde, oliva, dourado. Há uma sensação de exibição, de alguma forma.

— Só descobri quando acabou – diz Fanny. – Fui informada de que você tinha sido dispensada, por minha causa. Eu sabia que ele tinha ficado com outras mulheres, mas nunca as conheci. Suwelo me contou sobre você porque tinha medo de que eu descobrisse por você ou por uma das mulheres do meu grupo de conscientização. "Essas vadias sabem de tudo!", ele costumava dizer.

"Elas sabem mesmo!" Fanny ri. "Tenho um pouco de pena de qualquer mulher que perdeu essa fase de crescimento coletivo das mulheres. Lá estávamos todas nós, espéculos brilhando, um labrys pendurado no pescoço de todas, sapatas colossais florescendo de repente em motocicletas, levando alguém embora! Ah", ela sorri com a memória, "a ansiedade que tudo isso costumava causar no pobre Suwelo!"

— Fiquei com raiva por ter sido abandonada – diz Carlotta. – Ele nem se despediu. Simplesmente parou de aparecer. De repente você estava de volta, e, para onde quer que eu olhasse, lá estavam vocês juntos. Eu poderia tê-lo assassinado; e, como Frida Kahlo poderia ter dito, "comido ele depois". – Ela faz uma pausa. – E o tempo todo ele era só uma invenção da minha imaginação. Uma distração da minha tristeza. Ele era apenas "alguma coisa" em que se agarrar; para ser visto junto; para cair no chão da cozinha.

— Ah, que coisa... – diz Fanny, seca. Ela pensa em como Suwelo acredita que se aproveitou de Carlotta e como era isso que ela mesma pensava. Ambos estavam errados. Não havia vítima e opressor; na verdade, havia duas vítimas, ambas carregando corpos solitários e necessitados que eram essencialmente carne cega.

"É mais difícil para mim ficar com raiva hoje em dia", diz Fanny, enquanto caminham até a casa de Arveyda, "Não sei por quê".

Ela espera ao lado da porta do quarto enquanto Carlotta termina de colocar a filha na cama. Angelita parece uma Madonna em miniatura cor de âmbar, muito cansada, e seu cabelo punk, cortado e tingido, aparentemente, com graxa de sapato preta, contrasta com o travesseiro rosa-pastel com babados sobre o qual repousa sua cabeça cansada.

"Talvez", continua ela, "eu já tenha usado toda a minha raiva. Em vez disso, fico triste".

— Com certeza – comenta Carlotta. – A raiva reprimida leva direto à depressão. A depressão leva direto ao suicídio. – Ela apaga a luz do quarto de Angelita e fecha a porta com cuidado.

— Não. Não me sinto deprimida. É um tipo diferente de tristeza. É mais parecido com... – Ela pensa; revira o sentimento em sua mente. – Mais como um lamento. Para mim as pessoas parecem, mais do que tudo, insanas. Todas as pessoas parecem ter sido torturadas pelo mundo em que vivemos até um perfeito estado de loucura. Além disso, não considero que a raiva expressada contra as pessoas, em oposição às condições, seja necessariamente uma coisa boa. – Ela pensa nas feministas brancas que conhece e que estão felizes por finalmente poderem expressar a sua raiva. Na opinião delas, isso é algo que as mulheres brancas nunca fizeram. Elas acham que a capacidade de expressar raiva é algo que a mulher branca deve reivindicar. Mas isso parece uma ilusão para Fanny. Pois ela sabe que a mulher branca sempre expressou a sua raiva, ou pelo menos desabafou-a, como algumas de suas amigas gostavam de dizer, e geralmente era contra pessoas, muitas vezes homens, mas principalmente mulheres, de cor. E o que isso trouxe para ela? Bem, hoje tornou-se difícil para essas mulheres falarem com ela, porque não só se lembram da capacidade da mulher branca de expressar raiva, mas também esperam uma repetição dessa raiva a qualquer minuto.

Curiosamente, Fanny pensa, essas mesmas mulheres sempre afirmam temer a raiva da mulher negra e, por essa razão, dizem ter medo de brigar seriamente com elas.

— Talvez o problema seja grande demais para a raiva – diz Carlotta.

Elas estão paradas entre a sala de jantar e a cozinha, e por cima das cabeças de Arveyda e Suwelo conseguem ver a televisão. Um soldado israelense, auxiliado por um civil gordo, que, ao abrir a boca, revela ser do Brooklyn, está batendo sem sentido, com um grande bastão, em um jovem árabe aterrorizado, com o rosto ensanguentado, que se parece com Cedrico.

— Eles perderam a mão – diz Arveyda com tristeza, suspirando.

Fanny acha muito simples conversar com Arveyda. É como conversar com uma de suas amigas. Ele está sempre ali, presente, emocionado, às vezes se atrapalhando, balbuciando e murmurando seus pensamentos; mas ele não usa a mente como um esconderijo. Ela gosta da maneira como ele costuma dizer: "Acho que sim... mas, pensando bem, talvez não."

Por alguma razão, essa simples incerteza e hesitação a tocam.

Ela descobre que ele se apaixona por pessoas mortas há muito tempo, geralmente musicistas, assim como ela; ele lhe conta que uma dessas "velhas amizades", como ele as chama, está ajudando-o a escrever uma nova música, cujo primeiro verso é "Sexo é a linguagem que deixa tanta coisa por dizer". Ele adora essa frase, a cantarola e mostra a Fanny como acha que a letra vai soar quando cantar no piano.

Fanny se senta ao seu lado no banco do piano e compartilha de sua empolgação. Ele está tão feliz por ter esse pequeno verso para começar uma nova música que pula para cima e para baixo feito uma criança. Ele diz que está tentando acalmar sua impaciência ("a assassina da arte") enquanto espera o restante da música vir até ele.

Mas ambos estão confiantes de que o resto da música virá; e partilham esse sentimento de ligação com outros mundos como se houvesse um segredo maravilhoso entre eles.

Fanny conta a ele sobre a peça que está escrevendo com sua irmã, Nzingha. Imediatamente ele diz que escreverá uma música para o nome de sua irmã. "Nzingha!", ele diz, "que *lindo*!". Fanny diz que é seu nome também. Então ela precisa contar tudo sobre Ola e suas "esposas" e a coincidência de ter o mesmo nome da irmã.

— Bem, isso prova que meus pais nunca estiveram muito distantes, tanto política quanto culturalmente.

— Mas o próprio nome tem tanto poder – diz Arveyda, já familiarizando sua mente com suas possibilidades melódicas.

Arveyda quer saber sobre a peça. Fanny mostra a ele uma página. A peça intitula-se "Os negócios do nosso pai", e, na página que ela mostra, Ola, cujo nome foi mudado para Waruma, aparece sentado em um tapete no chão de sua cela escrevendo nas margens de um jornal velho.

Fanny conta a Arveyda como Nzingha e ela planejam apresentar esse espetáculo, que incluirá trechos de três das peças mais controversas de seu pai, no próximo aniversário de sua morte, que parece chegar bem rápido.

Arveyda se interessa pela África. Sua música é bem conhecida lá. Ele diz a Fanny que, se ela e sua irmã forem presas por apresentarem essa peça, ele vai até Olinka, com o espírito de Bob Marley, cantar pelas paredes de suas celas.

— Existem grandes chances de sermos presas – diz Fanny. – Mas se a África algum dia pertencer a todas as suas pessoas, tanto às mulheres como aos homens...

Ela não termina, mas parece triste.

Arveyda se sente muito americano. Demasiado americano para pensar na África como algo que tenha de ser reconquistado. Afinal, apenas uma parte dele é de lá.

Ele conta a Fanny sobre sua mãe, Katherine Degos, e como ele a conhecia pouco. E como essa ignorância o fez tropeçar cegamente pelo mundo.

— Katherine Degos nem era o nome verdadeiro dela! – diz ele, ainda incrédulo. Há uma dor residual sob a antiga ferida causada pela sua indiferença com ele quando criança, um constrangimento emocional. Mas ele está se curando. – Carlotta e eu voltamos para lá, para Terre Haute, e saímos, com minha tia Frudier, para ver o túmulo de minha mãe. A lápide diz, surpreendentemente, "Katherine Degos". Mas minha tia nos contou, fungando com seu grande nariz: "O nome verdadeiro dela era Georgia Smith."

— Georgia *Smith*!

Fanny se lembra da própria mãe, que não está bem atualmente. Ela voltou para a antiga casa da Manhota Celie, na Geórgia. Ela lê, vê TV, faz jardinagem, fala com Fanny ao telefone. Há, acredita Fanny, um cavalheiro à espera, ou cavalheiros.

— "Nunca gostei dela", minha tia fala, "mesmo ela sendo minha irmã mais nova". – Arveyda arregala os olhos para expressar seu espanto com a notícia. – "Não, nunca aguentei seus modos fingidos e imundos."

— Uau – diz Fanny. – Essa diz o que pensa.

— Mas espere – diz Arveyda. – Carlotta perguntou a ela: "Tia Frudier, você não gostava da mãe do Arveyda? Mas por quê?" Perguntou com gentileza, como se fizesse uma pergunta a alguém que está doente. – "Ela era uma falsa, uma fingida, ela nunca estava satisfeita em ser ela mesma", minha tia respondeu.

"Em sua casa, minha tia nos mostrou algumas fotos antigas da minha mãe. Carlotta olhou primeiro, e achei que ficou um pouco pálida. Então a tia Frudier trouxe uma foto antiga do meu pai, emoldurada em prata. Carlotta ficou ainda mais pálida. E pensativa. Com uma mão gentil em meu braço, ela me passou as fotos. A do meu pai ficou muito tempo numa mesa ao lado da minha cama quando eu era criança. Mas eu tinha esquecido. Agora olhava para o rosto dos meus pais e não consegui imaginar como eu deveria parecer. Porque minha mãe e meu pai não se pareciam em nada com tia Frudier – uma mulher negra, corpulenta e com feições carrancudas –, pareciam mais pessoas da família de Carlotta – se, obviamente, ela tivesse tido alguém, além da mãe, lógico.

"'Nossa família', a velha tia Frudier contou, 'era parte africana/ escocesa e parte indígena Blackfoot. Sua mãe era da parte Blackfoot. E seu pai, que veio para cá para trabalhar nos bandos de construção de estradas, era negro mexicano misturado com filipinos e chineses'. Ele era de longe", diz Arveyda, maravilhado, "o homem mais bonito que eu já vi. 'Mas entretanto e ainda assim', tia Frudier disse, 'sua mãe era simplesmente Georgia Smith, porque foi esse o nome que nossos pais deram para ela. Mas ela queria que fosse? Não. "Essa merda não serve para porra nenhuma", sua mãe dizia. Da mesma forma, homens de cor ficavam sempre a rondando. Ela dizia que eles enchiam o saco. Sem substância, sem brilho, sem dinheiro também. Afinal, naquela época ela era Katherine Degos, de Santa Fé, dezenove anos e cintura de vespa. Pernas bronzeadas em vestidos que nunca escondiam muita coisa...'

"Enquanto ela falava", diz Arveyda, "pude sentir, depois de todos aqueles anos desde a adolescência, o ódio que tia Frudier ainda sentia por minha mãe. Fiquei arrepiado ao pensar em minha mãe crescendo como objeto de tanto desprezo. Quase passei mal.

"A viagem de volta a Terre Haute foi possível para mim em grande parte graças ao apoio de Carlotta, e enquanto aguentávamos a inveja e o rancor, o ódio reprimido de mais de cinquenta anos que tia Frudier vomitou sobre nós, fiquei feliz por ela estar lá para me ajudar e me apoiar. Embora eu seja um homem adulto e seja pai, cada uma de suas palavras contra minha mãe me atingiu como um golpe; como se eu ainda fosse uma criança. Mas, por incrível que pareça, enquanto ela delirava de raiva, me senti cada vez mais próximo da minha mãe.

"A tia Frudier se casou com um encanador; e, é estranho dizer, ele ainda estava vivo!" Nesse momento, Arveyda ri de repente, aquela risada estridente e profunda dele; joga a cabeça para trás para deixar o som sair livremente.

"Ele estava vivo!", ele quase grita. "O velho sobrevivente, Deus abençoe sua alma penosa! Depois de só Deus sabe quantos anos de sofrimento debaixo da língua ácida da tia Frudier.

"Mas ele ficou o mais próximo possível daquela TV", diz Arveyda, sério. "Acho que ele estava assistindo a 'Soul Train' quando tia Frudier anunciou que o jantar estava pronto e simplesmente passou na frente dele e desligou."

Fanny fica triste com a foto do marido de tia Frudier.

Ela conta a Arveyda sobre o ex-marido de sua avó Celie, Albert, e sobre como, desde que o conheceu, sua atividade favorita, não havendo TV, era encarar o nada.

— Talvez esses homens bem velhos precisem apenas se sentar depois de um tempo e comprimir a vida numa visão reta e estreita – comenta Fanny.

— Bem, mas escuta só – diz Arveyda. Eles deixaram o banco do piano, o estúdio e a casa, e estão andando sem pressa pela rua que vai da casa de Arveyda até a trilha de Inspiration Point. – Então, estava bastante tímido, sabe, e com medo de ouvir qualquer outra coisa. Mas Carlotta pretendia ouvir tudo e aproveitou a deixa para falar. "Ouvimos falar da igreja dela", ela diz, como se isso fosse alguma fofoca recente que acabou de surgir em nosso caminho. A essa altura, já estamos jantando, e tia Frudier está prestes a jogar um grande pedaço de carne assada em sua boca espaçosa. Ela deixa cair o garfo, a carne assada e tudo. "Humf, que igreja, hein", ela bufa e olha para mim com a mesma expressão que deve ter olhado para minha mãe: fria, cruel, desdenhosa. "A igreja que todos nós frequentávamos não era boa o suficiente para ela. Ela disse que, pelo que ouviu, todos deveriam parar de ir à igreja imediatamente e usar esse tempo para fazer alguma coisa pelos pobres. Ela andou por aí por alguns anos depois que você nasceu 'fazendo alguma coisa' pelos pobres. Mas nessa época seu pai já tinha ido trabalhar no estado vizinho e nunca mais voltou. E ela logo perdeu o entusiasmo. Depois ficamos sabendo que ele foi morto; caiu de uma ponte que seu bando estava construindo. Não tinha corpo, nada. Descobrimos isso por acidente."

Arveyda parece tão desolado, pensando nesse fim trágico de seu lindo pai, que Fanny se inclina, ali ao ar livre, na trilha – onde às vezes há casos de estupros e até assassinatos – e o beija. Para ela, está oferecendo a tranquilidade automática e reconfortante de um abraço. Mas ela já beija há muito tempo e é muito boa nisso. Sua alma sai voando de sua boca e vai para a de Arveyda. Ele sente na língua seu calor, como uma ameixa antiga e amadurecida pelo sol, e de repente fica confuso. Mas Fanny já se afastou e começou a subir a trilha.

Arveyda segue atrás dela, se balançando e logo acompanha seu passo fácil para subir. Sua mente ainda está no beijo, mas ele diz calmamente:

— Todo mundo amava minha mãe, pelo menos era isso que tia Frudier pensava. Que, apesar de ela ser falsa, fingida e se recusar a ser Georgia Smith, ou a se casar com um homem de cor qualquer ou a ir à igreja – diz ele, rindo –, mesmo que ela tenha me dado o nome de uma barra de sabão da Índia que meu pai lhe dera, "Ayurveda", que, acredito, significa saúde; de qualquer maneira, ela conseguiu todas as coisas boas da vida. Uma bela aparência, uma bela figura, uma casa cheia de pretendentes ansiosos... um homem de aparência fabulosa, que não se parecia com ninguém que ela já tinha visto, exceto talvez ela mesma, e que a amava. "Trabalhou até a morte por ela", como disse minha tia, com total incompreensão e inveja. Na vida da minha mãe teve uma criança. *Paixão*. Minha tia a odiava porque ela se expunha ao que queria. O que ela não queria, deixava bem claro. Ela assumia riscos. Como diz aquela escritora que Carlotta ensinava em literatura feminina, ela pulou ao sol. – Arveyda faz uma pausa; eles chegaram ao topo da ladeira e viam quilômetros em todas as direções.

"São justamente essas as coisas", diz ele, com a plenitude de um coração agradecido na voz, "que amo em minha mãe. E... em meu pai".

Fanny e Arveyda estão sentados no topo da ladeira, um pouco abaixo da trilha. Não se tocam, exceto em espírito. Pensam nesses dois, os pais de Arveyda, nos quais o africano, europeu, mexicano, indiano, filipino e chinês (!) se conheceram. Aventureiros e que assumiam riscos, amantes, todos eles.

Arveyda guarda em seu coração o conhecimento da insatisfação de sua mãe com sua realidade limitada; ele fica incrivelmente consolado com isso. E de repente percebe que é ao panfleto de Fanny, *O Evangelho Segundo Shug*, e ao fato de Carlotta tê-lo compartilhado com ele que deve agradecer.

Carlotta e Suwelo permanecem na banheira de hidromassagem enquanto Arveyda e Fanny vão para a sauna. Depois da sauna, Fanny prometeu a Arveyda a massagem da vida dele.

Arveyda diz que está empolgado com a oportunidade de ser tocado, talvez até curado, pelas mãos da mestra!

Fanny olha para seus coques bantu balançando na sua frente e mal consegue resistir a colocar um deles na palma da mão.

É uma noite fria nas colinas de Berkeley, mas a água na banheira está em trinta e nove graus. A temperatura é perfeita, e Suwelo e Carlotta sentam-se em seus bancos na água ou debruçam-se nos jatos da jacuzzi e olham para as estrelas, por meio da folhagem pendente das árvores.

Os dois casais agora são amigos íntimos. Embora Fanny e Suwelo estejam construindo uma casa e vivam a uma hora de distância, em uma antiga granja nos arredores de Petaluma, eles visitam Arveyda e Carlotta com frequência e são sempre bem-vindos; a casa é grande e confortável, há música maravilhosa, comida, sempre um clima bom entre eles. Além disso, os quatro percebem vagamente que têm um propósito na vida um do outro. Cada um deles um meio coletivo pelo qual crescerão. Eles não falam sobre isso, mas é sentido fortemente por todos. Existe uma confiança palpável.

Fanny e Suwelo, que não têm filhos, ficam felizes por estarem perto de Cedrico e Angelita, que os chamariam de tia e tio se não considerassem tais títulos nerds. Ambos estão passando pelas provações do que antes era a rebeldia pré-adolescente. Fanny os leva para caminhadas; Suwelo, ao cinema e para nadar. Ambos são chamados de vez em quando para ajudar com lições de literatura e história. Esta noite, porém, as crianças estão dormindo com amigos.

Suwelo pensa na casa que Fanny e ele estão construindo em sua propriedade. É modelada como a casa cerimonial pré-histórica do povo de M'Sukta, os Ababa – uma casa projetada pela ancestral mente matriarcal e a primeira casa heterossexual já criada. Possui duas alas, sendo cada uma completada com quarto, banheiro, escritório e cozinha; e no centro há um "corpo" – o espaço "cerimonial" ou comum, composto por uma grande sala de estar e um sótão em cima com uma claraboia, e uma pequena cozinha para fazer sopas, chocolate quente ou chá. Também tem uma lareira; e eles vão colocar sofás, mesas e estantes de livros. Um aparelho de som. Quem sabe até uma TV?

Fanny e Suwelo costumam ler passagens dos cinco volumes escritos por Eleanora Burnham e entregues a Fanny pela senhorita B. Nesses livros descobriram a incrível história, contada à tia-avó de Eleanora Burnham pela própria M'Sukta, um modo de vida antigo, pacífico e igualitário que os atrai.

Depois de milhares e milhares de anos de mulheres e homens vivendo separados, os Ababa, com grande apreensão, experimentaram colocar as duas aldeias vivendo juntas, um casal por família. Cada pessoa deve permanecer livre, disseram. Isso é crucial. E então projetaram uma habitação em forma de pássaro.

A mente de Suwelo divaga. Ele gosta da sensação da água pulsante contra seus órgãos genitais. É como se centenas de peixinhos do rio o estivessem mordiscando. Ele gosta da proximidade de Carlotta; porém, por causa do vapor crescente, ela é apenas um borrão do seu lado da banheira.

Suwelo ri.

— Que foi? – pergunta ela.

— Quando vi Arveyda pela primeira vez, fiquei tão surpreso que até senti uma fraqueza nos joelhos. Mas isso não foi nada comparado à resposta de Fanny quando contei a ela quem tinha visto.

— Ah é? – pergunta Carlotta. Ela não tem família que se impressionasse por ser casada com uma grande estrela. O próprio Arveyda é como uma daquelas grandes civilizações antigas sobre as quais ele cantou para ela: totalmente inconsciente de sua grandiosidade. Apenas muito consciente de estar vivo.

— Bem, fiquei surpreso que você fosse casada com ele. Eu sabia que seu marido era músico. Mas Fanny ficou surpresa por ele não estar morto!

— Como assim? – pergunta Carlotta, lutando contra a sonolência que também adora.

— Fanny, você sabe, está sempre se apaixonando por espíritos, sendo as almas centenárias uma especialidade. Ela ama a música de Arveyda desde o ensino médio, mas ele, como pessoa, nunca foi real para ela. Acho que ela simplesmente presumiu que qualquer pessoa que a emocionasse tanto quanto Arveyda com sua música tinha que ser um espírito. Alguém já morto. – Enquanto ele fala, ocorre a Suwelo que talvez Fanny se apaixone por espíritos, em vez de pessoas vivas, porque são os únicos em quem ela pode confiar. Além disso, os espíritos podem ser conjurados e, talvez, não possam rejeitá-la, mas as pessoas vivas podem, e muitas vezes o fazem.

"Se parar para pensar", continua ele, "costumávamos fazer amor ao som da música de Arveyda. Era a única música com a qual Fanny conseguia fazer amor. A música dos outros a limitava, ela dizia. Ela colocava 'Ecstasy Is the Sun' para tocar repetidamente. Fazia com que nosso amor fosse como voar, segundo ela".

Suwelo ri.

"'Sim', eu dizia a ela, 'mas eu estou no mesmo avião?'"

Ele não conta o que Fanny às vezes lhe dizia. "É sério, Suwelo?", questionava ela, com seriedade. E então respondia: "Na verdade, não."

Carlotta sorri e pensa: por que é tão difícil aprender a linguagem do ato sexual? Por que o corpo tantas vezes é uma carne muda? Por que a mente tantas vezes escolhe voar para longe no momento em que a palavra esperada por toda a vida está prestes a ser dita? Ela suspira.

— Pensamos que minha mãe estava morta – diz ela devagar, passando a mão na água. A lua apareceu, e o rosto de Suwelo está muito nítido para ela. Ele raspa as sobrancelhas para modelá-las e torná-las menores, ele disse a ela. Essa é uma das razões pelas quais seu rosto está diferente. Ele também está usando lentes de contato. "Estava cansado de parecer tanto uma coruja. Cansado de ver Fanny batendo na minha cabeça e dizendo "uhhh, uhhhhhh", foi o que ele disse.

Suwelo não sabe nada sobre a mãe de Carlotta, e, por algum motivo, seu estômago revira só de mencioná-la. Ele toma um gole de água de um copo perto da borda da banheira. Sua própria mãe, Marcia, surge em sua mente. É como se aparecesse numa porta da sua memória. Ele bate a porta. Não, ele não bate; isso é o que ele sempre fez antes. Agora ele espia o rosto dela por trás das mãos e fecha a porta *com cuidado*.

— Pensamos – diz Carlotta, saindo da banheira – que tinha sido assassinada por contrarrevolucionários em Guatuzocan, onde ela cresceu. – Ela vai até o chuveiro e deixa a água fria escorrer. Depois corre para dentro de casa. Momentos depois reaparece com um disco. Ela o colocou no aparelho de som lá dentro, e logo carrilhões e sinos, a música das flautas, o canto dos pássaros, enchem o ambiente, mas tranquilamente. É como se estivessem em uma densa selva verde. Suwelo está deitado ao lado da banheira, com o corpo fumegante. Carlotta lhe entrega o álbum.

— Minha mãe, Zedé.

Uma foto antiga e ampliada de uma jovem assustada e sua filha cobre a capa do álbum, que se chama *Escuchen (Ouçam)*. No verso, rodeando essa mesma foto, em um retrato de família, Carlotta, Arveyda e os filhos estão juntos. Eles se assemelham a uma nova e pequena nação.

A música terna, com lamentos e risos, toca.

Suwelo segura a capa do álbum mais perto da luz de uma vela bruxuleante presa em uma concha de abalone em seu cotovelo. Ele lê a história do retorno ao país da mãe de Carlotta, acompanhada por Arveyda. Há menção ao trabalho de Zedé em uma produtora cinematográfica norte-americana. Há a história da busca de Zedé pela mãe. Suwelo lê sobre sua morte: ela e sua mãe foram emboscadas por contrarrevolucionários nas montanhas que saem de Guatuzocan.

— Minha mãe e Arveyda eram amantes – conta Carlotta simplesmente. – E, com o amor deles, aprendi muitas coisas. Coisas que minha própria mãe não poderia me contar. Coisas que estavam, de uma forma ou de outra, intimamente ligadas à sua vergonha.

"Nós ficamos de luto profundo e demorado por ela. Arveyda e eu. E fiz com que ele me repetisse inúmeras vezes cada palavra que ela disse a ele. Até o fiz me contar como minha mãe falava a linguagem do amor. Ele pensava que saber essas coisas acabaria me matando; mas não morri. Apenas comecei a ver Zedé como uma mulher, uma pessoa, um ser. Sagrada. E a amei mais do que nunca."

Suwelo fica emocionado. Ele sente que está entrando em uma intimidade com Carlotta que nunca conheceu, nem com Fanny. Ele fica sem palavras, enquanto mergulha mais uma vez na banheira – mas desta vez parece um batismo, e ele mergulha deliberadamente até o fundo, mantendo a cabeça submersa por vários momentos na água morna.

Carlotta também volta para a banheira, seu corpo esguio e de seios achatados, tão vulnerável, pensa Suwelo, quanto uma flor. As pontas úmidas de seu cabelo curto, lindas pétalas.

— Você não parece mais uma mulher – diz ele, impulsivamente. Surpreso por falar uma coisa dessas. Com medo, depois de ter dito.

Carlotta apenas ri.

— Obviamente é assim que uma mulher se parece. Enfim, teve uma parte da história que – ela ri – me soou um tanto familiar. A história da minha avó, Zedé, a Velha, que criou as capas de penas para os sacerdotes; a mulher que ensinou minha mãe a fazer lindas coisas com penas. Ela era uma grande artista e tinha um pequeno sino do lado de fora da porta de sua cabana. Ela batia nele, ouvia atentamente e, se o som correspondesse à vibração de sua alma naquele momento, ela assentia uma vez, Arveyda me contou que minha mãe contara para ele, e então ela começava a criar. – Carlotta se recosta na lateral da banheira. – Foi assim que me tornei carrilhanista.

Suwelo sente Marcia batendo timidamente na porta. Toc, toc. Mas ele teme que seu pai esteja atrás dela. E finge não ouvir.

— Ela não estava morta – diz Carlotta, triunfante. – A mãe dela também não. Elas escaparam dos contrarrevolucionários e agora vivem no México. Minha mãe se casou com um xamã. E minha avó se tornou uma.

— Um final feliz! – grita Suwelo, jogando os braços em volta dela.

— Minha mãe *está* morta – conta Suwelo para Carlotta. Parece que ele está, enfim, admitindo isso para si mesmo. Ele vê Marcia mais uma vez se aproximando timidamente da porta. Ele se detém, o punho da mãe levantado para bater, e ouve. Ela está surpresa em ouvir que ele está falando dela! "Entre, mãe", ele diz. Mas ela fica parada, congelada, em estado de choque, com o punho no ar. E, exatamente como ele temia, ela olha para trás.

— Ela foi morta... assim como meu pai, no que chamaram de "acidente de carro". Foi, na verdade – continua Suwelo –, um acidente de pessoas. Eles estavam dirigindo, meu pai estava dirigindo, muito rápido. "Por alguma razão", como muitas pessoas expressaram mais tarde, o carro saiu da estrada, bateu num barranco, a cento e cinquenta por hora, e os dois morreram na hora.

Suwelo se lembra da voz de dona Lissie na fita. "Lembre-se da última vez que esteve perto deles", ela disse.

Ele vai tentar.

Ele havia pegado o ônibus da faculdade para casa, a uma hora de distância, e alguém, um parente, o levou até a funerária. Seus pais estavam deitados na mesma sala, exatamente como foram trazidos. Havia inchaços e hematomas pretos e roxos, e cortes profundos, em ambas as testas, por causa da colisão com o para-brisa. A mãe atravessou o para-brisa; o avanço de seu pai foi bloqueado pelo volante, que esmagou seu peito. Eles estavam vestidos para ir à igreja, a mãe com um vestido florido vermelho e branco que Suwelo sempre gostou porque a fazia parecer muito feminina, e uma sandália verde-limão; seu pai usava seu único terno azul-marinho de qualidade.

— A vida dos meus pais era tão miserável que eu não me deixava pensar nisso. – Ele sente um chakra se abrindo na base da coluna. Algo começa a se desenrolar, como uma pequena bandeira ou uma cobra sonolenta. Sua mãe bate na porta com mais segurança. Ele vê que, sim, o velho, a quem ele odeia, Louis, Sr., está atrás dela. Suwelo fica do seu lado da porta e se encosta. Não há força em suas mãos.

Marcia entra facilmente.

— Estavam todos lá me explicando como meus pais tinham morrido – diz Suwelo. – Todos os nossos vizinhos e amigos e o pessoal da funerária. O policial estadual que primeiro chegou ao local disse que meu pai estava bêbado e dirigindo em alta velocidade. Eu não tinha dúvida de que isso era verdade. Eu o vi bêbado e em alta velocidade um milhão de vezes, desde moleque. Ele sempre parecia estar tentando fugir de si mesmo. Minha mãe implorava: "Calma, Louis. Você precisa ir mais devagar." Ele desacelerava, ou não, dependendo de quais demônios ele estava ouvindo.

"Foi quando todo mundo foi embora e eu fiquei sozinho com os corpos que entendi o que tinha acontecido. Fui até onde eles estavam e olhei em seus rostos. O rosto do papai finalmente estava em paz. Até me acalmou, na verdade. Mas o rosto *dela*. Estava congelado numa espécie de careta, uma versão exagerada de seu habitual olhar de desespero. Até os dentes estavam à mostra, como se ela estivesse com as dores do parto. Fiquei chocado ao pensar que ela era assim. E aí levantei o lençol e vi suas mãos..."

Suwelo começa a chorar. Ele sente os braços de Carlotta ao seu redor, sente os beijos absorvendo as lágrimas em seu rosto. Ele chora por muito tempo. Mas Marcia está lá dentro, ao lado dele agora, e Louis, Sr., ainda está do lado de fora da porta.

— As unhas dela estavam quebradas, todas elas; a ponta dos dedos, ensanguentadas. Nessa hora eu entendi o que havia acontecido e por que estavam mortos. Minha mãe estava tentando sair do carro.

Ele desmorona completamente. Ele não quer que seu ranho caia na banheira, então sai, cegamente, seguido por Carlotta, que enrola uma grande toalha branca em volta dele e outra em volta de si mesma.

— Eu vi aquela expressão de desespero no rosto da minha mãe durante toda a minha vida. Eu não entendia o que era. Meu pai, você sabe, foi soldado na Segunda Guerra Mundial e perdeu metade de um braço e totalmente a cabeça. Mas ele ainda era um militar entusiasmado. Mesmo quando eu saía de casa para ir à faculdade, ele me pressionava para me alistar. Quando eu estava na faculdade e a Guerra do Vietnã estava intensa, recusei o recrutamento. Eu sabia que preferiria apodrecer na prisão a deixar acontecer comigo o que fizeram com ele. Ele se negava a entender isso. Achei que nunca pararia de me xingar por tomar essa decisão. Eu não conseguia entender por que ele ia querer me mandar para guerra e ser mutilado ou morto. Ele me odiava tanto assim?

Suwelo puxa a toalha para mais perto de si, sentindo o corpo lavado começar a perder o calor.

— Paramos de nos falar. Eu odiava minha mãe por ficar com ele. Mas ela estava presa. Como um pássaro na gaiola. Ele não era o homem com quem ela se casou, e sim um tipo de patriota ferido e doido. Ele ficava mais bêbado do que sóbrio. Frequentemente ficava abusivo. Com o braço bom que restava – diz Suwelo categoricamente –, ele segurou a minha mãe enquanto ela lutava para sair do carro em alta velocidade.

E agora ele consegue realmente ouvir a voz de Marcia dizer: "Apenas deixe eu e *Louis Jr.* sairmos do carro, se você vai dirigir por aí." E ele se lembra de seu pai estendendo a mão por cima dela, depois indo para o banco detrás, no qual Suwelo está sentado, e trancando todas as portas, xingando e acelerando ainda mais.

Como ele reprimiu tanto terror? Suwelo se pergunta enquanto revive o momento. Lá estava ele, todos aqueles anos, todas aquelas épocas diferentes, pequeno, depois nem tão pequeno, e assustado. Por que ele e sua mãe entraram no carro, para começo de conversa? Isso ele ainda não entende. Mas pelo menos se permite compreender a determinação da mãe em finalmente sair.

Seu pai está parado na porta. Ele não está velho e bêbado, mas jovem e bonito. Ele tem dois braços. "Meu nome também já foi Suwelo", diz ele gravemente, segurando-os. Suwelo de repente fica cansado demais para vigiar a porta do seu coração. Ela se abre sozinha, e esse pai, que Suwelo nunca viu e com quem percebe que se parece muito, entra.

Fanny e Arveyda estão nus. Depois de saírem da banheira de hidromassagem e do chuveiro, eles permitiram que o ar noturno os secasse. Fanny esfregou rapidamente óleo de amêndoa doce no próprio corpo, até entre as pernas e entre os dedos dos pés, e agora se inclina sobre Arveyda, que está deitado de bruços no tapete de massagem do futon. Eles decidiram dispensar a sauna, um cubículo convidativo ao lado da sala em que estão, que contém pouco além do tapete de massagem, uma prateleira cheia de óleos de massagem, pilhas de toalhas brancas limpas e uma coleção, em um canto na porta da sauna, de chinelos com o solado de palha.

Ela coloca as mãos quentes primeiro no centro das costas dele; uma mão está entre as omoplatas, e a outra, na cintura. Ela mantém as mãos ali enquanto pede orientação neste trabalho que está prestes a fazer para a cura de Arveyda. Ela pede que os guias espirituais de Arveyda estejam presentes, junto aos seus. Ela pressiona suavemente e, com a pressão alternada de suas mãos, balança com leveza o corpo dele. Então, ela se coloca sobre seu corpo e começa a massagear suas costas, seu pescoço e seus ombros.

Fanny é muito paciente, minuciosa e lenta. Ela ouve o corpo de Arveyda enquanto o massageia. Onde quer que haja a menor dor, seus dedos pairam, escutam e descem. Arveyda fica pasmo. Toda a dor em seu corpo parece ansiosa para se mostrar a Fanny, que pressiona pontos aqui e acolá que o fazem gritar de dor, mas que, antes de tocá--los, pareciam completamente bem. E então, depois que ela libera a pressão sobre esses pontos – pressão da qual ele não tinha consciência –, ele sente a energia mais uma vez fluindo livremente em seu corpo. Ele quase tinha se esquecido de como é o chi desbloqueado.

O quarto está quente, e só há o luar entrando pela pequena janela em frente a eles e o brilho de uma vela no chão.

Arveyda desce quase imediatamente para outro nível, um nível de consciência muito sensual, certo de que o toque de Fanny, que nunca sai de seu corpo, o manterá seguro. O calor da sala faz sua mente vagar para o México, onde ele, Carlotta e as crianças vão todo mês de janeiro para ver Zedé. Ele se lembra de estar deitado na areia quente do pequeno vilarejo de Yelapa, onde todos eles, seu "clã da nova era", se reúnem, e, como ele, Angelita e Cedrico lubrificam um ao outro enquanto as três mulheres – Carlotta e as Zedés – caminham devagar, os braços frouxamente em volta um do outro, para a frente e para trás, para cima e para baixo na praia em forma de lua crescente. Elas estão sempre conversando e ouvindo umas às outras intensamente, como se mundos inteiros dependessem de suas palavras. E todas as três são perfeitamente lindas. Zedé, a Velha, a matriarca, curvada e marrom, com seus longos cabelos brancos, acinzentados, amarrados para trás com uma fita escarlate; Zedé, a Jovem, cheia de vitalidade e alegria, finalmente alegre, beijando Carlotta repetidas vezes; e Carlotta, a mais linda de todas, com seus cabelos curtos, de biquíni fio dental e pernas finas, que ela levanta de vez em quando em pura exuberância, como uma gamine de um filme de Charlie Chaplin.

Arveyda está deitado no tapete de massagem, mas na verdade está deitado na areia. Ele observa essas três mulheres e pensa no sofrimento que cada uma suportou. Ele pensa na dor que ele mesmo sentiu e causou... Seu coração, tantas vezes cheio, parece transbordar com a estranha mistura de tudo que sente. Ele encontra em sua mente palavras para o início, o meio ou o fim de uma nova música: "Essa tristeza não faz parte da felicidade?"

Fanny está acariciando seu corpo ao ritmo de uma de suas melodias de violão e flauta, de um álbum de quinze anos atrás chamado *Ecstasy Suite*. Em sua mente, "Ecstasy Is the Sea" está tocando, e ela imagina que suas mãos são as ondas do mar que moldam o fundo do oceano, e as dunas da praia e as menores conchas.

Ela também pensa, com algo parecido com descrença, que um dos espíritos que ama há tanto tempo está na verdade bem embaixo dela, no pescoço dele, neste momento, sob sua mão. Gradualmente, ela desce pelo corpo de Arveyda, maravilhando-se com a beleza – suave e brilhante por causa do óleo – de sua rica pele marrom. Ela pressiona pontos em sua bunda que o fazem se contorcer, depois desce por suas coxas e pernas muito peludas. Ela leva um tempo nos pés, deslizando os polegares entre os dedos dos pés, trabalhando os nós dos dedos ao longo dos arcos e da planta dos pés. Arveyda geme em um misto de dor e prazer.

Ele se rendeu a Fanny, como se estivesse totalmente descansado em seus braços. Ele sente que há algo nela, algo em sua essência, que automaticamente o cura e o reconecta consigo mesmo. Ele sentiu isso antes mesmo de ela o beijar impulsivamente na trilha. Ele se imagina fazendo amor com ela, enquanto sente suas mãos deslizando pela parte interna das coxas. Acha que, se ele se juntasse a ela fazendo amor, se sentiria literalmente remembrado.

Ele solta um suspiro profundo e secreto com esse pensamento.

Fanny pensa em seu hábito de longa data de se apaixonar por pessoas que ela nunca conhecerá. É assim que as pessoas criam deuses?, ela se pergunta. Ela acha que sempre andou logo atrás (ah, cem a mil anos atrás) das pessoas que descobriu amar e que tem sido muito cuidadosa para que fiquem de costas.

O que ela faria se uma dessas pessoas se virasse?

Fanny sente um leve tremor no estômago. Assusta-se, por um momento, como se estivesse prestes a ficar cara a cara consigo mesma.

Ela respira fundo. Parece-lhe, felizmente, que esse espírito em particular adormeceu. Ela o acaricia suavemente, logo na nuca. "Hora de virar", ela sussurra.

Mas Arveyda não está dormindo. Longe disso. Está pensando em Fanny e em seu beijo. No prazer e na dor de seu toque, que parece facilmente encontrar nele o nó mais enterrado. E, se ele se virar, ela verá os resultados de seus pensamentos.

Fanny espera, paciente, de joelhos ao lado do tapete. Será que ele vai se virar, ela se pergunta, esse espírito por trás do qual ela se encontra? Ela se pergunta isso com sinceridade, como se Arveyda fosse um espírito real que pudesse simplesmente desaparecer afundando no chão de madeira.

Fanny fica terrivelmente excitada ao olhar para as costas lisas e indefesas de Arveyda, seu pescoço humilde, suas belas mãos e dedos ágeis, cujas pontas, tocando seus instrumentos, já lhe deram tanto prazer.

Com um suspiro de corajosa resignação, o "espírito" se vira. Ele está envergonhado e olhando para baixo.

— Receio que – murmura ele – você tenha acendido uma pequena vela.

Fanny, vendo sua ereção e esperança quase cômica, prontamente pega a "vela" de Arveyda em sua mão quente.

Depois de se sentar nele e sentir como se ajusta perfeitamente, como se tivesse encontrado o seu nicho adequado, ela olha para o rosto de Arveyda. Em seus olhos muito humanos. Há lágrimas neles, assim como nos dela. Eles começam a balançar, virando-se agora para ficarem deitados, os braços em volta um do outro, igualmente, ao lado do corpo. Chorando, eles começam a se beijar.

Fanny sente como se o brilho de uma vela que aquece, mas nunca poderia queimar, a tivesse derretido, e ela pinga sobre Arveyda.

Arveyda sente como se tivesse corrido ao encontro de todos os ancestrais e eles o acolheram com alegria.

É incrível para eles a rapidez – como a de um longo beijo – com que ambos gozam.

Ela tem medo de perguntar a ele o que deve fazer. Timidamente diz:

— E você também viu a ameixeira-amarela e todas as criaturinhas, até os peixes, em seus galhos? E você viu e sentiu o oceano e o sol?

Mas Arveyda simplesmente responde:

— Sim. E a lua enquanto se move sobre o oceano, e os lilases, e as cadeias de montanhas, e todas as cores dos vales. Mas o melhor de tudo – diz ele, beijando-a – foi a ameixeira e tudo e todos que havia nela, e o calor da sua respiração e o gosto em minha boca das doces ameixas-amarelas.

Eles ficam abraçados em puro espanto.

— Meu... *espírito* – diz Fanny, finalmente, o rosto no peito dele.

— Minha... *carne* – diz Arveyda, os lábios no cabelo dela.

Anos antes deste dia, Suwelo vinha tendo um sonho recorrente. Ele geralmente não se lembrava dos seus sonhos, mas este permaneceu com ele. Era bem breve. Ele estava sentado ao lado da cama de um homem muito velho, e, embora nenhum dos dois parecesse estar conversando, muitas informações eram trocadas. Não, não eram trocadas, pois mesmo no sonho Suwelo tinha pouco a dizer. Ele estava lá simplesmente para ouvir a voz mais antiga da experiência, pelo bem de sua atual e lamentável vida.

Enquanto sobe os degraus do lar de idosos Mary McLeod Bethune Memorial, em uma rua arborizada nos arredores de Baltimore, Suwelo se lembra de seu sonho. Ele dá bom-dia aos idosos reunidos em cadeiras de balanço e em torno de mesas de damas chinesas na varanda. *Finalmente*, pretos e brancos juntos, pensa Suwelo. São tão velhos que a cor parece não ter importância, pois eles se deslocam para se sentar nas várias mesas, ou nas cadeiras de balanço, ou simplesmente em lugares ao sol. Ninguém parece ouvir muito bem também. Uma enfermeira anda de um lado para o outro entre eles, direcionando os olhos turvos e os pés vacilantes para lá e para cá, e dando instruções alegres com uma voz rouca e clara.

— Ande só mais um pouco, só mais um pouquinho. Você consegue, sr. Pete!

O velho fica imóvel, perguntando-se de onde vem a voz.

— O senhor precisa do andador? – pergunta a enfermeira.

Sr. Pete murmura alguma coisa.

Suwelo entra pela porta.

Mesmo lá dentro, ele fica impressionado com a integração completa, não apenas dos pacientes, mas da equipe. Na recepção estão três mulheres, duas pretas e uma branca; estão jovialmente conversando sobre um show ao qual as três compareceram e aparentemente gostaram no fim de semana.

Ele recebe distraidamente instruções para chegar a um "espaço bem lá no fim" de um dos corredores que se espalham da área de recepção em todas as direções. Um leve cheiro de repolho permeia o local.

Quando chega ao "espaço" do senhor Hal e de dona Rose, Suwelo sabe que é ali, sem nem olhar para os dois. Ao contrário das paredes nuas do resto da casa de repouso, a parede atrás das camas é cheia de pinturas. Mas, ele percebe rapidamente, há também um aparelho de televisão, preso ao teto, pendurado, como uma ameaça, sobre a cama do senhor Hal.

Dona Rose e ele estão aguardando Suwelo. Eles não o veem parado na beira do cubículo olhando para eles. Aguardam a sua visita com a expressão alerta de crianças num consultório médico. Há outros cubículos e camas no longo quarto, de cada lado deles. Os idosos ficam deitados na cama ou sentados em cadeiras ao lado das camas, às vezes conversando, às vezes olhando para o nada, às vezes simplesmente vendo TV.

Os dois estão tão limpos que brilham, e sua pequena área, com duas camas de solteiro, duas mesinhas de cabeceira e duas cadeiras, é completamente organizada. A cama do senhor Hal está ajustada para que ele fique sentado, e dona Rose está sentada em uma cadeira ao lado dele. Ela está fazendo crochê. Suwelo só viu dona Rose algumas vezes, quando ela passou pela casa do tio Rafe para lhe levar comida. Então, ela estava sempre com a dona Lissie.

Ela é velha e parece um bolinho ou uma maçã realmente murcha, com olhos pequenos, fundos, e cabelos brancos e ralos. Quando finalmente percebe a presença de Suwelo, se levanta devagar da cadeira com um grito suave. Como é estranho agora para Suwelo ter comido tanto dos pratos que ela fazia e ainda assim saber tão pouco sobre ela.

Ele avança, sorrindo, para o espaço dos dois. Ele trouxe uma planta, que dona Rose, admirando com olhos semicerrados e míopes, coloca na mesa de cabeceira. Suwelo abraça-a, sentindo a carne insubstancial, os ossos moles, a curvatura acentuada da sua coluna, que a torna baixa e corcunda. Mas que abraço energético ela ainda consegue dar.

Ele se sente bastante apertado.

Em seguida, ele se vira para a cama na qual o senhor Hal está deitado, sorrindo, no que parece ser a feliz paciência dos cegos. Suwelo senta-se na cama e inclina-se com cautela na direção do amigo; movendo-se muito lentamente e com cuidado, dá um abraço no senhor Hal.

— Tivemos que nos casar! – diz dona Rose, servindo chá a Suwelo. – Na nossa idade!

— Mas por quê? – pergunta Suwelo.

— Era a única maneira de vivermos juntos na casa.

— Eles não querem que as pessoas vivam aqui em pecado – diz o senhor Hal sarcasticamente.

— Hal precisou vir para cá primeiro, sabe – diz dona Rose, que puxou uma cadeira para si ao lado da de Suwelo, de modo que ambos fiquem de frente para a cama do senhor Hal. – Entre todas as outras coisas que não estavam funcionando muito bem, seus olhos simplesmente cederam.

— É verdade. Parei de pintar depois que Lissie morreu. Eu simplesmente não conseguia mais. Quando dei por mim, parecia que uma cortina havia caído.

— Comecei a visitá-lo – diz dona Rose, enquanto Suwelo dá um gole no chá. – Trazia coisas saborosas para ele lanchar. Ficávamos sentados aqui fazendo companhia um ao outro. Falando sobre o clima; sobre os brancos e sua destrutividade, os negros e sua tolice. E conversávamos, o tempo todo, sobre Lissie. Sem dúvida, sentimos falta dela.

— Elas eram amigas há... Quanto tempo mesmo, Rosie? Sessenta anos.

— Não, não foi tanto tempo, mas foi bastante. Eu sabia que ela ia querer que eu cuidasse de você.

— Ah, espere um pouquinho – diz o senhor Hal, com muito de seu charme ainda intacto. – Você não quer que Suwelo pense que essa é a única coisa.

Dona Rose fica corada. Ela definitivamente enrubesce. Suwelo larga a xícara vazia e coça o queixo. *Hummm*, ele pensa. Dona Rose pede licença e sai para visitar uma amiga mais adiante no corredor. Ela entende que Suwelo e o senhor Hal querem conversar.

— Obrigado mais uma vez por me enviar as fitas que dona Lissie deixou para mim. E pelas pinturas que ela fez antes de morrer.

— Ah, era tudo tão intrigante, as últimas coisas que ela fez. Eu não conseguia entender nada daquilo. Aquela grande árvore com todas as pessoas pretas e as criaturas engraçadas, e cobras e tudo mais... Tinha até um sujeito branco lá. E todos aqueles leões...

O senhor Hal para, recobrando o fôlego.

— Senhor Hal – diz Suwelo suavemente –, nessas últimas pinturas, a dona Lissie pintou a si mesma.

— Tenho certeza – o senhor Hal responde, quase rindo. – Você esquece por quantas mudanças eu vi Lissie passar. Mas não vi sinal dela em nenhuma das últimas pinturas. – Ele faz uma pausa. – Não tem nem um raminho de verbena ou um talo de milho no nosso jardim... – Ele está quase amargo. É como se sentisse, nas últimas pinturas, que a dona Lissie partiu sem ele. Deixou-o sozinho na casinha coberta de ipomeias antes mesmo de morrer. Algo que ela nunca tinha feito. O senhor Hal está muito bravo com ela.

— Não consegui reconhecer nada – diz ele categoricamente.

Naquele momento, Suwelo percebe um dos motivos de seu nascimento; uma de suas funções é auxiliar a Criação nesta vida. Ele também percebe que precisará de uma autoridade superior à sua para convencer o senhor Hal de qualquer coisa relacionada à dona Lissie. O coração do senhor Hal está ferido, e sua cabeça, consequentemente, fechada.

Do bolso, Suwelo tira o pequeno toca-fitas que carrega consigo sempre que vai encontrar pessoas idosas. A fita da dona Lissie já está lá. Tudo que precisa fazer é colocar os fones nos ouvidos do senhor Hal e pôr para tocar.

A princípio, o senhor Hal fica apreensivo e incomodado com os fios. Suwelo ajusta tudo, mais de uma vez, até que ele se sinta confortável. O senhor Hal também se acalma ao ouvir a voz de dona Lissie.

Eles ficam sentados, o homem de meia-idade e o homem muito velho, às vezes olham um para o outro, às vezes não, enquanto a fita gira. Suwelo está intensamente consciente da luz do sol que agora entra pela janela acima da cama e da forma como incide, como uma bênção, na plantinha verde que ele trouxe. Ele se levanta, percorre o corredor e traz um copo de água, que joga na planta. Ele fica parado e observa enquanto a água penetra o solo.

— Diga "ahhhh" – sussurra ele para a plantinha. E imagina que ela faz o que lhe foi pedido.

Depois de meia hora, e após entregar a fita ao senhor Hal, Suwelo ouve o *schlop, schlop,* de pés velhos e hesitantes pelo quarto entre as fileiras duplas de camas. Poucos minutos depois, o velho sr. Pete, que ele tinha visto na varanda da entrada, está esticando o pescoço ruivo e peludo para dentro do cubículo do senhor Hal

— O que foi, Hal? – pergunta ele num zurro cheio de pânico. Ele está olhando diretamente para o colega, mas, como o senhor Hal está absorto ouvindo a fita e, além disso, está com os olhos fechados, não consegue vê-lo. Pelo menos é assim que parece a Suwelo, que se diverte.

Dona Rose surge do nada e leva o sr. Pete para longe. Suwelo se levanta da cadeira e desce a passarela na ponta dos pés atrás deles. Pete é um daqueles homens brancos, velhos, altos, de olhos azuis e ossudos, que parece ter vivido longas vidas de crime perfeito. Ele está apoiado pesadamente no ombro de dona Rose, e ela conversa com ele.

— Hal está ocupado agora – diz ela.

— O que você disse? – pergunta o velho Pete.

— Ele tem companhia! – exclama ela em seu ouvido.

— O que ele tem? Ele não está resfriado, né?

— Não! – exclama ela. – *Companhia.*

— O que ele tem?

— Tenho uma Co'Cola que ele me disse para lhe dar. Aqui. – Ela lhe entrega uma Coca-Cola da máquina na frente deles. – Tome uma bebida gelada.

Suwelo ri. Ele pensa: bem, quem diria, existe vida, mesmo em lares de idosos!

Quando ele volta para a cama do senhor Hal, depois de andar por todos os cantos examinando a casa de repouso e vendo mais da vida ali, ele encontra o senhor Hal em lágrimas.

— Ah. – Ele geme, quando Suwelo se senta ao seu lado na cama. – Ela amava Rafe muito mais do que a mim!

Suwelo segura uma de suas mãos velhas e macias. Ele fica tentado a beijá-la. O que é isso?, ele pensa. O que significa ser homem se você não pode beijar quando quer? Ele leva a mão do senhor Hal aos lábios e a beija, como beijaria o dedo machucado de uma criança.

— Ela o amava muito. É para você que ela vai voltar.

— Quem estou enganando? É minha culpa que Lissie não pudesse me amar mais. Rafe a deixou ser tudo que ela era. Eu não fiz isso.

— Mas como o senhor poderia saber tudo que ela era? – diz Suwelo, confortando-o. – Ela nunca lhe contou, não é?

— As pessoas não precisam contar tudo. Fazer com que tenham que dizer tudo é brutal.

— Bem – diz Suwelo, apertando a mão dele. – Ela tentou lhe contar no final.

— Sim. Ela tentou. – Ele começa a chorar de novo. – E você sabe o que eu fiz? Eu ridicularizei o que ela pintou. Eu ri. Olhei para o sujeitinho branco na árvore e disse: "Parece que você esqueceu de pintar aquele." E Lissie apenas olhou para mim e disse: "Não. Essa é a cor dele." Mas ela parecia tão triste. Se eu perguntei a ela qual era o problema? Não.

O senhor Hal assoa o nariz em um lenço de papel de uma caixa da mesa de cabeceira.

— E eu reagi pior ainda em relação aos leões. Eu disse a ela que só de pensar em um gato daquele tamanho me dava arrepios. – Ele faz uma pausa, pensando. – Mas, quando eu disse isso, ela apenas riu. Você sabe como Lissie às vezes ria. Fazia você se sentir um belo de um idiota, mas, como ela parecia tão feliz, você não tinha ideia do porquê.

— E pensar... – O senhor Hal se engasgou. – E aqui estou, fora de casa, e tive que aprender muito aqui. Olha só – diz ele, sentando-se mais ereto e esticando o pescoço, como se estivesse ouvindo alguma coisa –, meu melhor amigo é um velho branquelo chamado Pete. Ele vem para cá a qualquer momento. Às vezes comemos juntos.

Suwelo diz a ele que Pete esteve lá e já saiu.

— Ele foi um idiota a vida inteira, sabe. Só o senhor e seu contador sabem quanta desgraça ele causou. Mas ele está aqui agora e está com medo. E é surdo e velho.

— Ele é engraçado também – diz Suwelo.

— Você simplesmente sente compaixão pelo homem – diz o senhor Hal. – Além disso, não consigo vê-lo.

— Ah, ele é branco, sim. Você não confundiria.

— Ainda tenho medo de gatos. – O senhor Hal suspira. – Mas estou disposto a mudar isso.

Suwelo olha para as pinturas na parede. O senhor Hal diz que ele pode ficar com qualquer uma, ou todas. Há mais uma dúzia empilhada no chão. Entre as que estão no chão, ele encontra as duas últimas pinturas de dona Lissie. Aquela que ele passou a considerar a árvore da vida, com tudo, inclusive "o sujeitinho branco" em seus galhos, e a última de uma série de cinco que ela fez de leões.

Ele se senta na beirada da cama do senhor Hal e estuda as duas pinturas. São exuberantes, claras, oníricas e belas, e o lembram de Rousseau.

— Eu sempre conseguia ver Lissie – diz o senhor Hal, agitado, com teimosa propriedade, estendendo a mão para pegar uma das pinturas que Suwelo segura.

Suwelo reflete, guiando uma pintura para as mãos do senhor Hal. Foi Freud quem disse que não podemos ver o que não queremos? Ele observa o senhor Hal forçar os olhos como se fossem músculos, enquanto tenta enxergar a pintura em sua mão. É a da árvore da vida. Gemendo de frustração, ele logo a joga no chão em desespero.

Suwelo, porém, começa a sentir esperança. E empurra a outra pintura, do leão de grande juba, nas mãos do senhor Hal. Ele não percebe que entregou de cabeça para baixo.

— Hum... – diz o senhor Hal, depois de alguns minutos. – O que é aquela mancha avermelhada no canto?

Ele está movendo a pintura para a frente e para trás diante dos olhos, tentando fazer com que a mancha avermelhada se integre à luz que vem da janela acima de sua cabeça.

Suwelo fica muito quieto, como se deve fazer na presença de milagres.

Mas aparentemente a mancha avermelhada é tudo que o senhor Hal consegue ver. Esta pintura também é jogada na cama, com uma careta.

Suwelo pega a pintura, que ele adora, vira-a na direção certa e olha no fundo dos olhos de leão de dona Lissie, de quem ousa ser tudo que quer ser. Ele sabe, e ela sabe, que o senhor Hal conseguirá vê-la inteira um dia; só resta a ela e a Suwelo esperar, e, enquanto isso – se esta for uma das pinturas que Suwelo levará para casa –, os dois podem passar o tempo contemplando a "mancha avermelhada", que marca o retorno da visão perdida do senhor Hal. Pois, na pata traseira esquerda de Lissie, quase obscurecida por sua cauda fulva e luxuriante, há uma sandália de salto alto vermelho muito jubilosa, elegante e brilhante.

AGRADECIMENTOS

Pelo feliz apoio e pela postura independente durante a escrita deste romance, agradeço à minha filha, Rebecca Walker, e ao nosso amigo Robert Allen. Por editar este livro com delicadeza e habilidade, agradeço a John Ferrone. Por ser a primeira leitora – junto a Rebecca e Robert –, agradeço a Gloria Steinem. Pelas críticas sensíveis ao manuscrito, agradeço a Kim Chernin e Renate Stendhal. Pelo exemplo inspirador de sua ousadia e de sua calma imperturbável na busca de nossos interesses comuns, agradeço à minha agente, Wendy Weil. Agradeço a Ester Hernandez por corrigir meu espanhol.

Agradeço ao Universo pela minha participação na Existência. É um prazer estar sempre presente.

A primeira edição deste livro foi impressa nas oficinas da
DISTRIBUIDORA RECORD DE SERVIÇOS DE IMPRENSA S.A.
para a EDITORA JOSÉ OLYMPIO LTDA., em março de 2024.

*

93º aniversário desta Casa de livros, fundada em 29.11.1931.